Anonymus

Aristotelis Stagiritae

Anonymus

Aristotelis Stagiritae

ISBN/EAN: 9783742831422

Manufactured in Europe, USA, Canada, Australia, Japa

Cover: Foto ©Andreas Hilbeck / pixelio.de

Manufactured and distributed by brebook publishing software
(www.brebook.com)

Anonymus

Aristotelis Stagiritae

Primi Voluminis Pars. III.

ARISTOTELIS
STAGIRITAE

Topicorum, atq; Elenchorum
Libri.

CVM

AVERROIS CORDVBENSIS
IN EOS MEDIA EXPOSITIONE

Abraino de Balmes, & Mantino
interpretibus.

Versa vero pagina, complexum ostendet.

VENETIIS APVD IVNCTAS.
M. D. LXII.

In Tertia Primi Voluminis parte,
hæc continentur.

Topicorum Libri Octo.
Elenchorum Libri Duo.
Expofitio Media in octo Libros Topicorum, Abramo
    de Balmes interprete, cui annexa eft illa fuper Qua-
    tuor primos Libros, à Mantino tráslata, quam fuper
    reliquos morte correptus explere non valuit.
Expofitio in Libros Elenchorú, eodé Abramo verfore.

QVÆ IN TERTIA
Primi Voluminis parte habentur, hæc sunt.

Summæ, ac Capita octo Librorum Topicorum.

DE vocinādi spēbus, eiusq; prtibus, ac eius instrumentis. 1.B
Quid intendit, et qua ratione inādi sit. Cap.1. 3.B
Ad quod vtilis dialectica, differendiq; disciplina. Cap.2. 4.G
Ex quibus, et quot disceptatio dialectica constet. Cap.3. 6.I
De termino, Proprio. Genere, et Accidente. Cap.4. 6.H
Quod cætera prædicata aliquid claudant eorū, q de statio continet. Cap.5. 10.G
Quot modis idem dicatur. Cap.6. 11.B
Omnem disputationem dialecticam esse ex termino, proprio, genere, aut accidente, et vbi illa reperiantur. Cap.7.12.A
De Propositione Dialectica. Ca.8. 13.B
De problemate dialectico, et positione dialectica. Cap.9. 14.I
De speciebus differedi, dialecticaq; disputationis. Cap.10. 16.I
De institutis, quibus syllorū copia nobis ad differēdū suppeditamus. Cap.11.18.B
De Sumptione propositionis. Ca.12. 18.G
De Multiplicis distinctione. Ca.13.20.A
De differentiarum inuentione, Similium consideratione, et vtilitatibus Instrumētorum. Cap.14. 24.A

Summæ, ac Capita Libri Secundi Topicorum.

DE locis absolutis accidentiis, siue ad refellendum, destruendumq; siue ad afferendum, construendumq; 31.A
De problematibus vtilibus, et in quibus p̄dicatū esse, et re concertuntur. Ca.1.31.A
[...]ci problematum quod qnicquam insit, vel nomen sit. Cap.2. 32.B
De eisdem terminandis problematibus, loci alij. Cap.3. 40.A
Ex Similibus, Appositione, Maris, Minus, Simpli et Secundu Quid loci. C.4.44.B

Summa, ac Capita Libri Tertij Topicorum.

DE locis Comparatorum, qui accidentibus adscribuntur: et de plerisq; locis absolutis accidentiis. 47.G
De Meliorum, Eligibiliorumq; problematum locis. Cap.1. 47.G
Alij eiusde problematis locis. Cap.1. 51.I
Alij Meliorū, Eligibiliorūq; loci. C.3. 56.G
De eligendis, et fugiendis documenta, et loci communes. Cap.4. 58.H

Summa, ac Capita Libri Quartu Topicorum.

DE locis quibusq; generis: simul, atq; de differētiæ locis perpaucis. 61.A
Problematū gñis aliquot loci. C.1. 61.A
De Genere Loci alij. Cap.2. 64.G
De Genere Loci alij. Cap.3. 68.A
De Genere Loci alij. Cap.4. 70.G
De re Eadem loci alij. Cap.5. 74.G
De Genere loci alij. Cap.6. 77.H

Summa, ac Capita Libri Quinti Topicorum.

DE modis, et locis Proprij: cū notis de nonnullis locis communibus omnibus quæsitis, quæ ab Oppositis, aut à Simili, aut ab eo, quod est Maris, et Minus, et æquale, aut à Casibus, et Coniugatis, aut à generatione, et corruptione sumuntur. 81.A
De modis Proprij. Cap.1. 81.A
De locis Proprij. Cap.2. 83.C
De locis cōibus oibus quæsitis, q sumuntur ab Oppositis, aut à Simili, aut ab eo, qd est Magis, et Minus et Aequale, aut à casibus, et cōiugatis, aut à generatione, et corruptione. Cap.3. 90.L

Summa, ac Capita Libri Sexti Topicorum.

DE Locis definitionis: de locis ex differentijs desumptis: de locis definitionum rerū, quæ composita sunt. 96.C

Postremo de locis definitionum, que omnibus prædicamẽtis cõmunes sunt. 96.C

De Locis definitionis, & primùm Generis. Cap.1. 96.C

De locis, que sumuntur à differentijs definitionem constituentibus. Cap.2. 101.L

De locis definitionum ipsorum compositorum. Cap.3. 108.I

Summa, ac Capita Libri Septimi Topicorum.

DE locis Eiusdem, & Diuersi, deq́; locis constructionis & destructionis prædicatorum. 114.A

De eodem & Diuerso loci. Cap.1. 114.A

De constructione, & destructione prædicatorum loci. Cap.2. 116.I

Summa, ac Capita Libri Octaui Topicorum.

DE Locis aptis ad instruendam interrogationem, & de locis pro Respondente, ac deniq́; de Locis communibus interroganti, & respondenti. 118.A

Loci ad istruẽdũ interrogatĩ. C.1. 118.A

Pro idual liõe rũdẽti, loci alĳ. C.2. 122.F

Loci pro respondente. Cap.3. 127.E

Loci communes pro interrogante, & respondente. Cap.4. 134.B

INDEX SVMMARVM, ac Capitum Librorum Elenchorum.

DE intentione libri, & Generibus disputationum: De locis Sophisticarum in Dictione, & extra Dictionem redargutionum. de causis deceptionum, captionum sophisticarum: de veru, & falsis redargutionibus: de interrogatione tẽtatiua: Et quid inter cõtẽtiosũ, sophisticũq́; ĩtersit: de mũ d captionibus Nugationis, & Solœcismi, occultationeq́; Sophistica cõtra moleste respõdẽtes. 139.D

Quid intendit, & de quarũ syllogismum sophisticũ esse. Cap.1. ibidem.

De generibus disputationũ. Ca.2. 140.B

Finis sophistica & loci sophistici in dictione. Cap.3. 140.L

De locis redargutionum sophisticarum. Cap.4. 143.A

Oẽs Sophistica redargutiões in ignorãtiã redargutiõis reuocari oẽs. Ca.5. 146.B

Causſæ deceptionum captionum sophisticarum. Cap.6. 148.B

Ex qbus locis captiões falsi. Ca.7. 149.I

De veris, & falsis redargutionibus. Caput.8. 151.B

Orationes ad nomen, & ad intellectum nõ bene dictæ. Cap.9. 151.K

De interrogatione tẽtatiua: et quid inter cõtẽtiosũ, Sophisticũq́; ĩtersit. Ca.10. 154.C

Orationes dialecticorũ, tentatiuorũq́; non eæ ad determinatũ genus. C.11. 155.D

Loci Sophistici interrogantium ad falsum, aut inopinabile. Cap.12. 156.A

De captionibus nugationis, & solœcismi. Caput.13. 157.H

De occultatione Sophistica, & contra moleste respondentem. Cap.14. 158.I

Summa, ac Capita Libri Secundi Elenchorum.

DE vtilitate Sophisticarum orationum, & apparatu ad eas diluendas. de solutione sex vltimorũ locorum extra dictionẽ, Nugationis, et Solœcismi. De oratione facili, difficili, et acuta. Epilogus postremo Octo præcedentium, & duorum præsentium librorum. 160.G

De vtilitate cognoscẽdi sophisticas orationes, & apparatu ad eas diluendas. Ca.1. ibi.

De apparẽti solone rũdẽtis. Ca.2. 161.G

De recta solutione loci. Cap.3. 164.B

De diluẽdis argutĳs acutis. C.4. 168.L

De solutione sex vltimorum locorum extra dictionem. Cap.5. 171.B

Dilutiões nugatiões, et solﬆ. Ca.6. 172.K

De oratione facili, difficili, & acuta. Cap.7. 174.A

Epilogus octo præcedentium, & duorum præsentium librorum. Cap.8. 175.A

Indicis finis.

ARISTOTELIS
TOPICORVM
LIBER PRIMVS,

Cum Auerrois duplici Mediæ expositionis translatione,
Abrami de Balmes scilicet, & Iacob Mantini.

SVMMA LIBRI.

De Ratiocinandi speciebus, eiusq́; partibus, ac eius instrumentis.

Quid intendit, & quæ ratiocinandi species. Cap. I.

A Ropositum quidem negotij, est methodum inuenire, perquā poterimus syllogizare de omni proposito problemate ex probabilibus, & ipsi disputationem sustinentes, nihil dicemus repugnans. Primum igitur dicendum, quid est syllogismus, & quæ eius differentiæ, quomodo sumatur dialecticus syllogismus: hunc enim quærimus fm propositum negotiū. Est itaq̃ syllogismus oratie, in qua B positis quibusdā, aliquid aliud à positis ex necessitate accidit, per ea quæ posita sunt. Demonstratio vero est, quando ex veris & primis syllogismus erit, aut ex talibus, quæ per aliqua prima & vera, eius quæ circa ipsa est, cognitionis principium sumpserunt. Dialecticus autem syllogismus est, qui ex probabilibus est collectus.

Sunt autem vera & prima, quæ non per alia, sed per seipsa fidem habent. Non enim oportet in disciplinaribus principijs inquirere propter quid, sed secundum vnumquodq̃ principiorū ipsam per C se esse fidem. Probabilia autem sunt quæ videntur omnibus, aut plurimis, aut sapiē̃tibus: & his vel omnibus, vel plurimis, vel maximè familiaribus, & probatis. Litigiosus autem est syllogismus ex ñs, quæ videntur probabilia, non sunt autem. Et qui ex probabilibus quidem, aut ex ñs quæ videntur probabilia, est apparens. Non enim omne quod videtur probabile, est probabile: nihil enim eorum, quæ dicuntur probabilia in superficie, habet omnino phantasiam, velut circa litigiosarum disputationum principia accidit se habere: statim enim, sæpius etiam eis qui parua videre possunt, manifesta ē in his falsitatis natura. Ergo prior qui-
A iij dem

G dem eorum, qui dicti sunt litigiosi syllogismi, etiam syllogi dicatur: k reliquus vero litigiosus quidem syllogismus, syllogismus autem non, eò quod videtur quidem ratiocinari, ratiocinatur autem minime.

Amplius autem praeter omnes, qui dicti sunt, syllogismos, ex ijs, quae sunt circa aliquas disciplinas peculiaria, fiunt paralogismi: queadmodum in Geometria, & huic cognatis accidit se habere.

Videtur autem hic modus differre à dictis syllogismis: nam neque ex veris, & primis colligit falsigraphus, neque ex probabilibus: nam sub definitionem non cadit: neque enim quae omnibus videntur sumit, neque quae pluribus, neque sapientibus, & his, neque omnibus, neque plurimis, neque probatissimis, sed ex peculiaribus quidem discipli nae sumptis, non veris autem syllm facit: nam eò quod aut semicirculos describit non vt oportet, aut lineas aliquas ducit, non vt ducendae sunt, paralogismum facit falso scribens. Species igitur syllogis H morum, vt figuraliter sit complecti, sint quae dictae sunt, summa L tim aut dicendo de omnibus praedictis, & de his quae postea sunt dicenda, intantum nobis determinatum sit: eò quod de nullo eorum exactam rationem assignare deligimus, sed aliquantulum figura liter de his volumus pertransire, omnino sufficiens arbitra res esse secundum propositam methodum, posse cognoscere quomodo vnumquodque illorum se habet.

AVERROIS EXPOSITIO

Sermo de Intentione & Divisione libri. Cap. I.

TRANSLATIO ABRAMI.

Vius Libri intentio est me thodorum, & vniuersalium, ex quibus ars topica componitur, & illorum, quibus perfectior & prestantior sit, scientiam tradere. Haec enim ars sit fm eius maximam perfectionem dua bus rebus, quarum vna est scientia rerum & methodorum, quibus construitur, & altera est exercitatio illarum institutionum earumque, vsus, adeo quod illarum exercitium reddatur habitus, & hoc sit sicut dispositio reliquarum artium factiuarum, prout est ars medica, & aliae, & vt vniuersalius inquam dicam, haec ars est illa ars, qua possu mus,

TRANSLATIO MVNTINI.

Nquit Aristoteles. Pro- M positum huius Libri est notificare Methodos, ac quaedam vniuersalia, ex quibus ars Dialectica constat, prestan tiori ac perfectiori modo, quo fieri id possit. Nam haec ars duabus vtique perficitur rebus, altera quidem ex cognitione rerum, & methodicarum regularum ex quibus constat, altera vero, ex illarum semitarum exercitatione, vel praxi, atque ex frequenti vsu ipsarum ita vt ex huiusmodi exercitatione, efficiatur habitus, vt in alijs artibus practicis fieri solet: vt est ars Medica, & reliquae aliae eius generis. Generatim

ABRAM   MANTINVS

...mus, qñ quærimus instituere syllñm ex promulgatis p̃missis, ad destruendam positum quod respondens admittit in sua cautione, & ad cauendum oé positum vře, quod quærens procurat destruere, quando nos responderemus, & hoc secundü quod possibile est in singulis positis, quoniam non est consuetudinis quærentis omnino destruere, quod respondens admittit in sua cautione, nec é moris respödentis omnino cauere destructionem illius, quod cauere admittit, sed vtriusq; moris é, quando quærunt, aut respondeat, quòd quæstiones & responsiones conferantur ad vltimum cautionis, & destructionis, quod possibile é in hoc illo posito, sicut est dispositio artis medicæ, quia nó oportet medicum omnino sanare, quod vero ei expedit, est, quòd non lateat aliqua res de his, quas ars ferre cogit, ad hanc ægritudinem, quantum ei possibile est. Atquis Dialectici nomen, apud vulgus significat orationes inter duos, quibus vtræq; sibi proponit alterurum vincere, quauis specie orationem contigerit, transtulit Aristoteles hoc nomen ad hanc rem, quæ rerum omnium est huic proxima, similis enim est rei, quam vulgus intendit, & est illa res, quam definiuimus: & aliquando hic liber vocatur liber Locorum, ac iterum infra scies quid siar loca.

Diuisio libri in tres partes.

Partes vero huius artis sunt tres. Quarum prima notificat dicta, ex quibus componuntur orationes totius ßm suas partes, & partium partes, vßq; ad simplicissimas illarum, ex quibus componitur, & hęc pars continetur in Primo libro Aristo.

In

Generatim aüt hæc ars est quã cum nos argumentamur, possumus syllogismam efficere ex p̃pönibus probabilibus ad destruendum oé problema vře propositum, quod ipse respondens assumit sustétare, & ad sustentandü quodlibet problema vře propositum, quod quidem conatur destruere ipse argumétator, qñ nos fuerimus respödentes, & hoc prout fieri püt in quouis problemate proposito, nam ad arguentem non spectat destruere omnino, id quod ipse respondens assumit sustentaré omnino, sed cutuslibet eorü officiü est, si rectas afferant argumétationes ac responsiones, vt afferát quidéid qd maxime valere possit ad illud propositü problema sustentandum vel destruendü: vt in arte medica euenire solet, ná medicus nó tenetur semper sanare oino, sed cogitur ne quicquá omittat eius quod ipñ arti debetur, vt conferat ipsi morbo in oł re possibili ei. Arcü hoc nomé Dialectica apud vulgü significet disputationes, q̃ inter duos hoíes cötingüt, quorü alter alterü cöuincere cötendit, quouis genere orationü, ac sermonü, ideo Arist. vsus est hoc noíe ad significandü id quo quidé nihil cóformius denotationi vulgi ac similius, quá paulo ante diffininim°: & vocat is liber, liber Locorý, post hoc si scias adhuc qd sint ipsa loca.

Partes auté huius artis sunt tres. In prima autem notificantur rationes, ex quibus componuntur Dialecticæ orationes, earumq; partes, atq; iterum partes partium, donec deueniant ad simplicissimam partem, ex qua componuntur: & hæc pars continetf in primo libro Aristotelis.

f a.l. sermones.

A iiij   In

ABRAM

In secunda aút parte notificantur
loca, quibus constituunt syllogismi
ad rei cóstructionem & destructionem in omnibus speciebus qdstito-
rum huius artis, & hoc sit in sex libris Aristotelis. In tertia autem parte notificatur, quo modo expediat
quærere quærentem, & respondere
respondentem, & quot modis fiat
quæstio & responsio, & hoc in Octa
uo libro traditum est.

MANTINVS

In secúda parte notificant illa loca, ex, quibus syllsi comparant ad af-
firmandá vel destruendá aliquam
rem in oíbus generibus quæsitorú,
quæ in ba carte fiunt: & hoc in sex li
bris Aristotelis explicat. In tertia ve
ro parte exponitur quo pacto debet
† interrogans interrogare, & respó-
dens respondere, & quot modis potest fieri respósio & interrogatio: &
hoc in Octauo libro traditum est.

† alia lia argués arguere,

Ad quot Vtilis Dialectica, differendiq; disciplina.   Cap. 1.

Consequens aút est ex ñs quæ dicta sunt, dicere ad quot, &
quæ vtile sit hoc negociú. Est aút ad tria, ad exercitationeí,
ad colloquia, ad eas, quæ secundú Philosophiá sunt, discipli
nas. Quód igif ad exercitationem sit vtile, ex his perspicuum est:
methodú enim habentes, facile de proposito argumentari poterimus. Ad colloquia vero, eó cp multorú annumerantes opiniones,
nó ex extraneis, sed ex propriis doctrinis sermocinabimur ad eos
transmutantes, quicquid non bene videntur nobis dicere. Ad se
cundum philosophiam aút disciplinas: cp potentes ad vtraq; dubitare, facile in singulis intuebimur verum, & falsum: præterea au
tem ad prima eorum, quæ in vnaquaq; disciplina sunt principia.
Nam ex propriis fm propositam disciplinam principiis, imposé
est dicere aliquid de ipsis, eo cp prima principia sunt omnium: per
ea veró, quæ sunt circa singula probabilia, necesse est de illis tran-
sigere. Id aút proprium, maximéue peculiare Dialecticæ est. nam,
cùm sit inquisitiua, ad omnium methodorum principia viam ha
bet. habebimus aút perfecté methodum, qñ perinde habebimus
ac in Rhetorica, & Medicina, & huiusmodi facultatibus: hoc autè
ex ñs. quæ contingút facere, quæ eligimus. Nã neq; Rhetor omni
ex modo psuadebit, neq; Medicus sanabit: sed si ex ñs, quæ contin
gunt nihil omiserit, sufficienter eum discipliná habere dicemus.

Sermo de vtilitate Dialectices.   Cap. 1.

Tria loua mina buius artis.

Sed hui' artis iuuamina, sút tria,
quorum primum est ad ipsom
exercitium, secundum aút est ad pu
blicas vulgi comparationes, & tertium ad scientias theoricas. Ipsius
quidem iuuamen ad exercitiú est,

qm

Huius pterea artis vtilitates tres
quidé sunt, vtilis enim primo
est ad exercitationé: secundo ad col
loquia popularia: tertio vero ad có-
templatiuas disciplinas. Conducit
aút ad exercitationem dirigentem

ac

ABRAM

quoniã præparat ad modum scientiarum, easq; venandum, quando
eadem nobiscũ fuerint notæ methodi, & regulę, quæ sint communes, ex
illis procedemus ad rei constructionem & destructionem, fit itaq; per
hanc artem nobis via discernédi ad
sciédum opiniones & assertiones,
& cognitionem veritatis à falso perfectioris actionis, & perfectioris in-
tentionis, quàm sit vis, quæ nobis fit
vsu sine cognitione harum methodorum: & ideo huius artis perfectio
attingitur his duabus rebus, scilicet
exercitio & methodorum cognitione. & est manifestum, quòd exercitium, quod per hanc artem intenditur, disponit ad hanc philosophiam
eo modo, quo facit exercitiũ equo-
rum equitationis in ludis, dispositionem ad bellum.

Ipsius vero iuuamen ad vulgáres
comprobationes est, quia ex quo necessitas conducens rebus publicis ad
æquitatem, & ad virtutes multas af-
surdo sit ex rebus similibus consequentibus illis ad publica conforma,
& re sic existente, cùm impossibile
sit, quod incidat veritas in res similes, nisi per vulgatas regulas, quæ
sunt orationes, quibus vtimur in
hac arte, sic iterum confirmantur
apud illos res similes, quæ sunt vulgatæ orationes, difficilioris enim cõtradictionis sunt, quàm orationes
rhetoricæ & poeticæ, & si fiant regulæ rhetoricę & poeticę vice regularum topicarum, hoc autem iam cõmonstratum est in scientia politica.

Ipsius vero iuuamen ad scientias
theoricas est multipliciter, quorum
modorum vnus est, quia aliquãdo
volumus constituere veritatem de
aliqua

MANTINVS

ac disponentê ad ipsas scientias propterea, quia, cũ assecuti fuerim' methodos ac semitas notas cões, ex quibus procedamus ad aliquid affirman-
dum vel negandũ: tunc ea vis, quã
nacti fuerimus p hanc artê ad discer-
nendas opiniones ipsas, quæ nam, s.
earũ sint veræ, & q̃ fallæ, perfectiorê
vtiq; actionê efficiet præstantiusq;
obtinebit propositũ, q̃ illa vis & facultas, quæ ab ipso vsu & exercitatione sola sine cognitione harũ regu-
larũ & methodorũ ortũ habuerit.
Et ob id absolutio atq; pfectio hui'
artis his duob' vtiq; acquiritũ: népe
exercitatione, ac methodorũ cognitione. Manifestũ aũt est, q̃ illa exercitatio, q̃ in hac Arte pponit, é q̃le
q̃dã pparatio ad ipsã philosophiã,
veluti exercitatio Iequestrib' ludis
est q̃dã pręparatio ad militarê artê.

Est secũdo vtilis hęc ars ad popu-
late colloquiũ, seu disputatiões atq;
cõgressus populares, quia popularis
cõgregatio pro assequenda virtute
morali, ac iustitia, cogit verificare
multas res cõtéplatiuas, q̃ ad ciuiles
cõgregationes cõducunt: cũ igit res
ipsæ contéplatiuæ nõ possint verificari nisi p methodos & regulas pbabiles, q̃ quidé sunt rõnes, quæ in hac
arte fiunt, ideo oportuit vt apud ipsam popularé congregationem constant et illæ res speculatiuæ, quæ, s.
sunt rõnes pbabiles, cum difficiliut
possint cõtradici, q̃ rõnes rethoricæ
& poeticæ: licet vetatur et q̃ñq; & ipsa rethoricis ac poeticis institutio-
nib' pro dialecticis ac topicis, & hoc
iam in scia morali explicatum fuit.

Tertio aũt est vtilis ad contéplati-
uas disciplinas pluribus de causis.
Prima est, q̃, cum nos quærimus
scire

ABRAM

aliquo quæſito, & ſit nobis difficile illud comprehēdere, & per hanc artem poſſumus cōſtruere de hoc quę ſito duos ſyllogiſmos mutuo repugnantes, quorum vnus conſtruat illud, & alter deſtruat, & quando hoc fecerimus, facile ſit nobis poſſibile ſecernere hanc partem veram duarū illarum orationum repugnantium à mendace, quando inſeremus duorum ſyllogiſmorum præmiſſas demonſtratiuis methodis, adeo quòd diſcernamus prædicata per ſe ab accidentalibus, ſ in illis fuerint, præmiſſæ enim ſyllogiſmorum topicorum pro maiori rei parte non ſunt ſecundum ſe totas falſæ, neq; ſecundum ſe totas veræ. Et huius quidem diſpoſitio ſimilis eſt illi, quod accidit in artibus factiuis, depurator enī ſecernit auri & argenti ſubſtantiam à reliquis ſubſtātijs illis commiſtis, aurifex autem eſt ille, qui illud purum diſcretum ſumit, illudq; extendit, & ex eo conſtat quod voluerit: ſi autem aurifex ſumeret onus ambarum rerum ſimul, poſſet hoc facere, ſed res eſſet ei grauior, hoc autem magis tranſit in res, quibus commiſcetur quod eſt per ſe, cū illo, quod eſt accidentaliter, & hoc contingit in ſcientia Phyſica, & ſcientia diuina, & ſciētia politica, aliter quàm res ſit in ſcientijs Mathematicis, & ideo raro inuenimus Ariſto. quòd proferat demonſtrationem alicuius rei harum trium ſcientiarum, niſi prius præpoſuerit demonſtrationi dubium topicum de hac illa re. Et notum eſt, ϙ hoc ſcientiæ iuuamē ſit aliud à iuuamine exercitij, quatenus hoc eſt per ſe, & illud è mediante vi ex ipſo exercitio proueniente.

Secūdus

MANTINVS

ſcire ϙ irat̄ēd aliquo ϙſito, ϙ tñ difficile héri poſſit, tūc nos hac arte poſſumus afferre duos ſyllſos cōtradicētes ſibi ſuicē p illo ϙſito, quoꝛ alter illā affirmabit, alter ꝟo ipm deſtruet: & cū ita fecerim, facile qdē poterim diſtinguere id veri, qd in illis duab oratiōnibus cōtradictorijs cōtinet, ab ipſo falſo, ſi ꝓpōnes vtriuſq; ſylloꝛ p methodos demōſtratiuas cōfecerimus, ita vt eorū ꝓdicata, quæ p ſe ſunt, ab his, quę per accēs expoſuerimus, nam ꝓpōnes ſyllſorū dialecticorū, vt plurimū, non ſunt ol ex parte falſæ, neq; oīno veræ. Eſt enī hoc nō ab ſiſe eius, quod in Artibus factiuis cōtingere ſolet. nā qui artē diuidendi aurū ab argēto, vel ab alijs mixturis, ꝓfitet, ſeparat qdē ſuā aurī & argēti ab alijs ſubſtātijs, quæ eis immiſtæ ſunt, ſed faber aurariꝰ vel argētarius & argyrocopus aſſumit illud, qd ſeparatū eſt, ac expurgatū, & exquiſitū, & ipm extēdit, & in bracteas redigit, ex quo qdē id cōficit qd luber. Quòd tñ ipſe Bracteariusſeu aurifex hęc duo onera ſubire vellet, poſſet vtiq; ſed eēt ꝓfecto ei moleſtius, ſed hoc maxie īdigemꝰ in illis rebꝰ in qbꝰ id, qd eſt p ſe, miſcet cū eo, qd ex accidēti: hoc aūt accidit in ſcia nāli, & in diuina, atq; in morali, nō aūt in ſciētijs mathematicis: & iō raro inuenies Ariſtotelē aſferre aliquā demōronē de aliqua re iſtarū triū ſciarū, quin prius ꝓponat de ea re dubiū dialecticū añ ipſam demōronē. Palā aūt eſt, ϙ hęc vtilitas, ϙ in ſciētijs habetur, nō eſt illa vtilitas, ϙ ex exercitatione tit:qñ hęc in ſe ipſa exiſtit, ſeu ex ipſamet ſit, illa vero ſit media illa facultate, quæ ex ipſa exercitatione & vſu prouenit.

Secunda

ABRAM

Secūdus autem modus est, quia
eæ quo artes ambiuntur tribus rebus, scilicet præmissis & quæsitis &
syllogismus, hic autem numerus harum rerum, qui partitur earum am
bituum ex ea parte, qua sunt vulga-
ræ, est facilior, quando itaq; adipi-
scuntur suum propositum per opus,
facilius est discernere, quod ex illis
positum est, esse verū, an sit eo modo quo positum est, nec ne: hoc autem sit demōstratiuis methodis, ille
enim hoc modo iterum transit in
demonstrationem. Tertius autem
modus est, quia nos iuuamur præmissis diuulgatis ad artium principia, & hoc sit multis modis: quorū
vnus est, quòd sumat illa principia,
quæ non ostenduntur nisi inquisitione: ad vtendum autem inquisitione indiget modo, qui dicitur in
hac arte. & alter est, quia aliquando
illa principia sunt de illis, quas con-
cipere est difficile illi, qui initiatur
in disciplina, aut asserere illa primo
affatu, & vt occurrat assertio vtitur
rebus diuulgatis, quousq; eius mens
confirmetur per hoc, & ei incidat
assertio illorum, prout facit Aristo.
in libro Peri hermenias, distinguen
do res ratione dictionum, quando
illas distinguit in nomen, verbum,
& dictionem syncategorematicam.
Quartus autem est, quia species
præmissarum, quæ subiectiones ea-
ræ sunt, quæ consueuerunt in alia
arte commonstrari, præter illas artes, in quibus subijciuntur, & addi-
tamentis opinio de illis est contra id,
quod illis supponit in illa arte, sicq;
aliqī

MANTINVS

Secūda causa est, qm̄, cū artes con-
templatiuæ tria amplectent: nempe
ꝓpónes, seu præmillas, atq; quæsita,
ac syllos: horū aūt numerus primo
atq; vtitas eorū, quatenus sunt ꝓba
bilia, facilior ex illud: idareo, cum ea
obtinuerimus actu parata, facile po
terim* discernere ac dignoscere id,
qd tā ex ipsis suppositū fuerit eē verum, virū eo pacto, quo suppositum
fuit se habeat vel ne: & hoc quidē p
demōstratiuas methodos, hac. n. ratione vt quoq; inseruire, & subministr
strate ipsi demonstrationi, seu arti
demōstratiuæ. Tertia causa est, qm̄
ꝓpónes probabiles magnā afferunt
vtilitatē ad ipsa principia artiū ha-
benda, & hoc quidem varijs modis.
Primo quidē mō, cū illa principia
non pnt notificari, nisi ꝑ inductionem: & sic indigebim* vti inductio
ne eo mō, quo in hac arte expositū
est. Secūdo, qa nonnunꝗ illa principia difficulter ōcipiuntur prima
illa cōceptione simplici, & ipsoꝵ indī
plexoꝵ (quā formationē Arabes vo
cant) ab ipso discipulo, q nūc primū
incipit discere, aut verificantio initio, & cognitione cōplexorū (quam
certitudinē quoq; Arabes appellāt)
& ideo ad eorū verificationē vtitur
cū eo rebus publicis, donec firmetur
eius opinio de ea re, & habeat ꝑ id
eius certificatio, vt Arist. est vsus in
lib. Perihermenias, dum diuidit res
per dictiones, cum diuidat eas in no
men, verbū, & consignificatiuam di
ctionē, seu ꝓpónē. Tertio, qa, cum
illud genus ꝓpónū sit, quæ sunt ve
luti ꝓnotiones, seu ꝓrationes, ꝗ qdē
solent in alia arte ꝓbari, & nō in ea
in qua subijciunt, & discipulus hīat
de eis diuersā, seu oppositā opinionem

aliquãdo allicitur rebus vulgatis, vt
illas recipiat qui addiscit, donec ini-
tiatus sit in arte, in qua profertur de
monstratio de illis, & illas sciat vera
scientia. Et quintus est, quia illis re
pelluntur Sophistæ deceptores circa
principia scientiarum, prout fecit
Aristo. in libro Primo Physicorum
contra illos, qui negabant multitudinem & motum esse. Sextus autê
est, quia ex quo demonstrationum
sunt duæ species, quædã species, quæ
verificat naturaliter ignota, & alia
species qua verificatur per se intelligibile apud illum, qui illud negaret,
& hoc commonstratur per præmissas maxime vulgatas, quibus condi-
git cum hoc ợ sunt vulgatæ, ợ sint
etiam veraces, illæ enim iuuãt hanc
rem, & hic speculãdi modus est ma-
ximus modus speculationis, qui sit
in metaphysicis in verificando principia scientiarum particularium.

Sicq̃ iam diximus huius scientiæ
intentionem, & eius nominis signifi
cationem, eiusq̃ partitionem, & vti
litatem, & progrediemur ad oratio
nem edicendi eius partes, & incipie
mus orationem à prima eius parte.
¶Et considerabimus primo quæ sint
orationes, & ex quibus componantur, & quo modo componantur, &
quot sint ipsarum species.

nem illi, quæ habet de eis in illa arte, tunc vtitur ipse, s. præceptor pro il-
larû prænotionû declarare, ac proba
tione rebus probabilibus, quas acce-
ptet ipse discipulus: ita vt cũ aggre-
dietur illã arté, quæ eas demõstrat, iã
sciuerit eas vera scia. Quarto, qfm
his ipsis refelluntur deceptiões Sophi-
statû circa prima principia sciarû,
vt in. 1. lib. Phys. Arist. est vsus contra eos, q negabãt pluralitaté eorũ,
ac motû ipsũ. Quinto propea ợ duo
sunt genera demõstratiõ: aliud quidé
genus ê illud, quo verificat id, qd est
nã ignotũ: aliud vero ê, quo id qd
est de se notũ, verificat apud eũ, qui
ipsm neget: & illud ợ dé declarat per
pprõpones maxime probabiles, q quidem & si sint probabiles, solent esse
veræ êt: & ideo cõducit ad hoc ne-
gotiũ: & is contẽplandi modus est
vdq̃ maximi momenti, qui in lib.
Meta. in vsum venit pro verificã-
dis scẽtijs particularibus. Iã ergo
diximus propositũ huius artis, qd
nã sit, quidq̃ eius nomen signi ficet,
eiusq̃ partes, q sint, vtilitas quoq̃ ip
sius, q nã sit. Reliquũ nũc est, vt aggrediamur tractare de vnaquaque
eius partiũ sumpto, s. initio d prima
eius parte. Primo aũt nobis cõside
randũ est, quid sint ipsæ † rationes
Dialecticæ, & ex quibus constent: &
quo pacto cõponantur, & quot sint
earum genera.

Ex quibus, & quot, disceptatio dialectica constet.   Cap. I.

PRimum igitur considerandum ex quibus est methodus: iã
quidem sumpserimus ad quot, & quæ, & ex quibus orationes, & de quibus syllogismi, & q̃to his abundemus, habebi
mus sufficienter propositum. Sunt autem numero æqualia, & eadem ea, ex quibus orationes, & de quibus syllogismi: fiunt enim
orationes ex propositionibus de quibus aũt syllogismi fiũt, problemata sunt.
Omnis

A Omnis autem propositio, & omne problema, aut proprium, aut D
genus, aut accidens indicat: etenim differentia, cùm sit generalis,
cum genere ordinanda est. Quoniam autem proprium hoc quidé
quid est esse significat, illud autem non significat, diuidatur propriũ in vtrasq́ prædictas partes, & vocetur illud quod quid erat
esse significat, terminus: reliquum vero secũdum communem de
ipsa assignatam nominationem nuncupetur proprium. Manile-
stum igitur ex ijs, quæ dicta sunt, ꝗ secundum præsentem diuisio
nẽm quatuor omnia accidit fieri, aut propriũ, aut terminum, aut
genut, aut accidens. Nemo autem nos opinetur dicere, ꝗ vnumquodꝗ horum secũdum se dictum propositio, vel problema est,
sed ꝗ ex his & problemata, & propositiones fiunt. Differunt autẽ
problema, & propositio, modo: nam, cùm sic dicitur, putasne animal gressibile bipes, definitio est hominis, & putasne animal genꝰ
est hominis? propositio fit. Si autem, vtrum animal gressibile bi- E
pes definitio est hominis, an non? problema fit. Similiter autem &
in alijs. Quare merito æqualia numero problemata, & propositio
nes sunt, nam ab omni propõne problema efficies mutans modũ.

Sermo de partitione quæsitorum in topicis secundum numerum
praedicatorum.   Cap. ꝑ.

ABRAM

ET dicimus quòd topicæ orationes vniuersaliter sũt syllogismi
qui fiunt ex vulgaris præmissis, sicut demõstrationes sunt syllogismi
qui fiunt ex præmissis primis naturaliter: & incipiemus ex hisin expli
cando ipsarum simpliciorem, quæ
C tandem sunt problemata & præmis
sæ vulgatæ, ipsarumꝗ partes. Dici-
musꝗ quòd præmissæ & problema
ta sunt subiecto vnæ, & modo duæ.
oratio enim enuntiatiua, quando
ponitur admissa, & sit syllogismi
pars, vocatur præmissa, quando vero de ea inquirimus secundum modum construendi vnum contradi-
ctionorum de ea, aut illius destructionem, vocatur problema, hoc au
tem sic existente cuiusꝗ præmissæ
& cuiusꝗ problematis prædicatum,
non euadit quin sit definitio, aut ge
nus,

MANTINVS

Dicamus itaqꝗ ꝗ orationes Dialecticæ, seu Topicæ, sunt gene
ratim sylli, qui ex præmissis probabilibus oriunt: queadmodũ demon
strationes sunt sylli, qui ex ꝓbabilibꝰ
natura primis oriũtur. Incipiamus
autẽ à simplicioribus ipsarũ, quæ qui
dem sunt partes ipsorũ quæsitorum F
ac ꝓpõnes ꝓbabiles earumꝗ ptes.
Dicendũ igitest, ꝗ ꝓpõnes & ꝓble
mata sunt vnũ & idem subiecto, sed
duo modo ipso: nã oratio enũtiati-
ua si supponat per modũ acceptatio
nis, & fiat pars sylli, vocat premissa,
seu ꝓpõ, sed si eã consideremus per
modũ affirmandi vnum duoꝝ con-
tradictoriorũ eius, aut negãdi, & destruendi, ipsum tunc vocabitur pro
blema. Ex hisitaqꝗ sequitur, ꝗ cuius
liber ꝓpõnis, & problematis prædicatum necessario erit vel definitio,
                                  vel

ABRAM

G̃nus, aut dr̃ia, aut proprium, aut descriptio, aut accidens, re aũt sic existente quæsita topica sunt sex specie
rum, sed Aristo. conclusit dr̃iam in
genere, & posuit eam vnum, & simi
liter inclusit descriptionem in proprio, & cõstant quæsita topica apud
ipsum quatuor species, aut definitio
nes, aut propria, aut genera, aut acci
dentia. Et eius propositũ hic est cõmonstrare loca singulorum horũ
quatuor quæsitorum, q̃i enim non
amplecterentur quæsita, non ample
cterentur loca ipsa cum eo, ꝗ illorũ
H est scientia simplicioris, ex quo ex
illis componũtur orationes topicæ.
Expedit itaꝗ nobis describere vnũ
quodꝗ horum quatuor secundum
descriptionem sibi cõuenientem in
hac arte, quæ sunt descriptiones &
definitiones vulgatæ: & iterum infra narrabimus, ꝗ reliqua quæsita
includantur in his quatuor, & am-
plectantur in hoc capite.

MANTINVS

vel genus, vel dr̃ia, vel propriũ, vel k
descriptio, aut accidẽs. Sic igit̃ quæ
sita dialectica erunt sev: verũtamẽ
Aristo. applicat dr̃iam ipsũ generi, &
in vnũ caput ea reponit: sist̃ & descriptionẽ proprio: & sic quæsita dia
lectica apud ipsum erũt quatuor, vi
delicet vel definitiones, aut propria,
aut genera, aut accidẽtia. Eius itaꝗ
propositũ est hic declarare ea loca,
quibus vtimur in singuli horũ qua
tuor quæsitorum. Nã si non termi-
nent̃ ipsa quæsita, haudquaꝗ̃ possẽt
terminari & ipsa loca. Adde ét, quia
p hoc habetur quoꝗ notitia de re L
bus simplicioribus, ex ꝗbus oẽs oñes
dialecticæ constant. Consentaneum
ergo est, vt vnũquodꝗ horum qua
tuor describam̃ iuxta descriptionẽ
sibi conuenientẽ in hac arte, & sunt
descriptiones ꝗdẽ probabiles, atꝗ
definitiones famosæ: post hoc aũt di
cemus reliqua ꝗsita in his quatuor
cõtineri, & in eorũ capitulis kludi

De Termino, Proprio, Genere, & Accidente. **Cap. 4.**

Dicendum aũt, quid Terminus, quid Propriũ, quid Genus,
quid Accidẽs. Est aũt terminus quidẽ oratio quid erat ee
significãs. Assignatur aũt aut oratio pro nole, aut oño pro
I oratione: post est enim & eorũ, quæ sub oratione significant, quæ
dam definiri. Quicũꝗ aũt quolibet modo nole assignationem faciunt, manifestũ q̃m non assignant ñ rei definitionẽ, eo ꝗ oĩs definitio oratio quædã est: accõmodatum tñ termino, & hmõi ponen
dum est: vt quod honestũ est, decens. Sist̃ autem & verũ idem sen
sus, & disciplina, an diuersum: etenim circa definitiones, vtrũ idẽ,
an diuersum, plurima sit immoratio. Simpliciter aũt accõmoda
ta termino oĩa dicant̃, quæ sub eadẽ disciplina cũ definitionibus
continent̃. Quòd aũt omnia quæ nunc dicta sunt, hmõi sunt mani
festũ ex his. Potentes enim ꝗ idẽ, & ꝗ diuersum disputare, eodem
modo, & ad definitiones argumentari facile poterimus: nã ostendentes ꝗ non idẽ est, interimentes erimus definitionẽ, non tñ con-
uertit̃ quod nunc dictũ est: non enim sufficiens est ad astruendum
definitionẽ

A definitionem oftendere idē eſſe:attamen ad deſtruendū, ſufficiēs
eſt oſtendere ꝗ non idem eſt. Proprium aūt eſt,quod non indicat
quid eſt eſſe,ſoli aūt iueſt, & conuerſim prædicatur de re : vt propriū eſt hominis Grammatices eſſe ſuſceptiuum . Nā ſi homo eſt,
& Grammatices ſuſceptibilis eſt:& ſi Grammatices ſuſceptiuum
eſt,& homo eſt. Nemo enim propriū dicit,quod contingit alij ineſſe,vt homini dormire,neꝗ ſi forſitan p aliquod tp̄s ineſt ſoli. Si
aūt ſorte dicatur aliquid taliū propriū,non ſimplr̄: aliꝗn, vel ad
aliquid dicetur:nam ex dextris quidem eſſe,aliꝗn proprium eſt.
Bipes aūt ad aliquid proprium eſt dictum: vt homini ad equum,
& cani. Quod aūt eorum quæ contingunt alij ineſſe,nullū conuer
ſim prædicat,manifeſtum eſt: non enim neceſſariū eſt ſi quid dor
mit, hominī eſſe. Genus aūt eſt,quod de pluribus,& differētibus
ſpecie in eo quod quid eſt prædicat.In eo quod quid p̄dicari ea di
cūtur,quæcunꝗ cōuenit eū,qui interrogatus eſt,reddere qd eſt,
quod propoſitū eſt:quēadmodū de hoīe conuenit eum, qui inter
rogatus eſt, quid id eſt, quod propoſitum eſt, dicere ꝗ animal.
Generi aūt accōmodatum eſt vtrum in eodem genere aliud aln̄,
an in altero ſit. Nam & hmōi ſub eandem methodū cadit cum ge
nere:diſputantes enim ꝗ animal genus hoīa,ſimpliciter & bouis,
diſputantes erimus qm̄ hæc in eodē ſunt genere:ſi aūt alterius qui
dem oſtendamus ꝗ genus eſt, alterius aūt ꝗ non eſt, diſputantes
erimus qm̄ non in eodem genere hæc ſunt. Accidens aūt eſt,ꝗ nihil horū eſt,neꝗ definitio,neꝗ propriū, neꝗ genus,ineſt aūt rei.
Et quod contingit ineſſe cuiuis vni,& eidē,& non ineſſe:vt ſede
re contingit ineſſe alicui eidē & non ineſſe,ſilr̄ aūt & album:nā &
idem nihil prohibet qñꝗ album,qñꝗ non album eſſe. Eſt autem
accidentis definitionū ſecunda melior:nā cum dr̄ prima, neceſſariū eſt ſi debet quis intelligere,p̄ſcire quid eſt terminus, & genus,
& proprium:ſecunda aūt perfecta eſt ad cognoſcendum , quid eſt
quod dr̄ per ſe.Annectantur autem accidenti, & quæ ad ſeinuicē
ſunt comparationes quolibet modo ab accidente dictæ:vt vtrum
honeſtum,an quod confert,experibilius:& vtrum quæ eſt ſm vir
tutem,an quæ ſm voluptatem ſuauior vita:& ſi quid aliud ſimiliter his eſt dictum:in omnibus enim talibus vtri magis prædicatum accidit,quæſtio ſit. Manifeſtum eſt aūt ex his,quoniam acci
dens nihil prohibet,& quando,& ad aliquid proprium fieri.vt ſe-
dere cum ſit accidens,qn̄ quis ſolus ſedet,tunc aliquando propriū
erit:ſolo vero ſedente,ad non ſedentes proprium : quare & ad aliquid,& aliquando nihil prohibet accidens proprium fieri,ſimpli
citer autem proprium non erit.

Sermo

ABRAM

De Defini-
tione.

Dicimus, ꝙ definitio est oratio significans rei quidditaté, que est ipsius essentia, que illam proprie decernit, bifariam autem definitio explicat: aut enim explicat quid simplex nomen significet, prout dicimus, an homo sit animal rationale: aut explicat quid oratio significet, & hec quidem est trium specierum, quia aut explicat qd significet oratio, que gerit vicem nominis, sicut dicimus, an Lunae eclipsis sit, ꝙ obscuretur, dum incidit in piramidem vmbrae terrae: aut explicat quid significet ipsa descriptio, prout dicimus, an scientiae receptiuum sit animal rationale: aut explicat quid significet ipsa definitio, & hoc quidé possibile est in his, quarum sunt due definitiones, sonus qui sit in nubibus est extinctio ignis in nubibus, aut diuulsio venti, qui in eis detinetur, ambae enim hae sunt contrarie definitiones, & aliquádo vtimur hac, quando rei est definitio, & vniuscuiusq; suarum partium est definitio, & sit definitio vniuscuiusq; suarum partium vice illius, quod illarú nomina significant: explicatio vero, qua est nomen nominis vice, hoc est, quando ignoramus an significatio primi nominis sit secundi nominis significatio, prout dicim', an pulchrium sitipsum praeligendum, & hec subintrat gen' definitionis, hoc est, quaesita definitionum, & similiter descriptiones, que fiunt, quatenus sunt expositiones significationisipsius nominis, non quatenus significant rem illi inexistenté, prout dicimus, an quod vacui nomen significat, sit locus in quo nulla res é.

Et

MANTINVS

Dicamus ergo definitioné esse, orationé significanté quidditatem rei, qua obtinet sub propriam esse: vr auté ꝙ definitio significet p alterú duorú locorum, nempe vel notificat id quod per ipsum nomé, simplex significat, vt cum dr vtrum homo est aial rationale: vel notificet p id, quod per ipsam orationem significat: & is iterum locus trifariá, inuenit, videlicet vel notificabit id, quod significat p orationé, q se habet veluti descriptio, vt cú dicimus, vtrú eclypsis Lunae sit, vt scilicet obscuret, qñ cadit in pyramidé vmbrae terrae, vel notificabit id quod signifi cet ipsa descriptio, vt cum dicimus, vtrú susceptiuum disciplinae est aial rónale, vel notificabit id, quod p definitioné significat: & hoc qdé pót euenire in eo, quod hét duas definitiones, vt cú dicimus vtrú vox, quae est in nube, est lucta flatus retenti in ea: hae enim duo sunt ipsae definitiones contrarie. Sepissime tñ hoc venit in vsum, vbi s. ipsa res habeat suá definitioné, & quaelibet ei' pars quoq; habeat definitioné, & ponat definitio vniuscuiusq; partiú definitionis pro eo, qd significat nota ipsius. Notificatio vero, in qua assignat aliqd nomé vice alterius notae, & hoc qdé sit cú ignoram', vtrú idé significet primú nomé, quod signat secundú: vt cú dicim' vtrú honestú é decét: hoc n. est ainés ghi cófideratiois, ipsius definónú, id est de quaesitis definitionú. Similiter et se hnt descriptiones, q dant', q ten' sút expónes signonis ipsi' nots, ñ q ten' signent aliqd exús, vt cú dicim', vtrú id, qd signat nomé vacui, sit loc' in quo nihil existit

tandé

ABRAM

A Et vt vniuersalius inquam spes quæ siti, quo quætiſ, an tale sit tale ipsum idem, aut aliud, subintrat hoc quæ situm, hoc aũt sic est, quia qui construit rem esse rei definitionē, iam prius construxit, q[uod] sit idē sibi, & qui construit q[uod] non sit illud ipsum, & q[uod] sit aliud, iam destruxit definitionē, & ideo loca de eodem & diuerso nu merantur cum locis definitionis, & q[uod] ibi hoc significat est, q[ui]a vulgus opinatur q[uod] commutādo nomen in aliud quod notius illorum est, illud est definitio, prout competim us lo quentes, quōd definierint scientiam, quod sit sapientia.

Proprium autem est, quod nō si gnificat rei quidditatē, & inest toti rei & soli, & secum conuertitur præ dicatiōe, verbi gratia disciplinabile de ipso homine, quia quādo homo est, disciplinabile est, & quando disci plinabile est, homo est, vulgatum enim est de proprij dispositione, q[uod] impossibile sit, quōd insit alij quàm illi cuius est propriũ. & si nihil pro hibeat, quod vocetur proprium, quod est vniuersalius re, quando in est illi soli aliquo tempore, somnus enim est cuiusdam hominis pro prium, quando hoc tempore aut in hoc loco nō dormit, nisi hic homo. & aliquando vocatur propriũ quod inest parti speciei, sed non inest alij, sicut azurinus oculus homini inest. Veruntamen propriũ est id, quod definiuimus, hoc autem si dicatur proprium est nominis æquiuoca tione, aut per posterius.

De G[e]n[er]e.   Genus aũt est, quod prædicatur de multis specie differentibus in eo quod quid sit, & s[ecundu]m hanc quæsiti spe ciem, scilicet an tale sit talis genus, subintrat

MANTINVS

D tandē hoc gen[us] inquisinonis, qua in q[uæ]riſ, s[cilicet] vtrũ hoc sit hoc idē, vel diuer sum ad hoc q[uod] situ attinet, eo q[ui]a, qui oñdir atq; affirmar aliq[ui]d e[ss]e defiōnē alicui[us], attruit v[er]tiq; primo illud esse idē. sed q[ui] oñdit id nō e[ss]e idē, sed q[uod] e[ss]e diuersum, is q[ui] dē iā interunit atq; de struit defiōnē, & ideo loca sumpta p[er] idē & diuersum, inter loca defiōnis v[er]tiq; cōnumeranſ, cuius rei indiciũ tibi hoc sit, q[ui]a vulgus existimat, q[uod] p[er]mutare vnũ nomē in aliud notius illo priori illud sit defiō, vt videmus ipsos loquētes definire sapiētiā p[er] ip sam sciam dicētes, s[cilicet] q[uod] sapiētia e[st] sciā. E

Propriũ aũt est, q[uo]d non significat quidditatē rei, inest tñ toti ipsi rei ac soli cōuersimq; prædicaſ de ipsa re, exēpli g[rati]a, q[uod] hō sit disciplinæ susce ptiuus. nā hoīe reperto, reperitur id qd est susceptiuũ disciplinæ, & reper to ipso susceptiuo sciæ reperiſ & ip se homo: hoc.n. de proprio palā est, ipsum scilicet nō posse reperiri nisi in habēte ipsum propriũ, licet nihil prohibeat quin possit dici propriũ id quod est cōius ipsa re, si illi soli in sit aliq̃. dormire etenim est alicui homini propriũ, si eo t[em]pe vel eo lo F co non reperiatur aliquis dormiens præter illũ hoīem, potest tñ appella ri propriũ id, quod iu aliqua parte alicuius speciei reperiſ, sed nō inest alij speciei, vt glaucedo oculorũ in hoīe: veruntamen propriũ est id, qd iam definiuimus: reliqua vero, si no mineuſ propriũ, illud quidē æqui noce sic notabitur, aut analogice.i. p[er] posterius. Genus vero est, qd de pluribus & differentibus specie p[rae]di catſ in eo quod quid est. huic enim mō inquisitionis seu interrogatiōes, videlicet, vtrũ hoc sit genus ad hoc,

ABRAM

G subintrat illud id, quod dicimus, an tale & tale sint sub vno genere, aut diuersis generibus, & hoc sit, vt sit quærere gratia exempli, vtrum homo & bos subsint vni generi, & cõmonstretur nobis, quòd homo sit animal, & bos iterum sit animal, per locum generis commonstratũ erit nobis quòd subsint vni generi: si autem commonstratum fuerit, quòd sit genus vnius ipsorum, & non sit genus alterius, commonstratum est, quòd non subsint vni H eidem generi.

De Accidente.

   Accidés vero Arist. describit hic duabus descriptionibus, eo ɋ nõ sit sofficientia in descriptione alterius illarum, quæ ipsum ambit quarum vna est, quòd accidens non numeretur in vllo horum trium, scilicet neɋ in definitione, neque proprio, neɋ genere, cùm rei insit: secunda autem descriptio est, ɋ sit id, quod possibile est inesse, & non inesse vni eidem rei: prima nanɋ descriptio ambit accidentia separabilia & inseparabilia, & huius descriptionis natura intelligitur ex parte priuatio-I nis, hoc est, inquantum est priuatio clausularum, quæ dictæ sunt in illorum trium definitionibʼ, & ideo est eius scientia imperfecta. Per secundam vero descriptionem intelligit fm eius essentiam, sed ambit solum separabile, & quæsita quæ fiunt de aliquo vtrũ sit eligibilius & digniʼ, subintrant capitulũ accidentis, magis enim & minus sunt accidentis, & aliquando putatur, ɋ eis vtendum sit in cõparatione substantiæ, prout inquisiuit Aristo. in libro Prædicamentorũ, an indiuidua substantiæ sint magis substantiæ, aut ipsæ spēs?

       & sicut

MANTINVS

accommodatũ quidem est id, quod E dicitur de aliqua re, verũ hoc & hoc sub vno contineant genere, aut sub diuersis. vt si quæramus vel disputemus, vtrũ homo vel bos, exépli cansa, sub eodem genere contineant, & nõ lateat nos, hominé esse aīal, atɋ boué quoɋ esse aīal per.locum à genere, seu p methodũ generis, tũc nõ latebit uos ipsa sub eodé contineti gñe. sed si probet ipsum esse genus vni eorũ & non alteri, tunc palã erit ipsa ñ cõtineri sub vno & eodé gñe.

   Accidens aũt hoc in loco dupłr describitur cũ vnica illarũ descriptio-L num, quæ describitur non sit satis. Prima itaɋ descriptio hæc est, accidens est, qd nihil illoɼ triũ est, népe nec definitio, neɋ propriũ, neɋ genus, inest ǎt rei. Secũda vero descriptio est, qd cõtingit inesse cuiurſ vni & eidé rei, & nõ inesse. Illa itaɋ prima descriptio amplectiʼ quidé accidentia separabilia atɋ īseparabilia: huiuscemodiɋ descriptionis nã dignoscit p priuationé, hoc est, qa est priuatio illarũ verũ, quæ in defiōnibus illoɼ triũ dictæ fuerũt. & ideo talis notitia est imperfecta. Per secũ-M dam vero descriptioné notificaʼ eiʼ essentia, verũ separabile tm accidens amplectiʼ. Quæstiones ptereà, seu problemata, quæ fiũt de aliquo vtrũ sit honestius vel vtilius, seu experibilius annectuoʼ quidé ipsi accidenti, eo ɋa magis & miʼ, seu excessus & defectʼ insunt quidé ipsi accidéti ad ipsumɋ attinét, posset tñ quis exīstimare, ɋ & in ipsa substantia possint fieri huiuscemodi cõparationes, vt vt Aristo. quærere in lib. Prædicamentorũ vtrũ indiuidua substantiæ sint magis substãtia ɋ eorũ species.

       Similiterɋ

ABRAM

A & sicut est eius scrutinium an mate
ria sit dignior vocari substantia aut
forma, & sm hoc quæsita cõparatio
nis subintrant oīa pdicamenta: quæ-
situ vero an prædicatum insit subie
cto tñ Arist. cõmonstrat, ꝙ subintrat ipsum accñs: & posuit ipm subintrare accidens, & si prædicatu, qñ
ponit inesse subiecto non common
ſtret de eo ꝙ sit accidens, neꝗ ꝙ sit
genus, neꝗ definitio, neꝗ propriũ,
propterea quia qñ commonstratũ
fuerit, ꝙ res rei insit, saltē de illa pos
sibile est verificari, ꝙ sit accidens, si
B non sit vnum de illis reliquis, & posuit eius vim, vim accidētis, sicut est
dispositio indefinitæ, cuius vis posita est vis particularis. Præterea vnũquodꝗ illorum, s. definitio, genus,
& proprium, largiuntur de subiecto
notionis crementũ, accidentis autē
non est vllum crementũ notionis,
quod vero de eo quæritur, est, ꝙ in
sit, & ideo subintrat numerũ quæsitorum essendi. Quæsitũ vero an res
sit simplr, varij circa ipsum fuerunt
expositores, quā specierum horum
quæsitorũ subinnet: verumtamen
C qñ dicendo an hoc sit velimus intel
ligere sicut dicendo an illud sit verax,
ꝙ scilicet id eius, quod est in anima
connexum sit illi, ꝙ est extra animã,
indubitate illud subintrat ipsum ac
cidens, & hoc est magis promulgatũ
de sensu illius, quod significat nos
dicere vtrū res sit, aut non sit? & hoc
est illud, quod asseverat Alexãder.

Aliquorum antem opinio fuit, ꝙ
hoc quæsitum subintrat genus & de
finitionem, intelligunt enim p ens,
cuius est essentia, & causæ, quibus
consistit extra animam: prima vero est magis vulgata.

MANTINVS

Similiterꝗ, ꝗrit vtrū mā ipsa, vel ip D
sa forma debeat appellari potius suba.
hac igit rõne quæsita ipsi° cõparatio
nis, oībus quoꝗ pdicamentis anne-
ctent. Arist. tñ dicit, ꝙ ꝗsitũ illud, s.
vtrū prædicatũ insit tñ subiecto, ꝙ
annectit ipsi accñti, ad ipsumꝗ, anti
net, & Aristo. dicit illud annecti ipsi
accidēti, quãuis ex hoc, ꝙ dicimus,
pdicatũ inesse subiecto, nõ pbet ip
sum esse accñs, neꝗ genus, neꝗ defi
nitio, neꝗ ppriū: ppea quia, cũ pro
bat aliqd inesse alicui, tandē id, ꝙ
pt de eo vere dici, erit saltē dicere ꝙ
sit accñs, si ñ sit aliqd aliorũ triũ reli E
quoꝗ. & posuit id hēre vim accñtis.
quēadmodũ dixit ēt ipsam indefini
tā hēre vim pticularis. Vnũquodꝗ
pterea horũ triũ, s. & ipsa deb̄õ, & ge
nus, atꝗ ppriũ addũt in ipso subto
aliquã notitiã, ex accidēti ꝙo nulla
habet maior notitia: sed qd de eo re
qritst, vt sit, & iõ annectit nũero
eorũ ꝗ dicũt ēt. Circa illud vero ꝗsi
tũ, qd ꝗrit vtrū res sit absolute, disce
ptati sunt expositores, i quo nā boꝗ
quatuor ꝗsitoꝗ gñe, cõtineat & cui
eorũ annectat. Sed, si cũ dicim° vex
ita sit ītelligam° ac si dicerem°, vtrū F
illud sit verū: nē pe vt id ꝙ de ea re i
alo habet correspõdeat atꝗ concor
det cũ eo, qd extra aīam existit, tūc
pculdubio id ipsi accñti annecti de
bet, & hoc pfecto vf maxe signa t
apud vulgũ, id qd dicim° vtrū res si,
vel nõ sit. & hæc est snīa Alexandri
Sed aliqui alij putãt hoc quæsitũ an
necti ipsi generi, atꝗ definitioni.
ppea quia vf, ꝙ cũ dicimus est, intel
ligat id qd hēt essentiã, & causas qui
bus consistit extra animam: prior ta
men sententia, seu prius dictum, est
magis apparens, seu probabile.

    Quдd

G *Quòd cætera prædicata aliquid claudant eorum, quæ definitio continet. Cap. 5.* k

NOn lateat autem nos, qm̄ quæ ad propriũ, & genus, & accidens omnia dicuntur, & ad definitiones conueniet dici. Oftendentes enim qm̄ non ei foli ineft, quod eft fub definitione (quẽadmodũ & in proprio) aut qm̄ nõ gen⁹ quod aſſignatũ eft in definitione, aut qm̄ nõ ineft aliquid eorũ quæ in definitione dicta funt, quod quidẽ & in accidente dici pōt, interimentes erimus definitionẽ. Quare fm prius aſſignatã rationem omnia erunt quodammodo definitioni accommodanda, quæ numerata funt.

Sed non pp hoc vnam in oībus vſtm methodum quærendum, neqᷓ enim facile inuenire hãc eft: & fi inueniaf, ofno obſcura, & in ſuauis plane fuerit ad propoſitũ negocium. Propria vero in vnoquocᷓ terminatorũ generum aſſignata methodo, facile ex fis quæ circa vnumquodcᷓ propria funt, decurſus propoſiti fieri poſſit. H L

Quare vlt figura quidem, quemadmodũ dictum eſt prius, diuidendum eſt: reliquorum aũt ea, quæ maxime funt fingulis peculiaria, annectendum, definitioni & generi accommodata ea nuncupantes: pené autem adiuncta funt, quæ dicta funt ad fingula.

A B R A M

EXpedit autem te ſcire quòd hæc quatuor quæſita fiunt duobus modis quæſtionis, quorum vnus eſt quòd illo explicetur quòd nomen rei ipſius quæſiti, prout dicimus an tale ſit definitio talis, aut non ſit illius definitio: & alter eſt, quòd non I explicetur. Et dicamus, quòd dicendo an ſic & ſic, ſenſus ſit, an ſic ſit talis definitio, aut genus, aut propriũ, aut accidens, & hoc quando ſenſus fuerit ex copula, quando vero ibi non fuerit copula, hoc propoſitum numeratur in quæſitis eſſendi ſimpliciter ſolum: hic itaqᷓ eſt numerus ſpecierum quæſitorum topicorum & quæ numerantur ſubintrare fingulas ipſorum ſpecies, quæ vero numerant

M A N T I N V S

NEc te lateat hæc quatuor ᷓ fita bifariã quæri. primo qdẽ, cũ p ipſum exponif ac declaraf nomen ipſiusmet ᷓ fin, vt fi dicaf virũ hoc ſit definitio huius, vel nõ fit ei⁹ definitio: ſecũdo vero mõ, quum nõ declaraf p ipſum, & hoc qdẽ fit cũ fuerint nota ipſa ſigna, id eſt ppõoes M ſeu notæ cõfignificatiue, qa ipfis cognitis fignatio eft cognita & clara. Dicẽdũ ergo, ᷓ cũ dicim⁹, virũ hoc ſit hoc. Itelligim⁹ virũ hoc ſit defiõ hui⁹ rei, vel ſit gen⁹ vel ppriũ vel accidẽs. & hoc cũ fuerit intel fm adiunctũ. hoc ẽ ſi Itelligaf cõiũctim & copulatim, ſed fi nulla def ibi cõiũctio Iter illud ppofitũ negociũ. & fi illud ᷓ fitũ, Iter ᷓ fitia de feſẽ abfolute rñ & fimpfr cõnumerabif. Hæc itaqᷓ ſunt gña ᷓ fitorũ feu pblematũ dialecticoᷓ, feu topicorũ, ᷓ enumerata ſunt.

ABRAM

A numerantur subintrare collectum illorum, scilicet quatuor specierum prædictarum, sunt quæ sita vnius & alterius, vnum enim & aliud sunt nomina æquiuoca, quæ multifariã dicuntur, sed non euadit secundum quemuis illorum modorum signi-ficet, quin referatur ad illas species, & hoc ostenditur nobis diuidenti-bus quid significet vnius nomen, & hoc secundum quòd expedit huic arti, sermo vero de hoc perfecte ha-betur in Metaphysicis.

MANTINVS

sunt. & q numerantur annexa singulo D generi eox: ea vero, q numerant an nexa oĩbᵒ illis quatuor gñibᵒ dictis, sunt q dē illa, q dicunt q̃ sita de eodē & de diuerso : idē enim & diuersum sunt nota æquiuoca. q multifariã di cunt: nihil m̃ prohibet, quin repe-riat aliquid ibi, qd significet illud re duci ad illa gña : hoc m̃ satis patebit in nra diui sione de varijs significa-tis ipsius nois, eiusdē, quot modis, s. significet hoc nomen idē, prout ad hanc artē attinet, sed in libro Meta-physicæ exacte de hoc tractatur.

Quot modis Idem dicatur. Cap. 6.

PRimum aũt omnium de eodē determinandũ, quoties dicit. Videbitur aũt idē, vt figuraliter sit sumere, tripĥt diuidi. Numero enim, aut specie, aut genere idē solemus appellare. Numero quidē, quorũ nomina plura, res aũt vna: vt indumentũ, & vestis. Specie aũt quæ cũ sint plura, indifferentia sunt f̃m speciē: vt homo homini, equus equo: nam hmõi specie dicunt eadē, quæ-cunq̃ sub eadē specie sunt. Sĩt aũt & genere eadē, quæcunq̃ sub eodē genere sunt: vt equus homini. Videbitur aũt ab eodē fonte aqua, quæ eadē dicit, habere aliquã d̃riam præter dictos modos: non tñ, sed & hmõi in eodem ordinet ijs quæ f̃m vnã speciē quo-quomodo dicta sunt: oĩa enim talia cognata, et affinia sibi inuicem C vident esse: nã omnis aqua omni aquæ eadē specie d̃r, eo q̃ habeat quandã similitudinē: ab eodem aũt fonte aqua quæ eadē dicitur, nullo alio differt, q̃ eo q̃ vehementior sit similitudo: quare nõ se-paramus idem ab ijs quæ f̃m vnam speciē quoquomodo dicunt. Maxime aũt indubitanter quod vnũ est numero, idem ab omnibᵒ videtur dici. Solet autem & hoc assignari multipliciter: propriis-sime aũt, & primo, qñ nomine, vel termino idem assignatũ fuerit: vt vestis indumento, & animal gressibile bipes, homini. Secundũ autem, qñ proprio: vt disciplinæ susceptibile, homini, & quod na-tura sursum fertur, igni. Tertium vero, qñ ab accidente: vt sedens, vel musicum Socrati: omnia enim hæc vnũ numero volunt signi-ficare. Quod aũt verũ sit quod nunc dictũ est, ex transsumentibus nuncupationes maximè quis discat: sæpe enim præcipientes noie vocare aliquē sedentiũ, transsumimus, qñ forte is nõ intelligit cui

G præceptũ facimus, tanquã ab accidente ipso magis intelligente:& k
iubemus sedentẽ, vel disputantẽ vocare ad nos, manifestum ꝗ vt
eundem opinantes,& ſm nomen, & ſm accidens significare. Ergo
idem quemadmodum dictum est, t ripliciter diuidatur.

Sermo de vno. — *Cap. 6.*

ABRAM

ET dicimus, ꝗ nomẽ vnius dſ de
trib' significatis, & vnũquodq;
horũ triũ diuidiſ in multas partes:
quorũ vnum est vnum numero , &
hoc qᷓidẽ diuidiſ in sex partes : aut
vnum noſe, vt dicim' agnũ & agoũ
vnum idem:aut vnum definitione,
prout dicimus aĩal rõnale, & aĩal qᷓ
cõmertijs vtiſ vnũ noſe : aut vnum
noſe & definitione, prout dicimus
hoĩem,& aĩal rõnale vnum idẽ: aut
vnũ proprio, prout dicim' disciplinabile & risibile vnũ idẽ:aut vnum
uoſe,& ꝓpria, prout dicim' hoĩem
& risibile vnũ idẽ:aut vnũ definitio
ne & proprio,prout aĩal rõnale & ri
sinile vnũ idẽ. Secũda aũt pars primæ diuisionis est vnũ prædicato, &
hoc partiſ in tres partes: aut vnũ ge
nere,vt homo & equus sunt anima-
litate vnus:aũt vnũ specie,sicut Socrates &Plato sunt humanitate vn',
& Græci & Romani sunt humani-
rate vni : aut vnũ accidẽte, sicut nix
& calx sunt vnũ albedine. Tertia
vero pars primę partitionis ẽ vt ana
logia vnũ, vt Alchalipha maurorũ,
& Cęsar Romanorũ sunt vnus.i ꝗ
proporio illius qᷓ significat Alcha
lipha apud mauros, est idẽ ꝓportio
ne illi, qᷓ significat Cęsar apud Romanos,& aliꝗñ dicimus ꝗ aeris sere
nitas & maris trãquillitas sint vnũ.

Hi itaq; sunt modi quib' dſ vnũ.
Et notum est ꝗ aliud dicitur ſm illorum numerũ: vnicuiq; enim signi
ficato vnius opponiſ aliquod aliud.

Et

MANTINVS

DIcamus igiſ, ꝗ hoc nomẽ idẽ,
primo quidẽ tria sigñat, quoꝝ
quodlibet diuidiſ in plures partes:
primũ eorũ est id,quod dſ idem nu
mero:& hoc qᷓdẽ diuidiſ in sex par-
tes:quarũ prima est, cũ dicimus idẽ
noſe, vt cũ dicim' vestẽ & indumen
tum esse idẽ. Secũda est idẽ desiõne,
vt cũ dicimus aĩal rõnale, & animal
Emax & Vendax, seu venditarium,
sunt idẽ. Tertia est idẽ proprio,vt cũ
dicim',disciplinabile & risibile sunt
idẽ. Quarta,est idẽ noſe & desiõne,
vt cũ dicimus hoĩem & aĩal rõnale
sunt idẽ. Quinta, idẽ noſe & ꝓprio.
Sexta, idem definitione & proprio.

Secũda vero pars primę diuisionis
est id,quod dſ,idem pdicato. & hęc
pars diuidiſ in alias tres partes. Prima est, idẽ gñe, vt cũ dicimus homi
nem & equũ, esse idẽ in aĩalitate. Secunda est,idẽ specie, vt cũ dimus So
cratẽ & Platonẽ eſ idẽ humanitate.
Tertia est,idẽ accidẽti, vt calcẽ & niuem dicim' esse idẽ albedine. Tertia
vero pars primę diuisionis est idem
ꝓportione, vt cũ dicim' Alchaleſſã
mauris idẽ esse,quod Cęsarẽ Roma
nis,ac si dicas ꝗ idẽ respõdet & signi
ficat Alchalissa apud mauros,qᷓ respondet Cęsar apud Romanos,& cũ
dicim' quiescere in aere, & ociari in
mari esse idẽ. Hi ergo sunt modi,
quib' hoc nomẽ idẽ significat. Manifestũ aũt est,ꝗ hoc nomen diuersum tot modis dſ, quot dſ & ipsum
idẽ, & ꝗ cuilibet significato ipsius
eiusdẽ,

A Et non latrat te quo modo fiat illorum reductio ad illas quatuor spès:
vnum enim numero fobiotrat capi
tulum definitionis, & quæ secum nu
metantur, & vnum genete , & accidente, & analogia, notum est ꝗ sub-
intreor illa capitula.

eiusdé , opponit aliquod diuersum. D
Nec te lateat quo paclo respondeat
illis quatuor gñib'. Idé enim nüero
annectit seu accó modat ipsi definitioni & his, ꝗ cü ipsa numerant, idé
vero gñe, & accidéte, ac ꝓportione,
constat ipsa annecti his capitibus.

Omnem disputationem dialecticam esse ex termino, proprio, genere, aut acci-
dente, & vbi illa reperiantur.   Cap. 7.

Q Voniam aũt ex prius dictis sunt orationes, & p hæc, & ad
hæc vna quidé fides est p inductioné. Si enim ꝗ° côsideret
vnâquanꝗ ꝓpônum , & problematũ, apparebit aut â
termino, aut à proprio, aut à genere, aut ab accidéte tacta . Alia aũt
B fides p syllm: necesse est enim oé quod de aliquo prædicaf, aut con E
uersim de re ꝓdicari, aut nõ: & si côuersim prædicaf, termin°erit,
vel propriü. Nã si significat qd est esse, est terminus: si aũt nõ signi
ficet, propriü: hoc.n. erat propriü, quod côuersim ꝓdicaf, nõ signi
ficas quid est esse. Si aũt non côuersim ꝓdicaf de re, aut ex ñs ꝗ in
desfione subiecti dicunt, est, aut nõ: & li est ex ñs, ꝗ in definitione
dicunt, gen°, aut dñia erit, eo ꝗ definitio ex gñe, & differétñⱷⱷes:ſi
vero ex ñs nõ est, ꝗ in definitione dicunt, palã est qm accidé serit
nã accñs dicebat, quod neꝗ terminus, neꝗ gen°, neꝗ propriü, in
est aũt rei. Posthæc aũt oportet determinare gña prædicamēto-
rum, in ꝗbus sunt †dictæ quatuor dñiæ:sunt hęc aũt numero decē: † a.l. dicti quatuor loci.
qd est, quantũ, quale, ad aliqd, vbi, qñ, situ esse, habere, facere, pati.
Semp enim accidés, & gen°, & propriü, & definitio in vno ꝓdica-
C mentorũ horũ erit:nam oés ab his ꝓpônes, aut qd est, aut quale ē, F
aut quantũ, aut aliorũ aliquod ꝓdicamētorũ significat. Manifestũ
est aũt ex eisdem, qñ ꝗ quid est significas qñ ꝗ quidé subitãtiam
significat, qñꝗ aũt quale, qñꝗ vero aliquod aliorũ prædicamentorũ : nã qñ posito hoie dixerit ꝗ positũ est hominé esse, vel asal:
& qd est dicit, & significat substantiã : qñ colore albo posito dixerit ꝗ positũ est albũ esse, vel coloré, quid est dici t : & quale signat.
Sifr aũt & si cubitali magnitudine posita dixerit ꝗ positũ est cubi
talé esse magnitudiné, & quid est dicit, & quantũ significat:silr au
tem & in aliis. Vnûquodꝗ enim taliñ siue idé de eodem dicat, siue
genus de hoc, quid est significat:qñ aũt de alio, nõ quid est significa-
cat, sed quantit, aut quale, aut aliquod aliorũ prædicamentorum.
Quare de quibus sunt disputationes, & ex quibus, hæc & tot sunt.
Quo aũt sumemus, & per quæ copioß erimus, post hæc dicendũ.

ABRAM

Hæc itaq; sunt oēs species quæsitorum & præmissarū, & oēs
species illorum, quæ ex illis componuntur. Et perinde expedit ꝗ diri-
gamus ad viam qua incidat veritas,
solus enim hic est illorū numerus,
nec plus neq; minus. Et dicim' hoc
apparere duobus modis: quorū vn'
est inquisitio, & alter est syllogism'.
Qui quidem euenit ex inquisitione,
incidit inquirendo singulas præmissas & quæsita. Qui vero fit syllo &
partitione hoc modo videtur, quia
omnis prædicati aut cōuertitur prædicatio reciproce, aut non conuertitur, & hoc qnidē est per se euidēs:
& si conuertitur illud, est definitio,
aut proprium, & hoc manifestatur
ex eo quod præfatum est in descriptione definitionis & proprij, illud
enim significat rei quidditatē, & est
ꝓprie illā decernēs, & sic est oratio
significās rei rōnem, qua ipsa est, &
hæc ē definitionis definitio, ꝓut sup
positū est: aut non signat rei quidditatē, & cū hoc ꝓpric ipsam concernit, & sic vt ꝗ sit ꝓpriū : id enim ad
quod ꝓuit inquisitio, est id, quod
positum est in proprij descriptione.

Si vero ꝑdicatū non conuertat ꝓæ
dicatione, non euadit quin sit de his
ꝗ sumunt in subiecti desiōne, aut
nō sumit: si fuerit de his ꝗ sumunt
in subiecti desiōne, notū est ꝗ est ge
nus ex his ꝗ ꝓlibata sunt in gñis de
scriptione: id n. quod sumit in subie
cti definitione, & ē vniuersaliuseo,
vt ꝗ sit prædicatū de plurib' specie
differētibus in eo ꝗ quid sit. si vero
fuerit de his quæ non sumuntur in
subiecti definitione, & est vniuersa
lius subiecto, notū est ꝗ est accidēs:

id

MANTINVS

Hæc igit sunt oīa gēs ꝗsitorū
& ꝓpōnum, oēsꝗ; partes eorū
ex quibus componunt. Consentaneum aū est deīceps, vt dirigamur
ad eam methodū, qua veritas habea
tur: nā quæsita & ꝓpōnes tot tantū
sunt, nō plura neq; pauciora. Dicēdum itaq; de hoc duabus vijs & me
thodis posse haberi fidē, vna q dē in-
ductiōe, altera vero syllo, & diuisione: fides aūt, ꝗ ꝑ inductionē habet,
fit q dē ꝑquirēdo vnāquāq; ꝓpōnū
& ꝓblematū, fides vero, ꝗ ꝑ syllm &
diuisionē habet, hæc vtiq; fit rōne,
nēpe, ꝗa oē, ꝗd de aliqua re ꝑdicat,
aut cōuersim ꝑdicat de ea re, aut nō,
ꝑdicat cōuersim, & hoc est ꝑspicuū
de se. & si cōuersim ꝑdicat, tunc vel
erit definitio vel propriū. & hoc palam est ex descriptiōe superius data
de ipsa desiōne, ac ꝓprio. Nā, si significet quidditatē rei & sit qd ei pro
priū, tūc erit oīo signans ipsam rē,
in qua existit, & hęc ē vtiq; ipsa defi
nitio, vt fuit iā dictū. Sed, si nō signi
ficet quidditatē rei, fit tñ quid ei propriū, tūc vt' esse ipsum ꝓpriū: & hoc
qd ex vi ipsius diuisionis sequit, est
vtiq; id, qd in descriptione ipsi' pro
prij positū fuit. At si non prædicet
cōuersim de re, tūc vel erit oīno aliquid ex his, ꝗ in desiōne subiecti sumū-
muntur, vel non, & si sit aliquid, qd in
gredit definitionē subiecti, tunc illud ee gen' manifestū est ex ipsa descriptiōe ipsi' gñis superius tradita,
id aūt, qd ingredit desiōnē subiecti,
sed est cōius, vt' quidem ꝑdicari de
pluribus differēcibus specie in eo qd
quid est. At si sit aliquid, quod non
ingrediatur definitionē subiecti, &
sit cōius subiecto, tūc manifestū est

ipsum

ABRAM

A ld.n.qd denominat hac denomina
tione, notum est de se qp describitur
descriptione qua descriptu est accidens, qp sit id qd non est genus, neque definitio, neq; proprium, & po
test inesse & non inesse subiecto, res
vero, quarum sunt hæc pdicata fm
se omnia collective, sunt decẽ prædicamenta, singulis n. prædicamen
tis insunt definitiões, & propria &
accidentia. Sich, iam locum sumus
de rebus ex quibus componuntur
quæsita & præmissæ, hoc est, prædicata & eorum subiecta.

MANTINVS

ipsum esse accidens, qm id qd ita se
bẽt, describet pculdubio ea descriptione, qua describit ipsum accñs,
quæ.s.est, qp non est genus, neq; de-
nnino, neq; proprium, & qp pot inesse & nõ inesse subiecto: res vero,
gbus insunt hæc pred.cata oĩa, sunt
ipsa decem prædicamenta. nam in
quolibet prędicamentorũ dant definitiones & propria atq, accidẽtia.
Iã ergo habes ea, ex quibus cõstant
disputationes, seu problemata, atq;
propositiones, hoc est ipsa prædicata atq; subiecta eorum.

De Propositione Dialectica. Cap. 8.

Rimum igitur determinet quid est propositio dialectica: et
quid problema dialecticum. Nõ.n.oẽm propõnem, nec om
ne problema, dialecticum ponendum: nullus.n.offeret, qui
mentem habeat: qd nulli vr. nec proponet qd omnibus est manifestũ vel plurimis: nã hæc quidẽ non hñt dubitationẽ: illa autem nemo ponet. Est aũt propositio dialectica, interrogatio probabilis aut omnibus, aut plurimis, aut sapientibus, & his vel olbus, vel plurimia, vel maxime familiaribus non inopinabilis. Po
net.n.aliquis quod vr sapientibus, nisi id cõtrarium sit multorũ
opinionibus. Sunt aũt propõnes dialecticę, & ea quæ probabilibus sunt similia, & contraria ijs quę videntur esse probabilia fm
contradictionẽ protensa, et quęcuncp opiniones sunt fm artes in-
uentas. Si.n.probabile est eandẽ esse contrariorum disciplinam,
& sensum eundem esse cõtrariorũ probabile apparebit: & si vnã
numero Grammaticem esse, et Tibicinariã vnã: si aũt plures Grã
maticas, & plures Tibicinarias: oĩa.n. similia & cognata hæc vident esse. Similiter aũt & ea q probabilibus sunt contraria fm cõ
tradictonem protensa, probabilia videntur: si.n.probabile est qp
oportet amicis benefacere, & qp nõ oportet amicis malefacere, p-
babile est: est aũt contrarium quidem, qp oportet malefacere ami
cis, fm contradictionem autem, qp non oportet amicis malefacere. Similiter aũt & si oportet amicis benefacere, inimicis nõ opor
tet: est autem & hoc fm contradictionem contrarium: nam contrarium est qp oportet inimicis benefacere. Similiter autem et in
aliis. Probabile autem & in similitudine apparet et contrariũ de
contrario: vt si oportet amicis benefacere, & inimicis oportet
male:

ç male : apparebit & contrarium hoc quod est amicis benefacere, K ei qd inimicis male. Vtrū autem sm veritatem se habeat, an non, in ħs quæ de contrario dicentur, ostendetur. Palam autem qm & quęcunqp opiniones sm artes sunt dialecticæ propositiones sunt. Ponet enim aliquis ea, quæ videntur ħs, qui in eis probati sunt vt de his quidem quæ in Geometria, vt Geometer, de illis autem quæ in Medicina, vt Medicus.

Sermo de præmissa seu propositione topica. Cap. 8.

ABRAM   **MANTINVS**

ET expedit qp dicamus qd sit p̄missarū sm se, & suarū specierū inquātū sunt præmissæ topicæ, ac ét quęsitorū & suarū specierū, quate- H nus sunt ql sita topica, & quę sit differētia inter p̄missam topicam, & ql sitū topicū. Et dicimus, qp nō convenit qp in hac arte ponamus quāuis rem, quę cōtigerit, p̄missam topicā, neq; quāuis rē, quę cōtigerit, quęsitū topicum. nullius.n. intelligēuis est ponere aliquam rē, quam non asseuerat aliquis, quę sit huius artis præmissa. neq; ét quærere de hoc illo, qd est notum oībus hominib', aut ipsorum maiori parti, in hoc.n. non est dubitandū, neq; etiā numeratur vllo vnquā tēpore: hoc I aūt sic existēte, topica præmissa est oratio diuulgata, quæ recipitur in quęstiōe, & ponitur ét pars sylł. Et hęc quidę est multarū specierū, quarū primę sunt diuulgatæ apud oēs, vt qp Deus sit, aut apud maiorē partem, præter qp reliqui renuantillæ, aut diuulgatæ apud Sapiétes & Philosophos, p̄ter qp vulg' illas renuat, prout est id, qd Philosophus asseuerat de ałę ppetuitate, aut diuulgatæ apud Sapiétes, præter qp reliqui illas renuant, aut notæ apud potiores Sapiétes, præter qp sit opinio ficta, i. contraria his quę vulgus asseuerat. Et pręmissę ex parte, q experimēto com-

NVnc aūt de ipsis propōnibus ac de earsi generibus quæren' sunt ppōnes dialecticæ de ipsis quoque p̄blematib' ac de eorū gñib', quatenus sunt problemata dialecti L ca, & qd p̄terea intersit iter ppōnē dialecticā, & problema dialecticū disserendū est. Dicamus ergo, qp in hac arte nec qcūq; ppō cōgerit, neq; qd cunq; problema cōongat, ponendū est: qm nullus, q mēcē habeat, debet offerre veluti ppōnē in hac arte id, qd nulli vł, vł p̄ponere, interrogareħ; id, qd oībus, vel plurimis manifestū ē, cū id nulls habeat dubitatiōe, nulloq; tēpore fiet ex ipso aliqd qlsitū. Propō er go dialectica est ōro p̄babilis sumpta in interrogatione, q efficiř pars M sylł, q plura obtinet gña. Primū genus est ipsarū propōnū, quę sunt probabiles apud oēs, vt qp Deus est, vel q sunt probabiles apud plures, p̄ter hoc, qd negēt eas reliqui hoīes, vel q sunt p̄babiles apud plures Sapiētū, qs vulgus nō recuset. vt ē id, qd Sapiēs, seu Philosophus opinač de immortalitate ałę, vel q sunt p̄babiles apud plures Sapientū, quas reliqui nō negent, vel id qd est p̄bile apud maximos Sapiētes, & nō sit opinio falsa, hoc est contrarium ei qd vulgus opinatur: genus vero propōnū, quæ experimēto p̄bæ sunt,

ABRAM

A comprobantur in artibus Theoricis & factiuis, sunt diuulgatæ, prout est id, quod est in arte Medica, φ scamonea soluat cholerã & colocyntida ipsum phlegma, & sicut id, quod est in scientia Astronomiæ, quód Lunę sint quinq; motus, & Solis sint duo motus. Et iterum qđ simile est diuulgato est diuulgatũ: huius autem sunt duę species, quod est simile motuum proportionalitate, ac etiam quod est simile diuulgato. vt si est sensus contrariorum, est vnus, sicq; contrariorum scien-
B tia est vna, quia proportio sensus ad sensatum est similis proportioni scientiæ ad ipsum scitum. Secunda autem species est secundum aliquod accidentium, vt sit nouiter factio seu partiũ animalis & plantæ & mineralis, ita est & orbiũ cœlestium, ambit enim illos corporeitatis ratio: & iterũ quia repugnans contrario diuulgato est diuulgatum. quando enim diuulgatum est φ expediat amicis benefacere, & illius contrario existente, φ expediat inimicis benefacere, huic cõtra-
C rio repugnans est dicere, φ non expediat inimicis benefacere: & iterũ contrarium diuulgati est diuulgatum quando illi prædicato est, subiecto contrarium fuerit. V.g. qñ benefacere amicis est laudabile, & inimicis malefacere est laudabile.

Et

MANTINVS

sunt quas exptas, seu expiẽtiales vo- D
cãt, & sunt illę q̃ experiẽtia verificant, in ipsis artibus speculatiuis ac factiuis, seu practicis, inter gña pbabiliũ cõnumerat. vt ĩ arte Medica, φ scamoniũ purgat flauã bilẽ, colocynthida v̇o pituitã, & ĩ arte Astronomica, φ Luna hẽt qnq; mot', & Sol duos. Silr ẽt id, qđ est sile ipsi pbabili est vtiq; probabile: & hoc est duplex spẽ. Primo vero mõ qđ ẽ sile fm cõparationẽ, vt cũ dr si contrariorũ idẽ ẽ sensus, ergo cõtrariorũ eadẽ erit disciplina, & scia, qm cõparatio sensus ad ipsum sensibile ẽ E
similis cõparatiõi, quę fit ĩter sciã, & scibile. Scđo vero mõ fit pĩd, qđ ẽ sile p aliqđ accidẽs: vt si partes animalis & stirpiũ, atq; ipsius mineralis, & inanimati sint nouiter factæ & productę, ergo & corpa cœlestia ẽt, qa cõicãt & cõueniũt in ipsa corporeitate. Pręterea id, qđ cõtradicit cõtrario ipsius rei pbabilis ẽ vtiq; probabile: nã, si est pbabile dicere, φ opꝫ amicis benefacere, et huius cõtrariũ sit, oportet benefacere inimicis, tũc cõtradictoriũ huius cõtrarij erit pbabile, qđ est dicere, nõ F
opꝫ benefacere inimicis: contrariũ quoq; ipsius pbabilis põt esse ẽt pbabile, qñ cõuertat cũ eo in subiecto & pdicato. exẽpli gfa, si est optimũ benefacere amicis, erit quoq; optimũ malefacere inimicis. Arist. aũt iubet in hoc loco, ne id fiat nisi sit adiunctum, seu protensum cum ipso contrario, quia sic erit magis probabile. vt exempli gfa, si volumus affirmare, φ oporteat malefacere inimicis, debemus vtiq; id cõfirmare, cum dixerimus, quoniã benefacere amicis est conueniens.

Ideo

ABRAM

G Et Arist. pcipit de hoc loco ꝙ nõ fiat nisi cõtrario connexũ, hoc.n.est
vehemẽrius diuulgatũ. v.g.qa, qñ
ꝓponim° ꝙ expediat inimicis malefacere, expedit hoc sustẽtare eo ꝙ
expediat amicis bõfacere. Instituit
aũt hic hoc ꝓcepto illi° repetitionẽ
ob ipsi° remissionẽ diuulgatiõis re
spectuprimi, dico respectu repugnã
tis cõtrario. Pꝛestãtior ãe harũ ipẽ-
rũ est diuulgatarũ apud oẽs, & deide diuulgatarũ apud maiorẽ partẽ,
ꝗ aũt ꝓter lias suut numerant in di
uulgatis. Quia oẽs aut maior pars
H opinant de eis, ꝙ expediat eas recipere, oẽs.n.aut maior ps opinant,
ꝙ sapiẽtiũ dicta debeãt recipi, & de
hoc vident pleuerare vnã enuntia-
tionẽ. Sicꝗ; et diuulgarũ est, ꝙ cõtraria nõ coincidãt i vno subiecto,
& ꝙ si expediat amicis bõfacere, nõ
expediat amicis malefacere, & sili
cõtrariũ cõtraria. diuulgarũ. n.ẽ ꝙ
enũciatio cõtrarij rei, ꝗ enũciamus
ã aliꝗ re, sit cõtraria illi° enũtiatiõi.
he itaq; sũt spẽs ꝓmissarũ topicarũ.

MANTINVS

Ideo iussit hoc Arist. de hoc ꝓbabi K
li, quia est min° ꝓbabile ꝗ sit illud
ꝓcedens, videlicet, qd sit per cõtradi
ctorium contrarij. Inter ola tñ hẹc
genera ꝓbabiliũ prestautiora sunt,
quẹ oĩbus vñr esse probabilia: scdo
loco.ꝗ pluribus: reliqua vero ꝓꝛ
hẹc dñr probabilia, quia vel oĩbus
vel plurimis vident debere accepta
ri: & hoc ꝓꝑea quia omnes vel plures putant verba sapientum debere acceptari: & hac ratione videntur ipsa similia habere idem iudicium: similiter quoq; illa probabilia, in quibus contraria non con L
gregãtur in eodem subiecto: & ꝙ
si debemus benefacere amicis, non
debemus malefacere amicis: & similiter contrarium per contrariũ.
Nam probabile vtique videtur,
vt id, quod iudicamus de aliqua re,
seu enunciamus, iudiciũ illius con
trarij, seu enunciatio debet essecon
trarium iudicio illius. Hẹc ergo
sunt genera propositionum Dialecticarum.

De Problemate dialectica, & positione dialectica. Cap. 9.

I **P**Roblema autem dialecticum est speculatio intendens vel M
ad electionem, & fugam, vel ad veritatem, & scifam, aut per
se, aut vt adminiculans ad aliquid aliud talium, de quo aut
neutro modo opinantur, aut contrarie plerisꝗ sapientibus, aut sapientes plerisꝗ, aut vtrisꝗ ꝗdem eisdem. Quẹdam.n. problematum vtile est scire tm ad eligendum, vel fugiendum, vt vtrum vo
luptas sit eligenda, an non? Quẹdam asit ad sciendum tantũ, vt
vtrũ mundus ẹternus sit, an non? Quẹdam verò ipsa per se quidem ad neutrum horũ, amminiculantia aũt sunt ad aliqua taliũ.
Pleraꝗ.n. ipsa quidem per se nõ volumus cognoscere, sed aliorũ
gratia, vt per illa aliud quippiam cognoscamus. Sunt autem problemata, & de quibus contrarꝗ sunt sylli: dubitationem.n. habẽt
vtrum sic se habent, an non sic, eò ꝙ de vtrisꝗ sunt rationes suasibiles. Et de quibus rationem non habemus, cùm sint magna,
difficile

A difficile arbitrantes esse propter quid assignare: vt vtrum mun- D
dus sit æternus, an non: nam hmōi quæret aliquis. Problemata
ergo & propositiōes (vt dictum est) determinata sunt. Positio est
opinio admirabilis alicuius familiarium ſm philosophiam: vt
ꝙ nō est cōtradicere, quĕadmodū dixit Antisthenes: & ꝙ omnia
mouentur ſm Heraclitum: aut ꝙ vnũ est ens, quĕadmodũ Me-
liſſus dixit (nam de quouis contraria opinionibus proferente, cu
ram habere stultũ est) aut de quibus orationĕ habemus contrariã
opinionibus: vt qm̄ non oĕ quod est, vel factum est, vel æternũ,
quemadmodũ sophistæ dicunt. Nam musicum, grammaticũ eĕ,
neꝗ factum, neꝗ esse æternum. Hoc.n. & si alicui non videat̄, videbitur vriꝗ, eo ꝙ rationĕ habeat suasibilem. Est igitur & positio quidem problema, non aūt oĕ problema positio, eo ꝙ quædã
B problematũ talia sunt, de quibus neutro modo opinamur. Quod E
aūt est & positio problema, manifestum est: necesse est enim ex
ꝭs quæ dicta sunt, aut plures sapientibus circa positionem dubitare, aut vt roalibet sibimet, eo ꝙ opinio quædam admiranda positio est. Penè aūt nunc oīa dialectica problemata, positiones vocantur. Differat autem nihil quomodolibet dictum: non.n. nomen effingere volentes diuisimus sic ea, sed vt non lateant nos, cũ
quædam eorũ sunt d̄r̄iæ. Non oporter aūt omne problema, nec
omnem positionem considerare, sed quam dubitabit aliquis eorum, qui ratione egent, & non pœna, vel sensu, Nam qui dubi-
tant vtrum oporteat deos honorare, & parentes diligere, an non,
pœna indigent: qui vero vtrum nix alba, an non, sensu. Neque
vero quorum propinqua est demonstratio, neque quorum val-
C de longè: nam illa quidem non habent dubitationem. hæc au- F
tem magis quàm secundum facultatem exercitatiuam.

ABRAM

Vesitum vero topicũ est ex-
pediĕt esse id cuius veritas nō
est nota p se secũdum diuul
gationem, sed ei euenit dubium ali
quod secundum id quod diuulgatum est, quando autem hoc ita est,
& dubitatio dubio incidĕti in illud
sit causa casus peccari in præmissas
diuulgatas, oportet quòd causa dubij cadentis in illud sit dissensus at-
testationis, vel ablatio attestatio-
nis

MANTINVS

Roblema aūt Dialecticũ est id,
cui' veritas nō est nota p se ſm
probabilitatĕ seu apparĕtiã, sed de
eo pōt haberi aliqua dubitatio ſ ipsa probabilitate: si ergo res ita se ha
beat, & ipsum testimoniũ sit cũ ob
quã habeatur veritas & certificatio
propͤnam probabiliũ, ergo oportet,
vt causa ob quã contingit dubitare de ipsis, proueniat propter con
trarietatem ipsius testimonij, aut
*es

ABRAM

G nisque est de illo, aut controuersia
syllorum, aut syllogismo contra-
rietas attestationi illius, & aliquando
congregantur pluresq̃ vna ha-
rum causarum, & aliqñ huius causa est difficultas inueniendi syllm,
vna cum magna necessitate illius,
& multo illius desiderio, prout dicimus, an mundus sit nouiter factus,
nec ne. Quando autem illius testi-
monium dissentit est trium specierum, quarum quædam est, c̃p Philosophi mutuo contendant de illo,
prout est esse partem impartibilé,
H & sicut aliquibus videtur, c̃p opes
sint præligendæ paupertati, & aliquibus visum est, c̃p paupertas sit
præligenda diuitijs: & quoddam
est, in quo Philosophi contendunt
cum vulgo, prout Philosophis videtur c̃p virtuscum mala uita & de
pressione eligibilior sit bonæ vitæ
& honoribus cum virtutis carentia, vulgo autem videtur huius contrarium Et de his est quod opinatur aliquis vir notus in scientia, qñ
repugnat illi quod videtur vulgo,
prout videtur Pythagoræ de opi-
I nionibus c̃p res secundum se sint secundum fides, quæ de eis eueniunt
singulis fidelibus. Et hanc Arist.
vocat opinionem fictam extraneá,
& iterum vocat ipsam proprie positionem: positio.n.quando communius fertur dicitur de omnibus
quæ sit ris topicis,quando autem fertur propriius,dicitur de hac. Id vero circa quod est controuersia syllogismorum, est prout dicimus,
an mundus sit æternus? aut nouiter factus? id vero in quo testimo-
nium

MANTINVS

*ex priuatióe ipsius testimonij de
eis, vel *ex contrarietate syllorum,
aut quia syllis contrariatur testimonio, qd de eis habetur. Et nõnunq
cócurrunt plures cãq his:non nunq
vero huius rei cã est, quia est difficile suenire syllm de ipsis, ac rõné,
licet sint maxime necessarie maxi-
meq; a nobis desiderentur sciri. vt
vtrú mundus sit creatus, vel non.
Tria præterea suos gña testum qui
inter se contrarij existunt circa ipsa
problemata, & ppónes: primú est
id,I quo ipsi Philosophi inter se sunt
contrarij. vt an det pars aliqua indi-
uisibilis, quá atomú vocant:sm, in
quo cótrariant inter sese ipsa multitudo & vulgus, vt sunt aliq eorú,
q putát diuitias esse qd eligibilius
pauptate, ac pstantius alij vero cótra, paupertaté diuitijs: tertiú, I quo
Philosophi contrariant multitudini & plebi, vt cú Philosophi existi-
mét peligendá eé virtuté simul cú
calamitate & inopia, arq; infinita-
te,q opulétiá & honoré cú priuatione virtutis: vulgus tñ & ipsa multitudo oppositú céset. Ex his aút sunt
aliqua, q vnr alicui viro in scia noto & pbato, & famoso,arq; familia-
ri, q contrariat opinioni multitudinis, vt Pythagoras putabat res ita se
habere in se ipsis, sicut existimant
esse apud vnuquemq; creditú. Et
hác vocat Arist.opinioné fictá, vel
inopinabilé, ac pone proprie eá vo-
car etiá. Nam, cú ipsa positio dr ge-
neraliter, túc dr de cunctis problematibus dialecticis, sed cú dicit proprie, tunc dr de hac. Ea vero, in quibus syllis sunt contrarij, sunt vtiq
vt cum dr, vtrum mundus sit æternus, vel creatus. Id præterea, in quo
ipsum

A nium diffinitit syllogismo, est oratio que non repugnat diuulgato, ipsam autem proferenti non est di--
uulgatum, immo ei est de illo vehemens dubium, prout sunt dubia
Ioannis Grammatici contra Peripateticos de essendo potentia priorem actu in motus noua factione,
id vero qd nemini est diuulgatum,
nec de illo est syllogismus id est, qd
vocatur ostentatio & sollicitudo,
& nemo prae se fert sibi gloriá, vt illud ponat quesitú, de quo scrutan-
dum sit in hac arte. Id vero, quod

B non queritur, ex quo nondum scru
tatum est de eo, nec alius protulit
sermonem de illo, hoc sit pro tem-
porum discrimine. verbi gratia,
q consueuerunt Mathematici nostri eui scrutari motum trepidatio
nis stellarum fixarum. Hae itaque
sunt species quaesitorum in hac arte quatenus sunt quaesita. Ex quo
autem primum propositum huius
artis est iuuare Philosophiam, aut
iuuare vulgus, expedit q non pro-
ponatur querere in hac arte, nisi qd
iuuat reliquum trium, aut philoso

C phiam actiuam, aut philosophiam
theoricam, aut quod est instrumé-
tum sciendi, quod est harum duarum artium, que est scientia Logice: & q non proponat querere &
scrutari quod vni illorum fuerit
noxium, vt exemplum nocentis
actioni est, quod gymnasticae scru
tatur, an expediat seruire Deo? nec
ne? & exemplum noxij in scientias

ipsum testimoniú opponit róni, vt D
syllPo, est illud dictú, qd dissentit ab
ipso probabili, seu famoso, & illi q il
lud dixit, nó é famosum, sed habet
aliquá róné validá, seu syllm, vt sút
illa argumét, q asserit Ioánes Grá-
maticus cótra Peripateticos asseré-
tes dari potétiá precedenté t pe ipsum
actú in generatione, seu productióe
ipsius motus. Id vero, qd nó est pro
babile alicui hoí, nullaq; habet de
eo ró vel sylls, vocat potius ostéta-
tio, seu plusq deceat sapere, si q id
problema posuerit: sed nemo est, q
tanta vtatur iactantia, vt id tanq pro- E
blema apponat, & interroget, vel q
rat in hac arte. & nó q reté, qa nó-
dú fuit scrutatú d eo, & nemo de ip
so tractauit: & hoc qdem fiet iuxta
varietaté temporú. vt gra exépli id,
qd hac nostra tépestate Mathematici scrutari solét, népe de motu an-
ticipatióibus & postpositióis, seu retro
cessióis ipsarú stellarú fixarú. Hae
igitur sunt gra problematú huius artis,
quaten' sunt problemata. Cú aút pri
mú propositú huius artis sit ope ferre
re ac adiuuare ipsam Philosophiá,
vel ipsam multitudiné & plebé, ni- F
hil q reddú est in hac arte nisi id, qd
códucit in vna triú rerú, népe vel in
ipsa Philosophia actiua, seu practica, vel in speculatiua, vel in ea re, q
est instm ad adipiscendá sciam eo
rú, q his duabus cótinent artibus,
que quidé est ipsa scia Logica: & vt
nó pponat q rere & inuestigare id,
qd nocet alicui illarú rerú. Exemplú aút eius, qd nocet l actiua Philosophia, vt cú q reret l Dialectica,
vtrú debeamus Deú colere, vel nó?
Exemplú vero eius, quod nocet in
scientijs speculatiuis est, vt cú querit

ABRAM

G tias Theoricas est, an sensibilium sit veritas aliqua? nec ne? & an accidentia sint permanentia duobus temporibus? nec ne prout scrutantur loquentes nostri æui. Et exemplum nozij in scientiam Logicam est, vt qui scrutatur, an affirmatio & negatio discernant verum & falsum in omnibus rebus, nec ne? aut an omnis res indigeat comonstratione? aut inueniantur aliquæ res p se notæ. Iuuans vero ipsam actionem est, vt dicimus an oblectamentum sit virtus? nec ne? & iuuans

H theoriam est, an mundus sit nouiter factus? nec ne? & iouans logicam est, vt an figuræ cathegoricæ sint tres, aut quatuor? & an definitio acquiratur diuisione, aut compositione, aut demonstratione. Et expedit te scire ф non deceat ponere in hac arte quæsitum secundum modum exercendi in Philosophia, id cuius est nimis firma demonstratio, vt triangulum æquilater ū constituere, neqꞌ iterum cuius demonstratio est nimiis remota, aut cuius in hac arte non sunt præmis-

I sæ quibus construatur vel destruatur, prout sunt plura propria Decimi libri Elementorum Euclidis linearum irrationalium, sicꞌ iam locuti sumus de speciebus præmissarum & quæsitorum topicorum.

MANTINVS

ri verū ipsa sensibilia veritatē aliquā habeant, vel non? & verum ipsa accidentia extent firma duobus temporibus, vel non? vt quærunt de hoc Theologi loquentes hac nostra ætate. Exemplū eiusqd nocet ? scia Logicali, vt cū ஞrit, verū affirmatio & negatio diuidāt verū à falso in oībus rebus, vel nō? & verū ஞlibet res indigeat probatiōe? aut dentur aliqua ஞ sint de se nota. Ea vero ஞ iuuāt in Philosophia actiua sunt, vt verū voluptas seu delectatio sit virtus, vel nō? Valeāt in Philoso- [L.] phia speculatiua, vt cū dř verū mūdus sit creatus, vel nō? Id vero, qd coducit ? Logica vt verū figurę Peripateticę sint tres, vel.iiij. & verum definitio habeat p diuisionē, vel p copositionē, vel per demstonē? Nec te lateat, ф in hac arte nō debet proponi aliqd problema, seu ஞsitū fm exercitationē & vsum conducentē ? ipsa Philosophia, si illud problema sit demstone manifestissima probatū, vt ф det triāgulus æquilaterus: neqꞌ debet ēt pproni problema, cuius demsto sit valde remota, & ? manifesta: vel ф ? hac arte nō dentꞌ pro- [M] pōnes, quibus possit illud cōfirmari, vel destrui, vt sunt multa, ஞ l. 10. lib. Euclydis reperiuntur de proprietatibus linearū irrationalium: iā ergo sumus locuti de generibus propr[i]orum atqꞌ problematū dialecticorū.

De speciebus Differendi, Dialecticæque Disputationis.   Cap. 10.

D Eterminatis autem his oportet diuidere, quod dialecticarum disputationum sunt species. Est autem inductio quidem hęc, illa autem syllog. Et syllog quidem quid est, dictum est prius. Inductio vero est à singularibus ad vnia accessio vt si est gubernator eruditus, optimus, & auriga: & omnis, qui est eruditus in vnoquoqꞋ optimus. Est autem inductio verisimiliter.

A liter, & clarior, & secundum sensum notior, & pluribus commu D
nis: syllus autem * valentior, & ad contradicentes efficacior. Ergo genera, de quibus disputationes, & ex quibus, quemadmodum ante dictum est, determinata sint.

Sermo de speciebus orationum topicarum, et earum partitione. Cap. 10.

ABRAM

Qvod autē reliquum est nobis huius partis, de quo dicendū sit, è notio specierū orōnū topicarū, q̃ cōstruur ex his p̃missis de his quesitis, q̃ dinumerauimus. Dicimus itaq̃, q̃ sint plurium specierum, s. syllus, & inquisitio. Et syllus quidem vniuersaliter est, vt diffinitus est in Libro Priorū, in quo cum positæ fuerint plures res q̃ vna, ex illis sequitur alia res præter illas necessario. Topicus autem syllus est syllus, qui constituitur ex duabus præmissis diuulgatis, veluti demon stratio est syllus, qui constituitur ex duabus præmissis veris primis: syllus enim ex parte suæ formæ est vnus in tribus artibus, quæ conside rant quæsita communia, s. demon- stratio, & topica, & maior pars ora- tionum sophisticarum. Differen- tia vero est ex parte materiæ, quo- niam syllus demonstratiuus fit ex præmissis veris primis, & topicus ex diuulgatis, & sophisticus fit ex præmissis quæ putantur esse diuul- gatæ, cùm non sint diuulgatæ, aut putatur de illis q̃ sint veraces, cùm non sint veraces. Syllogismus au- tem simpliciter, qui est definitus, est vt genus syllogismis factis in his tribus artibus. Inquisitio vero est translatio enuntiatiōis alicuius rei de partibus, quæ includuntur in ali aliqua re, ad enuntiationem illius rei de hac illa vel. e. ounuatiaonis. n. translatio

MANTINVS

REliquū nūc est tractare ī hac parte de cognitiōe generum orōnū dialecticarū, quæ ex his pro- pōnibus componunt pro his p̃ble- matibus, & quæsitis à nobis enume ratis. Dicamus ergo ipsa esse duo genera, nēpe sylls, & inductio. sylls E aūt vl̃ter, vt in lib. Priorū Analyti corum fuit diffinitus, est oratio, in qua quibusdā plurib'positis necef- se est aliquid aliud euenire. Syllus aūt dialecticus ē ille, qui ex duabus præmissis probabilibus cōstat, quē admodū demso est sylls, qui ex dua bus præmissis veris primis constat: sylls. n. ratione suæ formæ est vtiq̃ idē in ipsis tribus artibus, & sunt il- læ, quæ tractant de vribus quæsitis, videlicet de monstratiua, & topica, seu dialectica, & maior pars oratio num Sophistarum. Differt tñ rōne F materiæ, qm̃ sylls demonstratiuus fit ex propōnibus veris, dialecticus vero ex probabilibus: sophisticus autem, seu elēchus ex propōnibus, quæ vident esse probabiles, cùm ñ non sint probabiles, vel videantur esse veræ, cum non sint veræ: syllus vero absolutus, qui iam fuit diffi- nitus, est veluti genus ad reliquos syllos, qui in his tribus artibus ñ sit. Inductio autem est accessio, seu p̃- gressio aut translatio * iudicij alicu ius rei ex partibus singularibus ali- cuius vl̃is * ad iudiciū eiusdem rei circa illud vl̃e. Nam transferre iu-
Log. cū cō. Auerr. 　C　　diciū,

*a.l. viol dox.

*a.l. enm ciacicus.
*a.l. enū ciacioné.

ABRAM

G translatio ab aliqua re in aliquam
rê, non euadit tres modos: quorū
vnus eſt translatio enūtiationis ab
vniuerſaliter in particulare, & hic
eſt ipſe ſyllogiſmus, côcluſio enim
poteſtate continetur in maiori præ
miſſa, eo modo quo pars continetur in toto: ſecunda eſt translatio
ab omnibus particularibus, aut ex
maiori ipſarum parte ad vniuerſalem, & hæc eſt ipſa inquiſitio, prout dicimus φ artifex peritus ſit excellens, quia peritus nauta ſit excellens, & ſimiliter peritus miles ſit

H excellens. Differentia autem eſt inter hāc inquiſitionem & illam quæ
facit acquirere veritatem: in hoc
enim transfertur enuntiatio ad vni
uerſalem topicæ, quia ſuſtentatur
in illud eſſendo in particularibus:
in altera autem euenit nobis veritas præmiſſarum vniuerſaliū poſt
inquiſitionem, præter φ hæc ſuſten
tetur ipſa inquiſitione: inquiſitio
vero eſt huius cauſa ſm quandam
ſpeciem accidentis, nô quòd faciat
per ſe adipiſci illam vniuerſalem:
ſermo autem de hoc côuenientior

I eſt in Libro Poſteriorum. Tertia
autem eſt translatio ab aliqua particulari ad particularem ſibi ſimi-
lem, & hæc nota eſt in exemplo, ſiue ſuerit proceſſus ab vno particulari ad vnam particularem, ſiue à
multis particularibus ad vnam par
ticularem, ex quo huius enuntiationis translatio eſt ad vnam particularem, vt cunque ſint, ſunt vnius
conditionis, prout enuntiamus de
celo φ ſit generabile, quia enuntiamus generatione de partibus plan
tæ & animalis & inanimati. Inquiſi
tio aūt ſit ſ hac arte duobus modis:
quorum

MANTINVS

diciū, ſeu enuntiationem de aliqua K
reſ aliquā rem, neceſſario ſiet vno
trium modorū. Primo transferendo iudiciū ex ipſo vſi ad ſingulare,
& eſt quidem ipſe ſylſus, qm côcluſio continetur virtute in maiori p̄-
miſſa eo pacto, quo pars obtinetur
in ipſo toto. Secundo transferendo
iudicium ex omnibus partibus vel
pluribus earū ad ipſum vſe: & hæc
eſt ipſa inductio, vt cū dicitur, φ ꝓ-
feſſor artis eruditus eſt vtiq, optimus, quia natura eruditus eſt optimus, & auriga eruditus eſt quoq,
optimus. Differt aūt hæc inductio L

ab illa, quæ veritate præſtat p hoc,
qd in hac transfertur iudiciū ad ipſum vſe dialecticæ, quia eſt funda-
tum ſuper id, qd habet ſuum eſſe in
ipſis particularibus, in illa vero ha-
betur veritas per propoſitiones vni
uerſales poſt inductionem, licet nō
fundetur illud in ipſa inductione,
immo ipſa inductio eſt cū illius per
accidens, non φ ipſa præſtet per ſe
illud vſe, ſed tractare de hoc nego-
tio magis ſpectat ad Librum Poſteriorum. Tertio vero eſt translatio,
& progreſſio, quæ ſit ex ſingulari M

ad ſingulare ſibi ſimile, quæ exemplum appellatur, ſiue ille ꝓgreſſus
ſiat ex vno particulari ad vnū particulare, ſiue ex multis particularibus ad vnum particulare, dum ſuerit progreſſio huius iudicij ad aliqd particulare, qd ſit eiuſdē côſor-
nj, vt cū ſecerim" iudiciū de cœlis,
φ ſint geniti: ꝓpea ga iudicam" p̄-
tes plātarū, & animaliū, atq, mine-
raliū eſſe genitas. inductio aūt in hac
arte ſit dupliciter. Primo quidē mo
do verificando vſem proponē per
ipſum ſylſm, & hoc vt in pluribus.
Secundo

ABRAM

A quorum vnus est in verificando p-
missam vltem syllo: & hoc fit pro
maiori parte, & aliqñ raro vtit hoc
in verificando ipsummet quæsitũ.
Syllus autem in hac arte præstantior est inquisitione, prout in arte
Rhetorices signum est præstantius
exemplo, & gestire in arte Poetica
præstantius est q similitudo. Inqui-
fide autem evidentior est syllo, ex
quo sustentatur sensato: & ideo ipsius vsus vtilior est vulgo, & est faci-
lioris oppugnationis: syllus autem
est cõtra hanc minus vtilis, pcipue
B apud vulgos, & imbecillioris oppu-
gnatiõis, & ideo ipsius vsus vtilior
cũ exercitatis in hac arte. Sicq; iam
locuti sumus de speciebus oõtium
topicarũ, & ex quibus cõponãtur.

MANTINVS

Secũdo vero mõ verificãdo ipsum D
met qñsitũ, seu pblema: sed hoc fit
rare, & in paucioribus. Sylls pterea
in hac arte ē valētior, ac pstãtior ipsa inductiõe, quēadmodũ entyme-
maē pltãtius exēplo in arte Rhetorica, & gestus in arte Poetica ē plã-
tior insinuatiõe. Inductio vero est
verisimilior, seu magis psuasiuũ q̃
sit sylls, cũ fundet sup sensum: & io
vti ea cũ multitudine, & vulgo magis cõducit, facile tñ põt cõtradici:
sylls tñ opposito mõ se habet: nēpe E
cũ min° cõferat, plertim apud vulgũ, minus tñ potest cõtradici: & io
vti ipso cum prohientibus hac arte
magis conducit. Iam ergo sumus
locuti de generibus rõnum dialecticarum, & de his, ex quibus constãt.

De instrumentis, quibus syllogismorũ copiã nobis ad differendũ suppeditamur. Ca. 11.

a.l. syllo & inductio nibus.

INstrumenta aũt, p quæ abundemus °syllfs, sunt quatuor. Vnũ
quidē, propõnes sumere. Secundũ autē, quotupliciter vnumqdq; dr̃, posse distinguere. Terriũ, differẽtias suenire. Quartũ
autē, similitudinis cõsideratio. Sunt aũt et mõ quodã tria horum
propõnes. Est. n. vnumqdq; eorũ propõnē facere, vt qd eligendũ F
sit honestũ, vel delectabile, vel vtile: & cp differt sensus à discipli-
C na, eo cp amittenti eã possibile est rurfum sumere, illum autem
impossibile. Et qm similiter se habet salubre ad sanitãtē, & habile ad bonã habitudinē. Est aũt pria propositio, ab ñs cp multipli-
titer dicuntur, secunda d differentia, tertia vero d similibus.

Sermo de Instrumentis Topicis. Cap. 11.

ABRAM

R Eliquit nobis dicendũ de in-
strumẽtis, quæ adipisci faciũt
syllm. Quæ quidē instrumẽta sunt
quatuor, quorũ vnũ est, posse sumere
pmissas, ex qbus cõponit sylls. Secundũ aũt est posse discernere singula nomina, & quot modis dicãtur. Tertiũ est dñarum eductio. Et
quartũ est ex verisimili scrutiniũ.

MANTINVS

R Eliquũ nũc est tractare de in-
strumẽtis, q bus ipse sylls habetur. Quæ qdē instrumẽta sunt quatuor. primũ eorũ ē. hñe faculatē inueniēdi propõnes, ex qbus ipse sylls
cõstat. Scd j ē hñe iudiciũ, quo vnũ-
qdq; nomē dignoscat, quot modis
dicat. Tertiũ ē adiuenire ipsasdñas
quartũ ỹo ē, similitudinē cõsiderare.

ERgo propositiones quidem eligendum quotquot modis determinatum est in propositione: aut omnium opiniones proponenti, aut plurium, aut sapientum, & horum vel omnium, vel plurimorum, vel notissimorum, aut etiam contrarias apparentibus, & quæcunque opiniones secundum artem sunt: at oportet protendere contrarias apparentibus probabilibus secundum contradictonem, quemadmodum dictum est prius. Vtile autem & facere eas in eligendo non solum quæ sunt probabiles, sed & similes eis, vt ꝗ contrariorum idem est sensus: nam et scīa contrariorum est eadem. Et ꝗ videmus suscipientes aliquid, non emittentes: nam & in alijs sensibus sic est, nam & audimus suscipientes aliquid, non emittentes, & olfacimus eodem modo, similiter autem & in alijs. Amplius, quæcunꝗ in osbus, vel plurimis vident, sumendum vt principium, & apparentem positionem: nam ponunt qui non conspiciunt, in aliquo non sic. Eligere autem oportet & ex scriptis disceptationibus. Descriptiões autem facere in vnoquoꝗ genere supponentes seorsum, vt de bono, aut de animali, & de bono omni, incipientem ã quid est. Annotare autem & singulorum opiniones, vt ꝗ Empedocles quatuor dixit elementa corporum esse: ponet enim aliquis, quod ab aliquo probato dictum est. Sunt autem (vt figuraliter sit complecti) propositionum, & problematum partes tres: nam aliæ sunt morales propositiones, aliæ naturales, aliæ rationales. Morales quidem huiusmodi, vt vtrum oporteat parentibus magis, an legibus obedire, si dissentiant. Rationales vero, vt vtrum contrariorum eadem disciplina, an non. Naturales autem, vt vtrum mundus sit æternus, nec ne. Similiter autem & problemata. At vero quales sint singulæ earum, quæ dictæ sunt, definitione quidem non facile assignare est de ipsis. Est autem ea, quæ per inductionem est, assuetudine tentandum cognoscere vnamquanque earum, secundum prædicta exēpla consideranti. Ad philosophiam igitur, secundum veritatem de his negociandum, dialectico autem modo, ad opinionem. Sumendæ autem quàm maxime vniuersales propositiones omnes, & vna facienda multæ: vt quòd oppositorum eadem disciplina, deinde quòd ad aliquid. Eodem modo & ipsæ rursum diuidendæ, quousque contingere potest diuisio: vt quòd boni, & mali, & albi, & nigri, & frigidi, & calidi, similiter autem & in alijs. De propositionibus igitur sufficiant prædicta.

Sermo

Sermo de quantitate praemiffarum, feu de facultate propofitionum inueniendarum, quod eft primum inftrumentum.   **Cap. 11.**

ABRAM

QVantitas vero p̄miffarum v̄e eft fm fpecierum vulgataru̅ p̄miffarum commemo-rationem, & ipfarum difcrimen ex reliquis praemiffis, & hoc quidem primo fit fcrutinio, & commemo-ratione opinionum vulgi, & fimi-liter opinionis maioris partis ipfo-rum, & opinionum Philofopho-rum ipforumq; magnatum, & q̄n ex libris collegerimus omnes opi-niones, quae funt in artibus, & fimi-liter iteru̅ collegerimus deftructio-nem rerum repugnantium famo-f̄, illafq; intelligemus, & fimiliter de illis quae famofis funt verifimi-les, hoc vero expedit fieri in fingu-lis generibus praemiffaru̅, quae funt fingularum artiu̅. V.g. quia in mo-ralibus praemiffis conuenit eunde̅ actum facere colligere, ipfaru̅ fa-mofiores fm illarum gradu̅, illafq; intelligere, & obfernare, ficq; et in naturalibus & in logicis & in reliq̄ artibus, quas poffibile eft Topicam artem confiderare, & fm hoc opus & exercitiu̅ eueniet nobis poteftas fumendi quafdam praemiffas vul-gatas: illa. n. eft apud nos metho-dus, qua poffibile eft difcernere vul-gatum à non vulgato, & fpecies vul-gatarum à fe inuicem, fiue illarum moralium à naturalibus, aut Logi-cis, prout in arte demfonis fit no-bis poffibile diftinguere praemiffas veras, praeter q̄ illas ponamus fimi-les illis, quas tradidimus in fiugu-lis fpeciebus praemiffarum, prout fiuat methodi diftinguedi reliqua̅ praemiffarum fpecies, q̄ nobis red-dantur

MANTINVS

FAcultas aute̅ ad ipfas propō nes inueniendas feu affume̅das, ha-betur quide̅, fi intelligant & firmi-ter teneant genera propō nu̅ proba-biliū, eafq; ex reliquis generibus p̄-pō nu̅ feligantur & adinueniant: & hoc fit primo, fi confiderent inuefti-genturq; vulgi opiniones, atq; cu-ftodiant, fimiliterq; opiniones plu-rimoru̅ eoru̅, & opiniones philofo-phoru̅ o̅ium, atq; maioru̅ ipforu̅: & fi colligant ex ipfis libris quoq; o̅es opiniones, quae in ipfis artibus reperiunt̄, fimiliter quoq; fi fuma-tur co̅tradictio reru̅ q̄ contrariant̄ ipfis probabilibus, recteq; intelliga̅-tur & q̄ ipfis probabilibus fimilan-tur. Hoc t̅ necefle e̅ vt fiat i̅ vno-quoq; genere propō nu̅, q̄ in fingu-la arte reperi̅t. Exempli gr̄a, opor-tet vt hoc met officiu̅ fiat in ipfis p̄-pō nibus moralibus, ex quibus eli-gant & fumant quae p̄babiles funt fm ordine̅ earu̅, & intelligant ea-fq; cuftodiant, identide̅ in phyfi-cis, atq; logicalibus fieri debet, ac in reliquis artibus, de q̄bus ipfa ars Dialectica confiderare po̅t hoc.n.of-ficio ac exercitatione adipifcemur facultate̅ illa̅, qua affumamus & ac-quiramus propō nes probabiles. na̅ no̅ habemus regula̅, qua poffim̄ diftinguere p̄bab le à no̅ p̄babile, neq; genera p̄babiliu̅ inter fefe, vel ipfas morales ab ipfis phyficis, aut logicalibus, que̅admodu̅ poffum̄ diftinguere propō nes veras in arte demfariua, p̄ter hoc, q̄ ponamus il-las fimilitudines, feu exe̅plaria, q̄ pofuimus in vnoquoq; genere p̄-

ABRAM

G dantur nobis comparantibus illas, reducentibus ad illas, adeo ꝙ p hoc enũtiemus illas, quę nobis reddun- tur cuius speciei sint, an vulgata- rum apud omnes, aut apud ma- iorem partem. & an sint naturales, aut logice, aut alterius speciei præ- missarum ipsorum artificum. Quã do enim exercitati fuerimus I hoc opere repetitis vicibus, eueniet no- bis potestas inueniendi præmissas, ex quibus fiunt huius artis sylłł. Id autem, quod hanc rem iuuat, est, ꝙ exerceamur in acceptione p̃mis-

H sarum communium vulgatarum, quanto vniuersalius poterimus, deinde illas partiamur quoad pos- sibile fuerit, donec finiamus in vlti- mas species, hoc enim coaptat no- bis sumere plures p̃missas, ex quo species vulgatarum præmissarum sunt etiam vulgatæ. vt. v. g. ꝙ pro- ponamus dicere ꝙ oppositorũ scĩa sit vna, & illam diuidamus in con- traria, & relatiua, & reliqua opposi ta, cõrariaꝗ, ipsa diuidamus in fm olfactum contraria, & in visu con- traria, & in tactu contraria, & simi

I liter vnumquodꝗ, quatuor oppo- sitorũ: & hinc eueniet nobis abun- dare in pluribus præmissis, scilicet ꝙ contrariorum scientia sit vna, & relatiuorum scientia sit vna, & fm hoc diuisio contrariorum, & vniuf cuiusque oppositorum faciet no- bis euenire plures præmissas. exem pli gratia, quia ex contrariorum diuisione eueniet nobis, quòd ca- loris & frigoris scientia sit vna, & albi & nigri scientia sit vna: hoc itaque modo nobis eueniet pote- stas extrahendi præmissas.

MANTINVS

K pōnũ, vt sunt illę regulę datę ad di- stinguẽdũ reliqua genera ꝓpōnũ, ꝗ reducunt ad nos, vt cõparem' ea illis, & ita reducant vt p hoc iudica mus de eo genere, qd̃ reductũ ẽ ex eis, cuius nã sit generis, vtrũ. sex ꝓ babilibus apud oẽs, aut apud plu- res, & vtrũ sint physicę, vel logica- les, vel ex aliquo alio genere propõ nũ professorũ alicuius artis. nã si p seuerem' in hoc officio, sepissimeꝗ a nobis repetat, adipiscemur pfe- cto ex ipso facultate inueniendi p̃ pōnes, ex quibus syłł fiant in hac

L arte. Cõducet aũt ad hoc negociũ, si assueti fuerimus, seu exercitari in assumẽdis ipsis propōnibus vtibus probabilibus vtiori mõ, quo assu- mi possint, mox dinidam' eas, quod ad fieri poterit, donec perueniam' ad vltimas spẽs: sic. ũ. poterimus as- sumere plures propōnes, postꝗ spe- cies propōnũ probabiliũ sunt ꝓ- babiles. Exempli gra, si assumamus propōnẽ nostrã, ꝙ cõtrariorũ eadẽ est disciplina, & nos diuidamus ip- sa opposita in opposita cõtraria, & relatiua & reliqua opposita, diuidã musꝗ, insup cõtraria si cõrraria fm

M visum, & cõtraria fm tactũ, & sic de singulis quatuor oppositis oĩbus: & sic multas assumemus ꝓpōnes: nẽ- pe, ꝙ scĩa cõtrariorũ est eadẽ, & scĩa relatiuorũ eadẽ: & similiter ẽt obti nebimus ex diuisione ipsius con- trarij & vni scuiusꝗ oppositorum multas propōnes. exempli gra nos assumemus ex diuisione & contra- riorum, ꝙ scĩa calidi & frigidi est eadem, & scĩa de albo & nigro est eadem: hac ergo via, & nõne adi- piscemur facultatem assumendi ip sas propōnes, atꝗ inueniendi eas.

De

De Multiplicis distinctione.   Cap. 11.   A

Ipsum autem quotupliciter negociandum est, non solùm quæ
cunqʒ dicuntur ſm alium modum, sed & rationes eorum tentandum assignare, vt non solum cp bonum alio quidem modo dicitur iustitia, & fortitudo, habile autem, & salubre, sed cp
& illa quidem eo quòd ipsa qualia quædam sunt, hæc autem eo
quòd effectiua alicuius, & non eo cp qualia quędam sunt: similiter
aūt & in alñs. Vtrum aūt multipliciter, aut vno mō specie dicit̄, p
hęc considerandū. Primū qdē in contrario perspiciendū, si multi
pliciter dr̄, siue spē, siue nose dissonet. Quędā. n. statim et nominibus alia sunt: vt acuto in voce contrarium est graue, in magnitudine autem obtusum: patet igitur, cp contrarium acuto multipliciter dicitur: si autem hoc, &, acutum. Nam ſm vtrunqʒ horum
aliud erat contrarium: non enim idem acutum erit obtuso, & gra B
ui contrarium, vtriqʒ autem acutum contrarium. Rursum gra
ui voce quidem contrarium acutum, magnitudine autem leue:
quare multipliciter graue dicitur, eo cp & contrarium. Similiter
autem & pulchro, & quidem quod in animali turpe: ei vero, qd̄
est in domo, perniciosum: quare ęquiuocum pulchrum. In quibusdam autem nominibus quidem nullo modo dissonat, specie
autem manifesta in eis statim differentia est, vt in claro, & obscu-
ro: vox enim clara, & obscura dicitur. Similiter autem & color.
Ergo nominibus quidem nihil dissonant, specie autem manifesta in eis statim differentia est: non. n. similiter & color clarus dicitur, & vox clara: manifestum autem id est, & per sensum: nam
eorum, quæ eadem sunt specie, idem sensus: at clarum, quod est
in voce, & in colore, nō eodem sensu iudicamus, sed hoc quidem C
visu, illud autem auditu. Similiter autem & acutum, et obtusum
in humoribus, et in magnitudinibus, sed hoc quidem tactu, illud
autem gustu. Nam neque hęc dissonant nominibus, neqʒ in seip
ſis, neque in contrarijs: obtusum enim est cōtrarium vtriqʒ. Am Locus ab
plius, si huic quidem est aliquid contrarium, illi autem simplici- ijs, Iq̅buꝰ
ter nihil: vt ei, quę est à potu delectationi, ea, quæ est à siti tristi- regn̄ alie
tia, contrarium, ei autem, quæ est ab eo quod est considerare cp n̅ cōtra-
diameter est costæ incommensurabilia, nihil: quare multiplici- rium.
ter delectatio dicitur. Et ei quidem quæ est secundum mentem
amare, odisse contrarium est: ei autem quæ est secundum cor-
poralem actum, nihil: manifestum ergo quoniam amare ęqui
uocum. Præterea in medijs. Si huic quidem est aliquid me- Locꝰ à me
dium, illi autem nihil. Aut si vtrisque quidem est, non idem au- dijs ꝑtis.
tem: vt clari, & obscuri in coloribus quidem aliquid est mediū,
         C iiij   fuscum,

D fufcum, in voce autem nihil. Aut fi forte raucum , quemadmodũ
quidam dicunt raucam vocẽ, mediũ effe : quare æquiuocum cla
rum : fimiliter & obfcurum. Infuper fi horũ quidẽ plura media,
illorum autem vnũ, vt in claro & obfcuro. Nam in coloribus plu
ra media, in voce autem vnũ, raucum. Rurfum in eo quod fecun
dum contradictionem opponitur confiderandũ : fi multipliciter
dicitur . Nam fi hoc multipliciter dicitur , & quod huic opponi
tur multipliciter dicetur . Vt non videre multipliciter dicitur ,
vnum quidem non habere vifum, alterum autem non operari vi
fu . Si autem hoc multipliciter dicitur, neceffarium eft & videre
multipliciter dici, vtrique enim non videre opponitur: vt ei qui
dem , quod eft non habere vifum , habere : illi autem quod non
eft operari vifu, operari. Amplius, in his quæ fecundum priua
tionem , & habitum dicuntur, perfpiciendum . Si enim alterum
multipliciter dicitur, & reliquum: vt fi fenfibile multipliciter di
citur , & fecundum animam & corpus, & infenfibile multipli
citer dicetur , & fm animam & corpus. Quod autem fm priua
tionem & habitum opponuntur, quæ dicta funt manifeftum: eo
ɋ nata fint vtrunɋ fenfum habere animalia, & fecundum ani
mum , & fecundum corpus. Amplius autem in cafibus confide
randum. Nam fi iufte multipliciter dicitur, & iuftum multipli
citer dicetur : fecundum vtrunque enim iuftorum eft iuftum :
vt fi iufte dicitur, & fecundum fui cognitionem iudicare, & vt
oportet: fimiliter & iuftum . Eodem autem modo & fi falubre
multipliciter dicitur, & falubriter multipliciter dicetur. vt fi falu
bre dicitur hoc quidem fanitatis effectiuum, illud autem confer
uatiuum, quoddã vero fignificatiuũ : & falubriter vel effectiue,
vel conferuatiue, vel fignificatiue dicef. Similiter autẽ & in alfjs,
qñ ipfum multipliciter dictum fuerit, et cafus ab eo multipliciter
dicetur : et fi cafus, & ipfum . Confideranda autem & genera fm
nomen ɋdicationum, fi eadem fint nominibus. Nã fi nõ eædẽ, ma
nifeftum eft, qñ æquiuocum eft qð dr̃ : vt bonum in cibis quidẽ
effectiuum eft voluptatis, in medicina aũt effectiuũ fanitatis, in
anima vero qualẽ effe: vt caftã vel fortẽ, vel iuftam: fifr̃ aũt & in
homine, aliquoties autem & qñ, vt in tempore bonũ (bonum .n.
dicitur in tempore) plerunɋ aũt quantum in mediocri (dicitur
.n. & mediocre bonum) quare æquiuocum bonum. Similiter aũt
et candidũ: in corpore quidẽ color, in voce autem bene audibile.
Similiter aũt & acutum : non .n. fimiliter idem in omnibus dici
tur : nam vox acuta quidem velox (ficut dicunt, qui fecundñ nu
meros armonici funt) angulus autem acutus, qui minor eft recto:
gladius

A gladius vero, qui est anguli acuti. Considerāda etiā & genera eorum, quæ sunt sub eodem nole, si diuersa, & non subalterna sunt:
vt equus, hoc aūt animal, & hoc vas:diuersa enim, quæ sm nomen
est horū ratio:nam hoc quidē aīal, quid significat, illud vero vas,
quale quid. Si aūt subalterna sīt genera, non necessariū diuersas
esse rōnes:vt corui animal, & auis genus est:qñ autem coruum dicimus auem esse & aīal, quid dicimus eundē esse: quare vtraqꝰ genera de eodem prædicantur.Similiter aūt & qñ animal volatile bi
pes coruum dicimus: dicimus aūt eandem esse : & sic ergo vtraqꝰ
genera de coruo prædicanꝑ,& ratio eorū. In non subalternis generibus non accidit hoc:neqꝰ enim qñ vas dicimus, animal dicimꝰ:
neqꝰ qñ animal, vas. Considerādum aūt non solum si in proposito
diuersa sunt genera,& non subalterna:sed & in contrario. Si enim
contrariū multipliciter dr̄,manifestum:qm̄ & propositū. Vtile au
B tem ad definitionē inspicere,quæ de cōposito fit:vt candidi corpo
ris,& candidæ vocis:nā sublato proprio, eandem rōnem oportet
relinqui.Hoc aūt non accidit in æquiuocis, vt in ijs quæ nūc dicta
sunt:nam hoc quidē erit corpus habēs talem colorē, illud aūt vox
bene audibilis:sublato igiꞇ corpore,& voce, nō idem in vtraqꝰ re-
linquitur:at oportet si vniuocū esset candidū, quod in vtraqꝰ dr̄
esse idem.Sæpe aūt & in ipsis definitionibus latet assequens æqui
uocum:quapropter & in definitione cōsiderandū,vt si quis signi-
ficatiuum,vel effectiuum sanitatis,qꝓ moderate se habet ad sanitatem,dicat esse,non refutandū:sed inspiciendū quid moderate quidem sm vrūqꝰ dixit:vt si hoc quidē tale significat, vt facere sanitatem,illud aūt tale,vt significare qualis quidē sit habitus.Adhuc
si non cōparabilia sunt sm magis, & minus, vel sīꞇ: vt clara vox,
clara vestis:& acutus humor,& acuta vox : hæc enim neqꝰ sīꞇ di-
C cunꞇ clara, vel acura,neqꝰ magis alterū:quare æquiuocū clarum,et
acutū:nam vniuocum oē,comparabile: aut enim sīꞇ dicetur , aut
magis alterū.Quoniam aūt diuersorum generum,& non subalter
natim positorū diuersæ spēs sunt,& dr̄iæ, vt animalis , & scientiæ
(diuersæ enim horum dr̄iæ)cōsiderandum , si quæ sub eodē sunt
nole diuersorum generum,& non suꞇalternorū diuersæ dr̄iæ sīꞇ,
vt acutū vocis,& magnitudinis:differt enim vox à voce,eo quod
acuta sit:sīꞇ & magnitudo à magnitudine : quare æquiuocū acu-
tum:diuersorū enim generum, & non subalternorū diuersæ differentiæ sunt.Rursum si eorūdem,quæ sunt sub eodē nomine,diuer
sæ dr̄iæ sunt:vt coloris qui est in corporibus,& in melodijs . Nam
eius,qui est in corporibus,cōgregatiuum,& disgregatiuum visus:
eius vero,qui in melodijs,non eædē dr̄iæ: quare æquiuocū color:
nam

A ponē gē-
nerum.

Locus à cō-
parat͟iue
significa-
tionum.

Idē ı ante
ꝑdicamē-
tis ca. 4.
A diffe-

Color in melodijs, q & chro me, & cū re tracorda pcedunt p duo he-mitonia, & trihemi-tonum. Id aut ex musicis.

G nam eorundem, eædem differentiæ. Amplius, qm species nulli in est differentia, inspicere oportet, si eorum, quæ sub eodem sunt nomine, hoc quidem species est, illud autem differentia: vt clarum, quod in corpore quidem, species coloris, quod autem in voce, differentia. Differt enim vox à voce, eo q clara sit. De eo igitur, quod multipliciter dicitur, per hæc, & huiusmodi perspiciendum.

Sermo de Multiplicis, seu Aequiuoci distinctione, quod est ferendum suis frumentum. Cap. 1j.

ABRAM

AD potestate vero distinguendi nomen æquiuocum Arist. tradidit quindecim regulas. Quædam sunt, quæ sumuntur ab essentia rei, & illæ sunt quæ sumuntur ab illius definitione, & ab eius genere, eiusq; differentia. Et quædam sunt, quæ sumuntur ab ipsa re, quæ extra est, & sunt illæ, quæ sumuntur ab ipsis rem recipientibus & à comparationibus & à similitudinib', & incœpit & tradidit contrariorum quindecim regulas. Prima regula est, quod consideremus contrarium illarum rerum, de quibus dicitur nomen, quoniam si huius contrarium nomen occurrat de singulis nominis æquiuocatione, illud nomen dicitur nomen æquiuocatione, hoc autem nobis ostenditur duobus modis, quorum vnus est, quod illis contrarijs non sit vnum nomen, sed nomina diuersa. Verbi gra, quia acuitas significat dispositionem cultri, & dispositionem vocis, quando autem velimus scire, an quod significat in vno si aliud ab eo, quod significat in altero, primo consideramus nomen contrarij in vtroque illorum, sicq; in voce inuenimus grauitatem, & in cultro inuenimus grossitiem, sicq; scimus acutiei nomen esse illis æquiuocum.

Secūdus

MANTINVS

AD adipiscendam aut facultate distinguendi nomé æquiuocū, Aristoteles tradidit quindecim Regulas, quarū quædam sumuntur ex subitátia rei, & sunt illæ, quæ sumuntur ex ipsa diffinitione rei & ex eius genere, & ex eius dria: quædam vero sumūtur à rebus extrinsecis, & sunt quidem res, quæ sumuntur ex oppositus ipsius rei, & ex cōparatione, & ex similitudinib'. Incepit aut Arist. dare quinq; regulas, seu locos, quæ sumuntur ab ipsis cōtrarijs. Prima ergo regula est, vt consideremus cōtrarium illatū rerū, de quibus illud nomen dr:nam, si nomen illius contrarij dicat de singula earum æquiuoce, tunc illud nomen dicit de illis rebus æquiuoce. hoc tn bifariā innotescit nobis: primo quidé modo vt si illa contraria non habeant vnicū nomen, sed noia varia & distincta. exempli gratia hoc nomen acurū, quod quidé significat aliquid in gladio & aliquid in voce. & cū voluerimus scire, verū id quod significatur in vno illorū, sit diuersum ab eo qd significat in alio, tunc cōsiderare debem' primo nomé ipsius cōtrarij in singulo eorum, & tunc inueniemus contrarium eius in voce esse graue, & I gladio obtusum. & sic scim' hoc nomen acutum esse eis æquiuocū.

Secūdo

ABRAM

A · Secundus aũt modus est, q̃ cõsideremus dispositionẽ ipsorummet cõ
trariorũ, quo et indigemus, qñ fuerit vnũ nomen, gratia exempli vox
clara, & aqua clara, qñ consideram'
illius cõtrarium, inuenimus vnum
nomẽ, quod est turbidum: qñ vero
inspicimus turbulentiam aquæ, inuenimus illã quãdam rem, quę accidit ei fm visum: turbulẽtia vero vo
cis est res, quæ fm auditum euenit, &
scimus q̃ claritudo est nomen æqui
uocum. Capitur autẽ iuuamen per
hanc regulam, qñ huius distinctio
B in contrario fuerit notior q̃ illius di
stinctio in rebus, in quibus primo
quærebam' cognitionem nominis
æquiuoci, prout per primam regulam recipiebatur iuuamen, qñ contrariorum nomina erunt diuersa.
Tertia regula est, q̃ consideremus
res in quibus capiebatur indi-
cium de nomine, quia si vbi illarum fue
rit contrarium, & non fuerit alteri,
scimus q̃ nomẽ est æquiuocũ, sicut
est oblectamentũ, quod euenit ob la
potum, & ob aquæ potũ: vnius enim
est cõtrarium, quod est ipsa sitis, al
C terius vero non est aliquid contrarium. Quarta autem regula est, q̃
consideremus vnum, quæ significat no
men ipsum cõtrariũ: quia si vbi sit
cõtrarium immediatum, alteri aũt
mediarum, nomen est æquiuocum.
Verbi gratia, dulcis sermo, & dulcis
sapor, qñ inter dulcedinem, & ama
ritudinem sermonis nõ est mediũ,
inter saporis vero dulcedinẽ, & ama
ritudinem est medium, vt salsedo &
alij sapores. Quinta regula est,
si alterũ sit contrarium, inter
quæ sit vnũ mediũ, alterius aũt sit
contrariũ, inter quas sint plura media.
Sexta

MANTINVS

Secũdo modo vt dignoscamus si- D
gnificatũ ipsorũmet contrariorũ, &
hoc ét est nobis necessariũ scire, qñ
vnum tm̃ fuerit nomen. exẽpli causa vox clara, aqua clara. nã si quæramus contraria horũ, inueniemus ea
habere vnũ nomẽ, nempe turbulen
tia: sed, cũ cõsideramus turbulentiã
in aqua, inuenimus eã esse quid acci
densei in visu. Turbulentia vero in
voce est quid accidẽs in ipso auditu,
& sic nouim' hoc nomen, s. clarum
esse æquiuocũ. Hęc aũt secunda Re
gula est vtiq; vtilis, qñ huius distinctio p contrariũ fuerit notior, q̃ sit B
distinctio eius p illas res, de quibus
quærebamus noticiã nominis æqui
uoci prius: quẽadmodũ illa prima
regula iuuat, qñ noĩa ipsorũ contrariorum sunt diuersa. Tertia regula
est, vt cõsideremus vnũ illorũ duoꝛ
significatorũ de quibus assumitur
significatio illius nominis: nã si vnũ
illorũ habuerit contrariũ, alterũ vero nõ, tunc scimus illud nomen esse
æquiuocum, vt est delectatio, quæ à
scia habet, & quæ à potu aquæ: nam
hæc habet cõtrariũ, videlicet sitim,
illa vero nõ habet cõtrariũ. Quar- V
ta Regula, vt cõsideremus significa
ta illius noĩs propositi, vtrum vnum
eorũ habeat contrariũ mediatum,
aliud vero mediatũ, tũc nomẽ illud
est æquiuocum. exempli gratia dulcis eloquẽtia, & dulcis sapor: nã inter dulcedinẽ sermonis & eius ama-
ritudinem nullum datur medium,
sed inter dulcẽ & amarũ saporẽ dac
medium, videlicet salsum, & reliqua
genera saporum. Quinta Regula
est, si vnũ significatorum habet con
trarium habens vnum mediũ, aliud
vero contrariũ habeat plura media.
Sexta

ABRAM

G Sexta autem regula est ab oppositis, quæ sunt ſm contradictionem, quæ est, ꝙ si consideremus an oppositum vnius rerū dicatur nominis æquiuocatione cum alterius rei opposito, scimus ꝙ nomen est equiuocum. Verbi gratia, vidēns est oppositum quod est non videns, hoc autem dicitur de duabus diuersis reb', quarū vna est, ꝙ non sit illi visus, & altera ꝙ non vtatur visu: hinc itaꝗ est manifestū, ꝙ videns cum opposito dicitur æquiuocum. Septima regula est secundum modum priuationis & habitus: nam si oppositum dicitur multipliciter, res, quam nomen significat, dicit multipliciter. Verbi gratia, si sentire de anima & corpore dicatur dupliciter, priuatio sentiendi etiam dicitur dupliciter, sicꝗ si sanitas dicatur de illis æquiuoce, scilicet de anima & corpore: ægritudo itaꝗ de illis dicitur æquiuoce. Octaua regula est à casibus, vt si iustū dicatur multipliciter, iustitia dicitur multipliciter Sed regulæ sumptæ ab ipso genere sunt traditæ ab eo dux numero, quarum vna est, ꝙ genera rerū, de quibus sumitur inditium de nominibus, sint distincta, dico genera vniuersalia, prout dicimus laudabile de saporibus, & laudabile de morib', & laudabile de pluuia: laudabile enim saporum est duorum prædicamentorū actionis, & passionis, ex quo ille agit, aut patitur in corpore laudabili passione, morum autem laudabile est ſm qualitate, vt fortitudo & virtus, pluuia autem laudabilis est pro tēpore.

Secunda autem regula est, ꝙ consideremus genera illarū rerū de quibus sumit inditiū, dico ipsa prima, qñ

MANTINVS

Sexta Regula est sumpta ab oppositis ſm contradictionē, videlicet vt consideremᵘ quoꝗ ipsum oppositō, nam si oppositū vnius illorū significatorsi dicatur æquiuoce, cum nole oppositi significari alterius, tunc scimus illud nomen esse æquiuocum. exempli gratia videns, cuius oppositum est non videns, quod ꝙdē habet duo significata distincta, vnum est, quod nō habet visum, aliud vero quod non vtit visu: patet ergo ꝙ hoc nomen videns est æquiuocum.

R Septima regula est sumpta etiā ab opposito ſm priuationē & habitū. R nam si oppositum dᵢ multis modis, id quoꝗ, ꝙd significat illud nomē, dicet multis modis. exēpli gratia, si sensatio ſm animam & ſm corpus dᵢ duobus modis, priuatio i. insensatio dicet quoꝗ duobus modis: pari rōne si sanitas dicitur de anima &de corpore equiuoce, ægritudo quoꝗ dicet de eis æquiuoce. Octaua regula & locus sumit ab ipsis casibus seu denominatiuus: nā si iuste de multis dicat casibus, iustitia quoꝗ de multis casibus dicet. De locis aūt & regulis sumptis ab ipso genere. Arist. M dat duas regulas. Prima est, vt genera illorū significatorū, quæ p illud nomen significant sint diuersa: hoc est, ipsa genera vsia, vt cum dicimus bonū in cibis, & bonū in pluuia: nā bonū in cibis in duobus existit prædicamentis, videlicet agere, & pati, cū agat vel patiat in corpore passionē bonā, bonum vero in moralib' existit in ipsa qualitate, vt fortitudo & castitas, bonū quoꝗ in pluuia existit in ipso tpe. Secūda Regula est, vt cōsiderent genera illarū rerum, quæ per illud nomen significant, videlicet quando aſcendunt ad genus ipſum ſupremum, aut ad medium eis, & ſu premo, etſi illa genera fuerint diſtin cta, & vnum non ſubintrat alterū, neque hoc nomen ſignificat illas res inquantum cōueniunt in ſupremo genere, hoc nomen eſt æquiuocū. Verbi gratia, aſinus dicitur de quodam vaſe quod arte fit ex ligno, & de animali, illorū enim genera pro pria ſunt diuerſa, ſcilicet animal, & planta, & neutrum illorū alteri ſuppoſitur, nec aſini nomen illa ſignifi cat, inquantum connectuntur ſupre mo genere quod eſt ſubſtantia, quia ſi illa ſignificaret inquantum ſunt in prædicamento ſubſtantiæ, dicerentur de illis vniuoce. Verbi gratia, paſſer & pennarum ad auem, ſunt enim duo illiꝰ genera diſtincta, quæ ad vnum genus aſcendunt, auis autem non dicitur nominis æquiuocatione de eis, ex quo paſſer continentur habére pennas. Vndecima Regula ſumitur ex definitione : hæc autem fit in definitionibus rerum compoſitarum, quæ ſignificant ſingulas partes compoſitorum per ſimplices dictiones, prout dicimus eclipſim Lunæ & eclipſim Solis, nos enim quando cōſideramus & mediamur talia, auferimus rem qua differunt omnia ſubiecta, & definimus id, qđ illis commune, & inuenimus illud diuerſum nomen itaqᷓ eſt æqui uocum, vt ſi definiremus eclipſim Lunæ & eorum, erimus illam, quod illius caſus in vmbræ piramidē, & ſi finiremus eclipſim Solis, & illā comperimus eſſe Lunæ interſtitiū inter

videlicet ꝓpinqua, ſi ꝓtingat ea aſcē dere ad aliquđ genꝰ, ſiue ad iꝓmmer ſupremū, ſiue ad illud qđ eſt mediū Iter ipſa & ipſum ſupremū, & ſi illa gña ꝓpinqua fuerint diſtincta, & alterū eorᷓ nō ſubalternat alteri, neqᷓ illud nomē ſignificet illas res, ea rōne, qua cōicāt in gñe ſupremo, tūc illud nomé eſt æquiuocū. Exēpli gꝝa, hoc nomē aſinꝰ, quod đr de initſo ſeu vaſe arte cōfecto ex ligno, & de ipſo aſali: nam genera eorū propinqua ſunt vnqᷓ diſtincta, & alterum nō ſubalternat alteri, neqᷓ illud nomen aſinꝰ ſignificat eas res ea rōne, qua continent in genere ſupremo, quod eſt ſubſtātia: nā ſi ſignificaret eas ea rōne qua ſunt in ꝓdicamento ſubſtātiæ, tunc nomen aſini diceret de eis vniuoce: ſit quoqᷓ ſi illa duo gña propinqua ſubijcerent alterū alteri, tūc illud nomen diceret de eis vniuoce. Exempli gꝝa auis & penná tū de ipſo volatili, ſunt enim ei duo genera diſtincta, ſ ad vnū aſcedunt genus: volucre aūt non đr æquiuocæ, cū auis cōtineat in ipſo pennato.

Vndecima Regula eſt ſumpta ab ipſa diffinitione : & hoc videlicet in diffinitionibus rerū cōpoſitarū, quæ ſignificāt vnāquāqᷓ particulā ipſius cōpoſiti ꝑ dictioné ſimplicer, vt cum dicimus eclypſim Lunæ, & eclypſim Solis: qñ enim nos cōſideramꝰ ſignificata horū, & auferimus id, quo diuerſificant, hoc eſt ipſum ſubiectū, & definimus id qđ eſt eis cōe, & inuenimus ipſum diuerſum, tūc illud nomé eſt æquiuocū, vt ſi diffiniamꝰ eclypſim Lunæ, ſeu deliquiū, & inueniamus ipſum eſſe, cū cadit in py ramide ipſius vmbræ, & diffiniamꝰ deliquiū Solis & ſueniamꝰ ipm eē,

cū

G inter nos & illū, sicq; scimus eclipsis
nomen illis esse æquiuocū. Et aliqñ
est verū, ꝙ noīa parciū definiuonis
dicantur æquiuoce, & expedit ꝙ in
illis ꝓcedamus prout procellim' in
ipsis definitionibus. Regula duode
cima ēt sunt ꝉ ex eo ꝙ ē magis & mi
nus & equale, hoc ē, ꝙ cōsiderem' al
terā duarū rerū, de qua dr illud nomen, etsi inter illā & alterā nō fuerit
cūparatio ī suis subīes ꝼm magis aut
min', aut eꝗle, illas duas res signat.
æquiuoce. V.g. acuties vocis, & cultri
nō dr ꝙ vnius acuties sit alteri' acu
H tici equalis, aut magis. Et duæ regulæ sunt ex ipsa dīa, quarū vna est, ꝙ
consideremus an res, quas vno noīe
significāt, sint dīæ supremorū gene
rum diuersorū, aut mediorum, quo
rum vtrunq; ascendat ad vnū supre
mum aliud, ab illo ad qd ascēdit alte
rum. Nam si ita erit, illud nomē est
æquiuocū. V.g acuties vocis & cultri: vocis.n. acuties est alia, & discrimen acuuei ē de differētijs prædicamenti qualitatis, culti aūt acuties &
acuuei discrimen ē de differētijs ꝑdi
camenti suīæ: secūda aūt regula est,
I ꝙ cōsideremus res quas significat illud nomē, & si ipsarū dīæ ipsas diui
dentes fuerint diuersi, nomen erit
æquiuocū. V.g. digestum dr degu-
stata re & de ea quæ addiscitur: dīæ
enim diuidentes rem, quæ addiscit,
sunt dīæ diuidentes disciplinam, &
illā cōtinentes: digestum aūt, quod
significat rem gustatam, nō diuidit
his differentijs. Alia aūt postrema
regula est, qñ vna harum duarū rerum, quas significat nomen, sit diffe
rentia, & altera, sit species. Hæ itaq;
sunt regulæ quas tradidit in dignoscendo nomen æquiuocum.

cū Luna ꝼterponit ſter viſum nꝼm, K
& ipm Solē, tūc scim', ꝙ nomē deli
quij, vel eclipsis est eis æquiuocum.

Inqt: Qñ qt partes desiōnis dōr æq
uoce, & tūc opꝫ vt ꝓcedam' in eis fi
cut ꝓcessim' in ipsismet desiōnib'.

Duodecima Regula quoq; ē sum
pta ab eo, qd est ꝼm magis vel min',
aut ꝼm equalitatē, népe vt considere
mus alterā duarū rerū de quib' dr il
lud nomen, & si nulla det comparaio
īter vnā & alterā, ī suis subiectis ꝼm
magis vel min' vel ꝼm eꝗlitatē, tūc
illę duę res equiuoce signant, exēpli
gfa acuta vox, acut' gladi': nā nō di
cet alterā acuitatē esse equalē alteri,
neq; maiorē ea. Et duæ regulæ dant
de ipsa dīa. vna ē, vt ꝑsiderem' vtrū
illę res, ꝙ ꝑ vnū nomē sigōant, sint
dīę generū supremorū diuersorū,
aut mediorū, & vnaquæq; earū asō
dat ad vnū genꝰ supremū diuersum
ab illo, ad quod ascēdit altera, exēpli
gfa acuties ī voce & acuties ī gladio
nā in voce acuties & inacuties est ꝑ
differētijs ꝑdicamēti qualitatis, ī
gladio acuties & tacuties sumet ex
ꝼerētijs ꝑdicamēti suīæ: secūda regu
la est, vt cōsiderem' illas res, quas illud nomē significat: & si earū dīæ
diuisiuę fuerint diuersę, tūc illud no
mē est equiuocū: exēpli gfa eā nōib'
bus, de re gustabili & d re disciplina
bili, qfa dīæ, quæ diuidūt rem disci
plinabilē, sunt dīæ, quę diuidum dī
sciplinā & ꝙ eā cōtinet ī sed cibꝫ, quo
qd ē signat res gustabilis, nō diuidit
illis differētijs. Est ꝰ & alia dīa, ꝰsꝑe
pe cū vna illarū duarū rerū, quam
illud nomē significat, ꝼuerit dīa,
altera vero fuerit spē. Hæ itaq; sunt
oēs regulæ, quas Arist. tradidit ꝓ
dignotione nominis æquinoci.

*De Differentiarum inuentione, Similium consideratione, & vtilita-
ribus Instrumentorum.* Cap. 14.

Differentias autem in ipsis generibus ad seinuicē perspicien- **Dñarum
inuetio.**
dum:vt quo differt iustitia à fortitudine, & prudentia à tē
perātia:hæc enim omnia ex eodem genere sunt,ex virtute.
Et ex alio ad aliud,vt in ñs quæ non nimiū differunt:vt,in quo dif
fert sensus à scientia:nam in ñs,quæ multum differunt, manifestæ
sunt omnino dñæ. Similitudinem aūt considerandum in ñs quæ **Similiū cō
siderauo.**
sunt in diuersis generibus : vt sicut alterū ad alterum quidem , sic
aliud ad aliud:vt sicut sciētia ad scibile,sic sensus ad sensibile: & vt
alterum in altero aliquo,sic aliud in alio:vt quemadmodum visus
in oculo,mens in aīa, & vt tranquillitas in mari , serenitas in aere:
vtrunqꝫ enim quies. Maxime aūt in ñs, quæ multum distāt exer
ceri oportet:facile enim in reliquis poterimus similia inspicere.

Considerandum aūt & ea,quæ sub eodem sunt genere, si quid in **A specie.**
est oībus idē:vt homini, & equo, & cani : nā si inest aliquid eis idē,
in eo sunt similia. Vtile aūt ipsum quidē , quod quotupliciter di- **Vtilitates
conlidera
tiōis mul-
tiplicis.**
citur,considerasse,ad diluciditatē:maximē aūt quis sciet quid po
nenur,manifesto facto quotupliciter dicitur . Et ad fieri secundum
rem eandem,& nō ad nomen syllogismos : si enim immanifestum
sit quotupliciter dicit,contingit non ad idem ēt qui respondet, &
qui interrogat,ferre intellectum:manifesto aūt quotupliciter dicitur,& ad quid ferens ponat, ridiculus videbitur interrogans esse,
si non ad hoc sermonem faciat. Vtile etiā,& vt non falsa rōne deci
piamur,sed decipiamus potius: nam sciētes quotupliciter dicitur,
nō allucinabimur, sed sciemus si nō ad idem sermonem faciat is,
qui interrogat,& ipsi interrogantes poterimus apparenti ratiocinatione fallere, nisi is qui respondet agnoscat quotupliciter diciē.
Hoc non in omnibus semper possibile, sed qñ fuerint eorum, quæ
multipliciter dicuntur,alia quidem vera,alia autem falsa. Est autē
proprie non conueniens modus hic dialecticæ : quare omnino vi-
tanda dialecticis huiusmodi ad nomen disputatio, nisi quis aliter **Vtilitates
inuētuonis
diarum.**
nō possit de proposito differere. Differentias aūt inuenire vtile,
& ad syllogismos de eodem,& diuerso,& ad cognoscendum quid
ēt vnumquodqꝫ. Quod aūt ad syllogismos de eodem , & diuerso
vtile,manifestum:inuenientes enim dñam propositorum quamli
bet,ostendentes erimus, qm non idē. Ad cognoscēdum aūt quid
ēt vnūquodqꝫ,eo qꝫ propriā substantiæ, cuiusqꝫ rationē,ñs, quæ **Vtilitates
considera
tiōis simi
lium.**
circa vnūquodqꝫ sunt,accōmodatis differentijs separare solemus.
Similitudinis aūt consideratio vtilis est ad inductiuas rationes,
& ad syllogismos ex suppositione,& ad assignationē definitiōnū.

Ad

G Ad inductiuas quidem rationes, eo cp circa singula in similibus in
ductione, vt exiftimamus inducere: non enim facile eft inducere
ignorātes similia. Ad fyllogismos ex fuppofitione, eo cp probabile
eft quemadmodū in vno similiū se habet, fic & in reliquis. quare
ad quodcuncp eorum facultatē habebimus difputandi, profitebi-
mur quemadmodum in his se habet, fic & in propofito habere. id
enim oftēdentes, & propofitū ex fuppofitione oftendentes erim⁹:
fupponentes enim qūo in his se habet, fic & in propofito se habere
demonftrationē faciemus. Ad definitionum aūt affignationem,
eo cp potentes confpicere quid in vnoquocp idē, non dubitabim⁹
ad quid oporteat genus, cūm definiem⁹ propofitū, collocare: nam
cōmunium quod maxime in eo quod quid prædicaf, genus erit.
Similiter aūt & in multum diftātibus vtilis ad definitiones fimi
litudinis confideratio: vt quod idē tranquillitas in mari, & fereni
tas in aere: vtrūcp enim quies: & qm punctum in linea, & vnitas
in numero: vtruncp enim principiū: quare cōe in omnibus genus
affignantes, arbitrabimur nō extranee definire. Penè aūt & defi
nientes fic folent affignare: nam & vnitatē principium numeri di
cunt effe, & punctū principiū lineæ: manifeftū igitur, qm ad cōe
vtrorūcp genus collocant. Inftfa itacp, per quæ funt fyllfi, hæc funt
loci autem, ad quos vtilia funt prædicta, ħ funt qui dicendi funt.

Hypothe.

A multū diftātib⁹.

Sermo de poteftate fumendi Differentias, de Similium confideratione, &
Vtilitatibus inftrumentorum.   Cap. 14.

ABRAM

POteftas vero fumēdi dfiam eue
nit exercitio fumēdi dfiam reχ
vehemētis fifitudinis vnius earū, ħ
vlfr funt tres fpēs. quarū Vna eft fifi-
rudo acceptionis dfiarū rerū, ħ fubfunt vni generi primo, prout funt
fortitudo & æqtas: foū enim gen⁹ ħ
vnū, cipfa virt⁹, fed fortitudo ē circa res timēdas, & æquitas ē circa res
ħ fiunt hominū cōmertijs, & hę sūt
illarū dfiæ, quib⁹ differūt. Secunda
aūt fpēs eft, cp fumamus dfias rerū,
ħ fubfunt vni generi remoto, prout
eft prudentia & temperantia, fuum
enim remotū genus eft ipfa virtus,
fed prudētia eft in parte cogitatiua,
& tēperantia in parte cōcupifcente.

Et

MANTINVS

FAcultas vero affumēdi differen
quirit, quidem exercitatione &
vfu in affumēdis differētijs rerū
de fimiliū, quarum tres funt modi.
Primus eft, cū fumuntur dfiæ rerū
quæ fub vno genere propinquo cōtinēt, vt fortitudo, & iuftitia: nam
genus propinquū ipfarū eft vnū, vi
delicet virt⁹: verū ipfa fortitudo cō-
fiftit in rebus humorofis, iuftitia ve
ro in cōmercijs & actionibus, quæ
inter holes fiunt: & hæ funt earū dif
ferentiæ quibus diftinguūt. Secun
dus modus eft, cū fumuntur dfiæ reχ
quæ in vno genere remoto cōtinēt
tur, vt prudētia in virtute intellecti
ua, & tēperātia ī parte cōcupifcibili.

Tertius

ABRAM

A| Brevis species est dñiarum rerum, quæ subsunt generibus supremis, qñ illis rebus contigerit q sint similes, prout est consideratio illius, quo differt sensus à scientia, cùm hoc q sensus sit de prædicaméto relationis, & scia de prædicaméto qualitatis, similitudo enim inter illos è nimia: proportio enim sensus ad sensibile est proportio scientiæ ad ipsum scibile.

Potestas vero sumendi verisimilitudiné, sit exercitio sumendi similitudiné inter res distinctas, prout sit potestas sumendi dñias exercitio su
B| mendi dñias rerum similiū. Similitudo aūt est dupliciter, similitudo fm modū proportionalitatis, aut secundum rem, quæ ambiat ipsa similitudinē aliqñ comperiuntur in una eademque re ambæ similitudines simul. V g sensus, & intellectus sunt siles, quatenus sunt quædam conceptiones, necnó rône proportionalitatis: quia dispó intellectus ad animā est, sicut dispositio sensus ad visum. Hæ itaq; sunt ea, quæ nobis cōstant po
... horum quatuor instrorum.

Unum aut horum instrorum,
C| quæ sunt nominis æquivoci dignó dñiarum acceptio, & similitudsumptio, est iuvamen cōe, & iuvamen propriū. Commune quidem iuvamen é, quo facilior sit edu ...præmissarū ipsarumq; inven ...enim nos diviserimus nomé æquivocū in sua significata, & hoc in subiecto præmissæ, aut ipsius prædicato, aut utroq, una præmissa re ...nobis plures præmissæ: sicq; qñ diuideremus rerū differentias, quas ...eramus primo esse unam, red ...ur una præmissa duæ, & hinc no ...terminus duæ præmissæ.

Singulis

MANTINVS

Tertius modus fit, si sumant dñæ re D rum, quæ sub generib' supremis cō tinent, si cōtingat illas res esse siles, ut cū cōsiderat, in quo nam differat sensus ab ipsa scia, licet sensus sit ex pdicaméto relationis, & scia ex pdicaméto qualitatis: qm inter ipsa magna extat similitudo. nam eadé est proportio & rô ipsius sensus ad sensibile, quæ est scientiæ ad scibile.

Facultas vero ad assumendā silitudiné acquiriť ex usu assumptiōis E similitudinis inter res diversas, quéad modū facultas, quā habem' ad assumēdas dñias, oriť quidā in nobis ex usu assumēdi dñias rerū siliū. siltitudo præterea é duplex. népe vel fm analogiā, vel est similitudo fm aliquid cōe ipsis similibus: qñq; tamen reperiuntur in eadem re utraq; similitudo simul. exépli gratia, sensus, & intellectus: sunt enim similes, quaten' sunt cognitiones, & fm analogiam: nam ita se habet intellect' ad aīam, sicut sensus ad visum. Hęc itaq; sunt ea, quæ præstant nobis facultatem in his quatuor instrumentis.

Tria aūt horum instrorum, vide licet distinctio nois æquivoci, & dif F ferentiarū invétio, ac siltitudinis cō sideratio, pstant q dé utilitaté cōem, atq; utilitaté propriā. Cōis aūt utilitas est, quia p hæc facile ppónes sumentur, ac invenientur: nam, cum distinxerimus nomen æquivocū in sua significata, & hoc sive subiectū ppōnis, sive prædicatū eius, sive in utrisq;, una propositio efficietur plures: similiter quoq;, si invenerimus differentias rei, quā existimavimus primo ipsam esse unā, tunc illa una propositio evadet plures, & sic habebimus ex hoc duas propositiones.

Log. cū cō. Auer. D Valli-

ABRAM

G Singulis vero horum trium iuuamina propria sunt: æquiuoci quidem nominis cognitioni vna cum
præfato, tria iuuamina. Primum
quidem iuuamen patens est manife
statio, & hoc quidem iuuat quæren
tem & respondentem: quærétis quidem iuuamen est, quia quando quæ
ritur nomine æquiuoco, intelligeret ex illo admissioné alterius duorum significatorum, quæ significat, & interdum abstineret illud admittere ob cauendum significatum
illi commune secundum nomen, &
H putaret ɋ quæsiuisset de hoc quod
est apud eum impossibile, quærens
autem. hoc opere illi ostenderet significatum quod intenderat admit
tendnm, & illud admitteret.

Respondenti vero iuuamen est,
quia aliquando quæreretur ab eo
significatum, quod non noceret ei
illud admittere, & cum illo in nominis significatione inclusum esset
significatum, quod redderetur ad
destruendum eius positionem. Pos
set enim ille admittere quod significat nomen æquiuocum absqɜ di-
I stiuctione, & nõ crederet quod quæ
rens illi inferret destructionem eius
positionis. Secundum vero iuuamen est, quod quærens & respondens non serant orationem de duobus rebus distinctis, & putent iuter
loqui de vna re, & quod est in mête
vnius sit aliud ab eo, quod é in men
te alterius, & quod vnus destruit, sit
aliud ab eo, quod destruit alter: hoc
autem est manifestum, ɋ eueniat
illi, qui ignorat quid significet nomen æquiuocũ absqɜ distinctione.
Tertium auté iuuamen est, ne erret
audiens, neqɜ loqués in syllogismo,
quãdo

MANTINVS

K Vtilitas vero ɋpria singulis horũ
triũ hæc vtiqɜ; est: népe ɋ cognitio
noĩs æquiuoci ƥter id quod iã prædi
ctũ fuit, habet quidé tres vtilitates.
Prima vtilitas est diluciditas & manifestatio, & ex hoc suscipient iuua-
mentũ opponés, & respõdens: oppo
nens aũt, siue interrogãs, idem iuuat
ex hoc, quia eũ ipse interrogat aliqd
per nomeu æquiuocũ intelligit per
ipsum vnũ quoddam significatũ ex
illis significatis, quæ significat illud
nomen, & qñqɜ respondens recusat
acceptare illa significata, quia recu-
sar illa significata æquiuoca sm no-
L men, & putat ɋ ille interrogauit de
il o significato reensato ab ipso, qd
est apud eũ impossibile, & hoc officio declarat ipse interrogans ipsi re
spondenti illud significatum, quod
ipse intendit & acceptabit ipsum.

Respõdenti quoqɜ est id vtile, pro
pterea quia multories interrogabit
de aliqua re, quã si concesserit, & ac-
ceptauerit, nihil ei nocebit, in qua ta
men re continebit sm significatio-
nem illius noĩs, aliquod significatũ,
quod iterũ destruet illius suppositio
M nem, quia ipse cõcessit id quod signi
ficat illud nomen æquiuocũ sine di
stinctione, & nõ crediderit ɋ ex hoc
ipse interrogãs inferat destructioné
suæ positionis. Secũda vtilitas est
ne interrogãs & rñdens disputét de
duab' rebus distinctis, & putét se de
vnica re disputare, & id, qd est in ãĩa
vnius, est aliud ab eo, qd in ãĩo alterius existit, & id, qd destruit alter eo
rũ, est aliud ab eo, qd destruit ab altero: manifestũ aũt est hoc contingere illi, q ignorat, qd significet no
men æquiuociĩ. Terria vtilitas est,
ne decipiat audiés & loqués I syllos
nam,

ABRAM

A quando illius præmissæ significant
nomine æquiuoco, & quoddã illorum significatorũ, quæ significant
illud nomen, sit verũ, & aliquod fal
sum. & posset putari falsum esse verum, & verũ esse falsum, & diuulga-
rum esse absonũ, & absonum esse di
uulgatũ, & putaret de eo quod non
est syllus, ꝙ sit syllꝭ : putaret enim ꝙ
ipsum idem prædicatũ minoris sit
subiectũ maioris, cum ipsum esset
aliud, & putaret ꝙ ibi sit conclusio,
cũ ibi nulla res sit illata: quaren°aũt
ex nomine æquiuoco posset euenire
B fallacia, qua homo posset decipere
aliũ, hoc opus prius est sophisticũ ꝗ
topicum: ipse vero topicus indiget
illo, dũ respondens extorquetur de-
uiando extraneis rñsionibus, & siũt
illi difficiles, & abstinet ab admitten
do rem, de qua reciperet iuuamen,
& de hac re quæreret ab illo nomine
æquiuoco, quod significaret illã, &
aliã rẽ, de qua nõ caperet iuuamen,
& respõdens admitteret illud putãs
de eo, ꝙ ex quo hoc nomẽ significat
rẽ, quæ nõ iuuat quærentẽ expedit
ei concedere hoc nomen sm hoc si-
C gnificatũ, quod confert quærenti iu
uamen, & ex illo inferret ipse quęrēs
rem, quã ab initio rei proposuerat,
quã admittere cauebat, nisi ꝙ hoc
opus deceptoriũ sit in hac arte pac-
cidens. Verũ tamẽ potestas sumendi
dñas confert cõstitutioni definitionis singularũ rerũ, ipsãꝙ, nosse fa
cit per id, quod proprie ipsam cõcer
nit, eo ꝙ dñia est, qua species p̃ se di
stinguit à specie secum conuenientī
in genere, & confert iterũ iuuamen
locis de eodem, & de alio, quando
enim manifestantur differentiæ, sit
manifestum ipsum aliud.

Iuuamen

MANTINVS

nam, cũ p̃missæ fuerint æquocæ, & D
illarũ rerũ, ꝗ significant p illud nomen, aliqua sit falsa, aliqua vera, poterit existimari id, qd est falsum esse
verũ, & verũ eē falsum, & ꝙ impose
sit ꝓbabile & ꝓbabile imposĕ, & id,
qd nõ est syllꝭ, ꝙ sit syllꝭ: qm poterit existimari ꝙ illudmet ꝓdicatũ,
qd est in minori ꝓpõne sit subiectũ
in maiori, cum tñ sit aliud, & existimabit ꝙ adht ibi conclusio, cum tñ
nihil sit ibi illatõ: p id aũt qd, cõtin
git deceptionis ex nose æquiuoco,
poterit ꝗs alios decipere: verũ hmõi
officiũ principaliũs ē in sophisticis, E
seu elenchis, ꝗ in dialecticis. Verũ tñ
erit coact° vti hoc officio ipse dialecticus qñ rñdens peruerse cauillat
cõtra ipsum rñsionibus incongruis,
ꝗ sunt apud eũ difficiles, & sic nõ po
terit recipere, & acceptare id, qd pōt
vtilitatẽ afferre: & sic interrogabit
de ea re aliquo nose æquoco signifi
cãte eã, & aliã rem, ꝗ nullã affert vti
litatẽ, & acceptabit illud ipse rñdes,
cũ putet, ꝙ postꝗ illud nomẽ signifi
cat illã rem, ꝗ nullã affert vtilitatem
ipsi interrogāti, pōt acceptare illud F
nomẽ iuxtã illud significatũ, qd as-
sert vtilitatẽ ipsi interrogãti, & tunc
ipse īterrogãs īferet ex hoc illã rem,
quã ꝓposuerat ab initio ꝓbare, &
nõ poterat eã cõcedere. Verũ tñ hoc
offm est sophisticũ, tñ sit ī hac arte
paccñs. Vtilitas vero facultatis inuē
tionis dñiarum cõducit ad assigna-
tionẽ diffinitionis vniuscuiusꝗ, rei,
& cognitionẽ rei, ꝗ est ei propria, cũ
ipsa dñia sit, qua distinguit spẽs p̃ se
à spẽ diuidẽte ipsam p geñ°: & hoc
est vtiꝗ, vtile ad loca, ꝗ sunt de eodem, & diuersõ quoqꝫ: nã notifica-
us differẽtijs notificant & diuersa.

D ij   Vtilitas

ABRAM

G Iuuamen vero potestatis sumendi similitudinem decet tribus rebus: quarum vna est ipsa inquisitio: secunda sunt syllogismi, qui proprie positiones nominantur, hoc est conditionales: & tertia sunt ipsæ definitiones. Huius vero iuuamen ad inquisitionem patet, quia sciendo sumere similitudinem ipsius consimilitudinis euenit syllogismus positionis. hic enim manifestationis modus fit secundum modum credulitatis, quando enim aliquid alicui inesse, aut ab aliquo auferre oste-

H dere proponimus: hanc commonstrationem transferimus ad huius simile, de quo est notum, quod id, quod sequitur huius rei simile, sequatur hanc ipsam eandem rem. Definitionibus autem confert iuuamen, quia per eam ostenditur proximum genus, quod in definitione ponitur, sicut per scientiam differentiæ dignoscitur id, quod proprie ipsam concernit, & vt vniuersalius inquam, nisi sumeretur similitudo, impossibile esset cuipiam euenire vniuersale aliquod tanto minus es-

I sentiale: & ideo exercitium sumendi similitudinem & differentiam est, quo nobis ipsi constamus de acceptione rerum essentialium in syllogismis demonstratiuis. Et aliquando etiam sumitur iuuamen de ipsa similitudine ad acceptionem definitionum rerum nimis remotarum secundum suam essentiam, ex quo inter illas fuerit proportio aliqua, & ponitur hæc res, qua proportionantur, tanquam illarum genus. Verbi

MANTINVS

Vtilitas vero facultatis iunctionis, & considerationis ipsorum similium ad tria se extedit. Primo ad ipsam Inductionem faciendam. Secundo ad syllogismos, q proprie dicunt syllogismi ex suppositione, seu hypothesi, hoc est conditionali. Tertio ad ipsas diffinitiones assignandas. Est itaq; manifeste vtilis consideratio similium ad ipsam inductionem, propterea qa notitia similitudinis, q est iter res, de qb' ht inductio, verificat inductione: nam si non fuerit nota illa similitudo, q inter eas existit, nulla apparebit ibi inductio. Est prae-

L rea manifeste vtilis ad syllogismos conditionales, qa cognita consideratione, & inuentione similitudinis efficietur syllogismus ex suppositione, & is modus probationis est secundum modum permutationis. nam, cum volumus probare aliquid inesse alicui rei, vel denegatum ab ea, re, tunc transferimus huiusmodi probatione ad similitudine eius, quia scimus cp id, qd infert similitudine huius rei, inferet ipsummet re. Ad diffinitiones quoq; assignatione vtilis est similium consideratio, propterea quia p hoc manifestat genus propinquum, quod in diffinitione ponit, quemadmodum cognita

M differentia dignoscit id, qd est ei proprium, & vt verbo dicam, si non consideraretur ipsa similitudo, non poterit q habere aliquid vere, seu consequens longe minus aliquid p se, & essentiale: hinc est, cp exercitatione & vsu considerationis similium, ac differentiarum deuenimus in cognitione rerum, quæ sunt p se in syllogismis demonstratiuis. Confert præterea consideratio similitudinis ad assignandas definitiones rerum, q valde distant inter se, cum extat iter ipsas aliqua analogia, & proportio, & illa res, q habet analogiam ad eas ponatur veluti genus ad eas.

exempli

AVERROIS

A Verbi gratia, quia ex quo proportio puncti ad lineá in magnitudine est proportio vnius ad numerú, eo ꝗ sit principiú: sicꝗ, quando proponimus habere lineæ, aut vnius definitioné, ponimus hanc similitudiné, vt genus illorum, & dicimus de puncto, ꝗ sit lineæ principiú, & de vno, quod sit numeri principium.

Hæc itaꝗ, sunt instᵷa, quibᵘ educuntur particulariora loca singulorum quæsitorú ex locis cóibus, quæ infra narrabit. Et hic explicit oratio de prima parte huius scientiꝗ, & maior pars illius, cuius meminimᵘ, est, quod dictum est in Primo libro voluminis Topicorum Aristotelis.

MANTINVS

exempli gᵷa, cum eadem sit rõ vel D pportio, seu analogia ipsius puncti ad lineã, quæ est ipsiᵘ vnitatis ad numerum, cú illud sit principiú. Ideo cú voluerimus assignare diffinitionem púcti, vel vnitatis, túc ponemᵘ hmõi similitudiné veluti genus eis, & dicimus punctú esse principiú lineæ, & vnitaté principium numeri.

Hæc ergo sunt instᵷa, quibus inueniuntur loca particularia vniuscuiusꝗ quæsiti locorum vniuersaliú, quos post hoc narrabit, & hic sinit tractatus primæ partis huius sciæ, & E maior pars eorú, quæ de hoc tractauimus, amplectiᵗ quicquid Aristoteles dixit in Primo libro Topicorᵧ.

Aristotelis Libri Primi Topicorum, cum Auerrois mediæ xpositione finis.

Tractatus de Locis ad intelligentiam eorum, quæ in Reliquis Topicorum libris ab Aristotele dicuntur.

AVERROIS

Xpedit quòd primo dicamus quid sit locus, & secundo quòd sint finita inclusa, & tertio modos disciplinæ, qui possunt de eis fieri, & modum quo Aristo. processit C hic. Dicimus itaꝗ, quòd Alexander & Theophrastus definiunt locum, quòd sit principium & sedes, vnde sumuntur præmissæ singulorum syllogismorú, qui fiunt de omnibus particularibus, quæsitis singularum artiom, & per hoc intendiᵗ ꝗ sint dispositiones & attributa communia, & regulæ quibus procedimus ad acquirendum particulares præmissas singulorú syllogismorú.

         Et

MANTINVS

Onsentaneum nunc est primú determinare ꝗd sit locus: secúdo, ꝗ loca sunt finita determinataꝗ: tertio tractare de modis doctri F næ, qui possunt fieri in ipsis, & modo, quo vsus é Arist. in tractatione de loco. Dicamus itaꝗ ꝗ Alexander & Theophrastus definiunt loca sic: locus est principium quoddã & elementú, à quo sumuntur ꝓpónes cuiuslibet syllogismorum, qui fiunt de problematibus particularibus in vnaquaꝗ arte: ac si velint locos ipsos é significationes ac affectᵘ quosdam vsus, & communes, aꝗ ordines & regulas, à quibus procedimus ad adipiscendas propositiones particulares in singulo syllogismo.

       D iij   Et

ABRAM

G Et hoc est quod Abumazar Alpharabius intendit per locum, & ideo ex quo ipse est illa præmissa, cuius partes proprie concernunt partes præmissæ, quæ ei subest: cuius pars prædicata præmissæ prædicatū tantum cōcernit, & subiectū est aliud: præmissæ vero, qua concernitur pars, substantia est ipsum subiectum alterius præmissæ, cùm pars prædicata sit alia: continens itaque illarum non est locus, neque contenta est præmissa particularis, sed contenta est conclusio duarum præ-

H missarum, quarum maior est continens, & minor est contenta secundum eius subiectum, prout dicimus Socrates est animal, & omnis homo est animal. Et putatur quòd hæc definitio, qua definierunt hæc loca, sit affinis definitioni qua ea definierat Aristo. in libris Rhetoricorum: ille enim dixit, quòd loca sint bases syllogismorum, & putatur quòd inter illa sit differentia, qua si locus est basis syllogismi, syllogismus est illius forma, quæ est eius figura, eius autem materia est

I ipsius præmissæ: expedit itaq; quòd locus sit, qui largiatur syllogismorum præmissas & formam, & hoc est ipsa veritas, quia inuenimus syllogismos facere ambas res simul, aut inuenimus de illis qui faciat alteram duarum rerum, & de illis, qui faciat alteram rem: & hoc quidem est manifestum de locis vniuersalibus, quæ Aristo. tradidit in Posterioribus Analyticis.

Themisti'

MANTINVS

K Et hoc idem sensit Alpharabius de ipso loco: & ideo dicit, ǫ est propositio, cuius partes simul terminant proprias partes propositionis, quæ sub ea continetur, vel cuius pars, quæ est prædicatum, continet prædicatum propositionis tantum, subiectum tamen est vnum in ea. At illa propositio, cuius pars, quæ est subiectum, terminat proprium subiectū alterius propositionis, pars tamen, quæ est prædicatum, est vna, tunc eius vniuersalis & communis non est locus, neq; ipsa terminata, seu cō-

L tracta erit ꝓpositio particularis, sed ipsa terminata, & contenta est vtiq; conclusio duarum præmissarū, quarum maior est ipsa vniuersalis communis, seu continens, & minor est subiectum ipsius terminatæ & contractæ, vel cōtentæ: vt cùm dicimus Socrates est animal, & omnis homo est animal. Hæc autē definitio, qua illi definierūt hæc loca videtur esse fere eadem cum ea definitione, qua Aristo. definiuit ea in libro Rhetoricorum. Inquit enim ipse ibi, loca esse elementa syllogismorū: pos-

M set tamen dici, ǫ differūt aliquo pacto inter se, qñ si locus esset elementum syllogismi, cùm ipse syllogism' habeat formam, quæ est eius figura, atq; materiam, quæ est propositio eius: locus ergo debet præstare propositiones syllogismorum, & figurā eorum: & hoc vtiq; est verum. nam inuenimus ipsos syllos fungi vtroq; munere simul, vel inuenimus aliquos eorum fungi vno illorū duorum officiorū, aliquos vero alteros: & hoc perspicuum est ex illis locis vniuersalibus, quos tradidit Aristo. in libro Priorum Resolutiuorum.

Themisti'

ABRAM   **MANTINVS**

Themi-
stij
ratio.

A Themistius vero edixit ꝙ locus sit vniuersalis præmissa, quæ est in syllogismo, quæ verissima est præmissarum syllogismi. & dicit, ꝙ tali præmissa aliquando vtimur secundum se in syllogismo, & aliquando vtimur sua sententia, & potestate Eius autem argumentatio ad hoc est, qa in rebus, quibus Arist. vtitur in tractatu locorū huius libri, comperiuntur ambæ species simul, prout dicimus, ꝙ eligibiliꝰ sit apud nos quod est diuturnioris temporis, & prout dicimus ꝙ eligibile per se sit eligi- B liusquàm eligibile per aliud. de re icnꝗ; horum & similium videtur, ꝙ numerati sint vt fiant maioris præmissæ singulorum syllogismorum quæsitorum particularium: prout dicimus ebrietatis delectationē esse eligibiliorem delectatione coitus, quia sit diuturnioris durationis.

Alexandri vero argumentatio ad hoc est, quia præmisse, quæ sumunt in illis syllogismn, sunt infinitæ, & non inclusæ collectæ in vnum, sicꝗ; non euenit ex finitis indiuiduis aliqua res vniuersalis, ex qua procedat C ad res particulares infinitas, cuiꝰ moris est dispositio regularum, quæ traduntur in hac arte: vniuersales vero præmissæ particularium præmissarum sunt finitæ: & dum attigerim' ipsarum vniuersaliores, possibile sit nobis procedere ad particulariores quæ eis subsunt, & euenient nobis præmissæ particulares, quæ sunt in potentia infinitæ aduentu vniuersalium, quæ sunt finitæ: & hæc quidē est natura regulæ, vt regula est, & ideo loca sunt, quæ per se largiuntur potestatem faciendi syllogismos, & particulares præmissas maioris singulorū

Themistius vero dicit, ꝙ locus est D ꝓpō vlis, quæ est verior cæteris propositionibꝰ sylli, & dicit, ꝙ illa ꝓpō, quæ ita se habet, qnꝗ; ponitur ipsamet in syllo, qnꝗ; vero eius significatū, & vis eius. Et huius rei rationē affert ipse Themistius, s. propterea, quia ea, quæ ab Aristotele tradunt in hoc libro in Tractationibꝰ de Locis, inuenies ea esse ex vtroq; genere horū simul, vt cū dicim', ꝙ quicꝗd diutius pdurat est præstantius apud nos, & cū dicim' ꝙ id, qd est de seipso pstantius, est vtiq; pstantius ꝗ id, qd est pp aliud pstantius. Hæc ergo E & eoꝝ sisia vident connumerari & ordinari hic, vt ex eis fiant ꝓpōnes maiores T singulo syllo problematū particulariū: vt cū dicim', ꝙ delectatio ebrietatis est pstatior delectatiōe venerei actus, cùm diutius pduret.

Alexandri tn ratio cōtra hoc est, ꝙ ꝓpōnes, quæ reperiunt in ipsismet syllis, sunt infinitæ & indeterminatæ: de eo aū, qd est infinitū, & interminatū, nō possum' ex scia de indiuiduis finitis eoꝝ adipisci aliqd vle, a quo procedat ad particularia infinita, vt fieri solet p regulas traditas F in hac arte. At ꝓpōnes vles, quæ particulares ꝓpōnes amplectūtur, sunt vtiq; finitæ, sub quibus continentur partes infinitæ, & cū peruenerimus ad eatū vles, poterim' trāsire ac procedere ab eis ad particulares, ꝗ sub ipsis continent: & sic obtinebimus particulares ꝓpōnes infinitas potentia, cum obtinuerimus vles finitas. Hæc enim est natura ipsiꝰ methodi seu regulæ, quatenus est methodus, & regula: & ideo ipsa loca præstant per se facultatem efficiendi syllos, ac propositiones particulares magnas

AVRAM

G gulorum syllogismorum, nõ quod
ipsarum naturę sit hic actus. Et ideo
id quod dicit Alexander, & qui vt
ipse asseuerat, est proprior veritati,
quàm Themistius.

Et Abumazar dicit cũ hoc, ꝙ illa
sit opinio Aristotelis, quam pressius
ponit, ꝗ secũdum quod dicitur loci
nomen apud vulgus, & illa est res
vnde trãstulit hoc nomen: ita enim
oportet, ꝙ sit res ad quã nomen trãs
fertur in arte, vnde translatũ fuerit.
Verbi grã, quia nos inuenimus loci
nomen apud vulgus, ꝙ eo significet
H aliquã dispositionem, vel aliquam
rem cuiusꝗ orationis, de qua sit ser
mo, occasione cuius dispositiõis vel
rei prouenit huius orationis cõstra
ctio, aut destructio: & hoc quidẽ ap
paret ex inquisitione locorum, quę
vtuntur hoc nomine, quia cõsueue-
runt dicere hic est locus consideran
di, & locus astutię, & locus deceptio
nis, & locus dependentię similitudi
nis: & hęc est simillima rerum sm
significatũ quod nomen loci significat apud Alexãdrum. Et sunt res,
quę dum apud nos fuerint secundũ
I orationem aliquam, possibile est no
bis ex illis procedere ad id, quod hęc
oratio construit, aut destruit.

Et hinc dicimus, ꝙ Aristoteles nõ
vocaret praemissas vlts, ex quibus
acquiruntur praemissę particulares
demonstrationum, loca, ex quo de
monstratio non est apta secundum
modum quęstionis & respõsionis,
& Aristoteles excusatur de similib'
illarum praemissarum, quibus vtitur in suo libro, de quibus putatur
ꝙ sint maiores praemissę particulares, quę fiunt in singulis syllogismis
de particularibus praemissis dicẽdo,

ꝗ hę

MANTINVS

in vnoquoꝗ syllo, nõ ꝙ ex eat sinã le-
sit efficere hmõi officium, hoc est, ꝙ
sint ipsemet de se ꝓpõnes magnę,
sed praestãt methodũ. Et ideo vt re-
ctius locuturos fuisse Alexãder & qui
eius sequit sententiã, ꝗ Themistius.

Alpharabius vero dicit, ꝙ cũ hoc,
ꝙ hęc sit opinio Aristotelis, quã intendit in hoc libro, sumpta à signa-
tione loci apud vulgũ, adhuc oportet, vt extet ꝗdã similitudo inter illud
significatũ, ad quã translatũ est illud
nomẽ p arte, & signatũ apud vulgũ.
Et dicit, ꝙ nos lueniem' nomẽ loci
significare apud vulgũ aliqd signifi
catũ, vel aliquã rem in oõe oõne, de
qua cõtingat fieri aliqua enũtiatio
ꝓp illud significatũ, vel illã rem, ꝗ af
fert affirmationẽ illi' oõnis, vel ei'
destructionẽ, & hoc satis patet, si recte pquirãt loca, in quibus hoc no
men in vsum venit apud eos: dicũt
enim hic é locus cõtẽplationis seu
cõtẽplãdi, & locus ingeniositatis, vt
ita loquar, seu versutię, & locus fallacię, & loc' depẽdẽtię, & sũt oĩa hoc
vtiꝗ, é qd magis simile illi signato
qd p nomẽ loci signat apud Alexã.
Et sunt qdẽ illa signata, ꝗ, cũ in aliqua oõne ea habuerim' poterimus
vtiꝗ procedere ab eis ad id, qd affirmet hmõi orationẽ, vel eã destruat.

Et ideo dicendũ est ꝙ illę ꝓpõnes
vlts, à quibus adipiscimur ꝓpõnes
particulares in ipsis demõsoõne', Ari
stoteles nõ vocat eas loca, cũ ipsa de
monstratio sit res, quę non est apta,
vt in ea fiat ĩterrogatio & respõsio:
immo Aristo. excusat se, cur vtaŧ ĩ
suo libro illis ꝓpõnibus, quia viden
tur esse propositiones magnę parti
culares, quę fiunt in singulo syllo
pro aliquib' quęsitiũ particularitẽ:

Inquis

·ABRAM·

A ꝙ bꝯ numerentur inter loca, ratione qua sua prædicata sunt aliquo
modo vniuersaliori prędicatis mul
torum queſitorum particularium,
& proceditur ex eis ad particulares
præmiſſas, quæ fiunt maiores prę-
miſſe singulorum sylĺorum, & pro
pterea poſſunt eſſe regulæ, & digno
ſci in hoc libro. Et huius exemplũ
eſt id, quod dicimus, quod eſt diuturnioris duratiõis, eſt eligibilius :
& eſt locus, ex quo ex eo procedimus ad id, qꝺ eſt diuturnioris durationis, ꝙ ſir eligibilius : id vero,

B de quo Ariſtoteles meminit de his
orationibus, præter id cuius memi
nimus, eſt vt dicere expediens eſt
explicare, quas rerum conueniat
vocare, ſicut illas vocat ipſum vulgus, & quas non : & ſicut dum dicit poſtquam tráſtulerimus rei nomen ad nomen alterius rei expedit,
ꝙ cõſideremus adeo quòd nomen
quo vocat ſit conuenientius quàm
nomen ſubiecti. Hę enim non ſunt
præmiſſæ, ſed ſunt diſpoſitiones, &
attributa præmiſſarum, ex quibus
progreditur ad illas : & ideo omnes

C expoſitores conueniunt, ꝙ hęc non
ſint loca, ac ſi eſſent poſitiones, &
directiones ad modum inueniendi præmiſſas, & res iuuantes eas. hęc
itaꝗ eſt explicatio quid ſint loca.
Modi vero diſcipline, ꝗbus vtimur
in hac arte vident́ ex eo qꝺ dicã, ex
hoc. n. oẽ quæſitum eſt p dictionẽ
an ſit, aut quærit p ipſam, an res ſit
ſim pꝛ, ꝑut dicim', an vacuũ ſit, &
an tale ſit tale ? ꝑut dicim', an agn'
ſit mortu' tant an tale ſeĉ tali ſit ma
gis ꝙ ineſſe tali, vel an tale in ſit tali,
ꜳut fm ꝙ ſit definitio, aut gen', aut
ꝓpriũ, aut accidens, & ſimilia : &
vniuſ-

·MANTINVS·

In qt. n. ipſe, ꝙ illæ dñr loco ꝓpea, D
quia earum ꝓdicata reperiunt́ mõ
quodã vñori, ꝗ ſint ꝓdicata multa
ꝑticularia, & procedit́ ab eis ad par
ticulares propõnes, ꝗ efficiunt́ propõnes magnę ĩ ſingulo ſylĺo : & hae
rõne pñt eſſe regulę & methodi, &
põt de eis tractari in hoc lib. Exem
pli gͬa cũ dicimus, qꝺ diuturnius ể,
eligibilius eſt, ſeu ꝓſtâtins, hoc. n. dĩ
cể locus, quia ab ipſo ꝓcedi ꞇ & trã-
ſitur ad hoc, vt dicamus, ꝙ qꜹqd ể
diuturnius, ể eligibilius apud nos.
Id vero, qꝺ Ariſt. affert de his oͬo-
nihus, eſt aliud, ꝗ id, qd nos narraui E
mus, vt cſi dicit : cõſentancũ aũt eſt
vt declarem', ꝗ nã ſint illa, ꝗ nos de
bemus notare vt nominat vulgus,
& ꝗ ñ : & cũ dicit & iã op ꝫ, vt diſpu
remus, ſeu rõnes aſſeramus, poſtꝙ
tráſtulerimus nomen rei ad aliud
nomẽ : ita vt cõuenientius ſit illud
nomẽ, quo nos nominam' illã rẽ,
ꝗ ſuũ nomẽ ſibi impoſitũ. Hæc. n.
nõ ſunt ꝓpõnes, ſed ſũt qdã affect'
& diſpõnes ipſarũ ꝓpõnũ, & ꝗdam
via, qua pgit́ ab eis ad illas: & iõ oẽs
expoſitores cõueniũt, ꝙ hęc nõ ſũt F
loca, ſed ſunt veluti qdã ſuppõnes,
& regulę, ac directiões dirigếtes ad
Iuếtionẽ ꝓpõnũ, & ſunt res ꝗ ad illas cõſerũt. Hęc ergo ể locorũ expõ,
qd nã ſint. Modi vero doctrinę, ꝗ ĩ
hac arte ſiũt, ꝗ nã ſint, ſtatim decla
rabo nã cũ qꝺliber ꝓblema, qꝺ per
dictionẽ an, vel vtrũ ſit, ꝗt'ꞇ vtiꝗ
p ipſum, vtrũ res ſit abſolute, & ſim
pꝛ, vt cũ dicim' vtrũ vacuũ ſit, vel
vtrũ hoc ſit hoc, vt cũ dicim', vtrũ
aĩa ſit mortalis, vel vtrũ hoc ſit po
nius huic, ꝗ huic, & ſi hoc ſeĩt huic,
vtrũ ſit Jefinitio, vel gen', vel propriũ, vel accidẽs, & vnũqꝺꝗ, hoꞇũ
bẽt

ABRAM

G vniuſcuiuſq; horū ſint loca ,ppria, & loca cōia, poſſibile eſt, ꝙ oīa loca iuuātia ſingula horū ꝗſitorum nu merentſola, & li his ſit repetitio lo corū cōmunium. hic tñ eſt facilli- mus moſorū, & proximus eorū, & fitmiſſime obſeruationisipſorū, & ſic inuenimus feciſſe Ariſtotelē, ni- ſi ꝙ ipſe poſuit loca ꝗſitorū eſſendi ſimplr̄, & loca accidentis in vnum idē, ob cām quā prediximus, & de- creuit illis vnū tractatū: deinde po ſuit loca queſitorum ſyllotorum ſim pliciter tñ, & decreuit illis vnū tra

H ctatum: deinde poſuit loca generis, & decreuit illis ēt vnum tractatū, & ſic fecit de locis ꝗſitorū proprij, & definitionis, quia vtriq; horum de creuit vnū tractatum. Et poſſibile ēt eſſet hæc loca fieri altero mō: nu merauit aūt primo quid oībus illis ſit commune, prout ſunt loca ſimi- litudinis & contrarij, & cætera: de inde poſuit qd eſt cōe quatuor ipſo rū, deinde trib’, deinde duobus, & numerauit loca ,ppria ſingulis ho rū ſolis: & iā poſſe eēt, ꝙ numerarē tur reſpectu ad definōē, pter ꝙ ex-

I plicet ꝑ illa definitio alicuius ꝗſiti de his ꝗſitis, loca .n. generica iuuāt definitionē, ex quo ſpoſe ē, ꝙ ſit in ea definōe ipſum gen’: ſiꝙ; & loca ,pprij ex quo cōdōnisipſius definō- nis eſt, ꝙ ſit appropriata: & ſir loca accidētis, ex quo ſpoſe eſt, ꝙn definō ſit definito. Et fm hoc vr ꝙ loca deſtructiua horū, ſingula deſtruāt definōē, & cōſtructia, ſingula horū ſint conſtructiua, & ꝙdā ſunt de cō dōnib’ ipſī definōnis, niſi ꝙ ex quo nō oīa loca, ꝗ deſtruūt gen’, aut ſin gula horū deſtruūt definitionē, ſ de illis eſt, ꝗ ipſam cōſtruāt & de- ſtruāt

MANTINVS

hēt loca ,ppria & loca cōia: iꝺ oīa R̄. loca, ꝗ ſunt vtilia vnicuiq; horū ꝓ- blematū, pñt ſeorsū numerari: l ꝗ in hoc fiat repetitio locorū cōiū. & ia: ē facilior modorū, & ꝓpingor eo-, rū, atq; cōſtātior ꝑ cuſtodia & cau- tiōe: & ſic videm’ Ariſt. feciſſe, niſi ꝙ poſuit loca ꝓblematū de ineē ab ſolute, & loca accidētis in vnicū ſer- monē ꝓp cām iā à nobis dictā, & ſe orsū fecit de eis vnū ſermonē, mox poſuit loca ꝓblematū cōparatiōn abſolute ſeorsū, & fecit de eisquoq; vnū tractatū: & idē quoq; fecit de locis ꝓblematū ,pprii & definitiōis, L vez ꝙ fecit de ſingulo horū duorū tractatū ſeorſum. Pñt tñ hæc loca ordinari ſcdo mō, ac numerari. Nā poſſum’ primū ordinē ponere, qd ſit ipſis oib’ cōe, vt ſunt loca à ſimi- li, & à cōtrario, & alia id gen’, dein de id, qd ē cōe quatuor iſtorū, mox trib’, mox duob’, poſt hoc ordina- re loca ,ppria vnicuiq; illorū ſeor- sū. Pñt adhuc numerari, & ordina ri alio mō: nēpe vt ponant oīs i pre definōnis: licet non declaret ꝑ ea de finō alicui’ horū ꝓblematū: nā loca generū cōducūt ipſi definitiōi, cū ſ ipſa definōne ſit neceſſariū repiri ge nus: itidē & loca ,pprij cū ex cōdō nib’ ipſi’ definōnis hæc vna ē, ſ. vt ſit ,ppria: ſiſtꝙ; loca accidētis, cū ipſā definō neceſſario lſit definito. pj er go ꝙ loca, ꝗ deſtruūt vnūqdq; ho rū, deſtruūt & ipſā definōnē, & ꝗ af firmant vnūqdq; iſtorū, affirmant vnāex cōdōnib’ definōnis. At cū nō oīa loca, ꝗ deſtruūt gen’, vel aliꝗ illorū deſtruunt ipſā definōnē, ſmo aliqua eorū affirmant ipſā, atꝗ; de ſtruūt. Exēplū ei’, qd deſtruit ge n’, & affirmat definōnē: vt cū aliꝙ fuerīt

& ſtruat:exéplũ illius, q̃ cõſtruit definitioné, & deſtruit gen° é, ꝙ res ſit
de re ꝑdicata in eo ꝙ qd ſit, & illã ꝓ
prie cõcernat. Quod vero ambo liꝑ
deſtruit é notũ, qñ .n. deſtruiſ, ꝙ ſit
ꝑdicarũ l eo ꝙ qd ſit, deſtruit ꝙ ſit
genus, & tãto fortius ꝙ non ſit defi
nitio, ſicꝗ; ſuenit diſpõ olum locorũ deſtruétiõ ſingula horũ, & nõ é
ét in oſbus locis, qbus ſit genus, aut
aliud illorũ, qcõſtruat definitioné,
aut aliquã definitionis cõdõné, ſed
ipſorũ eſt, q conſtruat genus, & deſtruat definitioné. V .g. qñ oñdí de

B aliquo ꝑdicato, ꝙ ſit in eo ꝙ qd ſit
ꝑdicaóe vlt. Notũ itaꝗ, eſt, ꝙ cõ-
ſtruat, ꝙ illud ſit gen°, & deſtruat,
ꝙ ſit definitio:hinc itaꝗ, ſit difficile ea dinumerare ex preipſius definitiõis cũ hoc, ꝙ qñ ſumerent hæc
loca reſpectu ad definitioné & di-
numerarent quatenus hæc ſit prĩa
inténo de illis, nõ euadit in multis
iſtorũ, quin occulteſ ipſ° iuuamé,
aut lminuat, qñ aũt vnuſqꝗ; ſume
reſ ſm parté, quę ipſum ꝓprie con-
cernat, iuuamé ſit manifeſtu° & pa-
tentius. Hęc itaꝗ; ſuit cã, qua Ariſt.

C muit illa dinumerare definitiua,
& iã dictũ eſt, ꝙ Theoph. fecit hoc.
Quod vero ipſa ſint collecta finita,
euidés ſit, ex eo ꝙ dicem°. Iã.n. cõ-
mõſtratũ é ꝙ oé ꝗſitũ cõmõſtraſ ꝑ
aliã ré, q ſit ꝑter illud, & ꝙ nulli du
biũ ſit, ꝙ ꝗter hãc ré acceptã ad illi°
cõmõſtrationé, & ꝗſitũ ſit nex° q̃-
dã, & ſi impoſſ ſit, ꝙ exinde appareat l aliõ re ꝗſiti cõſtructio aut de
ſtructio:hoc aũt ſic exñte, nulli dubiũ é, ꝙ res, ex ꝗ cõmõſtrat, ꝙ res ꝗ
ſim ſit talia denominatiõis, aut nõ ſit,
ꝗm°é cõnexa, ſit aut res ſũpta ex ꝗ
ſui eſſentia, aut res ſũmpta ab aliquo
ſuorũ

D ſuerit ꝑdicatũ de aliquo in eo ꝙ qd
é, & ſit ei ꝓprıũ, id ÿ o, qd deſtruit
ea, ſit é manifeſtũ:nã cũ deſtruat ıp
ſum eé ꝑdicatũ l eo qd qd, deſtruet
ꝓſecto ipſum eé genus:longe ergo
magis deſtruet ipſũ eé definitioné:
& hac rõne ꝓcedet negociũ in cunctis locis, ꝗ deſtruũt vnũqdꝗ; illorũ. Neꝗ; oĩa loca ét, ꝗ affirmãt genus, vel aliqd illorũ affirmabũt definitioné, aut aliquã ex cõdõnibus
definitiõis:Imo daſ aliqd eorũ, qd

E affirmabit genus, & deſtruet defini
tioné. Exépli gĩa, cũ ſuerit declaratũ, ꝙ aliqd ꝑdicatũ ꝑdiceſ ꝑdicatio
ne vlt, tũc manifeſtũ erit illud eſſe
gen°, & ſic deſtruet, ac erit falſũ, ꝙ
ſit deſõ:hac ergo rõne erit difficile
numerare eaſ ꝑte deſiõnis:adde ét,
ꝙ ſi capianſ hęc loca ex ꝑte definitiõis,& ordinenſ ea rõne, qua illud
ſit primũ ꝓpoſitũ eorũ, nihil ꝓhi-
bebit, q l multis eorũ occulteſ vtilitas, vel minuat. Sꝛ ſi qdlibet eorũ
capiaſ ea rõne qua é ꝓpriũ, tũc vti
litas erit notior & manifeſtior. Et

F hęc é rõ, ob quã noluit Ariſt. ponere, ac eſſicere ea deſõnes: et iã ſuit
dictũ, ꝙ Theoph. fecit illud. Quod
aũt ſint terminata, & finita, ex his, ꝗ
nũc dicã ſatis conſtat:nã cũ iã ꝓba
tũ ſit, ꝙ qdlibet ꝓblema, ſeu ꝗſitũ
declaraſ ꝑ aliqd aliud ꝑter ipſum,
& qd ꝗter illa ré ſumptã ꝓ declara-
tiõe illi° alterius, & ipſũ ꝗſitũ extat
oīno aliõ cõiũctio, ſeu adhærétia:
alt.n. nõ poſſet apparere ex ea re in
re ꝗſita affirmatio, vel negatio ſeu
deſtructio . Ergo res ꝓculdubio ꝗ
ꝓbaſ, ꝙ res ꝗſita ita ſe heat, vel ñ ſe
heat ea rõne ꝗ é cõiũcta, vl erit vti
qꝛ aliqd ſũprũ ex eéntia ipſ° ꝗſiti ,
vel ſũprũ ex ei° accidétib° & cõſe
quétibus,

ABRAM

G suox euétiox, aut accñtiū, aut rex, q̃ deforis sūt, inter q̃s & ipsū q̃situ é habitudo q̃dā, & similitudo, aut rerū mediarū inter res, q̃ deforis sunt, & q̃ ex rei essentia sunt. Et ex quo omne q̃situ partitur in pdicatū & subiectū, & loca quæ sumuntur ex rei essentia, aut sumunt ex essentia pdicati, aut subiecti, aut ex parte aliqua suarū definitionum.s.ex genere, aut differétia, aut q̃ sint ipse partes pdicati, aut subiecti, hoc est, species prædicati aut subiecti, oportet necessario q̃ loca sumpta ex rei es-

H sentia sint loca definitionis, aut generis, aut dñę, aut loca partitionis, hoc est, quibus partitur pdicatū aut subiectū in suas species. Et ex quo rei euenta sunt accidentia, aut propria, quę oĩbus nouem predicamétis insunt, expedit ex hæc loca ee huius numeri. Et ex quo res quę deforis sunt, aut eis attestatus fuerit aliqstestis, & hic est aut vnus acceptr, aut multi, aut oes homines, aut dispositiones sint, q̃ dispones sint quæ deforis sunt, similes, aut oppositæ, aut cōpositę ex illis.seq r necessario,

I q̃ illę q̃ deforis sunt, ī hac partitiōe seclusę sint, cōpositę aūr ex illis sunt loca, ex eo q̃ é magis & minr, & oppositā, vt pstū é, sunt q̃nor. & similitudo é duarū sperū. Loca vero media īter res q̃ deforis sunt, & q̃ sunt ab eēntia rei, putat q̃ sint loca à casib, & loca à cōiugatis, & vt vr inq̃ ols locus nō euadit, qn sit aut subicrās has partitiōes, aut media īter illas, & vlterius īspicit nobis huir cōmōstratio inq̃sitiōe apd cōstonē ipsox locox: sicq̃ é hoc qñ pponit dū é ante loca, & pcedemr ad illorū dinumeratiōe sm Philosophi iter, eiusq̃ ordinē, & hīc īcipit liber. ij.

MANTINVS

quétib, vel ex reb extrinsecis, in- K ter q̃s & ipsū q̃situ extat aliq̃ rō & pportio, seu analogia, & similitudo, aut ex reb mediis īter res extrīsecas & res, q̃ sūt de eēntia q̃sui. Et cū qdlibet q̃situ diuidat ī pdicatū & subiectū: loca āt sūpta ex eēntia rei, vel sumunt ex defōne pdicati, vel subiecti, vel ex pte defiōnis eorū, tunc vel erit genr, vel dña, vel erūt ipsęmer ptes pdicati vl subti, hoc é spēs pdicati, vl subti: necessario ergo loca sūpta ex eēntia rei erūt vl loca defiōnis, vel gñris, vel dñię, vel loca diuisiōis, vcj q̃ diuidunt pdicatū vel L' subtū ī suas spēs, & hoc ī pdicaméto substātię tm. Et cū ipsa cōsequétia, q̃ s.rē cōsequunt, sint vl accñtia, vel ppria, & hoc ī cunctis repit pdicamétis: idcirco cōseutaneū est, vt hęc loca sint tot nūero. Rursr cū q̃ extrīsecis vel hēat testimoniū, & illud vl ē vnū & receptū & fid dignū, vel plura, vel oīa vcj oēs hoīes, vel res ipsę: res aūt extrīsecę vel sunt similes, vel oppositæ, vel cōpositę ex his idcirco necesse ē vt extrīseca cōplectant ī hac diuisiōe, cōposita o ex his erūt loca excessus & defect, M seu magis, & minr, opposita, āt vt p dictū suit, sīt q̃tuor, similitudo o é duplex. Loca vero media īter res exteriores, & eēntiā rei vīt eē loca cōcretorū & loca abstractorū. Et vt sūmatī dicā, necessario oīa loca cōtinebunt sub his diuisiōib, vl erūt media īter illas. Sj huir inductiōis adhuc se offeret nobis aliq̃ clarior expō, qñ de ipsis locis tractabimus. Hacten de hisq̃ psanda erāt, ad an teq̃ locorū dinumeratiōe deueni remr, nūc o ad eox numeratiōe aggrediamur iuxta methodū Arist atq̃ eir ordinē. Aristo-

ARISTOTELIS TOPICORVM
LIBER SECVNDVS.

SVMMA LIBRI.

De locis absolutis accidentis siue ad refellendum, destruendumque, siue
ad asserendum, construendumque.

De problematibus vniuersalibus, & in quibus praedicatis inesse,
& esse conuertuntur. Cap. I.

Vnt aut problematum hęc quidē vīia, illa vero particularia: vīia quidem, vt omnis voluptas bonū est,
& nulla voluptas bonum: particularia vero, vt aliqua voluptas bonum, & aliqua voluptas non bonum. Sunt autem ad vtraque genera problematum B
communia vīia: & constructiua, & destructiua. Ostendētes.n.qd
omni inest, & qd alicui inest ostendentes erimus: similiter autē et
si qd nulli inest ostenderimus, & qd non omni inest ostendentes
erimus. Primū ergo de vīibus destructiuis dicendum, eo cp communia sint hmōi ad vīia, & particularia, & quia magis positiōes
afferant in eo quod inest, qì non: disputantes autem destruant.

Est autem difficillimum cōuerti ab accidente propriam nomi A conuer-
nationem: nam aliquo modo & non vīr in solis contingit acci- sione.
dentibus. à Definitione enim, & proprio, & genere necessarium A definit.
est conuerti: vt si inest alicui animal gressibile bipes esse, conuer
tentem verum erit dicere, quoniam illud animal gressibile bipes C
est. Similiter autem à genere: nam si animal inest alicui, animal A genere.
est. Eodem autem modo & in proprio est: si.n.alicui inest gram- A pprio.
maticæ susceptiuum esse, grammatices susceptiuum erit. Nam
nihil horum contingit sm quid inesse, vel non esse: sed simpliciter vel inesse, vel non inesse. In accidentibus autem nihil prohibet secundum quid inesse, vt albedinem, vel iustitiam. Quare
non sufficit ostendere quoniam inest albedo, vel iustitia, ad osten
dendum cp albus, vel iustus est: nam habet dubitationem, quoniam secundum quid albus, vel iustus est, quapropter non necessarium est in accidentibus conuerti. Determinare autem oportet & peccata, quæ sunt in problematibus: nam sunt duo, vel in
eo quod falsum dicunt, vel in eo quod transgrediuntur positam
locutionem. Falsum etenim dicentes, & qui quod non inest, ineē
alicui dicunt, peccant: & qui extraneis nominibus res appellant
(vt *platanum hoīem) transgrediuntur positam nominationem.

Sermo

G Sermo de locis accidentalibus, de quibus fit mentio in secundo libro, & sunt loca ipsarum essendi simpliciter. Cap. I. K

ABRAM

ET dicimus, ǫ̃ quædam qõnes sunt vlẽs, & quæ-dã particulares, & harũ vtraq; aut est affirmatiua, aut negatiua. Qõnes itaq; sunt quatuor specierũ: affirmatiua vlĩs, ꝓut est dicere omnis delectatio est bona, & vlĩs negatiua, prout est dicere, nulla delectatio est bona, & affirmatiua particularis, prout est dicere, aliqua delectatio est bona, aut H delectatio quędã est bona: & negatiua particularis, prout est dicere, aliqua delectatio non est bona, aut nõ oĩs delectatio ẽ bona. Et ex quo qõnum vlĩũ consideratio continet particulares, qõ. n. cõstruimus rem vlẽm cõstruimus illã particularẽ, & hmõi qñ illã destruimus vlẽm, destruimus eam particularẽ, conside ratio hic sit de qõnibus vlĩbus exceptis particularibus. Pręterea, quia positiones topicę sunt vlẽs, & mo-ris topicorum est illas cõstruere vlĩ constitutione, aut ipsas destruere I vlĩ destructione, ex quo præmissæ diuulgatę sunt vlẽs, quia particula-res non sĩut diuulgatæ, & iterum quia positiones topicę sunt diuer-sæ variæ, & inuariabiles fĩn diuul-gatiõe. Et vnũqdq; quatuor qĩ-torum, hoc est, ǫ̃situ definitiõis, & quęsitũ generis, & quęsitum pro-prij, & quęsitũ accidentis, destruit destructione vlĩ, & particulari, ex-cepto accidẽte, quia ipsum destrui-tur destructione vniuersali, quan-do. n. commonstratur, ǫ̃ res nõ in-sit omni, commonstratũ est, ǫ̃ nõ est genus, neq; propriũ, neq; defiõ, res

MANTINVS

DIcamus ergo ǫ̃ proble-matũ alia sunt vlĩa, alia ṽo particularia & vnũ-qdq; eorũ vel ẽ affirma-tiuũ, vel negatiuũ: & sic proble-mata erunt quatuor generũ, vt ʒ af-firmatiuum vlẽ, vt cũ dicimus, oĩs voluptas est bona, vlẽ negatiuum, vt cũ dicimus nulla voluptas est bo na: negatiuũ autem particulare, vt cum dicimus aliqua voluptas non est bona, affirmatiuũ vero particu L lare, vt ǫ̃dã voluptas est bona, vel aliqd voluptatis est bonũ. Sed cũ tractatio & consideratio de proble-matibus vlĩbus amplectitur & ipsa particularia, qm affirmatũ vlĩ af-firmatur & particulare, destructo-que vlĩ destruitur & particulare, in hoc loco considerantur problema ta vlĩa præter particularia. adde ẽt, ǫ̃ positiones dialecticæ sunt vtiq; vlẽs: dialectici autem solent affir-mare affirmatione vlĩ, vel destrue-re destructione vlĩ, cũm proposi-tiones probabiles sint vlẽs. nã par- M ticulares sunt variæ & mutabiles, non seruantes probabilitatem: qæ-libet autem quatuor quæsitorum, videlicet quæsitum definitionis, & quęsitum generis, & quęsitum pro-prij, atq; quæsitum accidentis con-tinet destructionem vniuersalem, & particularem, præter ipsum ac-cidens, quod quidem destruitur de-structione vniuersali. Nam, cum fuerit probatum, quod res non in-sit omni, seu non dicatur de omni, manifestum erit, quod non sit ge-nus, neq; proprium, neq; definitiõ, sed

ABRAM   MANTINVS

res vero accidentis non est hmõi: inest enim subiecto particulari, p̄ut dictum est: & ob hoc idem pōt p̄ illud construi accidens constructione particulari, & impossibile est de aliquo istorum, s.de genere, & proprio, & definitione, q̄ cõstruantur constructione particulari, ex quo prædicantur de toto subiecto: torum aũt hoc euidens fit ex eorum præcedentibus definitionibus. Error autem cadit in q̄nes Topicas duobus modis: quorum vnus est, q̄ sint mendaces, aut q̄ loquar de illis noie inusitato in notione idiomatis,& apud vulgus non significat illam rem pro qua illo vtunt, prout dicēdo hoīem vegetabilem, aut consimili nomine de nominibus, q̄ sunt aliter, q̄ idioma significet.

sed non ita res se habet de ipso accidenti quia ipsum quidē reperis̄ particulare in ipso subiecto. vt dictum est: & ob hāc causam accidēs potest affirmari affirmatione particulari, sed illa alia, videlicet genus, p̄priū, & definitio non possunt affirmari, nisi v̄r,cum prædicentur de omni, s.subiecto. Et hoc perspicuũ est ex eorum definitiõibus antedictis.inquit: Contingit autem peccare in ipsis problematibus Dialecticis bifariam: nēpe vel vt sint sa sa & mēdacia,vel q̄ transgrediantur cõsuetam nominum denominatiõnē in illa lingua et nõ significēt apud vulgũ illud qd solet apud eos significare, vt si hõ appellaret:bestia, & si sia noīa, q̄ signant contrariũ signatũ, quo solet in illa lingua significari.

Loci problematum quod quicquam insit, vel non insit.   Cap. 2.

Vnus aũt locus est inspicere, si quid sm aliquem alium modum inest, vt accidens assignauit. Peccatur autem maxime id circa genera. vt si quis albo dicat accidere colorem esse nõ.n.albo colorem esse accidit, sed genus eius color est.Contingit autem & sm nominationem determinare eum qui ponit: vt quod accidit iustitiæ virtutem esse. Sæpe autem & cùm non determinet, manifestũ q̄ genus, vt accidens assignauit: vt si quis albedinem colorari dixerit, vel ambulationem moueri:à nullo enim genere denominatiue prædicatio de specie dicitur, sed omnia vniuoce genera de speciebus prædicantur: nam & nomen, et rationem generum suscipiunt species: qui igitur coloratum dixit album, neque genus assignauit, quoniam denominatiue dixit neq̄ vt proprium, vel vt definitionem: nam definitio, & proprium nulli alij inest, sunt autem colorata, & pleraq̄ aliorum, vt lignum, lapis, hõ, equus: manifestum igitur quoniam, vt accēs assignauit. Alius locus est inspicere ea, quibus inesse aut omnibus, aut nulli dictum est: & considerare sm species, & non in iufinitis. Nam transitu magis, & in paucioribus consideratio:oportet autem considerare, & incipere à primis, deinde consequenter vsque ad indiuidua. vt si oppositorum eandem disciplinā quis dixerit

G dixerit esse, perspiciendum si eorum quæ sunt ad aliquid, & contrariorum, & quæ ſm priuationem & habitum, & quæ secundum contradictionem dicuntur eadem sit disciplina: & si in his nondum manifestum est, rursum ea diuidendum vſcp ad indiuidua: vt ſi iuſti, vel iniuſti, vel dupli, vel dimidñ: vel cæcitatis, vel visus: vel esse, vel non esse. Nã ſi in aliquo oſtendatur cp non eadem, interimentes erimus problema: ſimiliter autem & ſi nulli ineſt: iſte autem locus conuertitur ad conſtruendũ & deſtruendum. Si. n. in omnibus videatur cum diuiſionem proferimus, vel in pluribus, poſtulandum eſt autem vſr ponere, aut inſtantiam ſerre in aliquo non ſic esse: nam ſi neutrum horum faciat abſurdus apparebit, qui non poner.

5. Locus. Declaratio.

Alius eſt, definitiones facere accidentis, & eius cui accidit, aut vtriuſcp de vtrocp, aut alterius: deinde conſiderare ſi quid non verum in definitionibus, perinde ac verum ſumptum ſit.

H A definitione.

Vt ſi eſt Deum iniuſtitiam facere, quid iniuſtitiam facere: ſi enim nocere ſponte, manifeſtum, quoniã non eſt Deum iniuſtitiam facere, non. n. contingit nocere Deum: & ſi inuidus ſit ſtudioſus, quis inuidus, & quæ inuidia. Nam ſi inuidia eſt triſtitia in apparenti proſperitate alicuius proborũ, manifeſtũ eſt cp ſtudioſus non eſt inuidus, prauus. n. eſſet: et ſi indignãs inuidus, quis vtercp eorum: ſic. n. manifeſtum erit vtrũ verũ, an falſum ſit quod dictum eſt. vt ſi inuidus quidem ſit qui triſtatur in bonorum proſperitatibus, indignans autem, qui in malorum proſperitatibus triſtatur, manifeſtũ cp non erit inuidus indignãs. Sumere autem & pro ñs (quæ in definitionibns ſunt) nominibus definitiones, & non deſiſtere donec ad notum deuentum ſit: nam ſæpe cum tota quidem definitio aſſignata ſit, nõ manifeſtum eſt

1 Quar° locus. Declaratio.

quod quæritur: pro aliquo autem eorũ, quæ in definitione ſunt, nominum, definitione dicta manifeſtum ſit. Amplius problema, propoſitionem ſibi facientem inſtare. Nam inſtantia erit argumentũ ad poſitionem.

Ab inſtantia.

Eſt autem locus hic pene idem ei, quo cõſiderare quibus ineſſe, vel olbus, vel nullis dictum eſt, differentē modo,

5. locus. Declaratio.

Amplius, determinare quæ oportet dicere, vt plures, & quæ non. Vtile. n. & ad conſtruendum, & ad deſtruendum: vt quod nominationibus quidé res nuncupandũ vt plures: quæ autem ſunt talia ne, an non talia, non amplius attendendum ad plures.

6. locus. Declaratio.

Vt ſalubre quidem dicẽdum effectiuum ſanitatis, ceu plures dicunt, vtrum autem propoſitum effectiuum ſit ſanitatis, an nõ, non amplius vt plures dicendũ, ſed vt Medicus.

A multiplici conſtructione & deſtructione apto.

Amplius, ſi multipliciter dicatur, poſitum autem ſit qm ineſt, aut qm non ineſt: alterum monſtrare eorum quæ multipliciter dicunt, ſi nõ vtracp contingat.

contingat. Vtendum autem in ijs quæ latent: nã si non lateat mul- **A**
tipliciter dictum, instabit qm̄ non monstratum est id quod ipse
dubitabat, sed alterum. Hic autem locus conuertitur & ad construendum, & ad destruendum: nam construere volentes ostendemus qm̄ alterum inest, si non ambo poterimus: destruẽtes autem qm̄ non inest alterum ostendemus, si ambo non poterimus:
verumtamen destruenti quidẽ nihil oportet ex cõcessione disputare, neqʒ si omni, neqʒ si nulli dictum sit inesse: nam si ostenderimus qm̄ non inest quodcunqʒ id sit, interimentes erimus omni
inesse: similiter autem & si vni ostenderimus inesse, interimemus
nulli inesse. Construentibus autem præconfitendũ, quod cuiuis
inest, omni inest, si verisimile sit postulatum. Non sufficit. n. ad
ostendendum q̒ omni inest, in vno disputasse: vt si hominis anima immortalis est, propter hoc, anima omnis immortalis: quare **B**
præconfitendum, q̒ si quæcunqʒ anima immortalis, omnis ſ mortalis: hoc autem non semper faciendum, sed quando non facile
possumus communem in omnibus vnam rõnem dicere: queãd-
modum Geometer, q̒ triangulus duobus rectis æquos habet tres 7. loci
angulos. Si autem non lateat q̒ multipliciter dicit, diuisum quo- Declara-
tupliciter dicitur, & interimendum, & construendũ. Vt si decẽs tio.
est vtile, aut honestum, tentandum ambo construere, vel inte- A multi-
rimere de proposito: vt quod honestum, & quod vtile, vel quod plicis diui
neqʒ honestũ, neqʒ vtile. Si autem non contingat vtraqʒ, alterum sione.
ostendendum, annotato q̒ hoc quidem est, illud autem non: eadem autem ratio, etiam si plura sint in q̃ diuiditur. Rursum quæcunqʒ nõ ſm æquiuocationẽ dicunt multipliciter, sed alio modo.
Vt disciplina vna plurium, aut vt finis, aut vt eius qd̃ ad finem: Octauus.
vt medicina eius quod sanitatem facit, vt quod cibat, aut vt am- Declara-
borũ finiũ, velut contrariorũ eadem disciplina (nihil. n. magis fi- tio.
nis alterũ altero): aut vt eius quod per se est, & eius quod per ac- **C**
cidens: Vt per se quidẽ q̒ triangulus duobus rectis æquales habet A fine &
tres angulos, p accidẽs aũt q̒ æqlaterus: qm̄. n. accidit triãgulo æq- medio at-
laterũ triãgulũ eē, p hoc cognoscimus q̒ duobus rectis æquales ha que acci-
bet. Si ergo nullo mõ cõtingit eadẽ esse pluriũ disciplinã, manife- dẽte.
stũ qm̄ oĩo nõ contingit esse, aut si aliquo mõ cõtingit, manifestũ qd̃ contingit. Diuidere aũt quotupliciter, vtile: vt si voluerimus cõstruere, talia præstatuenda sunt q̃cunqʒ contingunt, et diuidendum in ea tm̃, quæcunqʒ vtilia sunt ad construendum: si autem destruere, quæcunqʒ non contingũt, reliqua vero omittenda.
Id autem faciendum in ijs cũm latuerit quotupliciter dicuntur: et
esse hoc quidem huius, aut non esse ex eisdem locis astruendum:

vt diſciplinam, huius quidem aut vt finis, aut vt eorum q̄ ſunt
ad finem, aut vt eorum quæ ſunt ſecundum accidens, vel rurſum
non eſſe aliquid ſm aliquem dictorum modorum: eadem autem
ratio, & in deſiderio, & quæcunq̃ alia dicuntur plurium. Eſt.n.
deſiderium huius aut vt finis, vt ſanitatiæ aut vt eorum quę ſunt
ad finem, vt medicinæ conficiendæ, aut vt eorum q̄ ſunt ſm accidens, vt in vino amicum dulce, non quia vinum, ſed quia dulce eſt: nam per ſe dulce deſiderat, vinum autem per accidens: ſi
.n. auſterum fit, non amplius deſiderat: per accidens ergo deſide-
rabat. Vtilitas autem locus hic, & in ĩs q̄ ſunt ad aliquid, pene.n.
talia ea, q̄ ad aliquid ſunt. Amplius transferre ad euidentius nomen. Vt pro exacto in opinione clarum, & procurioſitate cupi-
ditas ſuperfluarum rerum: euidentiori.n. facto quod dictum eſt,
bene argumentabilis eſt poſitio. Eſt autem hic locus ad vtrunq̃
communis: ad conſtruendum, & ad deſtruendum. Ad oſtenden-
dum autem contraria circa idem ineſſe, conſiderandum in genere. Vt ſi volumus oſtendere q̃ eſt circa ſenſum rectitudo, & peccatum: ſentire quidem iudicare eſt, iudicare autē eſt recte, & non
recte, & circa ſenſum erit rectitudo, & peccatum: nunc ergo ex
genere circa ſpeciem demōſtratio fit: nam iudicare eſt genus ſentire: qui nanq̃ ſentit, aliquo modo iudicat. Rurſum, ex ſpecie
generi: quæcunq̃ enim ſpeciei inſunt, & generi. Vt ſi diſciplina
praua eſt, & ſtudioſa, & diſpoſitio praua & ſtudioſa: nam diſpoſitio, diſciplinæ genus. Primus aurē locus falſus eſt ad conſtruē-
dum, ſecundus autem verus: non.n. neceſſarium quęcunq̃ generi inſunt, & ſpeciei ineſſe: nam animal eſt volatile, & quadrupes,
homo autem non, quęcunq̃ vero ſpeciei inſunt neceſſario & generi: ſi enim homo ſtudioſus, & aĩal ſtudioſum eſt. Ad deſtruendum autem & primus quidem verus, ſecundus autem falſus: quę
cunque enim generi non inſunt, neq̃ ſpeciei: quæcunq̃ vero ſpeciei non inſunt, non neceſſe eſt generi non ineſſe. Quoniam autē
neceſſarium de quibus genus predicatur, & ſpecierum aliquam
predicari: & quęcunque habent genus, vel denominatiue dicuntur à genere, & ſpecierum aliquam habere neceſſe eſt, vel denō-
minatiue ab aliqua ſpecierum dici. Vt ſi de aliquo diſciplina prędicatur, & grammatica, vel muſica, vel aliqua diſciplinarũ aliarum predicabitur: & ſi aliquis habet diſciplinam, vel denominatiue à diſciplina dicitur, & grammaticam habebit, aut muſicam,
aut aliquam aliarum diſciplinarum, vel denominatiue ab aliqua
earum dicetur, vt grammaticus, vel muſicus: ſi igitur aliquid
dictum à genere quoquo modo, vt animam moueri, conſiderandum
dum

dúm eft fi fecundum aliquam fpecierum motus contingit animã mouerı, vt augeri, vel minui, vel corrumpi, vel generari, aut q̃cunque aliæ motus fpecies funt: nam fi fecundum nullam, manifeftum eft quod non mouetur. Hic autem locus communis ad vtrunque, & ad conftruendum, & ad deftruendum: fi enim ſm aliquam fpeciem mouetur, perfpicuum eft quoniam mouetur: et fi ſm nullam fpecierum mouetur, manifeftum ꝙ non mouetur'. Cum autem facultas non asfit argumentationis ad pofitionem, intendendum ex definitionibus aut quæ funt propofitæ rei, vel quæ videantur, & fi non ab vna, etiam à pluribus. Facile enim definientibus argumentari erit: nam ad definitiones facilis argumentatio. Confiderandum autem in propofito, quoniam exiften te neceffe eft pofitum effe, aut quid eft ex neceffitate, fi propofi tum eft. Conftruere quidem volenti, quo exiftente propofitum erit ex necesfitate: nam fi illud oftendatur effe, & propofitum oftenfum: erit deftruere autem volenti, quid eft fi propofitũ eft: nam fi oftenderimus confequens propofitum non effe, interimen tes erimus propofitum. Amplius, ad tempus infpiciendum fi alicubi diffonat. Vt fi quod nutritur, dixerit quis ex neceffitate augeri: nutriuntur enim femper animalia, augentur autem nõ fem per. Similiter autem & fi fcire dixerit quis reminifci: hoc enim præteriti temporis eft, illud autem præfentis, & futuri: fcire .n. dicimur præfentia, & futura, vt quoniam erit Solis defectus, reminifci autem non contingit aliud q̃ præteritum. Amplius fophifticus modus ducere ad id, ad quod plurimam habemus argumentorum facultatem. Hoc autem erit quandoq̃ quidem neceffarium, quandoq̃ autem apparens neceffarium, quandoq̃ autem neq̃ apparens, neq̃ neceffarium: neceffarium quidem, quando neganre eo qui refpondet aliquid vtilium ad pofitionem, ad illud rationes facit: contingit autem id talium effe ad quæ copiofam argumentorum facultatem habemus, fimiliter autem & q̃ inductionem ad aliquid per pofitum faciens, interimere conatur: hoc enim interempto, & propofitum interimitur. Apparens autem neceffarium eft, quando videtur quidem vtile, & accommodum pofitioni, non eft autem ad id ad quod fiunt difputationes, fiue negante eo qui difputationem fuftinet, fiue ab inductione probabili, per pofitionem ad idem factam interimere conetur idipfum: reliquum vero quando nec neceffarium eft, nec apparens ad id ad q̃ fiunt difputatiões, & fine caufa accidit redargue re refpõdentem. Oportet autem deuitare poftremum dictorum modum: olno .n. femotus, & extraneus videtur effe à dialectica.

E ij Quare

D Quare oportet & respondentem non grauiter ferre, sed ponendo
quæ non vtilia sunt ad positionem significare quæcunq; non vi‑
dentur, ponit tñ: nam magis perplexos esse vt plurimum contin
git eos, qui interrogant, qñ omnia hmõi ab eis posita fuerint, &
non concludunt. Amplius, omnis qui dixit vnumquoduis, quo‑
dam modo multa dixit: eo qp plura vnicuiqs ex necessitate con‑
sequentia sunt (vt qui hominem dixit esse, & qp animal est dixit,
& qp animatum, & qp bipes, quodqs mentis, & disciplinæ suscepti
uum) quare quouis vno consequentiũ interempto, interimitur
et quod in principio est: cauere autem oportet in huiusmodi, dif‑
ficilioris assumptionem facere. Nam qñqs facile est consequens
interimere, quandoqs idipsum propositum. Quibuscunq; aũt ne
cesse est alterum tantum inesse, vel non inesse, vt homini ægritu‑
dinem, vel sanitatem: si alterum facile poterimus disputare quod
E inest, vel non inest, & ad reliquum facile poterimus. Hoc autem
conuertitur ad vtrunqs: ostendentes. n. quod inest alterum, quod
non inest reliquum ostendentes erimus: si autem quod non inest
ostendamus, reliquum inesse ostendentes erimus: manifestum
igitur quòd ad vtrunque vtilis hic locus est. Amplius argumen‑
tari transferendo nomen in orationem: cum longe magis con‑
sentaneum visum fuerit transsumere quàm vt ponitur no‑
men. Vt magnanimum non fortem (vt ponitur) sed ma‑
gnum animum habentem: quemadmodum fidentem, bona spe‑
rantem. Similiter autem & ingeniosum. cuius fuerit genius stu‑
diosus. quemadmodum Xenocrates inquit, ingeniosum eũ esse,
qui animam sortitus est studiosam: ipsam enim vnicuiqs esse ge‑
nium. Quoniam autem rerum aliæ quidem sunt ex necessitate,
F aliæ autem vt in pluribus, aliæ vero vtrumlibet, si quod ex necef‑
sitate est, vt in pluribus ponatur, aut quod vt in pluribus, ex ne‑
cessitate: aut ipsum, aut contrarium ei quod est in pluribus, sem‑
per dat locum argumentationis. Nam, si quod ex necessitate est,
vt in pluribus ponatur, manifestum quoniam non omni dicit in
esse, cum insit omni: quare peccauit: siue, quod in pluribus di‑
citur, ex necessitate dixit, omni dixit inesse, cum non insit omni:
sũt aũt & si contrarium ei qð in pluribus est, ex necessitate dixit,
semp. n. in paucioribus dicitur contrariũ ei, qð est vt in pluribus
vt si vt in pluribus praui hoĩes, boni in paucioribus, quare mul‑
to magis peccauit, si bonos ex necessitate dixit esse: similiter autẽ
& si qð vtrũlibet est, ex necessitate dixit, vel vt in pluribus: neqs
n. ex necessitate vtrunlibet, neqs vt in pluribus: contingit autẽ
& si nõ determinans dixerit vtrum vt in pluribus, an ex necessi‑
tate

A tate dixit: sit autem res vt in pluribus disputare. vt si ex necessitate is dixerit. Vt si prauos exhæredandos dixit esse, non determinans, tanq̃ ex necessitate is dixerit, disputare. Amplius, & si idẽ
sibi accidens posuerit vt alterum, eò qp alterum sit nomen. Quemadmodum Prodicus diuidebat voluptates, in gaudium, & iucunditatem, & lætitiam: hæc.n. omnia eiusdem (id est voluptatis)
nomina sunt: si ergo aliquis gaudere, ei quod est lætari ponat accidere, idem vtique sibĩipsi dicet accidere.

Sermo de Locis quaesitarum de Inesse, & non Inesse.   Cap. 1.

ABRAM

INitium autem locorum, sꝗ enu-
merauit Arist. est, qp consideremus
prædicatum positi. si enim fuerit
in suo subiecto, secũdam qp vnum
illorum prædicatorum excepto accidente, non sit accidens, & si denominauerit illud denominatione, ꝗ
sit accidens subiecto, errauit nominis appellatione. vt si diceret qp albedini acciderit, quòd sit color, color
enim est albedinis genus, non accidens. Et aliquando cadit error in
generis prædicatione de subiecto,
qp prædicetur predicatum accidentis, quod est, qñ de suo subiecto prædicatur nomine denominatiuo, vt
si quis diceret qp albedo sit colorata: notum enim est, qp qui hoc fecerit, prædicauerit accidens prædicatione accidentis, non prædicatione generis: genus enim prædicatur
de specie prædicatione, quæ conuenit eius nomen, ipsiusꝗ definitio,
non prædicatione proprij & definitionis: hæc enim sunt propria rebus,
de quibus prædicantur: hoc est qp
non insunt alijs ab illis, coloratum
autem inest alij ab albedine. Notũ
itaque est quòd qui hoc fecerit denominauerit genus qp sit accidens.

Secundus

MARTINVS

PRimus loc⁹, de quo fecit Arist.
mentionẽ, est vt inspiciamus ꝗ
dicatum propositũ: nã, si insit subiecto suo, quatenus est vnũ ex reliquis alijs præter accidens, tunc non
erit accidens: qp si quis denominauerit ipsum esse accidens subiecto,
iem errauit in nominis denominatione. vt si quis dixerit, qp accidit albedini, vt sit color: nã color est genus albedini, non accidens. Potest
quoqꝫ committi error in prædicatione generis de suo subiecto: nempe si prædicetur prædicatione accidentis, Lqp prædicetur de suo subiecto nomine denominatiuo, vt si qs
dixerit albedinem esse coloratam:
nam manifestum est, qp qui ita fecerit, fecit vt genus prædicetur prædicatione accidentis, non prædicatione generis, quoniam genus prædicatur de specie prædicatione vniuoca, videlicet, qp eius nomen & definitio vniuoce dicantur: neqꝫ prædicatur prædicatione proprij, ac definitionis, quoniam hæc propria
sunt illis rebus, de quibus prædicantur, itavt nõ insint alijs: sed coloratum alijs inest, quàm ipsi albedini.
Qui ergo hoc fecerit tam denominauit, & descripsit genus quatenus
est accidens.

E iij   Secundus

ABRAM

[G] [Locus 2.] Secundus autem locus sumitur ex rei eentia, qui est locus sumptus ab essentia partitionis: qñ n. nos volumus per hunc locum procurare praedicatum inesse subiecto, aut nõ inesse, partimur subiectum in suas species, deinde in suarum specierū species, donec finiant in sua individua: deinde inspicimus inesse praedicatum illis, si commonstratū fuerit q̃ insit omnibus illis, aut suis primis speciebus, aut specierum speciebus, aut individuis, si non insit speciebus, aut omnibus illis, aut maio- [H] ri parti illarum, commonstratum fuerit illud inesse toti subiecto: & componitur ex hoc oratio inquisitiua, non demonstratiua, ex quo syllõ demonstratiuo commonstratur particulare per vše, hoc aūt commonstratur vše per particularia: & si commonstratum fuerit, q̃ illud sit negatū ab omnibus illis, commonstratum est, q̃ praedicatum sit negatū à toto subiecto: & ex hoc opponeret secūda species primae figurae: si autem commõstratū fuerit, q̃ illud sit negatū ab aliquibus illorū, [I] commonstrat illius destructio ab illo in tertia figura. vt. v.g. si quaeremus, an oppositorū scia sit vna, divideremus opposita in quatuor species, q̃ sunt affirmatiuū & negatiuū, & contraria, & relatiua, & priuatio & habitus: & si de his commonstratū fuerit, q̃ oīum ipsorū scia sit vna, commonstratū est, q̃ oppositorū scia sit vna: hoc n. itinere procederetur de oībus oppositorū speciebus: si aūt commõstratū est, q̃ nõ est vna oīum ipsorū scia, commõstratū inde est negatiuū vše I prīa figura: & si commõstratū est, q̃ scia quorūdā ipsorū

nõ

MANTINVS

[K] Secūdus locus est sumptus à rei essentia, & substantia, & est locus sumptus per viā diuisionis: nā cum volumus I hoc loco respicere vtrū praedicatū insit subiecto, vel nõ insit, diuidim̃ subiectū in suas spēs, mox in spēs specierū eius donec desinat, & finiant oīa indiuidua eius, deinde inspicimus in eis iuesse ipsum praedicatum, & si notū fuerit ipsum inesse oībus illis, siue primis speciebꝰ, siue speciebus specierū vel ipsis indiuiduis, si non fuerit manifestū ipsum inesse speciebus, siue oībus ipsis, siue maiori partī eorū, tunc con- [L] stabit ipsum inesse toti subiecto, & constituetur ex hoc oratio inductiua, non demonstratiua, cū in syllõ demonstratiuo declaret particulare per vše, in hoc vero manifestatur vše per particularia: at si cõstet ipsum negari ab omnibus illis, tūc cõstabit ipsum praedicatum esse quoque negato à toto subiecto, & constituetur ex hoc secūdus modus primae figurae. Quõd si constet ipsum esse negatū ab aliquibus illorum, seu à parte ipsorū, tunc constabit eius de- [M] structio in tertia figura. Exempli causa, si quaramus vtrum scia oppositorum sit eadē, tunc n. diuidemus ipsa opposita in quatuor sua gña, q̃ sunt affirmatio & negatio & ipsa contraria, & ipsa relatiua, & priuatio & habitus: & si in his constabit sciam de omnibus illis esse eandē, tūc constabit sciam oppositorū esse eandē, & hoc inductiue de oībus generibꝰ oppositorū: & si cõstet sciam oīum eorū non esse eandē, tūc cõstabit hoc vše negatiua in prima figura. At si cõstet sciam quorūdā eorum non est eandem, tunc consta-

bit

A non esse vna, cómonstratú eét negatiuum, qd cócluderet particulare in tertia figura. Si aút in primis
speciebus oppositorum nulla res de
hoc nobis cómonstraret, vnúqd q,
ipsorú diuideremus ad scdas ipsius,
& si hinc cómonstratú nobis fuerit, hoc ipsum est, qd pponebam',
sinare & illas diuidimus quousq;
ad indiuidua processus finiatur.

Locus 3.   Tertius aút locus sumitur ex de
finitione, & est demonstratiuus ex
rei essentia: hic aút sit duobus mo
dis: aut q definiamus quæsiti sub-
B iectum, & si cóperiamus quesitum
esse ibi, commóstratú est in prima
figura, q insit subiecto, & si cómon
straret q sit ab illo negarú, cómon
straretur q negetur ab ipso subiecto
in prima & secunda figura. V.g. an
aia sit mortalis, & dicimus, aia est
substantia, quæ ex seipsa mouetur
cótinuo motu, qd auté est hmói,
est immortale, aia itaq; est immortalis: secundus autem modus est,
quod definiamus ipsummet prædicatum, & si ipsum inueniremus in subiecto, cómonstratú est
C q prædicatum insit mi subiecto in
secunda figura: definitio.n. conuer
situr, nisi.n. hoc esset, nó concluderet fieret.n. ex duabus affirmatiuis
in seda figura. Si aút cómonstratú
eét q ipsius definitio eét negata ab
ipso subiecto concluderet negatiuã
vllem in seda figura. V.g. an studio
sus sit inuidus, & snenimus inuidú
nomú rei psperitatis, studiosum an
né si nocire rei psperitatis, cócludit
iter, studiosú nó eé inuidú. Si ãt ñ
eét aliqd explicitú de defióne pdicati & subiecti, faciemus de pcib' de
finitióis, prut fecimus de subiecto,
aut

bit ex hoc negatiua, q inferret parti D
culare in tertia figura. Quòd si nihil huius rei constet in primis speciebus oppositorú, tunc diuidemus
oés species eorú: & si ex his constet,
habemus intentú, qd volumus: &
si non, tunc diuidemus eas donec
deueniatur ad indiuidua.

Tertius locus est sumptus à defi-
nitióe, & est demonstratiuus subilã
tie rei: & fit dupliciter: primo mó
vt definiat subiectú problematis,
& si inueniat prędicatum inesse ei,
tunc ostendit I prima figura ipsum
inesse subiecto: at si pbetur ipsum E
esse negatú ab eo, tunc probatur ip
sum esse denegatú ab ipso subiecto
in prima & in secúda figura. exempli gfa, vtrum aia sit mortalis, & di
catur aia est substantia mobilis per
se motu continuo: id autem, quod
ita se habet, est Imortale: ergo anima est imortalis. secundo vero mo
do sit, vt definiatur ipsummet prædicatum, & si inueniatur inesse sub
iecto, tunc constat prædicatum inesse toti subiecto in.ij. figu. quia de
fió est cóuertibilis, alias.n. nó concluderet, quia constaret ex duabus F
affirmatiuis in secunda figura: at si
constet, quod eius definitio negetur à subiecto, tunc concludet negatiuam vniuersalem in secunda fi
gura. exempli gratia, vtrum studiosus sit inuidus: & inueniemus
inuidú tristari in prosperitatibus,
studiosus vero non tristatur prosperitatibus: concludetur ergo, stu
diosus non est inuidus. At si nihil
definitionis prædicati & subiecti
nobis declaretur, tunc idem faciemus de partibus definiuonis, quod
fecimus de subiecto, vel de præ-

E iiij   dicatu

ABRAM

G aut de ipso p̃dicato, hoc est, de defi
nitiõe partiũ alterius illorũ, & illã
consideramus eo mõ, quo hoc con
siderauimus de ipso subiecto, aut p̃-
dicato, & sic'vsq̓, ad simplicissimã
partium definitiõis: hoc aũt fit, qñ
non fuerit nobis cõmonstratũ per
id, qd ante hãc propositum fuerat.

Locus. 4. Quartus autem locus est q̓ q̓ra-
mus contradictoriũ ei, quæ posita
fuerat, & quo ad hoc p̃curabimus.
quantum possibile fuerit. Si autem
illi non fuerit contradictoriũ, aut
si illud inuenerimus, iam ipsum de
H struxerimus, verificatum esset ipsum posit̃. Vis aũt huius loci est,
vt vis loci, qui inquisitione est aliquid verificatum: contradictionis
.n. priuatio fit ipso sensu, & aliqñ fit
inquantum non est syllus, qui illi
contradicat: & hic non est locus,
sed est præceptum iuuans constructionem subiectionum diuulgata-
rum, nec & est demonstrationis: nõ
enim sequitur, qñ alicui rei nõ fuerit contradictorium, aut q̓ illius cõ
tradictio destruatur, q̓ illa sit fm se
vera: posset enim aliquando esse il
I li aliud contradictorium, præter q̓
nos estimemus illud.

Locus. 5. Quintus autem locus est ex parte dictionum, q̓ significetur res no
mine diuulgato apud vulgus, non
nomine ficto huic rei, siũe apud vul
gus significet aliquam rem, siue nõ
significet. Et ille quidê est topicus
iuuans constructionem, & destru-
ctionê: nisi res sit illius, cui nõ est
nomen apud vulgus, & est ei nomê
in scientia alicuius artis: expedit. n.
q̓ illo vtamur, prout fit apud artifi
ces illius artis, & illud esset præceptum, non locus.

Sextus

MARTINVS

dicato ipso, nempe, quòd exple- X
mus definitionem partium definitionis vnius eorum, & experiemur
eam eo pacto, quo retauimus illud
in ipsomet subiecto, vel prædicato
& sic p̃cedemus donec deueniatur
ad simpliciorem partium definitio
nis: & hoc, si non declaretur, & cõstet nobis id, qd volebamus an hoc.

Quartus locus est, vt quæramus
instantiam rei, quæ fuit, & vtamur
in hoc magna diligentia, quantum
fieri potest, & si non inuenerimus
instantiam, vel si inuenerimus, iam
destruxerimus eam, tunc verifica- L
tur ipsa positio, seu positum. Locus
autem hic candê habet vim, quam
habet locus, qui per inductionem
verificatur: qm priuari instantiæ,
vel accidit ex sensu, vel p̃pea quia
non datur aliquis syll, qui contradicat ei: & hoc non est locus, sed p̃-
ceptum, quod iuuat ad confirma-
tiones positionum probabiliũ: neque est & demonstratiuus, propterea, quia non est necessarium, si rei
non habeat instanciã, vel q̓ destrua
tur eius instãtia, vt propterea sit ve
ra in se, quia fortasse habet instan- M
tiã, licet nos non aduertamus eam.

Quintus locus est sumptus ab ip
sis denominationibus, seu nomini
bus rerũ: & e. quo res significat nõ-
mine eam osõ apud vulgares, nõ nõ
mine ficto ad significãdã illã rê, siue significet apud vulgares illã rê, si
ue non. Est aũt locus is dialecticus
valês ad cõstruêdũ & destruêdũ ni
si forte illa res nõ hêat nomê apud
vulgares, sed hêat nomê apud scla
alicuius artis: tunc n. debemus vti
eo, vt vtitur ipso professor illius artis, & est vtiq̓ præceptũ, non locus.

Sextus

ABRAM

Locus 6.
A Sextus locus, qui et est ex ipsis dictionib', qui e ve positu, quod querit an sit, aut no sit, dicat nois equiuocatione, & qn id no estimat respo
dens, posset errare: querens itaq, distinguat rem equiuoca in oia signi
ficata, de quib' dr, quia hec e diuisio
generis in ei' spes: deinde common-
strer modo quoda simili inqurioni,
cp predicatum insit toti subiecto, ex
quo inest maiori parti significator,
aut oibus, in que distinguir nome:
& hoc tir, qn proposita fuerit costru
ctio. Quando aut ppposita est destru
B ctio, commonstratur, cp predicatu
nulli illorum significatorum insit.
Et vlt hic locus est sophisticus, id
autem quod de hoc expedit topico,
est, vt fugiat vsum huius loci, & qn
ei inciderit, distinguat omnia significata, de quibus dicitur ipsum equi
uocum, deinde proferat illorum ve
rum distinctum a non vero: & hoc
idem expedit ei facere de nominib'
analogis, deinde tandem proferat
quod illorum sit verum & quod fal
sum. Expositores autem numerant
hunc locum septimum omnem. Llo
C cum, quo sit nomen analogum, cu
sm veritatem nec ille, nec ipsum pre
cedens sit locus topicus.

Locus 8. q
e no' in
Aristot.
Octauus aut locus est, cp oporteat
traducere nome rei, qn latet, ad id,
quod est notius illo, prout vice illi'
quod dicimus cogitatu, certum poneremus ipsum verum hoc aute est
preceptum inuas facilem inuentionem syllogismi, & non est locus.

Locus 9. q
e decimus
Nonus locus est, cp cosiderem' genus subiecti, & si in illo inuenirem'
------ enditiam', cp illud insit
------ pre qn proponimus co
------ strare, cp obturaria pdicat de vna
re,

MANTINVS

D Sextus locus sumptus quoq, absp
sis nominibus & est, cum ipsum posi
tum, de quo querit verum reperiat
vel non reperiat, dicatur equiuoce,
& cum respodens no aduertat illud,
tunc poterit decipi opponens: tunc
ergo diuida illa res equiuoca in oia
significata, de quibus dr, quia hec e
diuisio generis in suas spes, deinde
exponat p viam similem inquisitio
ni. cp predicatu reperitur, seu inest
toti subiecto, cu insit maiori parti re
rum, in quas diuidit illud nomen,
vel in oes: hoc aut fit, cum querit af
firmare seu costruere: sed cu vult de
E struere, probabit tunc subiec u non
inesse alicui illoru significatorum.
Et tandem huc locus est sophisticus.
Dialectic' ergo debet euitare vsum
huius loci: cp si in eu inciderit, tunc
diuidat oia significata, de quibus dr
illud equiuoc u, eaq, distingat, mox
declaret quod illoru sit veru, & qd
non veru: & hoc ide debet facere in
nominib' dubijs, que analoga solet
vocare, mox declarare, seu distinguere veru a falso. Expositores aut
numerant hunc locum septimu, s.
locum, qui sit per nome analogum,
F seu dubiu, qui quidem non est dialecticus nec ipse, neq, precedens ei.

Octauus locus est, vt transferam'
nome rei, quod est ignotu, ad aliud
nome magis notu illo, vt cu dicim'
vice huius, nominis s certi in cogita
tione, dicat verum: hoc tn est prece
ptum conducens ad ipsum syllm fa
cile inueniendum, & non est locus.

Nonus locus est, vt cosiderem' ge
nus ipsius subiecti, & si inuenerim'
pdicatu inesse ei, tuc iudicam' ipm
inesse subro, psertim cu voluerim'
probare cotraria inesse eide rei, no si
insint

ABRAM

G re, quia quæ insunt suo generi, insunt & illi. vt q̄ sensus sit rectum, &
error, quia cognitionis sit rectum &
error. Cognitio enim est genus ipsius sensus, & sensus est illius spés, &
ille est locus veridicus, quia demonstratio speciei per genus, est cōmon-
stratio partis per ipsum totū, & ille
est demonstrarivus, prout præposi-
tum est. Et posset ferri demīn de ge
nere p̄ speciē construendo: quicq̄d
enī inest speciei, inest generi: & hic
componitur per syllm̄ cōditionalē.
Verbi gra, quia si homini insit ipsa

H ratio, alali inest ratio: hæc aūt demonstratio non eueniret negatiue:
qñ enim homini ōn inest rōuis priuatio, non sequit q̄ animali nō insit rōuis priuatio: demfo vero speciei ex genere per syllm̄ conditiona
lem est possibilis, negatiue: quicq̄d
enim negat ab ipso genere, negatur
ab ipsa specie, quia si animali nō ta-
sit rō, nec homini inest rō, licet imposse hoc sit affirmatiue: qñ enim ra
tionis priuatio, inest animali, nō inest rationis priuatio ipsi homini.

I Decimus autem locus est, q̄ cōsi
Locus.10.
q̄ est vnde
cimus, &
duoden-
mus.
deremus quæsiti prædicatū, quia si
sit genus & prædicet de quæsiti subiecto, necessario sequitur q̄ subiecto
insit pars aliqua specierum huius ge
neris. Sicq̄, quicquid denominam̄
per hoc gen̄, vt si diceremus, an ani
ma moueat: quia si possit moueri,
necessario sequitur, q̄ moueat per
aliquā specierū motuum, quæ sunt
quatuor, videlicet, translatio, alteratio, augmentū & decrementū, & ge
neratio & corruptio: hoc aūt loco
connectitur hæc vt, si cōcludens fue
rit affirmatiuum, vt q̄ ala moueat,
in prima figura. si aūt fuerit negra-
tiuum,

MANTINVS

insint generi ei? insunt ei: vt q̄ circa   K
sensum reperitur rectitudo, & pecca
tum, quia circa iudicium, seu appre
hensionem extat rectitudo, & pecca
rum: iudiciū enim hic, est genus ad
sensum, sensus vero est spései, & est
vtiq̄; locus verus demonstratiuus:
nam demīo de specie per genus est
declaratio partis p̄ totum, vt prædictum fuit. Fit aūt demfo de genere
per speciem ad construendū, seu af-
firmandum, qñ quicquid inest spe
ciei inest generi: hoc aūt componit
per syllm̄ hypotheticum. exēpli gra
tia, si homini inest ratiociniū, ergo   L
animali inest ratiociniū: sed hæc de
monstratio non fiat p̄ negationē,
nā si homini non inest irrationalitas, non ppea sequit, q̄ insit ipsi ani
mali irrationalitas. At demfo de spe
cie p̄ genus in syllo hypothetico po
test vtiq̄; fieri per negationem, qñ
quicquid negat de genere, negatur
de specie: nam si animali nō insit ra
tiociniū, neq̄; ipsi homini quoq̄; inerit ratiociniū: sed hoc non fiet per
affirmationē nā si irrationalitas iest
aiali, irrationalitas non inerit hoi.

Decimus locus est, vt respiciam̄   M
p̄dicatū ipsi quæsiti, qñ si fuerit ge-
nūs, & fuerit p̄dicatū de subiecto q̄ si
ti, tūc necessario oportebit iesse ipsi
subiecto aliquā speciē illius generis:
siq̄; quodcūq̄; nomē illius generis imposuerim̄, vt si dicat, virū ala
moueat, nam si est possibile eā moueri, necessario vtiq̄; oportebit eam
moueri aliqua specie quatuor mo-
tuū, q̄ sunt trislationis, alterationis,
incrementi, gñationis & corruptiōis,
huius aūt loci componetur syllogi
cōcludens affirmatiuū i. q̄ ala mo
uet, & in prima figura: vel cōcludēt

negatiuū,

A situm, vt ꝗ anima non moueat, & per conditionalem subiunctiuam. Verbi gra, ꝗ dicamus, si anima moueatur, aut crescit, aut alteratur, aut transfertur: Deinde repetatur conse quens, scilicet ꝗ nullo horum motuum moueatur, & concluditur, ꝗ anima non moueatur: & aliꝗn con cluderet in secundæ figuræ aliqua specie, si concluderet duabus con uersionibus: sed in prima figura nõ concluderet, quia minor sit nega tiua, & hic locus est demõstratiuus & sumitur ex rei essentia.

B *Locus. il ꝗ est decimus quar tus.* Vndecimus autem locus sumitur ex consequentibus, hic autem sit duo bus modis: quorum vnus est, ꝗ con sideretur quæ sit illa res, quæ quan do est necessario sequatur esse posi tum, & hic locus semper est constru ctionis: quãdo enim ponimus rem, quæ quãdo est, sequitur esse ipsum positum antecedés, & quæsitum esse consequés deinde repetatur ipsum met antecedens, & concludatur ip sommet consequens. Verbi gratia, si quæramus an vacuum sit, & dica tur si motus sit, vacuum est: sed mo

C tus est, vacuum itaꝗ est. secũdus au tem modus est, ꝗ cõsideremus quæ sit res quæ est quæsita, quæ est, quan do positum est, & hic locus est sem per destructionis, hic autem sit po nendo quæsitum antecedens, & res consequens ipsum esse, ꝗ sit: deinde repetamus oppositum consequen tis, & concludatur oppositum ante cedentis. Verbi gratia, ꝗ nostrum quæsitũ sit, an vacuum sit, & dicat, si vacuum esset, corporis dimensio nes essent separatæ: deinde repetat, sed dimensiones nõ sunt separatæ, & concludatur, vacuum itaꝗ non est.
Hæc

negatiuam. s. ꝗ anima non mouet, **D** & p hypotheticã conditionalẽ seu cõiunctiuã. exempli gratia, si dicas si aïa mouet, ergo vel crescit, vel alte rat, vel transfert localiter, mox repe tat oppositũ consequẽtis, quod est, ꝗ nõ mouet aliquo illorũ motuũ, & sic cõcludet, ꝗ anima nõ mouet: potest tñ concludere in secũda figu ra in aliqua eius modo, quæ proba bitur p duas conuersiones, & erit se cundus modus: at si prima figura nõ concludet, quia minor esset negati ua, iste autem locus est demõstratiuus, & est sumptus à substãtia rei. **E**

Locus vndecimus est sumpt° ab affirmationib° seu cõsequẽtijs, & sit duob° modis: primo, vt cõsiderem°, ꝗ sit illa res, qua data oporteat necessario dari oppositũ quæsitũ: & is lo cus est semp affirmatiuus, seu cõstru ctiuus: & hoc cũ posuerim° rẽ, qua data, oporteat dari positũ añs, & quæ sitũ cõsequens: deinde repetat illud met añs, & concludat illudmet cõse qués, exẽpli gratia, quæsitũ, seu pro blema su, virũ det vacuum: & dica mus si mot° dat, vacuũ dat, sed mo rus dat, ergo vacuum datur: secũdo **F** mõ sit, si cõsideremus eã rem, ꝗ da bit quidẽ dato ipso oppositio ꝗsito: & is locus est semp destructiuus, & hoc, s. si ponamus quæsitum pro an tecedenti, & id quod sequitur ad ei° esse pro cõsequẽti: mox repetamus oppositũ cõsequẽtis, & cõcludat op positũ antecedentis, exẽpli gra, si sit quæsitũ, vel problema: verum detur vacuũ, & dicamus, si vacuũ daretur, ergo dimẽsiones corporis essent se paratæ: mox repetamus, sed dimen siones nõ reperiunt separatæ, & con cludetur, ergo vacuum non datur:
hi aũt

Hæc quidem loca sunt demonstratiua, sed prout dictū est de conditionibus sylli conditionalis est, qñ sit ꝙ
connexio sit commonstrata per syl
logismum cathegoricum, aut repetitum, si connexio esset per se nota.

Locus. 12. & est deci musgntus in Aristot.

Duodecimus locus sumit ex parte t pis, & hic quidem sit, ꝙ, qñ prꝺi
catū & subiectū fuerint in aliqua re
varia fm tempus, non semper verificatur prꝺicatum inesse subiecto:
hoc autem sit, qñ inuenitur in illa
subiectū semper, prꝺicatum autem
non semper. Verbi gratia dicēdo, an
nutribile necessario augeatur, nec
ne, & dicat, ꝙ non augeatur necessario, quia nutribile semp nutritur, &
non semper augeꝉ, & hoc quia subiectum est tpe alio à tempore quo
est ipsum prꝺicatum. Verbi gratia,
an addiscere sit reminisci: addiscere
enim est illius, quod erit futurum,
reminisci autem est illius, quod fuit
tempore præterito. Hic autem locus
est demonstratiuus, & sumit ex acci
dentibus inseparabilibus, & syllogis
mus, qui eo constituitur, sit ex figu
ris cathegoricis in secūda figura: me
dium enim illius est ipsum temp*,
& prꝺicatur de vno extremo affirmatiue, & de altero negatiue.

Locus. 13. & est deci mustert.

Terciusdecimus aūt locus est, ꝙ
quærens omittat destructionem po
siti, quod respōdēs admiserat in sua
cautione, & transferatur ad destructionē alterius rei, & hæc altera res
non euadit, quia ipsius destructio
sit necessaria ad positi destructionē,
aut non sit: & vltra dum fuerit necessaria, non euadit, quin sit fm veritatem, aut cogitata: ꝙ vero fuerit ne-
cessaria fm veritatē, ille est demonstratiuus, ꝙ res, quæ trāsfertur ad locutionē

bi aūt loci sūt demonstratiui, verū ta
tn vt iam fuit dictum ex conditioni
bus syllogismi hypothetici, seu conditionalis cū sit est vt coniunctio,
seu illatio, vel consequentia in eo sit
nota per syllm cathegoricum, vel ip
sum antecedens si consequentia, seu
coniunctio fuerit de se nota.

Duodecimus locus est sumptus à
tpe, nempe vt si inesset prædicatum
& subiectum alicui rei sit diuersum
tpe, tunc nō erit verū dicere prædicatū inesse subiecto semper: & hoc,
siue subiectū in si tei semper, & ꝑ dica
tum nō semper. exēpli gratia, si quis
dixerit, verū quod nutritur augeꝉ
ex necessitate, vel nō, & dicat ipsum
non augeri ex necessitate, qm quod
nutrit, semper nutrit, sed non auge
tur semper, siue subiectū reperiatur
tpe, quo non reperiatur prædicatū.
exempli gratia, si quis dixerit verū
scire sit reminisci, & dicat, scire non
esse reminisci, qm scire est futuri tē
poris, reminisci vero ꝓteriti: hic aūt
locus est demōstratiuus sumptus ab
accidentibus inseparabilibus: & syllogismus, qui ex eo componitur, est
ex figuris cathegoricis in secunda fi
gura: nam mediū in eo est tempus,
& prædicatur de vno e xtremorum
affirmatiue, & de altero negatiue.

Decimustertius locus est, cū inter
rogans omittit destructionē positio
nis, quā acceptauit respōdēs pro sua
cautela, & transfert se ad destruendā
aliā rem, & illius alterius rei destructio vel sit necessaria omnino ad de
struendā positionē, vel non sit necef
saria: mox si fuerit necessaria, vt erit
re vera necessaria, vel fm opinionē:
si re vera, tunc est locus demonstratiuus, vt cū illa res, ad quā transferꝉ
sermo,

ABRAM.

A cutionem de ea, sit præmissa necessa
ria in syllo destructionis, & iterum
hoc opus est necessarium arti topicæ
qñ respondens negaret aliquã rem
de his, quæ iuuaret quærentem quo
ad positum. Quando vero præmissa, ad quã quærens transfert orationem, non esset necessaria ad posiū
destructioné, nec cogitatu, nec sm
veritaté, opus itaq; esset sophisticũ.
Qñ vero fuerit cogitatu non sm ve
ritatem, si illa cogitatio esset diuulgata, hic itaq; est topicus. Si aũt cogitationis causa fuerit error asseue-
rationis huius, & putaretur ꝙ esset
ipsamet res, illa esset sophisticus: hic
autem non est locus, sed præceptum
iuuãs inuentioné syllogismi, & cau
tionem ab operibus sophistarum.

Locus 14.
q̃ est deci-
musrecta-
sua.
Quartusdecimus aũt locus est, ꝙ
consideremus res, quibus inest altera duarum rerũ oppositarum solũ,
prout fiunt contraria immediata, si
cut salutem & morbum inesse boi:
qã enim commonstratum fuerit alterum contrariorum inesse, cõmon
stratum est nobis alterum cõtrariũ
esse negatum, & hic est destructioni: è contra autem si commonstra-
retur nobis alterum contrariorum
esse negatũ, commonstratum nobis
est alterum contrarium esse: & hic
quidem locus est constructionis &
destructionis, & fit ex reb' quæ sunt
de foris: & syllogismus illo constitu-
tus fit per conditionalem subiun-
ctiuum & disiunctiuum.

Locus 15.
q̃ est deci-
musquintus.
Quintusdecimus autem locus est
præceptum trãslationis nominis in
orationem, quæ gerat vicem ipsius:
hoc est, ꝙ qui transfert, quando hoc
facit, pcuret, ꝙ oratio significet naturam, quam significat nomen, non
rem

MANTINVS

sermo, sit ꝓpositio necessaria in syl- D
logismo destruente: & illud officiũ
sit quoq; necessariú in arte Dialecti
ca, cùm respõdens negauerit aliqd,
per quod iuuetur argués in ipsa positione. At si illa ꝓpo, ad quã transfert interrogans sermoné suum, nõ
fuerit necessaria pro destructióe po
sitionis, nec sm opinionem, neq; re
vera, tunc illud officiũ est sophisticum: sed si fuerit sm opinioné, seu
cogitationé, sed non re vera, tunc si
illa opinio est probabilis, tũc est dia
lecticũ: sed si causa illius opinionis
fuerit error cogitationis in ea re, & E
existimauerit illud esse candé rem,
tunc est sophisticum: & hoc nõ est
locus, sed est præceptum inuans ad
inuétionem syllogismi, & ad cauen
dum ab officijs ipsorum sophistaꝝ.

Quartusdecim' locus est, cùm re-
spicimus eas res, quib' inest vna dua
rum rerum contrariarum tantum,
vt sunt contraria, quæ non habent
mediũ, vt sanitas, & ægritudo: nam,
cùm scimus vnum illorũ contrario
rum inesse, scim' profecto alterum
esse priuatũ, & hæc est destructio: è
contra vero, si scimus vnum contra F
riorum non inesse, scimus quoq; alterum inesse: & is locus est ad construendum, & destruendũ, seu affir-
mandum & negandum, & est ex rebus extraneis: & syllogismus, qui eõ
stat ex propositionibus ab eo sumptis, fit per conditionalem coniun-
ctiuam, & disiunctiuam.

Decimusquintus locus est præceptum in transferendo nomen in ora
tioné, eius vicem gerentem: hoc est,
vt ipse transferens, vel transsumens,
cũ hoc fecerit, curet vt illa res significet eam naturã, quã significat illud
nomen,

ABRAM

G rem extra illius rei naturam, super-
addens illi aut imminuens ab ea, sicut qui ferret fortitudinē esse bonū
animæ, est enim fortitudinis aliqua
res superaddita bono animæ: tales
autem orationes non conuenit nobis sumere vice ipsiùs nominis.

Locus. 16. q est vigo- simus. Locus autem decimussextus sumitur ex natura modi inessendi prę-
dicati ipsi subiecto, prędicatū enim
aut inest subiecto necessario, aut ei
inest vt in pluribus, aut inest ei con-
tingenter, aut quouis modo disposi-
tionū, qui contigerit æqualiter: qui
H enim poneret ꝗ id, cuius conditionis sit ꝗ ipsum sit necessariū quod
esset pro maiori parte, notum est ꝗ
asserret id, quod est semper, nō esse
semper. & e contra, qui posuerit qd
est pro maiori parte, ꝗ sit necessarium, iā asseruit, quod non est semper, ꝗ esset semper: & sik qui posuerit id, quod est ꝛm quamuis dispositionē, quæ contigerit esse, æqualiter
esse necessario, aut de his quæ sunt
pro maiori parte: sicꝗ etiam qui posuerit contrariū illius, quod est pro
maiori parte esse necessarium, contrarium enim illi, quod est pro ma-
I iori parte, est esse vt in paucioribus.

Locus. 17. q est vigo- limus pri- mus. Decimusseptimus locus est, ꝗ ca-
ueamus pouere rē inesse sibi ipsi, vt
si inessec alij, hoc est dictu, ꝗ res prę-
dicetur de seipsa: hoc autem conun-
git quando rei sunt duo nomina synonima, prout diceretur, ꝗ gaudio
iosit lætitia, & iocunditas, ac si gaudiū esset alia res à lętitia, siue ꝗ illi
esset accidens, aut aliud de ipsis prędicatis, & ille est locus sophisticus,
quem iam cauit in libro Elenchoꝛ.
Sicꝗ explicuit nominis controuer-
siæ distinctionem.

MANTINVS

nomen, non aliquid alienūm à na- K
tura rei, nec addens ei, neque mi-
nuens ab ea, vt siquis dixerit fortitudinem esse bonitatem animi: nā
fortitudo habet quid superadditū
& in plus se habens, quàm animi bo-
nitas: & non debemus sumere huius
modi orationes vice nominis.

Decimussextus locus est sumptꝰ
ex natura modi inhærendi prędicatum ipsi subiecto: nam prędicatum
vel inest subiecto ex necessitate, vel
inest ei vt in pluribus, aut inest ei cō-
tingenter, vel aliquo eorum, quę cō- L
tingunt ad vtrūlibet, seu æqualiter,
vel indifferenter, si igitur quis dixerit id, quod est ex necessitate, esse vt
in pluribus, palam est, ꝗ dixit rem
semper existentē non semper existere: & è cōtra, si quis dixerit id, quod
vt in pluribus est, esse ex necessitate,
iam dicit id quod non est semp, esse
semp: similiterꝗ, si dixerit, ꝗ aliqd
eorū, quæ solent contingere ad vtrū
libet, ex necessitate fieri, vel vt I pluribus: similiterꝗ, si dixerit, ꝗ cōtrarium eius quod est, vt in pluribus sit
id, quod est ex necessitate: nam rei,
quæ est vt in pluribus, contrariā ut M
quæ est vt in paucioribus.

Decimusseptimus locus est, vt ca-
ueamus, ne ponamus id quod de se
sibi ipsi inest, ac si alteri inesset, hoc
est vt res predicetur de se ipsa: & hoc
contingec, qn vna res habet duo nomina synonima, vt si qs dixerit ipū
gaudio inesse iucunditatem, & lęti-
tiam, ac si iucūditas esset aliud à gau
dio, siue illud sit accidens illi, siue ali
quod aliud prędicatorum: & est locus sophistic", de quo admonuit in
libro Elencorum sophisticorum, in
ibiq perfecit eius diuisionem.

De

De risscris terminandis problematibus, loci alii. Cap. 3.

Qvoniam aũt contraria conneċtuntur quidem libñnuicem sex modis, contrarietatem aũt faciunt quadrupliciter complexa: oportet accipere contraria quocũq̃ modo vtile fuerit & destruenti & construenti. Quòd aũt sex modis compleċtuntur, manisestũ: nam aut vtrunq̃ contrariorũ vtriq̃ contrariorum conneċtitur, hoc aũt duplr̃, vt amicis benefacere, & inimicis male: vel ecõuerso, amicis male, & inimicis bene: aut qñ vtraq̃ de vno: dupliciter aũt et hoc vt amicis benefacere, et amicis male, vel inimicis benefacere, & inimicis male: aut vnum de vtrisq̃, & hoc quoq̃ duplr̃, vt amicis bene, & inimicis bene: vel amicis male, & inimicis male. Primæ aũt duæ dictæ cõplexiones non faciunt contrarietatẽ: nam id, quod est amicis benefacere, ei quod est inimicis male facere, non est contrariũ, vtraq̃ enim eligenda sunt, & eiusdẽ moris: neq̃ id quod est amicis male, ei quod est inimicis bene: nã & hæc vtraq̃ fugienda, & eiusdem moris. Non videtur aũt fugiendum fugiendo contrariũ esse, nisi hoc quidem ſm superabundantiam, illud aũt ſm defectum dictum sit. nam super abundantia fugiendorum vr̃ esse. similiter aũt & defeċꝰ. Reliqua vero quatuor omnia faciunt contrarietatẽ: nam id, quod est amicis benefacere, ei quod est amicis male, contrariũ: nam à cõtrario more sunt, & illud quidẽ eligendum, hoc aũt spernendum. ſit autem & in alijs. Nam in vnaquaq̃ coniugatione vnũ eligendum, & alterũ fugiendum: illud quidẽ boni moris: hoc aũt praui. Manifestum igit̃ ex ñs quæ dicta sunt, cꝑ eidem plura cõtraria accidunt fieri. nam ei, quod est amicis benefacere, id quod est inimicis benefacere, & id quod est amicis male, contrarium est. Similiter aũt & aliorum singulis quibusq̃ eodẽ modo considerantibus, duo contraria apparebũt: accipere igitur contrariorum quodcunq̃, erit ad positionem vtile.

Amplius si est aliquid contrariũ accidenti, considerandum est si inest ei, cui dictũ est accidens inesse. Nam si hoc inest, illud non inerit: impoſt enim simul cõtraria eidem inesse. Aut si quid tale diċtum est de aliquo, quod cùm sit, necesse est contraria inesse: v̇t si ideas in nobis quis dixerit esse. Nam & moueri, & quiescere easdẽ accidet, & ẽt sensibiles, & insensibiles esse. nam vident ideæ quiescere, & immobiles, & intelligibiles esse ñs, qui ponunt ideas esse: attamen, cũm sint in nobis, impoſt est immobiles esse. nam modis nobis, necessarium est & quæ in nobis sunt omnia simul moueri. manifestum aũt qñ & sensibiles, si in nobis sunt: nam per sensum, qui circa visum est, eam quæ in vnoquoq̃ est formã cognoscimꝰ. Rursum, si positũ est accidens, cui est aliquid contrariũ, considerandum

22. declaratio.
23. declaratio.
24. declaratio.
Modis nobis necesse est õa moueri q̃ in nobis sunt.
25. Locus Declaratio.

randum ſi & contrariñ ſuſceptiuum, quod & accidētis eſt:nam idē D
cõtrariorum ſuſceptiuum : vt ſi odiũ hærere iræ quis dixerit, erit
odiũ in furoris ſpecie, illic enim ira:inſpiciēdum igitur ſi & cõtrarium in furoris ſpecie, an in cõcupiſcentia:nam ſi nõ, ſed in concu-
piſcibili eſt, nõ cohæret odiũ iræ. Similiter aũt & ſi cõcupiſcibile
ignorare dixerit:nam erit & diſciplinæ ſuſceptiuum, ſiquidem &
ignorãtiæ : quod quidem nõ videtur concupiſcibile ſuſceptiuum
eſſe diſciplinæ. Deſtruēti ergo, quēadmodum dictũ eſt, vtendũ:
aſtruēti vero quod ineſt quidem accidēs nõ vtilis locus, quod au
tem cõtingit ineſſe vtilis. Oſtēdentes enim ꝙ nõ ſuſceptiuum eſt
cõtrariñ, oſtendentes erimus ꝙ neꝗ ineſt accidēs, neꝗ cõtingit in
eſſe:ſi aũt oſtenderimus ꝙ ineſt cõtrarium, aut ꝙ ſuſceptiuum eſt

16.Locus.
Declatio.

cõtrariñ, nondum oſtēdentes erimus ꝙ & accidēs ineſt, ſed ꝙ contingit ineſſe in tantũ ſolum oſtenſum erit. Qm̄ autem oppoſitiones ſunt quatuor, cõſiderandum ex cõtradictionibus, ecõuerſo ex B
cõſequētia, & interimēti, & cõſtruenti:ſumere aũt eſt inductione.
vt ſi homo, animal, nõ animal:non homo: ſimiliter aũt & in alñs.
Hic enim ecõuerſo cõſequentia:nam hominē, animal ſequitur, nõ
hominem aũt, non animal, nequaquam, ſed econuerſo, nõ animal,

Bonü ſequi
ſuaue.

nõ homo. In omnibus igit tale eſt exiſtimãdum. vt ſi bonũ, ſuaue:& nõ ſuaue, nõ bonum, ſi autem nõ hoc, nec illud.ſimiliter aũe
& ſi nõ ſuaue, nõ bonum:bonũ, ſuaue. Manifeſtum igit ꝙ vtrũꝗ
cõuertitur, quæ ſm̄ contradictionē eſt cõſequentia ecõuerſo facta.

17.Locus.
Declatio.
A contra-
riorũ cõſe
quentia.

In cõtrarñs aũt conſiderãdum ſi cõtrarium, cõtrarium ſequatur,
an cõtra ſeipſa cõſequētia, an ecõuerſo, & interimēti, & cõſtruēti.
Sumere aũt & talia eſt ex inductione quãtum vtile eſt, contra ipſum cõſequentia eſt, vt in fortitudine, & timiditate: nam illã quidem ſequit virtus, hanc aũt vitium:& illã quidem ſequitur eligen
dum, hanc aũt fugiendum:igitur cõtra ſeipſa & horũ cõſequētia: F
cõtrarium enim eligēdum fugiendo:ſñt autem & in alñs. Ecõuer
ſo aũt conſequentia, vt bonam quidem habitudinē ſanitas ſequit,
malam aũt habitudinem ægritudo nequaquam, ſed ægritudinem
mala habitudo:manifeſtum igitur qm̄ ecõuerſo in his conſequen
tia ſit. Raro aũt econuerſo accidit in cõtrarñs, ſed in pluribus in ſe
ipſa conſequētia:ſi ergo neꝗ cõtra ſeipſa cõtrarium ſequitur contrarium, neꝗ ecõuerſo, manifeſtum qm̄ neꝗ eorũ quæ dicta ſunt
alterũ ſequitur alterum:ſi aũt in cõtrarñs, & in ñs quæ dicta ſunt
neceſſe alterũ ſequi alterum. Siſt autem cõtrarñs, & in priuatio-

18.Locus.
Declatio.

nibus, & habitibus reſpiciēdum. Veruntamen nõ eſt in priuationibus ecõuerſo:ſed cõtra ſeipſa conſequentiam neceſſariũ eſt ſemper fieri:veluti viſum ſequi ſenſum, cæcitatem aũt inſenſibilitatē:
opponitur

opponitur enim sensus insensibilitati, vt habitus & priuatio:nam
illud horū quidem habitus, hoc aūt priuatio est. Similiter aūt ha
bitui & priuationi,& in ijs quae sunt ad aliquid, vtendum:cōtra se
ipsa enim, & horū consequētia, vt si triplū multiplū , & subtriplū
submultiplum dr̄:dicitur enim triplū quidē ad subtriplum, multi
plū aūt ad submultiplū.Rursus, si scia opinio: & scibile opinabile:
& si visus sensus,& visibile sensibile. Instātia, q̧ non necesse est in
ijs, q̄ sunt ad aliquid, cōsequentiā fieri, quēadmodū dictū est: nam
sensibile scibile est,sensus aūt non est scientia . Non tn̄ vera instantia vr̄ esse:multi enim non dicunt sensibiliū esse sciam. Insuper aūt
ad contrarium non minus vtile quod dictū est : yt q̧ sensibile non
est scibile,neq̧ enim sensus scientia. Rursus in coniugatis,& in ca
sibus:& interimēti,& cōstruēti . Dicuntur aūt coniugata hmōi,
vt iusta,& iust⁹ iustitiē:& fortia,& fortis fortitudini.Similiter au
tem effectiua,& conseruatiua,coniugata illi cuius sunt effectiua,&
cōseruatiua, vt sanatiua sanitatis, habituatiua habitudinis:eodem
aūt modo & in alijs:cōiugata igif talia solent dici. Casus aūt,vt iu
ste,& fortiter,& sanatiue, habituatiue,& quaecūq̧ eodē modo di-
cuntur.Videntur aūt & quae sunt fm̄ casus, cōiugata esse,vt iuste
iustitiae,& fortiter fortitudini.Coniugata aūt dicuntur fm̄ eandē
coniugationem omnia, vt iustitia, iustus,iustum,iuste : manifestū
igitur q̄m̄ vno quouis ostenso eorum:quae fm̄ eandem cōiugatio-
nem dicunf, vt bono, vel laudabili : & reliqua omnia ostensa sunt:
vt si iustitia est laudabilium, & iuste, iustus, iustum laudabilium:
dicetur aūt iuste & laudabiliter fm̄ eundem casum, nā ā laudabili,
quemadmodum iuste ā iustitia. Considerandum aūt non solum
in eo quod dictum est,sed & in contrario contrarium. Vt q̧ bonū
non ex necessitate suaue,neq̧ enim malū triste:aut si hoc,& illud:
& si iustitia scia,& iniusti tia ignorantia: & si quod iuste est, scienter & experienter est,quod iniuste est, ignoranter & inexperiēter
ctēsi autem haec non,nec illa, velut in hoc quod nūc dictum', nam
magis vtiq̧ apparebit q̧ iniuste experienter, q̄ inexperienter.hic
autem locus dictus est prius in contrariorum consequentijs, nihil
enim aliud nunc ostendimus, q̧ contrarium sequi contrarium.
 · Amplius in generationibus , & corruptionibus , & effectiuis, &
corruptiuis,& interimēti & astruenti. Quorū enim generationes
bonae sunt,& ipsa bona sunt : & si ipsa bona sunt, & generationes
bonae:si aūt gn̄ationes male,& ipsa mala.in corruptionib⁹aūt ecō
trario:nā, si corruptiones bonae,ipsa mala,si aūt corrupt iōes male,
ipsa aūt bona.Eadē rō & in effectiuis,& corruptiuis:quorū.n.effe
ctiua bona,& ipsa bona:quorū vero corruptiua bona, ipsa mala.
Log.cū cō.Auer.   F   Sermo

Marginal notes:
19. Locus. Declaratio. A coniugatis & casibus.
10. Locus Declaratio.
11. Locus Declaratio.

ABRAM   **MANTINVS**

Locus. 18. q̃ est vigemus secundus, & vigesimꝰ tercius.

DEcimus octauus locꝰ sumitur ex contrarijs, & constituitur per ipsum sex loca, duo inferentia, & quatuor non inferentia. Manifesta autem res est, quòd ex illis fiant sex modi compositionis. Aut enim sumeretur vtrunq; contrariorum cũ alterutro contrario sibi opposito, scilicet in praedicato & subiecto ambarum simul, quod sit secundum duas species: quarum vna est, vt dicimus, si expediat amicis benefacere, expedit inimicis malefacere: & secũda est huic contraria, vt dicimus si malefacere amicis expediret, benefacere inimicis expediret. Aut ⱷ ambo contraria sumantur de vno subiecto, & hic etiam sit duobus modis: quorum vnus est, ⱷ ponamus quoduis contrariorum in subiecto recipienti alterũ contrariũ in opposita enuntiatione: & secũdus modus est, ⱷ conuertamus ipsam ʦ, hoc est, ⱷ ponamus in secunda contrarium, quod sumit in prima, & quod est in secunda, in prima: vt dicamus, si expediat benefacere amicis, non expedit eis malefacere: & si laudabile sit amicis malefacere, amicis benefacere est illaudabile. Aut sumatur vnũ praedicatum de duobus subiectis cõtrarijs, & hoc iterum sit dupliciter: vt si benefacere amicis expediat, benefacere inimicis non expedit, aut si malefacere amicis expediat, malefacere inimicis non expedit. Duae autem primae combinationes non faciunt repugnantiam, immo simul faciunt illationem. & ille est locus diuulgatus non demonstratiuus, pro ut infra dicemus: quatuor vero, quae illis succedunt, faciũt repugnantiã.

DEcimus octauus locus est sumptus ex ipsis cõtrarijs, & sex loci coniungit in eo: nempe duo affirmatiui, & quatuor non affirmatiui: manifestum aũt est, ⱷ exoriuntex ipsis sex modi cõpositionis: nã vel sumit vnũquodq; contrariorũ cum alio contrario sibi opposito, & hoc tum in subiecto, tum ẽt in praedicato vtriusq; ⱷponis simul: & hoc sit duobus modis, primo, vt si dicam', si benefacere amicis est necessariũ, ergo malefacere inimicis est necessariũ: secundo vero, vt si dicat cõtrariũ illius primi modi, vt cũ dicim', si malefacere amicis est necessariũ, ergo benefacere inimicis est necessariũ: vel sumant sola contraria eiusdẽ subiecti, & hoc sit etiã duobus modis: primo, vt ponat quodcũq; contrariorũ cõtingente esse oppositũ alteri cõtrario in ⱷpone sibi opposita: secundo, vt opposito mõ res se habear: nempe, vt illud cõtrariũ, quod sumit in prima, ponatur in secũda, & quod in secũda, ponat in prima: vt cũ dicimus si benefacere amicis est cõueniens, ergo malefacere eis non est cõueniẽs, & si malefacere amicis est laudabile, ergo benefacere eis est illaudabile. Vel sumat vnũ praedicatum de duobus subiectis contrarijs, & hoc ẽt sit duob' modis: primo, vt cũ dicimus si benefacere amicis est cõueniẽs, ergo benefacere inimicis est in conueniens: & illae duae primae cõiugationes nõ pariũt destructionẽ, sed pariunt cõstructionẽ, seu affirmationẽ: & is locus est locus probabilis, nõ demõstratiuus, vt postea dicet. Ille vero quatuor, q̃ sequũt post istas, pariũt q̃dẽ cõtradictionẽ:

A Si enim fuerit contrariorum imme-
diatorum coaptantur constructioni
& destructioni, & sunt demonstratiui, nam si dicere Socrates est æger
su verum', dicere quòd ille non sit
sanus, est verum. Quando vero fuerint de contrarijs mediatis, est mendax in constructione, quia non infertur, quòd si res non sit alba, quòd
sit nigra, sicut infertur quando est
alba, quòd non sit nigra. Et syllogismi, qui constituuntur his locis, sunt
conditionales, si ex inferentibus sunt
coniunctiui, si autem ex non inferentibus sunt disiunctiui.

Locus 19. q est vigesimus quartus.

B Nonusdecimus autem locus est,
quòd consideremus positi prædicatum, & si inuenerimus quòd ex essendo positum sequatur, quòd contraria sint simul, scimus quòd prædicatum negetur à subiecto. Et hui-
ius exemplum est, quod dicitur de
ideis abstractis a sensatis, qa ex hoc
ille infert, qp essent sensatæ & ignotæ simul, & moueantur & quiescãt
simul: ex parte enim qua positæ sunt
abstractæ, non sunt sensatæ, nec mouentur, ex parte autem qua sunt in
C sensatis, oportet eas esse sensatas, &
quòd moueantur: & syllogismus
huius loci consituitur sicut syllogismus ducens ad impossibile.

Locus 20. q est vigesimus quatus.

Vigesimus autem locus est quòd
consideremus an prædicatum sit accidens, aut sine contrario, & si ei sit
contrarium, an subiectum illud recipiat, aut non recipiat illud, si autē
subiectū illud recipiat, possibile est
qp prædicatum insit subiecto, quia
vnū est subiectū cōtrariorum, si autem non fiat hoc in illo, imposse est
prædi-

nam si fuerint ex cōtrarijs nō habē- D
tibus mediū, tunc accōmodabūtur
ad constructionē & destructionem,
& tunc erunt demōstrones: nam si dicere, Socrates est egrot', sit verū, ergo
dicere, qp non est sanus, erit verum:
& si dicere qp non est ægrotus, sit verū, ergo dicere qp sit sanus, erit verū:
sed si fuerit ex contrarijs habētibus
mediū, tūc erit falsum in cōstructione seu affirmatiōe: nā quod ē nō albū, nō sequit, vt sit nigrū quēadmo
dū sequit si sit albū, qp nō sit nigrū.
sylli, aūt qui ex his locis cōponunt,
sunt cōditionales, seu hypothetici, E
quorū qdē affirmatiui sunt coniū-
ctiui, seu copulatiui, nō affirmatiui
vero sunt disiunctiui seu diuisiui.

Locus decimusnonus est, vt inspiciamus subiectū ipsius positi: & si vi-
deam' ex inuectione ipsius supposi ti
seq inuētiōnē cōtrarioꝝ simul, tunc
scimus pdicatū negari à subto. exēpli gra, q asserūt ideas, seu formas se-
paratas esse sensibilibus, qm ex hoc
sequeret, vt eēnt sensibiles & ꝓtelligi-
biles sit, & nobiles atqꝫ quiescentes:
nā ea rōne, qua dicunt esse separatæ,
non sunt sensibiles, neqꝫ mobiles, ea F
vero rōne, qua dicunt inesse sensibi-
lib', oportet eas eē sensibiles, & mobiles, nā si sunt sensibiles, sunt vtiqꝫ
mobiles: & syllꝰ huius loci cōstat ex
syllogismo ducente ad impossibile.

Vigesimus locus ē, vt cōsiderem',
verū alicui pdicato insit aliqd accūs,
vel aliquod aliud habens cōtrariū,
qd si habeat cōtrari ū, tūc inspiciendum ē, verū subiectū. sit susceptiuū
ipsius, vel nō: & si subiectū sit susce-
puuū ipsius, tūc pdicatū poterit inesse subto, qm cōtrariorū idem est
subm: sed si hoc nō ita se habuerit,

ARGYROPVLVS

G praedicatum inesse subiecto. Verbi gratia, quòd consideremus an odiu sit in parte animae irascibili, & si amor, qui est odio contrarius, non sit in illa, sed est in parte concupiscibili: odium itaq; necessario non est in parte irascibili animae. Et hic qui dem locus in destruendo est necessarius, sed in construendo est contin gens: quando enim in aliquo subiecto est vnum contrariorú, possibile est illi inesse alterum contrarium.

Vicesimusprimus locus est, quòd consideremus quatuor opposita, sci licet affirmatiuum & negatiuum, & contraria, & relatiua, & priuatione & habitum, & consideremus in illis modum illationis: oppositorum nanque illatio est contraria illationi mutuo se inferentium, nam in mutuo se consequentibus esse sequi tur esse, vel ablatio sequitur ablatio nem. In oppositis vero ablatio infert esse, & esse infert ablationem, & locus, qui praepositus est de contrarijs, est pars huius loci. Horum autem oppositorum illatio fit secundum duas species, scilicet illatio con uersa, & haec quidem fit, quádo duae res oppositae comparantur vni rei, ant vna res duabus rebus oppositis, sicut praedictum est de contrarijs, & illatio non couersa quae vocatur recta, & illa fit cp oppositum inferat ip sius oppositum, & hoc iterú fit duobus modis, quorum vnus est, quòd subiectum orationis inferétis sit op positú subiecto orationis illatae ab illa, & praedicatum oppositum praedicato: secundus autem modus est, quòd subiectum secundae sit oppo rum praedicato primae, & praedicatum illius oppositú illius subiecto, & hic

MANTINVS

tunc non poterit praedicatum inesse subiecto. exempli gratia inspiciamus, vtrú odium insit parti irascibili aiae & amicitia, quae est contraria odio, vel inimicitiae, non insit ei, sed insit parti cócupiscibili, tunc necessario odiú non inerit parti irascibili aiae. Is aut locus est ad destruendú neces sarius, ad cóstruendum vero possibi lis: qm si vnum contrariorum insit alicui subiecto, poterit vtiq; alterú contrarium eidem Inesse.

Locus vigesimus prim° est, vt có siderem° quatuor oppositiones, que sunt, s. affirmatio & negatio, & contraria, & relatiua, & priuatio & habi tus, & inspiciamus modum consequentiae in eis: qm consecutio in op positis contrario modo se habet, cú consecutione in affirmatiuis: ná in ipsis affirmatiuis, & hypotheticis có iunctiuis, sequit affirmatio ex affirmatione, vel negatio ex negatione, sed in ipsis oppositis sequit ex nega tione affirmatio, & ex affirmatione negatio. Locus vero contrariorú, qui pcessit, est vtiq; pars huius loci, & cósecutio in his oppositis fit duobus modis: népe, vel erit consecutio è couerso facta: vt si duae res oppositae comparent ad vná rem, vel vna res ad duas oppositas, vt paulo ante fuit dictum de cótrarijs. Cósecutio vero facta non è cóuerso, quae dr recta consecutio, est illa, in qua vnum oppositú sequit ex alio, & haec quoq; fit duob° modis: primo, vt subiectú orationis affirmatiuae fit oppositú subiecto orationis, q ex ea sequit, & pdicatú ei opponat praedicato illius secúdo vero, vt subiectú secundae fit oppositú praedicato primae, & eius praedicatú opponat subiecto illius. Et

Locus. 21. q est. 16. 17. & 18. in Arist.

ABRAM

A & hic quidem locus notior est in affirmatione & negatione, sed est demonstratiuus, & ille est locus, qui
vocatur conuersio contradictorij.
Verbi gratia dicendo, si homo sit
animal, quod non est animal, non
est homo, & hoc secundum destructionem. Exemplum autem illius
construendo est dicere, si quod non
est animal non sit homo, quod est
homo est animal. Exemplum autem conuersae illationis in ipsis contrarijs est dicere, si ille, qui est bonae
habitudinis, est sanus, qui est malae
B habitudinis est aeger: & ambo haec
loca sunt demonstratiua, & differunt diuulgatione secundum ipsas
subiectiones. Et ideo expedit quod
vulgatum de illo procedat recte, sicut dicendo, si visus sit sensus, caecitas est sensus priuatio, & hic locus est
diuulgatus non demonstratiuus, qa
non sequitur, quando videns est vi-
uum, quod non videns sit mortuu.
Et quando vulgari illatio fuerit secundum relationem illatio sit recte, prout dicimus, si scientia sit opinio, scitum est opinatum, & si visus
C sit sensus, visum est sensatum: huius
autem loci instantia est, quia si sensatum sit scitum, non sequitur quod
sensus sit scientia.

Locus vice-
simus secun-
dus, & vi-
gesimus no-
ius, & coi-
gehuntur.

Locus autem vicesimus secundus
est sumptus ex coniugatis & casibus. Intelligo autem per coniugata, nomina, quae sunt exemplaria
primitiua, & nomina denominata
ab illis, quae significant primitiua
exemplaria adhaerentia subiecto,
prout

MANTINVS

D Et is locus est magis probabilis in affirmatione, & negatione, sed est demonstratiuus, & vocat locus fm cõ
trarietatê cõtradictorij. exêpli grã,
cùm dr̄, si hõ est aïal, ergo qd nõ est
aïal, non est hõ: & hoc in destruêdo.
Exemplũ vero in cõstruendo, vt cũ
dicimus, si id qd nõ est aïal, non est
hõ, ergo id, qd est hõ ê aïal. Exêplũ
aût cõsecutionis ê cõuerso factæ in
ipsis cõtrarijs, vt cũ dicim', si qui est
bonæ cõstitutionis est sanus, ergo q
est malæ constitutionis est aegrotus.
E Et vterq̃, horũ duorũ locorũ est nõ
demñatiuus: sed differũt in pbabili-
tate pro rõne suppositorũ, & iõ pba
bilitas ĩ hoc debet pcedere pro rõne
vniuscuiusq̃ suppositi. Consecutio
vero, q̃ fit ĩ ipso habitu & priuatiõe,
illa, q̃ est probabilis, fit fm rectitudi-
nê, vt cũ dicim', si visus ê sensus, ergo caecitas ê priuatio sensus. Et is locus ê pbabilis, nõ demñatiuus: nam
nõ seq̃r, si vidês ê aïal, seu viuũ, ergo
nõ vidês est mortuũ: & par rõ est de
cõsecutione pbabili facta in ipso relatiuo, seu ad aliq d, sicut est cõsecutio
recte facta, vt cũ dicim', si scientia est
F opinio, ergo scibile est opinabile: &
si visus est sensus, ergo visibile ê sensibile. sed † error qui in hoc loco cõ
mitti põt, est, qa si sensibile ê scibile,
nõ ppea sequir, vt sensus sit scientia.
Locus vigesimus secũdus ê sumptus ab ipsis cõiugatis nominibus abstra
ctis & absolutis, q̃ dicunt prima exêplaria & principalia, & ab ipsis cõno
tatiuis, vel concretis. Intelligo aũt p
ipsa abstracta ipsa nomina, q̃ sunt principalia exêpla. Nomina vero denoiati-
ua sunt deriuata ab illis, q̃ significãt
eandê rem, q̃ signantur per illa prima
exêplaria cõiugata cũ ipso subiecto,

tal.l.ê con
uerso.

fall.inst
ria

& con-

ABRAM

G prout rectitudo est exemplare primitiuum, & rectum est denomina-
tiuum ab illo. Verbi gratia, si rectitudo sit laudabilis, rectus est laudabilis, & si iniquitas sit illaudabilis,
iniquus est illaudabilis : & ille quidem est construendi & destruendi.
Et aliquando res, quam commonstrare proponimus, est vulgarior de
denominatiuo quàm sit de primi-
tiuo exemplari, & ponimus illam
inesse denominatiuo antecedens, &
illam inesse primo exemplari consequens : deinde repetimus antece-
H dens & concludimus consequens, vt
si iniquus sit turpis, iniquitas est tur
pis. Casus vero sunt dictiones, quæ
mutantur à dictionibus, quæ sunt
primitiuum exemplare mutatione
significante modum in essendi præ
dicatum ipsi subiecto. Et in arabico
idiomate non inuenitur hoc, nisi ex
primatur per dictiones significan-
tes illum modum, prout dicimus,
si quod medice sit iuuat, medicina
iuuat. & sicut putamus de contrarijs, quòd si contrarium prædicati
insit contrario subiecti, prædica-
I tum inest subiecto, vt dicendo si bonum sit suaue, malū est contristans:
similiter imaginamur de contrario
rum coniugatis, quia contrariarum
rerum contraria sunt coniugata,
prout dicimus, si æquitas sit scientia,
iniquus est ignorans.

Locus. 23. q̄ est trige- simus pri- mus. Locus autem vigesimustertius est
sumptus ex generatione & corru-
ptione, & rebus generabilibus &
corruptibilibus, & est ad destruendum & constituendum. Et(prout ait
Themistius) huic expedit, quod conne
ctamus efficientes, & fines, & operatio
nes, vt resquarum generatio est bona,
sunt

MARTINVS

& coniuncta, vt iustitia, quæ est primū
exemplar, & iustus, qui deriuat ab ipsa.
vt exempligratia, si iustitia est laudabilis,
ergo iustus erit laudabilis, & si iniustitia est illaudabilis, iniustus quoque
erit illaudabilis: & sic sit constructio
& destructio: & quando id, quod volumus
declarare per nomen concretum, & deno
minatiuum, est probabilius eo, quod per ipsum abstractum, & primitiuum exemplar
significat, & tunc ponimus ipsum de-
notatiuum, seu connotatiuum, & ponit rerum
pro antecedenti, & primitiuum exemplar
atque, abstractum pro consequenti: mox
reperit alias, & infert consequens. vt si L
iniustitia est illaudabilis, ergo iniustus erit illaudabilis. Ipsa autem concreta, seu connotatiua sunt dictiones, quæ
variant ab illis dictionibus, quæ sunt abstracta & prima exemplaria quædam varie
tare indicate per modum inhærentiæ ipsi
prædicari in ipso subiecto: & is modus non
reperit lingua arabica, sed declarat
per dictiones signantes illum modum; vt cum
dicimus si id, quod per viam medicatio
nis sit, est utile, ergo medicinæ utilis:
& quemadmodum nos offerimus contra
ria inter se, ita vt, si contrarium subiecti insit contrario prædicati, tunc prædicatum inest subiecto. vt cum dicimus, si bo
num est suaue, ergo malum est tristitia
quoque, offerimus ipsa concreta contra
na alter se: nā rerum contrariarum contraria sunt & earum concreta seu coniu
gata : vt cum dicimus, si iustitia est
scientia, ergo iniustitia est ignorantia.

Locus vigesimustertius est sumptus
à gnatione & corruptione, & ex rebus gnabilibus & corruptibilibus: &
hoc etiam ad interimendum & construendum,
&(vt dicit Themistius) debent annecti
huic ipsa agentia & fines, atque, actiones,
nam res, quarum generatio est bonus,
ipsa

ABRAM

A ſunt bonæ, & quæ ſunt bonæ, ipſarũ generatio eſt bona. Qui vero ſumitur à corruptione eſt contra iſtum, quorum enim corruptio eſt bona, illa ſunt mala, &quorum corruptio eſt mala, illa ſunt bona, & ſimiliter res, quarum efficiens eſt bonus, illæ ſunt bonæ, & res, quarum corrumpens eſt bonus, illæ ſunt malæ, & hic quidem locus eſt diuulgatus, quia non oportet ꝗ efficiens malum ſit malus, neꝗ, ꝗ efficiés bonum ſit bonus, & ſimiliter ſit de finibus & operationibus, & horum exempla ſunt perſpicua manifeſta.

MANTINVS

ipſe quoꝗ; ſunt bonæ, & ſi ipſæ ſunt D bonæ earũ gñatio eſt bona. ea vero ꝗ ſumunt à corruptione oppoſito mõ ſe habet: nam quorũ corruptio é bona, ipſa ſunt mala, & quorũ corruptio eſt mala, ipſa ſunt bona, & eadem eſt rõ de ipſis effectiuis, nã quæ efficiũt bonũ, ſunt bona, & quorum corruptiuũ eſt bonũ: ipſa ſũt mala. Is aũt locus eſt probabilis, qñ non videtur eſſe neceſſariũ, vt id, quod eſt effectiuum mali, ſit malũ, neque effectiuũ boni bonũ. parꝗ, eſt ratio finium, & actionum, & horũ exempla ſunt ſatis ſimilia & manifeſta. E

Ex Similibus, Appoſitione, Magis, Minus, Simpliciter, & ſecundum Quid. loci.   Cap. 4.

RVrſum in ſimilibus ſi ſimiliter ſe habet. Vt ſi diſciplina vna plurium, & opinio: & ſi viſum habere eſt videre: & auditũ habere eſt audire: ſimiliter aũt & in aliã, & in his quæ ſunt, & in ñs quæ videntur. Vtilis autem hic locus ad vtrunꝗ: nam ſi in aliquo ſimilium ſic ſe habet, & in aliãs ſimilibus: ſi autem in aliquo non, nec in aliãs ſimilibus. Conſiderãdum autem & in vno, & in pluribus ſi ſimiliter ſe habet. Aliquoties enim diſſonat: vt ſi ſcire eſt cogitare, & multa ſcire eſt multa cogitare: hoc autem non verũ, contingit enim plura ſcire, cogitare autẽ non: ſi autem non hoc, nec illud quod in vno, ꝗ ſcire eſt cogitare. Amplius, ex minus & magis. Sunt autẽ eius, quod eſt magis', loci quatuor. Vnus quidem ſi magis ſequitur magis: vt ſi voluptas bonũ, & magis voluptas, magis bonũ: & ſi iniuriam facere, malũ, & magis iniuriam facere, magis malum. Vtilis autem ad vtrunꝗ hic locus: nam ſi ſequatur ad ſubiecti incrementum, accidentis incrementum, quemadmodum dictum eſt, manifeſtum quod accidit: ſi autem non ſequatur, non accidit: hoc autem inductione ſumẽdum. Alius, vno de duobus dicto, ſi cui magis videtur ineſſe non ineſt, nec cui minus: & ſi cui minus videtur ineſſe ineſt, & cui magis. Rurſum, duobus de vno dictis: ſi quod magis videtur aliñ ineſſe non ineſt, neꝗ quod minus, aut ſi quod minus vr̃ ineſſe ineſt, & qd̃ magis. Amplius, duobus de duobus dictis, ſi quod alteri · magis vr̃ ineſſe

non ineſt, nec reliquum reliquo : aut ſi quod minus videtur alteri G
ineſſe ineſt, & reliquum reliquo. Amplius, ex eo quod ſimiliter
ineſt, vel videtur ineſſe, tripliciter: quemadmodum in eo quod
magis: vt in poſterioribus trib⁹ dictis locis dicebatur. Siue enim
vnum quoddam duobus ſimiliter ineſt, aut videtur ineſſe, ſi alteri non inſit, nec alteri: ſi autem alteri ineſt, & reliquo. Siue duo ei-
demſimiliter, ſi alterum non inſit, nec reliquum:ſi autē alterum,
& reliquum. Eodem autem modo & ſi duobus duo ſimiliter in-
ſunt:nam ſi alterum alteri non ineſt, nec reliquum reliquo : ſi autē
ineſt alterū alteri, & reliquū reliquo : ex eo igitur quod eſt magis,
& minus:& qd̄ eſt ſilr, tot modis contingit argumētari. Amplius
autē ex appoſitione, ſi alterū ad alterum appoſitū faciat bonū ; vel
albū, cùm non fuerit prius albū, vel bonū, quod appoſitū eſt, erit
albū, vel bonū, quale re vera & totum facit. Amplius aūt, ſi id, ad
quod eſt appoſitū aliquid, facit magis tale, quale erat et ipſum erit H
eiuſmodi:ſilr autē & in alħs. Vtilis autē non in omnibus hic locus,
ſed in quibus ipſius magis crementū accidit fieri. Iſte vero locus
non conuertitur ad deſtruendū:nam ſi nō facit quod appoſitū eſt,
bonū, nondum manifeſtū, ſi ipſum non bonū. Nam bonū malo
appoſitū, non ex neceſſitate bonū totū facit, nec album nigro, nec
dulce amaro. Rurſum ſi quid magis & minus dicitur, & ſimplici
ter ineſt. Quod enim bonū vel albū non eſt, neq; magis & minus
bonū vel albū dicetur:nā malſi de nullo magis, vel minus bonū,
ſed magis malū vel minus dicetur. Non conuertitur autē hic locus
ad deſtruendū:multa enim eorū quæ non dicuntur magis, ſimplr
inſunt:nā homo non dicitur magis & minus, ſed non propter hoc
non eſt homo. Eodem aūt modo conſiderandū & in ħs quæ ſm
quid, & qñ, & vbi. Nam ſi ſecundū quid contingit, & ſimpliciter
contingit: ſimiliter aūt & quando, & vbi:nam quod ſimpliciter
eſt impoſſibile, neq; ſecundum quid, neq; ſecundum vbi, neq; ſe
cundum quando contingit. Inſtantia: quoniam ſecundum quid
quidem ſunt natura ſtudioſi, vt liberales, vel caſti, ſimpliciter aūt
non ſunt natura ſtudioſi, nam nullus natura prudens. Similiter au
tem & quando contingit corruptibilium aliquid non corrumpi,
ſimpliciter aūt non contingit non corrumpi. Eodem aūt modo &
vbi expedit quidem tali obſeruantia victus vti, vt in morboſis lo
cis, ſimpliciter aūt non expedit. Adhuc autē, alicubi quidē vnum
tantum poſſibile eſt eſſe, ſimpliciter autē non poſſibile vnum tan
tum eſſe. Eodem autē modo & alicubi bonū eſt quidem patrem
ſacrificare, vt in Tribalis, ſimpliciter aūt non bonū. an in hoc quidem nō vbi ſignificat, ſed quibuſdā:nihil eħi refert vbicunq; ſint
vbiqu

vbiq̃. n.erit eis bonum in Tribalis. Rurfus quidem expedit me-
dicari, vt quando ægrotat, fimpliciter autem non. An neq̃ hoc
qñ fignificat,fed in eo ꝗ afficitur aliquo modo? nihil enim refert
quandocunq̃,dummodo fic affectus fit. Simpliciter autem eft,ꝗ
nullo addito dicis ꝗ bonum eft, aut contrarium: vt patrem facri ┃ *Dilucid.*
ficare non dicis bonum effe, fed quibufdam bonum effe: non ergo fimpliciter bonum: fed Deos honorare bonum dicis nihil ad-
dens:fimpliciter.n.bonum eft.Quare quod nullo addito videtur
effe honeftum, vel turpe, vel aliquid talium,fimpliciter dicetur.

Sermo de locis ex Similibus fecundum magis et minus, et ex AEqua-
litate.   *Cap. 4*

ABRAM

(marg. B — Loc⁹.14. / qui é.12. / & 13.)

Vigefimusquartus locus fumitur à fimili, fimile aũt eft duobus modis, prout prædictũ eft. aut
fimile fm accidens, aut fm proportionem: fimile quidé fecũdũ accidens, vt dicimus fi fit vna fcia multarum rerũ, opinio eft vna multarum rerũ, fimile vero fm proportionem eft, vt dicimus, fi proportio regis ad ciuitaté eft proportio
nautæ ad nauim, & non conueniat
nautæ inebriari, nec Regi cõuenit
(marg. C) inebriari. Themiftius autem ponit fimilis tertium locum,qui fumitur metaphorice,& ex translatione, quando.n.nos proponimus aliquam rem de aliqua re, & eius explicatio p fimile fuerit magis diuulgata, transferimus cõmonstratio-
nem ad fimile, qd eft magis diuulgatum,& quando in illo fuerit cõ-
monftrata hæc res, illam transferimus, prout fecerunt Arift.& Plato
de ciuitatis & animæ iuftitia. Locus vero, quo dicitur quòd expediat cõfiderare, an res fit fecundum
vnum, & fecundum multa, quia putatur de illo, quòd fubintret loca
ab

MANTINVS

Locus vigefimufquartus é fum- *E*
ptus ab ipfis fimilibus: ipfum
auté fimile bifariam dr, vt iam in
fuperioribus fuit oftéfum. nempe,
vel fimile per accidés, vel fimile fm
proportioné: fimile auté per accidens eft, vt cũ dicimus fi fcia vna eft
plurium rerum, ergo & opinio erit
vna pluriũ rerũ. fimile vero fm proportioné eft, vt cũ dicimus, fi eadé
eft proportio & ratio regis ad ciuitaté,quæ eft ipfius nautici ad naué,
fed non decet nauticũ inebriari,er-
go neq; Regé decet inebriari. Themiftius auté facit tertiũ locũ ipfius *F*
fimilis,& eft, qui fumitur ex pmu-
tatione, & translatione: nã cũ nos
volumus attribuere aliquid alicui
rei, cuius probatio per fimile fit ꝓ-
babilior, tũc trãsferimus illã ꝓba-
tioné ad ipfum fimile, qd probabilius eft: & ea re fic probata p illud,
tũc transferimus illud ad aliud notius, vt vfus eft Plato, cũ probat iu-
ftitiã ĩ ciuitate ex iuftitia in ãfa.lo-
cus aũt ille,in quo dr, ꝗ oportet cõfiderare virũ fi vna res infit vni, ꝗ
infit et pluribus: nam vt, ꝗ is locus
fubingrediatur illa loca,ꝗ funt fumpta

ABRAM

G ab operationibus & euentis rei, &
est demonstratiuus in destructióe,
vt in scientia sit imaginario, & dicatur, ꝗ non sit imaginario, quia ad-
discimus multas res simul, & ipossi
bile est ꝗ imaginemur multas res
simul, & iam possibile est, ꝗ ponatur locus alius per se.

Vigesimasquintuslocus est, qui
sumitur ab eo, ꝗd est magis & minus, & ipsi⁹ sunt quatuor loca: quorum vnus est, ꝗ consideremus prædicatū quæsiti, eiusꝗ; subiectum, si
eo, quo augeꞇ ꝓdicatū, augeꞇ subiectū, prædicatū dicimus inesse subie
cto: in destructione autem sit contra hoc, si imminuit, quanto augetur subiectum, enuntiamus ꝗ non
insit subiecto. V.g.in destruendo,
si quod est delectabilius, sit minus
bonum, delectabile nó est bonum.
Et similiter etiā, si inuenimus prædicatum inesse subiecto, enuntiamus ꝗ ex quo augetur subiectum,
augeatur prædicatum. V.g.si delectatio sit bona, quod est delectabilius, est melius, hoc autem non est
verum in rebus, quarum excessus
exit æqualitatem, quia si & cómo-
tio & calefactio sint vtiles, non in-
ferꞇ ꝗ magis cómoueri & calefieri
sit vtilius: secudus auꞇ est, quando dicitur vnum prædicatum de
duabus rebus, & ipsum inesse vni
est conuenientius ꝗ ipsum inesse al
teri, & inest cui non est conuenien
tius esse, inest etiam illi cui conuenientius est ipsum inesse, & econ-
tra, si non insit illi, cui conuenientius est inesse, nec inest cui non est
conuenientius inesse, & ꝗo propositionis

MANTINVS

pta ab actióibus ipsis & ab ipsis có-
sequētibus, seu accidētibus. Et ē demōstratiuus ī destruēdo. vt exēpli
gſa, vtrū scīa sit imaginatio, vel cogitatio, & dicaꞇ ꝗ nó ē imaginatio,
qiñ nos multas res siꝉ discim⁹, cū tñ
nó possint plures tres vna imagina-
ri: & is locus posset seorsum poni.

Locus. 25. ē sumptus ex magis &
min⁹, & hēꞇ ꝗtuor loca. Prim⁹ ē, vt
respiciam⁹ ꝓdicatū suppositi, & ei⁹
subiectū, & si Iuenerim⁹ id, quo suscipit īcremētū ei⁹ subiectū, & Sue-
niaꞇ ī ea illud īcremētū, seu illud ma
gis, & reperiaꞇ ī eo ei⁹ sūbrū & magis, tūc dicim⁹ ꝓdicatū ineꞇ sūbto.
In destruēdo ꝟo hui⁹ oppositū, nā
si Iuenerim⁹ ipsum minui ꝑid, ꝗd
addiꞇ ī ei⁹ sūbto, tūc iudicam⁹ ipsū
nó ineꞇ sūbto. exēplū ī cōstruēdo,
vt si dicam⁹, si id, ꝗd ē magis voluptuosū, ē magis bonū, ergo voluptas ē bonū, ī destruēdo ꝟo, vt si id,
ꝗd ē magis voluptuosū, sit min⁹ bonū, ergo voluptas ñ ē ꝗd bonū. siꝉ
quoꝗ;, si Iueniam⁹ ꝓdicatū ineꞇ subiecto, tūc ēficiam⁹, ꝗ id, quo subiectū augeꞇ, eodē Iuenieꞇ ꝓdicatū
augeri. exēpli gſa, si voluptas ē bonū, id, ꝗd ē magis voluptas, erit magis bonū: hoc auꞇ nó est verū ī his,
ī ꝗbus excessus trāsgrediꞇ æqtaꞇ:
nā & si exercitiū & calefactio sint
vtilia, nó seqꞇ ꝑpꞇz, vt id, ꝗd ē maioris exercitij & maioris calefactio-
nis, sit vtili⁹. Scdus ē, cū dꞃ vnū ꝓdicatū de duab⁹ reb⁹ & cōuenieꞇ insit vni ꝗ alteri, mox insit ille, cui ineē nó ē cōuenieꞇ, & insit et illi, cui
cōueniꞇ ius ē ineꞇ: & ē cōtra. si igiꞇ
ñ repiꞇ in eo, ī quo cōuenieꞇ ē repiri, neꝗ; repieꞇ ēt ī eo, ī quo nó est
cōuenieꞇ repiri: & cū volueris destruere,

G sitionis destructione ponas antece-
denslocu excessus, & conuenientio
ris. V.g. in construendo si diuitias
non esse bonas conuenientius sit, q̃
salutem non esse bonam, & diuitiȩ
sunt bonȩ, salus itaq; est bona. & in
destruendo sit contra hoc, q a si cõuenientius sit salutẽ esse bonã, & sa
lus non sit bona, & diuitiȩ conue-
nientiusest non esse bonas. Tertius
autem est, qñ dicuntur duo prædicata de vno subiecto, si qd rarius in
est, autnon sit conuenientius, aut si
viliusinest, illud itaq; qd primum

H aut magis pro maiori parte, aut no
bilius inest. & in destruẽdo sit contrarium. V.g. si cœlesti orbi nõ insit naturalis quies, cõuenientius est
q̃ ei non insit quies violenta. Quar
tusautem est qñ dicuntur duo prædicata de duobus subiectis, si prædi
catum qd conuentius est inesse alteri duorum subiectorum non insit, qd non est conuenientius inesse
'non inest, & è contra si qd est conuenientius non inesse inest, qd con
uenientius est inesse necessario inest. Exempli gratia, si vacuum con-
uenietius est inesse aeri q̃ inesse ter
ræ, & vt vñus inquam corporibus
raris q̃ corporibus densis, & nõ inest raris, sicꝰ; nõ iest dẽsis. Et cõtra
hoc in cõstruendo, si sit in dẽsis, est
itaq; in raris. Hȩc aũc loca (put ait
Themist.)cõstituunt ex sili & opposito, q̃rit. n. simile subiecto, & dif
ferũt fm magis & minus, & suntdi-
uulgata. Auicc.aũr dicit ꝙ aliqũ fiãt
demfatiua, qñ prius illorũ fuerit
prius nãliter. Ego aũt dico ꝙ esti-
mẽcꝙ Arist. vsus sit illo in. 1 lib.de
Cœlo & Mundo, qñ dicit : si figurȩ
circulari eẽraliqd cõtrariũ eẽt figura recta

struere, tũc pone ipsũ añcedẽs ꝓ ip
so excẽssu & ꝑ cõuemẽriori. Exem
pli ỹ o I cõstruẽdo, vt si diuitiȩ nõ
vr vt sint magis bõȩ, q̃ ipsa sanitas,
& ipsȩ diuitiȩ sũt bonȩ, ergo & sanitas ẽ bõa. Destruẽdo quoq; ꝓ oppo
situ sit, vt si sanitas cõueniẽtiꝰ est vt
sit bõa, & sanitas ñ sit bona, ergo &
ipsȩ diuitiȩ cõueniẽti'ẽ vt ñ sint bo
nȩ. Tertius ẽ, cũ dicunt duo ꝑdicatã
ta de vno suBto. nã, si illd qd min'
inẽ, vrñ ẽ cõueniẽt', aut ẽ ignobi-
li', & iest, ergo id, qd ꝑrio iẽ vr vr
vt plurib' inẽ, vr qd nobili' ẽ, ierit. In destruẽdo ỹo ẽ cõtra. exẽpli
gra, si nãlis q eñ iest corpi cœlesti,
ergo lõge magis nõ dẽt ei inẽ q es
violẽta. Quart', qñ duo ꝑdicata dicunt de duob' subiectis, nã si illd ꝑ
dicatũ, qd vr magis inẽ alteri illorũ duorũ suBtorũ nõ lit, ergo nec
illd, qd min' vr iẽ alteri, ient illi, &
è cõtra si illud qd magis vr nõ inẽ
lit, ergo illud, qd magis vr inẽ, inerit olno. exẽpli gra si vacuũ vr ma
gis inẽ aeri, q̃ terrȩ, & vt verbo dicã, corporib' raris magis q̃ dẽsis, &
nõ iest raris, ergo neq; dẽsis inerit :
& è cõtra si cõstruẽdo, si densisiest,
ergo & raris ierit. Hȩc a sit loca (vt
inqt Themisti')cõstãt ex sili & op
posito, q a hñt sisitudinẽ cũ ipso su
biecto, differũt ñ fm magis & minus & sũt ꝑbatilia. Auicc. tñ dicit
ꝙ pñ teẽ demfatina, qñ primũ eoũ
est prius nã. Et ego dico ꝙ ꝑt existi
mari Arist. fuisse vsum hoc I loco I
. 1 .lib. de Cœlo & Mũdo, cũ diciñ si
motui circulari inest cõtrariũ, tunc
mot' rect' vr magis esse ei cõtrari',
q̃ circularis, deinde cũ ꝓbet motũ
rectũ nõ hẽre cõtrariũ, ꝓbat ꝙ circularis minus dẽt hẽre contrariũ. si
itaq;

G ra recta dignior, vt sit illi cõtraria.
Et qñ conueniëtius in ea fuerit fm
veritatë ë demïatiuus, qñ aut fuerit
fm opinionem est diuulgatus.

[Locus. 26 / qui ë. 58.] Locus. 26. est sumptus ab æqualitate, aut fm veritatem, aut fm opi-
nionem, & constituuntur tria loca.
quorum vnus est, qñ vnum prædicatum df de duobus subiectis æqualiter, & est in vno illorũ, sicq; & alteri inest. V. g. aditus Græcorum in
adeptione scïæ fuit, sicut aditus Cal-
deorũ, & enuntiatio est de Græcis,
qp insit, sicq; inest Caldeis. Sed us au-
[H] tê est, qp subiectũ sit vnũ, de quo dicant duo pdicata æqualiter, ga qñ
illi inest vñi illorũ, inest alterũ, &
qñ non inest vnũ, non inest alterũ.
V. g. dispositio boïum in recipiëdo
virtutes morales, est, sicut ipsorũ in
adipiscendo virtutes intellectiuas,
& insunt eis morales, sicq; Isunt eis
& intellectiuæ. Tertius aũt est, qp in
ueniant duo pdicata, q dicantur de
duobus subiectis æqualiter, quia si
vni illorũ insit illorũ vnũ, alteri inest alterũ, & ê cõtra in destruendo.
[I] V. g. si dispõ incolarũ calidarũ regionũ in scïa spiritalium esset sicut
dispõ incolarũ regionũ frigidarũ,
spiritaliũ scïa ineët incolis regionũ
calidarũ. Et aliqñ in his locis qui ë
horũ de magis & minus & æqualiter ê fm ÿ ïtatë, & aliqñ fm opinionë, & tũc cõueniëri° ê qp sint diuul-
[Loc. 27. / q ë 19. & / 47.] gati. Vigesimus septimus locus est
sumptus ex appositione & subtra-
ctione qñ. n. apponitur aliqua res
rei, & nomen sui pdicari inest huic
rei, præter qp fuerit in ea, hoc itaq;
prædicatum inest huic subiecto. V.
gratia, si opponatur delectabile ipsi
aquæ, & ponat ipsam bonam, dele-

ctatio

itaq; id, qd vr magis inëe fuerit ve- [k]
rũ, tunc erit locus demïatiuus, sj si
fuerit opinabile, tũc erit pbabilis.

Locus aũt. 26. ë sumptus ab æqualitate, seu ex sïr se hñtib°, siue vere,
siue fm opinionë, & sic cõponunt
tria loca. Primus est, cũ vnũ pdicatũ df de duob° subiectis æqualiter:
si igit vni eorũ insit, & alteri quoq;
inerit, exëpli gra si Græci eodë mõ
suscipient: udiciũ, sicut Babilonici,
sed ipsum iudiciũ seu ius inest Gre-
cis, ergo & Babilonicis inerit. Secũdus est, cũ vnũ subiectũ df de duobus pdicatis æqualiter, ita vt si Isit el [L]
vnũ eorũ, insit & alterũ, & b nõ insit vnũ, nõ insit & alterũ. exëpli gra
si boïes ita recipiunt virtutes morales, sicut suscipiunt speculatiuas,
ergo si insint eis virtutes morales,
inerunt eis, & contemplatiuç. Tertius est, cũ duo pdicata dicuntur de
duobus subiectis æqualiter: nam, si
vnũ inest alteri, ergo & alterũ inerit alteri: & ê cõtra I destruëdo. exempli gra, si colentes ciuitates calidas ita obtinët scïas spirituales, sicut colëtes frigidas obtinët scïas nõ
spirituales, ergo si habitantibus ter- [M]
ras frigidas insunt scïe nõ spirituales, inerunt vtiq; spirituales habitã-
ribus calidas. & in his locis qñq; reperiet fm magis & minus & æqualiter vere, & qñq; fm opinionë, & tũc
videntur esse potius probabiles.

Locus aũt. 27. est sumptus ex ap-
positioue & demptione, vel detra-
ctiõe, vt si apponat aliqd sñrũ alicui rei, qd qdë faciat illius pdicatũ
inesse illi rei, qd nõ inerat ei, tũc illud pdicatũ inerit illi subiecto. exëpli gra, si addat delectatio ipsi aboe
& faciat ipsum bonũ, ergo delecta-

tio

A ctatio itaq; est bona, & similiter qn
apponimus subiectum aliquod ali
cui rei, & illius prędicatum inest il
li, & illius prędicati nomen magis
inest, q̄ inerat ante hanc appositio
nē, p̄dicatū itaq; inest subiecto. V.
g. si appouamus delectationē ipsi ci
bo, & illum posuerimus vtiliorem,
delectatio itaq; est vtilis. Et hic qui
dem locus non conuertitur in destruendo, quia qn aliqua res apponit alicui rei, & non ponit illam bo
nam, non infertur, ꝓ appositū non
sit bonū, qm̄ si apponeret aliq̄ res
B alicui rei albr, & nō augeret ipsius
albedo, nō i for t, q̄ hęc res n̄ sit alba

Locus 28
g.42.&.
41.
    Locus aūt vicesimusoctauus su-
mitur de eo, q̄ d̄r conditionaliter, &
capit dici simpl'r, & hęc cōditio aut
est ex parte illius, qd est fm magis
vel minus, aut fm tēpus, & horā, &
dispōnem, & locū, aut fm aliā con-
ditionē: & hic quidem locus est sophisticus, id. n. qd est nobilius, aut
maius tali, nō oportet q̄ sit nobile
aut magnū simpliciter. Et simlr in
eo qd est ex ꝓte loci, qa nō sequit,
qd ē vtile I quarto climate, q̄ sit vti
le simpl'r, nec qd est vtile aliquo tpe
C sit vtile simpl'r, neq; qd est bonū fm
aliq̄ cōsuetudinē, sit bonū simpl'r:
& hic quidē loc' nō cōfert iuuamē
I destruēdo, qa nō seqr, q̄ id qd nō
test fm magis & minus, nō sit simpl'r, humanitas, n. nō inē hoī fm ma
gis & minus, & inē ei simpl'r, qn aūt
qs denominaret aliquo attributo,
& nō sit fallacia I eo p appositionē
& annexionē, ille d nomiat fm hāc
rē simpl'r. Hęc itaq; sunt oīa loca,
q̄ Arist. numerat I cōstructiōe rei,
& illi' destructiōe simpl'r, q̄ cōtinet
sedus Liber sui voluminis I topicis.

tio est bona: pari quoq; rōne si ad- D
datur subiectū alicui rei, cui I sic ipsum p̄dicatū, sed reddat illud p̄dica
tū eius maius in ea re q̄ esset ante il
lā additionē, tūc p̄dicatū inest subiecto. exēpli cā, si addat de'ectatio
ipsi cibo, & reddat ipsum magis iu
uatiuū, ergo delectatio est iuuati-
ua. Ia tn̄ locus nō cōuertit I destruē
do, nā si apponat aliquid alicui rei,
& nō reddat ipsam magis bonā, nō
ppea sequit, quin illud appositū sit
bonū, nā si addat aliqd albū alicui
rei albę, & nō addiderit eius albedinē, nō seqt ppea q̄ n illa res sit alba. E

    Locus. 28. est sumptus ex eo, qd d̄r
fm hypothesim, & subiectionem, i.
fm qd, & sumat ac si eēt dictū simpl'r, & illa hypothesis, vel cōdō insit rōne magis & minus, vel rōne tē
poris, vel dispositionis, vel loci reli
quarū cōdōnū: & is locus est vtiq;
sophisteus & deceptorius, nā id, qd
est p̄stātius alio aut maius, nō seqt
ppea vt illud sit prestās, vel magn̄ū
simpl'r. similiterq; ratione loci, nā
nō seqt si aliqd est iuuatiuū I quar
to clymate, vt sit iuuatiuū simpl'r,
neq; qd ē vtile I aliquo tpe, sit vtile M
simpl'r, neq; qd est bonū in aliqua
cōsuetudine, sit bonū simpl'r: & is
locus nō cōducit ad destruendū, nā
nō est necessariū, si aliqd nō isit fm
magis & minus, qn possit inet sim
pl'r, nā humanitas nō inest homini
fm magis, & miu', & tn̄ inest ei sim
pl'r: inquit, illud dr esse simpl'r, qd
cū describit, vel denominat, nulla
indiget additione, vel cōiunctiōe.

    Hęc itaq; sunt oīa loca, quę Arist
numerauit ad construendū aliqd,
vel destruendū simpliciter, quę in
lib. Sedo Topicorū explicata sunt.
Aristotelis

ARISTOTELIS TOPICORVM
LIBER TERTIVS.

SVMMA LIBRI.

De Locis Comparationum, qui accidentibus adſcribuntur: & de
pleriſque locis abſolutis accidentis.

De Meliorum, Eligibiliorumq́; problematum locis.　　　Cap. 1.

Trum aũt eligiblius, aut melius duorũ, pluriumue
ex his perſpiciendum. Primum autem determine-
tur quod conſiderationem facimus non de plurium
diſtantibus, & magnã adinuicem d̃riam habẽtibus
(nullus enim dubitat, vtrum felicitas, an diuitiæ ex-
petibiliores) ſed de ñs quæ propinqua ſunt, & de quibus dubita-
mus, vtrum oporteat apponere magis, eo q̃ nullam videmus al
terius ad alterum præeminentiam ? Maniſeſtum igitur in his q̃
oſtenſa vna præeminentia, vel pluribus, conſtituetur intelligentia, q̃ id eligibilius eſt, quod eorum eſt præeminens. Primum igi
tur quod diuturnius ſtabiliusue, eligibilius eo quod minus huiuſmodi. Et quod magis eligit prudens, vel bonus vir, vel lex re
cta, vel ſtudioſi circa ſingula delecti quatenus tales ſunt, vel in
vnoquoq̃ genere periti, vel quęcũq̃ plures, vel omnes, vt in me
dicina vel ædificatoria, quę plures medicorum vel omnes vel q̃
cumq̃ omnino plures, vel omnes, vel omnia, vt bonum: omnia.n.
bonum appetunt. Oportet autem ducere ad id q̃d ſuerit vtile, q̃d
dicendum eſt. Eſt autem ſimpliciter quidem melius, ac eligibilius, quod ſm meliorem diſciplinam: alicui autem, quod ſm p-
priam. Deinde q̃d idipſum quod eſt (eo q̃d non) in genere eſt:
vt iuſtitia iuſto. Nam illa quidem in genere bono, hoc autẽ non,
& illa idipſum quod eſt, bonum eſt, hoc aũt non. nam mihi dicit
idipſum quod genus eſt, q̃d non eſt in genere. Vt albus homo nõ
eſt id q̃d color. ſimiliter autem & in aliis. Et quod pp ſe eligendum, eo eligendo quod pp aliud eligibilius. Vt ſanum eſſe q̃ exercitari: illud.n. propter ſe eligendum, hoc autem pp aliud. Et
quod per ſe, eo q̃d per accidens. Vt amicos iuſtos eſſe, eo q̃ inimi
cos: illud.n. per ſe eligendum, hoc autem p accidẽs eligimus. Nã
inimicos iuſtos eſſe ſm accidens eligimus, vt nihil nobis noceãt.
Eſt autem hoc idẽ ei q̃d ante hoc, differt aũt modo: nam amicos
quidẽ iuſtos eſſe, pp ſe eligimus, et ſi nihil nobis debeat fore, quã
uis apud Indos ſint: inimicos aũt pp alterum, vt nihil nobis noceant.

ceant. Et qd̄ caufa boni per fe, eo q̄ per accidens caufa. Quemad- A
modum virtus, fortuna, nam illa quidem per fe, hæc autem per
accidens eſt caufa bonorum, & fi quid aliud hmōi. Similiter autem & in contrario. Nam quod per fe eſt caufa mali, fugibilius
eſt eo quod per accidens, vt vitium q̄ fortuna: nam illud quidē
per fe malum, fortuna autē per accidens. Et quod fimpliciter bonum, eo quod alicui eligibilius. vt fanum fieri, q̄ incidi. nā hoc
quidem fimpliciter bonum, illud autem alicui indigentium inci
ſione : & quod natura eſt, eo quod non natura. vt iuſtitia, iuſto:
illud.n. natura, hoc autem acquifitiuum. Et quod meliori, et ho
norabiliori ineſt, eligibilius : vt Deo, q̄ homini : animæ, q̄ corpo
ri. Et quod melioris proprium, melius q̄ quod peioris. Vt quod
Dei, q̄ quod hominis : nam fecundum communia vtriufq̄ nihil
differunt abinuicem, proprīs autem alterum alteri differentīs fu
pereminet. Et quod in melioribus, vel prioribus, vel honorabi-
lioribus, eſt melius. Vt fanitas robore, & pulchritudine : nā illa
quidem in humidis, & ficcis, & (vt fimpliciter dicatur) ex quibus prius conſtitutum eſt animal, hæc vero in poſterioribus : nā
robur in neruis, & oſſibus : pulchritudo autem membrorū quæ
dam commenfuratio videtur eſſe. Et finis ñ̄s quæ funt ad finem
eligibilior videtur eſſe. Et duorum, quod propinquius eſt fini. Et
omnino quod ad vitæ finem, expetibilius, q̄ quod ad aliud aliquid : vt quod ad felicitatem contendit, q̄ quod ad prudentiam :
nam quod ad felicitatem contendit : eligibilius. Et poſſibile im-
poſſibili. Amplius, cùm duo fint effectiua, cuius finis melior, et
ipfum melius. Cùm autem fit effectiuum, & finis : ex proportione, quando pluri fuperat finis finem, q̄ ille proprium effectiuū. C
Vt felicitas pluri fuperat fanitatem, q̄ fanitas falubre. quare effectiuum felicitatis melius fanitate : nam quantum felicitas fuperat
fanitatem, tantū et effectiuum felicitatis, falubre fuperat. fanitas
autem falubre minus fuperabat, quare plus fuperat effectiuum
felicitatis falubre, quàm fanitas falubre : quapropter effectiuum
felicitatis melius fanitate : manifeſtum igitur, quod eligibilius effectiuum felicitatis, quàm fanitas : nam idem plus fuperat. Amplius, melius eſt quod propter fe, & honorabilius, & laudabilius.
Vt amicitia diuitīs, & iuſtitia fanitate, & robore : nam illa quidem propter fe honorabilium, hæc vero non propter fe, fed propter aliud : nullus enim honorat diuitias propter fe, fed propter aliud : amicitiam vero propter fe, & fi nihil nobis debeat
aliud ab ea eſſe.

Sermo

7. Loci
Declara
tio.

8. Loci
Declara
tio.

9. Locus
Declara
tio.

10. Decl
ratio.

11. Decl
ratio.

B

12. decl
ratio.

13. Locus

14. Loci

15. Loci

16. Loci

17. Loci
Declara
tio.

18. Loci

19. Decl
ratio.

20. Loci
Declara
tio.

ABRAM

ET dicimus, q̄ hæ comparationes v̄t sunt triū specierum, aut q̄ comparetur vnū prædicatū duobus subiectis, hoc est, cui illorū magis inest ipsum prædicatum. v. g. quod est eligibilius? pulchrū, aut vtile? & quę suauior vita sit, q̄ virtute fungitur, aut illa quę voluptatibus? Et hæc species comparationū est, quæ magis venit in vsu, & illa est, quā intendit Arist. & loca tradita in hoc libro sunt fm̄ hanc speciem: qn̄. n. euenerint nobis loca, qbus acqrit̄ hæc species cōparatiōis, adsunt nobis loca, quibus acquirūtur duæ aliæ species: vna duarū specierum est comparatio duorū prædicatorum vni subiecto. V. g. si pinguis sit vtilis, & delectabilis, quid ei magis insit vtile, aut delectabile: secunda aūt species ē cōparatio duorum prædicatorū duobus subiectis. V. g. si humanitas facit acquirere pacē, & regū familiaritas facit acquirere mortē, quid magis sit pax per humanitatem, aut mors per regū familiaritatē? Hę itaq, species sunt quæsitorū fm̄ ipsarū cōparationē. Subiecta vero horum quæsitorum illi expositores, quorum tractatus ad nos venerunt, dicunt, q̄ sunt in accidenti: quia accidens est, quod recipit magis & minus, & intendunt per accidens hic, non accidens definitum in primo libro huius voluminis, sed accidens definitum in principio libri Prædicamentorum,

MANTINVS

Dicimus, q̄ generatim harū cōparationū genera sunt tria: primū ē, cū cōparat̄ vnū p̄dicatum duobus subiectis, videlicet cui nā eorū magis insit p̄dicatū. exēpli grā, vtrū delectabile sit eligibilius ipso vtili, & qd sit delectabilius, an vita q̄ in virtute cōsistit, vel vita, q̄ī voluptatibus cōsistit, vel exercetur. Et hoc genus comparationis venit plus in vsum: & de hoc considerat Arist. loca aūt, q̄ in hoc libro tradūtur, sunt huiꝰ generis, qm̄ cū habuerimus ea loca, ex qbus adipiscimur hoc genus cōparationis, facile poterimus inuenire ea loca, ex qbus adipiscimur illa alia duo genera. Primū itaq; genus reliquorū illorum duorū generū est, cū comparantur duo prædicata vni subiecto. exēpli cā si gaudiū est delectabi'e, & vtile, qd nā horū magis inest ei, verum ī vtile, vel delectabili? Scdm genus ē, cū cōparant̄ duo p̄dicata duobꝰ subiectis exempli grā, si mansuetudine acquirit̄ pax, & cōuersatione regū acquirit̄ mors, qd nā istorum magis inest, vtrū ī. pax mansuetudini, vel mors cōuersationi regum? hæc itaq; sunt genera p̄blematū cōparationis. subiecta vero horū p̄blematum, vt dicunt oēs expositores, quos vidimus, sunt ea, q̄ reperiunt̄ in ipso accidente, qm̄ accidēs sulcipit magis & minꝰ: & intelligūt hic p̄ accidens, non illud accidens, qd̄ fuit definitum in. 1. lib. huiꝰ operis, sed illud accidens, qd̄ in principio libri prædicamentorū definitū fuit.

ABRAM

...torum, & est qd est in subiecto, nõ de subiecto. Hoc aũt sic existẽte, cõparationes itaq; queſita sunt de accidenti prius definito, & de ,pprio, & genere & definitione, qñ definitũ non fuerit ſdicamẽti ſubſtãtie.

Verumtñ Abumazar Alphatabius opinatur, ẏ hæc cõparationis ſpecies ſit in prædicamento ſubſtãtie, & argumentatur ad hoc, ex eo ẏ facit Ariſt. in lib. Preẏdicamentorum in cõparando indiuidua ſubſtantie ad ſuas ſpecies, que illorum digniora ſint eſſe ſubſtantiã : & ſic est comparatio materie ad formã : & ſm hoc comparationum queſita ſunt quinq; queſita, quorũ ſumma ſunt eſſe ſimplr, & ẏ ſitũ accidentis, & queſitum proprij, & quæſitũ generis, & quæſitum definitionis: & ſm hoc verificatur dici de illis ẏ ſua comparationũ ſimpliciter, prout dictum eſt de quæſitis conſtruẽdi & deſtruendi, ẏ ſint ẏ ſita cõparationũ ſimpliciter, niſi ẏ hæ cõparatiões magis inueniunſ in accidẽti definito in. 1. lib. huius voluminis. Et ideo inuenimus Ariſto. ẏ numerauerit quæſita comparationũ in quæſitis accidentis. Fortaſſe autem ipſe fecit hoc, quia p ſciam multorum horum locorũ eueniũt loca comparationum ſimpliciter, ſicut p ſciam locorũ accidẽtis euenit ſcia queſitorum ſimpliciter, quibus queritur eſſe, aut non eſſe nũ. Et horũ queſitorum, que dicuntur in comparationibus, quedam ſunt, que quærunſ in rebus naturalibus & diuinis, & quedã ſunt, ẏ querunſ tur in rebus arbitrarijs, & hæc ſunt ẏ magis vſitanſ in hoc genere. Et loca, ẏ hic numerantur, quedã ſunt

que

MANTINVS

fuit, & eſt iliud, qd dr̃ eſſe in ſubto, non de ſubto. Sic igitur ,pblemata cõparationis reperiunſ in ipſo accidente definito prius & in ipſo proprio, ac genere, atq; definitione: cũ ipſum definitũ non fuerit ex predicamento ſubſtantie. Alpharabius tñ dicit problemata cõparatiua poſſe reperiri in prædicamento ſubſtãrie, qd probat eo, quia Ariſt. in libro Prædicamentorum comparat indiuidua ſubſtãtie ſuis ſpeciebus, ſ qd nam eorum debeat eſſe magis ſubſtantia: ſimiliterẏ, cõparat materiam ad formã : & ſic problemata cõparatiua repienſ in ipſis quinque ẏ ſitis, videlicet in problemate de ineſſe ſimplr & problemate accidentis, & problemate generis, & proprij, atq; definitiõis: ultrẏ, vere dicenſ problemata cõparationis abſolute, & ſimplr, queadmodũ & problemata conſtructionis & deſtructiõis dicunſ ,pblemata abſoluta, ſeu ſimplr. Verũtñ huiuſcemodi comparationes magis reperiunſ in ipſo accidente, qd in. 1. lib. huius operis definitũ fuit. Et ideo videmus Ariſt. numeraſſe problemata cõparatiua inter problemata accidẽtis: & fortaſſe ipſe quoq; ideo ita fecit, qa ex ſcia multorũ horum locorũ habentſ loca cõparatiua abſoluta, de ẏbus videlicet quæritur eſſe, vel nõ eẏ tñ. Hotũ aũt locorũ, que dicuntur ſm comparationé, quedam queruntur in rebus naturalibus, & diuinis, quedam vero in rebus voluntarijs, & ẏ ſunt huius generis magis in vſum veniunt. Locorũ vero, que hic numeranſ, quedã ſunt cõia cunctis rebustũ naturalibus, tũ voluntarijs, ẏ dã vero ſunt ppria ipſiſeligibilibʼ

Log.cũ cõ. Auer.　　G rebus,

ABRAM

G quæ ambiunt omnes species comparationum secundum quòd esse fuerint, an secundum modum nobilitatis & virtutis, aut ex parte virij, & quæ species essendi facit esse comparationem.

Et expedit te scire, ꝙ hoc ꝗsitum non ꝗrit de rebus nimis remotis, ꝓ ut est oͦo dicentis, ꜏ res sit ꝑeligenda beatitudo, aut diuinæ: sed qͦ sit de rebus propinquis, de quibus euenit nobis ambiguitas, ꝗ illarum sit nobilior, & ut uͧr inquam, dispositio huius speciei qͦnis est, sicut dispositio reliquoꝛ ꝗsitoꝛ, & sicut nos non ꝗrimͧ utꝛ si hoc insit huic, aut non insit, qͦ hoc fuerit ꝑ se notum, & non quærimus hic an tale sit nobilius tali, quãdo excessus fuerit secundum se notus. Expedit autem quòd circa hæc loca procures tres res, quarum una est quis illorum sit proprior ipsis eligibilibus, & quis includatur in omͧi eo, quod dicitur de comparationibus: secunda autem est, quis illoꝛ sumatur ex rei essentia, & quis sumatur à rebus, quæ sunt deforis, aut ex rebus medijs inter has duas: & tertia est, quis illorum coaptatur, ut fiat in demonstratione, & quis illorum non.

Themistius auͭ dicit, ꝙ accidit his ꝓmissis, ꝙ ipsaꝛ distinctio sit difficilis ob ipsaꝛ cosimilitudinem, & modicam diuulgationē dͨiæ, ꝗ est inter illas. Horͧ itaꝗ locorum inisiͧ, ex quibus incœpit Arisͭ. ē ꝙ id, qͦ fuerit diuturnius, aut firmius sit eligibilius, ꝗ id qͦ fuerit breuioris tpis, & minͧ firmͧ: & ambo hæc loca sunt cͦia oͥbus quæsitis, ꝗ procedͧt fm modum comparationem.

Et

MANTINVS

rebus, quædã vero alia sunt cͦia cͧ ctis gͤnibus cͦparationis quocuͣꝗ, fuerit mͦ, ſ. vel rͦne prioritatis, vel rͦne ꝑfͣtiæ, & rͦne † dignitatis, uſ. † a.L. roneimꝑfͤctionis, seu ignobilitatis vel ꝗuis alia rͦne comparationis.

Scire autem debes, ꝙ non ꝗritur hmͦi ꝗsitum in rebus valde discœptantibus, ut si dicatur quid est eligibilius, an fœlicitas, an diuinæ: sed hmͦi interrogatio sit in rebͧ affinibus, de quibus dubitatur, ꝗnã ipsaꝛ sit præstãtior, & (ut verbo dicã) ita res se hͤt in hoc gͤne in quisitionis, sicut se hͤt in reliquis quæsitis: nã quemadmodͧ nos non ꝗrimus utꝛ hoc insit huic, vel non insit, cͧ illud fuerit de se notum, ita si aliqd fuerit nobilius aliquo, cͧ illa nobilitas, ꝗ inter ipsͥ existit, fuerit de se nota. Tria ꝑterea cͦsyderanda sunt circa hæc loca: primͧ est, quid nam eorum dicaͭ eligibilius, & quid eorum dicatur vͧe, seu cͤe cunctis rebus, quæ fm comparationem dicͣtur: secundum est, quid illoꝛ sumatur ex essentia rerum, & quid ex rebus exterioribus sit sumptum, aut ex rebus medijs inter hæc duo: tertium vero est, quod nͣeorum est idoneum, ut ex eo fiat demonstratio, & quod non.

Themistius auͭ dicit, ꝙ iͦ cͦtigit, ut hæc loca difficile diuidant, qͥa sunt inter se sͥïa, parͣꝗ, inter se discrepare uͥr. An. auͭ sumpsit initiͧ horͧ locoꝛ ab eo, qͦ ē ipse diuturniͧ, autqd fuerit firmiͧ, stabiliusꝗ nͤpe, ut diuturnius sit eligibilͧ eo, qͦ ē minus diuturnͧ, & stabiliusq eo qͦ ē minͧ stabile, & firmͧ: hæc auͭ duo loca amplectunͭ oͥa ꝑbͣta, ꝗ fm comparationem procedͧt.

Primum

AVERROES

Locus 1.

Expositus quidem sumitur ab eo
quod differt, & est secundum modum temporis. Et secundus sumitur ex rei essentia, & est constructio,
& est diuulgatus: aquila enim non
est eligibilior homine, & si diutur-
nior sit q̄ ille, vt diceretur, si hoc verificaretur.

Loc. 3. q̄
& 2. i Arist.

Tertius autem locus est quod eligit, & estimat vir nobilis, aut lex, aut
sapiens, aut quod eligunt plures homines, & magis artificiosi, aut quod
omnes eligūt, omnesq; illud cupiūt
est nobilius: & hic locus sumitur ex
rebus, quæ deforis sunt, ex quo est
sumptus à testimonio, qui est diuulgatus vniuersalis.

Locus. 4.
qui é ...
rius I An.

Quartus autem locus est, q̄ illud,
quod est nobilius secundum scientiam, sit nobilius & eligibilius, sicut
quod inest ipsi Deo excelso, eligibilius est, q̄ illud quod inest ipsi homi
ni: & similiter quod proprium fuerit alicui nobiliori, est nobilius, &
id quod est rerum nobiliorum &
priorum est nobilius & prius, sicut
salus est pulchritudine nobilior, q̄ a
salus est membrorum, quæ sunt no
biliora. Et ille est communis omnibus quæstionibus comparationum,
& ille sumitur à rebus essentialibus,
quia non sumitur à rebus, quæ defo
ris sunt, neque ab ipsis rebus, & sunt
vulgaria: & licet loca sint multa, vis
tamen illorum est vis vnius loci.

Locus. 5.
qui est 4.
in Arist.

Quintus autem locus est, q̄ quicquid subintrat genus nobile, secundū q̄ sumitur in hoc genere, & subest

MANTINVS

Primum quidem est sumptum à re
re extrinseca, videlicet à temporis
diuturnitate. Secundum vero ab es
sentia rei: nempe ab ipsa firmitudi-
ne & est vtiq; locus probabilis, q̄m
aquila non est eligibilior hoīe, licet
diuti° viuat eo, vt fert, si id verū sit.

Tertius locus est sumptus ab eo,
quod magis eligit vir studiosus, vel
ipsa lex, vel ipse sapiens, aut q̄ plures hoīes eligant, & p̄sertim peritē
aliqua arte, aut quod oēs eligunt, &
quod oēs appetāt, illud quidem est
præstantius. Is aūt locus est sampt°
à rebus exterioribus, cum sumatur
ab ipso testimonio: & est vtiq; probabilis vniuersalis.

Quartus locus est sampt° ab eo,
quod est præstantius, nam id, quod
est frn disciplinam præstantiorem,
est vtiq; præstantius, vt est scientia
Diuina: & sic id, quod inest alicui rei
præstantiori, est vtiq; præstantius,
atq; eligibilius, vt id, q̄d inest Deo,
est vtiq; præstantius, eo quod inest
hoī: similiterq; id, quod est p̄priē
alicui rei præstantiori, est vtiq; præ
stantius. Id quoq; quod est ex reb°
præstantioribus & prioribus, seu p̄-
cedentibus, est vtiq; præstantius, ac
pcedentius, vt sanitas, q̄ est præstā
tior pulchritudine, quia sanitas con
sistit in membris præstantioribus:
& amplectitur omnia problemata
comparationis & est sumptus à rebus medijs, q̄m non est sumptus à
rebus exterioribus, neq; ab ipsismet
rebus: & sunt res probabiles. & licet
horum loca sint plura tamē habent
vim vnius loci.

Quint° locus est, q̄ quicquid exi
stit sub genere eligibili, eo quia est
samptū ex illo genere, est vtiq; eligi
G ij   bilius

ABRAM

G est ei, illud est nobilius q̃ id, qd̃ non est pars huius generis. gr̃a exempli, quia equitas ex quo est pars virtutum, & species quędam illarum specierum, & nobilior q̃ equus, qui sumitur ab ipsis rebus, & continet species cõparationũ : & est locus, qui estimatur esse verus, qõ sumiſ prędicatum de subiecto in eo qd̃ quid est, prout caperetur equũ, inquantũ equũ est, nõ inquantũ ē alia res.

Loc⁹. 6. q̃ c. 5. &. 6. 10. &. 9. l Arist.

Sextus autem locus est, quia qd̃ ob seipsum eligiſ, eligibilius est, q̃ q̃ eligitur propter aliud. vt salus eli-

H gibilior est commotione, quia cõmotio eligitur ob aliud, salus autē propter seipsam. Et eligibile per se est eligibilius q̃ eligibile per accñs, vt amicos esse iustos eligibilius est, q̃ inimicos eē iustos, amicis. n. hoc eligitur p ſe. Et ideo ait Arrstot. q̃ hæc res sit eligibilis, & si eēnt apud Indos, inimicos vero eligimus esse iustos, ne ab illis nobis eueniat dā-uũ, & ideo si esset tēpore quo non eueniret nobis ab illis dā nũ, nõ eligeremus hoc. Et qd̃ est nãliter eligi-bile, ē eligibili⁹ illo, qd̃ nõ ē nãliter,

I prout æquitas est eligibilior equo, quia æquitas est naturaliter vtilis, iustus vero ſm habitum. Et qd̃ est eligibile simpliciter, est eligibilius, q̃ id quod est eligibile apud aliquē hominem, aut aliquo tempore, aut secundum aliquam dispositionem, aut aliquod accidens: cibus enim eligitur simpliciter, medicina autem est aliquo tempore eligibilis: omnium autem horum locorum vis est vna Themistius autem dicit, q̃ sumantur ab ipsamet re, & sunt propria comparationibus.

Septimus

MANTINVS

K bilius eo, qd̃ non est pars illius generis. exēpli gratia, cũ ipsa iustitia sit pars virtutum, & vna ex earum speciebus erit vtiq; eligibilior ipso iusto. Et est locus sumptus ab ipsis rebus, & est cõis omnibus speciebus comparationis: & est locus, qui videtur esse verus, cùm prædicatum dicitur de subiecto in eo qd̃ quid : vt cùm iustus sumitur quatenus est iustus, non quatenus est alia res.

Sextus autem locus est, vt id, qd̃ est eligibile pp se, sit eligibilius eo, quod est eligendum pp aliud. vt sa-

L nitas, quæ eligibilior est ipsa exercitatione, cũ exercitatio sit eligibilior pp aliud, sanitas vero propter se. Id præterea, quod est eligendum per se, est eligibilius eo qd̃ est eligibile per accidens: vt amicos esse iustos eligibilius est, q̃ inimicos esse iustos, qm̃ hoc est eligibile p se in amicis. Et ideo dicit Arist. hoc esse eligendũ in ipsis etiam, si apud Indos sint. sed eligimus inimicos esse iustos, ne noceant nobis : & ideo si eēnt in aliquo tēpore, in quo nihil possent nocere, tunc non esset hoc

M eligendũ. Id iterũ, quod est natura eligendũ, est vtiq; eligibilius eo, quod non est natura eligendum, vt iustitia, quæ quidē eligibilior est ipso iusto, eo quia iustitia iuuat natura, iustus vero habitu. Id quoq, qd̃ simpliciter est eligibile, eligibilius quidem est eo, qd̃ est eligibile alicui homini, aut in aliquo tempore, vel ſ aliqua dispõne, aut ſ aliquo loco: nã cib⁹ ē eligibili⁹ simpl̃r, medicamēto ē ſ aliquo tp̃e eligẽdũ. Vis aũt horũ locorũ eadẽ est. Themist. tñ dicit, q̃ sunt loca sumpta ab ipsa re, & sunt ppria rebus eligibilibus.

Septimus

ABRAM

Locus .7. qui é. 7. & 8.

A Septimus autem locus est, quod est causa boni per se eligibilius est illo, quod est causa boni per accidens sicut virtus eligibilior est quàm bona fortuna, hæc enim est causa beatitudinis per se, & hæc per accidens. Et similiter est dispositio noxij, illud enim, quod est causa damni per se, magis est fugiendum, q̃ illud quod est causa per accidens.

Locus .8. qui é. 14. 15. & 16.

Octauus locus est, q̃ finis eligibilior sit his quæ adminiculantur desiderio finis. Et si fuerint duæ res, quarum sit desiderium vt con-**B**ducant ad finem, illi proprior est eligibilior. Et quæ conducit ad preligendam rem est eligibilior, verbi gratia quia quod iuuat ad fœlicitatem eligibilius est, quàm quod iuuat ad prudentiam, & eligibilius est quod conducit ad vitam, quàm quod conducit ad pulchritudinem: & hic quidem locus est communis omnibus comparationum spebus.

Locus 9. q é 17.

Nonus autem locus est, q̃ possibile sit eligibilius impossibili, & est electionibus proprius, verbi gratia, quia ars Medica eligibilior est **C** arte Alchimiæ.

Loc. 10. q é 18.

Decimus locus est, quando duæ res fuerint effectiuæ, cuius finis est nobilior, est eligibilior. v.g. exercitiũ efficit sanitatẽ, & disciplina efficit scientiam, sicq; disciplina nobilior est quàm exercitium: & ille est communis.

Locus. 11. qui est 19

Vndecimus autem locus est ex comparatione duorum efficien-num ad duos ipsorum fines, quia si excessus finis ad finem sit maior excessu illius ad suum efficiens, sic efficiens

MANTINVS

Septimus locus est, vt id, quod est **D** causa boni per se, eligibilius sit eo, quod est eius causa per accidens, vt virtus, quæ quidem eligibilior est ipsa fortuna, quia illa est causa felicitatis per se, hæc vero per accidens. Parq; est ratio de ipso nocumento, nam id, quod est causa mali per se, fugibilius est eo, quod est eius causa per accidens.

Octauus locus est, q̃ id, quod est finis, eligibilius est eo quod excitat desideriũ ad finem. Et si sint duo, quæ desiderantur vt deducant ad fi-**E**nem, id profecto quod est propinquius fini, est eligibilius. Id autem quod ducit ad rem eligibiliorẽ, est vtiq; eligibilius. exempli gratia, id quod confert ad fœlicitatem eligibilius est eo, quod confert ad virtutem, & id quod ducit ad cibum, seu victum, vtilius est eo, quod ducit ad pulchritudinem: & hic locus est communis cunctis generibus comparationis.

Locus nonus est, vt quod possibile est, eligibilius est eo quod non est possibile: & is locus est proprius ipsis rebus eligibilibus. exempli **F** gratia ars Medica eligibilior est arte fusoria, quam Alchimiã vocant.

Decimus locus est, cũ sunt duæ res effectiuæ, illa cuius finis est præstantior, est vtiq; & ipsa eligibilior. exẽpli gra exercitatio efficit sanitatem, disciplina vero sciam: ergo disciplina, seu discere, præstantior est ipso exercitio: & est loc' cõmunis.

Vndecimus locus est sumptus ex comparatione duorum effectiuorum ad duos fines: nam, si vnus finis superet alium finem, plusquam superat suum effectiuum, seu agẽs,

G iij tunc

ABRAM

G efficiens excellentiorem finẽ est eligibilior fine, quẽ alter excedit. v. gr.
si maior ẽ excessus beatitudinis ad
sanitatem, q̃ sit excessus sanitatis ad
ipsam agens, sic & efficiens beatitudinem eligibilior est sanitate: hoc
autem fit, quia proportio efficientis
beatitudinem ad beatitudinem est
proportio agentis sanitatem ad sani
tatem, & excessus beatitudinis ad sanitatem fuit maior excessu sanitatis
ad suum efficiens, & excessus sanitatis ad ipsam efficiens, est sicut excessus beatitudinis ad suum efficiens,
sicq; excessus beatitudinis ad sanita

H tem est maior illius excessu ad ipsã
efficiens, & quando hoc fuerit efficiens beatitudinem, præstantior est
sanitate. Quando enim vna res pro-
portionatur duabus rebus diuersa
proportionẽ, illa, ad quam proportio est minor, ipsa est maior. & hic q
dem locus communis est omnibus
quæstionibus comparationum.

MANTINVS

tunc agens illius finis melioris eligi K
bilius erit, q̃ bonus ille, qui superatur
ab alio fine. exempli gratia, si felicitas superat sanitatem plusquã superat sanitas suum effectiuum, ergo ef
fectuum felicitatis erit magis elige
dum, q̃ ipsa sanitas: qm̃ proportio
ipsius efficientis felicitare ad ipsam
fœlicitatem, est proportio ipsius ef-
fectui sanitatis ad ipsam sanitatem,
sed felicitas plus exuperat sanitatem
q̃ exuperet sanitas suum efficiens, &
sanitas ita exuperat suum effectiuũ
sicut superat felicitas suũ effectiuũ:
ergo plus superabit felicitas sanitatem, q̃ superet suum agens: & sic effe L
ctiuum felicitatis erit præstãtius ipsa sanitate, quia qñ vna res comparatur duabus per commutatã ppor-
tionem, tunc illa res, ad quã minor
est pportio, seu cõparatio, erit maior q̃ illa ad quam est maior pporti-
tio. Et is locus est communis cũctis
quæsitis comparatiuorum.

Alij eiusdem problematis loci.   Cap. 2.

21. locus.
Declaratio.
22. locus.
Declaratio.
23. locus.

Amplius, qñ duo aliqua fuerint valde sibi metipsis similia, &
non poterimus præeminentiam aliquam conspicere alteri⁹
ad alterum, videndum ex ijs quæ sequuntur. Nam cum cõsequens est maius bonum, hoc eligibilius, si autem sint consequen M
tia mala, cui consequens minus malum, hoc eligibilius. Nam, cũm
vtraq; sint eligenda, nihil prohibet molestum aliquid sequi: dupli
citer autem ab eo quod sequitur consideratio, nam & prius, & posterius sequitur: vt addiscentem ignorare prius, scire aũt posteri⁹:
melius aũt vtplĩm, quod posterius sequitur: sumendũ igif eorum
q̃ sequunt quodcunq; fuerit vtile. Amplius, plura bona paucioribus, vel simplr̃, vel qñ altera alteris insunt, vt pauciora in plurib⁹.
Instantia, si alicubi, alterum alterius gratia: nihil enim eligibiliora
vtraq; q̃ vnũ: vt sanũ fieri, & sanitas, q̃ sanitas, eoq; sanum fieri
pp sanitatem eligimus. Et non bona, bonis nihil prohibet eligibiliora esse, vt fœlicitatem: & aliud aliquid quod nõ est bonũ, iustitia
&

A　& fortitudine. Et eadem cum voluptate magis, ñ sine voluptate
& eadem cum indolentia, q̃ cum tristitia. Et vnũquodq̃ in quo　*14. locus*
tempore magis valet, in hoc etiam eligibilius. Vt carentia tristitiæ　*15. locus.*
in senectute magis, q̃ in iuuentute: magis enim in senectute valet.　*16. locus.*
Secundum hæc autem, & prudentia in senectute eligibibilior: ne-　*Declaratio.*
mo enim iuuenes eligit duces, eo quòd non constat eos prudentes
esse. Fortitudo autem è contrario: in iuuentute enim magis necessaria secundum fortitudinem operatio: similiter autem & in temperantia, magis enim iuuenes q̃ senes concupiscentñs molestan-
tur. Et quod in omni tempore, vel in pluribus vtilius. Vt iustitia,　*17. Locus.*
& temperantia, fortitudine: nam illç semper, hæc autem aliquan-　*Declaratio.*
do vtilis. Et quod, cum omnes haberemus, nihil altero indigere-　*18. locus.*
mus, quàm quòd cùm haberemus, indigeremus reliquo. Vt in iu-　*Declaratio.*
stitia & fortitudine: nã si omnes essent iusti, nihil vtilis fortitudo,

B　si vero omnes essent fortes, vtilis iustitia. Amplius ex corruptioni-　*19. locus.*
bus, & abiectionibus, & generationibus, & sumptionibus, & con-　*Declaratio.*
trarñs. Quorum enim corruptiones malæ, ipsa eligibiliora: similiter autem & in abiectionibus, & in contrarñs: nam si abiectio, vel
contrarium sugibilius est, ipsum eligibilius: in generationibus autem, & sumptionibus è contrario. Quorum enim sumptiones, &
generationes eligibiliores, ipsa quoque eligibiliora. Alius autem
locus est. Quod propinquius bono, melius, atque eligibilius. Et　*30. locus.*
quod similius est bono, vt iustitia, iusto. Et quod meliori eorum　*Declaratio.*
est similius, quemadmodum Aiacem Vlysse dicunt aliqui melio-　*31. locus.*
rem esse, eo q̃ similior est Achilli. Instantia huius est, quòd non ve　*Declaratio.*
rum sit: nihil enim prohibet non qua ratione optimus est Achil-　*32. locus.*
les, eadem similiorem esse Aiacem, cum erit alter quidem bonus,　*Declaratio.*
non similiter autem. Considerandum autem si & in ridiculosiori-

C　bus sit simile: vt Simia homini q̃ equo, cum non sit similis: non
enim est Simia melior, similior tamen est homini. Rursum in duobus: si hoc quidem meliori, illud autem peiori est similius, erit melius quod meliori est similius. Habet autem & hoc instantiam: nihil enim prohibet hoc quidem meliori parum simile esse, illud autem peiori valde: vt sit Aiax quidem Achilli parum, Vlysses autem Nestori valde: vt si hoc quidem meliori in peioribus: illud autem peiori in melioribus: vt equus, asino, & simia hoï. Et q̃ maxi-　*33. locus.*
me insigne, eo quod minus tale. Et quod difficilius: magis enim　*34. locus.*
amamus, cùm habemus, quod non est facile adipisci. Et quod ma-　*35. locus.*
gis proprium, eo quod communius. Et quod malis incõmuni⁹:　*36. locus.*
nam magis eligendũ quod nulla molestia sequitur, ñ quod sequit.　*37. locus.*
Amplius, si hoc illo melius, & omnino optimũ corũ, quæ in hoc

G iiij　　melius

melius eo quod in altero optimũ. Vt si melior est homo ꝙ equus, & optimus homo optimo equo melior. Et si optimum optimo melius, & simpliciter hoc illo melius: vt si optimus homo optimo equo melior, & simpliciter homo, simpliciter equo melior. Amplius, ea quæ volumus amicos participare, eligibiliora, quã quæ non. Et quæ ad amicum agere malumus, ꝙ quæ ad quemlibet, illa eligibiliora. Vt iuste agere, & benefacere, magis quàm videri: nam amicis benefacere volumus magis quàm videri: quibuslibet autem è conuerso. Et quæ sunt ex circunstantia necessarijs meliora, aliquando autem & eligibiliora. Melius enim quàm viuere bene viuere: bene autem viuere est ex circunstãtia: ipsum autem viuere necessarium. Aliquando autem meliora nõ etiam eligibiliora: non enim si meliora, necessario ꝙ eligibiliora: philosophari siquidem melius quã lucrari, sed non magis eligendum indigenti necessarijs. Ex circunstantia autem est, quando existentibus necessarijs, alia quædam adijciuntur honorum. Fere autem fortasse eligibilius quod necessarium est, melius autem qd̃ ex circunstantia. Et quod non est ab alio exquirere, quàm quod est, & ab alio. Quale sustinet iustitia ad fortitudinem. Et si hoc quidem sine illo eligẽdum, illud autem sine hoc non. Vt potestas sine prudentia non eligenda, prudentia vero sine potestate eligenda. Et duorum, si alterum negamus, vt reliquum videatur nobis inesse: illud eligibilius, quod volumus nobis videri inesse. Vt laborem diligere nos negamus, vt ingeniosi esse videamur. Amplius, pro cuius absentia minus increpandi sunt moleste ferentes, hoc magis eligendum. Et pro cuius absentia non moleste ferentem magis increpandum: id eligibilius:

D

38.Locus. Declaratio.

39. declaratio.

40. Locus

41. Declaratio.

42. Locus

E

43. Locus

44. Locus Declaratio.

45. Locus. Declaratio.

46. Loc⁹.

47. Loc⁹.

Sermo de aliijs locis eiusdem quæsiti.   Cap. 2.   F

Locus. 12. ꝗ L. 11 & 23.l Arist.

ABRAM

Vodecimus aũt locus est sumptus ex ipsis illationibus. Qñ .n. sunt duæ res conneræ, & nõ possumus commõstrare ꝙ vna ipsarũ sit eligibilior altera, per aliquam rem omnino ex ipsismet: sicꝗ; expedit, ꝙ consideremus illationes illarum, qtia cuius cõsequens est melius, illa est eligibilior. v.g. facilitas actionis, & facilitas passionis, quia facilitatem actionis sequitur vincere, & facilitatem passionis vinci.

Et

MANTINVS

Ocus aũt. 12. est sumptus ab ipsis cõsequẽtibus. nã, cũ fuerint duæ res coniunctæ, & non possimus iudicare alterã earum alterã superare in vlla re rõne sua, tunc opꝫ respicere ea, ꝗ ex illis sequuntũ nã illa res, ad quã sequi� maius bonũ, erit eligibilior, & illa, ad quã sequiꝗ minus malũ, ꝗ quoꝗ, eligibilior. exẽpli cã, facilis actio, & facilis passio: nã ad facilitatẽ actiõis seꝗ ipsũ vicere, ad facilitatẽ ꝟo passiõis seꝗ ipsũ vici.

Exemplum

ABRAM

A Et exemplum illius quod sequitur malum minus est viuere latenter, & viuere propatulo, quia vita, quæ est latenter, sequitur spretus, & vitam quæ propatulo est, sequitur inuidia. Consequens autem aliquam rem aliquando quoddam est prius, & quoddam posterius, sicut discipulum sequitur ignorantia & scientia, ignorantia enim illius quod addiscendum est prior est in illo, & scientia posterius inest ei, vltimum autem consequens pro maiori rei parte est præstantius: expedit autem B quòd sumamus de consequentibus quod vtilius fuerit, hoc est, si vtilius fuerit prius, sumemus illud, & si posterius sumemus illud. Et hic quidem locus est proprius eligibilibus, & est necessarius.

Tertiusdecimus locus est, quòd bona plura sunt eligibiliora, quàm quæ pauciora sunt, quando subintrant pauciora ea quæ sunt plura. & ille est diuulgatus, & est mendax, quando vnum bonorum est propter alterum, quia non sit verum quod illorum C aggregatum sit eligibilius alteri illorum, verbi gratia, dicendo sanari & sanitatem, quia illorum aggregatum non est eligibilius altero eorum, scilicet ipsa sanitate: eligimus enim sanari propter sanitatem. Oportuit autem apponere huic loco duas conditiones: quarum vna est, quòd pauciora subsint pluribus, quia non sequitur plures drachmas esse eligibiliores paucioribus aureis: & secunda conditio est, quod res pauciores contentæ non sint perfectiones rerum plurium continentium, & continentes res quædam sit perfectiones, & quædam prope perfectiones.

Quartus

MANTINVS

Exemplum illius rei, ad quam sequitur minus malum, est clandestina vita, & vita patens publicæ. nam ad vitam occultam sequitur ignominia, ad parentem vero vitam sequitur inuidia. Id præterea, quod sequitur aliquam rem, vnquam est prius & præcedens, aliquando est posterius. vt ad ipsum addiscentem sequitur ignorare, & scire: nam ignorantia rei, quam discit, erat prior antequam disceret eam, scientia eius vero est posterior, & id quod sequitur vt plurimum in vltimo, est præstantius, & ex ipsis consequentibus debemus sumere, quod vtilius est eorum, ita vt si quod vtilius est, fuerit prius, & præcedens, tunc sumimus ipsum, sed si posterius, tunc & illud capimus. Et iste locus est proprius ipsis rebus eligibilibus, & est necessarius.

Tertiusdecimus locus est, quod plura bona eligibiliora sunt paucioribus bonis, si illa pauciora bona continentur in illis pluribus bonis, & est locus probabilis, & est falsus, quando aliquod illorum bonorum fuerit gratia aliorum, quia tunc non est verum dicere, quod aggregatum eorum sit eligibilius vno illorum. exempli gratia, sanum fieri, & ipsa sanitas: nam horum aggregatum non est eligibilius ipsa sanitate, quoniam sanum fieri eligitur propter sanitatem. In hoc tamen loco oportet supponere duas conditiones, vna est, vt illa pauciora contineantur sub illis pluribus: nam non sequitur, vt plures drachmæ sint eligibiliores paucioribus denariis, altera conditio est, vt illa pauciora contenta non sint perfectiones, seu actus rerum contineantium, & rerum contentarum quædam sint perfectiones, seu actus, quædam vero non dant versus ipsos actus.

Locus

A B R A M

G
Locus. 14.
qui est. 15.
& 16.

Quartus decimus locus est, quod id, quod fit cum delectatione, sit eligibilius illo quod sine delectatione fit. huius exemplum est medicina dulcis cum medicina amara, ambæ vero iuuat. Et quod est absq; damno eligibilius est eo, quod est cum damno, prout cibus insipidus eligibilior est amaro.

Locus. 15.
q est. 17.

Quintus decimus locus est, quia quælibet res cuius est tempus ipsam proprie concernens, quando est suo tempore eligibilior est, quàm quando *H* est sine suo tempore, sicut canescere caput senes eligibilius é quàm canescere iuuenes, & similiter est scientia. Fortitudo vero est contrariæ dispositiõis in illis, maior enim est necessitas paris fortitudinis, & sic etiam est de temperantia.

Locus. 16.
q est. 18.

Sextus decimus locus est, q̃ vtilius pluribus temporibus eligibilius est vtiliori quodam tpe. verbi gfa, vt fortitudo, & iustitia, & temperantia: iustitia enim & temperantia vtiles sunt ambæ vtrisq; temporibus, fortitudo vero iuuat quando sunt *I* aduersarij: & ille est necessarior.

Locus. 17.
qui est. 19

Decimus septimus locus est, quia quando nobis est res aliqua indigemus illa prima. verbi gratia, vt iustitia & fortitudo: omnes enim homines quando essent iusti, non esset eis vtilis fortitudo, quando autem essent fortes, esset eis vtilis iustitia, & indigerent ea, & ille est demonstratiuus, & sumitur ex ipsis rebus.

Locus. 18.
q est. 30.
31. & 32.

Decimus octauus locus sumitur ex corruptione & abiectione, & omissione, & acquisitione, & contrarietatibus: res enim, quarum corruptio est magis fugienda, sunt eligibiliores.

Et

M A N T I N V S

Locus decimus quartus est sumptus à voluptate, nã quod cũ voluptate é, eligibilius quidé est, q̃ quod sine voluptate, exempli gfa medicamen dulce & amaru si: licet. n. vtrũq; cõducat, eligibilius tñ é dulce. Iridé id qd sine nocuméto é, eligibilius6 eo, qd cũ nocuméto, seu tristitia: vt cib'insipid' eligibilior cibo amato.

Locus decimus quintus est sumptus à reb' habétibus tps proprium sibi, nã quæcũq; res hét tps sibi propriũ, cũ reperitur in suo tpe, eligibi- *E* lior est, q̃ ea, quæ non reperit in suo tpe. vt eligere senes duces eligibilius est, q̃ eligere eos iuuenes: idemq; dicendũ est de eorũ prudentia, fortitudo vero eorũ contrario modo se habet, nam operatio fm fortitudiné est magis necessaria in iuuenibus, similiterq; & ipsa temperantia.

Locus decimus sextus est, q̃ id, qd est vtibus in pluribus temporib', eligibilius est eo, qd est vtile in aliquo vno tpe. exempli gratia, fortitudo, iustitia, & temperantia: nam temperantia & iustitia vtraq; earũ est vtilis omni tempore, fortitudo vero in stantib' hostibus: & est necessarius. *M*

Locus decimus septimus est sumptus ab indigétia, vt cũ aliqua habemus ré, nõ indigem' alia, tñ c illa eligibilior é, q̃ illa alia, quã licet habeamus eã, adhuc indigem' illa priori: exépli gfa, iustitia & fortitudo: nã, si oés hoies éent iusti, nihil pducéret eis fortitudo, sed si éent fures pduceret eis iustitia, eaq; Indigerét, & is é locus dmfatiu' sũpt' ex ipsismet reb'.

Locus decimus octauus est sumpt' ex corruptione, & abiectióe, atq; dimissióe, & gñatióe, seu acquisitióe, vel assũptióe, & ipso ptrario quoq; nam

A Et similiter é dispositio omissionis, & abiectionis: id enim, cuius omissio & abiectio est magis fugiéda, illud est eligibilius. Dispositio aũt generationis & acquisitionis est cótra hoc, res enim, quarũ generatio & acquisitio est peligéda, sunt eligibiliores: & hic quidé locus continet multares, quarũ quædam sumuntí ex rebus q̃ deforis sunt, & ille sit rethoricus, & non est necessarius, qm̃ non oportet sequi, si opcitas sit magis fugienda q̃ remissio acuriei visus, q̃ visus sit eligibilior, q̃ acuties ipsius vi-

B sa. Verũtamen, qõ processus & traslatio sñ bunc locum fuerit à genitó ad genitú, & à corruptione ad corruptioné, aut à generatione ad genitú, & ex via ad corruptioné ad ipsammet corruptioné, ille subintrat ipsammet rem, & aditú habet vt sit significat, quia translatio nõ sit ex appositis, sed ex rebus proximis essé ... rei.vg. quia si sanari eligibilius ... ægrotare, sanitas eligibilior est ... ritudine. Et similiter sit qñ ibi nõ ... penitus cõtrarium: si enim melius est ædificare quà to fuere, ædifi-

C dium melius est quàm futura.

locus 19. qui est 33 ... 34.

Decimus nonus locus est, quia qd bono propius est, illud est præstantius, & quod nobili similius est, idest nobilius: & hic sit dupliciter, aut cóparatione duorum ad vnum, prout dicimus, quod exponere se periculis sit præstantius pusillanimitati, hoc enim similius est fortitudini, quæ é præstantior pusillanimitate: aut cóparatione duorum ad duo, prout dicimus quod virtutes intellectiuæ sint eligibiliores moralib', illæ enim magis similes sunt possessis rebus, & hæ similiores sunt rebus humanis.

Et hic

D nam ea, quox corruptio fugibilior est, eligibiliora q dé sunt: similiterq; res se hét de abiectione & amissióe: nã id, cuius abiectio fugibilior é, vel eius contrariú fugibilius, illud q dé eligibilius est: é cõtrario vero fit in ipsa gñatione & sumptione rerum, q̃i ea, quorũ generatio, & assũptio é eligibilior, sunt vtiq; eligibiliora. Is aũt locus plura cõtinet, quorũ aliqua sunt sumpta à reb' exteriorib', & est rethoricus: nã non sequit̃ si cecitas est fugibilior, q̃ imbecillitas visus q̃ propterea visus sit eligibilior, q̃ acies visus. At si l hoc loco fieret pro-

E cessus & trãsitus ex ipsa gñatione ad generatú, vel ex corruptione ad corruptiõ, aut er ipso generari ad ipsam gñationem, vel ex ipsa via ad corrũptionéad ipsammet corruptionem, tunc ingredití ipsammet ré: itaq; ingredití vt fiat scientificus, propter ea quia nõ fit nc̃ trãsitus ex ipsis oppo͂ sitis, sed ex reb' propinquis essentiæ rei. vt exépli gfa, si sanari est eligibi lius, q̃ egrotari, ergo sanitas é eligibilior egritudine: sicq; vbi nullũ deť contrarium, nam si ædificare sit melius, q̃ suere: ergo ædificium erit me-

F lius, q̃ sutoria quod sutum est.

Locus decimus non' est, q̃ id, q̃ est propinquius bono, é vtiq; præstantius, & id, q̃ est simile rei nobili, é nobilius: & hoc duplr fit, primo p cóparatione duorũ ad vnũ, vt cùm dicimus audaciã esse præstantioré timiditate, propterea quia é similior fortitudini, q̃ quidé est præstantior timiditate: secũdo p cóparatione duox ad duo: vt cũ dicim' virtutes cõtéplatiuas esse eligibiliores moralib', propterea q̃ illæ sunt similiores reb' acqsitis, hæ vero reb' humanis sunt similiores.

Et

ABRAM

G Et hic locus continet oés species cóparationum, & sumitur à reb', quæ deforis sunt, & est vulgaris, non demonstratiuus, nihil enim prohibet quin similius ḡstantiori nó sit illi simili ea parte, qua est ḡstantius. prout dicimus, q̃ simia sit similior homini q̃ equus, & tamē simia non est præstantior equo. & sic nihil prohibet in cóparatione duarū rerum ad duas res, quin similis ḡstantiori sit modicū siẜis, & altera viliori siẜis sit multū siẜis, aut vna illarū sit similis præstātiori ex ea parte, qua est præstantior, prout dictum est de simia.

H Vigesimus locus est, quia quod é euidentius, & magis diuulgatum est eligibilius illo, quod est remissius secundum hanc dispositionē. hic autem locus sumitur ab attestatione, & sit mendax in multis rebus, esset enim Orator eligibilior Geometra, & astutus, quàm Philosophus.

Locus. 10. q est.15.

Locus aūt vigesimus primus est, quia quod est difficilioris acquisitionis est eligibilius: magis enim gaudemus, vt ait Arist. qñ acquisiuerimus quod difficilius est esse. Et expedit q difficile acquisitu sumat de rebus eligendis. Sin aūt multæ res difficile acquisitu non sunt eligendæ, eo magis nó sunt eligibiliores aliis, † ascendere enim montes est eligibilius q̃ planos progressus terræ.

Locus. 21. q est.16. & 17.

Vigesimus secundus locus est, quia quod est minoris conuenientiæ cū malis rebus, aut quod illa priuatur, est eligibilius, q̃ illud, quod est cóueniens, seu magis conueniens cū illis. id enim, cui non euenit aliquid ab horrendū & renuendū, est eligibili' illo, cui euenit, & id cui minus euenit eo cui plus euenit, est eligibilius.

† ab. l. hic particula affirmatiue, M. aūt' vero negatiue, q melior multó videt'.

Et

MANTINVS

K Et is locus est cóis cunctis generib' comparationū, & est sumpt' à rebus extrioribus, & est probabilis, nó demonstratiuus: nā nihil prohibet, qn id, quod est similius ḡstantiori, non sit sile ei, quatenus est ḡstantius. vt cū dicim' simiam esse similiorē homini, q̃ equum, cùm tñ simia nó sit ḡstantior equo: & sic nihil prohibet, quia cū duæ res comparant duabus rebus, vt id, qd est sile prestātiori, sit parum sile, & aliud quod similat viliori, sit multū sile, vel vt vnū illorū similetur præstantiori, quatenus est ignobilius: alterū vero simile ignobiliori ea rōne, qua est præstantius.

L Locus vigesimus est, q id, quod est magis notū magisq̃, famosum, eligibilius est eo, quod est in eadem re minus notū, & famosum. Et is locus est sumptus à testimonio, & est falsus in multis rebus: nā tunc Orator cēt eligibilior Geometra, & Moralis eligibilior Philosopho.

Locus vigesimus prim' est, q id, qd difficilius acquiritur, est vniq̃ eligibilius: nā (vt inquit Arist. nos maiori afficimur delectatione, cū id attigimus, qd difficilius inuenit, sed debet **M** hoc intelligi de reb' eligibilib', q difficulter acquirunt: aliàs enim multa darent difficilia, q non essent eligēda, tñ abest, vt sint eligibiliora aliis: nā ascēdere mōtes nó est eligibilius, q̃ ambulare in planā terram.

Locus vigesimus secundus est, q id, quod minus cóicat rebus malis, vel est expers earū, est eligibilius eo, quod illis cóicat, vel quod est cóicabilius: nā id, ad quod nihil molestiæ, & trilliciæ sequit, eligibilius est eo, ad quod hæc insequunt, & id, ad qd minus ea sequuntur, eligibilius eo,

ad

A Et hic quidem locus pōt ſumi pro
prius, & cōis in oſbus rebus, prout
ſunt ſanitas,&c. qñ non cōicant ſuis
contrarijs, aut minus cōicant illis,
qñ id, quod ſuæ naturæ eſt propriū,
plus illis fuerit : & hic quidem locus
ſubeſt locis ſumptis ab oppoſitis.

Vigeſimus tertius locus eſt, quia
quod ſimplʳ præſtantius eſt alia re,
in hoc illo genere eſt primū nobilitate nobilius eſt primo ſm nobilitatem in altero genere. v.g. ſi homo
ſit ſimplʳ nobilior equo, id, quod é
primum ſm hominum nobilitaté,
B præſtantius eſt ſm nobilitatem ipſo
equo. Et ecōtra, ſi primū nobilitate
in hoc genere fuerit nobilius primo
alterius generis, hoc itaq; genus eſt
nobilius illo altero genere. hic vero
locus eſt oratorius ꝑꝓ proportiona-
litaté ſumptā ab æqualitate, ex quo
enim proportio generis ad genꝰ eſt
ſicut proportio nobilioris huius ge
neris ad nobilius alterius generis po
teſt eſſe oratorius: ſed iam vt, ꝙ non
ſit demonſtratiuus, ſtudioſiſſimus
enim interitus, ſicut eſt interitus ini
qui apud nos, nobilior eſt ſtudioſiſ-
C ſimo progreſſu, vt é curſus ad domū
orationis, aut ad aliſi cultum ſtudio
ſum, ſed non ſequiᵗ ꝙ interitus ſim
pliciter ſit nobilior ꝓgreſſu ſimplʳ,
interitus enim dignitas nō eſt ei ex
ea parte qua interitus eſt, ſed precle
cto ad internū, vt eſt iniquus, & aptꝰ
ad maleficia. Hic autem locus communis eſt præligendis, & alijs.

Vigeſimusquartus locus eſt, quia
in quo cōicant amici, ꝓſtantior eſt
eo, in quo non communicant, ſicꝗ,
virtus ꝑſtantior eſt ſanitate, & diuitiæ præligédæ ſunt generoſitati, &
modeſtia præligenda eſt delicijs.

Et

ad quod multo plus ipſa ſequuntur. D
Et is locus poteſt ſumi ꝓprius, aut
cōis cunctis rebus: vt ſanitas, & reliqua alia, quibus non cōicant ſua cōtraria, vel qbus minus cōicant, cum
ſcilicet id, quod ineſt eis ex nā ſua,
fuerit magis ꝓpriū, & locus is inclu
ditur ſub locis ſumptis ab oppoſitis.

Locus vigeſimus tertius eſt, vt id,
qꝺ eſt melius aliquo alio ſimplʳ, illud quidé, quod eſt optimū in illo
genere, erit melius eo, quod eſt opti
mum in alio gñe. exempli gꝒa, ſi hō
eſt ſimplʳ melior equo, ergo optimus hō erit melior optimo equo. E
Et é couerſo, ſi optimū in vno gene
re ſit meliꝰ optimo, qꝺ exiſtit ſ alio
genere, tūc illud genꝰ eſt melius illo
alio genere. Is aūt locus eſt Rhetori
cus ꝑꝓ cōparationé, vel ꝑportioné
ſumptā ab æqualitate: nā, cū eadem
ſit rō, ſeu proportio, vel cōparatio
generis ad genꝰ, quę eſt ipſius melio
ris in hoc gñe ad id, qꝺ eſt melius in
altero gñe, ſic pōt eſſe Rhetoricus
ſed tandem vt ꝙ non ſit demōſtra-
tiuus: nā optima mors, vt eſt mors
iniquorū apud nos, melior quidem
eſt optima deambulatione, vt é cita F
deambulatio ad oraculū, vel aliqué
aliū cultū probum: non tñ ſequiᵗ, vt
mors ſimplʳ ſit melior ipſa deambulatione ſimplʳ: qñ illud optimū,
qꝺ ineſt morti, nō ineſt ei ex rōne,
qua é mors, ſed ineſt ei rōne illiꝰ, cui
eligiᵗ mors ſtali re, qui, ſ. eſt ipſe iniquus, & malo ſpditus. Is aūt locus eſt
cōis ipſis eligibilibus, & alijs.

Locus vigeſimusquartꝰ eſt, vt id,
in quo cōicant amici, melius eſt eo,
in quo nō cōicant. & ſic virtꝰ eligibi
lior eſt ſanitate, & diuitię nobilitate
generis, & morigeratio, ſeu virtꝰ mo
ralis

ABRAM

G Et iterum quod expedit facere amicis magis q̃ alijs viris, eligibilius est, q̃ quod expediat fieri omnibus hominibus, prout cõtigerit, quos enim amice eligimus, illis eligimus secundum scientię cognitionem, cuiq; vero contigerit, eligimus erogare maxime indigeri. Et ambo hi loci sunt proprij eligendis, ipsorumq; vis est vna: nemo enim (vt ait Arist.) quando ei euenerint cætera bona eligeret esse sine amicis, ex quo res, quib° secum fit communitas, præligendæ sunt his, qnibus ab illis absoluit.

H & hic quidem repetitus est firmioris orationis, quàm primus: primus enim ponit diuitias eligibiliores sanitate: hic autem secundus locus est primo contrarius: in primo enim communius est eligibilius proprio, & in secundo proprium est eligibilius communi.

Locus. 25. qui est. 43

Vigesimusquintus locus est, quia res, quæ inueniuntur ex præstantiæ circunstancia, eligibiliores sunt reb° q sunt ex circunstantia necessitatis. Dicimus autem rem, quæ est ex præstantiæ circunstantia, id, quod non est necessariũ in essendo res per ipsum denominatas, illud vero esse est secundum cõplementi & perfectionis modum, prout est membrorum decus. per necessarium autem intelligimus, sine quo rem esse est impossibile, prout est priucipalia membra inesse ipsi homini. Expedit autem re scire, qp suapte natura præstantius sit aliud, q̃ apud nos præstantius. nõ enim oportet qd suapte nã est præstantius, eé apud nos eligibilius: philosophari enim non est eligibilius, q̃ opes acquirere ipsi inopi, opum enim indigentia inopi est peligeda.

Qñ

MANTINVS

ralis eligibilior est voluptate. Et id h quoq;, qd cũ amico magis agere debem°, q̃ cũ alijs hoïb°, eligibilius in quã é eo, qd debem° agere cũ oïbus hoïb°, & quibuscũq; alijs cõtigerit: nã, quos in amicos eligimus, & eos vtiq; sapiêtes eé eligim° sed eligim° pecunias distribuere, p quouis indigeti cõtigerit. Et hęc duo loca sunt ,ppria ipsis eligibilib° eandéq; vim obtinét: nã vt inqt Arist. nemo eorũ q eligit sibi bona, nõ eligit aliqd bonũ sibi, qd amici quoq; nõ obtineãt illud. Cũ ea, qb° cõicam° cũ eis, sint eligibiliora his, q sunt ,ppria. & is se cũd° loc° hét maioré vim rhetoricã. prio, qm in prio ponunt diuitiæ eligibiliores sanitate, in sedo vero ecõtra. Est ãt is secũdus locus oppositus primo: p pea, qa in primo, quod cõe é eligibilius est: in secundo vero, qd propriũ est eligibilius, est ipso cõi.

Locus vigesimus quint° est, qp ea, q reperiũtur pp præstantiorem, seu meliore rõné, eligibiliora sunt his, quæ pp necessitatem reperiuntur. Intelligo aũt p id, quod pp esse præstantius, vel melius reperit, quod nõ est necessariũ pro esse illius rei, cũ illud melius ascribit, seu addit, sed reperit in ea pfectionis, seu presidij, & melioris notæ gfa, vt est pulchrica do in mêbris. p necessariũ vero intelligo id, sine quo nõ pốt res reperiri: vt sunt mêbra principalia in bose. Scire tñ debes, qp id, qd est ex sui bã præstãs, vel nobile, & id qd est psilia apud nos differũt inter se: nã id, qd est ex nã sua dignũ, nõ oportet vt sit eligibilios apud nos: nã philosophari nõ est eligibilius ipso lucrari, seu ditari ipsi pauperi, qa vsus diuitiã eligibilior est apud ipsum indigeri.

Si

ABRAM

A Quando aut per eligibilius intelligeret non quod est apud nos, sed q̃
sui se est possibile, sit, q̃ hic locus, &
verax, & mendax sit: verax quidem,
quia bene viuere eligibilius est, q̃ viuere, bene viuete autem nobis inest
ex parte præstantiæ circunstantiæ,
vita autem ex parte necessitatis: ipsius vero mendacium est, quia scientia non est eligibilior apud ægrum,
q̃ ipsa sanitas. Si vero dixerit hic eligibilius quod est sua natura eligibilius, quod per præstantiã significat,
est verus. Si autem dixerit eligibilius, quod apud nos é eligibilius, sic
quasi ipsum necessarium erit eligibilius apud nos, & quod ex præstantiæ circunstantia est, præstantius.

Vigesimus sextus locus est, quia
quod impote est quemq̃ ab alio acquirere eligibilius est illo quod possibile est acquirere ab allo: prout est
dispositio fortitudinis cum opibus.
Et de hoc loco putatur, q̃ ponat pulchritudiné eligibilioré modestia.

Vigesimus septimus locus est, qa
quod est eligendũ sine hac re eligibilius est illo, quod nõ est eligendũ
sine ea, v.g. quia custodia sine prudentia nõ est eligéda, prudentia autem sine custodia eligenda est. Vis
aũt horũ locorũ est vna, vis, s. q̃ pro
prius prius sũt dignitate cõiori.

Vigesimus octauus locus est, q̃ñ
negamus vnam duarum rerum,
si de nobis putetur alterã nobis inesse illa est eligibilior, verbi gratia,
quia nos negamus studium, & disci-

MANTINVS

Si igitur intelligat Arist. p ipm eligibi- D
lius id, qd apud nos é magis eligedũ,
nõ ex se, tũc hic locus poterit eé ver*
& falsus: verus qdé, qa bene viuere
eligibilius é, q̃ viuere, ipm aũt bene
viuere, iest nobis melioris notę gña,
seu dignitatis, viuere vero ex necessitate ipsa: falsus vero, qa scia nõ é eligibilior apud ęgrotũ, q̃ ipsa sanitas.
Si vero itelligat hic p ipsa eligibili*
id, qd ex nã sua é eligibilius, vt p dictioné pstãtius sigñati vr, tunc erit
verus, si vero p ipm eligibilius itelligat id, qd apud nos é eligibilius, tũc
ferre erit eligibilius apud nos id, qd E
é necessariũ, & id, qd ex pstantia, seu
dignitate, sit dignius atq; pstantius.

Locus vigesimus sextus est, q̃ id,
qd nõ põt aliquis exquirere ab alio,
eligibilius est eo, quod põt ab alio
acquirere: vt se hęr iustitia cũ fortitudine. Et hic locus põt eé falsus, quia
ponit pulchritudiné esse conuenien-
tioré, & eligibilioré ipsa modestia.

Locus vigesimus septimus est, q̃
id, qd est eligibile sine aliquo alio,
eligibilius é eo, qd nõ eligit nisi cũ
illo alio. exépli gña, custodia non eli- M
git sine prudétia, sed prudétia eligit
siue custodia, vis aũt horũ locorũ
est eadé: nempe quod est magis propriũ, est prius dignitate ipso cõiori.

Locus vigesimus octauus est, q̃ cũ
duaq̃ reiq̃ negam* vnã, vt existimet,
p altera insit nobis, tunc illa altera,
quã cupim*, vt credat se esse nobis eligibilior erit. exépli gña, cũ negamus
nos scũbere studio literario, & cõté-
platiõi ad hoc vt credat, nos obtiner
pspicacitaté, seu prõptitudiné stellš:
nã id, quod cupim*, qd credat inesse
nobis, est intellect* pspicacia: & hic
locus est sumptus à re extrinseca.

Alij

Alij Meliorum, Eligibiliorumq́; loci.　　　**Cap. 3.**　　**G**

48.Locus.

49.Locus.

AMplius eorum, quæ funt sub eadem specie, quod habet pro
priam virtutē, eo quod non habet, vtrisq́ autē habentibus,
quod magis habet, eligibilius. Amplius, si hoc quidē facit
bonū illud cui a ſeſt, illud autem non facit: quod facit, eligibilius.
Quēadmodum & calidius quod calefacit, eo quod non. Si autem
vtrūq́ facit, quod magis facit, aut quod melius, & principalius fa

50.Locus.
Declatio.

cit bonū: vt si hoc quidem animā, illud autem corpus. Amplius au
tem à casibus, & vsibus, & actionibus, & operibus, & hæc ab illis.
Sequuntur enim ſeſe inuicē: vt si quod iuſte est eligibilius q̃ quod
fortiter, & iuſtiria fortitudine eligibilior: & si iuſtitia q̃ fortitudo
eligibilior, & q́ iuſte, quàm q́ fortiter: similiter autem & in aliġs.

51.Locus.

Amplius, si aliquo eodem hoc quidē maius bonum est, illud aūt
minus: magis eligēdum maius, aut si maiore maius fuerit alterū.

52.Locus.

Sed & si duo quædā vno aliquo sint eligibiliora: quod longe eli-　**H**
gibilius, eo quod minus est eligendum, eligibilius. Amplius, cu-

53.Locus.

ius est superabundantia eligibilior, & ipsum eligibilius. Vt amicitia pecunijs: nam eligibilior superabūdantia amicitiæ, q̃ pecunia-
rum. Et id cuius magis eliget quisvt ipse sibi cã sit, q̃ cuius alter.

54.Locus.

Vt amicos pecunijs. Amplius, ex appositione si eidem apposital
aliquid, quod totū eligibilius facit. Cauere aūt oportet extendere

55.Locus.

ad ea, in quibus altero quidem appositorū vtitur cõe, vel alio quo
libet modo cooperatiuum est, reliquo aūt non vtitur, neq́ cooperatiuum eſt: vt ſerra, & falce cū arte fabrili: nam eligibilior ſerra cõ

56.Locus.

sociata, simpliciter aūt non eligibilior. Rurſum, si minori appoſ-

57.Locus.

tum aliquid, quod totū maius facit. Similiter aūt, & ex ablatiões

58.Locus.

quo enim ablato ab eodem, quod reſtat est minus, illud maius erit
quod ablatum, reliquum minus facit. Et si hoc quidē propter ſe,
illud aūt propter gloriam eligēdum. Vt ſanitas pulchritudinezer-　**I**
minus aūt eius, quod eſt ad gloriam, quod nullo conſcio, non ſtu-

59.Locus.

deret ineſſe. Et si hoc quidē propter ſe, & propter gloriam eligen

60.Locus.

dum: illud aūt propter alterum tantū. Et vtrūuis magis propter
se honorandum, hoc & melius, & eligibilius. Honorabilius vtiq́
ſuerit ſm ſe, quod cùm nihil aliud debeat eſſe, propter ſe eligimus

61.Locus.

magis. Amplius, diuidendum quoties quod eligendū eſt diciē,
& quorum gratia: vtilis, vel honeſti, vel delectabilis. Nam quod
ad omnia, vel ad plura ēſt vtile, eligibilius fuerit eo, quod non ſic.
Si aūt eadem vtriſq́ insunt, vtri magis insint considerandum. Vt
vtrū delectabile, an honeſtum, an vtile magis. Rurſum, quod pro

62.Locus.

pter melius eligibilius. Vt quod propter virtutē, q̃ quod propter

63.Locus.

delectationem. Similiter aūt, & in fugiendis. Nam magis est fugiendum,

A giendum, quod magis impedit virtutes, vt ægritudo turpitudine: D
tñ & voluptatis, & eius, quod est studiosum esse, prohibentior est
ægritudo. Amplius ex similitudine monstrari pōt fugiendū, &
eligendū quod propositū est. Nam minus eligendūm hmōi, quod
æque & eligeret aliquis & fugeret:altero quod eligendū est tantū.
ad seinuicē igit comparationes(quēadmodum dictū est)faciendū.

Sermo de alijs locis Meliorum, Eligibiliorumq;.   Cap. 1.

ABRAM

Locus 29. g est. 47. & 48.

Vigesimus nonus locus est, quia res, quam grauiter ferentem, & abhorrentem vulgus eligit increpando, eligibilior est re, quam grauiter ferentem vulgus non aufugit increpando. Et res, cuius defectu & destructione contristatum vulgus nō nimis increpat, eligibilior est re, cuius defectu contristatum vulgus increpat, quòd nimis sit.

Locus 30. g est. 49. & 50.

Trigesim° locus est, quia quæ res fuerit illatum, quæ alicui speciei sub sunt, & eius sint dignitates, quæ proprio hanc speciem concernunt, illa est eligibilior, quàm illa cui non insunt illæ dignitates. verbi gratia, eximius vir eligibilior est mediocri, & vili. Quãdo autem omnibus insint dignitates, ille eligibilior est, cui magis insunt : huius exemplo Aristoteles eligibilior est Platone. Et hic quidem locus sumitur ab ipsamet re, & est demonstratiuus, & non est proprius eligibilibus, sed conuenit omni comparationi.

Locus 31. qui est 51. & 52.

Trigesimus primus locus est, qñ fuerint duæ res, quarum vna ponit esse, quã inuenerit esse se mediante est eligibilior illa, quæ nō redderet aliã rem esse fm se, calor enim qui aliud calefacit, præstãtior est illo q nō calefacit aliud. & p hunc locū virtutes eligibiliores sunt diuitijs. Et hic locus est cōis oībus cōparationibus, & sumitur ab ipsis rebus.

Trige-

MANTINVS

LOcus vigesimusnonus est, ф id, pp qd vulgus maxime increpat eū, qui illud moleste fert atq; abhorret, eligibilius ē eo, pp quod vulgus nō maxime increpat eum, qui illud fert moleste. Id quoq;, de quo vulg° nō maxime increpat eum, qui moleste fert amissionem illius rei, seu priuationē, eligibilius quidē est eo, de quo vulgus maxime increpat eum, qui moleste fert priuationē illi° rei.

Locus trigesimus est, ф eorum, q sub eadē specie existūt, illud quidē, quod obtinet oēs dignitates, seu virtutes, q sunt propriē illi speciei, eligibilius est eo, qd non obtinet illas dignitates. exēpli grā, vir dignus eligibilior ē viro mediocri, ac indigno. Si vero oībus virtutes insint, tūc magis eligendus erit ille, qui plures eax obtinet. exempli grā, Aristoteles magis est eligēdus, q Plato. Is aūt locus est sumptus ex ipsamet re, & est demonstratiuus, & non est proprius ipsis eligibilibus, sed cōcordat cum qualibet comparatione.

Locus trigesimus prim° est, ф, cū duarū rerū vnū sit, qd producit, & in ei° pductione efficiat ipm bonū, tūc illa res erit eligibilior, q altera, q nō facit bonū aliqd aliud:& p hunc locū virtutes erūt eligibiliores ipsis diuitijs. Et locus is est communis omni comparationi, & est sumptus ab ipsis rebus.

Log. cū cō. Auer.   H   Loc°

Topicorum

G Trigesimus secundus locus est sum
ptus à casibus, & coniugatis, & actibus, & operibus: & est de locis communibus omnib⁹ speciebus quinq;
quæsitorum. verbi gratia, si iustitia
sit eligibilior fortitudine, iustus est
eligibilior forti.

Locus. 32. & est. 32.

Trigesimus tertius locus est, quia
qñ fuerint duæ res, quaæ vna sit me
lior quadá vna eadem re, qua altera
sit minus bona, melior itaq; est eligibilior. v.g. qa scia excedit sensum
maiori excessu, q̄ recta opinio, sic
scia est præstãtior ipsa opinione, &
ille est demõstratiuus, & fit ex cõpa
ratione duorũ ad vnum: & est cõis.

Locus. 33. qui est. 55.

H

Trigesimus quartus locus est, cuius superabundantia est eligibilior
superabundantia alterius, illud est
eligibilius. Verbi gratia, quia amici
tia est eligibilior opibus, quia super
abundantia amicitiæ est eligibilior
superabũdantia opum. Et vis huius
loci est vis illius loci, de quo dictum
est, quando excellentia generis fue
rit eligibilior, quàm excellentia alterius generis, illud genus est eligibi
lius illo altero genere.

Locus. 34. qui est. 56.

Trigesimus quintus locus est res,
quam quis eligit qua sibi similis sit,
& per scipsam illá cupit, eligibilior
est quàm illa quãm eligit, non qua
sibi sit similis, aut qua illam cupiat
mediante alia re, prout amici eligibiliores sunt opibus.

Locus. 35. qui est. 57.

Trigesimus sextus locus sumitur
ex appositione, quando duæ res ap
ponuntur vni eidem rei, & collectũ
cum vna est eligibilius quàm cum
altera, illaë eligibilior quàm altera.
Et quæ quando subtrahitur ab vna
eadem re, ponit illam imperfectio-
nem quàm altera, illa est eligibilior.

Et

Locus trigesimus secũdus est sum **K**
ptus à casibus, & ab vsibus, & actionibus, atq; operibus: & est ex locis
communibus omnibus quinq; generibus quæsitorum. exempli grã,
si iustitia est eligibilior fortitudine,
ergo iustus est eligibilior forti.

Locus trigesimus tertius est, cum
duarum rerũ vna est magis bona,
altera ex se, alia vero min⁹ bona, ma
gis bona vtiq; eligibilior est. exem
pli gratia, cũ scia superet ipsum sen
sum plusq̃ superat recta opinio est,
ideo scia est præstantior opinione.
& est demonstratiuus, qui fit ex cõ- **L**
paratione duoų ad vnũ, & est cõis.

Locus trigesimus quart⁹ est, ꝗ id,
coius superabũdantia, seu excessus,
est eligibilior superabundantia alte
rius, est vtiq; illud eligibilius. exẽpli
gratia, amicitia est eligibilior pecu
nijs: qñ superabundantia amicitiæ,
eligibilior est superabundantia pe
cuniarum. Et is locus habet eandem
vim cum eo loco, in quo ducitur, ꝗ
si dignitas vnius generis est præstan
tior dignitate alterius generis illud
genus est eligibilius illo altero.

Locus trigesimus quintus est, ꝗ **M**
id, quod eligit aliquis propterea qa
similat ei, & desiderat illud per se ip
sum, eligibili⁹ est, q̃ id, quod eligit,
ppca quia non similat ei, & desiderat illud habere p aliquod aliud, ve
amici q sunt eligibiliores pecunijs.

Locus trigesimus sextus, qui est
sumpt⁹ ex appositione, & est, cũ fue
rint duæ res, ꝗ addunt super vnam
met rem, & totũ illud sit eligibilius
cũ vna illarũ, ꝗ cum alia, illa est eli
gibilior altera. Et si minuat vna il
larũ ab eadẽ re, ita vt reddat totũ ip
sų ẽ min⁹, illud ẽ quoq; eligibili⁹.

Sed

ABRAM

A Et expedit obseruare in appositione, ꝙ non sit res substantia, idest res,
cui sit appositio vtens vna apposita
& non altera. Carpétarius enim eli
gibilior est cum inuentione serræ, ꝗ̄
sit cū inuentione falcis, & nō sequit,
ꝙ serra sit eligibilior falce, carpenta
rius enim non vtitur falce. Themistius autem & Theophrastus omise
runt hunc locum ob illum esse ni-
mispatentem, maior enim res est,
qua res sit maior, quando ei apponitur & minor, quādo ab illa immi-
nuitur: & ille est communis omni-
B bus quæsitiscomparationis.

Locus.37. qui é.61. & 62.

Trigesimus septim' locus est, qñ
fuerint duæ res, quarum vna fuerit
eligibilis p se, & altera propter estimationem, illa quæ eligitur pp se,
eligibilior est, eligibilis aūt propter
estimationem definitio est, ꝙ non
sfrinetur ad eius factionem, qñ cer
tum fuerit ꝙ nesciat alius ꝙ ille illā
fecisset, & aliquando fit præter res
voluntarias, prout sanitas est præstantior pulchritudine: & ille est de
mon struatiuus sumptus ab essentia
rei, & subintrat loca, quibus compa
C ratur inter rem, quæ est pp se, & inter rem quæ est propter aliam rem.
Locus vero, de quo df, ꝙ cuius electio fuerit pp eius essentiam, & pro
pter estimationem, illud sit eligibilius, ꝗ cuius electio fuerit propter
aliud, subintrat etiā locum quo dicitur, ꝙ id cuius sunt plura bona sit
eligibilius, illo cuius sunt pauciora.

Locus.38. qui é.64.

Verū tamen trigesimus octauus
locus est, dum dicitur, oportet ꝙ ex
plicetur quot modis dicitur ipsum
eligibile, quia dicitur de tribus rebus, de vtili & delectabili, & hone-
sta, & illa est naturaliter eligibilis:
eligibile

MANTINVS

D Sed oportet cauere in huiusmodi additione: utpote, ne id, qd est eius subiectū,
videlicet ipsa res supaddita ei, vtaf
vno superadditorū, & non vtaf alte
ro: nā faber lignarius eligibilior est
cōsociata ei serra, ꝗ̄ cōsociata ei falce: sed nō sequit, propterea, vt serra
sit eligibilior falce, qm faber ligna-
riusnon vtit falce. Themistius aūt,
ac Theophrastus putant laudē huiꝰ
loci esse manifestissimā, qm res maior est illa, in qua est alia res maior,
& qñ minuit ab illa, reddit ex huiuf
modi diminutione minor: & est lo-
E cus cōis cūctis quæsitiscōparationis.

Locus trigesimus septimus est, ꝙ
cū fuerint duo: quorū vnū est eligē
dum pp se: alterū vero pp gloriam,
illud quod est pp se, est vtiq; eligibi
lius. Definitio aūt rei, quæ est pp glo
riam, est, vt quis non sit diligens in
actione sua, cū certe norit neminē
aliū esse consciū illius actionis, quā
ipse agit: & hoc quidē pōtēt fieri in
rebus nō volūtarijs, vt ꝙ sanitas sit
præstantior pulchritudine, & est locus demstratiuus sumptus ex rei essen
tia, & est ex summa locorū, quibꝰ sit
F cōparatio inter id, quod est pp se, &
id quod est pp aliud. Locus vero ꝗ
hunc sequit, qui quidem est ꝙ si ali
quid est eligendum pp se, & propter
gloriam illud est eligibilius, ꝗ id,
quod est eligibile propter aliud, includit sub eo loco, qui dicit, ꝙ quicquid habet plura bona, eligibilius ē
eo, quod pauciora bona obtinet.

Locus vero trigesimus octauus,
vbi dicit dividendū esse ipsum eligi
bile, quot modis dicatur: qm tripl'
dicitur: nempe quod vtile est, & qd
delectabile, & quod honestū: quod
quidem honestum est nā eligibile:
H ij horū

ABRAM

G eligibile aũt apud aliquem hominẽ
est aliud ab eligibili apud aliũ, hone
stum enim est eligibilius apud sapiẽ
tes, & vtile est eligibilius apud politi
cos, & delectabile ẽ eligibilius apud
delitiosos. Quando aũt proponim°
commonstrare de aliqua re, ꝗ sit eli
gibilior altera, cõuenit distinguere
quot modis dicatur eligibile, & si illam inuenerimus eligibiliorem altera secundum omnes, aut secundũ
duos, aut secundum vnum illorum,
enuntiam° quòd illa sit eligibilior.
Et hic locus sumit ab ipsa partitio-
H ne & est proprius eligendis.

MANTINVS .K

horum aũt, quod eligibile est apud
aliquẽ vnum hominẽ, non est eligi
bile apud aliquẽ alium: nam honestum eligibilius est apud sapientes,
vtile vero eligibilius apud ciues, de-
lectabileꝗ; apud delicatos magis eli
gendũ. Cum igit volumus ostẽdere
aliquid esse eligibilius aliquo alio,
opꝫ vt diuidamus, quot modis dicat
ipsum eligibile, & si ĩuenerim° illud
eẽ eligibilius aliquo alio olb° his ra
tionib° vel duab°, vel vnica earum,
tũc iudicabim° illud esse eligibili°.
Et hic locus est sumpt° ab ipsa diuisione, & ẽ ꝓprius ipsis eligibilibus.

Documen
tũ primũ.

I Dem aũt loci vtiles, & ad demonstrandũ, quoduis eligẽdum,
& fugiendũ. Nam auferre solũ eam oportet (quae ad alterũ est)
praeminentiã: si enim quod honorabilius, eligibilius: & hono
rabile eligendũ: & si quod vtilius, eligibilius: & vtile eligendum:
sĩt aũt & in alijs quaecũꝗ hũõi habent comparationẽ. In aliqui
bus aũt statim ſm eã, quae ad alterũ est comparationẽ: & quod eli

Vſus loci.

gendũ vtrũꝗ, vel alterũ dicimus. Vt qñ hoc quidem natura bonum, illud aũt non natura bonũ dicimus: nã quod natura bonũ,
manifestũ qm eligendum est. Sumẽdum aũt ꝗ maxime vſes locos de eo, quod est magis & minus: nã sic sumpti, ad plura vtiles

Primus.

erunt. Fieri aũt potest, vt eorũ, qui dicti sunt, quosdã vſes magis
quis faciat parũ transmutans ſm appellationẽ. Vt quod natura
tale, eo quod nõ natura tale, magis tale. Et si hoc quidem facit, illud aũt non facit quod habet tale cuicunꝗ insit: magis tale quod
interdũ facit tale ꝗ quod non facit. si aũt vtrunꝗ facit, quod ma

6. Locus.

gis facit tale. Amplius, si eodẽ aliquo, hoc quidẽ magis, illud aũt
minus tale. Et si hoc tali magis tale, illud vero nõ tali tale, manifestum qm primũ magis tale. Amplius, ex additione: si eidẽ addi

7. Locus.
8. Locus.
9. Locus.
Declatio.

tum, aliquod totũ magis tale facit. Aut si ei quod minus est tale
additũ, totum magis tale facit. Sĩt aũt & ex ablatione: nam quo
ablato reliquis reliquũ, minus tale, ipsum magis tale. Et quae cõ
trarĩa sunt impermixtiora, magis talia. Vt albius quidẽ nigro im

1. Docu-
mentum.

permixtius. Amplius, praeter ea ꝗ dicta sunt prius, quod magis
suscipit propriã propositũ rationẽ. Vt si albi est rõ, color disgrega-
tiuus

A tiuus vifus:albioris eft , color magis difgregatiuus vifus. Si autē particulariter,& nō vlr problema ponaſ, primū quidē dicti vlr cōſtructiui,vel deſtructiui loci oēs vtiles.Vlr enim interimentes, vel cōſtruentes,& particulariter monſtramꝰ:nā,ſi oī ineſt, & alicui:& ſi nulli ineſt,nec alicui. Maxime aūt opportuni,& cōes loci,qui ſunt ex oppoſitis,& cōiugatis,& caſibꝰ.Nam ſilr probabile eſt exiſtimare,ſi oīs voluptas bonū,& triſtitiā omnē malū eſſe: & ſi aliqua voluptas bonū,& triſtitiā aliquā eſſe malū. Itē, ſi aliquis ſenſus nō eſt poteſtaſ,& inſenſibilitas quædā nō eſt impoten tia,& ſi quoddam opinatū diſciplinatū,opinio quædā diſciplina: rurſum,ſi aliquod iniuſtorū bonū,& iuſtorū aliquod malū : & ali quod eorū,quæ iniuſtè,malū,& aliquod eorū, quæ iniuſte bonū: & ſi quoddā delectabile fugiendū , & delectatio quædā fugiendæ: ſm hæc aūt & ſi aliquod delectabile vtile,delectatio quędā vtilis.

B Et in corruptiuis aūt,& generationibus, & corruptionibus ſilr. Nā,ſi aliquod corruptiuū delectationis vel diſciplinæ bonū eſt, erit quædā delectatio,vel diſciplina malorum : ſilr aūt & ſi corruptio quædā diſciplinæ bonorū,vel generatio malorū, erit quædā diſciplina malorū.Vt ſi obliuiſci q̃ quis turpia egit bonorum eſt, vel reminiſci malorū,erit ſcire q̃ quis turpia egit, malorū, ſilr aūt & in alñs:in oībus enim ſilr probabile. Amplius , ex eo quod eſt magis & minꝰ, & ſilr:ſi enim magis quidē eorū quæ ſunt ex alio genere aliquid tale,illorū aūt nihil ē, necꝗ quod dictū eſt erit tale. Vt ſi magis quidē diſciplina quædā bonū, q̃ voluptas:nulla autē diſciplina bonū,nec voluptas bonū erit: & ex eo quod eſt ſilr qui dem & minus eodē modo.Nā erit & interimere, & cōſtruere:verumm ex eo quod eſt ſilr,vtraꝗ ex minus aūt,cōſtruere ſolū , deſtruere aūt non:ſi enim ſilr poteſtas quædā bonū,& diſciplina:eſt

C aūt quędā poteſtas bonū,& diſciplina:ſi aūt nulla poteſtas bonū, nec diſciplina:ſi aūt minus quædā poteſtas bonū,q̃ diſciplina:eſt aūt quædā poteſtas bonum,& diſciplina:at vero,ſi nulla poteſtas bonū,nō neceſſe eſt & diſciplinā nullī eſſe bonū : manifeſtū igiſ, qm conſtruere ſolū ex eo quod minus eſt. Non ſolum autem ex alio genere eſt deſtruere,verū & ex eodem:dum ſumit quis quod maxime tale eſt.Vt ſi poſitū eſt diſciplina quædū bonum,oſtenda tur aūt qm prudentia non bonū,nec alia vlla erit, quia nec q̃ maxime videſ. Amplius,ex ſuppoſitione ſilr poſtulantē ſi vni,& oī ineſſe,vel nō ineſſe. Vt ſi hoīs anima immortalis,& alias : ſi autē hæc non,nec alias.Si igiſ ineſſe alicui poſitū eſt, oſtendendū qm alicui non ineſt,nā conſequetur per hypotheſin nulli ineſſe: ſi aūt alicui non ineſſe poſitū eſt,oſtendendū qm ineſt alicui: nam & ſic

consequentur omnibus inesse. Manifestū igif est, ⊄ qui hypotheſi
vtitur, facit problema vlt, particulariter poſitū: nam particulariter confitentem vlt poſtulabit confiteri, eo ⊄ vni, & oī ſilr poſtu-
lauerit ineſſe. Cùm aūt indefinitū eſt problema, vno modo deſtruere cõtingit. Vt ſi dixerit voluptatē bonū eſſe, vel non bonū,
& nihil aliud quicquā determinauerit: nā, ſi aliquā voluptatē dixerit bonū eſſe, oſtendendū vlt ⊄ nulla, ſi debeat interimi propoſitum: ſilr aūt & ſi aliquā dixerit voluptatē non eſſe bonū, oſtendendū vlt ⊄ omnis, aliter vero non contingit interimere: nam, ſi
oſtenderimus, qñ eſt quædā voluptas bonū, vel non bonū, nondum interimit propoſitū. Manifeſtū igitur qm interimere quidem vno modo dr, conſtruere aūt dupliciter: ſiue enim vlt oſtenderimus, ⊄ oīs voluptas bonū, ſiue ⊄ eſt quædā voluptas bonū,
oſtenſum erit quod propoſitū eſt. Silr aūt & ſi oporteat diſſerere
⊄ eſt quædā voluptas non bonū : ſi oſtenderimus ⊄ nulla bonū,
vel ⊄ quædā non bonū, oſtendentes erimus vtrunⳍ & vlt, & particulariter, ⊄ eſt quædā voluptas non bonū. Cùm aūt determinata fuerit poſitio, duplr interimere erit. Vt ſi ponatur alicui quidem ineſſe voluptati bonū eſſe, alicui aūt non ineſſe nam ſiue oīs
oſtendaf voluptas bonū, ſiue nulla, interemptū erit propoſitum.
Si aūt vnam ſolam voluptatē poſuerit bonū eſſe, tripliciter contingit interimere. Nam oſtēdentes ⊄ oīs, vel nulla, vel ⊄ plures
ⳍ vna bonū, interimentes erimus quod propoſitū eſt. In pluribus vero poſitione determinata (vt ⊄ prudētia ſola eſt virtutum
ſcientia) quadrupliciter eſt interimere. Nam oſtenſo, ⊄ oīs virt⁹
ſcientia, vel ⊄ nulla, vel ⊄ & alia aliqua, vt iuſtitia, vel ⊄ eadem
prudentia non ſcientia, interemptū erit propoſitū. Vtile autem
& inſpicere in ſingularibus, in quibus ineſſe aliquid vel non, dictum eſt, quemadmodum in vniuerſalibus problematibus. Amplius autem & in generibus inſpiciendum, diuidenti ſm ſpecies,
vſ⍾ ad indiuidua, ſicut prius dictū eſt. Nam ſi omni appareat ineſſe, ſiue nulli multa proferenti, poſtulandum vlt confiteri, aut ſe-
re inſtantiam in aliquo non ſic. Amplius, in quibus poſſibile eſt
aut ſpecie, aut numero determinare accidens, inſpiciendum ſi nul
lum horum ineſt. Vt ⊄ tempus non mouetur, nec eſt motus, an-
numeranti quot ſunt ſpecies motus: nam, ſi nulla earum ineſt tem
pori, manifeſtum quoniam non mouetur, nec eſt motus: ſimiliter
autem & quod anima non eſt numerus : diuidenti quoniam omnis numerus aut impar, aut par: nam, ſi anima neⳍ impar, neque
par, manifeſtum ⊄ non eſt numerus : ad accidens igitur per talia,
& hoc modo argumentandum.

Sermo

ABRAM

Locus. 39.

LOcus vero trigesimus non° est, cuius contrarium est magis fugiendum, q̃ contrariũ alterius, illud est eligibilius. gratia exempli, quia sanitas é eligibilior pulchritudine, quia ægritudo est magis fugienda, quàm turpitudo. Et ille subintrat loca oppositorum, de quibus iã præfatæ sunt multæ partes in hoc libro.

Locus. 40

Quadragesimus locus est, cuius electio & fuga est similiter, min° eligendum est, q̃ id, quod est tantum eligendum absq; fuga aliqua.

B Hæcitaq; est summa omniũ locorum, quæ Arist. dinumerauit, quæ traduximus vt illa intellexerimus, in quibus est considerandũ. Et his eisdem locis commonstratur q̃ res sit tantum eligibilis, qñ enim cõmonstratum fuerit, q̃ aliquis sit alio eligibilius, commonstratur, q̃ sit eligẽdum, qñ enim aufertur ab eis excessus vnius ad alterũ ambo relinquuntur eligenda. In aliquibus aũt rebus scimus ex comparatione essentia, q̃ res sint eligendæ vtræq;, aut altera, vt qui dixerit, q̃ hęc sit hac eligibilior, quia fm ipsius naturam sit melior, & altera non sit secundum eius

C naturam, ex quo enim est naturæ af finis, noscitur, q̃ sit eligibile tantũ. Et expedit q̃ sumam° hæc loca quatenus possibile nobis est sumere ipsorum communitatem, transferentes illa ab eligibiliori ad maius, hoc autem sit ponendo dictiones multiplicationis in eis quadã modica declinatione: quãdo enim sumuntur secundum hanc dispositionem sunt pluribus rebus vtilia. v. g. quia dicere q̃ id, quod naturaliter est, eligibilius est q̃ quod non est naturalĩ, qñ

vice

MANTINVS

LOcus trigesimus non° est, q̃ id, cuius contrarium est magis fugiendũ, q̃ cõtrariũ alicuius alteri°, illud vtique est eligibilius illo alio. exẽpli grã, sanitas eligibilior est pulchritudine, qa ægritudo est fugibilior turpitudine. Et is locus includiť sub locis oppositorũ, quorũ aliquæ diuisiones iã præsserũt in hoc libro.

Locus quadragesim° est, q̃ id, q̃ simili rõne, seu indifferenter est eligendũ, atq; fugiendũ, illud quidem min° est eligibile, q̃ id, quod est tantum eligendum, & nõ fugiendum. E

Hi itaq; sunt oẽs loci, quos Arist. numerauit, & nos sum° interpretati eos, prout nobis fuit cõcessa eorũ intelligẽtia, qui tñ consideratione indigent magna. Inquit: Et eisdémet locis nũc dictis põt probari, q̃ res sit tm eligibilis. nã, cum fuerit probarũ aliquid esse eligibilius aliquo alio, probabiť & illud esse eligibile, qm ablato excessu vnius eorũ sup aliud, relinquunť oĩa eligibilia. In nõnullis vero cõtingit vt ex essentia cõparationis cognoscamus res eť eligibiles, vel oẽs, vel vnã earũ. vt cũ quis dixerit hoc esse eligibilius illo, quia F hoc est nã melius, illud vero non natura: nam eo quod est bonũ nã, sciť ipsum esse eligibile tñ. Inquitq;: Sumendi aũt sunt ij loci quammaxime fieri poterit vťes, si transmutemus eos ex eligibiliori ad maius, & ad plus: & hoc quidem fiet, si parũper transmutemus dictiones: nã, si hac rõne sumantur, erunt vtiq; vtiles multis rebus. exempli gratia, si dicamus aliquid quod est fm naturã, est eligibilius eo quod nõ est secundum naturã, si sumamus vice illius,

H iiij &

G vice illius sumerem* quòd id, quod
naturaliter est secũdnm aliquam di
spositionem, sit magis secundũ hâc
illam dispositionem ḡ illud, quod
est secundum illam dispositionem
præter naturam, tunc hic locus esset
communis multis rebus alijs à reb°
eligendis,& subintraret hunc ipsum
numerus multorum locorum de illis, quæ prædicta sunt. Et similiter
dum diximus, quod est minus mistum contrario est eligibilius, eius
vice sumerem* quod est minus per-
mistum contrario in essendo ali-
H quam rem est magis secundum illã
rem, hic locus esset communis mul
tis locis alijs ab eligibilibus, vt quòd
quanto res magis alba fuerit minus
mista nigredini, est intensioris albe
dinis, & similiter si sumeres hanc cõ
munitatem in loco ab appositione
& ablatione, & in multis locis, quæ
proposita sunt. Et hoc significauit
apud nos, ǫ dignius sit, quod dictũ
est de loco, ǫ non sumatur per ipsum præmissa in syllogismo particulari. Et sicut constituuntur bæc
loca in constructione & destructio-
I ne quæstionũ vniuersalium, sic etiã
constituuntur in destructione & cõ
structione particularium: qui enim
destruxerit vniuersale, dstruxit par
ticulare, & qui construxerit vniuer
sale, construxit particulare. Et iterũ
loca communia excessuum, prout
sunt quæ fiunt ab oppositis, & à prio
ri, & digniori, & coniugatis, & casibus, constituuntur in constructione
& destructione particulari, sicut cõ
struita sunt in constructione & destructione vniuersalis: diuulgatio
enim horum locorum secundum
hanc rem est vna.

& dicamus, quod est secundum na- K
turam in aliqua re illud quidem est
magis in ea re, quàm sit in eadem re
non secũdum naturam, tunc huiusmodi locus est communis multis rebus citra res eligibiles : & sic inclu-
dentur sub eo multa loca eorũ, quæ
præcesserunt. Similiterǫ, cùm dicimus, quòd id, quod est impermix-
tius ex contrario, dum in tali re existit, est vtiǫ eligibilius in ea re, tunc
is locus est quoǫ communis multis rebus præter res eligibiles. vt cùm
dicimus, quòd quanto res alba fuerit minus mixtior nigredini, erit L°
vtiǫ albior, pariǫ ratione fieri poterit, si capiamus huiusmodi vniuer-
salitatem per locum ex additione &
ablatione, & per plures locorum præ
dictorum. Et ex hoc videtur Arist.
velle, quòd id, qnod debet magis no
minari locus, est id, quod non sumitur in propositione syllogismi
particularis, Inquit: Et quemadmodum vtimur his locis ad constructionem, & destructionem problematum vniuersalium, ita qnoque
possimus eis vti ad destructionem
& constructionem particularium: M
nam, si quis vniuersale destruat, ipsum quoǫ particulare destruit, &
si vniuersale construit,& particulare ipsum etiã construit. Loca quoǫ
vniuersalia vtilia, vt quæ ex oppositis fiunt, & ex priori, & ex conue-
nientiori, atǫ ex casibus & vsibus
vel coniugatis, ita veniunt in vsum
ad cõstructionẽ particularis, eiusǫ
destructionem, vt ad constructionem vniuersalis, eiusǫ destructionem : nam probabile circa hoc est
vtique idem.

.Arist. ··

ARISTOTELIS TOPICORVM
LIBER QVARTVS.

SVMMA LIBRI.
De locis quibuſq́; generis:ſimul atque de differentiæ locis perpaucis.

Problematum generis aliquot loci. Cap. I.

OSt hæc autem de ñs, q̃ ad genus, & proprium, inſpiciendū. ſunt autem hæc elementa eorum, quæ ſunt
ad terminos, & his ipſis raro conſiderationes fiūt di
ſputantibus. Si ergo ponatur genus alicuius exiſten-
tium, primū quidem inſpiciendū ad oĩa, quæ cogna
ta ſunt ei, quod dr̄, ſi de alio non p̃dicaf:quemadmodū eſt in acci-
dente.vt ſi voluptatis, bonum ponaf gen⁹, ſi aliqua voluptas nõ

B bonum.Nam, ſi hoc, manifeſtum eſt q̃m non genus bonum volu-
ptatis:nam genus de oĩbus quæ ſunt ſub ipſo ſpeciebus pred̃icaf.
Deinde ſi non in eo quod quid eſt prædicaf, ſed vt accidens. Quē
admodum album de niue, de anima, à ſeipſo agitatum. Neque
enim nix idipſum quod eſt, album:quapropter non eſt genus album niuis: neque anima idipſum quod eſt, agitatum: nam
accidit ei moueri, quemadmodum & animali frequenter & am
bulare, & ambulans eſſe. Amplius, agitatum non quid eſt, ſed
quid faciens,vel patiens ſignificare,vr̄:liƀr aūt & album:nõ enim
quid eſt nix, ſed quale quid eſt indicat: quare neutrum horum in
eo quod quid eſt prædicatur.Maxime aūt in accidentis definitione inſpiciendum, ſi aptatur ad dictum genus. Vt ad quæ nunc dicta ſunt:contingit enim quippiam mouere ſeipſum, & non: ſimili
ter autem & albū eſſe, & non:quare neutrum horum gen⁹, ſed ac-

C cidens,eo q̃ accidens dicimus,quod contingit idem ineſſe alicui,
& non. Amplius, ſi non in eadem diuiſione eſt genus, & ſpecies,
ſed hęc quidem ſubſtantia, illud aūt quale:aut hoc quidem ad'aliquid, illud autem quale. Vt nix quidem, & cygnus ſubſtantia, album aūt non ſubſtantia, ſed quale:quare non eſt genus album niuis, neq̃ cygni. rurſum diſciplina quidem ad aliquid, bonum aūt,
& pulchrum quale:quare non eſt genus pulchrum, vel bonum di
ſciplinæ:nam genera eorum, q̃ ſunt ad aliquid, & ipſa ad aliquid
oportet eſſe:vt in duplici.etenim multiplex eſt'genus duplicis, &
ipſum eorum, quę ſunt ad aliquid eſt. Vt vr̄ autem dicaf,in eadē
diuiſione oportet genus eſſe ſpeciei:nam, ſi ſpēs ſubſtantia, & genus:& ſi quale quippiam ſpecies eſt, & genus quale quippiā : vt ſi
album

G album quale quippiam,& color. Similiter autem & in aliis'. Rursum,si necesse fuerit,vel si contigerit genus participare quod posi
tum est in gne. Terminus aut eius,quod est participare,est suscipe
re participati rationem. manifestum igitur,qm species quidē par
ticipant genera,genera aut species non. nam species suscipit gene
ris rationem,genus autem speciei non : considerandum igitur si
participat,vel contingit assignatū genus participare speciem : vt
si quis entis,vel vnius,genus quippiā assignauerit, accidet enim
genus participare speciem:nam de omnibus,quę sunt,ens,& vnū
prædicantur:quare & ratio eorum.Amplius,si de aliquo as signa
ta species vera est,genus autem non. Vt si ens,aut scibile opinabi
lis genus ponatur:nam de non ente opinabile prædicabitur:mul
ta enim non entia opinabilia sunt.at cp ens,vel scibile non predica
tur de non ente,manifestum:quare non est genus ens,necp scibile,
opinabilis:nam de quibus species prædicatur, & genus oportet
prædicari. Rursum, si nullam specierum contingit participare
quod positum est in genere.Nam impossibile est participare genus,quod nullā specierum participat, nisi aliqua secundū primā
diuisionem specierū sit,illæ aūt genus solum participant: si igitur
motus genus voluptatis ponatur,considerandum si necp corruptio,necp alteratio voluptas,necp vllus reliquorum,qui assignari
solent,motum.manifestū enim,qm nullam specierum participabit,quare necp genus,eo cp necessarium est quod gen' participat,
& specierū aliquam participare:quare non erit species motus voluptas,necp indiuiduorū,necp eorum quicquam, quæ sub specie
motus sunt:nā & indiuidua participant speciē,& genus:vt quidā
homo,& hominem participat,& animal. Amplius,si de plurib'
dicitur qi genus,quod in genere positum est.Vt opinabile, qi ens:
nam & ens,& non ens,opinabile:quare non erit opinabile species
entis:de pluribus enim semper genus, qi species prædicatur. Rursus,si de æqualibus genus & species dicuntur.Vt si eorū, quæ om
nia consequuntur,hoc quidem species,illud autem genus ponaf :
quemadmodū ens,& vnū:omne enim ens,& vnum : quare neutrum neutrius genus,eo cp de æqualibus dicuntur.Similiter autē
& si primū,& principiū ad seinuicē ponantur:nam & principiū,
primum,& primū,principiū:quare aut vtraqp quæ dicta sunt idē
sunt,aut neutrū neutrius genus.Elementum aūt est ad omnia huiusmodi,quod de pluribus genus qi species,& differentia dicitur:
de paucioribus enim etiā differentia dicitur qi genus . Videnf au
tē etsi alicuius indifferentium specie non sit genus quod dicū est
genus,vel non videatur.Cōstruenti aūt si est alicuius: idem enim
oīum

omnium indifferentiū specie genus:si igitur vnius mōstretur, ma
nifestum qm omniū:& si vnius non, manifestum qm nullius, vt si
quis insecabiles ponens lineas, indiuisibile genus earum dicat eē:
nam linearū habentium diuisionē non est quod dictū est, genus,
cum sint indifferentes frn speciem: indifferētes enim subinuicem
secundum speciem, rectæ lineæ omnes.

Sermo de locis ipsius generis, & sicut illa, de quibus fit mentio in Quarto lib. Cap. 1.

ABRAM

Eneris autem loca vni-
uersaliter vtilia sunt definitionibus, quoniā de
finitiones constituunt,
vt dictum est, ex genere & differen
tia:& in hoc libro Arist. connedit
loca differentiæ locis ipsius generis
ob illorum paucitatem: maior autem pars scrutinij, quod faciunt To
pici de re, est an sit, aut non sit, non-
quid vero sit genus, aut proprium.
aut definitio, raro id faciunt. Sed ge
neris scrutinium vniuersaliter vtile est huic arti, & arti demonstratio
nis: possibile enim nobis est ex his lo
cis colligere loca demonstratiua.
Bases autem horum locorū (vt ait
Themistius)sunt quatuor:quarum
prima est, quòd genus sit inseparabile à re, cuius est genus, immo eius
prędicatio sit necessaria, quia si esset
separabile, esset accidens: secunda
autem est quòd prædicetur de toto
eius subiecto, sicut est prædicatio
animalis de omni homine: & tertia, quòd prædicatione superet sub
iectum, hoc est, quòd sit vniuersalius illo, non illi æquale: sicut animal superat hominem, quia si esset
æquale, esset proprium, aut differē-
tia:quarta aūt ꝗ prædicet de subiecto in eo ꝗ quid sit, quia nisi esset I
eo ꝗ quid sit, non esset genus, & qñ
         defuerit

MANTINVS

Oca aūt generis vti sunt
vtilia ad ipsas definitiones, qm, vt dictū est, ipsæ definitiones ex gene
re, & dīa constāt: I hoc aūt Quarto
libro annectit loca ipsius dīæ locis
generis, quia sunt pauca admodum
vt plurimum aūt ipsi Dialectici inq
runt de ipsa re, vtrum sit tm, vel non
sit, sed vtrum sit genus, vel propriū,
aut definitio raro id quærunt. verū
inquisitio per genus, deniꝗ conducit in hac arte & arte demōstratiua:
nam ex his locis possumus colligere
loca demonstratiua, elementa autē
horum locorum (vt inquit Themistius)sunt quatuor: primum est, vt
ipsum genus sit inseparabile à re, cu
ius est genus, sed eius prædicatio de
ea sit necessaria, nam si esset separabile esset vtiꝗ accidens:secundū, vt
ꝑdicetur de omni subiecto eius. vt
est prædicatio aīalis de omni homi
ne, nam si prędicaret particulariter,
esset quoꝗ accidens: tertium, vt in
sua ꝑdicatione superet, ac excedat ip
sum subiectum, hoc est, vt sit communius eo, & non æquale illi, sicut
animal excedit super hominem: nā
si esset æquale ei, tunc esset propriū,
vel differentia:quartum est, vt prę
dicetur de subiecto iu eo quod
quid, quoniam, si non esset in eo
quod quid, non esset genus. Cum ꝗ
         defuerit

ABRAM

G defuerit generi vna harū quatuor
conditionū, interimif eſſe genʾ, &
non fit verum ipſum eſſe genʾ, niſi
inuentione oſ̄um in eo. Et ideo deſtructio generis facilior eſt ipſiʾ cō-
ſtructione, quia ƥdicatur res de aliqua re in eo ɋ quid fit, ƥter ɋ fit illius genus, ſed fit nomen commuta
tum loco alterius nominis, & oratio
commutata vice noſ̄s, vt dicimus iſ
reſponſione ad quid fit vacuum, ɋ
fit locus in quo non eſt corpus. Et
non ſufficit ei ēt, ɋ fit inſeparabile,
neɋ ɋ ſuperet ſuū ſubiectū, aut ɋ
fit ƥdicatum de toto: multa. n. acci-
H dentia ſunt harum conditionum.

Locus. I.

Sicɋ pɹincipium locorū, de quibus mentinit Ariſt. eſt, ɋ diuidamʾ
ſpēm, de qua ƥdicatur res, ɋ eſt illiʾ
genus: & fi inuenerimus aliquas ſpecies, aut indiuidua, ī quæ diuiditur
hæc ſpecies, de qua non prædicatur
hæc res, quæ poſita eſt eſſe illius genus, manifeſtum eſt, ɋ non fit illiʾ
genus: ex quo generis conditionis
eſt ɋ prædicetur de tota ſpecie. verbi
gratia, vt fi quis ponat bonum genus delitiarum, diuidimʾ delitias in
ſuas ſpecies, & inuenimus quaſdam
non eſſe bonas: hinc oſtēſio eſt, bo-
I num non eſſe genus delitiarum. Et
ille eſt locus dēmouſtratiuus ſumptus ex rei eſſentia: & compoſitio fi
guræ ſyllogiſticæ huius loci eſt in ſe
cunda ſpē ſecundæ figuræ. exempli
gratia, ɋ dicamus bonū non ƥdicaf
dē omni delitia, vniuerſali prædica
tione, genus autē ƥdicaf de ſuis ſpeciebus vniuerſali ƥdicatione: ſicque
duabus conuerſionibus cōcluditur,
ɋ bonum non fit genus delitiarum
& vƥ̄r impoſſe eſt huic loco, quin in-
ſeraf dictio generis in ipſo ſyllo.

Secun-

MANTINVS

defuerit vna harum quatuor cōdi-
tionū generi, nō erit amplius genʾ,
neque erit vere genus, niſi obtineat
oēs has conditiones: & ideo facilius
eſt deſtruere ƥ genus, ɋ̄ conſtruere,
qm̄ pōt prædicari aliquid de aliquo
in eo qd quid, & tñ non erit genus,
ſed erit nomen ſumptū vice alteriʾ
noīs, & oratio ſumpta vice vniʾ no
minis: vt cum ad īterrogationē qd
fit vacuum reſpondemʾ, ɋ eſt locʾ,
in quo nō eſt corpʾ. Neɋ ſatis quo
que eſt ipſum eſſe inſeparabile, neɋ
vt non ſuperet ſuum ſubiectum, vel
vt fit prędicatū de oī, quia multa dā
tur accñtia, ɋ has cōditiōes obtinēt.

Primus ergo locorū ab Ariſt. hic
poſitus eſt, vt diuidatur ſpēs, de qua
ƥdicatur aliqua res, ɋ eſt genus eius:
& fi inuenerimus aliquas ſpēs, vel in
diuidua, in ɋ̄ diuiditur illa ſpēs, de
qua non ƥdicetur illa res, ɋ fait poſi
ta pro genere, tunc manifeſtum eſt,
ɋ ipſa non eſt genus, cū vna ex conditionibus iphius generis fit, vt ƥdi-
cef de oī ſpecie. vt exempli gratia, fi
quis dicat, ipſum bonū eſſe genʾ vo
luptatis, tunc diuidemus voluptatē
in ſuas ſpecies, & fi inuenerimus aliquam voluptatum non eſſe bonā,
tunc concludimus ex hoc, ipſum bo
num non eſſe genʾ voluptati. Et eſt
locus demonſtratiuus ſumptus ex ſeſ
ſentia rei, & cōponit figura ſyllogi-
ſtica huius loci in ſecundo mō ſecū
dæ figuræ. exempli cauſa, vt dicamʾ
bonum non ƥdicatur de oī volupta
te, ɋ ſumitur pro eius ſpē ƥdicatio-
ni vr̄i, ſed genus prædicatur de ſuis
ſpēbus ƥdicatione vr̄i, ergo concluditur ƥ duas conuerſiones, bonū nō
eſſe genus voluptatis: & tandem im
poſſe eſt in hōc loco, quia dictio ge-

neris

ABRAM

A Secundus locus est, si quod posi-
Locus. 2. tum est genus, non p̄dicetur de illo
quod positum est esse illius spés í eo
ꝗ quid sit, non est illius genus, prout est prædicatio albedinis de niue,
& prædicatio mouendi ex seipsa de
ipsa aīa : albedo. n. non p̄dicatur de
quiditate niuis, neꝗ; mobile ex seipso de ipsius aīæ quidditate. Et hic
locus est demō̄stratiuus ex rei essen
tia, est enim pars illi°, quod sumptū
est in generis definitione.

Locus. 3. Tertius aūt locus est, ꝗ consideremus, quod positū est pro maiori
parte, & an illa uon inuenerimus in
B vno p̄dicamento, & an illi cōueniat
accidentis definitio : sicꝗ; illud non
est pro maiori parte, quia inest sub
iecto, & non inest, sicut motus aīæ :
potest nanꝗ; est illam moueri, & non
moueri : genus aūt est inseparabile.

Locus. 4. Quartus locus est, ꝗ cōsideremus
illa, ꝗ posita sunt genus & spés, & si il
la non inuenerimus in vno prædica
mento, destruimusꝗ sit genus illi°
speciei. v. g. qui posuerit albedinem
gen° calcis & niuis, calx enim & nix
sunt in prædicamento substantiæ, &
C albedo in prædicamento qualitatis.
Et hic quidem locus est demonstra
tiuus in destructione : qñ enim genus esset in alio p̄dicamento à prædicamento, in quo est species, non
p̄dicaretur de illa in eo ꝗ quid sit.
De dubijs autem, ꝗ occurrunt í hoc
prædicamento relationis inter reliqua p̄dicameta, iam expleta est oratio de illis in lib. Prædicamentorū :
ipse enim opinatur ibi, ꝗ sint ꝗdam
res, quæ sunt pars qualitatū, & earū
genera sunt ad aliquid : sicut est scri
ptura & grammatica, quarū genus
est ipsa scientia : accidit autem hoc,
quia

MANTINVS

generis sit ordinata in ipso sylło. D
Locus secund° est, si suppositurā
fuerit genus, quod non prædicet de
ea re, quæ fuit posita pro eius specie,
in eo ꝗ quid, tunc illud non est eius
genus. vt cum album prædicat de ni
ue, & id quod mouetur ex se, de ipsa
aīa, qūi album non significat qd est
nix, neꝗ; quod ex se mouetur, signi
ficat quid sit aīa. Et loc° is est demō
stratiuus sumptus ex essentia illius
rei, quæ est pars rei sumptæ in definitione generis.

Tertius locus est, vt inspiciamus
id quod pro genere positum est, &
si conueniat ei definitio accidentis, E
tunc non est genus, hoc est, ꝗ insit
suo subiecto, & non insit. vt est ipse
motus ipsi aīæ, qm ipsa potest moue
ri & non moueri : genus vero est in
separabile.

Locus quartus est, vt cōsiderem°
id, quod pro genere & specie assigna
tur, & non reperiant in eodē p̄dica-
mento, tunc destruemus illud esse
genus. exempli grā, si quis assignet
albedinē esse genus ad ipsam calcē,
ac ad niuem. nā calx & nix sunt in p̄
dicamento substantiæ, albedo vero
in prædicamēto qualitatis. & hic lo- F
cus est demō̄stratiuus in destruendo.
qm, cùm ipsum genus fuerit in alio
p̄dicamento ꝗ in eo, in quo est spés,
non p̄dicabit de ea in eo, qd quid.
De dubijs vero, ꝗ insurgunt circa
hoc, maxime in p̄dicamento relatio
nis inter cætera, iā exacte fuit explicatum hoc negociū in lib. Prædicamentorū : nam ibi visum est aliqua
esse, ꝗ ex qualitatibus sunt, quorum
tñ genera sunt ex p̄dicamēto ad aliquid : vt grammatica, & scriptoria fa
cultas, quarū genus est sciā : hoc aūt
ita

ABRAM

A quia natura relationis euenit oïb⁹
prædicamentis, & accidit illis: & aliquando significatur species nomine prædicaméti subiecli relationis,
& genus significatur nomine significante conceptum relationis. Et fit
ambiguitas, quomodo vna species
sit in vno prædicamento, & ipsi⁹ ge
nus in alio prædicamento: hoc auté
fit ob nominis appellationem.

Locus. 5.

Quintus autem locus est, ꝗ con
sideremus, an speciei definitio sit ve
ra de genere, sicut definitio generis
est vera de ipsa specie, quia tunc qd
B positum est esse genus, non est genus, quoniam oportet ꝗ genus præ
dicetur de pluribus, ꝗ ipsa species:
gratia exempli, vt qui posuit vnum
genus entis, quia de paucioribus ꝗ
de quibus est verum ipsum ens, est
verum ipsum vnum, & similiter ꝗ
nomen multitudinis sit genus numeri.

Locus. 6.
qui est. 6.
& 7.l Ari.

Sextus locus est, quando quicqd
est positum esse species cuiusdá generis, & non est vna specierum, in
quas hoc genus diuiditur, neque remota neque proxima, neque illis
C communis, id, quod positum est ge
nus, non est genus. v. gr. qui posuit
motum genus voluptatis, si voluptas non sit translatio, neque altera
tio, neque crementum, neq; genera
tio, nec vlla specierum, in quas diui
duntur singulæ species motus: ipse
itaque motus non est voluptatis ge
nus. Hic autem locus est demóstratiuus, quia necessario de quo prædicatur genus de ipso, prædicatur aliquid de specieb⁹ generis, aut ipsum
est vna de speciebus generis: sin auté,
prædicaretur de illo prædicatione
accidétis. Et hic locus redit ad illud,

cui

MANTINVS

ita contingit, quia natura ipsius re- B
lationi insequit osa prædicaméta, eisq;
accidit: & nónunꝗ signatur species
p nomen prædicamenti, quod est sub
iectum ipsius relationis, & genus significatur p nomen indicans ipsá
relationé. Et nunc orit ambiguitas,
qualiter vna spés sit í vno prædicaméto
to, & eius genus in alio prædicaméto:
hoc tá cótigit pp nois appellationé.

Locus quintus est, vt inspiciamus
vtrum definitio speciei verificatur
de ipso genere, sicut definitio generis vere dr de ipsa specie, tunc id, qd
sui assignatum pro genere, non est
genus, propterea quia oportet vt ge E
nus prædicetur de pluribus, ꝗ prædicatur
ipsa spés: vt qui dicunt ipsum vnum
esse genus ad ipsum ens, ná pauciora
ra sunt illa, de quibus vere dr vnú, ꝗ
ea de quibus vere dr ens: pari ratione, qui dicit multitudinem esse genus ad numerum.

Locus sextus est, ꝗ quicquid assi
gnatur pro specie alicuius gáis, quæ
non sit vna ex spébus, in quas diuidit illud genus, tú propinquis, tum
remotis, neq; cóicat cú eis, túc illud,
quod assignat pro genere, nó est ge
nus. exempli gra, si quis dicat, motú
esse genus voluptatis: nam si volu- F
ptas non sit translatio, neq; alteratio
tio, neq; incrementú. neq; gñatio,
neq; aliqua specierú, in quas diuidi
tur quodlibet genus motus, túc mo
tus ipse non erit gen⁹ voluptatis. Is
tñ locus est demótratiuus, propterea,
quia necesse est, vt id, de quo prædicat
genus, prædicet etiam de eo aliqd spé
rú gáis, vel vna spérú gáis, alias. n.
prædicaret de eo prædicatione accñtis.
Et sic locus is reduceretur ad eum
locum, in quo prædicatio deficit t

præ-

A cui deficit pdicatio in eo q̃ qd sit.

Locus 7.
qui est 8.
A. 9.

   Septimus vero locus est q̃ consi
deremus an species dicatur de pluri
bus, q̃ dicatur genus, illud nõ est ge
nus. verbi gratia, qui posuit ens ge
nus imaginabilis: imaginabile enim
est vniuersalius ente : & similiter Et
si genus & species dicantur reciproce, vt dixit, qui posuit principium
genus primi: quando enim inuenitur species secundum vnam harum
duarum dispositionum, quod posi-
rum est non est illius genus, quãdo
scilicet fuerit generi æquale , aut illud superans. Et hic locus reditad se
dem , quæ est, quòd genus superet
speciem .

Locus 8.
qui est 10.

   Octauus locus est, q̃ consideremus quod positum est genus alicui
speciei: quia si illud inueniremus q̃
non sit genus vlli rerum , quæ non
differunt secundnm speciem , dico
fm species huius speciei, id quod po
situm est esse genus, non est genus :
& si illud inuenerimus genus vnius
illarum, est genus omnium. Hic. n.
locus sit ad constructionem , & destructionem. exempli gratia in con
structione, quia si animal fuerit genus Scitharum, illud est omniũ spe
cierum hominum : huius autem
exemplum in destructione est, vt
qui posuit impartibile genus linearum indiuisibilium : indiuisibile
enim non verificatur de lineis diuisibilibus: diuisibiles autem & indiui
sibiles sunt vnius speciei. Hunc autem locum esse demõstratiuum in
destructione est notũ ex prædictis :
genus. n. est vnũ idem oĩum rerum
q̃ sunt vnæ speciei, & si sit quarundã
est omnium: est enim genus aliqua
rum ex parte qua est genus oĩum.

predicatione in eo quod quid. **D**

   Locus septimus est, vt inspiciam*,
vtrum spẽs dicatur de pluribus, q̃ ip
sum genus df: nam tunc illud nõ est
genus. exẽpli grã, si quis dicat, ens es
se genus ad opinabile nam opinabi
le cõis est ipso ente: pari rõne, si genus & spẽs dicantᵉ æqualiter, vt q̃ di
cit ipsum principiũ esse genus ad ip
sum primũ: nam , cũ inuenerimus
spẽm vnius illarũ duarum rerũ, tũc
illud, quod positum est pro gñe, nõ
erit genus, s. quia ent id æquale generi, vel superabit illud: Hic aũt locus reducic ad illam regulã, in qua **E**
dicitur q̃ genus superat speciem.

   Locus octauus est, vt inspiciam*
id, quod positum est pro genere ali
cuius speciei, & si inuenerimus ipsũ
non esse genus alicui rerũ, quæ nõ
differunt specie, hoc est specieb* hu
ius speciei, tunc illud, quod ponitur
esse genus, nõ erit genus: si vero inuenerimus ipsum esse genus vni illarum, erit vtiq; idem & oĩbus: nam
is locus facit ad construendum & de
struendũ: ad construendum quidẽ,
vt cum dicimus, si animal est genus
ad æthiopes, tunc erit genus cunctis **F**
speciebus hoĩum : ad destruendum
vero, vt si quis dicat ipsum indiuisibile esse genus ad lineas indiuisibiles, quoniam indiuisibile non vere
dicitur de lineis diuisibilibus: diuisibiles aũt & indiuisibiles sunt eiuf
dem speciei. Quòd autem is loc* sit
demonstratiuus in destruendo, fatis patre x prædictis, qñ genus est
idem cunctis rebus, quæ sunt eiuf-
dem speciei: & si sit alicui earum ge
nus, erit vtiq; & omnib*, qñ est ge
nus quibusdam earum ea rõne, qua
est genus cunctis earum.

De

G

COnsiderandum autem, & si quod aliud genus est assignatæ speciei, quod neq; continet assignatum genus, neq; sub illo est. Vt si quis iustitiæ scsam ponat genus: est enim virtus genus, & neutrum generũ reliquum continet: quare non erit sciẽtia genus iustitiæ. Videt enim, qñ species vna sub duobus generibus est, alterũ ab altero cõtineri. Habet aũt dubitationẽ in quibusdã quod hmõi est: nam vr̃ quibusdam prudentia, & virtus, & scientia esse, & neutrum genus à neutro contineri: non tñ ab omnibus conceditur prudentiam scientiam esse. Si igitur quis admittat qd́ dictum est verum esse, attamen subalterna, vel sub eodẽ ambo fieri quæ eiusdẽ sunt genera necessariũ videbit esse, queãdmodũ & in virtute & in scĩa accidit: vtraq; enim sub eodẽ genere sunt: nam

H vtrunq; eorum habitus, & dispositio est. Considerandũ igitur, si neutrum est in assignato genere. si enim neq; subalterna sunt genera, neq; sub eodem ambo, non erit quod assignatum est genus. Cõsiderandum autem & genus assignati gñis, & sic semper superius genus, si oĩa prædicant de specie, & si in eo quod quid est prædicantur. Nam omne superius genus, prædicari oportet de specie in eo quod quid est: si ergo alicubi dissonet, manifestum, qm̃ non est genus quod assignatum est. Rursum, si genus participat spẽm vel ipsum, vel aliquod superiorum generũ. Nam nullum superiorum participat quod inferius est. destruenti igitur quemadmodũ dictum est vtendũ, astruenti autem si confiteatur quidem inesse speciei quod dictum est genus, at vt genus inest dubitetur, sufficit ostendere aliquid superiorũ generum in eo quod quid est, de spe-

I cie prædicari. Vno enim in eo quod quid est p̃dicato, oĩa & superiora illius, & inferiora, si p̃dicant de spẽ in eo qd́ quid est p̃dicabuntur: quare & assignatum genus in eo quod quid est prædicabimur q̃ autem vno in eo quod quid est prædicato, oĩa etiam reliqua (si prædicant) in eo quod quid est prædicabunt, per inductionem sumendum. Si aũt simpliciter inesse dubitetur assignatũ genus, nec sufficit ostendere aliquod superiorũ generum in eo quod quid est de specie prædicari: vt si ambulationis genus quispiam assignauit lationem, non sufficit ostendere q̃ motus est ambulatio, ad ostendendum q̃ latio est, eo q̃ & alij motus sunt: sed ostendendum, q̃ nullum participat ambulatio eorum quæ sunt sm̃ eandẽ diuisionem, nisi lationem: nam necesse est quod genus participat, & specierum aliquam partici pare sm̃ primam diuisionem: si enim ambulatio neq; augmentationem, neq; diminutionẽ, neq; alios mot⁹

par-

A participet, manifeftum qm lationem participabit:quare erit gen⁹
latio, ambulationis. Rurfum, de quibus fpecies, quæ pofita eft vt
genus prædicatur, confiderandum fi & afsignatum genus in eo
quod quid eft, de ipfis eifdem prædicatur,de quibus & fpecies: fimiliter autem & fi omnia quæ fupra genus funt. Nam, fi alicubi
diffonat,manifeftum, quoniam non eft genus quod afsignatum
eft:fi enim effet genus, omnia & fuperiora illius, & ipfum, in eo
quod quid eft prædicarentur deñs, de quibus & fpecies in eo qd
quid eft prædicatur:deftruenti igitur vtile, fi non prædicetur genus in eo quod quid eft de quibus & fpecies prædicatur: aftruen-
ti autem fi prædicetur in eo quod quid eft, vtile: accidet enim genus & fpeciem de eodem in eo quod quid eft prædicari : quare &
idem fub duobus generibus fit:necefse eft igitur fubalterna genera efse. Si igitur oftendatur quod volumus genus aftruere non

B efse fub fpecie, manifeftum quoniam fpecies fub hoc erit: quare
oftenfum erit,quoniam genus hoc. Confiderandæ autem & rationes generum, fi aptantur ad afsignatam fpeciem , & ad partici-
pantia fpeciem. Necefse eft enim generum rationes prædicari de
fpecie,& de ñs,quæ participant fpeciem : fi igitur in aliquo diffo-
net,dilucidũ quoniã non eft genus quod afsignatum eft. Rurfus,
fi differentiam vt genus afsignauit. Vt fi immortale, genus Dei :
nam differentia eft aialis immortale,eo q aſalium alia mortalia,
alia immortalia:manifeftum igitur, qm peccant,nullius enim differētia eft genus. Quod autem hoc verũ, manifeftum:nulla enim
differentia fignificat quid eft, fed magis quale quid, vt grefsibile,
& bipes. Et fi differentiam in genere pofuit tanqz fpeciem.Vt im
parem quidem numerum:differentia enim numeri impar,& non
fpecies eft:neqz videtur participare differentia genus:nam omne,

C quod participat genus, vel fpecies,vel indiuiduum eft:differentia
autem neqz indiuiduum,neqz fpecies:manifeftũ igitur qm nõ par
ticipat genus differentia,quare neqz impar fpecies erit, fed differē
tia,qm non participat genus. Amplius,fi genus in fpecie pofuit.
Vt contiguitatem idipfum quod eft cõtinuitatem: aut mixturam
idipfum,quod eft temperamentum:aut(vt Plato definiuit) lationem ſm locum mutationem:non enim necefsarium contiguitatē
continuitatem efse,fed è conuerfo,continuitatem contiguitatem:
non enim omne contiguum continuatur, fed quod continuatur,
contiguum eft:fimiliter autem & in aljs: nam neqz mixtura ois,
temperamentum:nam ficcorũ mixtura non eft temperamētum ,
neqz ſm locũ mutatio omnis,latio:nam ambulatio nõ videtur latio efse:penè enim in ñs quæ inuoluntarie locũ ex loco pmutãt, di-

15. Locus Declaratio.

16. Locus Declaratio.

17. Locus Declaratio.

18. locus Declaratio.

19. locus Declaratio.

G citur latio, quemadmodum inanimatis accidit:manifestum autē, qm̄ & de pluribus species dr̄ q̄: genus in assignatis,cum oporteat ē contrario fieri. Rursum,si differentiam in spē posuit.Vt immor tale idipsum quod est Deum,nam accidit de æqualibus,aut pluri bus q̄ speciem dici:differentia aūt semper de æqualibus, aut pluri bus q̄ species dicitur.Amplius,si in differentia genus posuit. Vt colorem idipsum quod est congregatiuum , aut numerum quod impar. Et si genus vt differentiā dixit. Possibile est enim aliquē talem suscipere positionem,vt temperantie,mixturam dr̄iam:aut lationis,fm̄ locum mutationem:inspiciendum autem oīa q̄ sunt huiusmodi,per eadem:cōicant enim loci:de pluribus enim genus q̄ differentiam oportet dici,& non participare differentiā. Sic au tem assignato,neutrum eorum,quæ dicta sunt, possibile est acci dere:nam & de paucioribus dicetur,& participabit genus differē H tiam. Rursum,si nulla differentia generis prædicatur de assigna ta specie,nec genus prædicabitur.Vt de anima neq; impar, neque par prædicatur:quare nec numerus. Amplius,si prius est natura species,& simul interimit genus. Videtur enim contrarium.Am plius,si contingit relinquere dictum genus,vel differentiā (vt ani mam,moueri,opinionem:verum,&falsum)neutrum erit dictorū genus, vel differentia. Videtur enim genus & differentia sequi quandiu fuerit species.

Latio quid

10. locus. Declatio.

11.locus. Declatio. 12. locus. Declatio.

13.locus. Declatio.

14.locus. Declatio.

15. locus. declatio.

Sermo de alijs locis generis.   Cap. 2.

ABRAM   MANTINVS

Locus. 9. qui est. 11.

NOnus autem locus est, q̄ cōsi deremus spēm, quæ posita est sub aliquo genere , si illius est aliud genus,quod non contineat gen° po situm , nec ipsum cōtineat positum genus:quia si hoc ita fuerit,q̄d posi tum est,genus non est . Verbi grā, quia siquis poneret sciētiam genus iustitiæ,& inueniamus virtutē acti uam,quæ est genusiustitiæ non cō tinere scientiam,neq; sciētia ipsam continet: per hoc itaq; destruitur, q̄ scientia sit genusiustitiæ. Quod autem qn̄ ponunt duo genera vni° rei,oporteat vnum illorum conti nere alterum,hoc apparet in multis rebus.Verbi gratia auis & aīal sunt genera corni,auis autem continetur in

IOcus nonus est , vt cōsiderem° spēm assignatā sub aliquo ge nere, vtrum habeat aliud genus, q̄d non cōtineat illud genus positum, aut non contineat ab illo posito:nā si ita res se habuerit,tūc id,q̄d p̄ ge nere assignatum fuit,non erit gen°. exempli grā,si quis dicat scīam esse genusiustitiæ, & inueniamus virtu tem actiuam,q̄ est genus ad virtutē, nō cōtinere scīam,neq; ab ipsa sciē tia contineri,tunc p hoc destruitur ipsam scīam esse genus virtutis, vel siquis īposuerit duo genera vni rei; tūc ēt oportebit vt vnū eorū conti neat alterū.& hoc pspicuū & ī mul tis rebus,exēpli grā auis & aīal sunt duo gn̄a ad ipm coruū,& coru° cō- tine-

M

ABRAM · · · · · · · · · · MANTINVS · · · D

A in animali: & similiter ambulans & progressiuum sunt duo genera bipedis, quorum vnum continetur in altero: destruit autem hunc locum, quia virtus & scientia sunt duo genera prudentiæ, & neutrum continetur in altero. Si autem hoc concesserimus oportet addere illi, quod adiectum est, ꝗ vnum alterum contineat, vt ambo subsint vni eidé generi: scientia enim & virtus omnes subsunt habitui, & quod deficit generi in hoc loco est, ꝗ illius prædi-
B catio non sit in eo, ꝗ quid sit: aut dicamus ꝗ in virtute intellectiua contineatur scientia & prudentia, & ꝗ prudentia non contineatur in virtute actiua.

Locus 10. qui é. 12. & 13.

Decimus autem locus est, ꝗ consideremus genus supremum illius quod positum est esse genus, quod si non prædicetur de specie in eo ꝗ quid sit, quod positum est genus, non est genus: hoc autem fit, quando notum est genus inesse speciei, & non dubitatur, nisi an sit genus nec ne: si autem non fuerit notum inesse, posset mentiri. Verbi gratia qui
C poneret progressiuum genus ambulantis, & sumeret ad hoc inditium, quia motus prædicatur de progressu & ambuláte in eo quod quid sit, quia nisi notum esset, aut iam commostratum sit ambulationem esse progressum, posset ambulatio esse alia spés motus, sed verax est hic locus, qñ fuerit esse notum. Sicꝗ; etiá considerabimus huic simileí rebus, quæ

D tinet sub aĩali: sistroꝗ, gressile & transmutabile ſm locú sunt duo genera ad bipes, quorú alterú sub altero cótinet. Sed hic locus hét iſtátiá, cum virtus & scia sint duo gña ipſ* prudétiæ, neutrú tñ ipsorú cótinet sub neutro eorú ú: si igí hoc præcedat, oportebit addere illi códitioné, í qua dixit, alterú debere sub altero cótineri, ꝗ oía existát sub eodé gñe: nam scia & virtus ambæ sub habitu cótinent, ſ hoc tñ deficit ipsum genus in hoc loco, ꝗ pdicatio eius nó est í eo qd qd. vel erit dicendú, ꝗ sub virtu
E te contéplatiua continet scientia & prudentia, & ꝗ prudentia non continetur sub virtute actiua.

Locus decimus é, vt cósideremus supius gen* assignati gñis, & si nó p dicet de ipsa spé í eo qd qd, tunc id, qd fuit positú p gñe, nó erit genus & si pdicet í eo qd qd, túc qd positú é genus, erit genus. Et is locus valet in destruédo, & cóstruendo: ná, si illud fuerit genus, túc genus assigna-tú pdicabit de hoc gñe in eo qd qd, & pdicabitur quoꝗ; de illa spé in eo qd quid, & ipsum genus assignatú pdicabit de spé í eo qd qd. Hoc aút
F ita fiet, cú ipm gen* manifeste íſit ipsi spéi, & nihil dubij héat de eo, nisi vtrú sit genus, vel nó. At si nó sciat certe ipm illi íeſſe, túc poterit méda cú cómittere. exépli g. si qs dicat ipsá latione éé genus ipsi gressibili, & hoc pbet ppter, ꝗ mot* pdicat de ipsa gressione, & tráslatióe í eo qd qd: ná si nó sit notú, vel fuerit iá notificatú ipsá gressioné éé latione, tunc gressio posset cótineri sub aliꝗ alia spérú motus. Sed locus is erit verus, qñ notú sit illud esse: pari róne considerádum est illud idé in illis reb*,

I ij   quæ

ABRAM

G quæ subfunt speciei, quæ de illis þdi catur in eo þ quid sit, quia si quod positum est fuerit genus, prædica tur de illis in eo þ quid sit: sin autê, non est genus.

Locus. 11. qui est 14

Vndecimus locus est, þ considerem generis definitionem, quia si non conueniat speciei, quæ ei suppo sita est, aut rebº quæ speciei subsunt, illud non est genus: generis enim de finitio expedit þ conueniat suæ spe ciei: & ideo continentia non est vir tus, quia virtutis definitio non con uenit continenti. Sicq; nec scientia est genus virtutis, quia illi non con

H uenit eius definitio, quæ est þ sit ha bitus, qui impossibile est aliter esse quàm est.

Loci. 11.q & 15. & 16.

Duodecimus locus est, si differen tia posita fuerit vt genus, illa nõ est genus. Verbi gratia, si immortale po situm fuerit genus angelorum: per immortale enim diuiditur animal, quoniam quoddã animal est mor tale, & quoddã immortale. Hic au tem locus est verax, quia deest illi þ dicatio in eo, þ quid sit: genº enim prædicatur in eo þ quid sit, non in eo þ quale sit. Sicq; etiam errat, qui ponit generis differentiam vice spe

1 ciei, & genus prædicatur de illa, qua tenus differentia esset illius spés, de quocumque enim prædicatur genus in eo quod quid sit, est indiuiduum aut species, differentia autem neutra barum est. Locus autem est verax, quando differentia sumitur denu data à materia, quia quando sume retur cum materia, esset ipsamet spe

Locus. 13. qui é 17. 18, 19. & 20.

ciei. verbigratia, qui ponit animal genus rationalis recte ponit.

Termudecimus locus est, þ con sideremus an positū sit genº I spêm.

Huius

MANTINVS

quæ existunt sub illa spe cie, þ þædi K catur de eis in eo quod quid, nam si illud positum fuerit genus, tunc þdi cabitur de illis I eo quod quid : alias enim non erit genus.

Locus vndecimus est, vt conside rem definitionem generis, nam si non conueniat rei, þ est posita pro specie sub eo, vel rebº ordinariis sub illa spé, tunc non est genus, qñ defi nitio generis debet côcordare cum sua spé: & ideo ipse côtinês non erit studiosus, quia definitio studiosi nõ côuenit definitioni, continentis : & silr scia non erit genus virtutis, qñ definitio scñæ, þ est habitus, qui nõ L potest aliter se habere, non conue nit definitioni virtutis.

Iocus duodecimus est, si ponaf differentia þ genere, tunc non est genus. exépli gfa, si ponaf immorta le esse genus ad angelos, qñ pimmor tale diuiditur afal, cum afaliũ aliud mortale sit, aliud immortale. Is autem locus est verus, quia nõ ha bet prædicatioñ in eo quod quid : nam genus prædicatur in eo quod quid, non in eo quod quale. Similiterq; peccat, qui ponit differentiam generis vice speciei, & prædicet ge nus de ea, eo quod ipsa differêtia sit M eius species: nam de quocunq; prædi caf genº in eo quod quid, vel est indiuiduum, vel spés, sed differentia nullum horũ est duorũ. Is autê lo cus erit verus, si capiatur, ipsa diffe rentia expers materiæ: nã si cum ma teria sumeref, tñc esset ipsamet spés. exépli gfa, si quis ponaf afal esse ge nus ad rõnale, tunc ponit differêtiã vice spéi, sed si ponaf afal esse genus ad rationale, tñc recte id ponit.

Locus decimustertius est, vt infpi ciamus

A Huius autem significatū est, ꝙ posi
ta sit species sui generis: genus hoc
est illius quod positum fuerat eius
gen°.v.g. si quis poneret hominem
genus animalis, & continuum gen°
contigui:communius enim est con
tiguum continuo. Quod itaq; positum est genus huius cōditionis nō
est genus:genus enim, prout dictū
est, ipsum est vniuersalius specie: &
prope hoc etiam est, si posita fuerit
differentia in speciem:& hui° significatū est, ꝙ species posita fuerit genus suæ differentiæ. v.g. ꝙ ponatur
angelus genus immortalis, aut ho-
B mo gen° rationalis, siue hæc species
fuerit differentiæ æqualis, aut differentia fuerit vniuersalior, ꝗ illa. Et
similiter si sumeretur genus, vt differentia, non est differentia: vt si su
meremus animal differētiam mortalis, & sicut qui definiuit sonum es
se aerem, quia pulsatio est soni genus. Et hic locus proprius est destru
ctioni differentiæ:& hæc loca rede-
unt ad vnam basim, ſ ꝙ semper genus dicatur de pluribus, ꝗ dicat spe
cies, aut differentia, & ꝙ prædicetur
de differentia in eo ꝙ quid sit.

C Quartusdecimus locus est, ꝙ con
Locus 14.
ꝗ est 11.et
2.L.
sideremus, ꝙ si nulla dīarū gnīs po
siti ꝑdicet de ipsa spē, nec genus ꝑdi
cat de illa. v.g. qa de aīa non verificatur, ꝙ sit par, aut impar: sicq; nec
numerus est ipsius genus: dīæ. n. ge
neris diuisiuē, qñ cū gñe cōponunt,
faciunt spēs. Et ideo necessario expe
dit, ꝙ cū spē posita sub genere cōue
niat aliqua dīarū generis. Et ideo
motus nō est genus t̄pis, qa t̄pi non
inest aliqua dīarū ipsius motus, ꝗ
sunt velocitas & tarditas: hic aūt locus ē de locis sumptis ſm ꝑtitionē.

Quin-

ciamus vtrum genus sit positum in D
spē,hoc est, vt spēs ponat pro genere gñis sui,i. pro eo, qd fur positum
ꝓ eius gñe. exempli gfa, si ponam m̄
hoīem esse genus alalis, & continui
tatē genus contiguinatis,qm̄ cōtigui
tas plus continet,ꝗ continuitas. Qui
igiſ posuerit genus hoc pacto, non
erit genus,quia genus (vt dictū est)
cōius est spē, neꝗ; hm̄° absimile est,
si quis ponat dīam in spē, hoc est,
vt ponat spēs genus ipsiusdīæ. exēpli gfa, ꝙ ponat angelū gen° ad immortale, vel hoīem genus ad rōnale, qm̄ ipsa spēs vel est æqualis dīæ,
vel dīa est cōior ea. Similiterq; si E
sumat genus pro differētia, nō erit
profecto dīa, vt si sumat aīal differētia ad mortale,& vt si qs diffiniat
sonum dicens,ꝙ est aer pcussus, qm̄
ipsa pcussio est genus ad sonū,&hic
locus est proprius in destruēdo dif-
ferentiam.Hæc tn̄ loca reuertuntur
ad vnam regulam,seu fundamētū:
nempe,ꝙ genus de pluribus semper
dr̄,ꝗ dicatur spēs, vel dīa,& ꝙ ꝑdica
tur de differentia in eo quod quid.

Locus quartusdecimus est, vt inspiciamus vtrū vna ex differētijs ge
neris assignari nō ꝑdicet de spē, tūc
neꝗ; ipsum genus de ea ꝑdicabitur. F
exēpli gfa, si de aīa nō vere dicat°, ꝙ
sit par vel impar, ergo neꝗ; ipse numerus erit genus eius, propterea qa
differentiæ diuisiuæ generis, ſi com
ponant cū genere, pariunt spēs: &
ideo necesse est oīno, vt spēs,quæ sub
genere existit,conueniat cum ea ali
qua dīarum generis. Et ideo mot°
non est genus t̄poris, quia non inest t̄pori vna differentiarū motus,
ꝗ est velocitas, & tarditas:& hic loc°
est sumptus ab ipsa diuisione.

I iij   Locus

G Quintus decimus locus est, si spe
cies sit naturaliter prior genere, &
propterea velit auferre genus illius
ablatione, quod positum est genus
non est genus: genus enim naturali
ter pri° est specie, & illa é posterior:
genus enim de pluribus dicitur, q̃
ipsa species: & ei° vis est vis loci, quo
genus seritur ordine sub eius specie.

Locus .15. qui é. 13.

Sextusdecimus locus est, conside
rare si genus auferatur, & non aufe
ratur species, illud non est genus.
verbi gratia, si motus aufertur ab
anima, & anima sit, motus non est
animæ genus: hic autem locus vti
lis est differentiæ, vt si auferatur ani
ma, & opinio sit. Themistius autem
opinatur, q vis huius loci sit vis lo
ci præcedentis: hic autem locus ve
rax est, quia ipse posuit genus & dif
ferentiam inseparabiles.

Locus.16. qui est 14

H

Decimus septimus locus est, si spe
cies admittat contrarió illius quod
positum est genus, illud non est pos
sibile illi, sicq, non est genus, quo
niam si esset genus, possibile esset
duo contraria inesse speciei, ex quo
genus non separatur. Verbi gratia,
si diceremus, q bonum sit sanitatis
genus, sanitati enim posset malum
euenire: quando autem vellet ali
quis hûc locum esse veracem, appo
nenda est ei conditio, q euentus cô
trarij ipsi speciei sit per se: sin autê,
accideret hinc, q sanitas non esset
bona, prout in præcedenti exemplo
diximus.

Locus.17. qui est.25.

I

Locus decimusquintus est, si spe K
cies sit prior natura ipso genere. in
telligit aût p hoc, vt ipsa ablata au
feratur genus, tunc illud quod posi
tum est pro genere, non erit genus:
qm genus natura prius existit ipsa
spé: & hic locus reducit ad eû, I quo
dicebat, q genus in plus se hét q spe
cies, & hét vim illius loci, in quo ge
nus sub sua specie est ordinatum.

Locus decimussextus est, vt inspi
ciamus si ablato genere species non
auferat, tunc non erit illud genus.
exempli gratia, si separato motu ab
anima ipsa anima adhuc reperiatur
tunc motus non erit genus animæ:
& hic locus confert in ipsa differen- L
tia, quoniam, si differentia tollatur,
& non tollatur species, tunc illa non
erit differentia: vt si quis dicat iusti
tiam esse differétiam ipsius opinio
nis. nam potest tolli iustitia rema
nente ipsa opinione. Themistius au
tem dicit, q is locus, & præcedens hûc
eandem vim: & est verus is locus,
quia ipse ponit genus, & differentiá
esse inseparabilia.

Locus decimus septimus est, si spe
cies alicuius assignati generis parti
cipet, vel possit participare contra
rium illius dati generis, tunc illud
nó erit genus: qm si esset genus, tâc M
duo contraria essent simul in ipsa
specie, cum genus sit inseparabile.
exempli gratia, si quis dicat ipsum
bonum non esse genus sanitatis, qa
malum potest inesse sanitati: sed si
quis velit hunc locum fieri verum,
oportet, vt in eo hanc subijciat con
ditioné: népe vt illud contrarió in
sit p se ipsi speciei, alias enim seque
retur, q sanitas non esset bona, vt di
ximus in præcedenti exemplo.

De

De genere, loci alij. Cap. 5.

A INſpiciendũ aũt & ſi quod in genere poſitum eſt, participat ali quid contrarium generi, aut ſi contingit participare. nã idem contraria ſimul participabit, eo ợ ipſum, genus quidẽ nunquã relinquit: participat aũt & contrariũ, aut contingit participare. Amplius, ſi quippiã cõicat ſpẽs, quod impoſſibile eſt oĩno ineſſe ĳs, quẽ ſunt ſub genere. Vt ſi aĩa vitæ cõicat, numerorum aũt nullum poſſibile eſt viuere, non erit ſpẽs numeri aĩa. Conſiderandũ aũt & ſi æquiuoca ſit ſpẽs generi elementis vtenti, ĳs ĝ dicta ſunt ad æquiuocum. Vniuocum enim genus, & ſpecies. Qm̃ inſpiciendum aũt oĩs generis plures ſpẽs, inſpiciendum ſi non contingit alteram ſpeciem eſſe dicti generis. Nam ſi non eſt, manifeſtum qm̃ non erit genus oĩno, quod dictum eſt. Conſiderandum etiam eſt ſi quod translatitiè dictum eſt, vt genus asſignauit. Vt temperan-
B tiam conſonantiam. nam oẽ genus proprie de ſpeciebus prædicatur: conſonantia vero de temperantia non proprie, ſed trãſlatinè: oĩs enim conſonantia in ſonis. Amplius, ſi ſit contrarium ſpeciei aliquid, conſiderandum. Eſt aũt multipl̃ conſideratio. Primum quidem ſi in eodem genere contrarium ſpeciei, cùm non ſit cõtrarium generi: oportet enim contraria in eodem genere eſſe, ſi nihil ſit contrarium generi. Cùm autem eſt contrarium generi, conſiderandum ſi contrariũ in contrario. Neceſſe eſt enim contrarium in contrario eſſe, ſi ſit contrarium quidẽ generi: manifeſtum autẽ eſt vnumquodĝ eorũ p inductionem. Rurſum ſi oĩno in nullo genere quod ſpeciei eſt contrariũ, ſed ipſum genus. Vt bonum, nã ipſi hoc non in genere, nec contrarium huius in genere erit, ſed ipſum genus, quẽadmodum in bono & malo accidit: neutrũ. n. horum in genere, ſed vtrunĝ eorum genus. Deinde conſiderandum
C ſi contrariũ eſt alicui & genus, & ſpẽs: & horũ quidẽ eſt aliqd medium, illorum aũt non. Nã ſi generum eſt aliquid medium, & ſpecierum: & ſi ſpẽrũ, & generũ: vt in virtute, & vitio: & iuſtitia, & iniuſtitia: vtrorumĝ. n. eſt aliquid mediũ. Inſtantia huius, qm̃ ſanitatis & ægritudinis nihil eſt mediũ: mali aũt & boni aliqd mediũ. Amplius, ſi eſt quidẽ aliquid vtriſĝ mediũ & ſpẽbus, & generibus: non ſil̃ aũt, ſed horum quidẽ ſm negationẽ, illorũ vero vt ſubiectũ. probabile. n. ſil̃ & in vtriſĝ. Vt in virtute & in vitio, iuſtitia, & iniuſtitia: vtriſĝ. n. ſm negationẽ mediũ. Amplius, qñ non eſt contrariũ generi: conſiderandũ non ſolũ ſi contrariũ in eodem gñe, ſed & mediũ. In quo. n. extrema, & mediũ, vt in albo & nigro: nam color genus & horũ, & mediorũ colorum omnium.

I iiij In

Marginal notes: 16. locus. Declaratio. — 17. Locus. Declaratio. — 18. Locus. Declaratio. — 19. locus. Declaratio. — 20. locus. Declaratio. — 21. Locus. Declaratio. — 22. Locus. Declaratio. — 23. Locus Declaratio. — 24. locus. Declaratio. — 25. locus. Declaratio.

G Inſtantia, qm̄ deſectus quidē & ſuperabundantia in eodē genere (in malo.n.ambo) mediocre aūt, cū ſit mediū horū, non in malo, ſed in bono eſt. Conſiderandum etiam. ſi genus quidē contrariū eſt alicui, ſpēs aūt nulli. Nam ſi genus eſt contrarium alicui, & ſpecies:quemadmodum virt⁹ & vitium, & iuſtitia & iniuſtitia: ſūt autem & in alijs conſideranti, manifeſtum vr̄ eſſe. Inſtantia. in ſanitate & ęgritudine:ſimpliciter enim ſanitas ęgritudini cōtraria: aliqua autem ægritudo, cum ſit ſpecies ęgritudinis : nulli contrarium:vt febris & ophthalmia, & vnumquodqȝ aliorum. Interimenti igitur tot modis inſpiciendum:ſi enim non inſint quæ dicta ſunt, manifeſtum autem non eſſe genus quod aſſignatum eſt.

Conſtruenti vero tripliciter:primum quidem ſi contrarium ſpeciei ſit in dicto genere, cum non ſit contrarium generi. Nam ſi contrarium in hoc, manifeſtum quoniam & quod propoſitum eſt.

Amplius, ſi medium in dicto genere. Nam in quo medium, &extrema. Rurſum, ſi ſit & contrarium quidem generi, conſiderandum eſt & ſi contrarium in contrario. Nam ſi ſit, manifeſtum ꝗ & propoſitum in propoſito.

H

16. locus
Declaratio.
17. locus
Declaratio.
18. locus
Declaratio.
19. Locus
Declaratio.
40. Locus
Declaratio.

Sermo de nonnullis etiam locis Generis. **Cap. 3**

ABRAM

Decimus octauus locus eſt, ꝗ conſideremus ſi ſpēs admittat rē, quam impoſte eſt penitus eſſe genus, id, quod poſitum eſt, non eſt genus. Verbi gratia ſi anima admittat vitam, & impoſſibile eſt vllum numerum eſſe vitam animæ, gen⁹ nō eſt ipſe numerus. Et hic locus eſt de locis ſumptis ſcm̄ diuiſionem.

Locus decimusnonus eſt, quia ex quo genus diuiditur in plures, quam in vnam ſpeciem, notum itaque eſt, quòd niſi poſito generi ſit alia ſpecies à ſpecie,cui poſitum eſt genus,illud non eſt genus: ſicut qui poſuit quòd impoſſibile ſit ſuperficiem,& lineam nō eſſe duas ſpecies, quia ſubſunt longitudini:& hoc loco deeſt generi, ꝗ ſit prædicatum de multis,cum illud ſit vnum,aut quaſi illud.

Vige

MANTINVS

Ocus decimusoctauus eſt, vt inſpiciamus vtrū ſpēs cōicet; vel participet aliqd, qd non poſſit vlno ineſſe ipſi generi,tunc id, qd fuit aſſignatum ꝑ gn̄e,non erit genus:vt exēpli gratia, ſi aīa participat vitā, & nullus numerus eſt vita, ergo nu merus non erit genus eius. Is aūt lo cus eſt ex locis ſumptus à diuiſione. M

Locus decimusnonus eſt, ꝗ, cum genus diuidat in plures ſpēs vna,ergo manifeſtū eſt, ꝗ ſi non reperiat alia ſpēs in illo genere aſſignato, ꝗ illa poſita illi generi, tunc illad genus non erit genus. vt ſi quis dicat lōgitudinem eſſe genus lineæ, qfi ſuperficies, & linea fortaſſe nō erūt duæ ſpēs ſub longitudine poſitæ: & in hoc loco deeſt, vt dicatur ꝗ illud genus ſit prædicatum de pluribus,& eſt idem,vel fere idem.

Locus

ABRAM

A Vigeſimus locus eſt, ꝗ inſpicia-
musquod poſitũ eſt genʹ, ſi nomé
de eo dictũ dicatur accõmodatio-
ne,illud nõ eſt genʹ. vt qui dicæbat,
ꝗ ſcla ſit lux: lux nanꝗ, eſt vere in
orbe cœleſti, & igne: & ꝗ huic deeſt,eſt,ꝗ genus dicatur de ſpecie vni
uoce,& in eo ꝗ quid ſit.

Locus. 20. q eſt. 29.

Vigeſimus primus locus ſumit
ex cõtrarijs,& hic quidé locus parti
tur in plures modos: quorũ quidã
ſunt prope rei naturã, & quidã ſunt
vulgares,& ex rebus ꝗ deforis ſunt.

Primo itaꝗ, conſiderabimus, ꝗ ſi
B ſpeciei ſit contrariũ,non euadit,ꝗn
illi generi ſit contrarium, aut nõ ſit
illi contrarium: ſi autem non ſit illi
cõtrarium, oportet ꝗ illa ſpecies,&
eius cõtrarium ſint in genere,ſin au
tem, illud non eſt genus. Secundus
autem locus eſt, ſi illi fuerit contrarium,oportet ꝗ ſpeciei contrarium
ſit in generis contratio. Tertius lo
cus eſt,ſi ſpeciei contrariũ non ſitʹpe
nitus in aliquo genere,ſed ſit ſupremum genus ſm ſe.& ſpeciei non eſt
genus,& illorum ét eſt ſupremũ ge
nus ſm ſe:gratia exempli, quia bo-
C num non eſt ſpes alicuius generis,
nec eius contrario, quod eſt malſi,
eſt aliquod genʹ. Et hæc tria loca di
cit Themiſtius, ꝗ ſint prope rei na-
turã:hoc eſt, ꝗ ſint veracia:contra-
ria enſ ſine dubio, aut ſunt ſub vno
eodem genere, aut ſunt ſub duobus
cõtrarijs generibus,aut ſunt duo ge
nera contrariatũ rerſi,& hæc eſt diſpoſitio ſpeciei cũ eius cõtrario,hoc
eſt, ꝗ non euadat tres partitiones,
hoc autem inquiſitione ſit euidens.
Horum vero locorũ oratoria ſunt,
ꝗ conſideremus,ſi generi fuerit cõtrarium,& ſpeciei fuerit cõtrarium,
&

D Locus vigeſimuseſt, vt cõſidere
mus id, qd pro genere eſt poſitũ, &
ſi ſit illius nomé dictũ metaphorice,
tunc non erit genus. vt ſi quisdicat
ſciam eſſe lumé: nã lumen re vera é
in corpe cœleſti,& in igne:deeſt ergo hic,vt dicat,ꝗ illud genʹ dicatur
de ſpecie vniuoce,& in eo qd ꝗd eſt.

Locus vigeſimusprimʹ eſt ſumptʹ
ab ipſis cõtrarijs, qui quidé locus va
rijs modis diuidit,quoꝗ aliqui ſunt
ꝓpinqui naturæ rei,aliqui vero ſũt
ꝓbabiles,& ſumpti ex rebʹ exterio-
ribʹ. Primo igit cõſiderandũ,ſi ſpe
E cies habeat contrariũ,tũc neceſſe eſt
vt genus habeat contrariũ, vel non
habeat contrariũ: ſi nõ habeat con
trariũ,tunc oportebit vt illa ſpes, &
eiʹ cõtrariũ ſint in illo genere: aljas
enim nõ erit genʹ. Secundus vero
locus eſt,ꝗ ſi habeat cõtrariũ, tunc
oportebit,vt contrariũ ſpeciei ſit in
cõtrario ipſius generis. Tertius locus eſt, vt ſi cõtrariũ ſpeciei nõ repe
riaſ oſno ineſſe alicui generi, ſed ip
ſa ſit de ſe genʹ ſupremũ, tũc illa ſpe
cies nõ eſt ei genʹ, & eſt ét genus ſu
F premũ de ſe.exépli gra,ſi bonũ non
fuerit ſpes alicuius generis, tũc eius
quoꝗ cõtrariũ non habebit genus,
qd eſt ipſum malũ. Themiſtius aũt
dicit,hos tres locos eſſe propinquos
nãꝗ rei,hoc eſt,ipſos ét veros,qñ ip
ſa cõtraria ꝑculdubio, vel ſunt ſub
vno & eodé gñe, vel ſub duobʹ gene
ribus cõtrarijs, vel ſunt duo genera
rebʹ cõtrarijs:& hæc eſt nã ipſiʹ ſpe
ciei cũ ſuo cõtrario,hoc eſt, ꝗ opor
tet vt in his locis fiant hæ tres diui-
ſiones:& hoc patet ꝑ inductionem.
In horũ vero locorũ pſuaſiuis, ſeu
rhetoricis cõſiderandũ eſt,qñ, ſi ge
nus habeat contrariũ, & ſpes habeat
cõtrariũ,

A'BRAM

G & vniusilloru contraria fuerint me
diata, & alterius cõtraria fuerint im
mediata, quód positum est, non est
genus. vulgatum enim est, ꝗ, si ſter
species sit medium, inter genera sit
medium. v.g. diuitiæ, & iniquitas,
quarũ altera est sub præstantia, & al
tera sub vitio, & ytraꝗ sũt mediata.

Huius autem loci instantia est, ꝗa
sanitas, & morbus sunt duo contra
ria immediata, & subsunt bono &
malo, inter quæ est mediũ. Et alter
locus est huic similis diuulgatione,
scilicet, ꝗ consideremus si species sit
H mediata, & generis contrarium me
diatum, sed medium vtriusꝗ non
significatur similiter: hoc est, ꝗ vnũ
exprimatur per negationem ambo
rum extremorum, & alterum expri
matur suo nomine ei' comparatio
ne: perinde significatur ꝗ vulgatũ
sit, ꝗ oporteat medium vtriusꝗ, si
militer esse exprimendũ. verbi gŕa,
de medio inter iustitiam & iniusti
ciam, & medio inter virtutem & vi
tium. Et alius locus est, ꝗ considere
mus, ꝗ, si contrario speciei sit me
dium, oportet subintrare genus. di
I uulgatum enim est, ꝗ res cuius sunt
duo extrema, oporteat ei' esse & me
dium. verbi gratia, quia nigrum, &
album, & media, quæ inter ea sunt,
omnia colori subsunt. Huius autẽ
loci instantia est, quia pusillanimi
tas, & expositio sui ad pericula sunt
sub vitio, & fortitudo inter eas é sub
virtute. Et alius locus est si generi sit
contraria aliqua res, & speciei nõ sit
contrarium, illud non est genus. qñ
si generi sit contrarium, speciei etiã
est contrarium, sicut est dispositio
virtutis, & vitij, & iustitiæ, & iniusti
tiæ, quæ eis subsunt.

MANTINVS

contrariũ, & cõtraria vnius eoꝝ ha- K
beãt mediũ, alia vero cõtraria non
habeãt mediũ, tũc id, ꝗd fuit positũ
gen', nõ est genus, qũ manifestum
est, ꝗ si ſter ſpes dat mediũ, ꝗ inter
genera quoꝗ dabit mediũ. exempli
gŕa, iustitia, & iniustitia, ꝗ quidem
vna sub virtute locat, altera ꝩo sub
vitio, & inter vnũquodꝗ eoꝝ adest
mediũ. Hic tñ locus habet instãtiã,
qñ sanitas, & ægritudo sunt duo cõ
traria immediata, ꝗ tñ sub bono &
malo cõtinentur, ꝗ quidẽ habẽt me
dium. Dat & alius locus ſĩis huic in
ꝓbabilitate: nempe, vt cõsiderem', L
virũ cõtraria speciei sint mediata, &
cõtraria generis quoꝗ mediata, ve
runtñ nõ eodẽ modo monstret me
diũ, hoc é, ꝗ vnũ eoꝝ monstret per
abnegationẽ duoꝝ extremorũ, alte
rũ vero p nomẽ indicãs habitũ, seu
participationẽ: manifestũ enim é, ꝗ
oportet vt mediũ inter ipsa eodẽ ro
nore se habeat. exẽpli gŕa, medium
Iter iustitiã, & iniustitiã, & medium
inter vitiũ & virtutẽ. Alius adhuc lo
cus é: nẽpe, vt cõsiderem', si cõtraria
ipsi' speciei habẽt mediũ, tũc oporte
bit ipm cõtineri sub eodẽ gñe: nam M
manifestũ est, ꝗ vbi sunt duo extre
ma, ibidẽ existat mediũ. exẽpli gŕa,
albũ, & nigrum, atꝗ eoꝝ media, oĩa
inquã sub colore ꝗtinent. Habet tñ
instantiã hic locus, qñ pusillanimi
tas, & audacia sub vitio locant, fortĩ
tudo tñ, ꝗ est mediũ inter ipsa sub
virtute cõtinent. Alius ꝓterea locus
é, vt si gen' sit ꝓrariũ alicui rei, spẽ
vero nulli rei sit cõtraria, tunc illud
nõ est gen': nã, si gen' hẽc cõtrariũ,
spẽs quoꝗ habebit cõtrariũ: vel vir
tute & vitio sit, atꝗ, l ipsã iustitia &
iniustitia, quæ sub illis continentur.

Themi-

A Themistius autem dicit, ꝗ hic locus sit demonstratiuus, & ꝗ eo vsus
sit Arist. commonstrando ꝗ tēpus
non sit motus, quia motui est cōtraria quies, tempori autē nihil est contrariū: & sicut est demōstratio, qua
commonstrauit, quòd counexio, &
ordo non sint genus animę, quia cō-
nexioni est contraria non connexio, animæ autem nihil est contrarium. Et Aristo. in suo libro dicit,
quòd huius loci instantia inuenitur
in sanitate & ægritudine, quia sanitas est ægritudini contraria, & alicui
B egritudini, vt est ophthalmia, & feb.
quæ non habent aliquid contrariū.

Et de hoc est perscrutandum: verisimile enim est, ꝗ singulis paribus
egritudinū sit sanitas contraria, & ꝗ
hæc instantia sit vulgaris, quia pluribus sanitatib' oppositis singulis egri-
tudinibus nō sunt nosa. Ipse autem
diceret, ꝗ dispō sanitatis & ægritudinis sit sicut dispō boni & mali, &
vt bonū est vnum, & mala sunt multa, sic sanitas est vna, & ægritudines
sunt multæ. Ait Aristo. hi quidem
modi sunt, quibus scruxat à contra-
C rio, qui intendit destructionē, qui
vero intendit constructionē, illius
sunt tres modi: quoꝗ vnus est, si speciei contrarium fuerit in genere prę-
fato, generi aūt non fuerit contrarium, illud est ipsius speciei genus: secundus est, si mediū inter species cō-
trarias fuerit in præfato genere, spēs
est in genere præfato: & hic quidem
est diuulgatus in cōstructione, sicut
in destructione: tertius est, si generi
fuerit contrarium, & speciei sit contrarium, & inuenerimus speciei contrarium in genetis contrario, genus
est ipsius speciei.

Themistius aūt dicit hunc locū D
esse demstratiuū, qm Aristo. vsus est
ipso in aliquib' locis, præsertim vbi
probauit tps nō esse motū, cū quies
contrariet motui, tēpus aūt non habet cōtrariū, & vbi demōstrauit har-
moniā, & cōsonantiā nō esse genus
aīę, propterea quia cōsonantię contrariat incōsonātia, anima vero nullum hēt contrariū. Arist. tñ dicit in
hoc loco in libro suo, hunc locū habere instantiā in ipsa sanitate, & ęgri-
tudine, qm sanitas est cōtraria ęgritudini: aliqua tñ ægritudo, vt lippi-
tudo, quam ophtalmiam' vocant, & E
ipsa febris non habet contrarium.

Hoc tñ aliqua indiget consideratione, qa vt ipse intelligat, ꝗ vna
quæqꝫ ægritudo habeat sanitatē sibi cōtrariā, & ꝗ hæc obiectio, seu instantia est probabilis: vt pea, quia plures sunt sanitates, ꝗ sunt oppositæ aliquibus morbis, ꝗ non habet nomē:
& vt dicere, ꝗ eadē est ratio sanitatis, & ægritudinis, ꝗ est boni, & mali:
nā quēadmodū bonū est vnū, mala
vero sunt plura, ita quoꝗ sanitas est
vna, morbi vero plures. Ingt Arist.
hi sunt modi, ꝗ quærunt ex ipsis cō- M
trarijs ab eo, qui vult destruere & interimere. Sed modi cōstructiui sūt
tres: prim' modus est, si cōtrariū speciei sit ī genere assignato, gen' vero
nullū habeat cōtrariū, tūc illud ē genus illius speciei: secundus, si mediū
sit inter speciē, & ei' cōtrarii in illo
gñe assignato, tūc ipēs erit ī ipso genere assignato, & hoc est probabile in
cōstruendo, vt erat in destruēdo: tertius, si generi insit cōtrarium, ac ipsī
speciei cōtrariū quoꝗ, & ī uenerim'
cōtrariū ipsī speciei inesse cōtrario
generis, tū cillud geu' inest speciei.
De

G

Rvrsum in casibus, & coniugatis, si silr sequuntur: & interimenti, & construenti. Simul enim vni, & oibus insunt, vel
non insunt: vt si iustitia scia quædam, & iuste scienter, & iu
stus sciens: si aut horum aliquid non inest, nec reliquorum vllum.

Rursum, in ñs quæ silr se habent adinuicem. Vt delectabile silr se
habet ad voluptaté, & vtile ad bonu, vtrunq enim vtriusq effectiuum: si igit voluptas quiddam bonu, & delectabile quiddam
vtile erit: manifestu enim qm boni erit effectiuum, eo q voluptas
bonu. Silt aut, & in generationibus, & corruptionibus. Vt si ædi
ficare est operari, ædificasse, operatum esse. & si discere est reminisci, & didicisse, recordatu esse: & si dissolui est corrumpi, & dissolu
tum esse, corruptum esse, & dissolutio, corruptio quædam. Et in
generatiuis vero, & in corruptiuis, silr & in potentijs, & vsibus,

H & omnius fm quamlibet similitudinem, & interimenti, & con-
struenti·inspiciendum, quemadmodum in generatione, & corruptione diximus. Nam, si corruptiuum dissolutiuum, & corrumpi
dissolui: & si generatiuum est effectiuum, & generari fieri, & gene
ratio factio: silr & in potentijs, & vsibus, & oino, si potentia dispo
sitio, & posse, disponi, & si alicuius vsus est actus, & vti agere, &
vsum esse, egisse. Si aut sit priuatio id, quod opponit speciei, duo
bus modis est interimere. Primum quidem si in assignato genere est oppositu. Aut enim simpliciter in nullo genere eodem priua
tio, aut non in vltimo: vt si visus in vltimo genere est, sensu: cæcitas non erit sensus. Secundo aut, si & generi, & speciei opponitur
priuatio, non est aut oppositum in opposito: nec quod assignatu
est, in assignato erit. Interimenti igitur, quéadmodum dictu est,

I vtendum. Construenti aut vno modo: nam si oppositu in opposito, & propositu in proposito erit. Vt si cęcitas insensibilitas quædam, & visus sensus. Rursum, in negationibus considerandum è
couerso, quemadmonum in accidente dicebatur. Vt si delectabile
quod bonum, quod non bonum non delectabile: nam si non ita se
habet, erit contra, non bonu delectabile: at impossibile est, si bonu
genus est delectabilis, esse quicqua non bonum delectabile: nam
de quibus genus non prædicatur, nec specieru vlla. & construeti
etiam silr inspiciendum, nam si non bonu, non delectabile, delecta
bile bonu: quare genus bonum, delectabilis. Si aut sit ad aliquid
species, considerandu si & genus ad aliquid. Nam si species ad aliquid, & genus, vt in duplici, & multiplici: vtrunq enim ad aliqd.
Si aut genus ad aliquid, non necessario & spés. Nam disciplina
ad aliquid, grammatica aut non. An nec quod prius dictu est ve

rum

rum videbitur:nam virtus ipſum quod bonū, & ipſum quod ho

A neſtum:& virtus quidē ad aliquid, bonum vero & honeſtum nō
ad aliquid,ſed qualia. Rurſum,ſi non ad idem dicitur ſpēs, & ſecundum ſe,& ſm genus. Vt ſi duplum dimidñ dicitur duplum,
& multiplum dimidñ oportet dici:ſi aūt non,non erit multiplum
genus dupli. Amplius,ſi non ad idem & ſm genus dicitur,& ſm
omnia genera.Nam ſi duplum dimidñ multipliū eſt, & abundans
dimidñ dicetur,& ſimpliciter ſm omnia ſuperiora genera ad dimidium dicetur.Inſtantia:quod non neceſſe eſt ſm ſe, & ſm gen*
ad idem dici:nam ſciētia ſcibilis dicitur: habitus aūt & diſpoſi tio
non ſcibilis,ſed animę. Rurſum,ſi ſiſt dicitur genus,& ſpēs ſecun
dum caſus.Vt ſi alicui,aut alicuius,aut quolibet modo aliter dicif:
nā vt ſpecies,& genus,velut in duplo,& in ſuperioribus:alicuius
enim & duplum,& multiplum:ſiſt aūt & in ſciētia,alicuius enim

B & hæc,& genera:vt diſpoſitio,& habitus. Inſtātia aūt, ꝗ aliquo
ties non ſu:nam differens,& contrarium alicui, diuerſum autem,
cùm ſit genus horū,non alicui,ſed ab aliquo:diuerſum enim dicit
ab aliquo. Rurſum,ſi ſiſt ad aliquid ſm caſus dicta, non ſiſt conuertuntur.Quemadmodum in duplo,& multiplo: vtrunꝗ enim
horum alicuius:& idem etiam ſm conuerſionem dicitur:alicuius
enim & dimidium,& ſubmultiplum. Similiter aūt & in diſciplina,& opinione:nam & hæ alicuius,& conuertitur:ſiſt & diſciplinatum,& opinabile alicuius:ſi igitur in aliquo non ſiſt conuertif,
maniſeſtū eſt non eſſe genus alterum alterius. Rurſum, ſi non ad
æqualia ſpecies,& genus dicitur.Siſt enim, & æqualiter vtrūꝗ vñ
dici,queādmodum in dono & datione : nam & donū alicuius alicui dicitur, & datio alicuius & alicui dicitur : eſt aūt datio genus

C doni,nam domū,datio eſt irreddibilis. In aliquibus aūt non acci
dit ad æqualia dici:nam duplū alicuius duplum, abundans aūt &
maius alicuius & aliquo:omne enim abundans , & maius aliquo
abundat,& alicuius abundat : quare non ſunt genera , quæ dicta
ſunt,dupli,eo ꝗ non ad æqualia dicuntur ſpecie,aut non vñ verū,
ad æqualia ſpeciē & genus dici. Videndum aūt & ſi oppoſiti eſt
oppoſitū genus. Vt ſi dupli multiplū , & dimidñ ſubmultiplum:
oportet enim oppoſitū oppoſiti genus eſſe: ſi igitur ponat aliquis
ſcienti ā idipſum quod eſt,ſenſum,oportebit & ſcibile id quod eſt
ſenſibile eſſe,ſed non eſt:non enim oē ſcibile ſenſibile:nam intelligibilium quædam ſcibilia:quare non eſt genus ſenſibile ſcibili:ſi
aūt hoc non,neꝗ ſenſus ſcientię. Quoniam aūt eorū, quæ ad aliquid dicuntur,alia quidem ex neceſſitate in eis, aut circa ea ſunt
ad quę dicūtur,vt diſpoſitio,& habitus , & cōmenſuratio (in alio
enim

10.Locus
Declaratio.

11. Locus
Declatio

12.Locus
Declatio

13.Locus
Declatio.

14.Locus
Declatio

15.Locus
Declatio.

16.Locus
Declatio.

Genim nullo possibile est esse quæ dicta sunt, cp in eis, ad quæ dicun K
tur:)alia aût non necesse est quidem in eis esse,ad que dicunt,con
tingit aût,quemadmodum scibile est in anima(nihil enim prohibet sui scientiã habere animam,non necessarium aût:possibile est
enim & in alio esse hanc eandem) alia vero simplr non contingit
in eis esse,ad quæ dicuntur(vt contrariû in contrario : neq scientiam scibili,nisi sit scibile anima,vel homo:)considerare igit opor

ſ7.Locus.
Declaratio.

tet si quis in genere ponat quod tale est, in non tali. Vt si memoriam immansionê scientie dicat: nam omnis immansio in mente,
& circa illud:quare & scientiæ immansio,in scientia:memoria igi
tur in scientia, eo cp immansio,scientiæ est:hoc aût non contingit:
memoria enim omnis in anima. Est aût qui dict⁹ est locus & acci
dens cõis:nihil enim refert, memorie genus immansionê dicere,

H aut accidere dicere illi hoc:nam si quouis modo est memoria, immansio scientie,eadem aptabitur de ipsa ratio. L

Sermo de locis aliis generis.　　　　　　*Cap. 4.*

ABRAM

*Locus. 22.
q est. 41.
in Aristo.*

VIgesimus secundus locus sumi
tur à casibus, & coniugatis : &
notum est, cp sit de locis communibus, & prædicantur in constructione, & destructione. verbi gratia, si
scientia sit genus iustitiæ, sciens est
genus iusti, & si illa non sit genus,
nec ille est genus.

*Locus. 23.
qui est.41*

Vigesimus tertius locus sumitur
à simili proportionaliter. v.g. si fue
rit proportio suauitatis ad voluptatem proportio iuuantis ad bonum,
vtrunq; enim illorum efficit vtrûq;
istorum : & cum voluptas sit bona
quatenus bonû sit illius genus:sicq;
suaue est etiam iuuans, quatenus iu
uans sit eius genus : constitutio autem huius syllogismi concludentis
per hunc locû,est primæ speciei con
ditionalis coniunctiui.

*Locus.24.
qui est. 43
& 44.*

Vigesimus quartus locus sumit à
generatione,& corruptione, & geni
to & corrupto,& sit à virtutibus,&
mutationibus:exempli gratia in ge
neratione, si hominem ædificare
habet

MANTINVS

LOcus vigesimus secûdus ê sumptus à casibus, & à côiugatis:&
satis côstat ipsum eê ex locis cômu-
nib",seu eq uocis,sûtq; ad côstruen
dum,& destruendô,exempli gratia,
si scia est genus iustitiæ, ergo sciens
est genus ad ipsum iustum, & si ipsa
non fuerit genus,neq; ille erit gen".

Locus vigesimus tertius est sumptus ab ipso simili sm proportionê.
exêpli gratia,si eadê est proportio
delectationis ad voluptaté,que ê ipsius vtilis ad bonû,cum vtrûq;ipso
rum sit effectiuum vtriusq; eox, vo
luptas vero sit bonû,quaten" ipsum
bonû est gen" ipsius, ergo, & ipsum
delectabile erit quoq; vtile,quaten"
vtile ê genus cû". Componit aût hic
syllls concludens in hoc loco in primo modo côditionalis côiunctiuæ.

Locus vigesimus quart" est sumptus à generatione & corruptione,
& à generato & corrupto,atq; ab ip
sis potentijs, & transmutationibus.
Exemplû de generatione,vt si ædifi
care

ABRAM

A
habet genus efficere, iam ædificasse
habet genus iam fecisse, & si genus
addiscendi sit reminisci, gen' illius,
qnod est didicisse, est meminisse.
Et similiter in corruptione, si genus
illius, quod est dirui, sit destrui, genus illius, quod est dirutum esse, est
destructum esse: & similiter si genus corrumpentis sit dissoluens, genus corruptionis est dissolutio: & si
genus geniti sit factum, factio est
genus generationis: & si genus potentiæ sit dispositio quædam rei, quę
B est in potentia, genus est hac dispositione pati: & si vsus alicuius rei genus sit actio quædam agendi, genus est agere hac actione, & illius,
quod est vsum esse, genus est egisse.
Vis autem horum locorum est vna,
& illa est similitudo, quæ illis inest
proportionaliter: sicut enim ædificare se habet ad facere, sic ædificasse
ad fecisse: & similiter proportio cor
rumpentis ad corruptionem, est sicut dissoluentis ad dissolutionem.
Et similiter inuenitur proportiona
litas in reliquis ipsorum: & hi qui-
C dem loci sunt ad constructionem,
& destructionem.

Locus vigesimus quintus, qui sumitur ab oppositis secundum modum priuationis, & habitus, fit duobus modis. Quorum vnus est, ꝙ pri
uatio speciei sit in priuatione generis posita, qñ enim priuatio speciei
fuerit in priuatione generis, quod
positū est genus non est genus. v.g.
si visus sit sensus, cęcitas non est non
sensus. Secūdus autem est, si speciei,
& generi fuerit oppositum priuatiue, & ponitur species in genere, expe
dit, quòd oppositū sit in opposito.
verbi

Locus. 2.
qui é. 45.
& 46.

MANTINVS

care eius genus est operari, ergo ædi D
ficasse eius genus erit operatū iam
esse, & si discere é reminisci, ergo didicisse eius genus erit recordatum
fuisse. Similiterꝗ, dicédū est de corruptione, nam si demoliri rem, eius
genus sit corrūpere, ergo demolitū
fuisse, eius gen' erit corruptū fuisse:
pari rōne si genus corruptiui sit ipsum dissoluís, ergo genus corruptio
nis erit ipsa dissolutio: & si ipsius ge
niti genus sit inuouatū, seu ortū, ergo innouari, seu oriri, erit gen' ipsius generationis, & si ipsius potétæ
gen' sit quædam dispō, ergo genus E
rei, ꝗ est in potétia, erit pati l aliqua
dispōne, & si vti aliqua re eius gen'
sit operatū fuisse aliquid, ergo ipsi'
vtei, genus erit operabit tale opus,
& dicere iā vsum fuisse, ei' gen' erit
iā operatū fuisse. Horū aūt locorū
eadé est vis, nempe similitudo ipsa,
quæ eis inest frm proportione: nam
eadem est proportio ipsius ædifica-
bit ad ædificasse, quæ est ipsius operabit ad operatū esse, similiterꝗ
proportio corrumpentis ad corruptionem, quæ est dissoluentis ad dis
solutionem: similisꝗ proportio re- F
perit in reliquis: & bæc loca possunt
esse constructiua, & destructiua.

Locus vigesimus quintus, qui est
sumptus ab oppositis frm priuatione
& habitū, fit duob' modis. Primo,
vt priuatio speciei sit priuatio generis assignati: nā, qn priuatio speciei
fuerit in generis priuatione, tunc id,
quod fuit positū genus, non erit genus. exempli gřa, si visus est sensus,
cęcitas nō est sensus. Secūdo, si species, & gen' habuerint oppositū pri
uatiuum, & ponatur spés in genere,
tūc & ipm oppositū erit l opposito.
exēpli

ABRAM

G verbi gratia, si cæcitatis genus est pri
uatio sensus, aut non sensus, visus ge
nus é sensus. Et ambo hæc loca fiūt
in destructione. In cōstructione ve
ro sit hic secundus solum. Et notū
est, quòd cōstitutio loci destruen-
tis sit secundæ speciei conditionalis
coniunctiui, in qua repetitur oppositum consequentis, & concluditur
oppositum antecedentis. Secundus
autem constituitur ex prima condi
tionalis coniunctiui in constructione, in destructione vero in secunda.
Et horum locorum vis est à rebus
H quæ sunt deforis.

Locus 26.
q ell. 47. Vigesimus sext° locus sumitur ex
illatione oppositorum secundū mo
dum negationis cōuersionis, qui no
rus est in conuersione contradictorij, de quo loco iam prædictum est
in quæsitis accidentis. Veruntamen
differentia inter illa est, quia ibi sit
in cōstructione & destructione: hic
autem sit in destructione solum, &
est demonstratiuus, & in constructione est vulgaris: exemplum in de
structione, si suaue sit bonum quod
dam eo ꝙ bonum sit ipsis genus, qd
non est bonum, nō est suaue. Dein
I de repetimus ꝙ id, quod non est bo
num, sit suaue: sicꝙ, concluditur in
secunda conditionalis coniunctiui,
ꝙ suaue non sit bonum. In constru
ctione vero est huius contrarium,
si quod non est suaue, non sit bonū,
suaue est bonū. Excepto quòd hinc
sequitur, quòd bonum insit suaui,
non quòd ei insit, prout vndiꝗ; sit
ipsius genus: si enim quod non est
coruus non sit nigrum, non infertur ꝙ nigredo insit coruo, vt sit ipsius genus. Sic asseuerat Themisti°,
& in eo est considerandum.

Vigesimus

MANTINVS

exempli gratia, si genus cæcitatis sit K
priuatio sensus, ergo genus ipsius vi
sus erit ipse sensus. Et hæc duo loca
fiunt ad interimendū, Sed ad construendū sit tantū is secundus. patet
aut hmōi compositionē loci interi-
mentis fieri in secūdo modo ipsius
hypotheticæ coniunctiuæ, in quo re
perit oppositū cōsequentis, & infert
oppositū antecedētis. Secūdus vero
locus componit in primo mō hypo
theticæ, seu cōditionalis cōiunctiuæ
ad cōstruendū, ad destruendū vero
in secūdo. Et vis horū locoꝗ est vis
coꝗ, qui sumuntá reb° extrinsecis. L

Locus vigesimus sextus est sumptus ex affirmatiōe oppositoꝗ facta
p negationē fm contrarietatē, & est
ille, qui dr per contrariū fm cōtradi
ctionē, qui locus iā præcessit in problematibus accētis, sed differunt, qa
ibi sit cōstruendo, & destruendo, hic
vero ad destruendū tm, & est tunc
demfatiuus, ad cōstruendū vero est
probabilis. Exēplū in destruēdo, vt si
delectabile é bonū quoddā, eo ꝙ bo
nū sit gen°, ergo qd nō est bonū, nō
é delectabile, deide repetimr°, sed id,
qd nō est bonū, est delectabile, & sic M
cōcludet in secūdo mō ipsius hypotheticæ cōiunctiue, ꝙ nō oē delecta
bile sit bonū. Ad construendū vero
contrario modo se habet sic, si id, qd
nō est delectabile, nō est bonū, ergo
delectabile est bonum: veruntamē
id, quod sequitur ex hoc est, ꝙ bonū
inest ipsi delectabili, non ꝙ insit ei
quatenus est eius genus omnino: nā
si id, quod non est coruus, nō est nigrum, ergo nō sequitur, vt oporteat
nigredinem inesse coruo, quatenus
est eius genus. Ita dicit Themistius,
sed indiget consideratione.

Locus

ABRAM

Vigesimus septimus locus sumi- tur à relatione, & ipsius sunt multi loci. quorum Primus est, si species sit relatiua, expedit suum genus esse relatiuu: & ille est demonstratiuus, oportet enim vt dictum est, speciem & genus esse vnius praedicamenti: si autem genus sit relatiuum, vulga- riter putatur, quòd nó oportet spe- ciem esse relatiuam, quia scientia est relatiua, & grammatica ei subest, & non est relatiua: hoc vero accidit ob nominis appellationem: Veritas au- tem est, quòd, quando genus fuerit relatiuum ipsius, etiam species est re latiua. Secundus locus est, si spe- cies referatur ad vná eandem rem, expedit genus dici in comparatione huius ipsius rei: si autem, non est genus. exempli gratia, si duplum di catur relatione ad medium, expe- dit eius genus, quod est multiplex, dici etiam relatione ad medium: si autem non diceretur relatiue ad me dium, sed ad aliquam aliam rem, il- lud non est genus. Cuius instantia est, quia superans est dupli genus, & non dicitur relatiue ad medium, sed relatione ad superatum, quod est medij genus. Tertius autem lo- cus est ex parte dictionum habitu- dinis (qui latine secundum casus no minatur) & est quando species atri- buitur alicui rei relatiuae secundum habitudinis dictionem: hoc est, secun dum casus, expedit & genus illa ip- sa habitudinis dictione dici. Verbi gratia si dicatur duplú dimidio du- plum, per lamedá equisitionis, id- est per datiuum, similiter dicitur multiplex. Huius autem loci instan tia est, quia contrarium dicitur tali contrarium: aliud autem quod est ei' gen',

MANTINVS

Locus vigesimus septimus é sum D ptus à relatiuis, & habet plura loca. quoq; Primus est, si spés fuerit ad ali- quid, túc eius genus debet esse ad ali quid & est locus demóstratiuus, qui species & genus, vt dictú est, debent esse eiusdé praedicaméti, & si genus fuerit ad aliqd, tsic vf probabile spe cies non esse ad aliquid: nam sciétia est ad aliquid, & grámatica continet sub ea, & tñ non est ad aliqd: sed hoc cóingit ppter nominis appellatione: sed re vera, qñ genus est ad aliquid, eius quoq; spés est ad aliquid. Secú E dus locus est, si spés dicit in relatio- ne ad aliquid idé, gen' quoq; debet dici in relatione ad eandé rem; alias enim nó erit genus. exempli gratia, si duplum dr in relatione ad dimi- diú, ergo eius genus, quod est, ipsum multiplú, debet quoq; dici in rela- tione ad dimidiú: & si non dicaf in relatione ad dimidiú, sed in relatio- ne ad aliqd aliud, tunc nó est gen': cuius tñ instantia dat, qñ ipsum su peradditú seu abundans est gen' ad duplú eius, & tñ non dicit in relatio ne ad dimidiú, sed in relatione ad di minutú, quod est genus ad ipsum di F midiú. Tertius locus est sumpt' ex dictionibus relationis.s. ím casum: népe, vt cùm spés referut ad aliquá rem relatiue p aliqua dictione rela- tionis, túc & ipsum genus debet re- ferri ad eá p eandé dictioné relatio- nis. exépli gratia, si duplum dicaf eé duplú ad dimidiú per hanc dictio- nem, s. propositionem ad, tunc & ip sum multiplú eius genus debet refer ri ad dimidiú per ppositioné ad: sed hic locus habet instantiá, prea qd cótrariú dr contrariú ím se solú, sed ipm aliud seu diuersum, qd est gen'

Log.cú có. Auer. K ci'.

ABRAM

G eius genus, dicitur aliud à tali, non per literam acquisitionis, hoc est non per datiuum. Quartus locus est huic affinis quòd vtraque illa dicantur sine vlla habitudinis dictione, ad alterutra illorum, & non conuertantur reciproce, sicut conuertuntur. scientia scibilis scientia, & scibile scientiæ scibile. Quintus locus est, si vnum illorum dicatur duobus modis habitudinis casualis, & alterum non dicatur illis modis, quod positum erat genus non est genus: donatio enim, ex quo est actus illius

H vnde deriuatur arabice, & flectitur dupliciter, aliquando dictione acquisitionis, idest datiuo, & aliquando sine acquisitionis dictione: dicimus enim condonaui eum, & condonaui ei: prout dicimus dedi eum, & dedi ei: datio est donationis gen°: datio enim aliqua est cum reditu, & aliqua est sine reditu: donatio autem arabice dicitur sine reditu.

1 — *Tota hæc pars in Abrami translatione desideratur, quantum à Iacob mantino conuersam esse videmus.*

MANTINI

eius, dicit sine aliqua præpositione, K scilicet consignificatiua relationis, sed dr hoc est aliud scm se, seu in genituo, vel in datiuo & non in accusatiuo p præpositione ad. Quartus locus, qui est quinquagesimus primus, est similis precedenti, nempe, vt quodlibet eorum dicatur scm aliquem casum seu propositione relationis, sed op vnum eorum non conuertit conuersione relatiua ad alterum, sicut conuertit, cum dicimus scientia est scibilis scia, & scibile est scientiæ scibile. Quintus locus est, vt si vnum eorum dicat duobus modis relationis, & alterum non dicat illis L duobus modis, tunc id, quod fuit positum pro genere, non erit genus: nam cum verbum deductum à donatione dupliciter in lingua arabica vtimur eo, nam quandoque cum casu, vel pronomine, quandoque sine aliquo casu, vel pronomine: nam dicimus cumque donaui ei, & donatum est ad ipsum, sicut & dicimus dedi ei & dedi ipsum, idest ad ipsum: datio autem est genus ad donationem: quin datio aliqua est reddibilis, aliqua vero irreddibilis. Sed donum est irreddibile in lingua arabica. M

Existimat igitur vt hoc idem sit necessarium in ipso genere, S vt referatur ad suum correlatiuum consimili modo, quo refertur species. Hæc tamen loca sunt inualida in persuadendo, quia sunt sumpta ex dictionibus: & oportet vt in hoc loco ipsum superans sit gen° ad duplum, quia dr ipsum superabundans duplum ad hoc, & superadditum, superadditum ad hoc, sit & ipsum maius, dicit ratione cuius maius hoc. Themistius autem iudicat hæc loca debere ab arte propter hoc refelli. Alius locus sumptus est à relatione, qui tollit ne sensus sit genus scientiæ, quin si

esset

esset genus, tunc oporteret, vt ipsum D
sensibile esset genus scibilis, quod tñ
non est verum : qm̄ aliquod dat̃ intelligibile, quod nō est sensibile, vt
ipsa intelligẽtia, vel intellectus. is tamen locus est valde rhetoricus, seu
persuasiuus. Alius locus est, quia cũ
ipsa relatiua tripliciter reperiantur.

Primo, ea, quæ ex necessitate l̄sunt
rebus, ad quas dicunt̃ correlatiue, vt
iustitia, quæ semp inest iusto. Secũ
do, ea, quæ possunt qñq; inesse suis
correlatiuis, qñq; vero his, quæ sunt
extra ipsa. exempli grã, scientia, quæ
dr̄ in relatione ad scibile, & ad aliam
scientē: scientia itaq; reperit̃ in aĩa, E
& in ipso scibili, quod quidem est ex
tra animam, & nō potest aliter esse:
qm̄, cum contingit contemplationẽ
fieri in anima, tunc scientia est omnino l̄ ipso scibili. Tertio, q̄ impos
sibile est vllo pacto, vt ipsum relatiuum reperiatur in suo correlatiuo:
vt contrarium, quod quidem dicit̃
in relatione ad suum contrarium. &
tñ non potest inesse ei: si ergo res ita
se habeat, consentaneum est, cum ex
proprietatib' ipsius relatiui hęc vna
sit, nempe, vt has tres obtineat diffe
rentias, vt inspiciamus, si species relata habeat vnam earum, genus ve- F
ro non, tunc non est genus. exempli
gratia, si quis dicat memoriam esse
mansionem scientiæ, ita, vt sit eius
genus, qm̄ omnis mansio est in ma-
nente, cum ipsum manens denomi-
netur p ipsam, ergo mansio scientiæ
est in ipsa scīa, & memoria ipsa erit
ergo in ipsa scīa, qa ipsa est mansio:
memoria vero est in aĩa, ergo mansio scientiæ nō est genus memoriæ.
Omnia autem hęc loca sunt manifeste persuasiua, seu rhetorica.

De re eadem loci alij.   Cap. 5.

RVrsum, si habitum in actu posuit, aut actum in habitu, nõ est genus quod tale est. Vt si sensum, motum per corpus:nã sensus habitus, motus autem actus. Similiter autẽ, & si memoriam habitum contenti uum opinionis dixerit:nam nulla memoria habitus, sed magis actus. Peccant aũt & qui habitum in cõsequentem potentiam ordinant. Vt mansuetudinem, continentiã iræ:& fortitudinem, & iustitiam, timorum, & lucrorum cõtinentiam: nam fortis, & mansuetus, perturbatione vacans dicitur, continens autem, qui perturbatur, sed non ducitur: fortasse igitur talis potentia sequitur vtrunqͅ, vt si perturbetur, non ducatur:verum continere non hoc est, hunc quidem fortem, illum autẽ mansuetum esse:sed omnino perturbari ab huiusmodi nihil. Aliquoties autẽ & quod sequitur, quouis modo:vt genus ponũt. Vt tristitiam, iræ:& opinionem, fidei: vtraqͅ enim prædicta sequuntur quidem quodam modo assignatas species, neutrum autem eorũ genus est:nam qui irascitur, cõtristatur, priore in eo tristitia facta. non enim ira tristitiæ, sed tristitia iræ causa est: quare simpliciter ira non est tristitia. Secundum autẽ hæc, neqͅ fides opinio:contingit enim eandem opinionẽ etiam non credentem habere:non contingere autem hoc, si fides esset species opinionis:non enim cõtingit idẽ amplius permanere, si ex specie osno permutatum sic quẽadmodum nec idem aïal qñqͅ hominẽ esse, & qñqͅ nõ. Si quis aũt dicat ex necessitate opinantẽ etiam fidẽ habere, de equalibus opinio & fides dicẽt:quare neqͅ sic erit genus:de pluribus enim oportet dici genus. Videndum aũt et si in aliquo eorũ nata sint vtraqͅ fieri. In quo enim species, & genus, vt in quo album, & color, & in quo Grammatica, & disciplina: si igitur verecundiam timorẽ dixit, aut iram tristitiam, non accidit in eodem speciẽ & genus esset nã verecundia quidẽ in rationali, timor in irascibili, at tristitia in concupiscibili:nã in hoc, & voluptas, ira aũt in irascibili:quare nõ sunt genera, quæ assignata sunt, eo qͣ non in eodẽ cũ speciebus nata sunt fieri:sĩt autem & si amicitia in concupiscibili, non erit voluntas quædã:omnis enim voluntas in rõnali. Vtilis aũt hic locus & ad accidens, & id cui accidit:in eodẽ enim accñs, & cui accidit quare nisi in eodẽ videatur, manifestũ qm̃ non accidit. Rursum, si sm̃ quis spẽs dictum genus participat:non enim videtur sm̃ qd participari genus. Nam non est homo sm̃ quid aïal, neqͅ grãmatica, sm̃ quid disciplina:sĩt aũt & in alñs. considerandũ igit̃ si in aliquibus sm̃ quid participat genus, vt si aïal quod sensibile vel visibile dicit̃:nam sm̃ quid sensibile, vel visibile animal, secundũ

corpus

A corpus enim sensibile, & visibile, sm animam aut non:quare non
erit genus,corpus visibile,& sensibile animalis. Latent aut qñcp,
& totū in parte ponentes.Vt aîal,corpus animatū:nullo enim mo
do pars de toto prædicaf:quare nõ erit genus corpus animalis, eo
quod pars est. Videndum aut si quid vituperandorū,aut fugien
dorū in potestate,aut potente posuit.Vt Sophistā, vel calumniato
rem,vel furē eum,qui possit aliena latenter surripere : nemo enim
prædictorū in eo cp possit, aliquid horū talis dicitur : pōt enim &
Deus,& studiosus,praua agere:non sunt aut hmōi:nam oēs praui
sm electionē dicūtur.Amplius,oēs potestates eorū sunt,quæ sunt
eligenda:nam prauorum potestates eligendæ,eo cp Deū & studio
sum habere dicimus eas,potētes enim dicimus eos esse, praua age
re:quare nullius vituperabilis erit genus potestas.Si aut non,acci
det vituperandorū quiddam eligendū essent,erit quædam pote

63.Locus. Declaratio.
64.Locus. Declaratio.

B stas vituperabilis.Et si quid pp se honorabilium vel eligibiliū,in
potestate vel potente,vel effectiuo posuit.Nam ois potestas, & oē
potens,aut effectiuum,pp aliud eligendum.Aut si quid eorū,quæ
sunt in duobus generibus vel pluribus iñ altero posuit.Quædam
enim non est in vno genere ponere:vt fraudulentum , aut calum-
niatorē:necp enim qui eligit,impotens aut,necp qui potest, at non
eligens,calumniator,aut fraudulentus : sed qui vtracp hæc habet,
quare non ponenda sunt in vno genere, sed in vtrocp eorum quæ
dicta sunt. Amplius,aliquoties ē conuerso, genus quidem vt differentiam,differentiam autem vt genus assignant.Vt stuporem,
superabundantiam admirationis, & fidem vehementiam opinio
niænam necp superabundantia,necp vehementia genus,sed diffe-
rentia:videtur enim stupor, admiratio esse superabundans : & fides,opinio vehemens,quare genus admiratio, & opinio est:super

65.Locus. Declaratio.
66.Locus. Declaratio.
67.Locus. Declaratio.

C abundantia autem, & vehementia differentia.Amplius,si quis su
perabundantiam,& vehementiam,vt genera assignet,inanimata
fidē facient,& stupefacientinā,cuiuscp vehementia, & superabun
dantia illi adest,cuius est superabundantia, & vehementia:si ergo
stupor superabūdantia est admirationis,aderit admirationi:qua
re admiratio stupefaciet:silr aut & fides aderit opinioni , si vehementia quidē opinionis est: quare opinio fidem faciet . Amplius,
accidet sic assignanti vehementiam vehementem dicere,& super
abundantiam superabundantē: est enim quedā fides vehemens:si
ergo fides vehementia est,vehementia erit vehemens : silr autem
& stupor quidam & superabundans:si ergo stupor est superabun
dantia,superabundantia erit superabundans : vt autem neutrum
horū,quemadmodū nec disciplina disciplinatū, nec motus morū.

G Quando cp aut peccant, & passione in genere eius quod passum b
est ponentes. Vt immortalitate vitam sempiternam dicetes esse passio enim vitæ & accñs immortalitas vr esse: cp aut verñ sit quod
dicitur, manifestu fiet, si quis admittat aliquem ex mortali fieri im-
mortalé:nullus enim dicit aliã viã eu sumere, sed accñs aliquod,
vel passioné huic eidem aduenire: quare non genus vita, immor-
talitatis. Rursum, si passioné cuius est passio, illius genus dicit eé.
Vt spiritu aerem motum:magis enim motus aeris, spiritus nã, aer
idem permanet, & qñ mouetur, & qñ stat, quare non est omnino
aer spiritus:esset enim & non moto aere spiritus, siquidem idé aer
permanet, qui quidem erat spiritus:similiter aut, & in alĳs hmõi.
Si igitur, & in hoc oportet admittere cp aer motus, est spiritus, nõ
tamen de omnibus huiusmodi est assignandum, de quibus nõ verificatur genus, sed de quibuscuncp vere prædicatur assignatum
genus:nam in quibusdã non videtur verificari, vt in luto, & niue:
nam niuem dicunt esse aquam coagulatam, lutum autem terram
humido temperatam:est autem necp nix aqua, necp lutum terra:
quare neutrum assignatorum generum erit genus; oportet enim
genus verificari semper de omnibus speciebus: similiter aut necp
vinü est aqua putrefacta(sicut Empedocles dicit, in ligno putruit
vnda)nam simpliciter non est aqua.

ABRAM

Vigesimus octau° locus é, quan
do quis ponit habitum genus
actus, aut actum genus habitus, Exé
plum positionis habitus genus act°,
est sermo dicentis, quòd medicina
sit genus regiminis conualescentiũ:
conualescétium nanq; regimen nõ
est species medicinæ, sed ipsum regimen est ipsamet medicina. Exem
plum autem huius, qui posuit actũ
genus habitus est, prout qui dixerit
genus febris esse actionum nocuié
tium:notum autem est, quòd qui po
neret genus huiusmodi, abstulerit
ab eo prædicationem in eo cp quid
sit. Et ideo hic locus est demonstratiuus in destructione.

MANTINVS

Vigesimus octauus locus est, si
aliquis ponat habitũ esse gen°
ad actũ, vel actũ ad ipsum habitũ.
exempli gratia, qui ponit habitum
esse genus ipsius actionis, seu actus,
est, vt si dicat medicinam esse gen°
ad regimen conualescentium:quo-
niam regimen conualescentium uõ
est vna specierum artis medicæ: sed
ipsum regimen est ipsamet medicina. Exemplum vero eius, qui ponit
ipsum actum genus ad habitum. vt
si quis dixerit, genus ipsius febris eé
læsionem operationis. Manifestum
autem est, quòd qui ita describit ge
nus, tollit prædicationem in eo qd
quid est: & ideo is locus est demonstratiuus in destruendo.

Vigesimus   Locus

A Vigeſimus nonus locus eſt, quia ponere rem illud conſequentem, in ditium eſt ponere in potentia habitum conſequentem ipſam : hoc eſt: ponere potentiam genus ipſius habitus. verbi gratia, qui poneret manſuetudinem & fortitudinem continentiam ab ira & timore, & conſtantiam à fuga : fortis enim & mitis eſt aliud, q̃ continens : fortis enim eſt, quem non aggreditur timor: cõ stans autem eſt qui ſe cohortatur ad ferendum res terribiles : & ſimiliter continens eſt, quem nõ aggreditur iracundia : conſtans autem eſt, qué

B aggreditur accidens: iracundiæ & ſe detinet in illa. Et ideo dicitur quòd habens habitum ſit, quem non aggrediuntur accidentia, conſtans autem eſt, quem aggrediuntur accidentia, & detinet ſe in illis, & vt vniuerſalius inquam, conſtare anima eſt cauſa in eſſendi habitum conſtanti. Et ideo, quando eſt habitus, ſequitur neceſſario q̃ ſit potentia præcedens ipſum, & nõ ſequitur, ex quo conſtantia præcedit habitum q̃ ſit illius genus : hoc autem eſt per ſe nouum. Et hinc ponendum eſt triſtitiã

C eſſe genus iræ, & opinionem, genus aſſertionis : triſtitia enim ſequit ab eſſendo iram : impoſſibile enim eſt iraſcentem non contriſtari, & triſtitia eſt cauſa iræ. Neq; etiam opinio eſt genus aſſertionis, & ſi præcedat eſſe ipſam, & hæc illam ſequatur: veritas enim primo fuit opinio: quando aũt aucta & roborata eſt, fit aſſertio. Nullum autem genus eſt huius conditionis, hoc autem exiſtente, vt præſcripſimus, cõſequens, quod falliti ponentem genus ſecundum habitum, eſt tripliciter, aut q̃ cõſequés ſit
ſicut

D Locus vigeſimus nonus eſt, ſi põ nat res pro re, quæ ad illã ſequit, vt q̃ ponat habitus pro potentia, q̃ illũ ſequit, hoc eſt q̃ ponatur potẽtia genus ad habitũ. Exempli grã, ſi quis ponat manſuetudinẽ eſſe continentiam iræ, & fortitudinẽ continentiã timoris, & abſtinentiã à fuga. Nam ipſe fortis ac manſuetus differũt ab ipſo continente, nã fortis eſt, qui nõ afficit timore, cõtinens vero, qui reſiſtit rebus incutientibus timorem: ſitq; & manſuetus, qui ira non affi cit, ab eaq; ſe abſtinet, cõtinens ve-

E ro, qué aggreditur aliquod accidẽs iræ, & iñ non perturbatur ab ea, ſed reſiſtit ei: & ideo dr̃, q̃ qui habet aliquem habitũ, eſt ille, qué non aggrediunt paſſiones, ſeu caſus ipſi: ſed cõtinens eſt ille, qué perturbationes aggrediuntur, & inſeſtant, ſed nõ perturbat ab eis, ſed reſiſtit eis, & (vt verbo dicã) ipſa cõtinentia eſt cauſa, vt reperiat habitus in ipſo continente: & ideo, ſi reperit ipſe habitus, neceſ ſe eſt oĩno, vt reperiat potentia, quæ eũ præcedat : neq; propterea ſequit, ſi continentia præcedit habitum, vt

F propterea ſit eius genus : & hoc perſpicuum eſt. Similiterq; ponere triſtitiã genus ad irã, & opinionẽ genⁿ ad fidem, quia triſtitia neceſſario ſequit ad ipſam irã, qm̃, qui iraſcitur, iñ poſſe eſt, quin contriſtetur, & ipſa triſtitia eſt cauſa iræ, neq; opinio et eſt genⁿ fidei, licet ſecdat eius eſſe, ſequit aũt ad ipſam, qm̃ fides primo eſt opinio, poſtea vero ipſa aucta & firmata ſit fides, ſed nõ dat h̃moi genus: ſi ergo res ita ſe h̃, ſequit vt illud conſequés, in quo peccat, qui ponit, ipſum ee genⁿ, eſt vnũ horũ trium: nẽpe vel vt ipſum cõſequés ſit in po

K iiij tentia

G sicut potentia ad habitum, prout est potentia ad cateruam terribilium, quæ est habitus, qui est ipsa fortitudo, aut sicut causa alicuius rei, prout tristitia efficit iracundiam, aut sicut res remissa debilis virtutis, prout est opinio cum assertione: opinio enim est debilis assertio: & hinc errauit q posuit progressum genus cursus.

Locus 30. qui est 62.

Trigesimus autem locus est, q cō sideremus, an moris speciei & generis sit, q sint in vno subiecto, in quo est species, in illo sit genus: sin autem,
H illud non est genus, prout sunt albedo & color, quia in quo est albedo, in illo est color: si quis autem poneret timorem genus pudoris, & tristitiam genus iræ, non esset gen' illud, quod poneretur: pudor enim est in parte cogitatiua, & timor in animi excitatiua, & tristitia in concupiscibili, & ira & contentio in irascibili. Hic aūt locus est demōstratiuus: si enim spes insit alicui subiecto, frn q inter ea est essentialis habitudo, genus necessario inest illi. Et hic locus iuuat ēt ipsum accidens: vulga-
I tum enim est, q accidens & rei quæ accidit, insint vni eidem rei: si autē non insint vni rei, illud non est accidens. Et huius loci instātia est, quia rubor pudēris & pallor timēris sunt duo accidentia, quæ insunt faciei, & consequuntur ob animæ affectum.

Locus 31, q est. 62.

Trigesimus prim' locus est, q cō sideremus, si genus non prædicet de specie simpliciter, sed prædicetur de ea adiectione connexæ clausulæ, & conditionis, illud non est genus: & hanc ob causam senties & vidēs nō est genus animalis: animal enim sentit p eius partem, quæ est ipsius aīa. Et ille locus est demonstratiuus.

Trige-

tentia ad habitū, sicut ē potētia sup K cōgregationē terribiliū, q reperitur in ipso habitu, qui est fortitudo: vel vt sit cā rei futuræ, vt tristitia, q efficit irā, vel vt res exigua imbecillis roboris, vt est opinio ad ipsam fidē, seu certitudinē: nā opio ē debilis fidei, vel certitudo debilis: hinc errat, qui ponit ambulatiōis gen' ipm cursū.

Trigesim' locus ē, vt inspiciamus vtrū genus & spēs sint apta nata esse in eodē subiectō, tūc enim I quo reperit spēs, reperiet & genus: alias n. non est genus, vt albedo & color, nā in quo inest albedo, in eodē reperit L & color. Et si quispiā dixerit timorem esse gen' verecūdiæ, & tristitiā gen' iræ, nō recte assignauit genus, qm verecūdia est in parte rōnali, timor vero in irascibili, & tristitia in cōcupiscibili, & ira in irascibili. Isq, locus ē demōstratiuus: nā, si spēs reperitur in aliquo subiecto, ppea qa habent inter se quandā habitudinē demonstratiuā, tūc de necessitate gen' reperiet in eo. Is aūt locus ē vtilis ad ipsum accēs, nam manifestū est, q accidens, & id, pp quod ipsum acci- M dit, sunt in eadem metre, & si nō erit stant in eadē re, tunc erit accidens: sed huius loci instātia est, qm rubor verecuadi, & pallor timētis sunt duo accidentia, quæ existunt in facie, & nō insequuntur animæ passionem.

Locus trigesimus prim' est, vt cō siderem': nā, si genus non prædicet de specie simplr, sed prædicet de ea fm quid, & cum conditione, tunc nō est genus: & ob hanc causam nec ipsum sensitiuom neq, visuom ē genus ad animal, qm animal est sensitiuom parte eius, quæ est anima: & est locus hic demonstratiuus.

Trigesimus

ABRAM

A Trigefimus fecundus locus eft, q̃ totum ponatur in parte, hoc eft, q̃ totum ponatur partis species, prout qui pofuit lutum genus terræ: nam terra eft pars luti. Et hic locus eft, quo deeft prædicatio in eo quod quid fit.

Trigefimustertius locus eft, q̃ confiderem' an pofuerit aliquam rerũ turpium, à quarũ fuga eft in poten tia illius quem illæ attingunt: pro quo quis poneret fophiftã illũ, qui adipifceret opes & magiftratus per fciam, & latronem illum, qui poffet furari: hic enim denominauit aliquem fm aliquam rem in actu, in eo q̃ quid res fit, quatenus illa ineft illi in potentia. Eximlus enim rerũ ftudiofus præpotens pofset praua fa gere, fed non faceret malum. Et ite rum, quia potentiæ funt eligendæ, ipfas enim ineffe habentibus poten tias fit ob duarum operationũ præ ftātiorem. Si aũt fecerit malã.i. per accidens: & ideo non funt turpes fe cundum fe. & fimiliter fit, fi pofue rit aliquam rerum eligendarum in potentia ad illas. Potentia enim eft eligenda propter aliud. Et vniuerfa liter hic locus redit ad eum, in quo ponitur pro re ipfius euentum.

Trigefimusquartus locus eft, q̃ confideremus fi fpes fit de illis, qua rum moris eft effe in pluribus, q̃ in vno gñe, & poneret in vno, illud nõ effet genus: prout latro, qui eft eli gens & potens, non.n. eft latro qui eligit, & non põt, neq; iterũ qui põt & non eligit. Themiftius aũt dicit, q̃ hic locus eft falfus, q̃m non inge nitur aliqua res, quæ fubfit duobus generibus fupremis ex vna parte: & hoc eft impoffibile nifi in pdicamẽto

rela-

MANTINVS

D Trigefimus fecundus locus eft, h̃ ponat totum in parte, i. vt ponat to tũ fpecies partis. vt fi quis poneret genut ipfius luti ipfam terram, ter ra fit pars luti, & in loco deeft prædi catio in eo quod quid eft.

Locus trigefimustertius eft, vt in fpiciamus fi ponatur aliquid vitupe randorũ, vel fugiendorũ in poten tia, vt propterea pueniant actu: vt fi quis ponat, fophiftam effe qui põt diuitias præftare, fcientiamq; appa renté tradere, & furé qui poffit alie na furripere bona. Qm non deno minabit aliquis aliqua re actu, eo modo, quo denotatur, quatenus eft in potentia ad illam rẽ. Nã Probus Rex habẽs poteftatẽ, põt vtiq; ma lum agere, fed nou aget malũ. pote ftates præterea eligunt p fe, qñ re periuntin habentibus ipfas potefta tes pp meliorem duarũ actionũ, & fi agantur in malam parté, illud erit p accidens, & ideo, illa non funt per fe vituperãda: fimiliterq; fi quis po fuerit aliquod eligibilium in poten tia, qm potentia eligit pp aliud: & tandem hic locus reducit ad eũ, in quo ponitur perpto eius confequen te, vel accidente.

F Trigefimufquartus locus eft, vt infpiciamus verum fpes aliqua pof fit ex natura fua poni fub pluribus generibus vno, & ponat fub vnico genere, tunc illud non eft genus: vt fur, qui eft eligẽs, & potens, nã nõ é fur qui eligit, & non eft potens, neq; qui eft potens, & non eligit. Themi ftius aũt dicit, q̃ hic locus eft falfus, q̃m non reperitur aliquid, quod in cludatur fub duobus generibus fu premis vnica & eadem ratione: hoc aũt non põt fieri, nifi in pdicamẽto

rela-

ABRAM

G relationis, ex quo illud euenit oīb' prædicamentis. Et dicit, ɋ si ponat latio in electione, & potestate est error circa illum, qua ponitur res in suum euentum, nec illorum aggregatum est illius genus. Hoc autem est considerandum.

Trigesimusquintus locus est, ɋ ponatur patiens genus ipsius passionis, prout diceretur ɋ priuatio mortis sit vita æterna, estimatur enim, ɋ priuatio mortis sit accidens, aut passio vitæ æternæ: si aūt priuatio mortis esset vita, priuatio esset ipse habitus: & sit qui diceret, ɋ ventus sit aer motus, prius enim esset, ɋ ventus esset ipsius aeris motus, aer. n. est aer, siue quiescat, siue moueatur, & si ventus esset aer, esset ventus illo quiescente. Huius autem basis est, quia genus verificatur de speciebus in eo ɋ quid sit. Huius aūt loci contrarium est, vt qui posuit aerē motum, esse ipsum ventum.

MANTINVS

relationis, quia consequitur omnia prædicamenta. Dicit igitur, ɋ, si ponat fur p electionem & potestatem, peccat, propterea quia ponitur res p suum consequens: illorum enim aggregatum non est suum genus, hoc ī indiget consideratione.

Locus trigesimusquint' est, cùm ponit ipsum patiēs genus passionis. vt si quis dicat immortalitatem esse vitam sempiternam, qm immortalitas vt esse accidens, vel passio ipsi', vitæ sempiternæ, si igit ipsa immortalitas esset vita, tunc ipsa priuatio esset habit'. similiterɋ, qui dicit vērum esse artem motū, cm potius vērus est motus aeris, cùm ipse aer sit aer iam quiescens, ɋ motus: sed si vērus esset aer, tunc esset ventus, dum quiescit: & huius rei fundamentum est, ɋ genus vere dī de speciebus in eo quod quid est. sed huius loci contrarium est, si quis posuerit aerem motum esse ventum.

Locus. 55. qui est 68 & 69.

De Genere, loci alij. Cap. 6.

70. locus, Declaratio. I
71. locus. Declaratio.
72. locus. Declaratio.

AMplius, si omnino quod assignatū est, nullius est gen'. Manifestum enim, qm neqɜ eius, quod dictū est. Considerandum aūt ex eo quod nihil eorū differt specie, quæ participant assignatū genus. Vt nihil alba differūt specie, ipsa d seinuicē omnis aūt generis sunt species differentes: quare nullius erit albū genus. Rursum, si quod omnia sequitur, genus, vel differentiam dixit. Plura enim sunt, quæ omnia sequuntur: vt ens, & vnum eorum sunt, quæ omnia sequunt: si igitur ens genus assignauerim', manifestū, qm oīum erit genus, eo ɋ prædicatur de eis: de nullo enim genus ɋ de speciebus prædicatur: quare & vnum spēs erit entis: accidit ergo de oībus, de quibus genus prædicatur, & spēm prædicari, eo ɋ ens, & vnum de oībus simpliciter prædicantur; oportet autem de paucioribus speciē prædicari. Si autē quod omnia sequitur, differentiam dixit, perspicuum qm de equalibus, vel de pluribus differentiaɋ genus dicetur. Nam, si & genus omnia sequitur, de æqualibus: si vero non omnia sequatur genus de plu-

ribus

A ribus differentia dicetur q̃ ipsum genus. Amplius, si in subiecta
specie est, quod asignatũ genus dicit. Vt album in niue: quare ma
nifestum qñ non erit genus: de subiecta enim specie solũ genꝰ dr̃.
Considerandum autem etiam est, si non vniuocum sit genus spẽi.
Nam de oĩbus speciebus vniuoce genus prædicatur. Amplius,
qñ existente & speciei, & generi contrario, si quod melius contrariorũ est, in peiori genere ponit. Nam accidet reliquũ in reliquo
esse, eo ꝙ contraria in contrarijs generibus: quare quod deterius
est, in meliori erit: at vr̃ melioris, & genus melius esse. Et si eodẽ
sit ad vtraꝗ se habente, in peiore, & non in meliore genere ponit.
Vt aĩam ipsum quod est agitationem, aut agitatum: nam pari mo
do eadem statiua, & agitatiua esse vr̃: quare si melius statio, in hoc
oportet genere ponere. Amplius, ex magis, & minus. Destruenti
quidem, si genus suscipit magis, spẽs autem nõ suscipit, neꝗ ipsa,
B neꝗ quod ab ipsa dicitur: vt si virtus suscipit magis, & iustitia, &
iustus: dicitur enim iustus magis alter altero: si igitur asignatum
quidem genus magis suscipit, species autem non suscipit, neꝗ ipsa, neꝗ quod ab ipsa dicitur, non erit quidem asignatum genus.

Rursum, quod magis videtur, vel similiter, non est genus: manifestum, qñ nec quod asignatum est. Vtilis autem hic locus in talibus maxime, in quibus plura vidẽtur de specie in eo quod quid
est prædicata, cũm non determinatum est, neꝗ promptum nobis.
est dicere, quodnam eorum genus: vt de ira, tristitia, & opinio par
uipendentiæ, in eo quod quid est prædicari videtur: contristatur
enim iratus, & opinatur paruipendij. Eadem autem cõsideratio,
& in specie ad aliud aliquid comparanti. Nam, si quod magis, aut
similiter videtur esse in asignato genere, non est in genere, manifestum, ꝙ neꝗ asignata omnino species erit in genere: interim eo
C ư igitur quemadmodum dictum est, v tendum. Astruenti vero siquidem suscipit magis quod asignatum est genus, & species, non
vtilis locus: nihil enim prohibet vtroruméꝗ suscipientium non es
se alterum alterius genus: nam bonum & album suscipit magis, et
neutrum neutrius genus. Generum autem, & specierum ad sein-
uicem comparatio, vtilis: vt si similiter hoc, & hoc genus: si alterũ
genus, & alterum: similiter autem & si quod minus, & quod magis: vt si continentiæ, magis potestas, quàm virtus genus, virtus
autem genus, & potestas. Eadem autem & de specie conuenit dici: nam si similiter hoc, & hoc propositi species: si alterũ species, &
reliquum: & si quod minus videtur, spẽs est, & qñ magit. Ampliꝰ,
ad construendum: perspiciendum si de quibus asignatum est genus, in eo quod quid est prædicatur: cùm nõ sit vna asignata species,

73. locus
Declatio.
74. locus
Declatio.
75. locus
Declatio.
76. locus
declatio.
77. locus
declatio.
78. locus
declatio.
79. locus
declatio

G cies, sed plures, & differentes. Nam manifestum qm erit genus.
Si autem in aslignato species est, considerandum & si de alijs speciebus genus in eo quod quid est prædicatur.Nam,rursus accidet
de pluribus,& differentibus idem prædicari. Qm autem videtur
in quibusdam,& differentia in eo quod quid est de speciebus præ
dicari, separandum est genus & differentia, vtenti ijs quæ dicent
elementis. Primum quidē,qm genus de pluribus dr qp differētia.
Deinde,qm sm eius(quod quid est)asfignationem, magis conuenit genus,qp differentiam dicere.Nã,qui animal dicit hoīem, magis indicat quid est homo,qp qui gressibile. Et qm differentia qui
dem qualitatem generis semper significat:genus aūt, differentia
non.Nã qui dicit gressibile,quiddã animal dicit:qui vero animal
dicit, non dicit quale quiddam gressibile:differentia igitur à gene
re sic separanda. Qm autē vr Musicum,qua Musicum est, sciens
esse:& Musica scientia quædã est:& si ambulãs eo qp ambulat mouetur,ambulatio motus quidem est: considerandū in quo genere
vult quippiam construere secundū dictū modum. vt si scientiam
ipsum quod est fidem:si sciens quatenus scie,si dit:manifestū enim
qm scientia fides quædã erit:eodem aūt modo,& in alijs huiusmo
di. Amplius,qm quod sequitur aliquid semper, & non conuertit,
difficile est separare,qp non sit genus,si hoc quidem illud sequitur
omne,illud vero hoc non oē.Vt tranquillitatem quies,& numerū
diuisibile,è conuerso aūt non:nam diuisibile non oē,numerus, ne
que quies ois,tranquillitas:ipso quidem est vtendum, vt genere
quod est semper consequens,cūm non conuertatur alterum: cūm
autem alterū se extendit non in oībus,obsequendū. Instatia autē
huius:qm non ens sequitur oē quod fit(nã quod fit non est) nõ cõ
uertitur(non.n.omne quod non est,fit)attamen non est genus nõ
ens eius quod fit:simplr enim non sunt non entis species.De gene
re igitur quemadmodum dictum est,transeundum.

Sermo de nonnullis alijs locis Generis.　　Cap. 6.

ABRAM

TRigesimussextus locus est , si
res denotatæ per genus nõ differant per aliquam differentiarum,
prout qui poneret album genus re
rum albarum.

Trigesimusseptimuslocus est, qp
ponatur consequens omnes res genus alicuius rei: vt qui poneret vnū
& ens genus decem prædicamētorū:
opor-

MANTINVS

LOcus trigesimussextus est, cū
ea,quæ pro genere assignantur
non differant aliqua differentia, vt
si quis dicat album esse genus rerū
albarum.

Locus trigesim⁹ septimus est, cū
ponif quod sequif ad ofs res esse ge
nus alicuius rei, vt si quis ponat vnū
& ens esse genus decē pdicamētorū,
quia

A oporteret enim, ⌐ eas esset genus vnius, & vnum genus illius, ex quo vtrunque eorum verificatur de alterutro, & esset vna eadem res, relatione vniuseiusdem rei, aliquando genus, & aliquando species: hoc autem est falsum, quia genus prædicatur de pluribus, q̃ prædicetur species. Sicque etiam errat qui poneret talia consequentia differentias: consequens enim rem sicut non largitur ipsius quidditatem, sic non largitur qualis res sit: & ob hoc sequeretur, ⌐ differentia esset æqualis gene-
B ri, aut eo vniuersalior.

Locus 38. qui est 73 Trigesimus octauus locus est, si genus denominatum dicatur in subiecto, non de subiecto, & species de subiecto, illud non est genus, sin autem, accidentia essent genera substantiarum.

Locus 39. qui est 74 Trigesimusnonus locus est, ⌐ consideremus, an speciei sit contrarium, & generi sit contrarium, & species præstantior illarum posita fuerit generis vilioris illorum, illud quod positum est genus, non est genus. Et
C ex hoc loco intulit Socrates errorem in Libro de Republica, quem sensit deceptor, quia ex quo excellentius est contrarium iniustitiæ, & bona electio contraria est malæ electioni, & iustitia est excellentior, & iniustitia & bona electio excellentior est mala electione, litigiose & paralogistice intulit, iustitiæ genus esse malam electionem. Ait Themistius hic locus est vulgaris, sed fortasse vis huius loci sumitur ab essentia rei, quod est ex quo genera insunt speciebus secundum sui essentiam: necessario itaque est,

quia tunc oportebit ipsum ens esse D genus ad ipsum vnum, & vnum genus quoque ad ipsum, cum alterutrum eorum vere dicat de alterutro: & sic vna & eadem res, in relatione ad eandem rem qñq; erit genus, qñq; vero species: quod est falsum, quia genus de pluribus prædicatur q̃ species. Sic quoque errat qui ponit huiusce modi consequentia esse differentias, quia quemadmodum id, quod consequitur rem, non præstat eius quidditatem, C vt significet quid sit, ita & neq; quale sit illud, & sequeretur ex hoc, vt ipsa differentia esset æqualis E ipsi generi vel vniuersalior ipso.

Locus trigesimus octauus est, si genus assignatum dicat esse in subiecto, & non de subiecto, species vero de subiecto, tunc illud non erit genus, alias enim accidentia essent genera substantiarum.

Trigesimusnonuslocus est, vt inspiciamus, si spes habet contrarium, & genus quoque habeat contrarium, & ponat species illorum melior in genere deteriori, tunc id, quod fuit positum genus, non erit genus. Et ex hoc loco probauit Socrates in lib. F de Republica errorem cuiusdam sophistæ, quia cum iustitia sit contraria iniustitiæ, & bona electio contraria malæ electioni, & iustitia sit melior iniustitia, & bona electio melior mala electione, ideo intulit contra ipsum instantiam & impugnationem, quia ponebat genus iustitiæ esse malam electionem. Inquit Themistius, hic locus est probabilis rhetoricus: sed fortasse vis huius loci erit sumpta ex essentia rei, cum ipsa genera insunt speb' secundum essentiam suam: necesse ergo est, vt ipsum melius atque
ipsum

G est, ꝗ præstantior & vilior res sequa
tur in veritij, vno eodem modo. Et
dixit:huius loci inſtātia eſt, ꝗa vermis & muſca eſt vilior imagine Lunæ facta ex ære. Hæc aūt non eſt inſtantia,quia nulla res inanimata eſt
pſtantior, ꝗ alata, Lunæ aūt imago
eſt præſtans fm poſitionē, nō nāl̄r.

   Quadrageſimus locus eſt, ſi fuerit vna res attributa duabus rebus
vna habitudine, & vna illarū fuerit
pſtantior ꝗ altera:res aūt illa poniſ
in viliori,non in præſtantiori, illud
non eſt genus,prout eſt de anima ,
quia ei ineſt mot',ſicutei ineſt ꝗes,
& ex quo quies eſt permanentia, p-
ſtantior eſt illī ꝗ ineſteei motum .
Sicꝗ qui poſuit eam in motu erra-
uit:hic autem locus eſt vulgaris.

   Quadrageſimuſprimuſ locus ſumitur ab eo quod eſt magis & minus & æquale,& eſt de locis commu
nibus omnibus quæſitis, & ſumitur
à rebus,quæ ſunt deforis. Numerus
autem locorum qui ſunt hui' loci,
eſt proximus numero locorum,qui
ſunt de quæſito accidentis.Primus
itaque locus deſtruens quidem eſt
ſi genus recipiat additionem,& ſpecies non recipiat id, de quo dicitur
ꝗ ſit genus,non eſt genus:& hic locus eſt demonſtratiuus. Et hinc accidit error illius, qui definiuit dn-
bium, ꝗ ſit æquilibra oppoſitarum
opinionum:æquilibra enim non ſu
ſcipit additionem, dubium aūt ſuſcipit illam.Et ille eſt debilis in con
ſtructione,quia quando vtraque ſu
ſcipiunt magis & minus,non ſequitur quòd vnum ſit alterius genus,
prout ſunt albus & pulcher & intelligens & prudens. Secundus antem
locus eſt,ſi quod magis aut æqualiter

ipſum deterius eodem modo ſequi
tur vtrunꝗ eorū. Dixitꝗ, inſtantia
huiusloci eſt, quia vermis & muſca ē deterior imagine Lunæ Ænez.
Sed hæc non eſt inſtantia,qm nullū
in animatum eſt melius aliquo ala-
to.Imago aūt Lunæ erat præſtās &
nobilis fm poſitionē, non fm nām.
Locus quadrageſimus eſt, vt inſpiciamus ſi vna & eadem res referaſ
ad duo eadem relatione,& vnū illorum ſit mellus altero,& res ponatur
in deteriori,non in meliori,tunc illud non erit genus, vt ala , quæ hēt
motum,quemadmodū &quietem,
ſed cum quies ſit ſtatio,ſeu firmitas
melior quidem eſt ei,ꝗ motus,ergo
qui ponit eam habere motum, peccat:& hic locus eſt probabilis.

   Locus quadrageſimus primus,eſt
ſumptus ab eo, quod eſt fm magis
vel minus,vel æquale, & eſt ex locis
communibus cūctis problematib',
& eſt ſumptus à rebus exterioribus,
& tot ſunt ferè loca huius loci , quot
ſunt ea,quæ numerauit ī problema
tibus accidentis. Primus aūt locus
deſtructiuus quidem eſt,vt inſpicia
mus vtrum genus ſuſpiciat magis,
ſpēs vero non recipiat ipſum, tunc,
quod df de ſpecie non erit genus, &
hic locus eſt demonſtratiuus. Hinc
errauit,qui diffiniuit dubitationē,
eſſe æqualitatem contrariarum co-
gitationum,qm ipſa æqualitas non
ſuſcipit magis , dubitatio vero ipm
ſuſcipit. Eſt tū hic locus debilis in cō
ſtruendo, qm licet vtrunꝗ eorū ſuſcipiat magis & minus,non propterea ſequiſ,vt vnum eorū ſit gen' ad
alterum:vt album &boneſtum,ſeu
pulchrum, & intelligens & prudēs?
ſecundus locus eſt,ſi illud qd vt eſſe
magis

ABRAM

A ter putatur esse genus, non sit gen°, nec quod positum est esse genus est genus: & hic quidem locus vtilis, est in rebus, de quibus putatur, φ præ- dicentur de vna re, quatenus sint il- lius genera, absq; φ nobis constet, q illarum sit genus fm veritatem. Cu ius exemplum est, quia tempus esti- matur, φ sit motus, & φ sit numer°, & similiter ira estimatur, φ sit tristi tia, & φ sit pp cogitationem, qm q irascit cotristat, & cogitat, φ aggres sus eis fuerit spretus, & fm hanc spe- ciem scrutinij scrutaret de ipsa spe- cie coparando ipsam ad indiuiduu,

B quia si qd magis aut æqualiter æsti mat esse species, non sit species, quæ posita est spes non est spes. Et costru ctio iterum proseret his locis: si eni hoc & hoc, de quibus putat φ sint genera sifr, & vnum illoru est gen°, alterum etiam est genus: & sifr si il- lud, de quo min° erat opinio, est ge nus, id, de quo magis est opinio, est genus. v. g. si potestas magis sit con- tinentiæ genus q virtus, & virtus est genus, potestas etiá est genus: & hçc eadem verba dicerent de constru- ctioue spé:oia aut hæc loca sunt p-

C suasiua, nisi prius fuerit nasr prius.

Locus 42 qui est 77

Quadragesimus secundus locus é de differentia, q est inter genus, & differétiam. Primo, quia genus præ- dicatur de pluribus, q prædicet dif- ferentia. & Secundo, quia genus ma gis significat rem, q differétia, & dif ferentia significat qualitatem, gen° autem non significat qualitatem: q enim diceret progressiuum, diceret aial qualificatum, qui autem diceret aial, & non diceret progressuu, non qualificaret: hoc autem generis & differentiæ discrimé est diuulgatu.

Qua-

MARTINVS

magis genus, vel silt, non sit genus: D ergo illud, qd positu est p genere, non erit genus, & hic locus est vtilis in rebus, q vir pdicari de aliqua re, qtenus sunt gna eius, licet nos igno remus, quod na illorum sit vere ge nus. exempli gra tpus existimat esse motus, atq; numerus: sifrq; ira exi- stimat esse tristitia, atq; esse p p opi nionem, qm qui iratur tristat, & opi natur recepisse paruipédentiam, seu vituperiú: & hocmet genere consi- derationis considerat spé, prout có paratur ipsi indiuiduo, qm si id qd existimat esse magis spé, vel æqua-

E liter non sit spé, tunc illa species assi gnata, non erit species: In construé- do etiam vtimur his locis. na si hoc & hoc quod existimat esse genus si- mili ratione, & vnum eorum fuerit genus, tunc aliud quoq, erit genus: similiterq, si minus opinabile fue- rit genus, ergo magis opinabile erit genus. exempli gratia, si potestas est genus continentiæ, magisq, virtus, & virtus sit genus. ergo & ipsa pote stas erit genus: & hæc eadem dnr ad construeudá spém: oia autem hæc loca sunt probabilia: verum primus est prior natura.

Locus quadragesimus secundus é, F quo separat genus à dfia: & primo, qm genus prædicat de pluribus q p dicet differentia: secundo vero, qm genus magis significat quiditatem rei, q differentia. Differentia vero si gnificat qualitaté: genus aut non si- gnificat quabtaté. Na cum df gressi bile, df aial qualificatum, seu quale quid: sed qui dicit animal, & non di- cit gressibile, non dicit quale quid: & hæc diuersitas, quæ est inter gen° & differentiam est probabilis.

Locus

ABRAM

G

Locus. 43
qui est re-
liqua b.à
loca,

Quadragesimustertius loc' est, φ quicquid ipsum esse sequit essendo spém, aut sequit spém esse essendo ipsum, estimat de illo φ sit gen? & difficile sit distiguere inter ipm, & ipm gen'. Huius aūt instātia est, qa quod est in gñatione, est nō ens, & non ens nō est genus illius, quod est in generatione: & rursus, quia si hoc sipe esset genus, connexa essent genera. Expedit aūt te scire, φ loca propriorum gēneri eūsdens sit ipsórū disciplina, reducendo oīa illa ad quatuor basei, quas diximus φ sint sedes locorum generū. Prima enim

H

basis, s. φ genus inesse speciei oporteat esse necessariū, sumit sub se locū, quo dī, sr quod ponit genus conueniat definitioni accidentis: & φ si qd positū est z genere, impose sit, φ conueniat vlli harū specierū: & φ si nulla dīārū diuidentiū genus pdiccet de illo, quod positum est speī: & φ si spés conueniat alteui rei, q nullo pacto insit rebus, quae subsunt generi: haec enim quatuor continet, φ id qnod positum est genus, non bt speciei: sicq; consistent circuinstrū, sicut destructiones, & in omnibus quae sunt simpl' excepto primo. Secunda vero basis est, s. φ expediat genus praedicari de tota specie, & φ quicquid praedicatur de parte nōn est genus: & habett illi primus loc', quem ordine inferuit Aristo. & est locus partitionis sōlum. Tertia vnē basis est, s. φ expediit genus superare in essendo ipsam speciem, φ illud quod praedicatione nōn superat speciem, nōn sit genus, & sublinet aūt illam plura loca: quorum primus est, si conectatur generi definitio speī, quia si connectatur; aequatur illi,

aut

MANTINI

K

Locus quadragesimus tertius est, vt quodcunq; det data spé, sed non oporteat spém dari daro illo, existimat qdc illud eē gen': & erit difficile distiguere inter ipm & ipm gen'. Sed huius instātia est, qñi quod fit, non est ens, sed non ens non est genus ad id qd fit: praeterea si hoc esset simile generi, tunc & ipsa consequenria essent gña. Scire aūt debes, φ loca propria ipsi generi possunt disci reducēdo ea oīa ab illa quatuor pricia, seu eīnta, q diximus esse fundāmēta locorū genericorū! Nam sub primo loco, qui erat, φ genus inest

L

necessario ipsi speī, includit locus ille, in quo dicebat, vtrum id qd ponitur esse genus conueniat definitioni accidentis: & vtrum id, qd ponit pro genere, possit esse cōe alicui illarum sperū: & vtrum vna ex differētijs diuisiuis gñis, non pdicet de eo, quod fuit positū pro spē: & vtrum spés sit cōis alicui rei, q nullo pacto pōt reperiri in rebus sub gñe existētibus. Haec .n. quatuor hnt hoc iter se cōe, φ id quod ponit esse genus, non inest speī: ergo cōicant in modō destruendi in oībus problematibus absolutis praeter primum. Secūdum vero fundamentū est, φ oportet genus pdicari de vībus spēbus, & φ illud quod pdicat de aliqua, non est genus, includit sub eo, primus locus, quem Arist. aatrauit, & est loc' a diuisione tōi. Sub tertio aūt fondamento, quod est hēpe, φ oportet genus superare spém in suo m esse, & φ id, quod non superat in suum esse ipsam spem, non sit genus, icludunt quidē multa loca! primus locus est, vtrum coniungat generi definio speciei: nā si adiungat, tunc

erit

M

ABRAM.

...sit superat illud: secūdus aūt est, q̄
spēs diceretur de pluribus, q̄ dicat
genus, aut æqualiter: tertius est, si po-
teris genus in specie: & quartus est,
aut differentiam in specie: & quintus, aut genus in differentia: & sextus, aut differentiam in genere: & septimus, si generi non sit alia spēs.
Quarta vero basis est, qua dictum
est, q̄ expediat genus prædicari de
spē in eo, q̄ quid sit, & q̄ id quod nō
prædicatur hoc modo non sit gen°:
& subintrant ipsam plura loca ni-
mala, & sunt destruentia & constrné
ria contra reliqua loca: quorū primus est secūdus locus, & loca prēcedē-
da, sed ille ē ipsamet basis, Cille, quo
dictum est, q̄ id, quod posirū est genus non prædicetur in eo q̄ quid sit
sed prædicatione per accidens: secūdus, si genus & species sint vnius prædi
camenti: & tertius: si quod enuncia
mus esse genus, non prædicetr in eo
q̄ quid sit de aliquo indiuiduorum
ipsius spēi: & quartus, si acciderit spe
ciei, q̄ ei sit aliud genus vltra genus
positum, & neutrū alteri subsit, nre
ambo subsint alij generi, si genus,
quod positum est genus, & olia gene
ra quæ supra ipsum sunt, prædicent
de specie in eo q̄ quid sit vno simili
modo: & tertius, si definitiones gene
rum conueniaut speciei, & omnib'
rebus subordinatis illi: septimus, si
posueris differentiam in genus: &
octauus, si posueris habitum in differentiam: nonus, si posueris habitum in potentiam consequentem illū:
decimus si posueris totū in suas par
tes: vndecimus, si posueris affectus
& passiones in patientē: & duodeci
mus, si posueris aliquam rem de vilibus, aut turpibus in potentia: ter-
tius-

MANTINVS D

erit æquale ei, & non superaret ipsā:
secundus, vtrū spēs dicat de plurib',
q̄ dicat genus indifferēter, seu æqua
liter: tertius vrū ponat genus ī spē,
hoc ē sub ipso: q̄rtus vel dria in spē:
quintus vel genus in dria: sextus vel
dria in genere. septimus si genus nō
habeat aliam spēm: Quartum vero
fundamentum est, in quo dicebat,
q̄ oportet genus prædicari de spē in
eo quod quid, & q̄ quicquid nō prędicat hoc modo, non est gen°, mul
ta includit loca sub se, quæ quidem
sunt destructiua, & constructiua cō
tra id, quod in alijs contingit locis: E
primus aūt locus eorū est locus secundus ex locis præcedentibus, immo est ipsummet fundamentū, &
est ille, in quo dr q̄ genus non prædicat in eo quod quid, sed prædicatio
ne accidentali: secundus, si genus &
spēs non sint in eodem prædicamēto:
tertius, si id, quod iudicamus eē genus, non prædicet in eo quod quid de
aliquo indiuiduorū spēi: quartus, si
contingat spēm hīc aliud genus prę-
ter illud positum, & nullū eorū sit
sub altero, hoc est alterum sub altero, neq; vtrunq; sub † vnico gene- †a. L alio
re: quintus, si illud genus, qđ ponit F
esse genus, cū oībus alijs gūibus, q̄ sī
supra ipsum, prædicet de spē in eo qđ
quid est eodē tenore: sextus, si defini
tiones generū conueniant ipēi: &
cunctis rebus sub ea ordinatis: septi
mus, si dria ponat in gūe. octauus, si
habitus ponat in ipsā dria: nonus, si
habitus ponat in ol re sequente ipsam. decimus, si totū ponat in suis
partibus. vndecim°, si impressiones
& passiones ponant in passo: duodecimus, si ponant aliquā vituperādo
rum & fugiendorū in potentia: ter-

ABRAM

G tiusdecimus, si posueris connexum consequens omnem rem in genus, prout est vnum & ens: quartusdecimus, si enunciaremus rem, quae accommodatione dicitur esse genus: quintusdecimus est, in quo dictum est, si moris generis & speciei fuerit, ut insint vni subiecto, illud cui inest species, inest ipsum, genus: sextusdecimus, si genus praedicetur de specie adiectione connexae clausulae non simpliciter: decimusseptimus, quando generi, & speciei fuerint contraria, & praestantius contrariorum poneretur in vilius & vilius in praestantius.

Haec itaque triginta loca, sunt loca propria generi: reliqua autem loca quae relata sunt in hoc libro sunt communia, ambientia omnia quaesita, videlicet quae sumuntur ab oppositis & sumpta a casibus, & coniugatis, & sumpta ex similibus, & sumpta ab eo quod est magis & minus. Iam autem explicauimus omnia loca generum sicut nobis constitit, & Deo iuuante procedamus ad loca ipsius propria.

MANTINVS

tiusdecimus, si ponatur id, quod sequitur ad vnamquamque rem esse genus, vt vnu & ens: decimusquartus, si iudicamus illam rem, quae dicitur metaphorice esse genus: decimusquintus est ille, in quo dicebat si genus & species sint apta nata esse vni subiecto, ut id, in quo reperitur species, reperietur & genus: sextusdecimus si genus praedicetur de specie secundum quid, & non simpliciter: decimusseptimus, si genus, et species habeant contraria, tunc ponatur melius contrariorum in deteriori & deterius in praestantiori. Haec itaque, sunt triginta loca, quae sunt propria ipsi generi: reliqua vero loca, quae in hoc tractatu narrantur, sunt ex vniuersalibus communibus cunctis problematibus, hoc est, ea quae sunt sumpta ab oppositis, & sumpta a casibus, & a coniugationibus, & a similibus, & quae sumuntur a magis & minus. Et sic exposuimus omnia loca genetica vt nobis fuit concessa eorum intelligentia. nunc aggrediemur loca ipsius propria Deo optimo Maximo annuente.

*Praecedentium Quatuor librorum Topicorum, Candide Lector,
mediam Auerrois expositionem cum duplici translatione
legisti, Abrami scilicet de Balmes, & Iacob Manti
ni, Reliquoru vero cum sola Abrami translatione leges : Quandoquidem Iacob
morte praeuentus, perficere
illos non valuit.*

·ARISTOTELIS TOPICORVM

LIBER QVINTVS,

SVMMA LIBRI.

De modis, & Locis Proprij: necnon de non
nullis locis, communibus omnibus quæ
sint, quæ ab Oppositis, aut a Simili, aut
ab eo, quod est Magis, & Minus, & æqua
le, aut a Casibus, & Coniugatis, aut a ge
neratione, & corruptione sumuntur.

De modis Proprij. Cap. I.

1. locus
Declaratio.

Trum aut propriū,
an non propriū est
quod dictum est, p
hæc considerandū.
Assignaf aut pprium
aut p se, & semper, aut ad aliud,
aut aliqñ. Per se quidem, vt hominis, aïal mansuetū natura: ad
aliud aūt, vt aïæ ad corpus: qñi
illa quidem imperare nata, hoc
autem parere: semper autem, vt
Dei, animal ímortale: aliqñ vero, vt alicuius hominis ambula
re in gymnasio. Sunt autem p-
prij, quod ad alterum assignatū
ē, aut duo problemata, aut quatuor. Nam si de hoc quidem afsignatum quippiam fuerit, de illo vero negatum idipsum, duo
dūtaxat problemata fiunt: queadmodum hominis ad equum
proprium est quod bipes estnā
& ꝗ hō non bipes est argumen
tabif quispiā, & ꝗ equus bipes:
vtrinꝗ aūt remouef proprium.
Si aūt de vtroꝗ vnūꝗ assignatum fuerit, & de vtroꝗ negatū,
quatuor problemata erunt: vt

1. locus
Declaratio.

hois proprium ad equum, ꝗ ille quidē bipes, hic aūt quadrupes est: nam, & ꝗ hō non bipes
est, & ꝗ esse quadrupes natus ē,
argumentari est, & ꝗ equus bipes, & ꝗ non quadrupes, possibile est argumentari: quolibet
igif modo ostenso, interimif qᵈ
propositum est. Est autem p se
quidem proprium, quod ad oīa
assignaf, & ab oī separat(quemadmodum hois animal mortale disciplinæ susceptiuum) ad
aliud autē, ꝗ nō ab oī, sed ab ali
quo statuto determinat(vt virtutis ad disciplinā: qm̄ illa quidem in pluribus, hæc in rationa
li solo, & in habentibus rationē
nata est fieri) semp autem, quod
ſm omne tempus verificatur, et
nunꝗ relinquitur quemadmodum animalis ex anima & corpore compositum esse, aliqñ vero, quod secundum aliquod tēpus verificatur, & non ex necessitate semper consequitur: vt ali
cuius hominis, ambulare in fo-
ro. Est autem ad alterum proprium assignare: differentiam
dicere, aut in omnibus, & semper, aut vt multum, & in plurimis. Et in omnibus quidem &
semper, quemadmodū hois p-
prium ad equum qm̄ bipes: nā
homo quidem & omnia, & sem
per est bipes: equus autem nullus est bipes, & nunꝗ: vt multū
autem & in plurimis, quemadmodum rationalis proprium pṝ
cipare ad concupiscibile, & ira-
scibile, eo ꝗ illud quidem impe

3. locus
Declaratio.

4. locus
Declaratio.

L ii   rat,

rat, hæc aūt parent: nam neq́ rationale semper imperat, sed quā doq́ illi imperatur: neq́ concupiscibili, & irascibili semper imperatur, sed imperant quādoq́, cum suerit hominis anima flagitiosa. Propriorum aūt ea maxime logica sunt, quæ per se, & semper, & q̄ ad aliud. Nam eius qd ad aliud est proprium, plura problemata sunt: quemadmodum diximus & prius: nam aut duo, aut quatuor ex necessitate fiunt problemata, plures autem orationes fiunt ad hęc: quod autem per se est, & semper, ad multa est argumentari, & ad plura tēppora obseruare: quod per se, y̌dem ad multa, nam ad vnumquodqǝ eorum q̄ sunt, vtpote cui oporret inesse proprium: quare si nū ab omni separat, non erit bene assignatum proprium: quod autem semp, ad plura tempora est obseruare, & siue non inest, siue non insuerit, siue non inerit, nō erit proprium. Quod vero aliquando, ad illud (quod nunc dicitur) tempus, cōsideramus: nō igitur sunt rationes ad ipsm plures. Logicum autem est problema, ad quod rationes fiūt & crebre quidem, & bonæ. Ad aliud igitur proprium dictum, ex ħs quæ sunt de accidēte locis inspiciēdum, si huic quidem accidie, illi vero non. De ħs autem, quæ semper, & quæ per se, per hæc considerā dum.

Roprium ł vniuersum est trium specierū, aut proprium per se & semper, & est illud, quod distinguit id, quod proprie concernit totam rem, prout dicimus de homine risibile, aut proprium, quod df in cōparatione ad aliud ens, & hoc proprium distīguit illud ab hoc ente tm, & hoc sit m̄ duas species, aut semper necessarium, prout dicimus q̄ homini proprium sit dum refertur ad equum q̄ sit bipes, aut p maiori parte, vt q̄ pars cogitatiua de partibus aīe sit ei propria dum refertur ad concupiscibilem, cogitatiua enim imperat, & concupiscibilis credit: quare aliquando inuenitur res contra hoc in sceleslibus viris: aut est proprium, cum refert sub quodam tempore, prout ire ad templū est pprium euoti tempore suę ambulationis, quando non variat hoc illo tempore ab ei° ambulatione ad templum. De proprio autem, quod dicitur in comparatione ad aliam rem, qñ ipsum prędicatur de re, sīt duæ quæstiones, aut quatuor: duæ quidem, qñ propriā affirmatur de vna, & de altera negatur. Verbi gratia, dum dirimus de proprio hominis dum refertur ad equum, q̄ sit bipes, & secundo, q̄ equus non sit bipes: quatuor autem, qñ affirmatur de vtraqǝ illarum, aut negat de vtraqǝ illarum, gfa exempli, qñ dicim° de hominis proprio respectu equi, q̄ sit ipse bipes & non quadrupes, & q̄ equus sit quadrupes, & non sit bipes. Destructio autem intelligetr hic quatuor modis, quorum vnus est, q̄ homo, gratia exempli, non sit bipes, aut q̄ ipse sit quadrupes, aut

A q̄ equū sit bipes, aut q̄ non sit quadrupes. Et hæc quidem species proprij, quando dicitur ad relationem, vis eius est vis accidentis. Et ideo loca, quibus constituitur, & quibus destruitur sunt loca accidentis. Verum tamen proprium, cuius loca hic quæruntur, est proprium sempiterni esse simpliciter, quod nō est propriū respectu alicui⁹ entis, aut temporis, sed omnium rerum, quarum est proprium, & omni tempore. Et propterea de illius dispositione quæruntur duo, quarum vnum est, an sit proprium nec ne: secundum autem est, si fuerit proprium an bene positum

B sit proprium perfectissimo modo, quo possibile est poni, aut positum est proprium imperfecte. Et hæc res proprie secernit proprium & definitionem a genere & accidenti: proprio enim & definitioni, quoniam illa deseruiunt scientiæ rei ipsiusq; dignotioni ab omni, quod est aliud ab illa, euenit in hac re perfectio & imperfectio: generi vero & accidenti, quoniam sunt prædicata de multis, non aduenit eis hæc res, eoq inueniantur sm dispositionem imperfectiorem & secundum dispositionē perfectiorem.

C

De locis Proprij.   Cap. 2.

6. Locus Declaratio.

PRimum quidem an non bene assignatum est proprium, an bene. Eius autē, quod est non bene, aut bene, est vnum quidem, si non per notiora, aut per notiora positum est proprium: destruenti quidem, si non per notiora: at construenti illi per notiora. Eius autem

7. Locus Declaratio.

quod non per notiora est, hoc

D quidem si omnino ignotius positum est proprium, quod assignauit, illo cuius proprium dixit. Non enim erit bene positū proprium: nam propter notitiā proprium facimus: discendi.n. causa, & proprium, & definitiones facimus: per notiora igitur accipiendum: sic enim magis erit sufficienter cognoscere, vt puta qui ponit ignis proprium esse simillimum animæ, ignotiore q̄ ignis vtitur, anima: magis enim scimus quid est ignis, quā qd anima: non igitur erit bene

E positum proprium ignis, simillimum animæ. Aliud autem, si non notius est hoc huic inesse. Oportet enim non solum noti⁹ esse re, & huic inesse, notius esse: nam qui non scit si huic inest, neque si illi soli notius inest cognoscit: quare cum quoduis horum acciderit, obscurum sit propriū: vt quia qui ponit ignis ppriū, in quo primo anima nata est esse, ignotiore vtitur q̄ sit ignis, eo q ignotius est, si l hoc est anima, & si in hoc primo est: non

8. Locus Declaratio.

F erit itaq bene positum propriū ignis, in quo primo anima nata est esse. Construenti autem, si p notiora positum est propriū; & si per notiora secundū vtrumque modum. Erit enim bene secundum hoc positum propriū: nam constructiuorum locorum eius quod bene, alij quidem secundum hoc solum, alij autem simpliciter monstrabunt quod bene: vt quia qui dixit anima

9. Locus Declaratio.

G lis proprium sensum habere, p̄
notiora, & notius assignauit, p̄
prium secundum vtrunq̃ modum: quare erit bene assignatū
secūdum hoc animalis propriū
sensum habere. Deinde destruē
ti quidem, si quod nominum
quæ in proprio sunt assignata
multipliciter dicitur; vel etiam
tota oratio plura significat. Nō
10. Locus Declaratio. enim erit bene positū propriū,
vt quoniam sentire multa signi
ficat, vnum quidem sensum ha
bere, alterum autem sensu vti:
H non erit animalis proprium be
ne positum quod natum est sen
tire: quapropter non vtendum
est, neq̃ nomine, quod multipli
citer dicitur, neq̃ oratione, quæ
plura significet: quia quod mul
tipliciter dicitur, obscurum facit quod dictum est, dubitante
eo qui debet argumētari, quod
nam dicit eorum quæ multipli
citer dicuntur: nam proprium
11. Locus Declaratio. discendi gratia assignatur. Am-
I pli⁹ autem ad hoc necessarium
est redargutionem aliquam fieri cūm sic assignant proprium:
quando in dissidente quispiam
conficiet syllogismum, de eo q̄d
multipliciter dicitur. Construē
ti autem, si non plura significat,
neq̃ nominum quippiam, neq̃
tōta ratio. Erit enim secundum
hoc bene positum proprium: vt
quia neq̃ corpus plura significat, neq̃ mobilissimum in supe-
riorem locū: neq̃ totum quod
ex hisc̄opositū est: erit bene positum sm hoc ignis proprium

corpus mobilissimū id superio
rem locum. Deinde destruenti
quidem si multipliciter dicitur
illud, cuius propriū assignatur:
non determinatur autē cui⁹ eorum ponatur proprium. Non
enim bene erit assignatum propriū: ob quas aūt causas non im
manifestū est ex ijs quæ prius di
cta sunt: nam eadem accidere ne
cessarium est, vt quia scire hoc
plura significat: vnū enim scien
tiam habere hoc, alterum autē
scientia vti hoc, aliud vero scien
tiam esse huj⁹, aliud autem scie̅
tia vti huius, non erit eius quod
est scire hoc, bene assignatum, p̄
prium nullū, non determinato,
cuius horum ponitur propriū.

Construenti vero, si non dicit
multipliciter hoc cuius propriū
ponitur, sed est vnū, & simplex.
Erit enim bene positum secundū hoc propriū: vt quia homo
simpliciter dicitur erit bene po
situ sm hoc hominis propriū,
animal mansuetum natura. De
inde destruenti quidē, si freque̅
ter dictum est idem in proprio
(sæpe enim latent hoc facientes
& in proprijs, quemadmodū &
in terminis) non erit bene positum quod hoc sustinet, p̄priū.
Cōturbat enim audiente, quod
frequenter dicitur: obscurū igi̅t
necessarium est fieri, & præter
id nugari videntur. Eueniet autem frequenter idē dicere duobus modis: vno quidē, qn̄ nomi
nauerit frequēter idem: vt si qs
propriū assignet ignis, corpus

11. Locus Declaratio.

L

13. locus. Declaratio

14. locus Declaratio. M

tenuis-

tenuiſſimi corporum:hic enim frequenter dixit corpus. Secundo autē,ſi quis aſſumat orationes pro nominib⁹:vt ſi quis reddat terræ propriū,ſubſtantiam, quæ maxime corporū ſm naturam fertur in inferiorem locū : deinde aſſumat pro corporib⁹, huiuſmodi ſubſtantias : vnum enim & idē eſt corpus, & huiuſmodi ſubſtantia: erit ergo hoc modó ſubſtantia frequenter dicta,quare neutrum erit bene poſitum propriū.

15. Locus Declaratio.

Conſtruenti vero,ſi nullo vtitur frequenter nomine eodem. Erit enim ſecūdū hoc bene aſſignatū propriū, vt quia q̃ dixit hominis propriū, animal diſciplinæ ſuſceptiuum, non vſus eſt frequenter eodē nomine,erit vtiq̃ ſm hoc bene aſſignatum hominis proprium.

16. Locus Declaratio.

Deinde deſtruenti quidē, ſi tale aliquid aſſignauit in ,pprio nomen,quod oībus inſit. Inutile enim erit, quod non ſeparat ab aliquo:quod autē in proprijs dicitur,ſeparare oportet: quemadmodū & quæ in terminis: non igitur erit bene poſitū proprium: vt quia qui poſuit ſcientiæ proprium opinionē indiſſuaſibilē a ratione,vnum exiſtens tali aliquo vſus eſt,pprio (vno inquā) quod omnibus ineſt: nō erit vtiq̃ bene poſitū ſcientiæ,ppriū.

17. Locus Declaratio.

Aſtruenti autem, ſi nullo vſus eſt cōi, ſed quod ab aliquo ſeparat,erit bene poſitū ſm hoc proprium.Vt quia qui dixit animalis proprium animam habere,

nullo vſus eſt communi: erit ſecundū hoc bene poſitū propriū animalis:animam habere.Deinde deſtruenti quidem ſi plura propria aſſignat eiuſdem, non determinans q̃ plura ponit.Nō enim erit bene poſitū propriū : nam quemadmodum nec in terminis oportet præter eam, quæ indicat ſubſtantiam, orationē, adiungere quippiam pluſculū, ſic nec in proprijs præter eam, quæ facit propriū quod dictū eſt,orationē, quicquam coaſſignandū:inutile enim ſit eiuſmodi. vt quia qui dixit proprium ignis,tenuiſſimū, & leuiſſimū, plura aſſignauit propria(vtrunque enim de ſolo igne verū eſt dicere)non erit bene poſitū propriū ignis,corpus ſubtiliſſimū, & leuiſſimū. Aſtruenti vero ſi non plura eiuſdem propria aſſignauit,ſed vnū:erit enim ſecundum hoc bene poſitū propriū, vt quia qui dixit humidi proprium,corpus quod in omnem figuram diducitur, vnum aſſignauit proprium,& non plura, erit ſecundum hoc bene poſitū humidi proprium. Deinde deſtruenti quidem, ſi eodem vſus eſt,cuius proprium aſſignauit, aut eorum quæ ſunt illius aliquo. Non enim erit bene poſitum proprium ꝯ naṁ diſcendi gratia aſſignatur proprium : idem autem eidē ſimiliter ignotum eſt : id autem quod aliquid eorum eſt, quæ ſunt eius, poſterius : non igitur eſt notius:

G quare non fit vt per hoc quiſ$ magis quippiam diſcat. vt ga qui dixit animalis propriū, ſubſtantiam, cui' ſpecies eſt homo aliquo vſus eſt eorum quæ ſunt animalis, non erit bene poſitum proprium. *21.locus. Declano.* Conſtruenti aūt ſi neq; eodem, neq; eorū quæ ſunt ipſius aliquo vtitur. Erit enim bene ſm hóc poſitum propriū. vt quia qui poſuit animalis proprium ex anima & corpore cōpoſitum eſſe, neq; eorum q̄ ſunt ipſius aliquo vſus eſt, erit vtiq;

H bene ſm hoc, aſſignatū animalis proprium. Eodem aūt modo & in alijs conſiderandū eſt, q̄nam non faciunt, aut faciunt notius. *22.locus. Declatio.* Deſtruenti quidem ſi aliquo vſus eſt, aut oppoſito, aut omnino ſimul natura, aut poſteriore aliq̄. Non.n.erit bene poſitū ꝓpriſi: nā oppoſitū ſimul natura, q̄d aūt ſimul natura, & poſterius, non efficit notius: vt ga qui dixit boni proprium, quod malo maxime opponitur, oppoſito eſt vſus boni: non erit profecto bene aſſignatum boni proprium.

I *23.locus. Declatio.* Conſtruenti autem, ſi nullo vſus eſt neq; oppoſito, neque omnino ſimul natura, neq; poſteriore. Erit enim ſecūdum hoc bene aſſignatum propriū. vt quia qui poſuit diſciplinæ ꝓprium, opinionem maxime facientem fidem, nullo vſus eſt neque oppoſito, neq; oīno ſimul natura, neq; poſteriore: erit ſm hoc bene poſitum diſciplinæ ꝓprium. *24.locus. Declano.* Deinde deſtruenti qui

dem, ſi non quod ſemper ſequitur proptium aſſignauit, ſed id quod fit quādoq; non propriū. K Non enim erit bene pronunciatum proprium: nam neq; ſ quo deprehendimus ineſſe ipſum, de hoc & nomen ex neceſſitate verificatur, neq; in quo deprehenditur non ineſſe, de hoc ex neceſſitate non dicetur nomen: quare non erit bene poſitum ꝓprium. Amplius autem ad hæc, neq; quando quiſquam aſſignauerit proprium, erit manifeſtū ſi ineſt. ſiquidem tale eſt, vt q̄d

L ipſum relinquere poſſit: non igitur erit clarum eſſe proprium. vt quia qui poſuit animalis proprium moueri quādoq;, vel ſtare tale, aſſignauerit proprium quod fit quandoq; non propriū nequaquam erit bene poſitum proprium. Aſtruenti vero, ſi *25.locus. declano.* quod ex neceſſitate ſemper eſt, proprium aſſignauerit. Erit enim bene poſitum ſecundum hoc proprium. vt quia qui poſuit virtutis proprium quod habentem facit ſtudioſum, quod ſemper ſequitur, proprium aſſignauit: erit vtiq; ſecundum hoc bene aſſignatum virtutis propriū. M Deinde deſtruenti q̄dem *26.locus. Declano.* ſi quod nūc propriū ē aſſignās non determinauerit q̄ nō proprium aſſignat. Non.n.erit bene poſitū proprium: primū q̄dē ga q̄d ſꝑ ter conſuetudinē fit oē, ſemꝑ determinatione indiget: ſolet aūt vt plurimum oēs, quod ſꝑ ſequitur proprium aſſignare.

Secundo

A Secundo aūt, quia immanifestū
est qui nō determinauerit, si qđ
nunc est propriū voluerit pone
re:non igitur danda est obiurga
tionis occasio: vt quia q̃ posuit
alicuius hominis propriū sedere
cum aliquo homine, quod nunc
propriū est posuit, nō bene pro
priū assignabit, si nō determi
nans dixerit quod nunc. Construenti aūt, si nunc propriū assignans determinādo posuit, qđ
nūc propriū posuerit: erit enim
bene positum ſm hoc propriū:
vt quia qui dixit cuiuſdā homi
nis propriū ambulare nunc alicubi, distinguens posuit hoc, be
ne erit positū propriū. Deinde
destruenti quidē si tale assignauit propriū, quod manifestum
non est aliter inesse q̃ senſu, non
enim erit bene positū propriū:
nam oē sensibile extra sensum fa
ctum, manifestū est latens enim
est si adhuc inest, eo q̃ sensu solū
cognoscitur. Erit autē verū hoc
in ĥa, quæ nō ex necessitate sem
C per consequunt. vt quia qui po
suit Solis propriū, astrum quod
fertur super terrā lucidissimum:
tali vsus est in proprio (super ter
ram inquā ferri) quod sensu cognoscitur non vticp erit bene Solis
assignatū proprium. immanifestum enim erit cū occidet Sol, si
adhuc feratur super terrā, eo q̃
nos tunc deseruimus sensum.
Cōstruenti vero si tale assigna
uit propriū, quod non sensu est
manifestū: aut cum sit sensibile,
ex necessitate inesse manifestū ē.

D erit enim ſm hoc bene positum
proprium. Vt quia qui posuit su
perficiei propriū quod primum
coloratum est: sensibili quidē ali
quo vsus est (coloratum esse inquam) tali quidē quod manifestum est inesse semp: erit ſm hoc
bene assignatū superficiei proprium. Deinde destruenti quidem, si terminū vt propriū assignauit. Non enim erit bene posi
tum propriū: nam non oportet
indicare quod quid est esse, propriū: vt quia qui dixit hominis
proprium animal gressibile bipes, quod quid est esse significās
assignauit hominis propriū, nō
vticp erit hoc hois propriū bene
assignatum. Construenti autē,
si quod conuersim quidē prædi
catur assignauit propriū, nō autem quod quid est esse indicās,
erit enim ſm hoc bene assignatum propriū: vt quia qui posuit
hominis proprium, aial mansue
tum natura, quod cōuersim qui
dem prædicatur, assignauit pro
prium, nō quod quid est quidē
indicans: erit ſm hoc bene assignatū propriū hominis. Deinde destruenti quidē, si non quip
piam in quid exponēs, assignauit propriū. Oportet enim ſ pro
priīs, quēadmodū in terminis,
primū assignari gen⁹ deinde sic
iam addere reliqua, & separare:
quare quod non hoc modo posi
tum est propriū, non erit bene aſ
signatū. vt quia qui dixit aꝛalis
proprium aniꝫā habere, nō po
suit quicquā in quo vt in quid,
est

27. Locus
Declano.

28. Locus
Declario.

29. Locus
Declario.

10. Locus
Declario.

11. Locus
Declario.

12. Locus
Declario.

G est animal: non erit bene positū animalis propriū. Construenti vero si quis quippiam, quod in quid est ponens eius cuius propriū asignauit, reliqua adiūgit. Erit enim fm hoc bene asignatum propriū: vt quia qui posuit hominis proprium animal disciplinæ susceptibile, quippiā qd in quid est ponēs, asignauit proprium: erit fm hoc bene positū propriū hominis. Verum igitur bene, an nō bene asignetur proprium, per hæc inspiciendum.

Verum vero propriū est oīno quod dictū est, an non propriū ex ñs considerandū. Nam simpliciter construentes proprium quod bene positū est, loci ñdem erunt ñs qui propriū omnino faciunt: in illis igit dicentur. Primum ergo destruenti quidē inspiciendum ad vnumquodqs eorum cuius propriū asignauit. Vt si nulli inest, aut si nō de hoc quidē verificatur, aut si non est propriū cuiusqs eorū, fm illud cuius proprium asignauit, non enim erit propriū, quod positū est esse propriū: vt quia de Geometra non verificat indeceptibilem esse ab oratione (nā decipit Geometer cūm pseudographiā facit) non erit hoc scientis proprium, non decipi ab oratione. Construenti aūt si de omni verificat, & qua de hoc verificat. erit enim propriū, quod positū est esse propriū. vt quia animal discipling susceptiuum de omni homine verificat & qua homo, erit hominis propriū animal disciplinæ susceptiuum. Est aūt locus hic destruenti quidē, si non de quo nomen & oratio verificatur, & si nō de quo oratio & nomen verificat. Construenti autem, si de quo nomen, & oratio, & si de quo oratio, & nomē prædicatur. Deinde destruenti quidem, si non de quo oratio, & nomen verificat: & si non de quo nomen, & oratio verificat. non enim erit propriū, quod positū est esse propriū: vt quia animal quidem discipling susceptiuum verificat de Deo: homo aūt non prædicat, non erit hominis proprium, animal disciplinæ susceptiuum. Construenti autē si de quo oratio, & nomen prædicat: & si de quo nomē, & oratio prædicat. erit enim propriū quod positū est esse propriū, vt quia de quo animā habere verificat animal, & de quo animal asam hab re: erit animam habere animalis ,ppriū. Deinde destruēti quidē, si subiectum, propriū asignauit ei⁹, quod in subiecto esse dicitur. Nō enim erit propriū; quod positū est esse proprium, vt quia qui posuit propriū subtilissimi corporis, ignē, subiectū asignauit prædicati proprium, non erit ignis corporis subtilissimi proprium: pp hoc autem nō erit subiectū eius, quod in subiecto esse dr proprium, eō qd idem esset plurium & differentiū specie proprium: nam eidem plura quædam discrepantia specie insunt,

sunt, de solo dicta: quorum erit omnium proprium quod subiectum est, si quis hunc in modum ponat propriū.

40.Locus Declaratio. Construenti vero, si quod in subiecto est, assignauit proprium subiecti. erit enim propriū quod positum est, non esse proprium: si quidem de solo praedicatur (vt dictū est) propriū. vt quia qui dixit terrae propriū corpus grauissimū specie, subiecti assignauit propriū, quod de sola dici re, & vt propriū praedicatur, erit terrę proprium recte positum. *B*

41.Locus Declaratio. Deinde destruenti quidem, si secundum participationem assignauit propriū. Non enim erit propriū, quod positum est esse propriū: nam quod secundum participatione inest, ad quod quid est esse conducit: erit autem huiusmodi differentia quaedam de aliqua specie dicta: vt quia qui dixit hominis propriū gressibile bipes, secundum participationem assignauit proprium: non erit vtique proprium hominis gressibile bipes.

41.Locus Declaratio. C Construenti autem, si non secundum participationem assignauit propriū, nec quod quid est esse indicans, conuertim praedicata re. Erit enim propriū, quod positū est esse propriū, vt quia qui posuit animalis propriū quod natum est sentire, neque secundum participatione assignauit propriū, neque quod quid esse indicans, conuersim re praedicata, erit vtique quod sentire natum est, animalis propriū.

41.Locus Declaratio. Deinde destruenti quidē, si non contingit simul inesse proprium, sed vel posterius, vel prius quā idipsum *D* nomen. Non enim erit proprium quod positū est esse proprium, aut nunquā, aut nō semper: vt quia cōtingit alicui prius fore, & posterius ambulare per forum quā quod homo, non erit ambulare per forū hominis propriū, aut nunquā, aut non semp. Construenti aūt, si simul ex necessitate semper inest, cūm neque terminus, neque dīa sit.

44.Locus Declaratio. E Erit enim propriū, quod positum est forsitan nō esse propriū: vt quia animal disciplinae susceptiuū: simul ex necessitate semp est, & id quod est homo, cum neque dīa sit, nec terminus, erit animal disciplinę susceptiuum hominis propriū.

45.Locus Declaratio. Deinde destruenti quidē, si eorundem quae eadē sunt, non est idem proprium. Non enim erit propriū, quod positum est esse proprium, vt quia nō est propriū prosequēdi, apparere quibusdā bonū, neque eligendi fuerit vtique propriū apparere quibusdā bonum. idem enim est prosequendum & eligendū. *F*

46.Locus Declaratio. Construēti, si eiusdem quatenus idem proprium. Erit enim propriū quod positum est, non esse proprium. Vt quia hominis, qua homo dicitur propriū tripartitam animā habere, & terrigenae quatenus terrigena est, erit propriū tripartitam animā habere. Vtilis autē locus hic & in accidente: nā eisdē in eo quod eadem sunt eadē oportet inesse, vel nō inesse.

47.Locus Declaratio. Deinde destruenti quidē, si eorū quae sunt eadem

eadem specie : non idem semper
specie propriū est. Neqz enim
eius quod dictū erit proprium,
quod posiū est esse propriū ; vt
quia idē est specie hō & equus:
non semper aūt equi est propriū
stare à se, nec hominis erit propriū moueri à se. Idem enim est
specie moueri, & stare à se, quate
nus vtriqz eorum vt animal est,
accidit. Construenti vero, si eo
rum quae sunt eadē specie, idem
semper.specie sit proprium Erit
enim propriū quod positum est
non esse propriū:vt quia hominis est propriū, esse gressibile bi
pes,& auis erit propriū,esse volatile bipes: vtruqz enim horū
est idem quatenus illa quidē sub
eodē sunt genere spēs, cùm sint
sub animali, hæc autē vt generis
dīæ animalia. Hic autē locus fal
sus est:qn alterum quidem eorū
quæ dicunt vni alicui soli inest
speciei, alterum vero inest pluribus, quæadmodū gressibile qua
drupes. Qm autem idem & di
uersum multipliciter dicitur, labor est sophistice assumeti vni-
assignare, & sulius alicuius proprium : nā quod inest alicui cui
accidir aliqd, & accidenti inerie
sumpto cū eo cui accidit: vt qū
inest homini, & albo homini in
erit, si fuerit albᵒ homo, & quod
albo homini inest, inerit & hoſ.
Calumniabitur aūt aliquis mul
ta propriorum, qp subiectum id
aliud est quod fm se facit, aliud
aūt cum accidente: vt aliud qui
dem hominē esse dicet, aliud ve

ro album hominē. Amplius au
tem diuersum faciens habitū,&
quod fm habitum dicitur: nam
quod habitui inest, & ei quod
fm habitum dr inerit, & quod
ei (quod fm habitū dicitur) inest,& habitui inerit: vt qm sciēs
fm scientiam dr affici, nō inerit
scientiæ propriū indissuasibile à
rōne:nam & sciens indissuassibi-
lis erit à ratione. Cōstruenti au
tem dicēdum qm nōn est diuersum simplr id cui accidit, & acci
dens cū eo cui accidit sumptū,
sed aliud dicit,eo qp diuersum sit
ipsius,esse : non enim idē est homini esse,qp sit homo,& albo ho
mini esse,qp sit albus homo. Præ
terea aūt considerandum est ad
casus dicēti, quod neqp sciens est
indissuassibile à ratione,sed indiſ
suasibilis à ratione, neqp scientia
indissuasibile,sed indissuasibilis
à ratione:nam ei qui omnino in
stat, omnino est aduersandum.

Deinde destruenti quidem, si
quod natura inest volēs assigna
re hoc modo ponit fm locutionem, vt quod semper inest signi
ficet. Videbit enim moueri poſ
se quod posiū est propriū esse,
vt quia qui dixit hominis propriū bipes,vult quidē quod natura lest, assignare:significat au
tem locutionē quod semper inest ,non erit hominis proprium
bipes: nō enim omnis homo est
duos pedes habens. Construēti
autem,si vult quod natura inest
propriū assignare, & locutione
hoc modo significat. Non enim
        mouebiſ

A mouebitur fm hoc propriu : vt quia qui hominis propriu afsignauit, animal disciplinae susceptiuum, & vult, & dictione significat cp natura ineft propriu, no mouebitur, fm hoc cp no fit proprium hominis, afal disciplinae susceptiui. Amplius, quaecuqp dicuntur fm aliud aliquod primum, aut vt primum ipfum, labor est afsignare taliu propriu. Nam, si eus quod est fm aliud aliquid proprium afsignauit, & de primo verificabit : si aute primi posuerit, & de eo quod est secundum aliud praedicabit: vt si quis afsignet superficiei propriu coloratu esse: & de corpore verificat coloratum esse: si aute corporis, & de superficie praedicabit: quare non de quo oratio, & nomen verificabit. Accidit aute in quibusdam proprijs pleruqp fieri aliquod peccatum, pp hoc cp non determinet quo, & quorum ponit quis proprium : ofs enim conant afsignare propriu, aut quod natura ineft, vt hominis bipes, aut quod nuc ineft, vt hominis alicuius quatuor digitos habere, aut specie, vt ignis subtilissimum, aut simpft, ut animalis viuere, aut fm aliud, vt anime prudens: aut vt primum, quemadmodum rationalis prudens, aut in eo quod het, vt scientis indissuasibile à ratione (nihil enim aliud qp habendo aliquid erit indissuasibile à ratione) aut in eo cp habeat, vt scientiae indissuasibile à rone, aut in eo quod

participantr, vt animalis sentire D (sentit enim et aliud quid vt ho, sed participas ia hoc, sentit) aut in eo quod participat, vt alicui⁹ animalia viuere : qui non addit igit natura, peccat, eo cp contingit quod naturae ineft, no inesse illi cui natura ineft, vt homini duos pedes habere : qui vero no determinat qm quod ineft afsignat, cp non erit tale quale nunc ineft id, ceu quatuor digitos habere homine, non indicas quoqp quod vt primu, aut vt secudum aliud, ponit, cp no de quo oratio E & nomen verificabit, vt coloratum esse siue superficiei, siue corporis afsignauerit propriu, non praedicens etiam quod aut in eo quod est habere, aut in eo quod haberi propriu afsignauit, ideo non erit propriu quod afsignatum est : na inerit (si in eo quod habet afsignauit propriu) etiam habenti: si aut habeti, & ei quod habet, vt indissuasibile à rone, scientiae vel scientis positu proprium, non praesignificans etia in eo quod participat, vel partiF cipat, eo cp et in aliis quibusdam inerit propriu. Si enim in eo quidem quod participatur, afsignauit, participantibus inerit, si vero in eo quod participat, iis quae participant, vt si alicuius animalis posuerit viuere propriu, non diuidens et specie quod vni soli, inerit eoru, quae sub eo sunt, cui⁹ propriu ponit: nam quod est secundhm superabundantia, vni soli ineft : vt igni leuissimum.

Aliquotie

G.
54. Locus
Declaratio.
Aliquoties aut̄ & ſpēs addens peccat. Nam oportebit vnā ſpeciem eſſe eorum quæ dicuntur, q̄n ſpecie addiderit: hoc autē in quibuſdam non accidit, vt nec in igne, nō enim eſt vna ſpecies ignis, nā diuerſum eſt carbo & flamma, & lux ſpecie, cum vnū quodꝗ horum ſit ignis: propter hoc aūt non oportet quādo ſpecie additur, diuerſam eſſe ſpeciē eius quod dicitur, q̄m his quidē magis, illis autem minus inerit quod dictū eſt proprium, vt in
H
igne ſubtiliſſimū: ſubtilior enim eſt lux carbone, & flamma. Hoc autem non oportet fieri quando non, & nomen magis prædicaf, de quo oratio magis verificat. Si autē non, non erit de quo oratio magis, & nomē magis. Am
55. Locus.
Declaratio.
plius autē ad hæc idem eſſe accidit proprium eius quod ſimpliciter, & eiꝰ quod maxime in ſim pliciter tali: vt in igne ſe hēt ſubtiliſſimū: nam & ſimpliciter & ignis, & lucis erit hoc ipſum proprium, ſubtiliſſima enim lux: cū igitur alius ſic aſſignat propriū, argumentandum: ſibi autem nō danda hæc inſtantia, ſed ſtatim eūm ponit proprium, determinandū eſt, quomodo ponit pro
56. Locus.
Declaratio.
prium. Deinde deſtruenti quidem, ſi idem eiuſdem proprium poſuit. Nō enim erit proprium, quod poſitum eſt eſſe. proprium: nam idem eidem omne, quid eſt eſſe indicat: quod autem eſſe indicat, non proprium, ſed terminus eſt, vt quia qui dixit honeſti propriū decēs eſſe, idem eiuſ dem proprium aſſignauit(idem enim eſt honeſtū & decens)non vtiꝗ erit decēs honeſti propriū.

57. Locus.
Declaratio.
Conſtruenti autem, ſi non eiuſ dem proprium aſſignauit, cūm conuerſim prædicatum poſuit. Nam erit propriū quod poſitū eſt non eſſe propriū: vt quia qui poſuit aſalis proprium id quod ſubſtantia animata, non idē quidem eiuſdem proprium poſuit, & conuerſim prædicatum aſſignauit, erit animalis proprium ſubſtantia animata. Deinde ēt
58. Locus.
Declaratio.
in n̄s, quæ ſimilium partiū ſunt, conſiderandū eſt: deſtruēti quidem ſi quod totius eſt propriū, non verificatur de parte: aut q̄ partis, non dicitur de toto. Non enim erit proprium, quod poſitum eſt eſſe propriū: accidit aūt in aliquibus hoc fieri.aſſignabit enim aliquis in n̄s, quæ ſimiliū partium ſunt proprium aliquoties quidem in toto reſpiciēs, aliquoties autē in eo quod ſm partem dicitur ipſe ſeipſum intelligens:at erit neutrū recte aſſigna tum, vt in toto quidē, quia qui dixit maris proprium, plurima aqua ſalſa,alicuius ſimilium partium poſuit proprium, & tale aſ ſignauit quod nō verificatur de parte(non enim erit quiddā maris plurima aqua ſalſa)non vtiꝗ erit maris ꝓpriū, plurima aqua ſalſa. In parte autē, vt quia qui poſuit aeris propriū, reſpirabile, ſimilium quidem partium alicuius dixit proprium, tale aūt aſſ gnauit

A gñauit quod de quo aere verum est, de toto aũt non dicitur (non enim erit vniuersus aer respirabilis (nõ erit vtriq; aeris propriũ respirabile. Astruenti aũt, si verificaɾ de vnaquaq; similiũ partium quod est proprium earum ſm totum. Erit enim propriũ, quod positũ est nõ esse propriũ: vt quia verificatur de omni terra deorsum ferri ſm naturã: est aũte & non proprium alicuius terrae ſm totum (nam secũdum terram, & id quod est terrã esse) erit terrae propriũ deorsum ferri secundum naturam.

Sermo de locis, quibus constituimus an bene positum sit proprium. Cap. 2.

Loca autem, quibus constituimus an bene positum sit proprium, sunt hæc.

Quorum prim⁹ est, si proprium fuerit notius re, cui positum est propriũ, iam bene posuit ipsum, si aũte non fuerit notius non sit bene posuit ipsum. hoc aũt sit duobus modis, quoꝗ vnus est, qp proprium ſm se non sit notius q̃ res cuius est proprium. v.g. qui posuit qp animæ proprium ignis, eo qp simillimus sit omnium rerum, iam vsus est vt dignosceret animã igne, eo quod ſm se est quid latetiusigne, maiore enim notitia habemus de igne q̃ de anima: secundus aũt est, qp nõ sit maior cognitio essendi rem cuius, e propriũ q̃ cognitio inessendi proprium habenti proprium: qm vt propriũ cognoscat indiget duabus rebus, quarum vna est, qp ſm se sit notius esse q̃ habens propriũ, secunda aũt qp sit notius inesse habenti propriũ, q̃ ha-

bens proprium. exempli gratia, qui posuit ignis proprium, qp litteræ, qua anima primo sit, iam vsus est in dignoscendo ignis proprium re; quã esse e latetiusigne. Destrues itaq; destrueret, quia propriũ careret altem horũ duorum modorũ prioritatis cognitionis. Construens vero construeret qp bene positum sii proprium, qñ eius sunt hæ duæ species prioritatis cognitionis. v.g. qui denominauerit animal,qp ei sit sensus, iã illud denominauit per id, quod est duobus modis notius.

Locus secundus est, qp proprium dixerit oratione æquiuoca. v.g. quando dicimus. sentit, significamus duo significata, quorũ vnum est, qp denominet per sensum, & si dormiat: alterum aũt est, qp vtatur sensu: propriũ enim, qñ hoc modo profertur, latet, siue proprium sit de his, quæ significantur simplici dictione, aut oratione: expedit itaq;, in locis, quibus deseruit, qp fugiat æquiuocatione hui⁹ coditionis. Et sicut destrues destrueret propriũ, qñ positũ fuerit huius conditionis, sic costruens ipsum costrueret ex hoc eodẽ loco, qñ enim expressum sit proprium simplici dictione, aut oratione non æquiuoca, iam positum est positione bona: exemplum huius de proprio, quod significat per orationem, est, prout quis dixerit, ignis est corpus, cuius coditionis est moueri ad supremũ locũ velocius, q̃ possit esse, quia nulla dictionum occurrentium in hac oratione est æquiuoca, neq; in compositione, q̃ sit ex illis dictionibus, e æquiuocatio penitus. Et prope hunc est, qui poneret propriũ æquiuocum, qp res, quæ p proprium denominatur, significetur per orationẽ æquiuocã, hoc

G hoc enim modo nõ esset proprium positũ, prout expedit illi, qui dicit, ꝙ animæ propriũ sit ipsam ꝏ immortalem, & non explicat quæ suarum partium sit huius denominationis. Construebs aũt argumẽtatur, ꝙ positum sit proprium bona positione, qñ eloquuntur de habente propriũ oratione non æquiuoca. Vt qui diceret, ꝙ homo sit aïal, iam positum esset propriũ, prout expedit, quia hominis nomen non est æquiuocum.

Locus. 3. qui est 14 & 15.

H Tertius locus est, ꝙ aliqua rerũ, quæ sumunt in proprium repetũ, qñ proprium repetitũ conturbaret audientẽ, & poneret orationẽ latentem: orationis aũt repetitio sit duobus modis, quorũ vnus est, ꝙ vnum ipsum idẽ nomen fiat bis, prout est sermo dicentis, ꝙ terra sit substantia de corporibus, quæ naïf feratur in infimũ locũ, substantia enim intrat in corp': & hoc quidem apparet qñ loco corporis vtatur substantia talis denominationis. Et destruens destrueret proprium, qñ ipsum terminaret per alterã duarum denominationum, & qui verificaret proprium ipsum, confirmaret ꝙ in eo non fiat

I vnum nomen bis repetitum. verbi gratia qui diceret ꝙ hominis ꝓpriũ sit esse disciplinabile, iã poneret proprium prout expedit, & non vteret hic nomine repetito.

Locus. 4. qui est 16. & 17.

Quartus locus est, ꝙ nõ insit proprio res cõis omnibus rebus. v.g. qui diceret ꝙ scientiæ propriũ sit, ꝙ sit opinio, in qua non murũ ïassertio à syllo, ex quo est vna forma, quæ nõ aufertur: vnum enim inest oĩbus rebus: & destruens destrueret, ꝙ proprium positũ sit aliter, ꝗ expediat. Et ex hoc loco verificaret, qui assereret ipsum ꝙ positũ sit prout expe-

K di, qñ non fuerit in eo posita res cõmunis, sicut qui posuit ꝙ animalis propriũ sit habere animã: in anima enim non est res communior aïali.

Locus. 5. qui est 18.

Quintus locus est, si quis ponat rei plura propria, preter ꝙ hoc explicet, ille non bene ponet ipsum propriũ. v.g. qui poneret de ignis proprio ꝙ sit tenuissimũ corporum, & leuissimum ipsorũ iam poneret illi plusꝗ vnũ proprium: nam inter diuulgata estimat, ꝙ sicut expedit definitionem esse vnã, cui nõ additur aliqua res, preter ꝙ significat essentiam, sic propriũ expedit esse vnum: hoc aũt L est diuulgatum, non verũ, quia non est impossibile rei esse multa propria: asserens autem assereret, ꝙ positum erat, vt expedit, qñ nõ fuerint plura propria. v.g. vt qui dixit ꝙ humoris proprium sit oẽm figurã suscipere.

Locus. 6. est. 20. 21. 22. 23. 24. 25. 26. & 27.

Sextus aũt locus est, ꝙ non sit positum propriũ, quod é res posterior in essendo, ꝗ res, cui est propriũ, & præcipue, qñ fuerit pars illius, & nõ id quod est, & res cuius est propriũ sit simul in essendo, sicut duo opposita: hæc enim oĩa non ponerẽt rem notiorẽ, hoc autem est fm diuulgationem: sin aũt non euadit, quin posterius ĩ essendo sit notius, & ꝙ propriũ sit notius, ꝗ sit aliqua pars rei, cuius est proprium: tanto fortius ꝙ M duarũ rerum, quæ sunt simul natura, vna sit notior altera. Exemplum illius est, qui fecerit rem posteriorẽ in essendo, ac si esset propriũ, prout est ille, qui dixit, ꝙ animalis sit proprium ꝙ sit substantia, cuius spés est homo, hic aũt vititur quodam proprio, quod est pars rei. Et exemplũ illius, qui facit propriũ ab ipso opposito, est, prout ille qui dixit, quod proprium boni sit oppositum mali.

Destruẽs

A. Destruens aút destrueret, quia posi-
rum esset propriú aliter q̃ expediat.
Asserens aút assereret, q̃ positú sit,
prout expedit, qñ non sit ab opposito, neq; posterior. Expedit autem te
scire, q̃, qñ proprium sumitur fm
modú priuationis, & habitus, q̃ habitus sit notior priuatione, sicq; &
affirmatiuum notius est negatiuo.

Hæc itaq; sunt loca, quibus possumus nobis constare, q̃ proprium positum sit prout expedit, aut q̃ nõ sit
ita positum. Reliqua autē loca, quæ
Aristo. narrauit in hoc capitulo (ait
Themistius) q̃ subintrent loca, qui-
B bus nobis constat; q̃ id, quod positú
est proprium, non sit proprium: &
argumentatur ad hoc, quia Aristo.
illa reperit & dinumerat in summa
illorú locorum. Verisimile autē est,
q̃ illis sit aditus ad ambo capitula simul, sed duobus differentibus modis: id enim, quod non est propriú,
dicit duobus modis, quorú vnus est
q̃ careat aliqua dispositione, qua diceret de illo propriú, quouis modo
dicatur proprium, secundus autē est,
q̃ priuatio illius, de quo dicitur propriú, sit in præmissa, & huius rei prædicata differant fm magis & minus:
C prædicatum enim de re ipsius pro-
priy est quædá res nimis imperfecta,
quæ posset numerari in duobus capitulis, qñ autem non consideret
hæc res, esset in capitulo, quo id, qd
positum est proprium, non sit proprium, & qñ consideratur fm illud,
potest numerari ī capitulo illius, q̃
id, quod positú est proprium, sit positum aliter q̃ expediat. Tu autē ex-
prime & distingue loca, quæ retulit
Aristo. in duobus capitulis, q̃ sint
huius conditionis. Et incipiemus loca, quibus constituemus q̃ id, quod

dicitur proprium, non sit propriú. D
Expedit autem, vt scias (prout ait
Themistius) q̃ bases horum locorú
sunt tres, quarum vna est, q̃ propriú
insit rei semper, secunda q̃ sit prædicatione conuertibile, & tertia est, q̃
non significet rei quidditaté. Et conuenit etiam scire, q̃ destruitur proprium, qñ deest ei vna harú triú ba-
sium, & q̃ non constituitur, nisi qñ
simul congregatæ fuerint. Et exemplum illius, quod nõ inest semp, est,
qui poneret q̃ proprium sit animali
quiescere, aut moueri, quies enim
aut motus insunt illi aliqñ. Et exemplum illius, qui poneret propriú nõ E
conuertibile est, vt qui diceret, q̃ homini propriú sit esse animal rõnale
meditatiuum & negociatiuum. Et
expedit q̃ postea incipiam loqui
de locis, quæ reducunt ad has bases.

Huius itaq; initiú est locus, q̃ nõ *[Locus 1. q̃ est 16. & 19.]*
ponatur proprium fm rei naturam,
sed fm sensum, prout diceret, q̃ Sol
sit astrum lucidissimum, quod mouetur supra terrá, nam verum est de
illo hoc proprium toto tpe, quo Sol
perseuerauerit sentiri: notum autē
est, q̃ hoc proprium non inest semper; & similiter quando diceretur, q̃
colori proprium sit viso esse com- F
prehensam, quando enim non videtur, iam ablatum est proprium.

Secundus locus est, q̃ non ponat *[Locus 2. qui est 10.]*
gen° in proprium, vt qui diceret, q̃
pari proprium sit, q̃ sit in duas æquas
partes diuisibilis: ponens enim hoc,
poneret proprium, quod non est, &
notum est, q̃ huic proprio desit cõ-
uertibilitas, diuisibile enim in duas
æquas partes prædicatur de quantitate continua, & discreta, quando autem meminerit de nomine numeri
conuertetur prædicatione.

Locus 3. qui est 39

¶ Tertius locus est, ꝙ ponatur proprium prædicatum præter naturam, & hoc sit ꝙ ponatur habens proprium proprij propriū: id autem, quod hoc modo positum est, non est propriū: cuius exemplum est, vt qui posuerit igni ꝙ est subtilissimarum partium inter corpora, & ꝙ est propriū ipsi euenirет illi, qui poneret proprium hac positione, ꝙ sit vnum propriū plurium rerum, & hoc quando vni rei inessent plura propria, sicꝗ, quando poneret ipsam met rem propriū, poneret vnum proprium multarū rerum: hoc autem est falsum...

H — Locus 4. q est. 44.

Quartus locus est, ꝙ non ponatur ipsa dīa proprium, vt dicatur ꝙ homini propriū sit rōnale, huic enim deest, ꝙ non notificet rei essentiam, hoc est, notificationis priuatio, dīa enim notificat rei essentiam. Expedit autem scire, ꝙ quiuis horum locorum verax est, si fiat in construendo, qñ duæ reliquæ bases fuerint notæ inesse rei, quæ posita est esse proprium. verbi gratia, quia dum dicimus de homine, ꝙ sit animal scientiæ susceptiuum, quando secundum hanc positionem commonstratum fuerit, illud non esse dīam, & cum hoc pateat de eius re, ꝙ sit conuertibile & necessariæ prædicationis, verificatum est, ꝙ hoc sit illi proprium.

I — Locus 5. q est. 41 & 46.

Quintus locus est, ꝙ id, quod positum est alicui rei propriū, non sit propriū ex parte qua significat illā secundum vnum suorum nominum synonymorum. v.g. quia ex quo non est proprium rei quæsitæ patefieri quibusdam viris ipsam esse bonam, non sit hoc propriū eligibile. Si enim esset propriū eligibile, esset proprium quæsitū. Construens autem construeret per huius contradictoriū, scilicet ꝙ ipsum met proprium insit vni eidem rei, & si illius sint nomina synonyma. verbi gratia, si hominis proprium sit ipsius animæ esse tres partes, cogitatio, irascens, & concupiscens, & viri proprium sic est: homo enim & vir sunt nomina synonyma.

K — Locus 6 q est 47 & 48.

Sextus locus est, ꝙ alicui speciei, quæ subsunt vni generi, positum sit proprium, cui est contrarium, non oportet contrarium esse proprium speciei, quæ cum illa sumpta fuit in genere. v.g. qæ ex quo homo & equus sunt duæ spēs, quæ subsunt animali. Et si hominis propriū esset motus ex se, non esset equi propriū quies ex se.

L. Construens autem construeret per contradictorium illius, quo destruit destruens: hic autem locus sit verax, si numerus propriorum contrariorum, quibus diuidis genus, esset numerus specierū: res vero contra se habet, & ille est locus mendax, & cum hoc modicæ persuasionis.

Locus 7 q est. 4.

Septimus locus est, quo sophista destruant quod positū est proprium, non esse proprium. Et hic quidem septimus locus est ex parte æquiuocationis nois varus, & alterius, qñ enim aliquis poneret aliquod propriū alicui rei, vt risibilitatē hois, gratia exem- *M* pli, & homini acciderent multæ res, vt ꝙ ille sit arabs, & ꝙ sit balbuties, & sophista sumeret, ꝙ homo & homo albus sint vna res numero, sequeretur hinc, ꝙ risibilitas esset propriū hominis albi, & niger non esset risibilis. Quando autem diceretur ꝙ homo absolute, & homo albus essent duæ res, destrueret sophisma. Locus autem sophismatis fuerat, quia posita erant duo vnum. Et forsasse falleret huius contraria ponendo vnū duo, prout quis poneret scilicet propriū immuta-
bilem

A bilém opinioné, & deſtruerent hoc, ex quo hoc propriù eſt ſcientia, & nõ eſt moris ipſi' proprij ineſſe duab' rebus. Hã ius auté ſophiſmatis diſſo-lutio eſt, quia ſcia & ſciens ſunt duo ſm rationem & vnum ſubiecto. vel dicemus, φ proprium vnius non ſit proprium alterius, ſcia enim in vno ſignificat, quod non eſt in ſubiecto, & in ſciéte ſigni ficat quod eſt in ſub iecto, ſcientia enim eſt immutabilis opinio, ſciens auté non eſſet homo, niſi eius ſcientia mutaretur.

Octauus locus eſt, in quo poteſt falli, ex quo enim moris ipſius pro-prij eſt, φ illi cuius eſt propriù natu raliter inſit, ponens aũt omittat ap-ponere conditioné ad ipſum, φ inſit illi, cuius eſt propriù, hic modus. So phiſta enim falleret ponendo pro-prium aliqñ ſeparari ab eo, cuius eſt proprium: exempli gratia, vt qui di ceret, φ homo ſit bipes, erraret. De-ſtruens aũt diceret, φ pedibus exciſ-ſus nõ haberet hoc proprium, quan-do vero ſuperadderetur naturaliter, auferretur hoc ſophiſma.

Nonus locus etiã eſt, in quo po-teſt falli, qñ enim moris ipſius proprij eſt, eſſe proprià, quatenus eſt prædi catum prima prædicatione, ponens aũt omittat adjicere illi hanc condi-tioné, poſſet illud deſtrui. Id enim quod pũt ineſſe illi, cuius eſt proprià, & alij ab eo, non eſt illi proprium. Vt, verbi gratia qui di ceret, φ ſuper ficiei proprium ſit coloré ſuſcipere: Sophiſta autem deſtrueret illu d, qa de corpore verum eſt dicere, φ ſu ſci piat colorem. Quando aũt pone ns diſtinxerit, dicendo φ ſuperficies ſu ſcipiat coloré primo, & corpus illũ recipiat mediante ſuperficie, aufert ſophiſma. Et ſic ſemper, qñ alicuius

rei eſt aliqua conditio, & illam po-nens omiſerit, & illã poſuerit abſo-lute, eueniet ei tale ſophiſma. Prædi catio enim multorũ prædicatoręeſt verax conditione, prout dicendo, φ ſit naſt, vel acquiſitum, aut potẽtia prima vel ſecunda. Et ideo expedit illi, qui proponit bene ponere pro-priù, φ caueat ponere abſolute id, cu ius moris ſit poni conditionaliter.

Decimus locus eſt totalis, φ ſuma tur res, quæ ineſt ſm magis & minus de quibuſdã rebus, quæ differũt ſm hanc rem ſm magis & minus, & po-nat proprium toti, prout qui dicit, igné eſſe tenuiſſimã rerũ, hoc enim verũ eſt de vna ſpecierũ iphus ignis, ſ eſt ipſum lampa, qm (vt ait Plato) ignis ſunt tres partes, flãma, lampa, & carbo. Huius auté cauſa eſt, quia exceſſiuæ res non poſſunt videri in multis rebus, ſiue illæ res ſint vt ſpẽs in genere, ſiue vt partes in toto.

Vndecimus locus eſt, φ ponatur propriù eximio ſm comparationé, accidit enim hinc, φ nomen non ſit verax de eo, de quo eſt verax oratio ſignificãs proprium. Exempli gra, qui dixerit, φ ignis proprium ſit eſſe cor-pus leuiſſimũ, & equi proprium eſſe φ ſit animaliũ velociſſimũ: poſſet enim auferri ignis, & eſſet leuiſſim' ipſe aer, gratia exẽpli, ſicq poſſet au ferri equus, & aliud eſſe omniũ ani-malium velociſſimũ, quod eſſet ani-mal illi ſuccedens ſm velocitaté, hoc vero eſſet proprium apud illum qui ſciret, φ impoſſibile ſit vnquam au-ferri ignem, aut equi ſpeciem.

Duodecimus locus eſt, φ pona-mus rem ſui ipſius propriã, hoc au-tem contingit, dum rei fuerint duo nomina ſynonyma, quia quod pſi-tum eſt propriã, non eſt proprium.

M ij Et

G Et notũ est de re huius loci, ɋ qui illum ponit, errat circa propriũ. v.g. vt qui diceret ɋ pulchri propriũ sit esse formosum, pulchrum enim & formosũ sunt duo nota synonyma.

Locus 13. qui: e l. 18. & 19.

Terciusdecim' locus est, quia proprium, qñ positum fuerit corporib' homogeneis, expedit ɋ insit oĩbus partib' illorum corporum, qñ vero inesset maiori parti, & nõ inesset minori, aut inesset minori, & non inesset maiori, quod positũ est propriũ, non est proprium. Et exemplum illius quod inest maiori parti suarũ partium, & non inest toti, sit, vt qui **H** dixerit, ɋ maris proprium sit ipsius aquã esse salsam. Exemplum aũt illius, ɋ positũ est de parte, & non de toto est, vt oratio illius qui dixerit, ɋ aer inspiret, inspiratum enim est pars illius. Construens vero qñ construxerit, ɋ proprium sit de omnib' partibus, & ɋ reliquæ aliæ bases insint, iam constructũ est ipsum proprium. Exempli gratia, vt qui diceret ɋ proprium sit terræ ferri deorsum naturaliter, hoc enim inest omnibus partibus, sicut inest toti.

Locus. 14.

Quartusdecimus locus est, ɋ proprium sit positũ in potẽtia illi, cuius est propriũ, & vltra ɋ applicet illi us **I** esse potentiã per rem, quæ possit ee & auferri. gratia exempli, vt qui dixit, ɋ colorũ proprium sit, ɋ sint visibiles in potẽtia, qñ si imaginetur ablatio & priuatio animalis, auferetur hoc propriũ, nisi apud illum, qui coniectatur, ɋ impose sit priuari animal, ɋ hoc enim posset destrui ipsum propriũ. Construens aũt est cõtra hoc, nõ enim sit applicatio potentiæ rei, cuius positũ est propriũ ɋ rem, quæ primo affatu imaginet priuari, vt gratia exẽpli, qui dixerit,

ɋ entis proprium sit agere & pati. **K**

Hęc sunt omnia loca propria ipsi proprio, reliqua autem residua loca sunt cõia omnibus quæsitis, & sunt vniuersaliter quæ sumuntur ab oppositis, aut à simili, aut ab eo quod é magis & minus & æquale, aut à casibus & coniugatis, aut à generatione & corruptione. Et incipiem' hoc secundum Arist. doctrinam, sit enim in hoc exercitium quoddam.

De locis communibus omnibus quæsitis, quæ sumuntur ab Oppositis, aut à Simili, aut ab eo, quod est Magis, & mi-nus & æquale, aut à casibus, & coniugatis, aut à generatione, **L** *& corruptione. Cap. 5.*

DEinde ex oppositis consi derandũ est, primũ quidem ex cõtrarijs: destrue ti quidẽ, si contrarij non est contrariũ. Neɋ enim contrarij erit contrariũ proprium: vt quia cõtrarium est iustitiæ quidẽ iniustitia, optimo aũt pessimum: nõ est aũt iustitiæ proprium optimum, nõ erit iniustitiæ propriũ pessimũ. Construenti aũt, si cõtrarij contrariũ propriũ est, & cõtrarij contrariũ propriũ erit. **M** Vt quia contrariũ est bono quidem malũ, eligendo aũt fugiendum: est aũt boni propriũ eligẽdum: erit mali propriũ fugiẽdũ.

Secundum aũt, ex ijs quæ ad aliquid sunt: destruenti quidẽ, si hoc quod ad aliquid est, eius qd est ad aliquid nõ est proprium. Neɋ enim hoc quod ad aliquid est, eius quod ad aliquid est, erit propriũ: vt quia dicitur duplũ quidem ad dimidium, superans aũt

60. Locus. Declaratio.

61. Locus. Declaratio.

62. Locus. Declaratio.

A aute ad superatum: non est aute dupli proprium superans, non erit dimidii propriu superatu.

64. Locus. Declatio.

Construenti aute, si eius quod est ad aliquid, hoc quod ad aliquid est proprium:& eius quod est aliquid, id quod est ad aliqd erit proprium. Vt quia dicitur duplum quide ad dimidium id esse, quod duo ad vnum: est aut dupli proprium vt duo ad vnu: erit dimidii proprium, vt vnu ad duo. Tertium aut, destrueti quidem, si habitus, id quod fm

65. Locus declatio.

B habitum dicit non est propriu, neq profecto priuationis, id qd fm priuatione dicitur, erit proprium:& si priuationis, id quod fm priuationem dicitur non est proprium, neq habit9, id quod secundum habitum dicitur erit proprium. Vt quia no dicitur surditatis proprium insensibilitatem esse, neq auditus erit proprium sensum esse. Construeti vero, si quod secundum habitu dicitur, est habitus proprium:et priuationis, id quod secundum

65. Locus declatio.

C priuatione dicitur erit propriu:& si priuationis, id quod secundum priuatione dicitur, est proprium, & habitus quod secundum habitum dicitur, erit propriu. Vt quia visus est propriu videre, secundu quod habemus visum: erit caecitatis proprium non videre, secundum quod no habemus visum, nati habere.

66. Locus declatio.

Deinde ex affirmationibus, & negationibus: primum quidem ex ipsis quae praedicatur. Est au-

D tem locus hic vtilis destructi tantum: vt si affirmatio, vel quod secundum affirmatione dicitur, eius est proprium, non erit profecto ei9 negatio, neq quod fm negationem dicitur proprium: si autem sit negatio, aut quod secundum negatione dicitur proprium, eiusdem non erit affirmatio, neq quod fm affirmatione dicitur proprium : vt quia proprium animalis est animatum, non erit animalis proprium, no animatum. Secundum aute ex

67. Locus declauo.

E praedicatis, vel etiam non praedicatis, & de quibus praedicatur, vel non praedicatur : destruenti quide, si affirmationis affirmatio non est proprium.neq enim negatio negationis erit propriu: & si negatio negationis non est propriu, neq affirmationis affirmatio erit proprium:vt quia no est proprium hominis animal, neq non hominis non animal: si autem non hominis non videtur proprium non animal, neq hominis erit proprium animal.

F Construenti aut, si affirmationis affirmatio est proprium. Na & negatio negationis erit proprium:si aut negationis negatio est proprium, & affirmatio affirmationis erit propriu:vt quia non animalis est propriu non viuere, erit animalis propriu viuere:& si animalis propriu videt viuere,& non animalis propriu videbit non viuere. Tertiu autem ex ipsis subiectis.destruenti quide,si quod assignatu est pro-

68. Locus declatio.

69. Locus declauo

G priū, affirmationis est propriū. Non erit enim idem & negationis proprium: si autē negationis est propriū quod asfignatū est, non erit affirmationis propriū: vt quia animalis propriū est animatū, non animalis non erit proprium animatum. Construenti vero, si asfignatum propriū nō est affirmationis proprium, erit negationis. At hic locus deficit: nam affirmatio negationis, & negatio affirmationis non est proprium, quādoquidē affirmatio

H negationi omnino non inest: negatio aūt affirmationi inest quidem, at non vt proprium inest. Deinde ex hs quae ex opposito diuiduntur: destruenti quidem si eorum quae ex opposito diuiduntur, nullum ullius reliquorū ex opposito diuersorum est proprium. Neqꝫ enim quod oppositum est, erit propriū eiꝰ, cuius positii est proprium: vt quia animal sensibile nullius aliorū mortalium animaliū est proprium, nō erit animal intelligibile Dei proprium. Construenti autē, si

I caeterorū quae ex opposito diuidunt quoduis est proprium talium quorumcunqꝫ eorum quae ex opposito diuiduntur. Nā reliquum erit eius propriū, cuius positum est non esse propriū: vt quia prudentiae est proprium, p se natum esse rationalis, virtutē esse, & aliarū virtutum sic vniuf cuiusque sumptae: erit temperantiae proprium per se natum esse concupiscibilis virtutem esse,

Marginal notes (left column): 70. Locus Declatio. · Annota- · 71. Locus · 72. Locus Declatio.

Deinde ex casibus: destruenti quidē, si casus non est casus proprium. Neqꝫ enim casus erit proprium casus: vt quia nō est eius quod est iuste propriū id quod bene, neqꝫ iusti propriū erit bonum. Construenti autem, si casus est proprium casus. Nam et casus erit casus propriū, vt quia hominis est proprium gresibile bipes, & homini erit proprium gresibili bipedi dici. Non solū autem in eo quod dictum est secundum casus est considerandū, sed & in oppositis, quemadmodum & in prioribus locis dictū est. destruenti quidem, si oppositi casus non est proprium oppositi casus. Neqꝫ enim oppositi casus erit proprium oppositi casus: vt quia non est eius quod est iuste proprium quod bene, neqꝫ iniuste erit propriū quod male.

Construenti vero, si oppositi casus est proprium oppositi casus. Nam & oppositi casus, erit propriū oppositi casus: vt quia honesti est proprium optimum, & inhonesti erit propriū pessimū.

Deinde ex hs quae similiter se habent, destruēti quidem, si quod similiter se habet, eiꝰ quod similiter se habet, non est proprium.

Neqꝫ enim quod similiter se habet, eius quod similiter se habet erit proprium, vt quia similiter se habet ad extruendum aedificium aedificator, & medicus ad efficiendum sanitatem: non est autem proprium medici efficere sanitatē, neqꝫ aedificatoris erit proprriū,

Marginal notes (right column): K · 73. Locus Declatio. · 74. Locus Declatio. · 75. Locus Declatio. · L · 76. Locus Declatio. · M · 77. Locus Declatio. · 78. Locus Declatio.

A proprium extruere ædificium.

Construenti autem, si quod similiter se habet erit propriū ei⁹
quod similiter se habet. Nam &
quod similiter se hēt, eius quod
similiter se habet erit propriū:
vt qm similiter se habet medicus ad id quod est esse effectiuū
sanitatis, & ludi magister ad id
quod est eē effectiuum bonæ ha
bitudinis: est autem proprium
magistri ludi, esse effectiuum bo
næ habitudinis, erit propriū &
medici effectiuum esse sanitatis.

B Deinde ex ijs quæ sic se habēt
destruenti quidem, si quod sic se
habet, eius quod sic se habet non
est proprium. Neqz enim quod
sic se habet, eius quod sic se habet, erit proprium. Si autem ei⁹
quod sic se habet, id quod sic se
habet est proprium, eius nō erit
proprium, cuius positum est eē
proprium. Vt quia sic se habet
prudentia ad honestū & turpe,
eo qp disciplina vtriusqz eorum
est: non est autem prudentie pro
C prium disciplinā esse honesti, nō
vtiqz erit proprium prudentiæ
disciplinā esse turpis: si vero est
proprium prudentiæ disciplinā
esse honesti, non erit proprium
eiusdem disciplinam esse turpis:
impost est enim eiusdem plura
esse propria. Construenti vero
nihil locus iste vtilis: nā quod sic
se hēt, vnū ad plura cōparatur.

Deinde destruenti quidem, si
quod sm esse dicit, non est eius
quod sm esse dicitur proprium.
Nam neqz corrumpi ei⁹ quod

D est sm corrumpi, neqz gēnerāri
eius quod sm generari dicitur,
erit proprium. Vt quia est homi
nis proprium esse animal, neqz
eius quod est hominē generari,
erit proprium generari animal,
neqz eius quod est hominē corrumpi erit propriū corrūpi aīal.
Eodem aūt modo accipiendum
est & ex generari ad esse & corrumpi, & ex corrumpi ad esse et
generari, quemadmodum dictū
est nūc ex esse ad generari, & cor
rumpi. Construenti aūt, si eius
quod est secundum esse ordina-
E tum est. Est autem per se, ordinatum proprium: nam & eius,
quod sm generari dicit, erit hoc
quod secūdum generari dicitur
proprium, & eius quod secundum corrūpi, hoc quod sm corrumpi est asignatum: vt quia
hominis est proprium esse mortalem, & eius quod est generari
hominem, erit proprium generari mortalem, & eius, quod est
corrumpi hominem, corrumpi
F mortalem. Eodem autem modo
accipiendum est & ex generari,
& corrumpi, & ad esse, et ad ipsa
ex ipsis fieri: quemadmodum &
in destrueti dictum est. Deinde
inspiciendum ad idē supposlti:
deltruenti quidem, si ideæ nō in
est, aut si non qua id dicitur, cuius est proprium asignatū. Nō
enim erit proprium quod posi
tum est esse proprium: vt quoniam ipsi homini non inest quie
scere qua homo est, sed qua idea,
non erit hois propriū quiescere.

M iiij Con-

G Conſtruenti autem, ſi idex ineſt, & ſm hoc ineſt qua dicitur
de illo ipſo, cuius poſitum eſt nõ
eſſe proprium, Erit enim proprium quod poſitum eſt non in
eſſe proprium : vt quoniam ineſt ipſi animali ex anima & corpore compoſitũ eſſe, & qua animal eſt, ipſi ineſt id, erit propriũ
animalis ex corpore et anima cõ
poſitum eſſe. Deinde ex magis
& minus. Primum quidem deſtruenti, ſi quod magis eſt, eius
quod magis non eſt proprium.

H Neq́ enim quod minus eſt, eius
quod minus erit proprium: neq́
quod minime eius quod minime : neq́ quod maxime eius qđ
maxime : neq́ quod ſimpliciter
ei⁹ quod ſimpliciter: vt quia nõ
eſt magis colorari magis corporis proprium : neq́ minus colorari minus corporis proprium
erit, neq́ colorari corporis oíno.

Conſtruenti autẽ, ſi quod magis eſt, eius quod magis eſt, eſt
propriũ. Nam quod minus eſt,
I eius quod min⁹ eſt erit propriũ:
& quod minime, eius quod minime, & quod maxime, eius qđ
maxime. & quod ſimpliciter, ei⁹
quod ſimpliciter: vt quia magis
viuentis, magis ſentire eſt proprium : & minus viuentis min⁹
ſentire, erit proprium: & eius
quod maxime, id qđ maxime,
& eius quod minime, id quod
minime, & ei⁹ quod ſimpliciter,
id quoꝗ qđ ſimpliciter. Et ex
eo autem quod ſimpliciter, ad
eadem cõſiderandum: deſtruẽti

quidem, ſi quod ſimpliciter non
eſt proprium. Neq́ enim quod
magis eſt, eius quod magis, neq́
quod minus, eius quod minus,
neque quod maxime, eius quod
maxime, neq́ quod minime ei⁹
quod minime erit proprium: vt
quia non eſt hominis proprium
ſtudioſum, neque magis hominis, magis ſtudioſum erit proprium. Conſtruenti autem, ſi
quod ſimpliciter eſt, eius quod
ſimpliciter eſt proprium. Nam
& hoc quod magis ei⁹ quod ma
gis, & quod min⁹ eius quod mi
nus, & quod minime, eius quod
minime, & quod maxime eius
quod maxime erit proprium: vt
quia eſt ignis proprium ſurſum
ferri ſecundum naturam, & magis ignis erit magis propriũ ſurſum ferri ſecundum naturam: eo
dem modo conſiderãdum eſt &
ex alñs huiuſmodi. Secundum
aũt, deſtruenti quidem, ſi quod
magis eſt, non eſt eius quod magis eſt proprium. Neq́ enim qđ
minus eſt eius quod minus erit
proprium : vt quoniã magis eſt
propriũ animalis ſentire quàm
hominis ſcire, non eſt autem ani
malis propriũ ſentire, quare nõ
erit hominis propriũ ſcire. Conſtruenti autem, ſi quod minus,
eius quod minus eſt proprium.

Nam & quod magis, ei⁹ quod
magis erit proprium: vt qua mi
nus eſt proprium hominis man-
ſuetum natura ꝗ̃ animalis viue
re: eſt autem hominis proprium
mãſuetum natura, erit propriũ
aĩalis

Aanimalis viuere. Tertiū vero, destruenti quidem, si cuius magis est, propriū non est. Neqz.n. cuius est minus propriū, erit ei⁹ propriū: si aūt illius est propriū, non erit huius propriū: vt quia colorari magis superficiei ꝙ corporis est proprium, non est autē superficiei propriū, non erit corporis propriū colorari: si vero ē superficiei propriū, non erit corporis propriū. Cōstruenti autē hic locus nō est vtilis: nā impossibile est idem pluriū proprium esse. Quartū destruenti quidē, si quod maius est eius propriū, non est propriū, neqz profecto quod minus est eius proprium, erit propriū. Vt quia magis est ꝓpriū animalis sensibile ꝗ partibile, non est autem animalis sensibile propriū: quare nō erit animalis partibile proprium. Construenti autē, si quod minus est eius propriū, est propriū. Nam & quod magis est eius propriū. erit proprium, vt qm̄ minus est propriū animalis sentire ꝗ viuere: est aūt animalis proprium sentire, erit animalis proprium viuere. Deinde ex his, quae sifr insunt, primū quidem destruenti, si quod sifr est proprium, non est propriū eius, cuius sifr est ꝓprium. Neqz enim quod sifr est propriū, erit proprium eius cuius similiter est proprium: vt ga similiter est propriū concupiscibilis concupiscere, & rationalis ratiocinari: non est autem proprium concupiscibilis concupi

scere, non erit rationalis ꝓpriū ratiocinari. Construenti vero, si quod similiter est proprium, eius est proprium, cuius ē sifr ꝓprium. Nam & quod sifr est proprium, erit eius proprium cui⁹ sifr est ꝓpriū: vt quia similiter ē rationalis propriū primū prudens, & concupiscibilis propriū primū temperans: est autem rationalis primū prudens: erit igitur concupiscibilis propriū primum tēperans. Secundū autē, destruenti quidem, si quod similiter est proprium non est proprium eius. Nam neqz quod similiter est proprium, erit ꝓpriū eius: vt quia sifr est propriū hominis videre, & audire, non ēe hominis propriū videre, nō vti que hominis proprium audire. Construenti vero, si quod similiter est eius proprium, est proprium. Nam quod similiter est eius proprium, proprium erit: vt quia sifr est proprium animae aliquid partium eius primo esse cōcupiscibile, & rationale primo: est autem propriū animae, quid partium eius esse concupiscibile primo, erit vtiqz propriū animae, quippiam partiū eius esse rationale primo. Tertiū vero, destruenti quidem, si cuius similiter est proprium, non est ꝓprium. Neqz enim cuius similiter proprium erit propriū: si autem illius est proprium, non erit alterius propriū: vt quia vrere similiter est proprium flāmae, & carbonis, non est autem flā-

mae

G mæ propriũ vrere, non erit carbonis proprium vrere:si autem
est flammæ propriũ, nõ erit car
bonis proprium vrere. Construenti autem hic locus non est
vtilis:differt autem quod est ex
similiter se habentibus, ab eo qd
ex ñs est, quæ similiter insunt:
quoniã illud quidem secundũ
proportionẽ sumitur, non in eo
quod inest aliquid comparatũ,
hoc autem ex eo quod inest, alicui comparatur. Deinde destruenti quidem, si potẽtia propriũ
H assignans, & non ad ens assigna
uit proprium potentia, cũ non
contingat ei potẽtia inesse cum
ens non est. Non enim erit proprium quod positum est esse p-
prium:vt quia qui dixit aeris,p
prium respirabile, potentia qui
dem assignauit propriũ(nam ta
le propriũ vt respirari possit, re
spirabile est)assignauit autẽ &
ad non esse proprium : nam &
cũ non est animal quod spirare
natum ex aere, contingit aerem
I esse, non m̃ cum non est animal,
possibile est spirare : quare neq
aeris erit proprium huiusmodi
possibile respirari tũc, quia animal non erit quod tale est vt re-
spirare possit : nõ ergo erit aeris
proprium respirabile. Construẽ
ti autẽ, si potentia assignãs proprium, ã ad ẽs assignauit proprium, qã ad non ens, cum contingat potentia non enti inesse.
Erit enim proprium quod posi
tum est, non esse proprium : vt
quia qui assignauit proprium,

entis possibile pati, aut facere K
potentia assignans proprium,
ad ens assignauit proprium (nã
cum ens est,& possibile pati qd,
aut facere erit) quare proprium
erit entis possibile pati qd, aut
facere. Deinde destruenti quidem, si per superabundantiam
posuit proprium. Nõ erit enim
proprium quod positum est esse proprium : accidit enim sic af
signantibus proprium, non de
quo orationem,& nomen veri- L
ficari:nam corrupta re,nihil mi
nus erit oratio:nam eorum,quæ
sunt,alicui maxime inest : vt li
quis assignet ignis proprium,
corpus leuissimum : corrupto
enim igne,erit aliquod corporũ
quod leuissimum erit:quare nõ
erit ignis proprium, corpus le-
uissimum.Construenti autem,
si non per superabundantiam
posuit proprium . Erit enim secundum hoc bene positum pro
prium:vt quia qui posuit homi
nis proprium animal mansuetum natura,non superabundan M
tia assignauit propriũ:erit vtiq
fm hoc bene positũ proprium .

Sermo de Locis sumptis ab Oppositis, Si-
mili, ab eo quod est Magis, & Mi-
nus, & Aequale, a Casibus,
& Coniugatis, & à Gene
ratione, & Corruptio
ne. Cap. 3.

PRimus itaq; illorum sumit a
contrario. Destruens quidẽ cõ-
siderat, φ, si proprii contrarium nõ
est proprium contrariæ rei, cui° est
illud proprium quod positũ est pro
prium

99. locus
Declaratio

100. locus
Declaratio

101. locus
Declaratio

Locus 1.
qui est 60.
& 61. in
Arist.

-prium nõ eſſet proprium. v.g. qa niſi iuſtitiæ propriũ ſit eſſe laudabiliſſimã, non eſſet proprium iniuſtitiæ eſſe turpiſſimam. Conſtruẽs aũt eſt, ſi contrarium proprij ſit ppriũ contrario, rei, cuius eſt illud ppriũ, id quod poſitũ eſt propriũ, eſt proprium. v.g. ſi boni proprium ſit eſſe appetibile, mali proprium eſt eſſe abhorribile.

Locus. 2. qui eſt. 62 & 63.

Secundus locus eſt a relatiuo. Deſtruẽs quidem conſiderat, ſi relatiua proprij non ſint propria relatiuis illius, cuius eſt proprium, illud propriũ non eſt proprium. v.g. niſi ſuperans ſit dupli propriũ, ſuperatum non eſt medij propriũ. Conſtruens vero cõſidera, ſi pprij relatiua ſint propria relatiuorum illius, cui' eſt illud proprium, ſic illud proprium eſt propriũ. gra exempli, ſi dupli pprium ſit, qd ſit proportione duorũ ad vnum, medij propriũ eſt, qd ſit proportione vnius ad duo.

Locus 3. qui eſt. 64 & 65.

Tertius locus eſt ab habitu, & priuatione. Deſtruens quidẽ eſt, ſi proprium, qd dr ſm habitum, non ſit pprium illi', quod dr ſm habitũ. hoc eſt, quod ſignificat habitus noïe, id quod ſignificat priuationis noïe, nõ eſt proprium illius, quod dr priuatiue, i. quod ſignificat priuationis nomine. Et ſi quod dr priuatiue nõ ſit proprium priuationis, quod dr ſm habitum non eſt propriũ illius, qd dr ſm habitum. v.g. ex quo priuatio ſenſus non eſt proprium ſurditatis, nec ſenſus eſt proprium audit'. Cõſtruens autem eſt, ſi quod poſitiue dr ſit proprium illius, quod poſitiue dr, quod priuatiue dr eſt ppriũ illius quod priuatiue dr, & ſi quod priuatiue dicit ſit proprium illius, quod priuatiue dicitur, id quod poſiue dicitur eſt proprium illius, qd poſitiue dicitur. v.g. ſi videntis proprium ſit videre, cæci proprium eſt non videre.

Quart' locus eſt, ab affirmatiua, & negatiua: & huic loco ſubſunt tria loca. Primo quidem, qp conſiderentur illorum illationes ſm modũ cõuerſionis, qñ. n. affirmatiua fuerit proprium alicuius rei, negatiua nõ eſt proprium illius v.g. ſi boïs proprium ſit eſſe riſibile, non ſit eius pprium non eſſe riſibile: & veriſimile eſt hunc non eſſe locum. Secundus aũt locus ab illatione recte. Deſtruens quidem conſideret, ſi enuntiatio, quæ affirmat prædicatum, nõ ſit proprium enuntiationis, quæ affirmat ſubiectum: nam quod negat prædicatum, non eſt proprium illi' quod negat ſubiectum. Et contra hoc etiam. v.g. ex quo dicere, qp id, quod eſt aïal, non eſt proprium illius, quod eſt homo, dicere id, qd non eſt animal non eſt proprium illius, quod non eſt homo. Et ſiſt, ex quo dicere, qp id, quod non eſt animal, non ſit proprium illius, quod non eſt homo, illud, quod eſt aïal, nõ eſt proprium illius, quod eſt homo. Tertius autẽ locus eſt. Deſtruẽs quidem cõſideret, ſi quod affirmat prædicatum ſit proprium illius, qd affirmat ſubiectum, nam non ſit, qd affirmat prædicatum, proprium illius, quod negat ſubiectum. verbi g. ſi animalis proprium ſit trãſpirare, non animalis non ſit proprium trãſpirare. dicere. n. transpirare, qñ eſt proprium illius, quod eſt dicere, qp ſit animal, non ſit propriũ negationis, q eſt dicere, qp nõ ſit aïal. Conſtruẽs vero cõſideret, ſi affirmatiua nõ ſit ppriũ affirmatiuæ, illud ẽ pprium

Loc'. 4. qi & 66. 67. 68. 69. & 70.

prium negatiuæ.v.gr. si vegetabile non sit proprium mineralis, nõ vegetabile sit proprium mineralis: hic autem locus est mendax: affirmatiua enim non est proprium negatiuæ, immo non inest affirmatiua negatinæ, nisi inquantum negatio nõ e absolute negatio, sed significat ali quam specierum priuationis, sed negatiua aliquõ inest affirmatiuæ, sed inquantum negatio non est absolute negatio, ipsa tñ nõ est ei propriũ ex parte, qua est absolute negatio.

Locus. 5. qu est 71
H Quintus locus affinis est, quod numeretur in contrarijs, & est sumpt' ex speciebus, in quas diuiditur genº secundum simile oppositionis. qñ.n. diuiserimus genus in duas spés oppositas, & diuiserimus ét illud ĩ duo euenta opposita, aut plura fuerint euenta, & nulla partium euentorũ fuerit proprium alterius partis illarum specierũ, nec alterum euentũ est proprriũ alterius spéi. v.g. quia nõ é propriũ mortalis moueri, ex quo orbes cœlestes mouent, & sunt immortales: quare non sit proprium animalis immortalis. Constructio autem sit contra hoc.

Locus. 6. qu est 72
I Sextus locus numeratur etiã hic, & est, qñ fuerint duæ res in duobus differentibus subiectis: & de illis præ dicatur vna res communis, & perinde hæc res vniuersalis sit proprium vnius harum duarum rerum, quando adijcatur conditio, illã inesse subiecto huius rei: sicq; illa sit propriũ illius alterius rei, qñ iterum adiicit cõditio, illam inesse illius subiecto. v.g. ex quo prudentia & continentia sunt duæ partes animæ, in duobus differentibus subiectis, prudentia enim est in parte rationali, & cõtinentia in parte concupiscibili, &

virt' est res vniuersalis, quæ inest vtriſ **K** que, & perinde prudétiæ proprium est esse virtutem in parte rationali; ac continentiæ proprium est eé virtuté in parte concupiscibili. Et Ari. ait quod hic locus est scientificus.

Locus 73. 74. 71. et 76 Arist.
Locus autem sumptus a casibus, & coniugatis est, qñ consideramus si exemplare primitiuũ non sit proprium exemplaris primitiui, nec de nominatiuum sit proprium denominatiui. exempli gratia, nisi iustitiæ proprium sit esse fm institutionem, non est iusti proprium esse in stituentem. & sikt considerent in casibus, sed non inueniunt in idiomate Arabico. Et aliquõ etiam considerandum est a coniugatis oppositorum. v.g. quia nisi iusti propriũ sit, quod ipse instituat id iustitiæ, quo denominatur, & ex eius animo est sibi coaptatum, non esset iniustitiæ proprium quod id iniustitiæ, quo denominatur, insit illi præter naturam, hoc est ex institutione. Construens aũt considerare hĩt huius loci cõtrariũ. **L**

Locus 77. 73.& 79 m Arist.
Locus autem a simili proportionaliter. Destruens quidem conside rat si vnum duorum propriorũ similium non sit propriũ vnius duarum rerum similium, nec alterum **M** est proprium alterius. Gratia exempli, quia proportio ædificátis ad domificationé est sicut proportio medici ad sanationem, & ædificantis nõ est proprium ipsa domificatio, sic nec medici proprium est ipsa sanatio. Construens autem considerat, si vnum duorum propriorum similium sit proprium vnius duarũ rerum similium, alterum est propriũ alterius. vt v.g. quia ex quo proportio medici ad sanationem, est sicut proportio exercitij ad corporis trã quil-

A quillitatem ; & propriū exercitij est corporis tranquillitas, sic & medici proprium est ipsa sanatio.

Locus. 82. 83. & 84. in Arist. : Locus autem sumptus a generatione & corruptione est, ꝙ id, quod dicitur iam genitum & completum esse, non sit proprium illius, quod iā genitum & completū est, nec illud, quod est in generationis via, est ꝓprium illius, quod est in generationis via. v. g. quia non est proprium hominis, ꝙ sit animal, non est proprium hominis qui generatur, ꝙ generetur animal. Et fm hoc exemplum considerer, quid sit iter quod corruptum est, & quod est in via ad corruptionem. Et sīr iterum consi derer corruptum cum genito hoc modo: gratia exempli, quia non est proprium hominis geniti ꝙ sit animal, nec est proprium hominis corrupti corruptio animalitatis ab eo. Construens autem cōsiderer his locis contrarium huius. Gratia exempli, quia ex quo proprium hominis geniti est esse loquentem, sic & hominis corrupti proprium est, ab eo corrumpi elocationem: & hic locus est scientificus.

Et loca sumpta ab eo quod ē magis, & minus & æquale, primo quidem destruens consyderet, si quod magis nō sit proprium illius quod magis, hoc est, id, quo prædicari si denominatur per excessum, nō sit ꝓprium illius, quo subiectum denotatur per excessum. Sic nec quod dicitur fm minus, est propriū illius qd dī fm minus, neꝗ quod dicitur sim pliciter, est proprium illius qd dicī simplr. Exempli gratia, quia ex quo non est quod dicimus magis generari proprium illius, quod est magis corporari: nec dicimus quod est

Loca, q re — C — Rant I Aristo. ex li. 5

minus generari proprium illium, qd est minus corporari, nec quod est genitum simplr proprium illius, qd est corpus simplr. Construens vero considerat. ꝗ, si quod fm magis dī sit proprium illius, quod dī fm magis, sic, quod fm minus dī, est proprium illius, quod dī fm minus, & quod dī simplr, est proprium illius, quod dī simplr. v. gr. quia si diceremus ꝙ id, quod est magis sensus, sit proprium illius, quod est magis corpus, sic illud quod est minus sensus est proprium illius quod est minus corpus, & sīt quod est sensus simpliciter, est proprium illius quod ē corpus simplr. Et sicut considerauimꝰ ab eo quod dicitur fm magis, ad id quod dī fm minus, aut ad simplr, sic posset esset cōsiderare ab eo quod est simplr, ad id, quod est fm magis aut fm minus. Destruēs quidem, si quod dī simplr, non sit proprium illius, quod dī simplr, nec quod dicitur fm magis, est proprium illius, quod dī fm magis, neꝗ quod dicit fm minus, est proprium illius quod dicit fm minus. Exempli gratia, qa ex quo non est homini propriū ē zelotipum, nec est proprium illius, quod est magis homo ; ꝙ sit magis zelotipus, neꝗ illius quod est minꝰ homo, ꝙ sit minus zelotipus. Construens autem considerat huius cōtrarium, si quod simplr dī sit proprium illius quod dicitur simpliciter, quod dī fm magis, est ꝓpriū illius, quod dī fm magis, & illud qd dicitur fm minus, est proprium illius, quod dicitur fm minus. vt v. g. quia ignis simpliciter proprium est ipsum ferri sursum simpliciter , sic proprium illius, qd est magis igneū est ferri magis sursum ; & illius qd est

est

G est minus igneum, ferri minus sursum. Aut secūdo cōsiderat destruēs
si fuerit res, quæ dicatur esse ͻprīū
alicuius rei magis q̄ dicatur de alia
re, ͻ sit propriū alicui° rei, & perinde quæ dicitur magis ē proprium
non sit proprium, nec quod dicitur
minus, est proprium. v. gr. si sensus
fuerit proprium animalis magis q̄
sit disciplina proprium hominis.
Destruens autem incipit a loco minoris. Si illud sit proprium sic, &
quod dr̄ magis est proprium. Et hic
quidem loc° proportionat duas res
duabus rebus, & est qui præhabitus
H est in locis accidentis. Tertio vero
destruens considerat, si aliqua res sit
magis proprium, q̄ sit alteri rei, &
illius cuius prius fuisset propriū nō
sit proprium, nec est proprium illi°
cuius minus: gratiæ exempli, ex quo
color dignior est esse proprium superficiei, q̄ corporis proprium, sic si
nō est proprium superficiei, nec est
proprium corpori. Construens vero non recipit iuuamē de hoc loco,
quia non inuenitur vna res, quæ sit
proprium duarum rerum: hic autē
comparat vnam rem duabus rebus.
Et quarto destruens considerat, si
I quod est dignius esse proprium, nō
tamen sit proprium, nec quod non
est dignius esse proprium, est proprium. v. g. ex quo animal esse sensitiuum, dignius est esse ipsi propriū,
q̄ esse diuisibile, perinde esse sensitiuum non est sibi proprium, nec esse
diuisibile est sibi proprium. Construens vero considerat, si quod nō
est dignius esse proprium sit ͻpriū
sic qd dignius est esse illi proprium
est illi propriū. Vt v. g. ex quo non
est dignius, animal esse diuisibile, esse sibi proprium, q̄ esse sensitiuum,

& perinde est sibi proprium: sensi fiet K
uum itaq; est illi proprium. & hoc
ͻparat duas res vni rei. Rursus post
hæc cōsideremus de æqualitate, hoc
est de rebus, quæ vno simili modo
prædicantur. Primo quidem, quando duæ res fuerint propria duarum
rerum vno simili modo, & proinde
illarum vna non sit proprium vni
illarū, nec altera, est proprium alteri. Gratia exempli, ex quo propriū
est ipsius concupiscibilis concupisci,
sicut ratiocinabilis ratiocinari, & p
inde non est proprium concupiscibilis concupisci, nec itaque est propriū ratiocnabilis ratiocinari. Si L
aūt vnum esset proprium, & alterū
esset propriū, hoc fieret ex compara
tione duarum rerum ad duas res. Et
secundus locus fit ex comparatione
duarū rerū ad vnam: qñ .n. duæ res
fuerint propria vnius rei vno simili modo, & proinde vna non sit illi
proprium, nec aliud est propriū. ve.
v. g. quia nostra esset ponere ē hominis proprium ipsum videre, sicut
ipsum audire, & perinde ipsum vide
re non sit proprium, sic etiam nec
ipsum audire est illi propriū. Et in
constructione, si vnum sit propriū,
& alterum est proprium. Gratia exē M
pli, quia ex quo nostra esset ponere
aīx proprium eius esse partem concupiscibilem, prima intētione, sicut
nostra esset ponere ipsius proprium
esse ipsius esse partem ratiocinabilē
prima intentione. Et perinde, si dicamus, ͻ ipsius esse partem concupiscibilem prima inuentione sit sibi
proprium, sic est dicendū, ͻ ipsius
esse partē rōcinabilē prima intētione sit sibi propriū. Tertius aūt locus
est, ͻ destruens cōsideret, si vna res
cōparet duabus reb° vna cōparatio
ne,

Æ ne,& non fuerit propriű vni, nec est
proprium alteri. vt gratia exempli,
quia combustio est carbonis, sicut
est flammæ, si non sit proprium flã
mæ, nec est proprium carboni. Con
struens vero non suscipit iuuamen
de hoc loco ex quo non est vnű pro
prium duarum rerum. Differentia
aűt inter locum similitudinis proportionaliter,& similitudinis tm in
hærentiam accidentis est, quia I hoc
loco comparatio,& similitudo, que
inter illa ponitur, est causa, qua intu
limus, ꝙ iudicium de proportiona-
libus sit vnum iudicium: ille autem
B locus sit, quatenus illis insit,& neget
ab illis,& non est proportio inessen
di illis causa, qua de illis enuntiem⁹
fm comparationem . Et hic explet⁹
est sermo de proprij locis proprijs,
& communibus.

ARISTOTELIS
TOPICORVM
L'IBER SEXTVS,

SVMMA LIBRI.

De locis definitionis: de locis ex differétils
desumptis: de locis definitionum rerum, que oppositæ sunt: Postremo de locis definitionum,
quæ oĩbus prædicamé
tis cões sunt.

De locis Definitionis , & primum
Generis. Cap. I.

Ius autē, quod est
circa terminos ne-
gocij, partes sunt
quinꝗ. Nã, aut ꝙ
oĩno non verű est
dicere, de quo nomen & orõnē
oportet.n.hoĩs definitionē de oĩ

hoĩe verificari:)aut quod, cű sit D,
genus, non posuit in genere, vel
nõ in accommodato gñe posuit.
(oportet.n.eum qui definit I ge,
nere ponentem dñias adiunge-.
re : nam maxime eorum , quæ
sunt in definitione, genus videt,
definiti substantiã significare :)
aut quod non propria est defini.
tio(oportet enim definitionem
propriam esse, quemadmodum
prius dictum est:)aut si oĩa quæ
dicta sunt is qui fecit, non defini.
uit, neꝗ dixit quid est esse rei de
finitæ. Reliquum aűt præter ea, E,
quæ dicta sunt, si definiuit quidem, at nõ bene definiuit. Si igit
non verificatur, de quo nomen.
& oratio, ex ñs ꝗ dicta sunt I ac-.
cidente locis, considerandű. Nã L. loca.
& illic vtrum verum, vel nõ ve Declatio.
rum, omnis consideratio sit : qñ
enim quod inest accidens dispu
tamus, quod verum est dicim?:
qñ autem quod non est, ꝙ non
verum. si vero non in accommo
dato genere posuit, aut si non ꝓ-
pria est assignata oratio, ex ñs ꝗ
sunt ad genus, & proprium di- ꝑ
ctis locis, prospiciendum, Reli-..
quum vero si non definiuit, aut
si non bene definiuit, aliquo mo,
do eggrediendum dicere. Priæ ꝫ.locus
mum igit inspiciendű si non be Declatio.
ne definiuit. Nã facilius est q ꝗ li
bet fecisse,ꝗ bene fecisse: manifestum igit, qñ peccatum circa
hoc plusculű, eo ꝙ laboriosius:
quare argumentatio facilior ꝗ
circa hoc, ꝗ quæ circa illud sit. 4.locus
Sunt aűt eius ꝙ non est bene, Declatio.
par-

G partes duæ. vna quidem, obscu
ra interpretatione vti. Oportet
enim definientē, vt cōtingit, q̄
clarissima interpretatione vti:
eo q̄ cognoscēdi gratia assignaf
definitio. secunda aūt, si ampli⁹
dixit 1 definitione, q̄ par sit : nā
omne quod superadiectum est
in definitione, superfluum est.

6. Locus
Declatio. Rursum autem vtrunq̄ quod
dictū est, in plures partes diuidi
tur: vnus autem locus ei⁹, quod
obscure est, si sit æquiuocum ali
cui, quod dictū est. Vt q̄ genera
tio est ductio ad substantiam, &
q̄ sanitas cōmensuratio calido
rum & frigidorū: nam æquiuo
ca est ductio, & cōmensuratio :
immanifestū igitur, vtrū vult
dicere eorū, quæ significant ab
eo, quod multipliciter dr̄. Simi
liter autem, & si cum definitum
multipliciter dicitur, diuidens
nō dixit : nā immanifestū vtri⁹
definitionem assignauit, contin
gitq̄ calumniari, velut non con
ueniēte oratione ad omnia, quo
rum definitionem assignauit :
maxime aūt contingit tale qp
piam facere, cum latet æquiuo
catio. Contingit etiam, & eū, q
diuidit, quoties dicitur id, quod
in definitione assignatū est, syl
logismū facere: nam, si ŝm nullū
modorum sufficiēter dictū est,
manifestum q̄ non definierit il
lo modo. Alius si ŝm metapho

7. Locus
Declatio. ram dixit. Vt scientiam indeci
duam, terrā autem nutricē, aut
temperan tiā consonantiā : nam
oē obscur ū, quod ŝm metapho
rā dicitur, contingit, & etiā me
taphora loquentē calumniari,
tanq̄ non proprie dicentē : non
enim congruet dicta definitio,
vt in temperantia, nam omnis
consonantia in sonis. Amplius,
si est genus consonantia tempe
rantiæ, in duob⁹ generibus erit
idem, non continentibus se inui
cēnā neq̄ consonātia virtutem
neq̄ virtus continet consonan
tiā. Amplius, si non positis no
minibus vtitur. Vt Plato cilisi

8. Locus
Lectatio.
L bre oculū, aut araneū putrimor
dax, aut medullā ossigenium di
xit: nam omne obscurū, quod I

9. Locus
Declano. suetum est. Quædam autē ne
que secundū æquiuocationē, ne
que ŝm metaphoram, neq̄ pro
prie dicuntur. Vt lex, mensura,
vel imago eorū, quæ natura iu
sta sunt: sunt autē huiusmodi de
teriora, metaphora: nā metapho
ra facit quodammodo notū qd
designatum est per similitudinē
(omnes enim metaphora vten
tes, secundū aliquam similitudi
nem ea vtuntur :) at quod tale ē

M non facit notum: nam neq̄ simi
litudo est secundum quam men
sura, vel imago lex est, neq̄ dici
solet proprie: quapropter, si pro
prie mensuram, vel imaginē le
gem dicit esse, veritatis est ex
pers. nam imago id est, cuius ge
neratio per imitationē est : hoc
autem non inest legi: si autē non
proprie, manifestum quod ob
scure dixit, atq̄ deterius quoli
bet eorum, quæ secundum me

10. locus.
Declatio. taphoram dicuntur. Amplius,
si non

A ſi nõ manifeſta eſt contrarii oratio ex hoc quod dr̄. Nam, q̃ bene aſſignantur, contrarias com-
manifeſtant. Aut ſi p ſe dicta nõ
ſit manifeſtũ cuius eſt definitio,
ſed quẽadmodũ ea, q̃ ſunt anti-
quorũ ſcriptorũ, niſi quis ſuper
ſcripſiſſet, nõ cognoſcebaꝷ quid
vnũquãqꝫ: ſi igiꝷ non clare, ex hu
iuſmodi eſt inſpiciendũ. Si igiꝷ
ſupfluum in termino dixit, primum q̃dem conſiderandũ, ſi ali
quo vſus eſt, quod oībus inſit,
vel ſimplꝛ ñs q̃ ſunt, vel ñs quæ
ſub eodem genere ſunt definito
rum. Nã ſuperfluum dici neceſ-
ſariũ.i.oportet.n.genus ab alñs
ſeparare, d̄ñiam ãt ab aliquo eorum, q̃ ſunt in eodem genere: at
qui quod oībus quidẽ ineſt ſim
pliciter, a nullo ſeparat, quod au
tem eſbus, q̃ ſub eodem ſunt ge
nere ineſt, non ſeparat ab ñs quę
ſunt in eodem genere: quare ſu-
perua-aneum hm̄õi appoſitum.
Aut ſi ẽ quidem propriũ quod
appoſitum eſt, ablato autẽ illo,
& reliqua definitio propria eſt,
& indicat ſubſtantiã. Vt in hoīs
oratione ſcientiæ ſuſceptiuũ ap
poſitum, ſupfluum: nam & eo
ablato, reliqua oratio propria ẽ,
& indicat ſubſtantiam: ſimplꝛ
autem dicendo, oẽ ſuperfluum,
quo ablato, reliquũ manifeſtũ
facit id quod definitur. Talis au
tem eſt & animę terminus, ſi eſt
numerus ipſe ſeipſum mouens:
nam quod ſeipſum mouet eſt
anima, ceu Plato definiuit, an ꝓ
primum quidẽ quod dicitur non

indicat autem ſubſtantiam interempto numero. vtrouis igitur modo ſe habeat, difficile eſt
vt explicet. Vtendum ergo in
omnibus talibus ad id quod ex
pedit: vt eſt phlegmatis terminus, humidum primum a cibo
indigeſtum: vnum enim primũ
non multa: quare ſuperfluum,
indigeſtum appoſitum: nã hoc
ablato, reliqua erit propria definitio: non enim contingit a cibo
& aliud quiddam primũ eē. An
non ſimplꝛ a cibo phlegma, ſed
indigeſtorum primum: & quare
addendum eſt indigeſtum: nam
illo quidem modo dicta nõ vera erit definitio, ſiquidẽ nõ omnium primum eſt. Amplius, ſi
quippiam eorum, quæ ſunt in
oratione, non omnibus ineſt, q̃
ſunt ſub eadem ſpecie. Nam talis peius definiuit, q̃ qui vſi ſũt
eo quod ineſt oībus q̃ ſunt: nam
illic, ſi reliqua propria definitio,
& tota propria erit: ſimplꝛ.n.ad
proprium quolibet addito vero
tota oratio propria fit: at vero ſi
aliquid eorũ quę ſunt in oratio
ne, non omnibus inſit, quæ ſunt
ſub eadem ſpecie, impoſē eſt totam orationem propriam eē: nõ
enim conuerſim prædicabiꝷ de
re, vt animal greſſibile bipes q̃-
dricubitale: nã huiuſmodi oratio non cõuerſim prædicabitur
de re, eo q̃ non oībus ineſt (quæ
ſub eadem ſpecie ſunt) quadri-
cubitale. Rurſum ſi idẽ frequẽ
ter dixit. Vt qui concupiſcentiã
appetitũ delectationis dixit: nã
Log.cũ cõ. Auer.   N   om-

& omnis concupiscentia, delectationis est:quare & eidem concupiscentiæ delectationis erit: sit
igitur terminus concupiscentiæ
appetitus delectationis(nihil.n.
differt concupiscentiam dicere,
aut appetitū delectationis) qua
re vtrunq eorum delectationis
erit. An hoc quidem nihil absur
dum:nam & homo bipes est.

Quare & idem homini, bipes
erit.est aūt idē homini, animal
gressibile bipes: quare aïal gressibile bipes, bipes est:sed non p-
pter hoc absurdum aliquid acci
pit.non enim de animali solum
gressibile bis bipes prædicatur,
sic enim de eodem bis bipes præ
dicatur,si de aïali bipede gressibile bipes dr̄, quare semel ūn bi
pes prædicatur. Siīraūt & in'cō
cupiscentia:non enim de appeti
tu id quod est delectationis esse
prædicatur,sed de toto:quare se
mel & hic prædicatio sit. Non
est aūt bis dicere idem nomen,
aliquid absurdum:sed frequenter de aliquo idem prædicari,si-
cut Xenocrates prudentiam de-
finitiuam, & contemplatiuā eorum quæ sunt,dicit esse:nam de
finitiua, contemplatiua quædā
est,quare bis idem dicit,addens
rursum & contemplatiuā. Siīr
autem & quicunq refrigeratio
nem,priuationem eius quidem
caloris,qui fm naturam est, dicunt esse:nā ois priuatio eiꝰ est,
qd fm naturā est:quare supfluū
est addere fm naturā,sed sufficit
fortasse dicere, priuationē calo-

ria,eo q ipsa priuatio notū facit
q eius sit,qd fm naturam dicif.
Rursum si vniuersali dicto addi
dit & particulare. Vt si clemēriā
imminutionem, expedientiā &
iustorum:nam iustū expediens
quippiam est, quare continetur
in expediente : superfluum igit
iustum,nam qui dixit vt̄e, addi
dit & particulare , & si medicinam disciplinā sanatiuorū aïali
&homini:aut legem imaginem
eorum q natura sunt bona & iu
sta:nam iustum bonū quippiā :
quare frequenter idē dicit.vtrū
igitur bene an non bene definiuit,per hæc & hmōi perspicien
dum. Vtrum vero definiuit,&
dixit quid est esse,an nō, ex hia.
Primum ergo si non, per priora
& notiora confecit definitionē.
Nam terminus assignatur eius
cognoscendi gratia quod dr̄. co
gnoscimus aūt non ex quibuali
bet,sed ex prioribus,notioribuf
que,quemadmodum in demon
strationibus:sic enim ois doctri
na & ois disciplina se hēt:mani-
festum igif, q qui non p hmōi
definiuit,non definiuit : si enim
definiuit, plures erunt eiusdem
definitiones.Nam manifestū,q
& qui per priora, ac notiora,ite
rū melius definiuit:quare vtrq-
que erunt definitiones eiusdem
tale aūt non vf:nam vnicuique
eorū q sunt, vnū est esse idipsū
qd est:quare si plures erunt eiuf
dē definitiōes,idē erit definitio,
esse qd quidem fm vtranq defi
nitionē significaf : hæc aūt non
eadem

16. Loc̄. Declaran do.

17. Loc̄. Declaratio.

A eadem sunt, eo quòd definitiones diuersæ: manifestum igitur quoniam non definiuit, qui non per priora, atque notiora definiuit. Igitur per non notiora quidem terminum dici, dupliciter est accipere, aut enim si simpliciter ex ignotioribus, aut si nobis ignotioribus, contingit enim vtroq; modo: simplr igitur notius quod pri° est, posteriore: vt punctu linea, & linea superficie, & superficies solido, quemadmodum & vnitas numero: prius enim & principium omnis numeri: sic autë & elemëtum syllaba. Nobis autem econuerso qñq; accidit. nã maxime solidum magis sub sensu cadit, q̃ superficies: supficies autem magis q̃ linea, linea aũt signo magis: quare multitudo magis huiusmodi cognoscit, nã illa quidem quomodolibet, hæc aũt subtili, & fœcundo intellectu comprehëdere oportet: simpliciter igitur melius per priora, posteriora tentare cognoscere, nam magis scientificum tale est. Verum ad eos, qui impotentes sunt cognoscere per talia, ne cessarium forte per ea, q̃ illis cognita sunt, facere orationë: sunt autem talium definitiones quæ & puncti, & lineæ, & superficiei. omnes enim p posteriora, priora indicant: nam illud quidem lineæ, istam autem superficiei, hanc vero solidi fines dicunt eë. Nõ oportet aũt latere qm sic definientes nõ contingit qd quid

18.locus. Declaratio.

est esse definitio, indicare ni ̃ cõtingat idë nobis notius esse, & simpliciter notius: siquidë oportet per genus & d̃ias definire eum, qui bene definit, hæc autë simplr notiora, & priora sunt specie: interimit enim genus & differentia speciem, quare priora hæc specie. Sunt autem notiora, nam specie quidem nota necesse est genus & differentias cognosci: qui hominë enim cognoscit, & animal gressibile cognoscit: ac genere & differentia notis, non necesse est & speciem cognosci: quare ignotior species. Amplius, illis (qui in veritate huiusmodi definitiones dicunt esse quæ sunt ex ñs, quæ vnicui que sunt nota) plures: eiusdë accidit dicere definitiones eë, nam alia aliñs, & non oibus eadë contingit notiora eë: quare ad unuquemq; erit definitio assignãda, si quidë ex ñs, q̃ singulis qbusq; sũt notiora, definioë oportet facere. Amplius, eisdë alia interdum alia magis nota: nã a principio quidem sensibilia, instructioribus aũt factis, contra: quare neq; ad eundë sp ad eadë definino assignanda, ñs q̃ p ea, q̃ singulis quibusq; sunt notiora definitionë fatent assignãdam esse: manifestum igit, q̃ non definië dum per ea, quæ hmõi sunt, sed p simpliciter notiora: nam solo mõ sic vna & eadë definitio semper fiet. Fortasse autem & quod simpliciter notum, nõ est id qd omnibus notum, sed quod bene

G dispositis stellectū. quemadmodum & simplŕ salubre ñs, q̄ bene affectū habent corpus: oportet ergo vnumquodq̄ taliū dili
genter peruestigare, vti autē disputantes ad id quod expedit.
Maxime aūt sine dissensione interimere contingit definitionē,
si neq̄ ex simpliciter notiorib⁹,
neq̄ ex ñs quæ nobis, contingit
definitionem fieri. Vnus igit locus est eius quod non per notio
ra, quod per posteriora, priora
indicat: quemadmodū prius di
H ximus. Alius autē, si eius, q̄d est
inquiete, & definitione, per s̄ definitum, & quod in motu est assignata est oratio nobis. Prius
19. locus Declaratio. enim est & notius quod manēs
est, & definitum, eo quod indefi
nitum & in motu est. Eius autē.
quod est non ex prioribus, tres
20. locus Declaratio. sunt loci. Primus quidem, si per
oppositum, oppositū definiuit.
vt si per malum, bonū. simul. n.
natura opposita, & nonnullis ēt
eadē disciplina vtrorūq̄ vide
tur esse: quare non notius alterū
I altero. Oportet autē non latere
quædam fortasse aliter definiri
non posse, vt duplum sine dimi
dio, & quæcunq̄ per se ad aliq̄d
dñr, nam oībus h̄mōi est idē eē,
ei quod est ad aliquid quodammodo se habere: quare non est
possibile sine altero alterum cognoscere, eo q̄ necessariū est alte
ri⁹ oratione coassūmi & alterū.
Ergo cognoscere quidem oportet huiusmodi omnia, vti autē
eis in his vt videbitur expedire.

Alius, si eodem vsus est ei quod **K**
definitur. Latet autem, cum non *21. Locus Declaratio.*
eodem definiti nomine vritur:
vt si Solem stellam in die apparentem definiuit: nā qui die vti
tur, Sole vritur: & par est ad de
prehendenda talia sumere pro
nomine orationē: vt q̄ dies est,
solis latio super terram: nā tunc
manifestum, q̄ qui Solis latiōnē
super terram dixit, solem dixit,
quare vtitur sole, qui die vtit.
Kursum, si eo quod è diuerso di
uiditur, id quod è diuerso diui- *22. locus Declaratio.*
ditur definiuit. Vt impar est, q̄ **L**
vnitate maior est pare: simul. n.
natura, quæ ex eodem genere è
diuerso diuiduntur: impar autē
& par è diuerso diuiduntur: nā
ambo, numeri differentiæ. Simi
liter autem, & si per inferiora, su
periora definiuit. Vt parem nu *23. locus Declaratio.*
merum, qui bipartite secatur:
aut bonum, habitum virtutis:
nam & bipartite sumptum est a
duobus, quæ paria sunt: & virtus, bonum quoddam est: qua-
re inferiora hæc q̄ illa sunt: est **M**
autem necesse eum, qui inferioribus vtitur, & illis vti: nam, &
qui virtute vtitur, bono vtitur,
eo q̄ bonum quoddam virtus:
similiter autem, & qui bipartite vtitur, & pare vtitur, eo q̄ in
duo secari significat bipartite se
cari: duo aūt paria sunt. Vniuersaliter igitur dicēdo, vnus est lo
cus non per priora, & notiora fe
cisse orationem, partes autē eius
ea quæ dicta sunt. Secundus au- *24. locus Declaratio.*
tem, si res cum sit, non ponit in
genere

A genere. Nam in omnibus hmōi
peccatum est, in quibus nō pri-
ponitur in oratione, quid est: vt
corporis definitio, quod habet
tres dimensiones:aut si quis hominem definiuit, quod est sciēs
numerare:nō enim dictum est,
quid est, habere tres dimensio-
nes:vel quid est, scit numerare:
genus autem vult quid est signi
ficare:& primum apponif eorū,
quæ in definitione dicuntur.

25. locus Declaratio. Amplius, si ad plura cum dicaf
id, quod definif, non ad oīa assi-
gnauit. Vt si Grammaticē, scien
B riam scribendi quod proferē nā
indiget,& quod legendi: nihilo
enim magis scribendi, q̃ legendi assignat qui definir:quare nō
alius, sed qui vtraq̃ hæc dicit,
eo q̃ plures non contingit eiuf-
dem definitiones esse. In quibuf
dam profecto sm veritatem se
habet, vt dictum est, in quibufdam aūt non, vt in quibuscūq̃
non per se dr̄ ad vtrunq̃:vt medicinam, scientiam sanitatem, et
ægritudinem efficiendi:nam de
C illa quidē per se dicitur, de hac
autem per accidens:simpliciter
enim alienum a medicina, ęgri-
tudinē efficere.Quare nihil magis definiuit, qui ad vtrunq̃ assi
gnauit, q̃ qui ad alterum, verū
fortasse & deterius,eo q̃ & reliquorum quilibet potest ægritu
26. locus Declaratio. dinem efficere. Amplius, si nō
ad melius, sed ad peius assigna-
uit,cum sint plura, ad quæ dicif
quod definitur. Nā oīs disciplina,&potestas optimi videf esse.

D Rursum,si non positum est in p
prio genere quod dictum est,cō
siderandum ex ñs, quæ ad gene
ra sunt,elementis:quemadmo-
dū est dictum prius. Rursum,
si trāsiliens dicit genera. Vt qui
27 locus Declaratio. iustitiam æqualitatis habitum
effectiuum, vel distributiuum
æqui:nam transsilit, qui sic definit virtutem:relinquens igif iustitiæ genus,non dicit quid est
esse (nam substātia vnicuiq̃ est
in genere) est autem hoc idē ei,
quod est non in proximo gene-
E re ponere.Nam qui in proximo
posuit, omnia superiora dixit,
eo q̃ omnia superiora genera de
inferioribus prædicantur.Qua-
re,aut in proximo genere ponē-
dum, aut oēs differentias supe-
riori generi addendum, p quas
definitur proximum genus: lic
enim erit nihil prætermissum,
sed pro nomine, in oratione dictum erit inferius genus:qui ve
ro ipsum superius genus dicit:
non dicit & inferius genus: nā
qui plātā dicit,nō dicit arborē. F

Sermo de Locis definitionum narratis in
Sexto Libro, & in primis de Locis
Generis Cap. I.

Dicimus, q̃ conditionum
quæ considerandæ sunt
in constitutione defini-
tionum. Vna est, q̃ defi-
nitio insit definito, hoc est,q̃ sit vera de toto, alioqui non esset definitio,prout est definitio illius,qni definiuit hominē, q̃ esset animal immortale æternum. Secunda aūt,q̃
sumaf in definitione genus conue-

G finitione ipfum genus, non definire, prout fecit, qui hoiem definiuit,
cp fit, qui valet ferere & metere. Ter
tia aut eft, cp definitio fit æqualis de
finito: qñ. n. definitio nõ eft equalis
non eft definitio: hoc autem eft, aut
cp fit cõior illo, prout fecit, qui definiuit hoiem, cp fit aíal bipes, aut fit
particularior, prout fecit qui illum
definiuit, cp fit, qui fal vendit. Quar
ta autem eft, cp proferat fm has tres
res ipfam definitionẽ, fed cum hoc
illa non dicit, neq; profert de ipfa re
quid res fit. Quinta, cp proferat definitionem, fed eam nõ proferat apte
H & perfecte, fed quod profert deficit
ab ipfa perfectione.

Loca vero, quibus prima cõditio
conftruit, aut deftruit, funt loca ef-
fendi fimplr, hoc eft, loca accidẽtis:
loca aut, quibᵘ cõftruit, aut deftruit
fecunda conditio, funt loca ipfiᵘ fim
plr, hoc eft, loca ipfiᵘ generis fm fe:
tertiæ autem conditionis loca funt
loca ipfius proprij. Ea autem, de qui
bus habetur fermo in hoc libro, fũt
loca duarum reliquarum, f an bene
pofuerit, vel non bene fecerit, & an
quod profert fit definitio, aut nõ fit
definitio. Incipiamus itaq; primo
I loca, ex quibus cõftre, an conuenié-
ter bene fecerit definitionẽ, nec ne?
facilius enim eft conftituere hæc, q
illa. Expedit autem fcire, cp non bene conftituere definitionem fit duo
bus modis, aut ex parte noftrum, &
hoc qñ oratio de illa fuerit obfcura
non patet: aut ob ipfam definitionem fm fe, & hoc fit ob fuperadditionem in definitione, in qua fit fuperfluum, & repetitum, & æftimat,
cp hoc etiam contingat ei ob imm-
mutationem, fed Arift. primo diuidit
hæc loca his duabus partitionibus,

diÍpofitio autem definitionis, quo K.
ad hoc, eft ficut difpofitio rerũ fen-
fatarum: ficut enim rerum fenfataȩ
turpitudo vr aut ob noftri vifus de-
bilitatẽ, aut quia fm fe ipfæ fint turpes, fic eft difpofitio hic.

Initium autem locorum, quæ fu- Locus 1
mũtur ex orationis obfcuritate eft, qui eft 6.
cp definitionum partes, aut vna illa in Arift.
rum fumat fignificare nomine æg-
uoco: vt qui definiuit fanitatem, cp
fit æqualitas caloris & frigoris, equa
litas enim dr fm multa fignificata,
fieq; qñ proferc in definitione hoc
modo, poffibile eft, cp non denotet L
rem, quam definire intendit. Et pof
fibile effet, cp denominaret p illud,
audiens autem putaret, cp non verificetur nomen de illo, de quo verifi
catur definitio. Si auté explicuiffet
quod definit ipfam rẽ, & illam expo
neret, iam bene feciffet.

Secundus locus eft, cp definitio Locus 2.
aut aliqua eius pars fignificetur no- qui é 7. 8.
mine accommodato, ficut qui defi- & 9.
niret ipfam nutricem, & poneret ge
nus confonantiã & concinentiam.
Nutrix enim eft mulier educans, &
confonantiæ origo eft in foni melo
dia: & filt eft qñ vice nominis fim- M
plicis fit oratio compofita ex rei accidentibus non vfitatis, vt qui vtitur
vice oculi vmbraculo: quod enim f-
ufitatum eft, nõ eft manifeftũ. Nomina autem accommodata, quædã
funt fumpta ex rebᵘ fimilibus rebᵘ,
quibus accommodata funt, & quæ
dã funt fumpta ex rebus non fimilibus, nifi remota fimilitudine, & hẽ
funt obfcurioris fignificationis. Et
definitiones, quibus incidũt hẽc no
mina, funt definitiones malæ & latentes, ficut qui pofuit genus legis eé
metrum & menfuram.

A Tertius locus ē, ꝗ ſi definito fue
rit contrarium , expedit ſui cōtrarij
definitionem explicare p ei° definitionem. Sin aūt, iam poſita eſt definitio obſcura poſitione. exēpli gratia, qui definiebat ſciētiam, ꝙ ſit ha
bitus extrahens res vtiles & noxias.
inſcitiæ enim definitio iam intelligitur, & concipitur ex hac definitio
ne, & vt vniuerſalius ioquam, qñ ex
definitione non explicatur res, ꝗ de
finiri intenditur, non ſit bona definitio. Actio enim illi°, quod profer
tur in definitione obſcurum , ꝙ nō
ſignificet patente ſignificatione rē,
quæ definiri intenditur, eſt actio il-
B lius, qui format imagines malarum
formarum & lineationum, adeo ꝙ
neſciant per illas imagines & deſcri
ptiones res, quas repreſentant , niſi
ſcribat ſup qualibet illarum imagi-
num nomen rei, ſuper qua eſt deſcri
pta, & ſicut hoc eſt turpe operi picto
ris, ſic res ſe habet i illo , qui poneret
huiuſmodi definitiones, & has, & ſi
bi cōſimiles, quarū ōio ſit obſcura.

Quæ vero ſumuntur ex ſuperad
ditione in definitione, ipſa etia par-
tiuer in quatuor loca: quorum vn°
eſt, ꝙ ſuperaddatur definitioni, ꝗd
eſt cōius definito , quod ſit duobus
C modis, quorum vnus eſt ꝙ ſuperad
datur, quod ſit olbus entibus cōe, vt
qui definitur hoïem, ꝙ ſit aïal rōna
le habens tres dimēſiones : dicere.n.
tres dimēſiones eſt oïum corporū,
ſecundus autem eſt, ꝙ ſuperaddatur
quod eſt commune omnibus ſpecie
bus ſibi conuenientibus in geuere,
vt ille qui definiuit hominem, ꝙ ſit
animal rationale mortale, ratio autem huius loci eſt per ſe nota, genus
enim profertur in definitione, vt di
ſtinguat definitum ab eo quod eſt

vniuerſalius genere, differentia aũt **D**
profert ei definitione , vt diſtinguat
definitum a genere , qñ aũt definiēs
ſuperadderet aliquod horum ſuper
fluorum p prioriū ipſorū. deſtrue
ret adiumentum generis, & per ꝼm
adiumentum differētiæ.

Secundus locus eſt, ꝙ ſi definitio
ne ſuperaddatur quod ſit æquale de
finito, ſed ſit ſuperfluum, quia non
indigeatur illo, vt qui definierit hominem, ꝙ ſit animal rationale ſcien
tiæ ſuſceptiuum: dicere enim ſcientiæ ſuſceptiuum, eſt ſuperfluū, quo
non indigemus, & eo magis hoc ap
paret, quia ſuperadditum non veri
ficatur cum ipſa differētia accepta ,
qñ genus denominat per illud, vt
denominatur genus per differentiā,
hoc eſt, ꝼm modum vnionis, ſed qñ
ſumeret proprium per ſe, eſſet ſuffi
ciēs, vt qui definiuit pituitam, ꝙ ſit
humor indigeſtus primus, qui ex ci
bo gignitur, qñ enim denotatur indigeſtus nō verificatur de illo, ꝙ ſit
primus, quia non eſt in corpore indigeſtus, niſi vnus, & eſt ipſa pituita,
ſi vero excideret ex hac definitione
indigeſtus, poſt eſſet ꝙ primus eſſet
illius dria: in corpore nāꝗ ſunt mul
ti humores ꝗ geniū ſunt ex ipſo cibo, quorum initium eſt ipſa pituita.
Et ſi cecidiſſet primus, proferendo
indigeſtum ſufficiens, eſſet in hac
definitione.

Tertius a fit locus, & ꝗ i a ſuꝑad
ditum poneret definitum magis ꝗ
priū, vt qui definieti t hoïem, ꝙ ſit
animal rationale album.

Quartus locus eſt, ꝙ in definitione repetat res, & hoc eſt dupliꝛ aut ꝙ
illa repetat p dictionem nota , quia
ipſius repetitio p vnā eādē dictionem nō inducit ei errore, ſi ponere

Locus. 3.
qui & 10.
& 11.

Loc° alter
primus, q
eſt. 11.

Locus. 2. q
eſt. 12.

Locus. 3. q
eſt. 14.

Locus. 4.
qui eſt. 15.

G tur. v. g. qui definiret appetitū ꝙ sit desiderium ad voluptatē, aut ꝙ res sit inclusa ī re cōi, & proferat in particulari. Hoc. n. continet de corruptione duas res, quarum vna est, ꝙ repetat vna res bis, & altera, ꝙ ponat definitionem propriorem ipso definito. cuius exemplum est, qui definierit politiam, ꝙ sit habitus ponēs res naturaliter honestas & iustas: honeste enim continet iustas & alias. Hę itaq; sunt res, quas dinumerauit Arist. in constitutione superadditionis definitionum. Et notum est, ꝙ res ita se habeat in ipsis: similis enim

H est superadditio in definitione lexto digito in manu, & sicut per illum sit manus turpis, sic & definitio.

Loca ł Arī sto. 17. & 18. vsque ad 18.

Etiam possibile est dinumerare superadditionem, quæ definitionē poneret terminatiorem & cōiorem in locis, ex quibus constituit, ꝙ nō sit bene facta. Themistius autem numerat ipsum in locis male definitiobis, & posset ferre ambas res simul. Et hic loc° est, ꝙ expediat, ꝙ fiat definitio ex rebus, quæ sunt notiores simplr. illæ autē sunt res priores definito quæ sunt notiores apud naturam, & notiores apud nos. Notius enim dr dupliciter, aut notius simpliciter, aut notius apud nos, notius autem simplr pro maiori parte est ignotum apud nos, prout res gerit de elementis, & compositis, quæ ex ipsis componuntur, composita. n. notiora sunt vulgo, ꝗ̃ simplicia, ex quibus composita sunt, apud naturam aūt res est contraria huic. Et ideo ait Arist. ꝙ notius simplr verisimile est, ꝙ sit hominum, qui sunt homines simplr, & illi sunt eximij, vt sanus simplr inest bonæ cōstrúctioni simplr. Oportet aūt definitiones

fieri ex reb°, ꝗ sunt notiores simplr, & illæ sunt res, ꝗ continent ambas res simul, quarū vna est, ꝙ sint res priores definito in estendo, & altera ꝙ sint notiores apud nos, ꝑ definitiones enim intēdr notio rei in eo, ꝙ quid sit, & non per quamuis rem, quæ contigerit, sed ꝑ res, quibus est illius constitutio, & quidditas, sicut est dispositio demfonum simplr, demōstrationes enim simplr sunt definitiones in potentia, prout in lib. Posteriorū Analyticorum dictum est. Componunt autem definitiones ex generibus, & differentijs, quia differentia & gen° sunt duæ res priores specie definita, & illis est ipsi° cōstitutio, res aūt, quibus est rei cōstitio st vnæ fm se, ex quo illis est essentia rei vna. Si autem definitiones componerent ex rebus notioribus apud nostrū, quæ sunt res posteriores, possibile esset, ꝙ rei essent multæ definitiones, ac etiam post esset, ꝙ definitio rei apud aliquos viros esset alia, ꝗ̃ sit illius definitio apud alios: res enim, quæ sunt apud nos notiores, nō sunt notiores apud alios: immo post esset ꝙ definitio vnius eiusdem rei apud vnū eundē virū quibusdam animis sit alia a seipsa animis alijs: res enim notæ ætate in uenturis sunt aliæ a notis ætate senecturis, ex ēpli gła, quia sensata st notiora apud pueros, sensata āt cōiora st notiora apud senes. Nec dr̄ nos latere hic, ꝗ̃ dictū est in lib. Posterio. Analyticorū, ꝙ bęc spēs definitionū quærat de rebus cōpositis, de simplicibus vero, quæ sunt causæ rerū cōpositarum, hoc est impossibile. Sic ergo bęc deprauatio definitionum contingit definitionibus rerum cōpositarum.

Et

A Et hic quidé locus partitur in tria loca, sicut partiunt res, quæ nõ sunt priores re. Quoꝗ vnus est, ꝗ sumatur in definitione rerũ res posteriores illis, vt qui definierit hominé, ꝗ sit qui adipiscit facultates & artes, cõnectédo ſm ipsius artes adinuicem.

Secundus aũt est, ꝗ definiat rem p res, quæ & ipsæ & ipsa sunt simul natura, vt qui definierit oppositũ per oppositũ ipsius, vt qui definiret malum, ꝗ sit res, quæ non est bona. Et expedit, ꝗ in hoc loco excipiant ab oppositis ipsa relatiua, qñ inter opposita impossé est ꝗ ipsa definiãtur,

B nisi capiãtur alterutra in alterutris. Et de hoc loco est, ꝗ sumam' in disiunctione speciei parté diuidentem ipsam, vt qui definiret parem per ipsum superaddere vltra imparé vnitatem, & de hoc ét est, ꝗ in illa definitione sumamus seipsam, qui notus é in petitione principij, & hic quidem fit, qñ vtimur rebus, quarum vis est vna, vt enim vna eadem re repetita ꝑ vnam eandem dictioném nõ præsumeret sophista, hæc aũt nomina, quędã continent significata quorũdam ipsorum, aut sicut res cõtinet suas causas, & totum suas partes, aut

C eo modo, quo pars cõtinet ipsius totum. Exemplum itaꝗ, vtendi rebus, quarũ vis est vna, ex parte qua vna res continet suas causas, est oratio illius qui definierat Solé, ꝗ sit astrũ lucens de die: qui enim nesciret Solem nesciret dié, est enim dies ortus Solis supra terrã: sicꝗ diei nomé includit Solé, qui est ipsi' causa notior ipso, qui itaꝗ sciret Solem ꝑ diem, est ac si sciret rem ꝑ seipsam, quatenus dies scitur ꝑ Solem. Exemplum aũt continendi totum in nole partis est, vt qui definierat parem ꝑ esse

D numerum, qui partitur in du ꝰ, quia duo sunt quædã spés paris, & includit significata paritatis, & est ac si definiret paritatem ꝑ esse numerum, qui partitur ꝑ parem. Et silr qui definiuit vnum ꝑ esse principiũ numeri, numerus enim nõ est aliqua res, nisi vnitatum congregatio, & est ac si dixisset, ꝗ vnũ sit principiũ multitudinis congregatæ ex vnitatibus. Et hæc quidem loca contingunt, qñ id, quod non est prius in essendo, est prius ſin cognitioné. Et hæc tria loca sunt sumpta, ex quo definitio nõ fiat ex rebus, quæ sunt notiores & pe

E iores, & iam diximus, ꝗ aliquo modo subintrant prauitatem definitionum, & subintrant ꝗ definitũ nõ definiatur, & non protulit per quid res sit: qui enim definiuit ex rebus posterioribus, protulit per proprium: quando autem res prædicatur ſm ꝗ sit proprium, non est definitio.

Et expedit scire, ꝗ loca, quæ capiunt qua definitio nõ sit definitio, quædã sunt loca sumpta ex quo genus non sit genus, non ex parte qua sit genus simplr, quia loca generis si ꝑ ꝺ posita sũt, sed ex parte qua sit genus sumptũ in definitione, & quædam sunt loca sumpta ex diffététijs,

F & quædã sunt loca sumpta ex definitionibus ſm se totas, & hæc quidem sunt loca sumpta in definitionibus alicuius decé Prædicamentorum, & quædã sunt loca sumpta in singulis decé prædicamentis, & quędam sunt loca sumpta in priuationis definitione, & quædam sunt loca sumpta ſm circunstantiã definitionis rerũ compositarũ, & quædam sunt loca cõia ſm circunstantiam omniũ prædicamentorũ, & quædã sunt loca sumpta ſm circunstantiam definitionũ
rerũ

G rerum, quæ significant nominibus compositis. Et nos dinumerabimus hæc loca fm hunc ordiné & hâc par-titionem: hoc enim fecit Themisti' & ante ipsum fecerat Theophrast', & si fm hoc differat doctrina Arist. iuxta eius seriem: hoc enim putatur artificialior & magis constans com-memoratione & adeptione, & inci-piemus à locis sumptis ex genere.

Primus locus est, φ nõ enuhriem' genus in definitione, & nõ ponam' ipsum primo, vt q definitur corpus, φ sit, cuius sunt tres dimésiones, aut hominem, qui bene ratiocinatur, in

H vtriusq; enim definitionib' deest pri-mo genus, & hoc est, quod sumit in definitione corporis subiectũ trium dimensionũ, sicut in hominis defi-nitione, qui denominatur φ sit, qui bene ratiocinatur: patet aũt, φ falla-cia, quæ sit fm circunstantiã ordinis generis, sit alia à fallacia, quæ sit fm circunstantiã generis in se. Secun-dus aũt locus est, φ nõ proferat pro-ximum genus in definitione, sed ge-nus rei remotũ, vt qui definiuit iu-stitiã φ sit habitus faciens coæqua-tioné, aut largiens veritatem, in hac enim definitione complet genus re-

I motum, quod est ipse habit', qui est spes quædam de specieb' qualitatis, non genus proximũ, quod est ipsa virtus: notum aũt est, φ definitio, q est hmõi, est imperfecta, qñ enim non profert proximũ genus, non di-rigit ad quidditatem rei, quæ est ip-sum genus proximũ, sed qñ profert genus proximũ, iam prolatum é ge-nus remotum, immo & oïa genera, quæ sunt super illo, sicũ, expedit illi, qui definiturus est, primo proferre ge-nus proximum, aut feræ dñam re-moti generis, seu dñas remotorum

generũ, si inter genus remotũ, quod K protulerit in definitione, & gen' pro-ximum, fuerint plura q vnũ genus. exempli gratia, qui sumit in homi-nis definitione ipsum corpus, opor-tet eum dicere corpus nutribile sen-sitiuum, nã istæ duæ dñæ starét vice ipsius animalis, quod est genus pro-ximum. Notum aũt est, φ fallacia, quæ fit ob generis remotionem, aut ipsius propinquitaté, aut ordiné, est alia à fallacia, quæ fit ob genus sim-pliciter: & ideo hæc fallacia non sub intrat loca generis simpliciter, vt ait Theophrastus, & contradicit Arist. de repetitione locorũ hic. Tertius L locus est, φ non proferatur in defi-nitione genus rei proportionalis es-sentialis: & de hac re scrutat hic quo ad generis dispositioné in locis, quo rũ scrutiniũ præmissum est de ipso genere: hæc vero perscrutatio est, ac li sit ppria huic loco: fallacia enim, φ illud sit nõ proportionale, est alia à fallacia, φ non sit genus.

De locis, quæ sumuntur à differentijs defi-nitionem constituentibus. Cap. 2.

R Vrsum in differentijs sit considerandum, si & dif-ferentias dixit generis. M

18.Locus Declarat.

Nam, si rei nõ specialibus defi-niuit differentijs, aut si etiã oïno aliqd hmõi dixit, quod nullius contingit dñam esse (vt animal, aut substantiam) manifestũ qm nõ definiuit: nullius enim dñæ, quæ dicta sunt. Videndum auté & si é aliquid quod é diuerso di-uiditur dictæ differétiæ. Nam, si non est, perspicuum qm nõ erit quæ dicta est generis dña: nam oé genus ñs, quæ e diuerso diui-duntur,

19.Locus Declaro.

A duntur, differentijs diuiditur: vt
animal gressibili, & volatili, &
aquatili, & bipedi. Aut si e quidem ediuerso diuisa dña, nõ verificatur aũt de genere. Nam si
nõ, manifestum quã neutra erit
generis dñiæ: omnes enim quæ e
diuerso diuiduntur dñiæ, verificantur de proprio genere. Sit
aũt, & si verificatur quidem, at
non facit apposita generi, spẽm.
Nam manifestũ, q non erit hæc
specifica dñia generis, nam omnis specifica dña cũ genere speciem facit: si autem hæc non est
dña, nec quæ dicta est: quia hæc
e diuerso diuiditur. Amplius, si
negatione diuidat genus. Vt qui
lineã definiunt, longitudinẽ sine
latitudine esse: nã nihil aliud significat, sine latitudine, q̃ q nõ
habet latitudinẽ: accidet igitur
genus participare speciem. nam
omnis lõgitudo sine latitudine,
aut latitudinẽ habens est: quia
de omni affirmatio, vel negatio
vera sit: quare genus lineæ, cũm
longitudo sit, sine latitudine, aut
latitudinẽ habens erit: at longitudo sine latitudine speciei e ra-
sio: sit autem & longitudo latitudinẽ habens: nam sine latitudine, & latitudinẽ habens, dñiæ
sunt: ex dña autem & genere est
speciei oratio: quare genus susci-
piet speciei orationem, similiter
autem & dñiç, eo q altera dicta-
rum dñiarum ex necesitate prædicat de genere. Est aũt dictus locus vtilis ad eos, q ponunt ideas
esse: nam si non est ipsa longitudo, quodam modo prædicabif
de genere quod latitudinẽ hẽt,
aut sine latitudine est: oportet
enim de omni longitudine alterum eorũ verificari, si quidẽ de
genere verificari debeat: hoc autem non accidit. sunt aũt & sine
latitudine, & latitudinẽ habẽtes
lõgitudines, quare ad illos solos
vtilis hic locus, quicunqz genus
vnũ numero dicunt esse: hoc autem faciunt qui ideas ponunt,
nã ipsam longitudinẽ, & ipsum
aial, genus dicunt esse. Fortasse
autẽ in quibusdam etiam necessariũ est negatione vti definientem, vt in priuationibus: nam cç
cum est, quod non habet visum,
quã natum est habere. Differt autem nihil negatione diuidere genus, aut hmõi affirmatione, quã
negationem necesse est e diuerso
diuidi, vt si longitudinẽ, habens
latitudinẽ definiuit, eam habẽte
latitudinẽ e diuerso diuidir, non
habens latitudinem, neqz aliud
qcquã quare negatione rursum
diuidir genus. Rursum, si speciem, vt dñiam assignauit. Vt q
cõuicium, iniurã cum irrisione
definiuit: nã irrisio iniuria quædam est, quare non dña, sed spẽs
est irrisio. Amplius, si genus vt
dñiam dixit. Vt virtutẽ habitũ
bonum, vel studiosum: nam bonum est genus virtutis. An non
genus est bonũ, sed dña: si quidem verum est, q non cõtingat
idẽ in duobus generibus esse nõ
continentibus seinuicẽ (nã neqz
bonum continet habitum, neqz
habitus

G habitus bonū : non enim omnis habitus bonus, neqȝ oē bonum habitus) non erunt profecto genera ambo. ſi igiť habitus genus eſt virtutis, perſpicuum bonum nō genus, ſed magis dr̄iam elſe. Amplius, habitus quidem quid eſt virtus ſignificar : bonum aūt non quid eſt, ſed quale quid eſt: videtur autem dr̄ia qŭale quid significare. Videndum aūt, & ſi nō quale quid, ſed ipſum quid ſignificat aſsignata dr̄ia. nam videtur quale quid oīs dr̄ia ſignificare. Conſiderandum aurē, & ſi ſm accidens ineſt definito differenria. Nam nulla dr̄ia eſt eorum, quæ ſm accidens inſunt, ſicut neqȝ genus nōn enim cōtingit dr̄iam ineſſe alicui, & nō ineſſe. Amplius, ſi prædicať de genere dr̄ia, vel ſpēs, aut inferiorū aliquid ſpeciei, nō erit definicȝ. Nam nullum eorum, quæ dicťa ſunt, conringit de genere prædicari, eo ◌ȝ genus de ◌̄ȝ plurimis omnium diciť. Rurſum, ſi præ. dicatur genus de dr̄ia. nam non de dr̄ia, ſed de quibus dr̄ia, genˢ videtur prædicari: vt animal de hoīe, & boue, & de alñs greſsibilibus aſalibus, non autem de ea dr̄ia, quæ de ſpecie dicitur: nam ſi de vnaquæqȝ differentiarū animal prædicabiť, multa animalia de ſpecie predicabunť: nam dr̄iæ de ſpecie prædicant. Amplius, dr̄iæ omnes, aut ſpecies, aut indiuidua erunt, ſiquidem ſunt animalia : nam vnūquodqȝ animalium aut ſpēs, aut indiuiduū eſt,

Similiter aūt inſpiciendū, & ſi ſpecies, aut inferiorū ſpeciei aliquod, de dr̄ia prȩdicatur. Impoſſibile enim eo ◌ȝ de pluribus differentia, ◌̄ȝ ſpecies diciť. Itē accidet dr̄iam ſpeciem eſſe, ſiquidē prædicabiť de ea aliqua ſpecierum : nam, ſi de dr̄ia prædicatur homo, manifeſtum qm̄ dr̄ia eſt homo. Rurſum, ſi non prior eſt dr̄ia ſpecie. nam genere quidem poſterior eſt, ſpecie autē priorē dr̄iam elſe oportet. Conſiderandum autē, & ſi alterius generis eſt dicťa dr̄ia, neqȝ conrenti, neqȝ continentis. Nam non videtur eadem dr̄ia duorum generū eſſe non continentiū ſcinuicem: ſi autem non, accidet & ſpeciem eandem in duobˢ generibus eſſe nō continentibus ſcinuicē: infert. u: vnaquæqȝ dr̄iarum propriū genus, vt greſsibile, & bipes aſal coinſerunt: quare, ſi de quo dr̄iȩ & generū vtrunqȝ, manifeſtum vtiqȝ qm̄ ſpēs in duobus erat generibus non continentibus ſcin uicem. An nō impoſſȝ eandem dr̄iam duorum generū eſſe non cōtinentiū ſcinuicem, ſed addendum neqȝ vtroqȝ ſub eodem exiſtente. nam greſsibile animal, & volatile animal, genera ſunt non continentia ſcinuicē, & vtriuſqȝ eorū eſt bipes dr̄ia: quare addendum eſt, neqȝ ſub eodem, vtroqȝ exiſtēte: nam hæc ambo ſub animali ſunt. manifeſtū etiam qm̄ non neceſſe eſt dr̄iam omnem, propriū genus inſerre, eo ◌ȝ conringit eandem duorū generum
eſſe

esse non continentiū sciinuicem: sed alterūm tm̄ necesse est inferre, & superiora omnia: vt bipes, gressibile, vel volatile infert animal. Videndum aūt & si in aliquo dr̄iam assignauit substātie. Nam videī differre substantia à substātia in eo quod alicubi est, quare & eos, qui gressibili, & aquatili diuidunt ăial, increpant, tanq̄ gressibile & aquatile alicubi significet. An in ĥs quidē nō recte increpant? non enim in aliquo, neq̄ alicubi significat aquatile, & terrestre, sed quale quid: nā & si in sicco sit, sit aquatile, similiter aūt & terrestre, & si in humido sit, sit terrestre, sed non aquatile erit: attamen si qñtq̄ significat in aliquo dr̄ia, manifestum qm̄ peccabit. Rursum, si affectum, dr̄ferētiam assignauit. Nam ois affectus cùm magis sit, detrahit à substātia: dr̄ia autem non hm̄oi est: nam magis videt saluare dr̄ia id, cuius est dr̄ia: & simpliciter impost est singulum quodq̄ ee sine propria dr̄ia: nā, cum non est gressibile, non erit homo: & (vt simplr dicamus) secundum quæcunq̄ alteratur habens, nihil eorum dr̄ia illius est. nam oīa huiusmodi cum magis fiunt, detrahunt à substātia: quare si aliquā huiusmodi differentiam quispiam assignauit, peccauie: simplr enim non alteramur sm̄ dr̄ias. Et si alicuius eorum, quæ sunt ad aliquid, non aliud quid dr̄iam assignauit. Nā corum, quæ sunt ad aliquid, & dif

ferentiæ ad aliquid: vt & in disciplina, contemplatiua enim, & actiua, & effectiua dicit: vnumquodq̄ autē horum ad aliquid significat: contemplatiua enim alicuius, & actiua alicuius, & effectiua alicuius. Considerandū aūt & si ad quod natum est vnū quodq̄ eorū quæ sunt ad aliqd, assignauit definies. Nam in quibusdain quidē ad quod, natum est singulum, quodq̄ eorū, quæ sunt ad aliquid, solum est vti, ad aliud aūt nihil, vt visu ad videndum solū: quibusdam aūt & ad aliquid aliud, vt dolio sanè hauriat aliquis, attamen si quis definiuit dolium, instr̄m ad hauriendum, peccauit, non enim ad hoc natū est: terminus aūtem est, ad quod narū est, ad quod sanè vtit prudens qua prudēs, & q̄ circa singulum quodq̄ propria est disciplina. Amplius, si nō primū assignauit, qñ cōtingit ad plura dictū esse. Vt prudentiam virtutem hominis, aut animæ: & non rationalis: primū enim rationalis virtus prudētia: nam sm̄ hoc & anima & homo dicit prudēs.

Amplius, si non susceptiuum e eius cuius dr̄ affectus, vel dispositio, vel quoduis aliud, peccauit. Nam omnis dispō, vel affectus in illo nat° est fieri, cuius est dispō, vel affectus: vt & scientia in anima, dispositio existens aīe. Aliqñ autem peccāt in talibus, vt q̄ticunq̄ dicunt cp somnus e impotentia sensus, & dubitatio æqualitas cōtrarium ratiocinationū,

[G] ctionum, & dolor separatio natu
ralium partium cum violentia:
nam neque somnus inest sensui,
oporteret autē inesse, si impoten
tia sensus est. Similiter aūt neq̨
dubitatio cōtrarijs ratiocinatio
nibus inest, neq̨ dolor naturali
bus partibus: dolebunt enim in
animata, si dolor eis inest. Talis
autē & sanitatis definitio. siqui
dem cōmensuratio calidorum,
& frigidorū est, necesse est enim
sana esse, calida & frigida: nam
cuiusq̨ cōmensuratio illis inest,
[H] quorū est commensuratio:qua
re sanitas inerit vtiq̨ ipsis. Item
id quod sit, in effectiuum, aut ē
conuerso,accidit ponere,sic defi
nientibus:non enim est dolor se
paratio naturalium partiū, sed
effectiuum doloris, nec somnus
impotentia sensus, sed effectiuū
alterū alterius:aut enim propter
impotentiā dormimus,aut pro
pter somnū impotentes sumus.
Similiter aūt & dubitationis vi
debitur effectiuum esse, contra
riarum æqualitas ratiocinatio
[I] nū:quandocūq̨ enim ad vtraq̨
ratiocinantibus nobis silt vide
tur omnia fm vtrunq̨ fieri, du
bitabimus vtrū agamus. Am
plius, secundum tēpora omnia,
cōsiderandū sicubi dissonet:vt
si immortalē definiuit,aīal nunc
incorruptibile esse. Nam nunc
incorruptibile animal,nunc im
mortale erit. An in hoc quidē
non accidit? nam anceps secun
dum amphiboliam est nunc in
corruptibile esse: aut enim qm

48. Locus declaratio.

49. Locus declaratio.

[K] non corrumpitur nunc, signifi
cat,aut qm non possibile corrū
pi nunc, aut qm huiusmodi est
nunc,vt nunquā possit corrum
pi:qn igitur dicimus,q̨ incorru
ptibile nunc est animal,non hoc
dicimus,q̨ nunc tale est animal,
sed vt nunquā possit corrumpi:
hoc autē immortali idem erat,
quare nō accidit, nunc idem im
mortale esse. Sed tn sicubi acci
dit quod fm definitionem qui
dem assignatum est inesse nunc
vel prius, quod vero fm nomen
[L] non inest,non erit idem:vtendū
ergo hoc loco, quemadmodū di
ctum est. Inspiciendum autem
& si fm aliud quippiā magis di
citur quod definitur, q̄ fm assi
gnatam orationem.Vt si iustitia
potestas equi distributiua est:iu
stus enī magis est q̨ eligit equū
distribuere,eo,qui potest:quare
nō erit iustitia potestas æqui di
stributiua: nā & iustus esset ma
xime,q̨ posset equū distribuere.
Amplius, si res quidem suscipit
magis, quod aūt fm orationem [M]
assignatur non suscipit, aut con
tra, quod fm orationem ei assi
gnatur suscipit, res autem non.
Oportet enim, aut vtraq̨ susci
pere, aut neutrū: siquidē est rei
quod fm orationem assignatur.
Amplius, si suscipiunt vtraq̨
qdē magis, non simul aūt vtraq̨
augmentū sumsit.Vt si amor cō
cupiscentia conuentionis est:nā
magis concupiscit cōuentionē:
quare nō simul vtraq̨ suscipiūt
magis:at oporteret, si idē essent.
Amplius,

Dubitatio.

50. Locus declaratio.

51. Locus declaratio.

A
12. Locus Declaratio.
Amplius, si duobus quibusdã propositis, de quo res magis dicitur, id quod est ſm orationem minus dicitur. Vt si ignis est corpus subtilissimũ, ignis enim magis flamma q̃ lux, corpus autẽ subtilissimum min⁹ flamma q̃ lux: oportet aũt vtraq̃ magis in esse eidem, si quidẽ eadem sint.

13. Locus Declaratio.
Rursum, si hoc quidẽ simili vtriſq̃ inest propositis, aliud autem nõ simili vtriſq̃, sed alteri magis. Amplius, si ad duo definitionem assignauerit ſm vtrũq̃.

14. Locus Declaratio. B
Vt bonũ, quod per visum, aut per auditum delectabile, & ens, quod possibile est pati, aut facere: simul enim idem & bonũ, & non bonũ est: simili autem & ens, & non ens: nam per auditum delectabile, idem bono erit: quare quod non delectabile est per auditum, non bono idem: nam eiſdem & opposita eadẽ erunt: opponitur autẽ bono quidem non bonũ, per auditum autem delectabili, per auditum non delectabile: manifestum igitur, qm̃ idẽ C non delectabile per auditũ, non bono: si igitur aliquid est per visum quidem delectabile, per auditum autem non, & bonum, & non bonum erit: similiter autem ostendemus qm̃ idem ens, & nõ ens est.

15. Locus Declaratio.
Amplius, & generibus, & differentĩs, & alĩs omnibus, quæ in definitionibus sunt assignatis, eis, qui orationes pro nominibus faciunt, considerandũ,

16. Locus Declaratio.
si quicquam dissonet. Si autem sit ad aliquid quod definit, aut

per se, aut ſm genus: considerandum D si non dictũ est in definitione ad quod dicit, aut ſm ipsum, aut ſm genus. Vt si scientiã definiuit opinionẽ indissuasibilem, aut etiã voluntatẽ, appetitũ sine tristitia: omnis enim eius, quod est ad aliquid, substantia ad alterum, eo q̃ idẽ sit vnicuiq̃ eorũ quæ sunt ad aliquid eẽ, idipsum quod ẽ ad aliquid quodãmodo se habere: oportebat igit scientiã dicere opinionẽ scibilis, & volũtatem appetitũ boni. Similiter E aũt & si grammaticen definiuit scientiam literarum: oportebat enim aut ad quod ipsum dicit, aut ad quod forte genus dicitur, in definitione assignari. Aut si *17. Locus Declaratio.* cùm quippiam ad aliquid dicit, non assignauit ad finẽ. Finis aũt in vnoquoq̃ est quod optimũ est, aut cuius gratia alia sunt: dicendũ igitur aut optimum aut vltimũ, vt concupiscentiam nõ delectabilis, sed delectationis: nã propter hanc, & delectabile eligimus. Considerãdum & si ge *18. Locus Declaratio.* neratio est ad quod assignauit, F vel actus. Nihil enim talium finis: nã magis quod est egisse, & generasse finis, q̃ fieri & agere.

Dubitatio
An nõ in oĩbus verum hmõi? pene enim plurimi delectari magis volunt, q̃ destitisse delectari: quare agere magis finem quis statuat, q̃ egisse. Rursum, ĩ qui *19. Locus Declaratio.* busdã si non determinauit quanti, vel qualis, vel vbi, vel secundum alias dĩas. Vt ambitiosus, & qualis: & quanti appetens est honoris:

G honoris: nam oîs appetũt hono-
rem: quare non sufficit ambitio-
sum dicere, qui appetet honorẽ,
sed addere oportet dictas dñias.
silr autem & auarus quantas appetit pecunias, aut intemperãs,
circa quales voluptates: non.n.
qui à qualibet voluptate tenet,
intemperans dicit, sed qui ab aliqua. Aut rursum qui definiuit
noctẽ, vmbram terrę, aut succuſ-
sionẽ, motum terræ, aut nubem,
densitatẽ aeris, aut ventũ, morũ
aeris: addendum enim quãti, &
H qualis, vbi, & à quo. Silr autem
& in cęteris huiusmodi: nã omit-
tens dñiam quãlibet, non dicit
quid cit esse: oportet aũt semper
ad id quo indiget, argumentari:
non enim quolibet modo terra
mota, neqʒ quantacunqʒ succes-
sio erit: silr autem neqʒ aere quolibet modo, neqʒ quantocunqʒ
modo, ventus erit. Amplius, in
60. Locus Declaratio.
appetitibus, si nõ apponit quod
apparet, & in quibuslibet aliῆs
congruit. Vt qm voluntas appe-
I titus boni, cõcupiscentia autem
appetitus delectationis, sed non
apparentis boni, vel delectationis: plerunqʒ enim latet appeten-
tes, qm bonũ, aut delectabile est,
quare non necessariũ bonũ, vel
delectabile esse, sed apparens solum: oportebat ergo sic & assignationem facere. Si aũt & assi-
61. Locus Declaratio.
gnauit quod dictum est, in ipsas
spẽs ducendum eum, qui ponit
ideas esse. Non enim ẽ idea illius
apparentis, ipsa autem spẽs ad
ipsam speciẽ videt dici, vt ipsa

concupiscentia ipsius delectatio- K
nis, & ipsa volũtas ipsius boni.
Apparentis igitur boni non erit
ipsa voluntas, neqʒ apparẽtis delectationis ipsa concupiscentiæ:
absurdũ enim est esse ipsum apparens bonum, vel delectabile.
Amplius, si sit quidem habitus
62. Locus Declaratio
definitio, cõsiderandũ in habente, si quidẽ habentis, in habitu:
similiter aũt, & in cęteris talib.
Vt si delectatio est iuuãtia, & delectabile iuuabile. Vniuersaliter
63. Locus Declaratio
aũt dicendo in hmõi definitionibus quodammodo, vno plura L
accidit eũ qui definit definire.
Nam qui scientiã definiuit, quodammodo & ignorantiã definiuit: silr aũt, & scium & inscium,
& scire & ignorare: nã, primo di-
lucido facto, & reliqua quodammodo dilucida fiunt. Inspiciendum igitur in oîbus talibus, ne
quicquã dissonet, vtendo elemẽ-
tis ex contrarῆs, & coniugatis.
Amplius, in his, quę ad aliquid
sunt, cõsiderandũ si ad quod genus assignatur, & spẽs ad illud M
quoddã assignat. Vt si opinio
64. Locus declaratio.
ad opinatũ, & quædam opinio
ad quoddam opinatũ: & si multiplex ad submultiplex, & quoddam multiplex ad quoddã submultiplex: si aũt non sic assignatur, manifestum qm peccatur.
Videndum autẽ, & si oppositio
65. Locus Declaratio.
opposita definitio. Vt si dimidiῆ
ea sit, quæ opposita est ei, quę est
duplicis: nã, si duplex est quod
in æquali superat dimidiũ, & dimidiũ, quod iñ æquali superat.

In

A In cōtrarijs autem siſr. Nam contraria cōtrarij oratio erit, ſm vnã quandam complexionē cō trariorum: vt ſi adiutiuum qui dem effectiuũ boni eſt, nociuũ effectiuum mali, aut corruptiuũ boni: alterũ enim horum neceſ ſarium eſt cōtrariũ eſſe ei, quod ex principio dictum eſt:ſi igitur neutrũ contrariũ eſt ei, quod ex principio dictũ eſt, maniſeſtum qm̄ neutra erit earum (quæ po ſterius aſsignatę)cōtrarij oratio, **B** quare neqʒ quæ ex principio aſ ſignata ē definitio recte aſsigna ta eſt. Qm̄ autem quædam con trariorũ priuatione alterius di cuntur. vt inæqualitas priuatio æqualitatis vr̄ eſſe. inæqualia enim quæ non æqualia ſunt di cunt:perſpicuum, qm̄ quod ſm priuationem quidem dicitur eū trarium, neceſſarium eſt defini re per alterũ:reliquum vero non iam oportet, per id quod ſm pri uationem dicitur. non enim ac cidit alterutrum per alterutrum **C** cognoſci.conſiderandum igitur in cōtrarijs hmōi peccatum. Vt ſi quis definiuit æqualitatē, con trarium inæqualitati: nã p hoc, quod ſm priuationem dr̄, defi niuit. Amplius,ſic definientem necesse eſt eo, quod definiſ vti. Patet aũt hoc, ſi accipiatur pro noſe oratio: nam, quia nil refert dicere inæqualitatē priuationē æqualitatis,erit æqualitas cōtra riũ priuationi æqualitatis, qua re eodem erit vſus. Si autē neu trum contrariorũ ſm priuatio

D nem dicatur, aſsignetur aũt ora tio ſiſr, vt bonum contrariũ ma lo,manifeſtum,qm̄ malum con trarium bono erit , nam ſic con trariorum ſiſr oratio aſsignãdæ quare rurſum eo quod definitur accidit vti: ineſt enim ī mali ora tione bonũ , quocirca qm̄ bonũ eſt malo contrariũ: malum autē nihil differt, vel quod eſt bono contrariũ, erit bonum cōtrariũ, boni contrario: perſpicuum igiſ qm̄ eodem vſus eſt. Amplius,ſi quod ſm priuationem dr̄ aſsi gnans, non aſsignauit cuius eſt priuatio.Vt habitus,aut contra rij , aut cuiuſcunqʒ eſt priuatio.

E Et ſi non in quo natum eſt fieri addidit, vel ſimplr, vel in quo primo natum eſt fieri. Vt ſi igno rantiam dicens priuationē, non ſciæ priuationē dixit, aut ſi non addidit in quo naũ eſt fieri, aut addens non in quo primo aſsi gnauit,vt quod nō in rōnali,ſed in hoſe, vel in aſa:nam, ſi quodli bet horũ omittat, peccauit. Siſr autē, & ſi cæcitatem non viſus **F** priuationē in oculo dixit: opor tet aũt bene aſsignantē quid eſt, & cuius ē priuatio aſsignare , & quidnã eſt quod priuatum eſt.

Videndum aũt, & ſi nō ſm pri uationē dictum, priuatione defi niuit. Vt & in ignorātia videbiſ eſſe hmōi peccatum ñs, qui non ſm negationem ignorantiam di cunt:nam quod non habet ſcien tiam, non videtur ignorare, ſed magis quod deceptũ eſt, ̄ppter qd̄ neqʒ in animata, neqʒ pueros

Log.cũ cō.Auer.   O   dicim̄

G dicimus ignorare:quare non secundũ priuationẽ scientiæ ignorantia dicitur. Amplius, si similibus nominis casibᵘ similes orationis casus captantur. Vt si adiutiuum est effectiuũ sanitatis,
adiutiua est sanitatis effectiua,
& adiuuans efficiens sanitatem.

Considerandum & in idea, si
aptabitur dictus terminᵘˢ. Nam
in quibusdũ non accidit: vt quẽadmodum Plato definiuit, mortale addens in animaliũ defini-
tionibus.idea enim nõ erit mor-
H talis,vt ipse hõ:quare non aptabitur ad ideã definitio. Simpliciter autẽ in quibus apponitur
effectiuum, aut pafsiuum, necefse est diffonare in idea terminũt
nam impafsiles, & immobiles
videnť effe ideæ ñs, qui dicunt
ideas effe:aduerfum hos autem,
& tales orationes vtiles funt.

I Amplius, si eorũ, quæ fm æquiuocationem dicuntur, vnam definitionem omnium cõem afsi-
gnauit.Vniuoca enim,quorum
vna est fm nomen oratio:quare
nullius eorum, quæ sub nomine
funt, afsignatus est terminus,eo
cp fimiliter ad omne æquiuocũ
adaptatur. Passus aũt hoc est &
Dionyfii vitæ terminus: fiqui-
dem ea motᵘ est generi nutrien-
di naturaliter inferuiens: nihil
enim hoc magis animalibus cp
plantis inest: vita autem nõ fm
vnam fpeciem videtur dici, fed
altera quidem animalibus,alte-
ra plantis ineft:contingit igitur
& fm dectionem fic afsignare

terminum, ac fi vniuoca & fm
vnã fpeciem omnis uita diceret.
Nihil aũt prohibet & eum, qui
confpicit æquiuocatione, & alterius vult definitione afsignare,latere non propriã, fed cõem
vtrifq orationem afsignare. fed
nihil minus fi vtrouis modo fecerit, peccauit. Postqª aũt quædam latent æquiuocorũ,interro-
ganti quidem vt vniuocis vtendum. Nam non adaptabitur alterius terminus ad alterum:qua-
re videbitur non diftinguendũ
hoc pacto, oportet enim in oẽ,
vniuocũ adaptari: eidem aũt re-
fpondenti, diftinguendum eft.

Quoniam aũt quidam refpon-
dentium vniuocum quidem dicunt effe æquiuocum, quando,
non accommodatur ad omne af-
fignata oratio:æquiuocũ autem
vniuocũ,etiã fi ad vtrunqp accõ-
modetur:præ confefsione vtendum pro talibus,aut præcolligẽ-
dum, cp æquiuocum, vel vniuocum,aut vtrunqp fuerit. Magis
enim concedunt non præuiden-
tes, quod futurũ eft vt accidat.

Si aũt non facta confefsione dixerit aliquis vniuocũ æquiuocum effe,eo cp non accommodatur, & in hoc afsignata oratio:
confiderandũ fi huius oratio ac-
commodať et ad reliqua. Nam
manifeftum,qñ vniuocum erit
reliquis:fi aũt non, plures erunt
definitiones reliquis:nam quæ
fm nomen orationes accommo-
dabũtur ad eandem, quæ prior
afsignata eft, & quæ pofterior.

Rurfum,

A
77. Locus
Octauo.

Rursum, si quis definiens aliquid eorum quæ multipliciter dicuntur, & oratio non accōmo-
datur ad oīa, & quia æquiuocū
esse non concedat, non ren etiam
dicat non ad oīa accommodari,
quin nec oratio, dicendū ad eiuſmodi, ϙ nominatione quidem
oportet vti, quæ tradita est, & ϙ
sequit, & non dimouere quæ talia sunt, tametsi nonnulla dicenda non sint sub multitudini.

De locis sumptus ex Differentijs.
Cap. 2.

B
Loca I Art
Ro. 16. 17
30. 31. &
32.

Locorum vero sumptorū ex differentijs habent quatuor bases.
Quarū vna est, ϙ dfīa prædicet in
eo ϙ qualis res sit. Secunda, ϙ dfīa
sit vnum aut plusquā vnum oppositum, quibus genus diuidat prima diuisione, prout diuidit aīal in progressiuum, volatile, & natās, & vnū
quodq; illorum qñ connectitur generi, constituit speciē. de conditionibus aūt oppositi ipsius dfīæ est, ϙ
non sit oppositū negatiue sensibili-
ter, qñ enim negatio connectit generi non cōstituit speciē: nisi negatio
sit virtute priuationis. Tertia autē

C
est, ϙ dfīa non sit his, quæ sunt p accidens, prout est qui definiret equū,
ϙ sit aīal currens: qñ itaq; conside-
rant significata horum trium locorum competiunt reliqua loca dfīς,
quæ retulit, reducibilia ad hæc illa.

Locus pri-
mus, ϙ su-
Art. est. 13

Quorum primus locus est, ϙ sumant species pro differentia, vt qui
definiret contentum, ϙ sit maledi-
ctio cū spretu: spretus enim est quædam species maledictionis.

Locus. 2.
qui ē. 14

Et secundus ipsorum locus est, ϙ
sumatur genus pro dfīa, vt qui definiret sonum, ϙ sit aer cum percuſ-

fione: percuſsio enim est soni genꝰ: D
sophisma autem huius loci & præcedentis est, quia in illud dfīa non prædicaretur in eo ϙ qualis res sit.

Et ipsorum est tertius locus, ſ. ϙ
dfīa prædicetur vt genus. Et huius
loci sophisma est, quia genus prædicatur de pluribus ϙ prædicetur differentia: dfīa itaq; iterum non prædicaretur in eo ϙ qualis res sit.

Locus. 3.
qui ē. 16

Et ipsorū est quartus locus, ϙ cōsideremus, si genꝰ prædicetur de differentia, nō est dfīa: genus enim prædicatur de quibus prædicantur differentiæ, & nō est dfīa: quare ipsum
& dfīa sunt ipsa species. v. g. quia animal prædicatur de homine & boue
& reliquis animalibus, & non prædicatur de illorum differētijs, ex quo
illas significaret nole non denominatiuo: non enim est verū dicere, ϙ
rationalitas sit animal, quia si aīal
prædicaret de singulis differentijs,
ipsæ eædem spēs prædicarentur de
ipsismet speciebꝰ, aut essent alia animalia ϙ illa animalia, in quæ diuidit
ipsum animal, quæ prædicarentur
de speciebus animalis, ex quo genꝰ
prædicatur de ipsis speciebus.

Locus. 4.
ꝗ est. 17.
& 18.

E

Locus. 5.
qui ē. 19.

Et de illis est quintꝰ locus, ſ. ϙ species, aut aliqua res, quæ subest speciei
prædicetur de differētia: dfīa enim
aut prædicatur de pluribus ϙ prædicatur species, aut illi æqualis: si autē
sit vniuersalior non prædicatur de
illa, & si sit æqualis, oportet, ϙ differentia sit species. Et huius loci cor-
ruptela est, quia differentia sumeret
ab eo quod est accidentaliter.

F

Locus. 6.
ꝗ est. 21.

Et de illis est sextus locus, ϙ dfīa
nō sit exiens à genere. Et huius quidem significatū est, ϙ sit vna generis dfīa nota in cōitate generis, cuiꝰ
sumpta est differentia: hoc autē sit,

O ij   qñ

G quando duo genera,in quibus inuenitur ipfa dria, non afcédunt in vnũ
idem praedicamentum , qm non effet impoffibile effe vnam differétiã
duorum generum , quorum vnum
ambiat alterum,fed afcédunt in vnũ
genus, vt bipes, quae eft differentia
pgreffiui,& volatilis, quae funt duo
genera,quorum vnũ non continet
alterum,fed ambo funt fub vno genere,quod eft ipfum animal.

Locus. 7. / *qui eft 41.* Et de illis eft feptimus locus, f.cp
complementum driae fubftantiae fit
H de illis,quae dicuntur in fubiecto qd
eft ipfum accidés,vt qui fumeret dif
ferentias fpecierum animalis & fpeciem temporis & loci,& fi verum fit
de quibufdam fpeciebus fubftanuarum cp in fua definitione fumantur
driae accidentales:hoc auté fit,quan
do fuerint nimis propinquae fuis veris differentijs, & figuificent illas,&
fiant vice illarum,qn verae driae non
parét de illis,vt qui in diuifione animalis vtitur,cp quoddã fit terreftre,
& quoddam aquaticum : talia enim
accidentia conftituuntur p fuas veras drias,de hoc autem iam dictum
eft in lib.Pofteriorũ analyticorum.

Locus. 8. / *qui eft 43.* Et de illis e octauus locus,f.cp paf
I fio fumatur pro dria,vt qui definiret hominé cp fit animal erubefcés:
affectus enim quãdo intenditur edu
cit rem ab eius effentia : differentiae
auté conditionis eft conferuare fpeciem,non cp per ipfam reddatur va
ria & transferatur eius natura,prout
accidit de ipfo fenfu.

Locus. 9. / *q eft. 40.* Nonus locus eft, quòd differétia
nõ fit prior fpecie,expedit enim differentiam effe pofteriorem genere,
& priorem fpecie.

Locus 10. / *q eft. 44.* Decimus locus eft, cp dria relatio
nis nõ effet relationis. expedit enim

relationis driam effe relationis,vt q̃ **K**
diuidit fcientiam, qm quaedam fit
theorica & quaedam practica. Et oĩa
haec tria loca,f.octauus,nonus,& decimus reducunt ad fextum locũ,f.cp
in ipfis dria fit pofita extra ipfum ge
nus. Et ideo videtur cp hic locus fit
quartus locus bafium trium quas re
tulimus: haec itaq; eft fumma locorum, quae fiunt de ipfis differentijs,
& omnia funt demonftratiua.

Poft haec autem expedit nobis loqui de errore cadéte in definitiones
fm fe rotas:& oés fpecies huius erroris,vt Themiftius ait, afcendunt aut
ad fuperadditionem , aut ad ipfum **L**
defectũ, & hinc incipiamus de locis
erroris cadentis in definitiones,que
funt fingulorum praedicamentorũ.

Loca itaq; propria praedicamento
fubftantiae funt duo loca:quorũ vnus
eft,qui praepofitus eft in locis differé
tiarum,f.cp driae complementum ef
fet de his, quae dicuntur in fubiecto:
fubftantiae enim dria eft fubftantia:
fecundus locus eft,fi fuerit dria definiti quodais duorum contrariorũ,
quae recipiat ipfum genus effentialr
vno fimili modo, illa non eft conue
nienter definitio:neutrũ enim duorum contrariorum prius eft ineffe **M**
fubiecto, q̃ alterum cõtrarium. v. g.
qui definiret animam,cp fit fubftantia recipiens fcientiam, nõ eft prior
illo, qui eam definiret per receptionem infcitiae:& fm hoc rei effent plu
res definitiones,q̃ vna:perfecta auté
definitio eft definitio vna.

Et relationis funt tria loca, quoru **Loca I Ad** / **fto. 45. 46** / **& 47.**
vnus eft, cp fumatur in relatioe rei
definitione id,ad quod haec res dicit
comparatiue effentialiter, non acci
dentaliter. non eft enim modus cõplementi definitionis relatiui, nifi la

A ea contineantur res, in cõparatione
quarũ ipſa res dicitur. vt v.g. qui definierit ſcientiã ꝙ ſit opinio inuaria
bilis aſſertionis de rebus, quæ ſunt
ſem p vno ſimili modo, iam comple
uit ſeſæ definitionem, ſi aũt deieciſ-
ſet inde id, quod dixit de rebus, quæ
ſunt ſemp vno ſimili modo, eſſet im
perfecta, qñ itaꝗ non ſit in relatiui
definitione id, cui referſ, non com-
pleſillius definitio, & ſiſt qui faceret
id, quod illi refertur accidentaliter.
exẽpli gratia, qui definierit medicinam, ꝙ ſit ſcïa illius, quod eſt in cor
pore : nã in corpore ſunt multæ res,

B quas Medicus conſideraret accidentaliter, ſicut eſt nigredo & albedo, &
cætera: ſi aũt definiuiſſet, ꝙ ſit ſcien
tia ſanitatis & ægritudinis, iam com
pleuiſſet definitionem, prout expe-
dienſerat. Secũdus aũt locus eſt, ꝙ
protuliſſet in definitione, quod referſ ſecundo, non primo: expedit. n.
in relatiui definitione contineri, qð
ei refertur ꝑ ſe primo. Exemplũ illi°
eſt, qui definierit ꝑ relationẽ illius,
quod illi, quod referſ ſecundo, non
primo, vt qui definierit appetitũ ꝙ
ſit deſiderĩ volaptatis: eſt enim vo
luptatis deſiderĩ, quia eſt deſiderĩ

C ſuauitatis, & eſt ſuauitatis deſiderĩ,
quia ſit deſiderĩ ipſius ſuauis ſecũdo, & ipſum eſſe deſiderĩ ſuauita-
tiseſt primo. Tertius aũt locus eſt,
ꝙ expediat conſiderare, ꝙ, ſi genus
relatiuum oporteat ꝙ ſua definitione perficiaſ genus ſibi oppoſitũ, ſpe
cies, quæ huic generi relatiuo ſubeſt,
dicaſ in comparatione ſpeciei, quæ
ſubeſt generi correlatiuo. v.g. ſi opi
nionis definitio compleatur ꝑ rem
opinabilem, oportet ſcientiæ definitionem compleri per rem ſcibilem,
ſin autem, non eſſet definitio. vt gſa

exempli, qui definierit ſenſum, ꝙ ſit D
vis, qua comprehendantur corpora,
non compleuit ſenſus definitionẽ:
nam ſm hoc, oporteret auditum cõ
prehendere aliquod corpus.

Loca vero, quæ ſunt ſm qualitatis circunſtantiam, quędam ſunt ſm
circunſtantiã habituum & virtutũ:
omnis enim habitus & vis, quæ non
euadit, quin ſit habitus plurium, ꝗ
vnius actus. Et qui eſt plurium, ꝗ
vnius actus, nõ euadit, quin ſit aptus
verſus illos actus æqualiter, aut quo
rundam ſit per ſe ; & quorũdam per
accidens, vel quorundam prima intentione ex parte præſtantioris, & B
quorundam ſecunda intentione. At
ille etiam, qui eſt aptus verſus vnum
actum, non euadit, quin poſſit fieri
ſine hoc actu, aut impoſe ſit: qñ autẽ
quis compleuerit definitionẽ alicuius habitus aut artis, ꝙ ſit apta verſus
actus plures, ꝗ vnum æqualiter, &
occuluerit vnũ illorum actuum, illa
itaꝗ non eſt definitio. vt verbi gſa,
qui definierit, ꝙ grãmatica ſit ſcien
tia ſcribendi ĩ, abiecit ab illius defi
nitione quandam dictionẽ, ſ. ipſum
dicere: eſt enim ita ſcientia dicendi,
ſicut eſt ſcientia ſcribendi. Illi vero,
qui ſunt apti verſus plures, ꝗ vnum, F
quidam ſunt per ſe, & quidam ꝑ accidens: ſicꝗ, ſi quis compleuerit definitiones per id, quod eſt ꝑ accidẽs,
loco illius, quod eſt per ſe, aut protu
lerit quod eſt per accidens cum iſtõ,
quod eſt per ſe: illa itaꝗ, quã protulit, non eſt definitio: vt verbi gratia,
qui definierit medicinã, ꝙ ſit ars faciens morbũ & ſalutem : facit enim
ſalutẽ per ſe, & facit morbum ꝑ accidens: licet enim ars medica ſit cui cõ
tingit facere accidentia, non eſt apta
verſus hunc actum. Sicꝗ eſt ille, qui

G dinumeratur versus plures actus q̃
vnū, nisi q̃ quidam sit aliquib' alijs
præstātior, qñ qui completur us est,
compleuerit definitonē per actum
viliorē præter nobiliorem, aut eos
protulerit non simili modo, non fit
definitio: hoc aūt est, sicut est dispositio virtutū naturalium animæ, qa
decet ipsarū definitiones fieri ex no
biliori, & non ex viliori actu vt q̃ il
las capiat à virtutibus, non à vitijs.
Illi vero, q dinumerant versus vnū
actum, & pōt esse q̃ fiant per alium,
sunt qñ sumit vice huius actus, q est
p se, alter actus qui eo pōt fieri p ac
H cidens. Sicq̃ nō fit definitio: hoc au
tem notū est de instrumentis sensatis, vt qui definierit cultellum, q̃ sit
inīt'm, quo fiat actus carpentarij:
ars enim carpentaria sit ascia, nō cul
tello. Si aūt vis dinumeraret versus
vnū actum, sine quo sit illi impose
esse, & protulerit hunc actū in definitione, iam illam protulisset vt expedit, vt qui visum definiret, quòd
sit vis qua colores comprehendant.

Secūdus aūt locus est, q̃ scrutemur
etiam de complemento virtutis, an
sit actus, aut factum aliquod actita-
tum. Vt verbi gratia, artis saltandi
complemētum est actus quidam, &
complemētum artis carpentarij est
factum quoddam per artem. Si autē
quis compleuerit definitionem rei,
cuius complementū est res facta per
artem agentem. vt qui definiret car
pentariam q̃ sit habitus fm q̃ fiat p
carpentariam, non fm q̃ per eā fiat
res factæ per carpentariam, non face
ret definitionem. In definitione vero rerum, quarum perfectio est ipse
actus, expedit q̃ ponatur actus in ipsarum definitione: multarum autē
rerum perfectio non est, quia ipsæ iā

sint, sed in ipsamet generatione: delectationis enim perfectio est tempore factionis, non tempore complementi, & magis illam eligimus tem
pore factionis: & similiter eligimus
speculationē tempore factionis, non
tempore complementi, & magis ipsam eligimus tempore factionis, q̃
ipsam eligamus, postquam expleue
rimus speculationem.

Loca aūt sumpta à casibus & con
iugatis & oppositis nimis iuuāt acce
ptionem definitionū habituum &
potentiarum, & affectuum, qui sunt
pdicamenti qualitatis. qñ, si fuerit
definitio ipsius habit', expedit, q̃ sit
p id, cuius est habitus, & si fuerit illius cuius est habitus, expedit, q̃ sit p
ipsum habitum, si autem, nō fieret
definitio. Exēpli gratia, si suaue sit,
quod est vtile, suauitas est id, quod
est vtilitas: & similiter de oppositis.
Hoc autē ita fit, quia qui aliquo mo
do definit rem iā definit multas res
in hoc exemplo, & simili.

Tertius aūt locus est ob circūstan
tiam habituum, & potentiarū, & affectuum: nā, quia fm se totos insunt
subiectis, & q̃ insunt subiectis, quædam insunt primo, & quædā insunt
secundo, qñ nōn apparet in defini-
none subiectū cui inest habitus, aut
potentia, aut electio primo, non defi
niretur, & similiter qñ illam nō poneret in suo subiecto. v.g. quia pru-
dennia inest parti ratiocinatiuæ primo, & aīæ secundo, quia inest parti
ratiocinatiuæ, & homini, quia inest
aīæ, quæ vero apparent in definitione rei absq; subiecto, sunt prout qui
definiret somnum q̃ sit sensus imbe
cillitas, & dubiū, q̃ sit coequatio syllogismo ꝗ oppositorum, & salutem,
q̃ sit coequatio caloris & frigoris, &
dolorē,

K   L   M

Loca sum pta à casi b', cōiuga tis, & op positis.

A dolorem, ꝙ fit folutio partiū vnita-
rum: quīa neq; fomnus est fenfus imbecillitas, fed est ob fenfus imbecillitatem, nec falus est coꝗquatio, fed ob
coꝗquationē, nec dolor est continui
folutio, fed est ob continui folutio-
nem, & vt vniuerfalius inquam, qui
hoc modo definiret, accideret ei ꝙ
ponat facli fi in faciente, aut faciētem
in facto, f. ꝙ aut caufa fomni debili-
tetur, vel cū imbecillitatis dormiat:
& vīr hæc definiunt per fubiecta, &
actus, & fm hoc fūt tripartita, aut
funt res naturales, aut funt virtutes
afales, aut funt res artificiales. Rerū
B aūt naturalium actus funt nobis no-
ti, & fubiecta latent. v.g. quia actus
fomni patet, qui est vacatio fenfuū,
& ipfius fubiectū est dubiū, quod in
diget demōne, quod Arist. gīa exēpli opinat ꝙ fit ipfum cor, & Gale-
nus opinat ꝙ fit cerebrum. In artib'
vero fubiecta funt nobis nota, quæ
funt ipfa anima, quæ quærentur autem funt perfectiones & actus. Virtu
tum vero quæfita funt ambæ res fi-
mul: hoc est, notio actuum, & notio
fubiectorū: vt.v.g. fortitudo nō est
nobis nota, cui parti aīæ infit, neque
quis fit eius actus, qui virtus dicitur.
C Expediens aūt hoc fuit de illa, quia
ipfa nō est ob ipfam naturā perfecte, neq; ob voluntarium arbitrium
perfecte, fed est ac fi efset mifta ex
vtrifq; rebus. Quartus aūt locus ē,
quia definitiones quarundam rerū,
& præcipue virtutū, oportet ꝙ perfi
ciantur p quantitatem, & qualitaté,
& qn, & vbi, & per caufas agéres, aut
finales, aut conferuatiuas, & qn dere
cta fuerit en talium rerum definitio
num aliqua harum differentiarum
non fieret definitio. v.g. fi quis forti
tudinem definiret, ꝙ fit prior timo

D re, qui contigerit quadā quantitate,
non quantauis contigerit, & quodā
tpe, non quouis tpe contigerit: caufa autem definiendi per has dīas est
finis, quo ē ipfa prioritas, & fm hoc
res fe habet de iuftitia, & gloria, &
reliquis virtutib', & oportet ꝙ tales
res perficiantur p tes naturales. v.g.
quia non fatis est noctis definitioni,
ꝙ fit terræ vmbra, donec dicatur totius aut partis vmbra ob Solis occul
tationem, non ob aliam rem: & fir
non fufficit pluuiæ definitioni, ꝙ fit
aqua defcendens, donec dicatur quo
modo defcendat, & vnde, & quæ fit
caufa ipfius defcenfus, & qua quanti E
tate fiat, & propter quid, & quando
defcendat. Hæc itaq; loca funt ob eir
conftantiam trium fpecierum quali
tarum, hoc est ex habitibus, & poten
tijs, i. quæ dicuntur fecundum natu
ralem potentiam, aut naturalem im
potentiā, & ex affectibus, hoc est paf
fionibus & pafsibilibus qualitatib'.
Prædicamenti vero vbi, & quando,
non est locus proprius. Prædicamen
ro autem actionis & pafsionis fufficiunt hæc loca, quæ funt fecundum
qualitatis circunftantiam.

Loca autem priuationis quædam
funt, ꝙ non fumamus in habitus definitione ipfam priuationē, vt fi qs
fomeret in definitione vifus, ꝙ fit ex
cæcitas cōtrariū: hic enim definiret
prius per pofterius: & cum hoc etiā
vtitur ipfomet definito in ipfa definitione: ex quo enim cæcitas est priuatio vifus, est ac fi dixifset quòd vifus fit contrarium priuationis vifus.

Secundus autem locus est, fi quis
proferret priuationis definitionē, &
in ipfius definitione nō proferret ip
fam habitum, qui fit priuationis cō
trariū, ille non definiret. exépli gīa,

O iiij   fi defi-

G si definitio ignorantię esset, ꝙ sit priuatio, & non diceret cuius rei priuatio sit. Tertius locus est, si esset priuationis definitio, & in eius definitione proferretur habitus, illi oppositus, & non proferretur subiectū propriū priuationi. prout si quis definiret cęcitaté, ꝙ sit priuatio visus, & nō diceret ut oculi videntis, quia visus priuatio in talpa nō est cęcitas, in definitione itaꝗ huius speciei priuationis perfectę, oportet connecti has duas cōditiones, quarū vna est, ꝙ in ea explicetur habitus opposit', & altera ꝙ sit in subiecto proprio.

H Quartus aūt locus est, si priuatio fuerit de speciebus illius, quā esse est ſm modū habitus imperfecti, & est illa, in cuius definitione dictum est, ꝙ sit illa, quā non est in subiecto illud, cuius moris é esse in illo, modo quo cōsueuit esse in illo, vt inequale df de maiori & minori, & sit ignorantia, ex quo est duarum specierū, quarum vna est ignorantia ſm modum priuationis, & altera est ignorantia ſm modum erroris. expedit itaꝗ definienti quādo perficeret definitiones harum priuationum, ꝙ explicet de priuatione id, quod est secundum modū habitus imperfecti.

I prout diceretur ꝙ ignorātia sit opinio de re aliter ꝗ res sit ex eo animam, ꝙ dicatur ꝙ ignorantia sit priuatio scientiae illius, cuius moris est ꝙ ei sit scientia.

De locis de definitionum in ipsorum compositorum. Cap. j.

SI autē alicuius complexorū assignet terminus, considerandū est auferēdo alterius eorum quo complectuntur orationem, si est & reliqua reliqui.

Nam si non, manifestum, qñ neꝗ tota totius: vt si quispiā definiuit lineam finalem rectam, finem plani habentis fines, cuius medium superadditur finibus: si finalis lineę oratio est, finis plani habētis fines, rectę oportet esse reliquum, cuius medium superaddit finibus: sed infinita neꝗ mediū, neꝗ fines habet, recta autem est, quare non est reliqua reliqui oratio. Amplius, si cū sit compositū quod definitur, equi membris oratio assignetur definitio. Aequimembris autem dicitur oratio esse, qñ quot fuerint composita, tot & in oratione nomina, & verba fuerint: necesse é enim in talibus ipsorū nominū commutationé fieri aut omniū, aut aliquorum, eo ꝙ nihil plura nūc, ꝗ prius nomina dicta sunt verum oportet eum, qui definit, orationem pro nominibus assignare, maxime quidem ofbus: ꝙ si non, at saltem in plurimis sic enim & in simplicibus qui nomen commutat, nō definiturus est. Vt pro tunica, vestem. Amplius aūt maius peccatum, si & per ignotiora nomina commutationé fecerit. Vt pro homine albo, terrigenam candentē neꝗ enim definiuit, cùm min' sit etiam quod sic dicitur. Cōsiderandum autem & si per commutationem nominum, non idem sit significat. Vt qui cōtemplatiuā scientiam, opinionē contemplatiuam dixit: nam opinio, sciētię non idem; at oportet, si debet, & totū

A & totum idem esse: nam contē-
platiuum quidem cōe in vtriuf-
que orationibus est, reliquum
22.Locus Declaratio. vero differens. Amplius, si alterius nominū commutationem
faciens, non differentiæ, sed generis commutationem fecit. Vt
in eo quod nuper dictum est:
ignotius.n.cōtemplatiua ḡ sciē-
tia:nam hoc quidem genꝰ, illud
autem differentia, omnibus aūt
notius genus, nam cōis: quare
non generis, sed differētiæ opor-
B Dubitatio tebat commutationem fieri, eo
ꝗ ignotior est. An hæc quidē
ridicula reprehensio:nihil.n. p-
hibet differentiam quidem no-
tissimo nose dici, genus autem
non:sic aūt rebus se habētibus,
manifestum ꝗm generis, & non
differentiæ fm nomen commu-
tacio facienda:si autem non nomen pro nomine, sed oratione
pro nomine commutat, manife-
C stum ꝗm differētiæ magis ḡ generis definitio assignāda est, eo
ꝗ cognoscendi gratia definitio
assignatur:nam minus differentia ḡ genus nota. Si autem dīæ
terminum assignauit, considerādū si & alicuius alius cōis est as-
signatus terminus. Vt cum im-
parem numerum, numerū me-
dium habentem dixerit, determinandū est quo pacto medii
habentemnū numerus quidem
cōis in vtrisꝙ orationibus est.
Imparis autē consumpta est ora-
tio:habent aūt, & linea, & corpus mediū, cū non sint imparia:
quare nō vtiꝙ erit definitio bꝗæ

imparis: si aūt multipliciter dī *D*
mediū habens, determinādum
quomodo mediū habens, alioꝗ
reprehensio erit, aut syllogismꝰ,
ꝙ non definiuit. Rursum, si id, *31.locus Declaratio*
cuius quidem oratione assigna-
uit est eorum quæ sunt, quod autē sub oratione, nō eorū ꝗ sunt.
Vt si album, quispiā definiuit colorem igni permixtum. imposte
enim incorporeum corpori per-
misceri, quare nō erit color igni
permixtus, attamen album est.

Amplius, quicunꝙ non diui- *E*
dunt in ꝗs, quæ sunt ad aliquid *34. Locus Declaratio*
ad quod dicitur, sed in pluribus
comprehendentes dicunt : aut
oīno, aut s aliquo falsum dicūt.
Vt si quis medicinā disciplinam
entis dixit: nam si nullius entiū
medicina est disciplina, manifestum ꝗm tota oratio mendax ē:
si aūt alicuius quidem, alicuius
aūt non, in aliquo mendax:nam
oportet de omni, siquidem p se,
& non fm accidēs entis esse dī,
quemadmodū in alꝗs se habent
ea quæ ad aliquid sunt: nam oē. *F*
disciplinatum ad disciplinā dicitur. Similiter autem & in alꝗs,
eo ꝙ conuertūtur omnia ad ali-
quid:omne.n.disciplinatum ad
aliquid. Cæterum si is, qui non
per se, sed fm accidens assignationem fecit, recte assignauit, nō
ad vnū, sed ad plura vnūquod-
que eorumquæ ad aliquid dñæ,
assignauit:nihil.n. prohibet idē,
& ens & album, & bonum esse:
quare qui ad quodlibet horū assignauit, recte assignauit, siquidem

G dem is, qui fm accidens assignauit, recte assignauit. Præterea autem impost est humoi orationẽ
propriam assignati esse: nam nõ
solũ medicina, sed plures aliarũ
disciplinarũ ad ens dñr, quare
vnaquæq; entis disciplina erit:
manifestum igitur, qm̃ talis nullius est disciplinæ definitio, pro
priam enim & non cõem oportet definitionem esse. Qñq; autem definiunt non rem, sed rem
bene se habentem, aut perfectã.

25. Locus Declaratio.

Talis aũt & rhethoris & furis
terminus, si sit rhetor quidẽ, qui
potest quod in vnoquoq; est verisimile considerare, & nihil p-
termitteretur aũt, qui clam sumit: perspicuum. n. qm̃, cum talis vterq;, hic quidem bonº rhetor, ille autem bonus fur erit: nõ
enim qui clam sumit, sed q vult
clam sumere, fur est. Rursum,
si quod pp se eligendum est, vt
actiuum vel effectiuũ, vel quolibet modo propter aliud eligendum assignauit. Vt qui iustitiã,

26. Locus Declaratio.

I legum conseruatiuam dicit: aut
sapientiam, effectiuã felicitatis:
nam conseruatiuũ & effectiuũ
eorum sunt, quæ propter aliud
eliguntur. An nihil quidem pro
hibet quod propter se eligendũ
est, & propter aliud esse eligendum (attamen nihil minus peccauit, qui sic definiuit quod pro
pter se est eligendum: nam vnicuiq; optimum, in substãcia maxime: melius autem quod propter se eligendum, q̃ quod propter aliud: quare id & definitio-

nem oportebit magis significare. Considerandum aũt est & si
is, qui alicuius definitionem assignauit, aut hæc, aut quod est ex
his, aut hoc cum illo definiuit.
Nam si hæc quidẽ, accider vtrif-
que & neutri lesse: vt si iustitiã,
temperantiã, & fortitudinẽ defi-
niuerit: nam si sint duo, vterque
autem alterum habeat, vtrique
iusti erunt, & neuter, eo q̃ vtrique quidẽ habẽt iustitiã, vterq;
aũt non habet. Si aũt nondũ qd
dictum est admodũ absurdũ videf, eo q̃ & in aliis accidar hmõi
(nihil enim prohibet vtrofq; habere vnam, cum neuter habeat)
attamen cõtraria inesse eidem,
omnino absurdum videbif esse:
accider aũt hoc, si hie quidẽ ipsorum tẽperantiam & timidita-
tem habet, ille autẽ fortitudinẽ,
& prodigalitatem: nã vtriq; &
iustitiam, & iniustitiam habẽt:
nam si iustitia tẽperantia & fortitudo est, & iniustitia timiditas
& prodigalitas erit & oĩno quæcunq; ad argumẽrandũ idonea
q̃ non idem sunt & partes & totum, omnia vtilia ad id quod dictum est. videtur autem qui sic
definit partes, toti easdem dicere esse. Maxime autem accõmo-
datæ fiunt orationes, in quibuscunq; manifesta partium est cõ-
positio, quemadmodũ l domo,
& in cæteris talibus: manifestũ
enim qm̃ cum sint partes, nihil
prohibet totum non esse: quare
non idem partes toti. Si autem
non hæc, sed quod ex his. est dixit

87. Locus Declaratio.

88. Locus Declaratio.

A xit id esse quod definit, primū quidem considerandū, si non natum est quippiam vnū fieri ex ñs quæ dicta sunt. Quædam.n. sic se habēt adinuicem, vt nihil ex eis vnum quippiam fiat:vt linea & numerus. Amplius, si definitum quidem in vno aliquo natum est primo fieri, ex quib⁹ autem dixit ipsum esse, non in vno prio naza sūt fieri, sed vtrūque in vtroq̃. Nam manifestū qm̄ non erit ex ñs illud: in qbus enim partes, & totū necesse est **B** inesse, quare non in vno totum primo eē, sed in pluribus. Si aūt & partes, & totū in vno aliquo primo, considerandū si non ī eodem, sed in altero totum, & in altero partes. nam in quo totū, in illo & partes esse videntur. Rursum, si cum toto corrumpuntur partes. Econuerso enim oportet accidere, partibus corruptis totū corrumpi, toto vero corrupto, non necesse est & partes corrumpi. Aut si totum quidē bonum, vel malum, partes aūt neu **C** træ, aut econuerso, partes quidē bonæ, vel malæ, totum aūt neutrum. Nam neq̃ ex neutris possibile bonum quippiam, vel malum fieri, neq̃ ex bonis vel malis neutrum. Aut si magis quidē alterum bonū q̃ alterum malū: quod autem ex his, non magis bonum q̃ malum. Vt si imprudētia ex fortitudine & falsa opinione, magis enim bonum fortitudo, q̃ malū falsa opinio: oportet ergo & quod ex his est, sequi

D illud, q̃ magis est, & eē vel sim pst bonū, vel magis bonū q̃ malū. An hoc quidē non necessariū nisi vtrunq̃ sit p se bonum vel malū c multa. n. affectiuorū p se quidē nō sunt bona, mixta aūt quibusdā, fiūt bona: aut ecōuerso vtrunq̃ quidē bonū, mixta aūt, malū, vel neutrum: maxime aūt manifestum quod nunc dictum est in salubribus & morbificis. nā quædam medicamentorū sic se habent, vt vtrunquē quidem sit bonū: si autē vtraq̃ dentur mixta, malum. Rursum, **E** si quod ex meliore & peiore est, nō est totū peiore quidē meli⁹, meliore aūt peius. An neq̃ hoc necessarium, nisi per se sint ex quibus componitur, bona:nam in ñs, quæ non per se sunt bona, nihil prohibet totū non fieri bonum: vt in ñs, quæ modo dicta sunt. Amplius, si cognomine est totū alteri: non oportet enim, vt neq̃ in syllabis: nulli enim elhtorum ex quibus componitur, **F** syllaba cognominis est. Ampli⁹ si nō dixit modū cōpositionis. Non enim sufficiēs est ad cognoscendum, q̃ dicat, ex his:nā non quod ex his, sed quod sic ex his, est cuiusq̃ compositorū substantia, vt in domo: non.n. sic quolibet modo componantur hæc, domus est. Si autem hoc cū illo assignauit, primum quidem dicēdū q̃ hoc cum illo, aut hoc & illud dicit, aut quod ex illis. Nam qui dicit melcū aqua, vel mel & aquā dicit, vel q̃ ex mel le &

89. Locus Declaratio. — 90. Locus declatio. — 91. locus Declara- — 92. Locus Declara-tio. — 93. Locus Declatio. — Dubitatio — 94. Locus Declatio. — 95. locus Declatio. — 96. locus Declatio. — 97. locus declatio.

G le & aqua:quare si cuilibet eorū quæ dicta sunt idem confitebif esse hoc cum illo, eadem conue-niet dicere,q̃ quidem ad vtrun-que horum pri⁹ dicta sunt. Am-

98. Locus Declauo. plius,diuidenti quoties dr̃ alte-rum cum altero, considerandū si nullo modo hoc cum illo. Vt si dicitur alterum cum altero, aut vt in aliquo eodem susceptiuo, vt iustitia & fortitudo s anima, aut in loco eodem,aut in tempo-re eodem:nullo autem modo ve-

H rum sit quod dictum est in his, manifestum est, qm̃ nullius erit assignata definitio, eo cp nullo

99. locus. Declatio. modo,hoc cum illo est.Si autem diuisio quoties dicitur alterum cum altero, verum erit in eodē tempore vtrunq̃ esse,considerā dum si contingit non ad eundē vtrunq̃ dici finem. Vt si fortitu-dinem definiuit audaciam cum recta intelligentia;contingit.n. audaciam quidem habere spo-liandi,rectam autē intelligentiā circa salubria, sed nondū fortis qui in eodem tempore cum illo

I hoc habet.Amplius, si & ad idē

100. locus De clatio. ambo dicuntur:vt ad medicati-ua.Nihil.n.prohibet & audaciā quandam, & rectam intelligen-tiam habere ad medicatiua,atta-men nec si fortis, qui hoc cum il-lo habet:neq̃ enim ad alterū eo-rum vtrunq̃ oportet dici, neq̃ ad idē quodcunq̃ sit,sed ad for-titudinis finem, vt ad præliorū pericula:aut si quid magis est il-

101. locus De clatio. lius finis. Quædam autem sic as-signatorum,nullo modo sub di-

ctam cadunt diuisionē: vt si ira K tristitia est cum opinione parui pēdendi:nam quod propter hu-iusmodi opinionem tristitia fir, hoc vult indicare: propter hoc autem fieri aliquid, nõ est idem ei quod est hoc quidem cum il-lo esse sm̃ vllum dictorū modo-rum.Rursum,si horum compo-

102. locus declacio. sitionem dixit totum.ivt animę & corporis compositionem ani mal. Primum quidem conside-randum,si non dixit qualis cõ-positio:vt si carnem definiens, L aut os,ignis,& aeris, & terræ di-xit compositionem:non. n. suffi-cit compositionem dicere, sed q̃ & qualis determinandū:non.n. quolibet modo compositis his caro sit,sed sic quidem composi-tis,caro,sic vero os.Videtur au-tem neq̃ esse omnino composi-tioni idem neutrum eorum,quę dicta sunt:nam compositioni si dissolutio contraria, dictorum autem neutri, nihil. Amplius,

103. Locus Declatio. si sit est verisimile omne cõpo-situm compositionē ee, vel nul-lum : animalium autem vnum- M quodq̃ cū sit compositum, non est cõpositio,neq̃ profecto alio-rum compositorum vllum cõ-positio erit.Rursum, si similiter in aliquo nata sunt esse cõtraria definiuit autem per alterū,ma-nifestum qm̃ non definiuit . Si autem nõ ita est, plures accidet eiusdem definitiones esse:qd.n. magis qui per hoc, q̃ qui per al-terum definiens dixit:eo cp sit vtraq̃ nata sunt fieri in eodem;

Talię

A Talis autem animæ e definitio, siquidem est substantia discipli næ susceptiua: nam similiter & ignorantiæ est susceptiua. Oportet autem si non ad totã habeat aliquis argumẽtari definitionẽ, eo cp non nota sit tota, ad aliquã partium argumentari si sit nota & non bene assignata appareat: nam parte interempta, & tota definitio interimitur. Quæcunque autem obscuræ sunt definitionum emendãti, & confirmãti ad manifestandum aliquid, et

B habendum argumentum, sic cõsiderandum. Necesse est enim respondentem aut suscipere quod sumptum est ab interrogante, aut eundem declarare, quid temere est ostẽsum a definitione. Amplius, quemadmodum i cõgregationibus solent legem inducere, & si sit melior quæ ĩducitur, interimit anteriorẽ, sic & in definitionib' faciendũ, & definitio alia serẽda. Nam, si appareret melior, & magis manifestũ quod definitur, pspicuum qm̃

C interempta erit q̃ posita est, eo cp non sunt eiusdem plures definitiones. Ad oẽs autem definitiones non minimũ elementum ad seipsum, solerter definire, ppositũ, aut apte dictũ terminũ assumere. Necesse est enim veluti ad exẽplar cõsiderantẽ, & qd̃ minus e ñs q̃ oportet hr̃e definitionẽ, & qd̃ appositũ est supflue inspicere, vt magis argumẽtis abundemus. q̃ igr̃ circa definitiones sunt in tantũ dicta sint.

IN definitionibus autem ret ũ cõpositarum ex partibus accidit error, qñ completæ ponũtur suç partes in ipsarum definitionib' aliquo modo, aut qñ definiretur totum, cp sit tale & tale, hoc est, suæ partes absque additione alicui' rei vltra hoc, aut cp definiatur totum, cp sit ex tali & tale, hoc e ex parte tali & tali, aut cp sit pars talis cum parte tali. Exemplum primi est, vt qui definiret domum, cp sit lateres & lapides, & cp nauis sit lignum & claui & tabulæ & cordæ: ille.n. qui domus definitionẽ E compleret, hoc modo omitteret residuam dignam rerum, quæ debent serri in definitione, Gipsãm compositionem, qua dom us est domus, & nauis est nauis: & quicqd posset dici de errore illius, qui posuit cp partes ipsæ eædem sint, sicut est ipsum totũ sibi absq; additione alicuius rei vltra illas, conferret ad destructionem talium definitionum. Et sir̃ sit, quã do non sit conditionis totius, cp fiat ex compositione partium, sed ex cõgregatione ipsarum: qñ enim quis in illius definitionem omitteret explicare dictionem congregationis, f hinc eueniret cp duo contraria inessent vni subiectõ. v. gr. qui diceret cp septem sint tria & quatuor, quia nisi dicat aggregatum ex tribus & quatuor, posset putari cp ipse met idem septenarius esset par & impar. Verũ tamen non est vis huius loci in his rebus, sicut est eius vis in rebus compositis: qñ enim intelligeretur sensus illius, qui definiret septenarium, cp sit trinarius & quaternarius jam definiret.

Qui vero definiret totũ, cp sit tale

G tale & tale, cõtingeret illi error mul
tifariam: primo, quia illæ partes essent ex illis, quæ componunt, aut q
complicant, adeo q ex illis fiat ipm
totum. prout fieret si quis definiret
superficiem, q sit ex linea & numerorum, nam ex linea & numero nõ
componitur supficies: aut sicut qui
definiret corpus, q sit compositum
ex partibus indivisibilibus, & ex indivisibilibus nequeat componi divi
sibile. Secundus autem modus est,
q illæ partes insint vni subiecto, &
si hæ partubus sises sint, tñ non sunt
partes: exempli gratia, vt qui defini-

H ret iram, q sit composita ex cogitatu & desiderio vindictæ: subiectum
enim cogitatus non est subiectum
iræ in ipsa anima. Et tertius modus
est, q illæ partes corrumpant ad totius corruptionem: res enim, qua ex
pedit esse partes, est contra hoc, hoc
est, q totum corrumpatur ad ipsas
corruptionem, non q ipsæ corrum
pantur ad ipsius totius corruptionẽ,
qñ enim corrumpitur domus, non
corrumpuntur lapides, neq; lateres:
qñ autem corrumpuntur lapides &
lateres, corrumpitur ipsa domus ne
cessario. Quartus auté modus est,

I q totum sit bonum aut malum, &
partes non sint ita, aut res sit è contra: hoc est, q partes sint bonæ, aut
malæ, & totum non sit huic connexum: imposse est enim, q totum sit
bonum aut malũ, & partes non sint
ita, aut q partes sint bonæ aut malæ,
& totum non sit ita. Et iterum, si
vna partium fuerit altera melior, &
altera minus bona, totum composi
tum ex illis est melius minus bona,
& minus bonũ meliori. Et ait Arist
q hic locus verax est, qñ bonum &
malum sumit de toto & partibus p

K se, qñ vero sumerent p accidens, nihil prohiberet totum esse bonum,
& partes esse malas, prout est dispositio compositorũ in medicina, aut
dispositio est contra hoc, q simplicia iuvét, & aggregatum sit noxiũ:
& silr est dispositio ciborum, vt fert
de congregauoue piscis & lactis. Et
silr non est remotum q totũ sit cõ-
positum ex quadam re meliori alie
ra, & reliqua re minus bona, & totũ
sit melius meliori, & minus malum
malo. Quintus autem locus est, q
nomen totius non conveniat nomi

L ni partis, & hic quidem proprius est
toti ætherogeneo, prout est dom*,
cuius nomen non absoluit de eius
partibus, tou* vero, quod est homo
geneum, nomé ipsius convenit part
ti: nomen enim partium aquæ est
aqua, & nomen partium carnis est
caro, & partiũ sanguinis é sanguis.

Tertia vero acceptio, qua totum
definiret, est, q totum sit tale cũ tali, vt diceret, q ensis sit calibs cũ lam
pade, aut qui diceret, q oxymel sit
mel cum aceto: huic enim acceptio
ni cõtingeret error ex modis, quos
natrauimus in prima & secunda ac

M ceptione, & huic superaddit qd nũc
dicemus: dicere enim q ipsum sit ta
le cum tali, est verax in rebus, quarũ
subiectum est vnum, prout sunt di-
nitiæ & iustitia, & fortitudo, q sunt
in vno loco, aut q eveniunt ex vnot
qñ itaq; dicimus, q hoc sit cũ hoc,
aut non sit vllo horum triũ modorum, non sit hic vera definitio. v. g.
qui definiret iram q sit cõtristatio
cum cogitatu, quia contristatio &
cogitatus non sunt in vno susceptiuo de partibus ipsius animæ, neq; si
militer vno tempore: ex quo cogita
tus præcedit contristationem.

Si

A Si autem acceptio fuerit vno ho
rum trium modorum, aut omnib',
expedit ꝗ cōsideremus, an duæ partes non dicant in comparatione ad
aliam rem, & si res ita sit, ꝗ ex hoc
positum non sit verum. v.g. qui de-
niret fortitudinem ꝗ sit solertia cū
cogitatu. Si nos cōcederemus, ꝗ for
titudo & cogitatus sint in vno susce
ptiuo, & vno tempore, & vno loco,
contingit huic controuersia & falla
cia, qm dnr I comparatione ad vnā
eādem rem: posset enim aliquis vir,
cui esset solertia ad luxuriam, & verus cogitatus circa res agentes sani-
B tatem, non sufficere ei etiam hoc, ꝗ
concedamus ex controuersia, ꝗ s. su
mant duæ partes in comparatione
vnius eiusdem rei, nisi hæc res sit finis ipsius definiti. v.g. qui definiret
fortitudinem, ꝗ sit solertia, cum cogitatu vero circa vnam eandem rē,
prout sunt res medicinales, non defi
niret fortitudinem, sed diceret, ꝗ sit
solertia cum cogitatu circa bellum,
quod est finis fortitudinis. Et aliꝗ
erratur circa orationem, quæ profer
tur in definitione, ꝗ sit tale cum tali, & intelligitur per id, quod dr cū
tali, ipsa causa, expediret autem di-
C cere in illi' definitione ꝗ sit tale ꝓ-
pter tale. gratia exempli, qui definiret iram, ꝗ sit contristatio cū imagi
natione, quia imaginatio est causa
contristationis, non ꝗ sit cum con-
tristatione. In his itaꝗ occurrit error ex duabus partibus, aut ꝗ nō ꝓ
ferant partes prout conuenit, aut ꝗ
omittatur modus compositionis illarum. Et aliꝗ errat qui profert cō
positionem, qn non sumeret in defi
nitione quæ compositio est propria
huic rei definitæ. vt qui dixerit, ꝗ
aial sit compositū ex corpore, & ani

D ma, & ꝗ caro & ossa sint cōposita
ex aqua & aere & igne & terra, & nō
dixit, ꝗ cōpositio sit compositio ani
mæ & corporis in animali, neꝗ dixit, ꝗ compositio sit cōpositio quatuor elementorum in carne & ossi-
bus: compositio enim vnius istorū
non est compositio alterius: aliud
autem est vnum secundū se, qn cō-
ponitur differentibus compositioni
bus, & fiunt differentia entia, vt qn
lapides componunt vna specie com
positionis, & fit domus, & qn cōponunt alia specie compositionis, & fit
aceruus: & vt sic compleuimus defi
nitionem rerū. ꝗ est compositio ta-
E lis, aut talis, sin ꝗ dicere compositio
nem ponatur vice generis & perfecte aut corrupte, quia cōpositio nō
verificat, quod sit genus vllius com
positionis: compositioni enim est
contrarium illi' quæ est dissolutio.
Hæc autem composita, quæ descri-
psimus, non habent contrariū: hæc
itaꝗ est summa locorum, quæ referuntur in definitionibus compositorum, & iam expedit nobis ꝗ hinc
procedam' ad tractatum locorū de
finitionū eorum ostium prædicamētis.
F Nicium autem horum locorum
est consideratio ex parte tēporis,
qn tempus in definitione & definito nō significaret vnā rem: notum
enim est, ꝗ qui compleret definitio
nem hoc modo, non faceret conue-
nire illi ipsum definitum. & hoc qui
dem primo fit duobus modis, quorum vnus est, ꝗ definitum sit æter-
nū, & definitio significet quoddā
tempus. vt qui definiret animal im
mortale, ꝗ est animal, quod non
corrumpitur nunc, non est illius in
ditium pro eo quod erit in futurū
neꝗ pro eo quod fuit in præterito.

Sermo de locis defi-nitionum etiā oib' prædicamē-tis.

aut

G aut ꝗ definitum significet aliquod
tempus, & definitio significet aliud
semp’, vt qui definiret timoré ꝙ sit
cogitatus de bono & malo : timor
enim significat de tempore futuro
& cogitat’ boni & mali aliqñ sit de
eo quod est tribus temporibus, ſ ꝓ-
senti, præterito & futuro : & siſr qui
definiret possibile , ꝙ sit , quod pōt
esse & potest non esse: poſe enim significat futurū, & dicere ꝙ pōt esse,
& potest non esse, verificat ꝙ ꝓdice-
tur pro tempore præsenti.

Secundus autē locus est, ꝙ sit aliqua res, in qua magis sit dispositio ,
H quæ definiri intenditur, ꝗ sit in defi
nitione. vt qui definiret iustitiã , ꝙ
sit potestas, qua vir queat æqualiter
distribuere , aut eligat distribuere
æqualiter: hic enim est maioris iustitiæ, ꝗ ille, cuius est potestas absꝗ
electione: excessus. n. sunt ſm volun
tatem & electionem.

Tertius autem locus est, ꝙ defini
tum suscipiat magis & minus, & definitio non suscipiat illa , & contra
hoc. ſ ꝙ definitũ non suscipiat magis & minus, & definitio illud suscipiat. v. g. qui definiret fruitioné , ꝙ
sit dispō maxime laudabilis: fruitio
I enim suscipit magis & minus, & dispositio maxime laudabilis non suscipit hoc. Et iterum, si vtraꝗ, i. defi
nitio & definitum suscipiant magis
& minus, sed non simul, illa non est
definitio. v. gr. qui definiret amoré
ꝙ sit desiderium coitus, ex eo quòd
amor & desiderium coitus suscipiãt
magis & minus, sed non suscipiant
hoc simul: cuius enim amor intédi
tur, remittitur eius desiderium coitus, & è contra, cuius desideriũ coit’
intenditur, illi’ amor reminit, sicꝗ
non suscipiunt magis & minus sīr.

Quartus autem locus est, qñ quis K
poneret duas res , quæ conuenirent
in vna dispositione & differrent ſm
magis & minus, & definitio cōplens
hanc dispositionem conueniret rei,
cui ſm minus est hæc dispositio, illa
non ꝓficit. prout qui definiret ignẽ,
ꝙ sit subtilissima pars omnium cor
porum, illa non completet illius de
finitionem , quia flãma dignior est
nominis ignis, ꝗ lampa, & ignitas
est magis in illa: dicere autem subtilissima pars corporum, e contra ma
gis proprium est definitioni lampa
dis, ꝗ definitioni flammæ.

Et quintus loc’ est, si fuerint duæ L
res, quæ conueniant in aliqua dispo
sitione ſm vnam proportionem. de
finitio huius dispositionis non inest
illis vno simili modo. prout qui definiret colorem ꝙ sit primum sensi
bile visus, nõ proferret definitioné,
vt conueniret: color enim prædicat
de albo, sicut prædicatur de nigro, &
illa sunt duarum specierum: definitio autem, quæ illam compleuit, est
magis propria albo ꝗ qnæ nigro ip
sam compleuerit.

Sextus autem locus est, ꝙ proferat in definitione duas res oppositas
aut quarum vis sit vis contrariorũ, M
& in illa vtatur dictione, aut v. gr. ꝗ
definiret bonũ, quod suaue è apud
visum, aut apud auditum, & ens, qd
sit, cuius cōsuetudinis sit agere , aut
pati, id enim quod intelligit per dictionem aut, sequitur error & corruptio in definitione: nam, si illius
intellectus esset separari vnam rem
ab altera, non coincidencia, cui ipo
ta est hæc dictio in arabico idioma
te, contingeret huic, ꝙ vna res esset
bona & non bona, & ens & non ens,
qñ bonum apud auditum est non
bonum

A bonum apud visum:& si fuerit vna eadem res, quod bonum est apud auditum, est non bonum apud visum,& ex quo vtroque vtatur in definitione, cōtingeret hinc, quòd res sit bona, & non bona, quanquam maiori parte commonstratur hæc res in rebus oppositis prout qui definiret præmissam, ǫ sit significatū affirmatum aut negatum : si autem intelligeremus ex dictione, aut ipsam copulationem, & ille est intelle ctus voci copulatiouis in idiomate arabico, euenit huic ǫ non verificatur definitio de rebus, quibus inest

B altera duarum dispositionum, prout dicimus, ǫ sit, quod agit aut patitur, qm hæc definitio non verificat de materia prima: illa enim patitur, & non agit, & similiter non est verax de corporibuscœlestibus, quia agont, & non patiuntur.

Septimus autem locus est, ǫ in definitione prolatæ sint res æquiuocæ, & putetur, ǫ hoc nomen sit vniuocum, & ǫ id, quod significat nomen & definitio, sit vnum idem, res autem nō est sic. & hic error aggreditur definitionem altero duorum modorum, quorum vnus est, ǫ illis

C duabus rebus nomine æquiuocis parum desit, ne inueniatur quoddam accidens commune. verbi gratia, quia nomē canis absoluitur de animali noto, & de quadam secta arabum nominis æquiuocatione, & si illi posita sit hæc definitio, ǫ sit corpus nutribile sensitiuum, iam prolatum esset ǫ id commune cani, quod est animal, & cani, quod est secta Arabum, sed non est prolata definitio canis veri, neque definitio speciei hominum, qui canes vocantur: secūdus autem modus est, ǫ par

res definitionis sint nomine æquiuoce, sicut est dispositio nominis ipsi D definiri, & putetur propterea ǫ protulerit de illo veram definitionem, & ǫ id, quod significat nomen & definitio sit vnum. verbi gratia, qui definiuit rem sanitatis, ǫ sit disposi tio ad sanitatem, sicut dispositio iusti: dicere enim dispositionem iusti, est nomen æquiuocum, prout dicere sanitatem etiam est nomen æqui uocum, & similiter qui definiret lucem, quòd sit res quainueni tur rei veritas.

Octauus locus est, ǫ definitio po suerit ipsum definitum vnum no E tum, & ipsa definitio sit dubia, an sit, aut non sit ens. verbi gratia, vt q definierit ǫ albedo sit color igni mistus: albedo enim est nota esse, de finitio autem, quæ est color igni mi stus, aut est dubia, aut impossibilis, quoniam non permiscetur accidēs substantiæ:& similiter qui definie rit locum ǫ sit vacuum pleni: locus enim est notus esse, vacuum autem est dubium, aut impossibile:& simi liter qui definiret yle, ǫ sit corpus nō habens qualitatem:corpus enim hu iusmodi est impossibile esse.

Nonus autem locus est, ǫ defini F tio conueniat rebus maxime æsti mationis huius rei, & non omnibus rebus, quæ sunt in illa, vt qui definie rit hominem, ǫ esset animal philo sophicum : hoc enim est verax de optima specie hominum : & simili ter qui definiret rem publicā ǫ sit q sua statua facit maxime commen dda: definiuit equidem optimam rem publicam, non omnem rē pu blicam:& similiter est qui definiret Medicum ǫ sit quem non lateat de medicamine, quo ipsum medetur

G aliqua res, quam decernit ars Medica: hæc enim definitio quasi nō est
veras de Hippocrate & Galeno, tanto fortius de aliis. Hæc itaq; sunt loca communia oibus prædicamētis.

PRimus autem horum locorum
est, ɋ consideremus partes definitionis sumptas in compositi definitione, & si abstulerimus vnā partem ab altera duarum partium definitionis ipsius compositi, non re-
manet residua oratio definitio conueniens alteri rei, & illa non esset definitio. verbi gratia, qui definierit lineam rectam, ɋ sit vltimum superficiei, cuius medium non occulit duo
extrema: quando nāq; auferres ab
hac oratione vltimum superficiei,
quæ erat pars definitionis lineæ rectæ, & dicis cuius medium non occulit duo extrema, non est definitio
omnium linearum rectarum, ex quo
lineæ infinitæ non est medium, neque extrema.

Secundus locus est, ɋ proferatur
oratio composita vice nominis simplicis illi æqualis: qui enim sic ageret, non definiret, sed commutaret
nomen pro nomine, vt qui proffer-
ret nomē simplex pro nomine simplici, non definiret. verbi gratia, vt
qui definiret in lingua Arabica leo-
nem furientem, ɋ sit leo prau', siue
latine tunicam nigram, ɋ sit colo-
bium atrum, & eo magis, quando
non proferret nomen notius, q̄ sit
oratio illa, vt qui definiret lapidem
album, ɋ sit lapis niueus: album. n.
notius est q̄ niueum.

Tertius locus est, ɋ cū cōmuta-
tione orationis cum oratione non
seruaret vnam eandem rationem,
vt qui diceret vice scientiæ speculatiuæ, ɋ sit opinio scientifica: opinio

enim non significat id, quod significat ipsa scientia, nec ipsarum significatio est vna, & cum hoc significat
differentiam, quæ est, dum dicimus
in genere, speculatiuum, & ille dicebat scientificum.

Quartus locus est ɋ relinquat
quædā nomina, quæ sunt vt dictiones in definitione, & aliqua alia per
mutentur, & quod omittitur sit notius, quæ est dictio significans gen',
& quod commutatur sit ignotius,
quæ est dictio significans differentiam, quia ille non proferret orationem illius vice, quæ largiatur naturam differentiæ, nisi dictionem sim-
plicem, vt qui definiret numerum
parem, ɋ sit habens medium: dicere enim medium verax est de quantitate continua, & discreta: si autem
adderet in definitione medium nu-
merale, esset definitio perfecta, & vice dictionis simplicis proferret orationē: & huic simile fecit Euclides
in definitione anguli plani, quādo
dixit, ɋ sit agonus, qui sit ex cōcur-
su duarum linearum nō recte se in-
cidētium in æqua superficie. Et hoc
fortior est ɋ obseruetur dictio significans differentiam, & permuta-
tur dictio significās genus: sicq; ob-
seruaretur latentius, & commutare-
tur manifestius.

Hæc sunt loca definitionum, quæ
inseruimus ordine quo ea inseruo-
runt Theophrastus & Themisti', ex quo hic magis subintrat ordinem ar-
tificiosum &
fit faci-
lio-
ris commemora-
tionis.

Arist.

ARISTOTELIS
TOPICORVM
LIBER SEPTIMVS,

SVMMA LIBRI.

De locis Eiusdem, & Diuersi, deq; locis constructionis, & destructionis praedicatorum.

De Eodem & Diuerso loci. Cap. I.

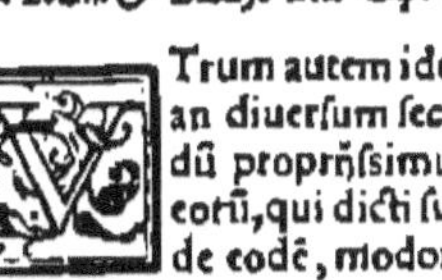

1. locus Destructio.

[V]Trum autem idem an diuersum secundū propriissimum eorū, qui dicti sunt de eodē, modorū, dicēdū: dicebatur autē propriissime idē, quod numero vnum considerādū autē ex casibus, & cōiugatis, & oppositis. Nā si iustitia idē ē fortitudini, et iustus toru, & iuste fortiter. Similiter autē & in oppositis. Nam si hæc eadem, & opposita his, eadem secundum qualibet dictarū oppositionū. Nihil enim differt hoc vel hoc modo oppositū sumere, eo ϙ idē est. Rursum, ex effectiuis, & corruptiuis, & generationibus, & corruptionibus, & omnino ex hijs quę similiter se habēt alterū ad alterū. Nā quæcunque simpliciter eadē, etiā generationes eorū & corruptiones eædē, & effectiua, & corruptiua. Considerandū autē & quorū alterū maxime dicitur quoduis esse, si & alterum ipsorum secundum idem maxime dicitur. Sicut Xenocrates beatam vitam, & studiosam assignauit eandem, eo

2. Locus Destructio.

3. locus Destructio.

4. locus Destructio.

quod omnium vitarum, maxime eligenda studiosa, & beatæ vnum enim maxime eligēdum, & maximū. Similiter & in alijs huiusmodi. Oportet autē vtrumque vnū numero esse, quod dicitur maximum, & maxime eligendum: si autem non, non erit ostensum quod idem. Non necessariū enim si fortissimi Græcorum sunt Peloponnesii, & Lacedæmonij, eosdē esse Peloponnesios Lacedæmonijs, eo quod non vnus numero Peloponnesius, & Lacedæmonius, sed contineri quidem alterum ab altero necessarium, vt Lacedæmonij a Peloponnesiis: si autē non, accidet seipsis inuicē esse meliores, si non cōtinentur alteri ab alteris: necesse est enim Peloponnesios meliores esse quam Lacedæmonios, si nō cōtinētur alteri ab alteris, nā omnibus reliquis sunt meliores. Similiter autē & Lacedæmonios necesse est meliores esse Peloponnesiis, nā & isti omnibus cæteris sunt meliores, quare seinuicē meliores fiunt. Manifestū ergo, quoniā vnū numero esse oportet quod optimū et maximū dicitur, si debeat ϙ idem sint ostēdi. propter quod Xenocrates non idem assignauit: non enim vna numero beata, & studiosa vita: quapropter nō necessariū eandē esse, eo ϙ ambæ maxime eligendæ, sed altera sub altera. Rursum, considerandum si cui alterū idē, & alterum. nam si non sunt ambo eidem eadem

99. locus Destructio.

G manifestum qm nec sibi inuice.

[6. Locus Declaro.] Amplius aute, ex ñs quæ his accidunt, & quibus hæc accidut, considerandu. Nam quæcunq alteri accidunt, & alteri oportet accidere, & quibus alteru eoru accidit, & alterum eoru oportet accidere: si autem aliquid horu dissonet, dilucidum quoniam non eadem. Videndu aute & si non in vno genere prædicamenti vtraq, sed hoc quide quale, illud aute quantu, vel ad aliquid

[7. Locus Declaro.] indicet. Rursum, si genus vtrisque non ide, sed hoc quidem bonu, illud autem malum: aut hoc quidem virtus, illud aute scientia. Aut si genus quidem idem,

[8. Locus Declaro.] differentiæ autem non eæde de vtroq prædicantur: sed de hac quidem qm contemplatiua sciētia, de illo autem qm actiua: similiter aute & in aliis. Ampli⁹

[9. locus Declaro] autem ex magis, si hoc quidem suscipit magis, illud autem non: aut si ambo suscipiunt quidem, nõ simul aut. vt q magis amat, non magis concupiscit venere: quare non idem amor, & concupiscentia veneris. Amplius, ex appositione: si idem vtrunq appositum, non facit idem totum.

[10. Locus Declaro.] Aut si eodem ab vtroq sublato, quod relinquitur est alteru. Vt

[11. Locus Declaro.] si duplum dimidii, & multiplu dimidii idem dixerit esse: sublato enim ab vtroq dimidio, reliqua idem oporteret idicare: nõ indicant aute, nam duplum & multiplum non eade significat.

[12. Locus Declaro.] Considerandum autem non solum si ia aliquid accidit impossibile per positionem, sed & si possibile sit ex suppositione existere. Quēadmodu ñs, qui vacuu, & plenu aere, idem dicunt esse: nã manifestu, qm si exeat aer vacuu quidem non minus, sed magis erit, plenu aute aere non ampli⁹ erit, quare supposito aliquo siue vero, siue falso (nihil. n. refert) si alterum interimitur, alteru autem non, profecto non ide sunt.

[13. locus Declaro L] Vniuersaliter autem dicendo ex ñs, quæ quouis modo de vtroq prædicantur, & de quib⁹ hæc prædicantur, considerandu si alicubi dissonent. Nam quæcunq de altero prædicantur, & de altero prædicari oportet, & de quibus alterum prædicatur, & alterum prædicari oportet.

[14. locus Declaro] Amplius, quia multipliciter ide dicitur, considerandu, si secūdu alium aliquē modu eade sunt.

[15. Locus Declaro.] Nã specie, vel genere eade, non necesse est numero eade esse. Cō sideramus aute vtru sic eadem,

[16. Locus Declaro] an non sic. Amplius, si potest alteru sine altero esse. non erit. n.

[M] idem ad idem: igitur loci tot dicuntur. Palam aute ex ñs, quæ dicta sunt, qm omnes qui ad ide sunt destructiui loci, & ad terminu vtiles sunt: quemadmodum prius dictum est. Nam, si nõ ide indicet & nomen, & oratio, manifestum, qm non erit definitio assignata oratio. Constructiuo

[17. locus declaro.] rum autem locorum nullus vtilis ad terminum. Non enim sufficit ostendere idem quod sub

A oratione,& nomine est ad construendū quoniā definitio , sed
& alia oportet omnia habere, q̃
præcepta sunt,definitionē,inte-
rimere igitur definitionem sic,
& per hæc semper tentandum .
18. locus declaratio. Si autem construere volumus,
primum quidem scire oportet,
qm̃ nullus, vel pauci disputan-
tium,terminum syllogismo col
ligunt,sed omnes principium ,
quod tale est accipiunt. Vt qui
circa geometriam, & numeros,
19. locus declaratio. & alias huiusmodi disciplinas .
B Deinde quoniam exacte quidē
alterius est negocij assignare, &
quid est terminus, & quomodo
definire oportet, nunc autē quā
tum sufficit ad præsentem vtili
tatem,tantum solum dicēdum,
quoniam possibile fieri definitionis,& eius quod quid est, esse syllogismum. Nam si terminus est oratio, quę quid est esse
rei indicat : & oportet ea quæ in
termino ponuntur, in eo quod
quid est de re sola prædicari:præ
dicantur autem sola in eo quod
C quid est, genera, & differentiæ,
manifestum, quoniā si quis sumat ea,quę solum de re in eo q̃d
quid est p̃dicari oportet, quod
hęc habens oratio, terminus ex
necessitate erit:non enim cōtingit aliud eē terminum, eo quod
nihil aliud in eo quod quid est
de re p̃dicatur, quod igitur possibile est ex termino syllogismū
20. fieri Deductio. fieri,manifestum.Ex quibus au
tem oportet construere , deter-
minatum est quidem in alijs di-

ligentius,ad propositam autem D
methodum ñdem loci vtiles.In
spiciendum enim in contrarijs,
& in alijs oppositis, & totas ora
tiones,& secundū partem consi
deranti.Nam si opposita opposi
tę,& eam,quę dicta est, proposi
ti necesse est esse. Quoniā autē 21.Locus Deductio.
contrariorū plures complexio-
nes,sumendum est ex cōtrarijs
qualiscunque maxime apparebit contraria definitio:totas igitur definitiones, quemadmodū
dictum est,considerandum .Se- E
cundum partem autem hoc pacto,primum quidem quoniam
assignatum genus recte assigna
tum est. Nam si contrarium in 22.Locus declatio.
contrario, propositum autē nō
est in eodem,manifestum, quoniam in contrario erit, eo q̃ necesse est contraria in eodem genere,vel in contrarijs generibus
esse.Et differentias quidem con 23. locus deductio.
trarias de cōtrarijs arbitramur
prædicari.Vt de albo & nigro ,
nam ille quidem disgregatiuū,
hoc autem congregatiuum vi-
sum:quare,si de contrario contra F
rię prędicantur, de proposito q̃
assignatę sunt prędicabuntur :
quapropter, quia & genus, &
differentiæ recte assignatę sunt,
manifestum, qm̃ definitio erit,
quę assignata est. An non ne- Dubitatio
cessarium est de contrarijs diffe
rentias prędicari , nisi in eodem
genere sint contraria? quorum
autem genera sunt contraria, ni
hil prohibet eandem differentiam de vtrisque dici,vt de iusti

G tia, & iniuſtitia: nã illa quidem virtus, hæc autem vitium animæ.quare id, quod eſt animæ, differentia de vtriſque dicitur, eo quôd & corporis eſt virtus &ʲvitium:ſed hoc verum, quod contrariorum, aut côtrariæ, aut eædem differentiæ ſunt: ſi ergo de contrario côtraria prædicantur, de hoc autem non, maniſeſtum, quoniam quę dicta eſt, de hoc prædicabitur. Vniuerſaliter autem dicēdo, ſi definitio eſt ex genere, & differentijs, ſi ſit contrarij definitio manifeſta, & quę propoſiti definitio, manifeſta erit. Nam, quoniam côtrarium in eodem genere, vel in contrario, ſimiliter autem & differentiæ, aut contrariæ de contrarijs, aut eædē prædicãtur, dilucidũ, quoniã de propoſito, aut idem genus prædicabiturqđ de contrario, differentiæ autē contrariæ, vel omnes, vel aliquæ, reliquæ autē eædē, aut côtra, differentiæ quidē eædē, genera verô côtraria, aut ambo contraria, & genera & differētia, nã eadē eſſe ambo non côtingit, ſi aũt ſecus, definitio eadē côrrariorum erit. Amplius, ex caſibus, & côiugatis. Neceſſe eſt enim côſequi genera generibus, & terminos terminis: vt ſi obliuio eſt ſcientiæ amiſſio, & obliuiſci, amittere ſciētiã erit, et oblitũ eſſe, amiſſiſe ſcientiã, vno igitur quolibet eorum quæ dicta ſunt confeſſo, ne ceſſe eſt & reliquia confiteri. Similiter autem & ſi corruptio,

diſſolutio ſubſtãtię, & corrũpere, diſſoluere ſubʲtãtiã, & corruptiue, diſſolutiue: ſi corruptiuũ diſſolutiuum ſubſtãtiæ, & corru ptio, ſubſtãtię diſſolutio. ſimiliter autem & in alijs. Quare vno quouis ſumpto, & reliqua omnia confiteat oportet. Et ex ſimi liter ſe habentibus adinuicē. Nã ſi ſalubre eſt effectiuũ ſanitatis, & habile effectiuũ bonæ habitu dinis erit, & adiutiuũ effecti uũ boni: nã ſimiliter vnũquodque eorum, quæ dicta ſunt, ad ſuum finem ſe habet:quare ſi vnius eo rũ definitio eſt effectiuũ eſſe ſinis, & reliquorum cuiuſque ſic erit definitio. Amplius, ex eo ǫ eſt magis & ſimiliter, quod eſt ſimiliter, quoties contingit conſtruere duas ad duo comparantem. Vt ſi magis hæc huius quã iſta iſtius definitio, iſta autem, quę minus definitio eſt, & hęc quę magis:& ſimiliter hęc huius. & iſta iſtius: ſi altera alterius, & reliqua reliquę. Vna aũt definitio ad duo comparata, aut duabus definitionibus ad vnũ, neutiquã vtilis ea, quę ex magis eſt côlideratio. Nã neque vnam duorum, neꝗ duas eiuſdem deſi nitiones poſſibile eſt eſſe. Sunt autem oportuniſſimi locorũ, & qui nũc dicti ſunt, & qui ex caſi bus, & qui ex côiugatis, quocirca & oportet maxime detinere & prôptos habere hos: vtiliaſſimi enim ad plurima. Aliorũ aũt ꝗ qui maxime ſunt communes. Nã illi maxime reliquorũ efficaciſſimi:

14. locus. Declaratio.
15. locus. Declaratio.
16. Locus Declaratio.
17. locus. Declaratio.
18. locus. Declaratio.
19. Locus Declaratio.

cacissimi: vt inspicere in singula
ribus, & in speciebus considerare, si coueniat definitio, eo quod
vniuoca species est: est auté vtilis hic locus ad eos, qui ponunt
ideas esse, quemadmodú prius
dictú est. Amplius, si per metaphoram dixit nomen, vel idem
de eodem predicauit vt diuersum: & si quis alius comunius
& efficax locorú, illo vtendum.

3o. Locus Declaratio.

*Sermo de locis Eiusdem & Aliis, que
referuntur in Septimo. Cap. I.*

HAE quidem loca, vt di-
ximus, vtilia sunt defini
tionibus: construentes
enim construunt aliquá
conditionem. expedit náque quod
definitio. & id, quod nomen significat, sint vnum. Destruens auté sufficit ei, quod destruat definitionem.

Vnum autem dicitur modis pre
dictis in precedétibus: quorum pri
mus est vnius nomine secundum se,
loca autem vtilia ad hoc quæsitum
sunt fortiora locorum comunium
omnibus quæsitis, prout sunt loca
coiugatorum, & casuum, & oppositorum, & generationis, & corruptio
nis, & caularum gignentium, & cor
rumpentium, & prioris, & dignioris. verbi gratia in coniugatis. si iusti
tia & fortitudo sint vnc secundum
se, iustus & sortis est vnus secúdum
se. Oppositorum autem exemplum
est, si iustitia & virtus sint vnum secundum se, iniustitia & vitium sunt
vnum secúdum se. Et exemplum in
generatione & corruptione est, si pa
ries & palatium sunt vna res secundum se, ædificans parieté & palatiú

est vnus ſm se. Et exemplum prioris
& dignioris est, si nominatio sit dignior ꝗ sit nomé ꝗ quod nomina-
tur, et nominatio non sit nomen: dignius itaq; est ꝙ nominatú non sit
nomé. Et horú locus est proprius, si
fuerit duæ res, quarum vtraque sit
maior, & magis diligenda, quã vna
eadem res, illæ sunt vna eadem res.
Cuius exéplum est, quod explicue-
runt quidam vetustiores, quod vita
studiosi sit eligibilior omni vita. Et
in hunc locú est paralogismus, quia
homo & animal sunt præstátissima
generabiliú & corruptibiliú, & non
sunt vnú ſm se, sed oportet ꝙ illarú
vna nó ambiat alterã : sin auté, vna
esset præstátior altera: hic autem lo
cus, quem Aristo. dicit veracem in
eo ꝙ dicitur maius & præstantius,
sit quando fuerit vnum numero.

Sectdus auté locus est, si fuerint
duæ res, quarú vtraque vni rei sunt
vnú ſm, se, ambæ illę sunt vna secun
dum se. verbi gratia, si vinum & me
rum secundú se vna res essent cum
ceruisia, & vtraque essent vna res se
cundú se, & ceruisia &. vinum sunt
vnum secundum se, sieque merú &
ceruisia sunt vnum secundum se.

Tertius locus est, si duæ res infe-
rant vnam rem secundum se, aut in
ferantur ex vna re secundum se, illæ
sunt vna, si autem non inferabt, non
sunt vna, gratia exemplo, si ob merú
& vinum sit vna res secundum se:
vtpote ipsa ebrietas, illæ sunt vna. Et
exemplum illorum, quæ inferuntur
ex vna re, est, vtí ex succo vuarum,
quod mustum dicitur, siat merum
& vinum, merum itaque & vinum
sunt vna res.

Quartus aút locus est, si vtraq; nó
sint in vno genere prædicamentú,

G nõ ſunt vnũ:& ſi genus ſit vnum,&
illorum non ſint vnæ differentiæ ſe
cundum ſe,illa non ſunt vnum , vt
differentiæ nominum non ſunt no
minatorum .

Quint' locus eſt, ſi vnũ ſuſcipiat
magis & minus, & alterũ non ſuſcipiat,illa non ſunt vnum: & ſi ambo
ſuſcipiant magis & minus, ſed non
ſuſcipiunt ipſum ſiſ, vt amor & appetitus coitus,illa non ſunt vnum.

Sextus locus eſt ex appoſitione ,
qp cõſideret.quia ſi fuerint duæ res,
quarũ qñ vtraq, apponitur vni rei,
non ſit collectum vna res, illæ non
H ſunt vna res:& ſiſr, ſi imminuatur
ab vtra illarum vna res ſm ſe, & reſi
dua differant,illæ non ſunt vna.exẽ
pli gratia,qui dixerit, qp medij duplum & medij dupla ſint vna res ſecundum ſe,ſi ita eſſet,ſequeret, qñ
ab vtriſq; imminueretur medium,
qp reſidua eſſent vnum.

Septimus locus eſt, qp conſideremus duas res,quas poſueramus eſſe
vnam:& ſi poſſit vna auferri,& alte
ra remaneat,non ſunt vna.v.gr.qui
poſuit aerem & vacuum eſſe vnam
rem ſm ſe,quia ſi nos imaginemur
ablationem aeris,poſſet eſſe vacuũ,
I immo forſitan dignus eſſet ipm eſſe cum aeris ablatione.

*De conſtructione, & deſtructione prædi-
catorum loci.   Cap. 2.*

31. Locus.
Declaratio.

Q Voniam autem diffici-
lius eſt conſtruere, qi de
ſtruere terminũ, ex
ñs,quæ poſtea dicentur,manife
ſtum.Nam noſſe ipſum,& ſumẽ
re ab interrogantibus huiuſmo
di propoſitiones non facile , vt
quod eorũ,quæ ſunt in aſſigna-

ta oratione hoc quidem genus,   K
illud autem differentia,& quod
in eo quod quid eſt,genus & dif
ſerentiæ prædicantur. Sine his
vero impoſſibile eſt definitiõis
ſyllogiſmum fieri:nam , ſi quædam,& alia in eo quod quid eſt
de re prædicantur,incertũ verũ
ne quæ dicta eſt,an alia eius deſi
nitio eſt, eo quòd definitio eſt
oratio quod eſt indicans. Manifeſtum autem & etiam ex his,
nam facilius vnum concludere,
qũ multa. interimenũ quidem   L
ſufficit ad vnum diſſerere: vnũ
enim quocunqp ſit,deſtruentes ,
interempturi ſum' terminum :
at conſtruenti omnia neceſſe eſt
conſtruere qp inſint, quæ in termino ſunt. Amplius, conſtruẽ
ti quidem vniuerſaliter ſtatuen
dum ſyllogiſmum, (nam oportet de omni, de quo nomen præ
dicari,& terminum , & etiã adhuc cõuerti,de quo orationem ,
& nomen,ſi debeat proprius eẽ
aſſignatus terminus:) deſtruenti vero non neceſſe oſtendere   M
vniuerſaliter:ſufficit enim oſtẽ-
dere,qp de quopiam eorum,quæ
ſub nomine ſunt oratio non verificatur,&tametſi vſe oporteat
deſtruere , non tamen conuerti
neceſſarium,& in deſtruendo .
nam,ſufficit deſtruenti vni ver-
ſale,oſtendere , quod de aliquo
eorũ,de quibus nomen predica
tur,oõ non predicatur:at ẽ con
uerſo non neceſſarium, vt oſten
datur, qp de quibus oratio non
prædicatur, neq nomẽ ſpdicet.   32. Locus.
Declaratio.

Am-

A. Amplius etiã, si omni ei inest, quod sub noie est, at non soli, interempta est definitio. Sist autẽ & circa propriũ, & genus se habet. In vtrisq̃ enim destruere q̃ construere facilius est:de proprio quidẽ manifestũ, ex ñs que dicta sunt:nam, vt plurimũ in complexione propriũ assignat, quare destruere quidẽ est, vnũ interimenti, cõstruenti autem, omnia ratiocinatione colligere necesse est:penè autẽ, & reliqua oĩa quæcunq̃ ad definitionem,

B. & ad proprium conueniet dici: nam, & omni oportet quod sub noie est, construenti monstrare, qm̃ inest:destruenti aũt sufficit ostendere vni non inesse:si vero & omni inest, at non soli, etiã si destructũ sit:perinde, ac & in definitione dicebat. De genere autem, qm̃ construere quidem necesse est vno modo, q omni ostẽdit inesse, destruenti aũt dupl'r: nam siue nulli, siue alicui ostensum sit non inesse, interempum est quod in principio. Item con

C. struenti quidẽ non sufficit, qm̃ inest ostendere, sed, & qm̃, vt genus inest ostendendũ: destructi aũt sufficit ostendere non inesse, vel alicui, vel nulli: videtur aũt, quẽadmodum in alijs, corrũpere q̃ facere facilius, sic & in his, destruere q̃ construere. In accidente vero vt'q̃ quidẽ facilius destruere, q̃ construere. Nam construenti quidẽ ostendendũ', qm̃ omni, destructi aũt sufficit ostẽdere vni non inesse. Particulare

vero è conuerso, nam facilius cõ

D. struere, q̃ destruere. Cõstruẽti enim sat est ostendere alicui inesse:destruenti aũt ostendendũ, qm̃ nulli inest. Manifestum aũt, qua de causa omniũ facillimum est terminum destruere. Plura enim sunt in ipso data multorũ dictorũ, ex pluribus aũt citius fit syll's: nam verisimile in multis, magis q̃ in paucis peccatũ fieri. Amplius, ad terminũ quidem contingit, & per alia argumentari, siue enim non propria

E. sit definitio, siue nõ genus quod assignat, siue non inest aliquod eorũ quæ sunt in definitione, in terempta sit definitio:ad alia autem neque ea, quæ ex terminia, neq̃ alia contingit oĩa argumentari. sola enim ea quæ ad accñs, cõia sunt omnibus prædictis:in esse enim oportet vnumquodq̃ eorũ, quæ dicta sunt:si aũt non, vt propriũ inest genus, nõdum interemptum est genus:sit autẽ & propriũ non necessariũ, vt ge

F. nus inesse, neq̃ accidens, vt genus, aut propriũ, sed inesse tm̃, quare non possibile ex alijs ad alia argumentari, nisi in definitione solũ. Manifestũ igitur, qm̃ facillimum omniũ est, terminũ interimere, construere aũt difficillimũ : nam, & illa oportet oĩa ratiocinatione colligere, & q̃ insunt quæ dicta sunt, & q̃ genus, quod assignatũ est, quodq̃ propria definitio:& adhuc præter hæc q̃ indicat qd est esse oratio:& hęc probe oportet fecisse.

Aliorũ

16. Locus Declaratio.

G Aliorum aūt propriū maxime hmōi. Nam interimere quidē facilius, eo ꝙ ex pluribus plerūꝙ fit. Construere aūt difficillimū, qm multa oportet astruere, & adhuc qm soli inest, & qm conuersim prædicaf de re. Facillimum aūt omniū construere ac-

17. Locus Declaratio.

cidens. Nā in aliȷs quidē nō solū inesse, sed, & qm sic inest ostendēdū: in accidente vero, qm in est duntaxat, sufficit ostendere.

18. Locus Declaratio.

H Destruere aūt difficillimum est accidens: quia, ꝙ paucissima in eo data sunt: nō enim consignificat in accidēte quo modo inest: Quare in aliȷs quidē dupliciter interimere cōtingit, vel ostēdendo ꝙ nō inest, vel ꝙ nō sic inest: in accidente vero non contingit interimere nisi ostēdendo ꝙ nō inest. Loci, per quos copiosi erimus ad singula quæꝙ problematum argumentari, fere sufficienter annumerati sunt.

Sermo de locis prædicatorum vnius, & Alterius. Cap. 2.

I ET vlr, vt ait Aristo. expedit destruere loca eiusdem, & alius ex rebus ꝑdicatis de vnoquoꝗ, illorū quouis modo fuerit ꝑdicatio, & res, ꝗ de illis prædicanc, si fuerint differentes fni aliquē locorum, nō sunt vnū. rerum enim ꝗ sunt vnæ, quicquid prædicaf de vna illarū, oportet ꝙ prædicaf de altera, & de rebus, de quibus ꝑdicaf vna illaꝝ, expedit, ꝙ prædicef altera: hoc aūt sic existēre, vtilia sunt huic loca ꝑdicta de quęnisabsolutis, ꝗ sunt quæsita accidentis, prout est locus partitionis, & locus cōpositionis, & locus defiōnis, &

loc˙ illationū. Et ex quo vnū dr va- **K** rijs modis, si cōmonstraref de re, ꝙ sit vna numero, cōmonstratū est, ꝙ sit vna specie, & genere, & si cōmon strarē, ꝙ esset vna specie, aut genere, nō esset cōmonstratū ipsam esse vnā numero. hæc itaꝗ; est summa locorū, quæ retulit Arist. in hac partitione. Et dicit Arist. ꝙ nō sibi constant ꝓdecessores Dialectici in eo, ꝙ definitio cōmonstretur syllo, sed illam supponebant subiectione quadam, ꝓut Geometræ faciūt de multis definitionibus. Nos aūt videmur ostēdisse ex nostra oratione, ꝙ definitionis sit sylls, & cū hoc apparent **L** regulæ, quibus hæc cōmonstref. Præstantissima autē loca, ex quibus sumuof definitiones in hac arte, sunt loca coniugatorū, & casuum, & vt vniuersaliū inquā, loca cōia, sicut sunt loca oppositorū, &c. Et hęc sūt quæ expedit nobis prompta esse circa hanc operationē pro maiori pte. Deīde expedit dinumerare loca particularia, sicut est locus, vbi dictum est, ꝙ, qn definicio in suo cōplemento decernit definito suꝑadditionē, aut defectū, non est definitio, prout definitio rerū sensatarū si non conuenit definitioni idearum intelligibi- **M** lium, quas ponit Plato. mot˙ enim, qui vī in illarum definitionibus, est impossibilis abstractis, & alia loca particularia. Scire vero pfecte spēs definitionum, & scire res, ex quibus componuntur, iam dictū est in lib. Posteriorum Analyticorum. Sicꝗ, qn cōnecterentur hæc locis demonstratiuis prædictis hic in inueniendo syllogismorum de definiōne, iam completa esset nobis scięsa artis definiēdi simpliciter. & hic explicit secunda pars huius libri.

Arist.

ARISTOTELIS
TOPICORVM
LIBER VIII.

SVMMA LIBRI.

De Locis aptis ad inſtruendum Interrogan
tem, & de locis pro Reſpondente, ac
deniq; de Locis communibus in
ter rogantis, & reſpôdentis.

*Loci ad inſtruendum Interrogan-
tem.   Cap. 1.*

Oſt hæc autem de ordine, & quonam pacto oportet iter-rogare, dicendum.

Oportet autē pri-mum quidem, eum, qui interro
gare debet, locū inuenire, vnde
ſit argumentandum: ſecundum
aũt interrogare, & ordinare ſingula apud ſeipſum: reliquũ vero & tertiũ dicere iam eadē ad
alterũ. Quòd autē inueniat locum, ſſt Philoſophi, & Dialectici conſideratio: ſubinde vero
illa ordinare, & interrogare, pro
prium Dialectici, ad alterum. n.
omne quod tale eſt, Philoſopho
autem, & quærēti per ſeipſum,
nihil curæ eſt ſi vera quidē ſint,
& nota, per quæ ſyllogiſmus, &
non ponat ea qui reſpondet, eo
cp propinqua ſint illia, quæ ſunt
ex prīcipio, & præuideat quod
ſubſecutum eſt, ſed fortaſſe &
ſtudioſe aget, quoniã maxime
notæ, & propinquæ ſunt digni
tate ex illis enim ſcientifici ſyllogiſmi. loci igiſ vnde oporteat

ſumere, dicti ſunt prius, de ordi
ne aũt, & interrogatione dicendum. diuidendæ propoſitiones
quæcuncp ſumendæ ſunt ad neceſſarias, neceſſariæ autē dicuntur. per quas ſyllogiſmus ſit.

Quæ autem ad has ſumuntur,
quatuor ſunt. Aut enim gratia
inductionis, vt deī vniuerſale,
aut ad magnitudinē orationis,
aut ad occultationem concluſio
nis, aut, vt dilucidior ſit oratio:
præter has autem nulla eſt aſſu-
menda propoſitio, ſed p has au-
gere, & interrogare tentãdum.
(Sunt autem quæ ad occultatio
nem, certaminis gratia, ſed quia
omne, quod huiuſmodi eſt, negocium ad alterũ eſt, neceſſe eſt,
& illis vti.) Neceſſarias igitur, p
quas ſit ſyllogiſmus, non ſtatim
præordinãdum, ſed abeundum
ad ſuprema. Vt non poſtulet cp
contrariorum eandem diſciplinam, ſi hoc voluerit ſumere, ſed
oppoſitorum: poſito enim hoc
& quoniam contrariorum eadē
diſciplina ſyllogiſmo colliget,
eo cp ex oppoſitis, ſunt cõtraria.

Si vero illam non ponat, per in
ductionem ſumendum propo-
nenti in particularibus contrarijs. Nam aut per ſyllogiſmum,
aut per inductionē neceſſarias
ſumendum, aut has quidem inductione, illas autē ſyllogiſmo.

Quæcunqi autē valde maniſe
ſtæ ſunt, illas quocp oportet præ
ponere: nam immaniſeſtius eſt
ſemp in abſceſſu, & inductione,
quod ſecuturũ eſt, et ſimul ipſas
neceſſa-

G necessarias proponere, et qui nō potest illo modo, sumere esse paratum, quæ vero ad has sumptæ sunt, accipiendæ quidē illarum gratia. Vnaquaqȝ aūt earū hoc modo vtendum inducentē quidem à singularibus ad vlīa, & à notis ad ignota: nota aūt magis quæ fm sensum, vel simpliciter, vel multiplr, vel multitudini.

7. Locus Declatio. Occultantem vero, ratiocinatione præcolligere oportet ea, p quæ syll's eiᵍ quod ex principio ē debet fieri: & hęc, vt plurimū.

H Erit aūt hoc, si quis non solū necessarias, sed & earū, quæ ad illas sunt vtiles, aliquā syllogizauerit. Amplius, cōclusiones nō

8. Locus Declatio. dicere, sed postea ratiocinatione colligere, subitarias. Sic enī longissime abscedet ab ea, quæ ex principio, positione: vlr autē dicendo, sic oportet enim interrogare qui occulte interrogat, vt īterrogata omni oratione, & eo dicente conclusionē, quæratur propter quid: id aūt erit maxi-

I me per antedictū modum: nam sola vltima dicta cōclusione, im manifestum qūo accidit, eo qȝ non præuidit respōdens ex quibus accidit, non per membra digestis prioribus syllogismi: minime aūt per membra digeritur syllr conclusione, cùm non eius sumptiones ponuntur, sed cùm illa sumuntur, à quibus syll's sit.

9. Locus Declatio. Vtile aūt & non continua postulata sumere, ex quibus syll's, sed vicissim ad aliam, & ad aliā conclusione. Nam positis cōuenien-

tibᵘ iuxta seinuicē, magis quod K accidit ex ipsis manifestum.

Oportet aūt & definitione sumere, in quibᵘ possibile est, vniuersalē propositionem, nō in ipsis, sed in coniugatia. Nam decipiūt falsa ratiocinatione seipsos, qñ in coniugato sumitur definitio, si non vlr concedunt. vt si oportet sumere, qȝ qui irascitur appetit pœnam, sumat autē, ira appetitus esse pœnę propter apparentē paruipensionem: manifestum aūt, qm hoc sumpto, habebimus vlr quod prælegimᵘ: *(10. Locus Declaratio.)* at eis, qui in ipso proponunt, sępe accidit, vt abnuat respōdens eo qȝ magis se habeat in ea re instantia. vt qȝ non omnis qui irascitur appetit pœnā: nam parentibus irascimur quidem, nō autem pœnā appetimus. Fortasse aūt non vera instātia est: nam à quibusdā sufficiens pœna est, tristari solum, & facere pœnitere verūtamen habet aliquid verisimile, vt non videaf irrationabiliter negare propositū: in iræ M aūt definitione, non similiter facile est instantiā inuenire. *(11. Locus Declaratio.)* Præterea proponere par est: non vt ppter idipsum, sed alterius gratia eum qui proponit: nam deuitant ea, quæ ad positionem sunt vtilia. *(12. Locus Declaratio.)* Simpliciter aūt dicēdo, qȝ maxime facere dubiū, vtrum quod proponitur, an oppositū sumere vult. Nā dubio existente quidnam ad positionē est vtile, magis quod sibi vr ponunt. *(13. Locus Declaratio.)* Amplius, per similitudinē interrogare.

terrogare.Nam & verisimile,&
later magis vle. vt queadmodu
scientia & ignorantia contrario
rum eadem,sic & sensus contra
rioru ideaut e conuerso, postq
sensus idem contrarioru, & scia:
hoc aute est simile inductioni,
non tn idem: nam ille quidem a
singularibus vle sumit, in similibus aute non est quod sumitur
vle,sub quo omnia similia sunt.

14.Locus. Declatio. Oporter aut & ipsum sibimet
qncp instantiam serre. Nam in-
suspecte se habent respondentes
ad eos, qui videntur iuste argu-
15.locus. Declatio. mentari. Vtile aut dicere quod
consuetum , & quod dicit tale.
Nam pigrescunt quod solitu est
dimouere,instantia non haben-
tes:simul aute, & quia vtuntur
& ipsi talibus, cauent ea dimo-
16.Locus. Declatio. uere. Amplius,non sedule agere,& si oino vtile sit.nam aduer
sus sedule agetes, magis renitun
17.Locus. Declatio. tur. Et vt in similitudine proponere, quod propter aliud ali-
quid proponitur , & non pp seipsum, vtile ponet magis. Am
plius,no id proponere qd oportet sumere, sed cui consequens,
id est ex necesitate. Nam, & ma
gis concedunt, eo quod non sil'r
ex hoc manifestum sit, quod co
secuturu est,et sumpto hoc,sum
18.Locus. Declatio. ptum est & illud. Et id vltimo
interrogare,quod maxime vult
sumere. Nam maxime prima re
nuunt,eo cp plurimi interrogan
eiu prima interrogat, circa que
19.Locus. Declatio. vel maxime student. Ad quosdam aut prima que vtilia sunt

proponere. Nam proterui maxime prima admittunt,nisi omnino manifestum sit quod secu-
turum est,in fine autem proter-
uiunt: sir autem & quicunq ar
bitrantur acuti esse in respode
do , ponetes enim prima,in fine
recantat, tanqua nihil acciderit
ex ñs que posita sunt:ponut autem prompte, confidentes habi
tui,& arbitrates nihil se esse pas-
suros. Amplius, prolongare,& 20.Locus. Declatio.
interponere que nihil sunt vsui
ad orationem,quemadmodum
pseudographia vtetes. Nam cu
sint plura , immanifestu in quo
falsu sit, quare & occultat qñq
interrogates, in absconso propo
nentes ea que p se proposita,no
ponerentur: ad occultationem
igitur,dictis est vtendum.

*Sermo de quattuor intentionibus
topicis. Cap. 1.*

Ecet post hæc loqui de
ordine interrogationis
& responsionis: & hinc
exordiemur ordine in-
terrogauonis,& quo conueniat illa
facere.Primum quide quod expedit
interroganti est,cp querat locu topi
cum, vnde faciundus sit sylls. Et secundo,cp coaptet interrogatione,&
ordine ponat omne rem , prout in-
terest.Tertio,cp de hoc loquat cum
alio , & Philosophus & Dialecticus
conueniunt in hoc.Ordo vero & in
terrogatio sunt propria Dialectico:
huius aut causa est, quia sylls dialecticus sit inter interrogante & respo
dentem, sylls autem demostratiuus
sit infra seipsum:& ideo demonstra
tor, qu eius pmille fuerint veraces,
non

G nō curat an admittat eas aliᵒ, necne.
Iam aūt in præcedentibus deſcripſi-
mus loca dialectica, ex quibus fiunt
ſylli, quibus vti ſħæc ars, & ante hoc
deſcripſimᵘ ſyllogiſmos dialecticos,
& ſuas ſpes, & ſuas partes, & illorum
coaptationē, nunc aūt exordiamur
hinc, & dicamus, ɋ ſpmiſſæ, quæ fiūt
in hac arte primo ſunt duarū ſpecie
rum, aut ſunt præmiſſæ neceſſariæ,
& ſunt ex quibus fit ſyllſ primo, &
inſertur inde concluſio illatione ne
ceſſaria, aut præmiſſæ, quæ dum cō
nectūt bis præmiſſis neceſſarijs in
hac arte, fiunt magis amplificantes

H intentionē, quæ intendit per illas &
vehemētioris actionis, ſ. deſtructionis poſitionis, qnā reſpondens procurat obſeruare. Et hæ quidē fiūt ob
quatuor intentiones, quarū Vna eſt
certioratio de reſpondentem admiſ
ſione præmiſſarum neceſſariarum,
quarū priuatio admittēdi à reſpondente non creditur, qñ non fuerit
maxime diuulgationis. Secūda intentio eſt occultatio cōcluſionis in-
ſeribilis ex præmiſſis neceſſarijs ipſi
reſpondenti, vt interrogātu facilius
ſit admittere, quod admitti ab illo
procurat. Tertia intentio eſt rei or-

I namentū, & decoratio, & amplifica
tio. Et quarta intentio eſt illius declaratio & manifeſtatio. Hæc itaq;
ſunt quæ pollicēt. Duæ aūt prima
intētiones ſunt huic arti propriæ, in
tertia vero & quarta cōuenit, qui ha
bet hanc arte, cum illo qui habet artem demōſtratiuā, & præcipue orationis declaratio & manifeſtatio ē,
quod propriū eſt huic arti de vtēdo
præmiſſis extraneis, quæ præmiſſæ
ſunt ſpeciei propriarū arti oratoriæ
& arti ſophiſticæ, & oſtenduntur in
ſingulis artibᵒ. Præmiſſæ vero, quæ

fiunt ad certiorandū de reſpōdente
circa id, de quo nō cōfidit interro
gans de illo, vt ei admittat ipm, ſunt
duarū ſpecierū. Quarū vna eſt præ
miſſæ vniuerſalium ambientium
neceſſarias: & hoc quidem fit, qā in
terrogans nō interrogaret ipſaſmet
præmiſſas neceſſarias, ſed interroga
ret vltis illas ambientes, & procuraret hoc quantū ei poſſibile fuerit, ɋ
ſumat vniuerſaliſſimū, quod inuenerit illis præmiſſis, quas admitten-
das procurat. qñ enim reſpondens
admiſerit præmiſſam vltem, impoſſ
eſt ei negare particularem, quæ illi
ſubeſt. vt verbi gratia, qā vellemus
admitti, ɋ cōtrariorum ſcientia ſit
vna, expedit ɋ nō quæramus, an cō
trariorum ſcientia ſit vna, ſed quæra
mus, an oppoſitorum ſcia ſit vna.
Differentia aūt inter has præmiſſæ,
quæ proferuntur ad certiorationē,
& vltes, quæ proferuntur, vt eis cōm
monſtrent particulares, quæ ei ſubſunt, eſt hæc, nā fiunt ſm modū pa-
tefaciendi quærendo loci, vbi ſint
particulares, quas procurat admitti
per ſe notas in hac arte, ſ. ɋ ſint vulgares: & ideo numerabantur inter
neceſſarias, hæ autem fiunt per id,
quod deforis eſt, quæ ſolum differūt
ex parte vſus tū. Secundæ auē ſpe
ciei ſunt præmiſſæ inquiſitiuæ, quæ
ſumuntur ad certiorandum de præ
miſſis vniuerſalibus, per loca, quibᵒ
inquiſitio non eſt de neceſſitate, cō
monſtrandi præmiſſam vltem, qñ
enim eſſent de neceſſitate numera-
rentur inter neceſſarias. prout eſt,
ɋ ab illo admittat vice illiusɋ oppoſitorum ſit vna ſcientia, & ɋ cō
trariorum ſit vna ſcientia, & relatiuorum ſit vna ſcientia, & habitus &
priuationis ſit vna ſcientia.

Hæ

A   Hæ itaq; suot duæ species præmis
sarum, quæ fiunt ad ceruorationé.
Modi vero, quibus euenit cóclusionis occultatio, prout Arilto. hic numerat, sunt tresdecim modi, quorú
quidá est præmissarú extranearum,
& quidá est illarú quæ fiunt p præmissas necesłarias. Sicq; vnus eorú
est, cp non interroget de præmissis
necessarijs, quæ concluderent quæsi
tum interrogátis, sed interroget de
pmissis, quæ concluderent pmissas
necessarias, & attendat in hoc remo
uere, quantú distantius possibile sit
ab interrogádo pmissas necessárias,

B qñ interrogat de præmissis sylłłi in-
ferétibus pmissas necessarias, & hoc
quidé quantum sibi possibile est in
remouendo in ipsa interrogatioue
de singulis quæsitis à præmissis ne-
cessarijs:hoc eñ opus includit duos
modos,quorú vnus est occultatio il
lationis ab ipso respondente ob di-
stantiá, quæ est inter primú quæsitú
& pmissas,de quibus interrogat:no
tum enim est, cp, qñ distantia fuerit
maior,illatio est latentior, & secundus modus est obliuio, quæ accidit
ob multas pmissas, quia respondés
obliuisceret quarundam illarum, &

C nó cerneret meminisse in hoc loci
illationis ipsius conclusionis ex illis,
& admitteret illas. v.g. cp est primú
quæsitú,an voluptas sit bona, & præ
missæ necessariæ, quæ inferrent hoc
quæsitú,sunt dicere, voluptas est iu-
cunda, & oé iucundum est bonum,
omnis itaq; voluptas é bona. Et præ
missæ, quæ concluderent minorem
huius sylłłi,quæ est, cp voluptas sit iu
cunda,sunt, voluptaté omnia añalia
cupiunt: & quicquid cupiút omnia
añimalia est iucundum:quæ aút có
cluderent ipsam maiorem,s. dicere,

omne iucundum est bonú,est dice- D
re,omne iucundum est naturale, &
oé naturale est bonú . hæ itaq; quatuor præmissæ concludunt duas præ
missas necessarias, & aliqñ possibile
est,cp sumamus vice harú quatuor,
ipsas octo præmissas,quæ eas cócludant, aut vice harú octo sexdecim
pmissas,quæ ipsas cócludant, & eue
niret in hoc occultatio, quú narraul
mus. Et inuenit etiá alius modus,
qui occultat inferre tales pmissas ip
sasmet pmissas necessarias . Et vice
illarú præmissarum,quæ sunt neces
sariæ, interrogetur de duabus præmissis sylłłi, quæ illas inferút,& hoc E
ét,cp interrogetur de vna illarú sm
se,& vice secúdæ interroget de duabus sylłłi præmissis, qnæ illam cóclu
derent,& hoc prout possibile fuerit,
distantius remoueti. Et interrogabi
mus respódentem de alio sylło, qui
est magis distans à conclusione,aut
de duab' præmissis illius simul, aut
de reliquis syllogismis,&de vna præ
missa solum, & vice conclusionis su
memus de omni sylło tres præmissas, vná præmissam syllogismi, qui
infert & duas præmissas syllogismi,
quæ concludunt alteram præmissam huius syllogismi, & hoc I singu F
lis syllogismis excepto vltimo . Vt
verbi gratia est quæsitum, an sanitas non sit coæquatio:& sylłłs necessarius,qui illud concludit, sunt duæ
præmissæ : quarú vna est,cp sanitas
non sit ad aliquid : & secunda est, cp
coæquatio sit ad aliquid,& hoc qdé
in secunda figura, & interroget ad
ipsum quod dicimus, cp coæquatio
sit ad aliquid, & vice illius quod dicimus,cp sanitas nó sit ad aliquid,in
terrogemus de duabus pmissis necessarijs,quæ illá inferrent,quæ sunt
           dicere,

G dicere, ꝗ sanitas sit qualitas, & quali
tas non sit ad aliquid: & interrogabimus de altera harum præmissarū
ꝼm se, s. de ea, qua dicimus, ꝗ sanitas
sit qualitas, & vice alterius, quæ est,
ꝗ qualitas non sit ad aliquid, interrogabimus de duab' præmissis, quæ
hanc concluderent, quæ sunt, ꝗ qua
litas dicitur ꝼm se, & quod dicit ꝼm
se, non est ad aliquid, & de vna præmissarū, quæ est, quod dicimus, qua
litas dicitur ꝼm se, interrogabimus
ꝼm se, & vice alterius, s. quæ dicit, ꝗ
id, quod dicitur ꝼm se, non sit ad aliquid, interrogabim' de duabus præ-

H missis, quæ illam concludunt, videlicet dicere ad aliquid di respectu al
terius rei, & quod est ꝼm se non dici
tur respectu alterius rei. Et hic e vlti
mus syllł, de cuius ambabus præmis
sis interrogabim' simul: sicḥ interro-
rogarem' in hoc exemplo de qnꝗ
præmissis solū, videlicet de duabus
præmissis vltimi syllł cum vna præmissarum syllogismorū reliquorū,
donec finiatur ad syllm, qui conclu
dat ipsum quæsitū. v.g. ꝗ dicamus,
an ad aliqd dicat respectu alterius
rei, & quod est ꝼm se non dicatur re
spectu alterius rei. Deinde his duab'

I præmissis componemus secundam
ꝓmissam huius syllogismi, quæ est,
ꝗ qualitas dicitur ꝼm se, & connecte-
mus huic aliā præmissam ternj syllogismi, quæ est dicere, ꝗ sanitas sit
qualitas, deinde his connectem' pri
mam præmissam, quæ concludit ip
sum quæsitū, quæ est, ꝗ coæquatio
sit ad aliquid : & ex his quinꝗ præmissis concluditur nobis quæsitum,
quod est, ꝗ sanitas non est coæquatio, & sic semper numerus præmissa
rum, de quibus interrogat superad-
dendo vnū numero syllogismorū

nos enim sumim' de singulis syllo- K
gismis vnā præmissam, & ex vltimo
duas præmissas eius simul. Sed huic
modo non cõtingit ipsa occultatio,
quæ sit ob multitudinē præmissaꝝ.
Et ideo oportet interrogantē procurare vtiliorē duorum modorum
pro singulis quæsitis, & notum est,
quod in tali opere qñ sit interrogatio, non exprimit aliqua res de con-
clusionibus Si vero exprimit, & in
cõclusionib' quæstio subiecti, opor
tet, vt ait Arist. ꝗ simul post interro
gationem de suis præmissis interroget, & non interroget de singulis cõ
clusionibus post interrogationē de L
præmissis, quæ illas concludunt, in
hoc enim sit quædam spēs occultationis ob occultationem ordinis in
ter conclusiones & præmissas.

Secundus aūt modus occultatio
nis conclusionis est, quia, qñ non in
tendimus destructionē alicuius positionis, quæ profertur ꝼm aliquē ca
sum, expedit ponere interrogationē
de præmissis valibus ad illius destru
ctionem ꝼm casum aliū à casu ipsi'
positi, immo illud capiemus alio ca
su, & proprij iuuaminis est hoc præ
ceptū in positis, pro quorum destru
ctionib' vtimur locis definitionis, M
& sunt posita, quorū destructio inté
ditur per præmissas vtes: destructio
enim in hac arte sit ꝼm totum, & secundum partē. Verūtamen hoc præ
ceptum fuit magis propriū in definitionibus, ex quo impose est præmissis, quæ sunt in via definitionis,
ꝗ in ipsis removeat distantia à quæ
sito, sicut sit in alijs præmissis, defini
tiones enim sunt prima principia, vt
ꝗ proponeret cõmonstrare, ꝗ De'
non denominet per irā definitive,
& proferat interrogatio de definitione

A tione irafcens, & dicet, nunquid ira
fcens fit, qui appetit vindictã, & interroget de definitione iræ, & diceret, nunquid ira fit appetitus vindictæ, ponens interrogationé hoc mo
do lucraf duo iuuamina, quox vnũ
eft, quia refpódés putaret, cp fit dria
inter definitioné iræ, & definitioné
irafcentis, & cp nõ quod admittitur
in definitione iræ, oporteat effe in
definitione irafcentis, & hoc eft occultatio quædam : fm autem iuuamen eft, cp, qñ definitio fumitur de
nudata à materia, fit difficilioris de
ftructionis. v.g. quia qñ nos dicim*,
B cp irafcens fit qui appetit vindictã,
contradicitur nobis de ira patris in
filium, & de ira in amicos, qñ auté
fumeremus definitionem denuda-
tam à materia, non effet facilis hæc
pótradictio. Huius autem caufa eft,
quia, qñ prædicatum prædicatur de
fubiecto, quod é in materia, in ipfa
materia euenjfit illi accidentia, qui
bus dubiraf ipfum ineffe fubiecto,
fed hoc iuuamen nõ eft huius capituli, quod eft conclufionis occultatio, fed per illud facilior fit admiffio
præmiffæ ab ipfo refpondente,

Tertius auté modus occultatio-
C nis eft, cp interrogetur de fimilibus
præmiffis, quafi intédit admitti à refpondente vice ipfarum præmiffa-
rum fm fe, aut interrogetur de præmiffis, quæ concludant quid fimile
conclufioni quæfitæ, nõ de his, quæ
concludant conclufionem quæfitã,
hic enim colligit cum occultatione
perfuafionem, & bonam diftinctio-
nem ab ipfa re. v.g. quia, quãdo nos
proponimus concludere, cp vna fit
contrariorum difciplina, non caperemus præmiffas, quæ concluderét
hoc quæfitum, fed caperemus præ-

miffas, quæ concluderent conclufio D
nem fimilé huic conclufioni, f. præmiffas, quæ concluderent cp contra
riorum fenfus fit vnus. Et fimiliter,
qñ proponimus interrogare, nunquid contrariorum fit vna fcientia,
interrogaremus à fimili, & diceremus, nũquid cótrariorum fit vnũ
iudicium, & euidens eft, cp, quando
refpondens admiferit rem ineffe fimili alicui rei, cp iam illam admiferit illimet rei. diuulgatum enim eft
in hac arte, cp fimilium idem eft iu
dicium ex parte fuæ fimilitudinis.

Quartus aũt modus occultatio-
nis conclufionis eft, cp non interro- E
getur de ipfa præmiffa vtili in fe, fed
interroget de confequente ipfam.
v.g. quia, quando nos proponimus
interrogare, an nox non fit, vice ei*
interrogamus, an dies non fit,

Quint* modus occultationis eft,
cp in oratione proponamus caufas,
& res, quarum non eft quid vtile ad
quæfitum oíno, quod fuperfluum
eft : caufas quidé cp eloquaf de vna
re p dictiones fynonymias, & cp vice
dictionis fimplicis eloquatur de illa
per orationem, aut orationes cópo-
fitas, adeo cp vna præmiffa fit fecun
dum formam multarũ præmiffax. F
Superfluum vero eft, cp introducat
in repetitione præmiffarũ vtilium
cóclufioni præmiffas inutiles. Iuua
men quidé caufarum eft, quia occu
litur à refpondente intentio interro
gantis, qd proponat admitti ab illo,
cum eo cp illis eft perfuafio quædã.
Superflui vero iuuamen eft, quia re
fpondens putabit, cp de quocunque
ipfe interrogetur, fit fuperfluum, &
permifcetur illi vtile cum inutli, &
in orationis progreffu connectem*
omnia illa, f. caufas, & fuperfluum,

G & hoc est de his, quæ accidere faciūt respondenti, passione, & iuuant interrogantem ex obliuione. respondens, ex qua nesciet quid, & euanescet, & non seruabit aliquid.

Sextus modus est, ꝙ argumentet ad præmissas apud interrogationē de illis præponendo affectus, ꝙ dicat ꝙ hæ sint de rebus, quas intellectus admittit, & quas intelligens non negaret, & si his sint orationes morales & afficientes, sunt narrata in libro Rhetoricorū: hoc enim occuleret ab ipso respondente locū ambi-
H guitatis & apparentiæ dubij de præmissa, qñ difficile est dubitare & repellere, quod consueuit admitti. & hic quidē locus facit adipisci respondendi persuasionē, & cum hoc sit occultatio loci dubij, affectus enim impretio, quæ sit respondenti, ex hoc excæcat ipsum à comprehendendo causas dubij in pmissam. Septimus modus est, ꝙ nō interroget solū de præmissa utili, sed secū utatur aliquid, quod ipsam occultat, & ut uniuersalius inquā, sit ipsius interrogatio de illa ſm formā dubiam, p hoc enim latet respondentē mens interrogan-
I tis, & condonaret illi id, quo vinceret ſm eius opinionē & asseuerationem. Et aliqñ sit hic modus occultationis ei nō utendo premissis extraneis, sed qñ interrogat de pmissis utilib' interrogatione ambigua. Et totius huius causa est, quia putaret respondens, ꝙ qui interrogat attente procuret oēs illas pēs, & ꝙ non dubitet, licet lateat eum, quam partem contradictionis intendat admitti.

Octauus modus est, ꝙ ponat inter rogationē de præmissis, quæ putant admitti ob diuersum ab ipso ꝙsito, nō de præmissis, de quarū re appa-

ret ꝙ capiant ob quæsitum. v.g. ꝙ K
quæsitū sit, ꝙ diuitiæ sint bonæ, qa si huic concesserimus ꝙ diuitiæ sint eligibiles, mox respondens coniectaretur, ꝙ de illa interroget ob ipsum quæsitum. Si aūt vice illius concesserimus, ꝙ id, quo fiunt opera virtutum, sit bonū, prout est indigū nutrire, putarent, ꝙ huius propositum esset hinc concludere, ꝙ indigū nutrire sit bonū, & admitteretur hæc præmissa, qua admissa non remaneret nisi ꝙ interrogetur de premissa, quam impossibile esset negare, scilicet ꝙ diuitijs nutriatur indigus.

Nonus modus est, ꝙ proferantur L
præmissæ de quibus interrogat ſm exemplum, & narrationē, dico narratione, ꝙ illas ponat, prout est eius elocutio, & ipsas intelligat ſm hanc dispositionē, per exemplum aūt intelligo ꝙ illas pferat, ac si essent metaphora & exemplum alterius rei. Hi itaq; sunt oēs modi, quibus sit occultatio per præmissas, quæ sunt de foris, reliqui aūt, quorū hic sit mentio, sunt, quæ fiunt p necessarias præmissas, quorū est, ꝙ non interroget de præmissis ſm ordinem cōcluden-
tem, sed interrogetur ſm aliam dispositionem, & aliqñ inferantur or- M
dine simili alicui conclusioni, quæ non sit conclusio quæsita. verbi gła, ꝙ primū quæsitum sit, an voluptas sit bona, qñ insereremus præmissas ordine, quæ concluderent nobis hoc quæsitum conclusione prima, diceremus an voluptas nō sit perfectio, & an perfectio non sit appetitus, & an appetitus non sit naturalis, & an naturalis nō sit bonus, & hinc concluderet, ꝙ voluptas sit bonū. Et hanc ob cām in tali quæsito nō insereret talis ordo, sed insereret ordine hoc,
quo

A quo pñetur, ꝙ intendat côcludere
aliam conclusionem, præter ipsum
quæsitum. v.g.in his præmissis ꝙ di
catur,an voluptas non sit perfectio.
& appetitus sit perfectio,& naturale
sit perfectio appetitus,& naturale sit
bonum cum hoc ꝙ respicit conclusionem, quã concluserat primus ot
do, respicit etiam alias cõclusionez.
Et puto ꝙ hoc deceat, qñ affirmati
uæ fuerint conuertibiles,& maiores
præmissæ singulorum horum syllo
gismorum fuerint negatiuæ. Et ip-
sorû est, ꝙ ponat interrogationem
sm modum, quo nesciat respõdens,
B an proposuerit sumere ipsam rem,
aut eius contradictoriû,& hoc sit in
terrogatione ambigua,non interro
gatione indicante, prout esset quæsitû,an voluptas non sit bona,& vel
lemus admitti præmissam vtilê,ad
hoc,f.ꝙ bonû sit,quo homo est bonus,& nõ interrogaretur de præmis
sa interrogatione indicãte,vt scilicet,sit propositû & dictio nunquid,
sed interrogaret de illa interrogatione ambigua,cuius destructio sit
p dictionéan,vt dicatur,an bonum
sit,quo hõ est bonus,aut bonû non
sit,quo homo sit bonus. Et quidam
C illorû est, ꝙ capiat interrogatio de
præmissis vtilibus quæsito,respõden
ns enim consuetudinis est festinare
ad colluctandum ad primû,quod
ipsum interrogaret quærens,qñ no
tum est,ꝙ ꝑcedens in interrogatione est magis estimatû apud ipsum,
nisi sint duæ spés interlocutorû,qua
rum vna est spés illorû,cui contingit hebetudo & mala complexio fri
gida ob priuationê exercitij,&omis
sione sui ipsius:secunda aût spés est
illorum,qui reputat se ob ipsos esse
præclaræ cogitationis & intellect.

Cum illis quidé qui sunt primæ spe D
ciei vtilius est interroganti,ꝙ festi-
net per vtilius, qñ enim prolongat
illius disceptatio,calefit,& inflam-
matur eius appetitus,& côiectatur,
quæ non fuerat præmeditatus.Illius
vero,qui est bonæ estimatiõis de
se,potestatis est repellere contradi-
ctionê,qua facilis est in rei initio,&
admittit id,quod interrogatur,qñ
aût facta fuerit consideratio,& con-
iectabitur quid sequatur,negat con
tra id,quod accidit illi,qui dubius
est de se,non confidens constituere
eius controuersiam.Et de illis est,ꝙ
non ostendat diligentis solertê de E
præmissa,quã proponit admitti,in
terroget enim de duab' partibus cõ
tradictionis simul,& interroget de
opposito præmissæ,quam proponit
admitti.hic enim colligit duas spes
occultationis,quarû vna est,ꝙ respondens putet,ꝙ id,quod explicuit
set,sit ex intentione:& secunda est,
quia hic putat ꝙ forsan hic admit-
tet alterã præmissam facilius,& hinc
sit,ꝙ qñ illã transfert ad primã,ha-
bet propositû.hæc itaꝗ est summa
omniû rerum,quas Aristoteles nar
rauit de absconsione conclusionis.

¶ Pro Inductione Respondenti,
loci alij. Cap. 2.

AD ornatû vero,inductio
ne,& cõclusione eorum
ꝗ affinia sunt.Inductio
igit quale quid est,manifestû:di
uidere autê hmõi,vt scientiam
scientia esse meliorem,aut eo ꝙ
exactior est,aut ꝙ meliorû:et ꝙ
scientiarû aliæ quidê sunt con-
templatiuæ,aliæ autem actiuæ,
aliæ porro effectiuæ:nam vnûquodꝗ taliû coornat quidê ora

Q ij   tioné

11.Loc
Decla

22.Locus Declaratio.

G tionem, at non necessariū est, vt dicat ad conclusionē. Ad diluciditatē autem exēpla, & similitudines afferendū. Exēpla autē accōmodata, & ex quibꝰ scimus qualia Homerus, nō qualia Cherilus: sic enim clarius erit quod proponit.

23.Locus Declatio.

Vtendū aūt in differendo, syllō quidem ad dialecticos magis, q̄ ad multitudinē: inductione vero cōtra, ad multitudinē magis. dictum est aūt & de his & prius. Est autē in aliqui-

24.Locus Declatio.
H

bus quidem inducēti possibile interrogare vīt, in aliquibus vero non facile, eo cp non positum sit similitudinibus nomen omnibus cōe, sed qn oportet vniuersale sumere, sic in omnibꝰ talibus esse dicunt. Id autem determinare difficillimum est, qualia sunt ea, quæ proferuntur huiusmodi, & qualia non, & propter hoc sæpenumero dissident in disputationibus, alij quidē dicentes, similia esse quæ non sunt similia: alij vero dubitantes quæ sunt similia, nō esse similia. Qua-

I

re tentandū in omnibus talibꝰ, ipsum nomina effingere, vt neq respondenti liceat dubitare, cp non similiter quod infertur dicitur, neq interroganti calumniari, vt siīt dicto, eo cp plura eorum, quæ non siīt dicitur, similiter videntur dici. Quādo au-

25.Locus Declatio.

tem inducēti in pluribus non dederit vīt, tunc iustum est efflagitare instantiam, non dicēre autem ipso in aliquibus sic, non iustum est efflagitare; in aliquibꝰ

non sic. Oportet enim inducentem prius sic instantiam efflagitare. Efflagitandum aūt instan-

16.Locus Declatio.

tias non in eo quod proponitur ferre, nisi vnū tantum sit huiusmodi, vt dualitas pariū numerorum solus primus. Nam oportet, & eū, qui instat in altero instantiam ferre, aut dicere quod hoc solum tale est. Ad eos aūt,

17.Locus Declado.

qui instant vniuersali, non in eodem autē instantiam ferunt, sed (æquiuoco,) vt quod habeat aliquis non suum colorē, vel pedē, vel manū, habebit enim pictor

L

non suum colorē, & cocus pedē non suum,) diuidendo reuera in ralibus interrogandū est. Nam

18.Locus Declatio.

latente æquiuocatione, bene viderentur instare propositioni. Si autē non in æquiuoco, sed in eodem instans præpediat interrogationē, oportet auferentem id, in quo instantia est, proponere reliquum, vīt faciēdo, donec sumat quod vtile est. Vt in obli-

M

uione, & in oblitū esse, nō enim concedunt eum qui amisīt disciplinam, oblitum esse, eo cp transeunte re, amisīt quidē disciplinam, oblitus autē non est. dicendum autem auferenti id, in quo instantia est, reliquum, vt si permanente re amisīt disciplinam, iccirco oblitū esse. Similiter autem, & contra instantes, qm maiori bono, maius opponit malū: proferunt enim qm sanitati minori bono, q̄ bona habitudo, maius malū opponit: nam ægritudinē maius esse malum mala habitu-

A habitudine, auferendum igif, &
in hoc, in quo instantia est: nam
ablato, magis ponet, vt qñ maiori bono maius malũ opponif,
nisi cõserat alterũ ad alterũ: quẽ
admodũ bona habitudo ad sani
tatẽ. Non solum aũt eo instante
hoc faciẽdũ: sed & si sine instantia negat, eo quod præuideat ali
quid taliũ. Nã ablato eo, in quo
instantia est, compellei ponere,
eo ꝗ non præuideat in reliquo,
in aliquo non sic esse. Si aũt non
ponat, esflagitatus instantiã, nõ
habebit afsignare. Sunt autem
hmõi propositionũ, quæ in aliquo falsæ sunt, in aliquo aũt veræ, in his enim par est auferre,
reliquum aũt verũ relinquere.

Si aũt in multis proponẽti nõ
serat instantiã, postulandum est
ponere. Nam dialectica est propositio, ad quã sic in pluribus se
habentẽ, nõ est instantia. Qñ au
tem contingit idẽ, & sine impos
sibili, & per impose syllogizare, demonstranti quidẽ & non
differenti, nihil refert vel sic, vel
illo modo sylfo colligere: disse-
renti aũt non est vtendum ꝑ im
possibile sylfo. nam, si sine impossibili quidem sylfo colligat,
minime fiet, vt dubitent: at, qñ
per impose syllogizant, (nisi val
de manifestũ sit falsum esse,) nõ
impossibile dicũt esse, quare nõ
fit interrogantibus quod volũt.

Oportet aũt proponere quæcunꝗ in pluribus quidem sic se
habẽt. Instantia autem, aut omnino non est, aut non in superfi-

cie est conspicere: nam qui non
possunt cõspicere in quibus nõ
sic, tanquã verũ quidem sit, ponunt. Non oportet aũt conclusionem interrogationem facere.
Alioquin aũt, eo renuente nõ vi
detur fieri sylĩs: nam, & sæpe cũ
non interrogat, sed, vt sequẽs in
fert, negant: & hoc facientes nõ
videntur redargui ñs, qui nõ cõ
spiciunt quod accidit ex ñs que
posita sunt: quando igitur nõ di
cens quidẽ accidere, interrogabit, ille autem negabit, omnino
non videtur fieri sylĩs. Non vi
detur autẽ omne vr̄e dialectica
propositio esse, vt qd est homo,
aut quot modis dicitur bonũ:
est enim dialectica propositio,
ad quam est respondere, sĩc, vel
non: ad dictas autem nõ est, qua
re non sunt dialecticæ huiusmo
di interrogationes, nisi ipse de-
terminãs, vel diuidens dicat: vt
putasne bonum sic, vel nõ sĩc di
citur (nam ad talia facilis respõ
sio. vel affirmando, vel negãdo:
quapropter tentandum sic proponere huiusmod i propõnes.

Simul autẽ, & iustum sortasse
ab illo interrogare, quot modis
dicitur bonum, qñ hoc diuiden
te, & proponẽte, nullo modo cõ
cesserit. Quisquis autem vnam
orationẽ multo tempore interrogat, male interrogat. Nam, si
respõdeat quidem ei interroga
rus, quod interrogatur, manife
stum quod multas interrogatio
nes interrogat, aut frequẽter eas
dem, quare aut nugatur, aut nõ

Q iij   habet

G habet syllm, nam ex paucis ois syllis:si vero nõ respõdeat quid, aut non increpat, aut discedit.

37. Locus Declaratio. Est aũt argumentari, difficile, & sustinere facile ipsas suppositiones. Sunt aũt talia,& quæ natura sunt prima, & q̃ postrema. Nã prima quidẽ termino egẽt, postrema vero per multa terminantur volenti cõtinuum sume re à primis,aut sophistice viden tur argumentationes: impossibile enim demonstrare quippiã H est eũ,qui non incipit à proprĩs principĩs, & connectit vsq̃ ad vltima: definire aũt nihil ducũt respondentes, neq̃ si interrogãs definierit, aduertunt,atqui non facto manifesto quidnam est qd propositum est, non facile est ar gumentari : maxime autẽ quod taleest, circa principia accidit, nã alia quidẽ per hæc monstran tur,ipsa vero non contingit per alia, sed necesse est definitione ta lium, vnumquodq̃ cognoscere.

38. Locus Declaratio. I Sunt aũt difficile argumẽtabilia,&quæ valde propinqua sunt principio . Non enim contingit plures ad hæc rationes iuenire, cũ sint pauca media,horumq̃ & principiorum, per quæ necef se est monstrare ea quæ post illa *39. Locus Declaratio.* sunt. Terminorum autẽ difficile argumentabilestñ omnium maxime sunt, quicũq̃ vtuntur talibus nominibus, quæ primũ quidẽ immanifesta sunt simpliciterne dicant, an multipliciter: adhuc autẽ quæ neq̃ nota vtrũ proprie,an sm metaphoram de

definito dicantur. Nam, quia K obscura sunt, non habent argumenta, quia vero ignorantur si absq̃ metaphora dicitur quod tale est, non hẽt quod increpet.

40. Locus Declaratio. Omnino aũt omne problema qñ difficile argumentabile, vel termino indigere arbitrandum est, vel est eorũ quæ multipliciter,vel eorũ quæ sm metaphoram de definito esse dicãtur, vel non longe à principĩs, vel quia non manifestum est primũ nobis hoc idem, sm quem dictorũ L modorum est, quod dubitationem præstat. Nam,cùm est manifestus modus,manifestũ,qm, aut definire oportebit, aut diuidere, aut medias propositiones inuenire. Nam per hæc monstrantur vltima. In multis aũt *41. Locus Declaratio.* positionibus(non bene assignata definitione) non facile disputare,ac argumentari. Vt vtrum vni cõtrariũ, an plura:definitis aũt contrarĩs aliquo modo, facile est ostendere vtrum contingit plura eidem esse cõtraria, an nõ,eodem aũt modo, & in alĩs M definitione indigentibus:viden tur aũt, & in disciplinis quædã ob definitionis defectũ non faci le describi, vt & qñ quæ ad latus secat planum linea, similiter diuidit & lineam,& locũ:defini tione autem dicta statim manifestum est quod dicitur. Nã ean dem ablationẽ habent loca,& li nea, est autem definitio eiusora tionis hæc. Simpliciter autem *42. Locus Declaratio.* prima elemẽtorũ, positis quidẽ
defini-

definitionib', vt quid linea, vel quid circulus, facillimū oftēde-re, verū non multis ad vnum quodqz eorū eft argumētari, eo qz non funt multa media: fi aūt nō ponanf principiorum defini tiones, difficile: fortaffe aūt om-nino impoft. Silr aūt his, & in ñs ñ funt circa orationes fe hēt, non igif latere oportet, qñ diffi-cile argumētabilis eft pofitio, qz paffa eft aliquid eorum ñ dicta funt, qñ autē erit ad dignitatē, & propofitionē, maior labor di-fputare ñ ad pofitionē. Dubita-re aūt poffit quifpiā, vtrū ponē-da fint talia, an nō: nā, fi non po-nat, fed pofcat, & ad illa difpu-tare, maius pcipiet, ñ quod in principio pofitū eft: fi vero po-nat, creder ex min9 credibilib'; fi igif oportet nō difficilius pro-blema facere ponendū, fi aūt p notiora fyllogizare, nō ponen-dum. An difcēti quidē non po nēndū, nifi notius fit exercitato vero ponendū, fi verum folū vi deatur? quare manifeftum, qm non filr, & interroganti, & do-cendi exiftimandum effe ponen dum. Quo pacto igitur interro-garē, & ordinare oportet, pene fufficiunt quæ dicta funt.

Sermo de Orationis decoratione, et de alijs præceptis interrogantis. Cap. 2.

TErtia aūt intētio eft orationis decoratio & exornatio, & am-plificatio: hoc itaq; fit duabus reb', quarum vna eft ipfa inquifitio, & al tera ē partitio in res proportionales. Inquifitio quidem, quæ fit ad hanc

intentionē, fit duabus difpofitioni- bus: quarum vna eft, qñ nobis effet præmiffa vlis per fe patens non indi gens inquifitione, & proponim' in terrogare de illa, vt vice eius fiaut pmiffæ particulares, quas hæc præ-miffa ambit. v.g. qñ proponimus in terrogare, an perit' in omni arte fit præftantior? & proponimus exor-nare orationem, & ipfam exemplifi care, an miles peritus in fua militia fit præftantior: & filr nauta peritus in fuo nauigio: ficq; etiam medicus peritus in fua medicina, & vtédum eft fingulis, quæ fubfunt præmiffæ vniuerfali: fecunda difpofitio eft, qz præmiffa fit per fe nota, & proponi mus interrogare de ipfa, & huius præmiffæ fit præmiffa ambiens ip-fam, & alias præmiffas, quæ fecum fubintrāt ipfam præmiffam vniuer falem, nos enim interrogarem' præ miffam cum præmiffis particulari-bus, quæ fecum fubintrant præmif-fam vniuerfalem. gratia exempli, qz proponamus interrogare, an medi-cus peritus fit præftantior, prout eft miles peritus, & nauta peritus. Hæ nanqz; omnes fubintrant vnam præ-miffam, qz fcilicet peritus in omni arte eft præftantior. Partitionis au-tem vfus in his fit duob' modis, quo rum vnus eft, quando fit in|prædi-cato præmiffæ, quam volumus ad-mitti, & alter quādo fit in fubiecto. Exemplum vfus illius in partitione prædicati eft, qz interrogemus nun-quid fcientia de anima fit honora-bilior, quàm fciētia eleuationis pon deris? & fubdimus huic, quia fcien-tiarum honorabilior dicitur autem parte nobilitatis fubiecti, aut ex par-te firmitatis demonftrationum. Si autem tacuiffemus hanc partitionē

Q iiij effet

i esset præmissa patés per se. Et huius
exemplũ in partitione subiecti est,
ꝙ interrogemus vice dicendi, an op
positorum sit vna scientia, an opposita quædam sint contraria, & quædam relatiua, & quædã priuatio &
habitus, & quędam affirmatio & ne
gatio, & omnium horum est vna
scientia, est autem hoc vtile, quia na
turaliter homo est admissurus orationem, quæ exprimitur hac expres
sione, quia hoc opere contingeret
ostentatio, & decorum, & mentis sa-
tisfactio cum auditore. Et vt vniuer
salius inquam, proportio huius ope
H ris ad præmissas necessarias est proportio pulchtium colorum & pictu
rarum ad res necessarias illis ex ac-
commodatis, & vestibus, & cæteris,
& sicut homo gaudet his, & delecta
tur eis, sic é res in oratione, & inquisitio, quæ hic sit, est alia ab inquisitione, quę sit ad certiorationem, aut
ad commonstrandũ præmissam ne
cessariam in se. Hæc autem exorna
tio, sicut sit in præmissis necessarijs,
sic sit in non necessarijs, prout sunt
præmissæ occultationis & certiora-
tionis, quæ prænarratæ sunt.

I Quarta aũt intentio, quæ est ora
tionis manifestatio, & explicatio, sit
duobus modis: quorum vnius sunt
exempla, alterius aũt sunt cõfictio,
& assimilatio. Exempla quidé sunt
particulares res ipsius vsis, quæ sumuntur ad ipsius intellectionem, &
explicationem. Exemplo aũt vtitur
ars oratoria ad occurrendum in as-
sertionem. Hæc vero ars vtitur solũ
ad intellectioné, prout est dispositi-
o inquisitiõbis, qua vtr̃ hæc ars ad
assertioné, & commonstrationé, &
exemplificationé. Confictio vero &
assimilatio, quæ sunt ad rei intelli-

gentiam, non sunt res particulares, K.
neqi vl'es rei, quæ sumantur ad ipsi'
intelligentiã, sed sunt res, quæ ipsam
fingunt & assimulant, prout est id,
quod dicit Aristoteles, ꝙ error in
principio, & si sit paruus, qui nõ per
cipiat, tñ conducit ad plures et roses,
sicut qui deuiat itineris initium, &
aberrat ab eo trigona figura, nõ est
sat distare ab itinere, donec quasi de
uiet infinita distãtia ab eo. Et assimi
lationes, quibus vtitur hęc ars, sunt
ꝓxime proportionales, ꝙbus, vt ait
Aristoteles, vsus é Homerus. Et his
eisdem modis fiunt in arte demonstrationis. Vsus aũt ipsarum in his L
duab' artibus est diuersus ab vsu ipsarum in arte Poetica, fiunt enim in
illa arte ad occurrendum in assertio
nem poeticam, in his autem duab'
artibus ad solam intelligentiam.

Hæc itaq; est summa eorũ, quæ di
xerat de præmissis quæ sunt deforis.

Deinde trãsferr se Aristoteles ad
alia præcepta interrogantis, & dicit
Quia orationes Dialecticę sunt dua
rum specierum, syllogismus, & inquisitio, conuenit interroganti vel
inquisitione cum plebe Dialecticorum, & syllogismo, cũ ipsorum pert M
tis plebs enim inqsitione magis cõ-
prehendit, quia ipsius particularia
sunt sensata, sensatum autem est no
tius apud plebé. Sed apud illos, qui
exercitati sunt in Dialectica, syllogismi sunt magis diuulgati, adeo ꝙ
illi repellunt sensatum, prout comperimus multos antiquos repulisse
motum, & multitudinem. Illorum
aũt error circa hæc fuit ob syllogismos, qui apud eos cõstituti erant su
per præmissis diuulgatis, quæ sunt
apud hanc specié nonores sensatis,
sensus n. subordinat apud eos huic
speciei

A speciei præmissarum, potant enim quòd præmissæ sint intelligibiles. Ex quo autem inquisitio profertur ad cōmonstrationem præmissæ vni uersalis, notum est, ꝙ, quando fuerit nomen, quod includit omnes res confimiles, quę subsunt huic vniuer sali, in quo sunt similes, facilis sit translatio ab admissione illarū, ad admissionē vniuersalis cum respon dente. Si vero huic vniuersali, quo sunt similes, non fuerit nomen, diffi cilis sit illi: respōdens enim concede ret interroganti præmissam vniuer salem, cui subest subiectum quæsiti,

B quando cōmonstratum ei fuerit, ꝙ quęsiti subiectū sit simile rebus, quę sunt inquisitæ, & subintrat similitu dinē vniuersalem rebus, quæ inqui sitæ sunt, & quòd illis euenerit præ dicatum ratione huius assimilatio nis, & quādo huic assimilationi vni uersali nō fuerit nomē, difficilis sit illius ablatio apud interrogantem separādo illud ab illis, immo fortaf fe priuatio nominis erit causa, qua respōdens nō imaginetur illud ad mittere. & difficilis sit illius intelli gētia, & graue sit ei illud admittere, cui nō sit nomē, quod includat rem

C latentā ab ipso respōdente admitti, & vt vniuersalius inquam, priuatio nominationis vniuersaliter est, quæ per inquisitionē apponit errorē dua bus sectis, & aliquando interrogans quærit a respondēte, quòd ei admit tat, quod nō est simile, vt quòd esset simile, & interdū respondens cauet admittere, quod est simile, & aliquā do cædit dubiū de rebus similibus, Et ideo Aristoteles præcepit interro gāti in hoc loco, quòd instituat no mē vniuersali, quod includit parti cularia, quæ educta sunt inquisitio

D ne, aut illud significet per ōrationē, vt facilius & tutius respōdens admit tat id, quod interrogans proposue rit, & remotius fuerit aduenire repu gnans illi, de quo interrogauit, & cōfidat eū interrogator, quod pu tabit de eo, quod non est simile, ꝙ sit simile. Quando autē Interrogans fecerit hoc vniuersaliter, scilicet ꝙ instituerit illi nomē, vt esset in pri mo posito illi nomē, & respōdens ad mitteret ei particularia inquisitio nis, & nō admitteret ipsum vniuer sale. Expedit autē illi, quòd propo nat argumētari destructionē huius vniuersalis, & si eum interrogaret,

E quòd cōmonstret de qua rerum nō se habeat, prout inquisitū est. Quan do vero respōdens nō admitteret ei inquisitionē, nō expedit ei interro gare eum destructionem præmissæ vniuersalis. Et quādo respōdens pro tulerit destructionē vniuersalis, cu ius particulares præmissas admise rat in inquisitione, nō euadit, quin destruat alias particulares de parti cularibus, quæ nō sunt expressæ in ipsa inquisitione, quoniā ad destru ctionē particularis, quā concludere intendit, nō expedit interrogāri ad mittere ipsius destructionē, quia est

F ipsa eadē res, quā interrogans pro ponit cōmonstrare, nisi quæsito, ꝙ interrogans proposuerat cōcludere, soli propriū sit inter reliqua parti cularia, quæ subsunt illi vniuersali, quòd illi non insit illa res, quā quæ rens procurat cōmonstrare inesse per inquisitionē: admitteret enim ei hoc, quia illi præmissæ nō essec in stātia, nisi in illo particulari solum, & est ac si illa inueniretur esse neces saria respōdendi, vt gratia exempli, si quærens proponeret concludere, ꝙ

binarius

G binarius sit numerus par, qui nõ sit
primus, inquirendo de, reliquis speciebus numeri paribus, qui non
sunt primi, prout sunt octonarius,
& senarius, & cæteri: quando itaque illos inquisiuerimus & interrogans proponeret, quòd respon-
dẽs admittat ei ipsam vniuersalem,
qua hinc concludat, quòd binarius
sit numerus par, non primus, hic
esset respondentis instare ei per ipsummet, quæsitum. Quando vero
instantia respondentis fuerit per par
ticularem huius particularis quæsi-
tu, interrogantes est apponere condi

H tionem in præmissa vniuersali, qua
ab illa excipiat hoc particulare, qd
destruxerat ipse respondens, & re-
manebit sub hoc quæsito. Et si inter
rogans apponeret hanc conditionẽ
primo in præmissa, priusquam interrogaret de illa præstantius esset,
quia ipse respondens non inueniret
aditum ad instandum. verbi gratia,
quòd interrogans poneret, quòd ille, à quo separatur scientia de re, ob-
liuiscitur illius. Et respondens insta
bit, quòd scientia aliquando separa
tur à scientia in corruptione ipsius
sciti, hæc autem non vocatur obliuio,

I Quando autem interrogans appo-
suisset cõditionem, quòd ille, à quo
separatur sciẽtia de re ipsa re perma
nente obliuiscatur, non inuenisset
respondens aditum ad negandum
hanc præmissam, & oportuisset eũ
admittere illam, definiens enim præ
missam Dialecticam, quæ inquisitione construitur in hac arte, est, q
inueniatur prædicatum in maiori
parte sui subiecti, & quòd nõ sit ipsius aliqua instantia, aut quia nõ sit
aliqua instantia in ipsam, aut quòd
sit illius aliqua instantia, sed illam

non æstimemus in hac arte. Quãdo K
vero instaret respondens, quòd sit
æquivocum nomine prædicati, aut
subiecti præmissæ vniuersalis, expe
diret interrogauté vti diuisione nominis æquiuoci secundũ omnia ipsius significata, quæ significaret, deinde explicare illi significatũ, quòd
intendebat cõmonstrare in ipsa inquisitione. Verbi gratia, quando interrogans proposuisset concludere,
q nõ sit homini aliquòd membrũ,
quin sit ei propriũ, vt in poematibꝰ
sertur de cẽtauro & minotauro, q
suis superioribus mẽbris sit hominis
similis, & inferioribus mẽbris simi- L
lis sit aliç animali. Respondens autẽ
instaret dicens, quòd picto non est
caput, & ipsius est caput imaginis,
quã formauerat. huius autẽ erroris
causa est æquiuocatio illius dictionis ipsius, aliquãdo enim fit pro eo,
quòd res nõ sit pars speciei, cui atri
buitur per hanc dictionẽ. Et similiter dicitur, q ipsius hominis sint mẽ
bra organica, & membra similaria.
Et aliquãdo fit secundum modum
attributionis ipsius, scilicet, aut atri
butionis affectus, aut attributionis
habitus, aut alius attributionis: &
hoc modo dicitur, q hæc vestis sit M
ipsius talis, sine fuerit ipsius acquisi-
sirio, sine quòd arte illã fecerit. Hæc
itaque est summa eorũ, quæ expedit interrogantem facere tẽpore inquisitionis singularum rerũ. Quan
do vero vteretur syllogismo sine in
quisitione, expedit, q de duabus syl
logismi speciebꝰ vtatur syllogismo
recto, nõ syllogismo impossibilis, re
ctus enim expeditior est ad hoc, &
valior, quando possibilis fuerit: ba-
ius autẽ causa est, quoniã dispositio
huius artis quo ad hanc rem differt
à disposi-

A à dispositione artis demõstrationis, quicquid enim cõmonstratum fuerit frõ arté demõstrationis vtrisque syllogismis ipsius est demõstrationis firmitas vna, verumtamé secundũ hanc arté res nõ ita est. Impossibilis enim syllogismus cõcludit ducédo ad falsum, ꝙ est contradictoriũ illius, ꝙ concludere proposuerat. Id auté, quod in hac arte gerit vicem falsi, est absonum fictum. Et aliquã do contingit, quòd inueniantur ambo cõtradictoria diuulgata, & non cõcludãt absonũ fictum, & interdum cõcludant absonũ fictum: sed

B non est maxime fictum absonum. Ficta autem absona, quæ in hac arte gerunt vicem falsi in demonstratione, sunt illa ficta absona, quæ respõdens renuere nequit, & hoc est fictũ absonum, quod est notæ nefandũ Quo vero modo vnum, idem quæsitum commonstretur per impossibile ꝙ recte, iam cõmõstratũ est in libro Priorum Analyticorum. Iam itaque elocuti sumus, cũ quo fiat syllogismus, & cũ quo fiat inquisitio, & cum hoc edidimus, quid expediat interroganti facere in dispositione inquisitionis, & ordine inferere in-

C stantiã respondentis ei, & enarrauimus etiam quæ species syllogismi sit ei vtilior in hac arte. Nefandas vero præmissas in hac arte expedit cauere illas, quæ fuerint maxime diuulgatæ, & hæc quidem sunt duæ species, quædã species est illarũ, quarum instãtia est nefanda, prout est illa, Deum omnia potest: & aliqua species est, cuius instantia est difficilis, ob modicam inuentionem suæ instantiæ, aut quia illius non sit instantia aliqua. Et hæc quidem sunt præmissæ, quæ pro maiori parte suo

D rũ subiectorũ sunt sub sensu, præter ꝙ cõstet nobis aliqua res illis repugnãs. Et quãdo respõdés interrogaretur de talibus præmissis, & eas negaret, interrogãtis esset ipsum capere & castigare, & hæ sunt premissæ, quæ sunt maxime diuulgatæ in hac arte. Cõclusio vero nõ profertur secundũ modũ interrogationis, sed puatenus est cõsequens ex admissione præmissarũ. Quãdo enim protulisset eã, frõ ꝙ sit consequens, posset respõdés renuere ipsum, ex quo eius est hoc frõ hanc artem, tanto fortius quãdo eã protulerit frõ modum in terrogationis, quia putandũ est ꝙ

B respõdens nõ admitteret eam, & nõ obiceret illi in hoc, ꝙ inde lucraretur. Expedit auté scire, ꝙ non quælibet interrogatio est Topica, prout est interrogatio quid sit homo, aut interrogatio quot modis res dicatur: sed Topica interrogatio est; ad quam respondentis est respondere sit, aut non. prout dicimus, nunquid mũdus sit nouiter factus, anr nõ, ad quod respondenti nõ est nisi vna responsio, prout est responsio ad quid sit homo, ꝙ sit animal rationale, aut quot modis dicatur bonũ? quia dicitur de honesto, vtili, & pulchro.

E Fit autem hic modus interrogationis Topicus, quando illum protulerit interrogans modo quo respondens possit ad illam respondere per alterum duorũ contradictoriorum, vt dicat, an homo sit aïal rationale, nec ne?& an bonũ dicatur de tali & tali, nec ne?& quãdo respõdens non admitteret ei hoc illud, admitteretur ei ꝙ eũ interroget quot modis dicatur bonum apud illum, aut quæ sit hominis definitio apud illum. Quòd auté interrogatio protrahat

moram,

G moram, plusquàm decerneretur ex
præmiſſ faciundis pro quæſito, hoc
eſt, dicere neceſſarias, & eas, quæ deforis ſunt, eſt vtique vilis actus in interrogatione: quando enim hoc fieret, putaretur fieri ob alteram duarũ rerũ, aut quia nimium amplifi-
cet orationẽ, & multiplicẽtur interrogationes de vna eadẽ re, aut quia
interroget, quod inutile ſit ad con-
cluſionẽ, & conſidet obiicere ei, & lucrari, aut videbitur ei quòd recedet.
Et expedit interrogantem ſcire, quod
inueniantur quædam poſitiones,
quas difficile eſt deſtruere ob diffi-
H cultatẽ argumẽtationum, quæ illis
inſtent, & modicã illarum inſtantiam. Et ideo harum earundem ob-
ſeruatio facilis ſit reſpõdẽti. Et poſitiones quidẽ, quarũ deſtructio difficilis ſit ob difficultatem argumẽta-
tionũ, quæ illis repugnent, ſunt quatuor ſpecierum. Quarũ vnius ſunt
principia nota prima artium, prout
eſt cõſtructio vnitatis in Arithme-
tica, & puncti in Geometria, & ſicut
dicere, quòd de quauis re verax ſit
affirmatio, aut negatio. Secũdæ autẽ ſunt res poſtremæ remotæ a principijs, prout eſt dicere, an anima ſit
I immortalis, nec ne? Et tertiæ ſunt
res proximæ principio. Et quartæ,
res, quarũ elocutio ſit nomine æquiuoco, aut nomine accommodato.
Cauſæ vero difficultatis inueniendi
ſyllogiſmos de principijs ſunt, quia,
quãdo interrogans procuraret commonſtrare aliquã rem, quæ fiat de
illis, prius indigeret admitti illorum
definitio. prout ſit, quando nos proponimus commonſtrare, quòd de
qualibet re verax ſit affirmatio, aut
negatio, prius indigemus explicare
affirmationẽ, & negationẽ. Et hoc

idem euenit de omni, cuius defini- K
tionem ſumere indigemus primo,
quando ſcrutatur de illo. prout dici-
m[us], an De[us] ſit, & an natura ſit? & an
vacuum ſit, nec ne? & magis accidũt
obſcuritates in talibus, quando con-
temnuntur, & quæritur de illis eſſe
aliquã rem, aut impoſſibilem eſſe
præter quòd definierint. Vt qui quæreret, an vacuũ ſit, præter quòd ſciat
quid vacuum nomẽ ſignificet. Cauſa autẽ difficultatis admittendi definitionẽ eſt multitudo illorum, quarum interrogans indiget, quòd ei
admittat reſpõdens de eſſendo conditiones requiſitas ad illam, vt quòd L
inſit definito, & quòd ſit prædicatũ
de illo, in eo quod quid ſit, & reliquæ
cõditiones præpoſitæ de definitione. Et hæc erit cauſa, qua ex illis reſpõdens oſtendat plures inſtãtias: &
ideo illius deſtructio ſit facilior contra ipſius cõſtructionẽ. Et hæc eadẽ
eſt cauſa difficultatis inueniendi ar-
gumẽtationes de rebus poſtremis,
quoniam commonſtrantur pluribus præmiſſis, quas interrogantem
difficile eſt capere, & reſpõdenti nõ
deeſt id, quo facile feratur inſtãtia.
Cauſa vero difficultatis ſyllogizandi ad res proximas principio eſt pau- M
citas præmiſſarũ, quæ fiunt ad illas,
& in his decet interrogãti vti occultatione, vt decet ei in rebus, quæ ſunt
a principijs diſtãtes. Verumtamen
cauſa difficultatis ſyllogizandi ad illud, de quo elocutio fuerit æquiuoca, aut accommodata, eſt, quia, quando dictio æquiuoca non traderet
vnũ idem ſignificatũ, fieret forma
cuius rei, quæ cõtingeret de modis
conſtructionis, & deſtructionis. Si
autem interrogans caperet de illis ſi-
gnificatum vale, nõ eſt reſpondentis dicere

A tis dicere, nolo hoc significatum, q̃
intelligebas. vt si interrogetur, an or
bis sit æternus, nec ne? quia nomē or
bis est æquiuocum, quod dicitur de
toto, & dicitur de aliqua suarũ partium. Et exēplum huius in accom-
modatis est oratio illius, qui dicit,
quòd mare sit terræ sudor, qui in ip
sius sundo collectus est, quia si destruxerit significatũ accõmodatum, diceret, nolo nisi significatum
verũ, & si destruxerit verũ, diceret,
nolo, nisi ipsum significatũ accommodatũ, & nõ est illius propositũ, et
lucraretur. Et hanc quidem ob cau-
B sam definitiones, quæ æquiuocæ, aut
accommodate dicuntur, difficile est
destruere, licet illarũ destructio se-
cuudũ præcedentia sit facilis, quando autē hoc ita est, quòd hæ sint cau
sæ difficultatis destructionis positio
nũ, præter quòd coniectetur, vnde
sit difficultas illarum, quas interrogans intendat destruere. Expedit ita
que, quãdo difficilis ei suerit destructio alicuius positi, præter quòd cõ-
sideret, vnde sit illius dilficultas, q̃
innitatur his modis, quia nõ euaderet vnum eorum, aut plures, quàm
vnum. Et si illius causa fuerit, quia
C indigeat definitione, exordiemur
priũ definitionem. Si autem illius
causa fuerit nominis æquiuocatio,
prout est dicere, an orbis sit æternus, nec ne? incipiemus a diuisione
illius, quod significat ipsum nomē.
Si autē illius, difficultatis causa fuerit multitudo præmissarum, quæ in
medio suat, prout est dicere, an cœlum sit graue, aut nec graue, neque
leue? expedit illas proferre, adeo q̃
nullam rē illarũ omittamus. Contingit autē aliquãdo dubitare quid
expediat interrogantem facere, quã

do nõ inueniret per quid procuret D
illud cõmonstrare nisi per præmissas modicæ diuulgationis, & si inter
rogaret de illis, nõ confidit, quin illas neget ipse respõdens, si nõ interroget de illis primo, & proponat in
terrogare de præmissis, quarum con
clusio sit difficilis ad quæsitum ob
multitudinem illarũ cõclusionum,
quæ intercidunt ei & primis principijs. Doctrina vero est, quòd primo
proferat præmissas, quæ sunt notiores, donec per illas cõmonstret præmissas, quę fuerint quęsito ꝓxime.

Hæc itaque est summa eorum,
quæ dicta sunt pro interrogante, & E
quo modo debeat esse interrogatio, & ordinis series.

Loci pro respondente. Cap. III.

D E responsione autē pri-
mum quidem determi-
nandum, quod nam est
opus bene respondētis, quemad
modum bene interrogantis. Est
autē interrogãtis quidē sic dedu
cere orationē, vt faciat respondē
tem dicere inopinabiliora, quã
ta, quæ ꝓpter positionē sunt ne F
cessaria: respondentis vero non
propter se apparere, accidere im
possibile, aut quod præter opi-
njonē est, sed propter positionē:
nã alterũ fortasse peccatum, ponere primum quod nõ oportet,
& positum non seruare aliquo
modo. Quia autem sunt indeter
minata hã, qui propter exercitationem, & experientiam orationes faciunt (nam non eædem cõ
siderationes, & discentibus, &
docenti-

G docentibus, & concertantibus,
neque his, & ñs qui exercent se
inuicem inspectionis gratia: nã
discenti quidem ponenda sunt
semper ea, quæ videntur, neque
enim conatur falsum vllus doce
re, concertantium vero interro
gantem quidem videri aliquid
facere oportet omnino, respon
dentem autem nihil videri pati)
& in Dialecticis congressioni
qus, quæ nõ concertationis gra
tia, sed experiméti, & inspectio
nis orationes faciunt, nondum
H enucleatum est quo pacto opor
teat cõiectare respondentem, &
qualia dare, & qualia non, ad be
ne, aut non, seruandam positio
nẽ: quoniã (inquam) nihil habe
mus traditũ ab alñs, ipsi aliquid
46. locus
declatio.
dicere tentemus. Necesse est au
tem respondentem sustinere ora
tionem, ponédo aut probabilé,
aut improbabilem positionem,
aut neutram, & aut simpliciter
probabilem, aut improbabilé,
aut indeterminate, vt huic ali
I cui, vel alñ. Nihil autẽ refert quo
modo cunque dũ ea probabilis,
aut improbabilis sit: nam idem
modus erit bene respondendi.
vel dãdi, vel non dandi quod in
terrogatũ est: nam, cũ improba
bilis est positio, necesse est, & cũ
clusionem probabilem fieri, cũ
vero probabilis, improbabilé,
nam oppositum semper positio
nis interrogans concludet: si au
tem neq probabile, neque im
probile quod positũ est, & con
clusio erit tatis. Quoniã autem

bene syllogizans, ex probabilio
ribus, & notioribus prõpositũ
demonstrat, manifestũ est, quõd
quãdo simpliciter est improba
bile q proponitur, nõ dãdum
est respondenti, nec quod nõ vi
detur simpliciter, nec quod vi
detur quidẽ, min⁹ aũt cõclusio
ne videtur. Nã, cũ improbabilis
est positio, probabilis est cõclu
sio, quare oportet quæ sumũtur,
probabilia esse omnia, & magis
probabilia quàm qũ proponiẽ,
si debet per notiora quod min⁹
notum est concludi, quare si ne L
que tale est quippiam eorũ, quæ
interrogãtur, nõ ponendum est
respondenti. Simpliciter autem 48. Locus
Declatio.
si est probabilis positio, diluci
dũ est, quoniam corclusio sim
pliciter improbabilis: ponendũ
igitur, & quæ videntur omnia,
& eorum quæ non vidẽtur, quæ
cunq minus sunt improbabilia
cõclusione: nã sufficienter sic vi
debitur disceptatum esse. Simili 49. locus
Declatio.
ter autem erit, & si neq impro
babilis, neq probabilis est posi M
tio. Nã, sic & quæ vident omnia
dãdũ, & eorũ quæ nõ videntur,
quæcũque minus sunt improba
bilia cõclusione: sic enim proba
biliores accidit orationes fieri.
Si igitur simpliciter quidẽ pro 50. locus.
Declatio.
babile, vel improbabile qũ po
nitur, ad ea quæ videntur simpli
citer, cõparatio facienda. Si autẽ
non simpliciter probabile, vel
improbabile sit, quod ponitur,
sed respõdenti, ad seipsum quod
videtur, & quod nõ videtur iu
dicando,

51. Locus. Declaratio. dicendo, ponendum, vel nõ po-
nẽdum. Si vero alterius opinio-
nem tutetur respondens, manife
stum, quoniam ad illius intelligentiam aspiciendo, ponere singula debet, & negare, quare &
qui curãt extraneas opiniones,
(vt bonũ & malũ esse idẽ, quẽ
admodum Heraclitus inquit,)
nõ dant nõ adesse simul contraria eidem, nõ unia nõ videntur
eis hæc, sed quia secundũ Heraclitum sic dicendũ. Faciunt hoc
autẽ & qui suscipiunt abinuicẽ
positiones, coniectant enim ac si
is dicat, qui ponit, manifestũ igi
tur, quæ coniectandũ rñdenti, si
ue simplr probabile, siue alicui
51. Locus Declaratio. positũ est. Qm autem est necesse
omne qd interrogatur, aut pro-
babile, aut improbabile esse, aut
neutrũ, & ad orationem, aut nõ
ad orationẽ attinere qd interrogat, si sit quidẽ qd videt, & non
ad orationem, dãdum est dicen-
53. Locus Declaratio. do, quod videtur. Nõ enim inte
rimitur, posito eo, quod in prin-
cipio: si vero nõ videtur, & non
ad orationem, dãdum quidem,
& consignificandũ q non videtur, ad deuitationem absurdita-
54. Locus Declaratio. tis. Si vero sit ad orationem, &
videatur. dicendũ, quoniam vi-
detur quidem. sed valde propin
quũ ei quod in principio est, &
interimit eo posito qd proposi-
55. Locus Declaratio. tũ est. Si autẽ ad orationem qui
dẽ, valde autẽ probabile postu-
latum, dicendũ qd accidit hoc
56. locus. Declaratio. posito, at valde absurdũ esse qd
proponitur. Si vero neque pro-

D babile, neque improbabile, si ni
hil quidẽ ad rationem, dandum
nihil determinando. Si autẽ ad
57. Locus Declaratio. orationem, consignificandum
quod interimitur (posito eo) q
in principio est. Nam, sic & qui
respõdet nihil videbit propter
hoc pati: si quidẽ præuidẽs singula posuerit, & qui interrogat,
assequetur syllogismum positis
ab eo omnibus probabilioribus
58. Locus Declaratio. cõclusione. Quicunq́ vero non
ex probabilioribus conclusione
conãtur syllogizare, perspicuũ,
E quoniam nõ bene syllogizant,
quare cùm sic interrogant, non
ponendum. Similiter autem &
59. Locus Declaratio in ñs, quæ obscure, & multipliciter dicuntur, occurrẽdum est.
Nã, quia datũ est respõdenti nõ
discenti, dicere nũ disco, & multipliciter dictum non ex necessi
tate confiteri, vel negare, manife
stum, quoniã primũ quidẽ nisi
planum sit quod dicitur, non
cunctãdum vt dicat haud intelligo: nã sæpe ex eo quod nõ clare
interrogãtibus dãt, occurrit ali-
F quid difficile. Si autem notum
70. locus. Declaratio. quidem sit, multipliciter autem
dictum, si in omnibus quidẽ ve
rũ vel falsum sit quod dicitur,
dãdũ simpliciter quod dicit, vel
negandũ: si vero in aliquo quidẽ sit verum, in aliquo autẽ falsum, significandum est qd multipliciter dicit, & quia hoc quidem falsum, illud autem verũ.
Nam, cùm posterius distingui-
tur, immanifestũ si & in princi-
71. Locus. Declaratio. pio ãbiguũ animaduerterit. Si
autem

G autem non præuiderit dubium, sed in alterü aspiciens posuerit, dicendü ad eum, qui in alterum ducit, quoniam non ad id aspiciens dedi, sed ad alterum eorü. Nam pluribus existentibus, quæ sub eodem nomine, vel eadë oratione sunt, facilis est ambiguitas. Si vero & dilucidum sit, & simplex quod interrogatur, aut sic, aut non, respödendum. Quoniam autë omnis propositio syllogistica, aut earum aliqua est,

62.locus. declaratio.

H ex quibus syllogismus, aut propter aliquam illarum, manifestum, cp quandocp alterius gratia sumetur, ex eo cp plura similia interrogant. Nä, aut per inductionë, aut per similitudinem, pleruncp vniuersale sumunt: singularia igitur osa ponendum, si sint vera & probabilia. Ad vniuersale autë tentandü inštätiam ferre. Nä sine inltantia vel quæ sit, vel quæ videatur, prohibere orationem proteruire est: si igitur multis apparentibus, nö de-

63.Locus Declaratio.

I derit vlt qui non habet instantiam, manifestum est, quoniam proteruit. Amplius, si necp contra argumëtari habeat quöd nö verum, multo magis videbitur proteruire, quanuis nec hoc sufficiat: nam cöplures orationes opinionibus contrarias habemus, quas difficile est soluere, velut Zenonis, cp non cötingit moueri, neque stadium perträsire: sed non propter id, quæ sunt opposita his, nö ponendum, si igit qui nequt contra argumentari

64.Locus declaratio.

habet. neque inftare nö ponit: dilucidum, quoniam proteruit: est enim in disputationibus proteruia, responsio præter dictos modos, syllogismi destructiua, Sustinere autem & positionem. & definitionem, ipsum sibiipsi oportet præargumentando. Nä ex quibus interimüt interrogätes quod proponitur, manifestü, quoniam ñs aduersandum. Inopinabilem vero suppositionem cauendü sustinere. Erit aüt inopinabilis multipliciter: nä, & ea ex qua absona contingit dicere: vt si omnia dicat aliquis moueri, aut nihil, & quæcücp peioris moris esse eligenda, & quæ contraria cösiliis, vt cp voluptas bonum, & iniuriam facere melius quäm iniuriam pati: nam nö vt orationis gratia sustinentem, sed, vt ea quæ videantur dicentem oderunt. Quæcunque vero orationum falsum syllogizant, soluëdü interimëdo id propter quod, sit falsum. Nam non is qui quoduis interimit soluit, ne quidem si falsum est quod interimitur: habere enim potest plura falsa oratio, vt si quis sumat sedentem scribere, Socratem vero sedere: accidit enim ex his, Socratem scribere, interempto igitur Socratem sedere, nihil magis soluta est oratio, quamuis falsum sit postulatum, sed non propter id oratio falsa: nam si quis sit sedens, non scribës autem, nö amplius in tali, apte accommodabitur eadem solutio, quare non id

65.locus declaratio.

66.Locus Declaratio.

67.Locus Declaratio.

interimendum

â înterimêdû; sed sedêtê scribere: non enim omnis qui sedet, scribit. Soluit igitur omnino, qui interimit id, propter ǫ fit falsum: nouit autê solutionê, qui scit ǫ propter id salsa oratio: quemadmodû in ñs quæ falso describuntur. non enim sufficit instare, ne quidê si salsum sit quod interimitur, sed & idpropter quod salsum assignandum: sic enim erit manifestum vtrû præuidês aliquid, an non, facit instantiam.

Sermo de præceptis respondentis.

Cap. 3.

Qvomodo autem fiat respôsio expedit, ǫ eloquamur postqñ sciuerimus, ǫ vltra conditiones interrogationû, & respôsionum sintillæ, quæ sunt quærêtiû, & respôdentiû, bene interrogantiû, & bene respôdentium. & sunt illi, quorum propositû est exerceri in hac arte, & ponere quæsitû de quo eloquantur fm modum scientiæ demôstrariur, non illis, quorum intêtio est agonistice vincere. Bene interrogantis n. est cogere respondentê, vt ei admittat, ǫ illi côcludit, aut neget diuulgata, quæ admiserat. Et bene respôdêris est, quâdo cauerit positionem, quâ obseruare est impossibile, præponat interloqui interrogando diuulgata, que illam destruerêt, & que illæ destructurus est, priusqñ; ea admittat: error. n. positiouis nequit esse sine errore ponêdi aliquâ rê, præter ǫ caueat, quod deceat. Illius vero, cuius intentio est vociferare, & agonistice vincere, interrogâtis intêtio est destruere positum. Si autê visum fuerit de eius negocio, ǫ iam illud destruxerit, quomodocuuque côtigerit, & respôdens proposuerit huius côtrariû, ob hoc itaq; fit his, ǫ interlocutores aliquâdo respôdês negabit diuulgata, & difficile fit ei admittere, qd expediret ei admittere, & interrogâs etiam aliquando interrogationes, que nô essent fm modû beneficâdi interrogationê, sicut respôdens aliqnâdo responderet aliquâ respoutionem, quæ nô esset fm modû beneficandi respôsionê. Illorû vero, quorû intentio est scientia & disciplina, docens quidê proponit producere sciam in ipsum discipulû, & hæc eadê est intêtio addiscentis. Hoc autem fit per res veraces, propterea nô ponerent, quod nô sit verax, ex quo neuter illorum (vt ait Arist.) intendit disciplinâ falsi. Hoc autê côstituto dicamus, ǫ positiones, quas respôdens procurat sultinere, nô euadût tres species, aut ǫ positû sit diuulgatû, aur sit non diuulgatum, aut neque sit diuulgatû, neque nô diuulgatû, & est illud, de quo nô est vulgo aliqua opinio de illo; vt an latro moueatur, aut non moueatur. Diuulgatum autem, aut est diuulgatû simpliciter, vt ǫ Deus sit, aut diuulgatû apud aliquâ sectam, prout apud Peripateticos est, ǫ cœlû nô sit leue, neq; grave. Et lik nefandû partitur his duabus partibus: quoddam itaq; est nefandum apud omnes, vt ǫ Deus nô sit, aut sit impotens, & quoddâ est nefandû relatione cuiusdâ gentis, prout est Ideas esse apud Peripateticos. Quando autem positum fuerit non diuulgatû, necessário expedit esse id, quod interrogâs procurat côcludere diuulgatû. Et qnâdo fuerit ipsum posuû diuulgatum, illius intentio est ipsum concludere non diuulgarû, in

G terrogātis. n. intentio est cōcludere
positi oppositū. Et similiter quādo
positū nō fuerit diuulgatū, necↄ nō
diuulgatū, expedit conclusionē esse
fm hanc positionē. Ex quo autē qui
interrogationē beneficat, construit
syllogismū ex præmissis notiorib°,
& magis diuulgatis qↄ, sit ipsa cōclu
sio, notū est, ꝙ, quādo positū fuerit
simpliciter nefandū, expedit respon
dēti, ꝙ non admittat, ꝙ est simpliciter diuulgatū, quia illud cōcluderet
cōtrariū illius, ꝙ posuerat. Et similiter nō expedit ei admittere, ꝙ est
improbabile, quādo enim admitte-

H retex aliqua præmissa, quod nō est
simpliciter improbabile, fir ibi aliquod probabile & diuulgatū, & illa
cōcluderent, quæ essent aliqualiter
probabilia, quæ autē aliqualiter pro
babilia sunt, opponuntur simpliciter improbabili, vt si parētū interfe-
ctio sit simpliciter improbabilis, ab-
stinētia ab ipsorū interfectione non
est maxime laudāda probabilis. Sed
expedit respōdēti inspicere tales præ
missas, & fuerint minus improbabi
les cōclusione, nō debet eas admitte
re, quia essent laudabiliores, & pro-
babiliores cōclusione: & hæc est con

I ditio laudādi syllogismi, ꝙ interrogāti non eueniat de eo increpatio ā
respōdēte, si autē fuerint magis improbabiles cōclusione, est ibi minus
laus, & nō est eius aliquid, quo id ad
mittat, quóniā si ex illis interrogās
cōcluderet cōclusionē, esset ibi laus
quædā, quæ opponeretur eius positioni, & nō ꝙ ipsum increpet ob esse
cōclusionē magis diuulgatā præmis
sit. Illæ vero, pro quarū admissione
nō est eius aliquid, sunt præmissæ
simpliciter improbabiles, quoniam
quando proferret syllogismum, nō

concluderet nisi improbabile, & si k
concluderet aliud ab hoc, esset eius
increpare interrogātē: hoc enim
nō est impossibile, sed hoc est per ac
cidēs, prout ex premissis falsis cōclu
ditur cōclusio vera. Si autē positio
fuerit simpliciter diuulgata, manife
stū est, ꝙ id ꝗ interrogans intendit
cōcludere, est destructio diuulgati
improbabilis: sicↄ expedit, ꝙ admit
tat præmissas diuulgatas, quia diuul
gatū nō concludit improbabile per
se, sed cōcluderet ipsum per accidēs,
& esset respōdētis ipsum increpare,
& nō admittere improbabile, ꝙ nō
est maxime, nisi quādo illæ fuerint L
minus improbabiles, qↄ conclusio,
quia si cōcluderet ex eis improbabile quoddam oppositū alteri posito,
ꝙ sit simpliciter diuulgatū, cui iam
opponitur, ꝙ nō fuerat simpliciter
improbabile, illius est ipsum increpare, ex quo id, ꝙ cōcludit improba
bile oporteat esse notius in impro-
babilitate. Si vero positio fuerit diuulgata apud aliquam sectā præter
alias sectas, aut apud aliquē vnum
eundē hominē, expedit respōdēti, ꝙ
nō recipiat, ꝙ nō est laudabile apud
hanc illā sectā, aut apud illū hominē, siue fuerit laudādū apud omnes, M
aut nō, quoniā expedit, quod sit ipsius positio, aut ipsius ablatio cuilibet, qui illud ponat fm hanc opinio
nem. exēpli gratia, quia Heraclitus
opinabatur ꝙ bonum & malum essent vnum & idem, & homines q as-
seuerabant eius opinionē esse laudā
dā, apud eos est hæc positio, ꝙ non
admittatur cōtraria nō concurrere
in vno subiecto, hoc enim licet sit
diuulgatum apud omnes, est tamen
improbabile apud illum, qui est hu
ius opinionis. Si autem positio non
                                   fuerit

A fuerit laudabilis, neque non laudabilis, manifestũ est, ꝙ cõclusio, quã
interrogãs procurat concludere, est
huiusmodi, & expedit ei admittere,
quod est laudabile, aut improbabile, & nõ admittunt id, quod non sit
laudabile, neque id ꝙ est laudabile,
quia si id ei cõcluserit, quod nec sit
laudãdum neꝗ improbabile, ex eo
quod est laudandum, aut improbabile, respondentis esset ipsum incre
pare: sicque iam videtur, quas res ex
pediat respondentẽ intẽdere in omnibus specieb' positionũ, & quæ sint
res, quas fugere ei expediat. Ex quo

B omne quod ab eo interrogat, aut est
probabile, aut improbabile, aut nec
probabile, nec improbabile, & vna-
quæꝗ harum trium specierũ, aut sit
ex rebus, quibus indigemus ad cõclu
sionem, aut ex his, quib' nõ indigemus ad conclusionem, sicque expedit respõdenti, si velit bene respõde-
re de singulis his sex speciebus, & ꝙ
non sequatur ei redargutio in oratione, cuius putetur ipse fuisse causa,
aut quãdo interrogatur de eo, ꝙ est
probabile, sed est inutile conclusioni, eius esset ꝙ daretur, & ostendat se
nosse illud. Si autẽ fuerit improbabi

C le, & inutile, & iterũ eius est dare illud, sed cõsignificandum est illi, ꝙ
sit improbabile, per hoc enim euade
ret, ꝙ de eo putet, ꝙ admiserit, qđ
latuerit ei esse verum & diuulgatũ,
aut fuerit probabile, & de rebus vtilibus conclusioni, & hoc expedit, ꝙ
nõ negetur, negare enim diuulgata
nõ est operis bene respõdẽtis, sed ipsum admittit postꝗ, edixerit, quod
ex illius admissione sequatur destru
ctio positi, & per hoc euaderet, ꝙ nõ
putetur de eo, ꝙ defectus proueue-
rit eius causa, nõ occasione quæsiti,

D prout facit medicus in praua ægritu
dine, in qua præfert & prædicit, qđ
nõ sanet, & ꝙ defectus nõ sit occasio
ne eius medicinæ. Si autẽ id, de quo
interrogat sit de rebus, quarũ indigemus ad cõclusionẽ, sed est improbabile, expedit ꝙ nõ admittat illud
ob syllogismi defectũ, qui ex illo se-
qnitur, ẽ dicẽdo, ꝙ si illud admitteret, ex inde sequeretur conclusio. Si
vero fuerit nec probabile, neꝗ improbabile, nec vtile cõclusioni, expe
dit ipsum non admittere, nec de eo
aliquã rem dicere. Si vero huiusmo
di fuerit, & eo indigemus ad cõclusionẽ, expedit itaꝗ cõsignificare, ꝙ

E indigemus eo ad cõclusionẽ, excepto quõd nõ admittat, & neget ipsum, hoc itaque opere respõdens be
ne respondisset, & euaderet ꝙ nõ pu
tetur de eo, quõd defectus interlocu
tionis euenerit eius causa.

Interrogans autem bene inter- *De præce-*
rogaret, quando syllogismum com *ptis inter-*
poneret ex præmissis, quæ fuerint *rogandi.*
magis diuulgatæ, quàm sit diuulga-
ta conclusio, quando vero non fuerint magis diuulgatæ, quam sit diuulgata ipsa conclusio, non conuenit interrogare de illis, vt ex eis fiat

F syllũ, neꝗ rndẽti cõnenti illas admit
tere. Qñ aũt ꝕrogãs interrogaret
respondentẽ, non euaderet, quin dictiones, quibus interrogaret, sint
notæ significationis apud respondentem, aut sint extraneæ ignotæ
conclusionis. Et vtroque modo
non euaderet, quia sint de his, quæ
dicuntur vniuocæ, aut æquiuocæ.
Quando vero fuerint ignotæ conclusionis, respondentis est ipsum interrogare de illarũ significatione,
& hoc non est ei vitium in hac arte.
Si enim admisisset ei, quõd interro

G gasset, præter qã sciuerit illius signi-
ficationem, & perinde cõclusisset ei
cõtradictoriũ ipsius ph̅ionis, & voluerit obstare, quòd nõ intellexisset
illas dictiones, quas ad miserat, suspicaretur de eo, quòd hoc esset eius
crimẽ cauillationis, & nõ iustifica-
ret de eo, ф ratiocinar' esset postea
de hoc, ex quo putaret ф ideo esset
excusat', quia esset destructa ei'positio. Si vero dictiones fuerint notæ
significationis, sed sint de his, quæ
multipliciter dicũt, expedit inspicere an omnes res, de quib' dicit prædicatum, sint veræ de subiecto. Si an-
H tem subiectum dicatur fm vnã significatũ, aut de omnibus significa-
tis, quibus dicitur subiectum, si vtraque dicatur multipliciter, nõ euaderet enuntiatio reliquã harũ triũ par-
titionum, & quando res in illis esset
vno horũ modorũ, respõderet de illis sic, aut non. Si autẽ fuerit in illis
aliquod significatũ mendax, quãdo
alterũ esset verax, expedit distinguere nomẽ æquiuocum secũdum omnia eius significata, & explicare verax ipsorũ à mẽdaci, prius quàm interrogans cõcludat cõclusionẽ, hoc
est ei melius, quoniã si postponeret
I partitionẽ cognitioni cõcludenti ipsam conclusionẽ, putaretur de eo, ф
nõ intellexisset, quòd nomen sit
æquiuocũ, ф defectus huius, aut ig-
norãtia, q' nomen sit æquiuocum,
euenisset ab eo; quoniam nõ videtur Aristoteli, ф respondentis sit notificare interrogãri, postquàm concluserit cõclusionẽ, quòd nõ possit
esse significatum; pro quo interrogans intellexisset ipsam conclusionem, & non esset interrogantis su-
spectum ipsum habere hic diuersi-
mode a dispositione nominis ignob-

æ significationis, non enim suspica- K
retur de eo hic, sicut suspicaretur
ibi. Quãdo enim dictiones significa-
rent vnum significatum, & admiserit eas, deinde post hæc excusatus esset, quòd eas nõ intellexisset, nõ admitteretur eius dictum de hoc, &
haberetur suspectus. De dictionibus vero nons significatione, quæ
vniuocæ dicuntur, expedit respon-
sionem fieri per sic, aut per non. Ex
quo præmissæ, ex quibus cõponuntur orationes Topicæ, aut sunt diuulgatæ, quas non oportet com õ-
strari per alias, aut præmissæ, quæ
inquisitione sunt commõstratæ. Et
hoc præfatum præceptum sit in præmissis, quarum esse diuulgatũ non
indiget inquisitione. Expedit itaq;
ф dicatur etiã de beneficatione responsionis huius speciei præmissarũ, & hoc quidẽ sit, quòd admittat ei
has præmissas, quas inquisitione caperet, & nõ fugiat eas, renuere enim
eas est renuere sensatũ, & procuret
destruere vniuersale, quòd interrogans procurat cõmonstrare, & hoc
vt nõ neget ipsum, & abstineat ipsum admittere solum sine oratione,
quã illud destruat, sed ф ostẽdat ip- M
sum per orationẽ, quã illud destrueret, quãdo enim se abstineret ipsum
admittere, præter ф proferat orationẽ, quæ illi cõtradicat, hoc esset ma-
xima fraus & actus eueniens ab hac arte. Si autẽ impõsibile ei sit destruere præmissum, q; incipere interrogãs inquisitione cõmõstrare, saltem
proferret orationẽ, quã destruat cõclusionẽ: Quando vero respondens
nõ proferret alterum horũ duorũ, s.
destructionẽ præmissæ vniuersalis,
aut destructionẽ cõclusionis, quam
interrogãs procuraret cõcludere ei,
neque

A neque admitteret qd eu interrogaret de præmissis, esset maxime mirã
dũ, & maxime proteruire. Et expedit quãdo proferret orationem de-
struetem præmissam vľem cõllitu-
ram inquisitione, cp non proferat
oratioue, quæ illam vniuersaliter de
struat, quæ est destructio per cõtrariũ, sed proferat oratione, quæ illam
destruat particulari destructione,
quæ est destructio per contradictorium, qm destructio præmissarũ ta
lium vniuersaliter est remota, ex
quo ipsam sequeretur renuere sensatum. vt ver. g. quando vellemos in
B quisitione cõmõstrare, cp omne ani
mal sit mobile, inquirëtes animalia,
de quorũ dispositione videatur, qd
sint mobilia, respõdëtë oporteret sic
habere, vt ad argumëtum Zenonis:
vnde sequitur cp nulla res moueat,
& est illud, quod dixit, omne mobile prius trãsit mediũ spatium, q̃; totũ, & medii mediũ prius q̃ mediñ,
& prius medij mediũ q̃; mediũ me
dij medij, & sic in infinitũ, & transit
totũ spatium tempore finito, sicque
tẽpore finito trãsiret spatium infini
tũ, hoc autẽ est falsum: sic igitur nul
la res mouetur: tales enim syllogis-
C mi redarguunt sensata. & ideo cum
hoc difficile est destruere tales syllo
gismos, & nisi hoc fiat, impossibile
esset illis cõtradicere sensatis, sed ar-
tifici huius artis expedit cauere il
los, & illi primo sunt sophistici: hoc
itaq; est præceptũ, cp expedit respon
dëri cõstruere in talibus præmissis.
Et expedit procurare, cp sustetet po
sitiones, quibus diu exercitatus fuerit, & nonerit oës præmissas destruë
tes & cõstruëtes ipsas, qm, quando
hmõi fuerit, sciet quam illarũ præmissarũ admittat, & quã earũ non

admittat, & si opus sit ei ipsas de- D
struere, sciet quo illas destruat. Et ex
pedit cp caueat suscipere sibi sustëta
re aliquod positũ nõ diuulgatum, &
hoc in rebus speculatiuis, prout est
oratio dicëtis, ens est vnũ, & quod
nõ moueat. In rebus vero factibili-
bus, prout sunt positiones, quas eligit cœlestis cõsuetudo, vt cp opinet
cp iniustitia sit præligëda, & cp voluptas sit bona, qm sustëtatio harũ
positionũ redditur noxia duab' rebus simul, rebus quidë speculatiuis,
quia facit acquirere illũ, qui illis vti
tur, habitũ deceptoriũ, qui eũ remo
ueat ab electione veritatis, & amore E
iustitiæ, & rebus factilibus faceret ip
sarũ vilipësionë, & modicam incli-
nationë ad illas, cũ eo, cp qui his posi
tionibus vtitur, nõ estimatur, cp eas
sustentet sm modum exercitij, sed,
quia illas opinet, & eis credat. Et ex
pedit, cp scias cp huius artis interro
gatio fit duobus modis, aut interro
gatio de singulis præmissis, & quan
do datæ fuerint a respõdëte, à qualibet illarũ cõcluderetur conclusio
proposita, aut est interrogatio de
præmissis simul & de cõclusione. Et
opeta respõdëtis, quibus obuiet interrogãti, quædã sunt opera postquã; F
cõclusionë cõcluserit, & quædã sunt
res, quibus respõdens obuiat illi, pri-
usquã cõcludatur cõclusio. Et hæc
quidem sunt præcepta præmissarũ,
quoniam præmissæ, ex quibus syllo
gismi cõponuntur in hac arte, aut
sunt præmissæ admissæ ob earũ di-
uulgationë, aut præmissæ, quæ inquisitione sint cõmõstratæ. Et præ
missæ diuulgatæ sunt duarũ specierũ, præmissæ quas respõdens nõ põt
penitus negare in cõtrouersia, neqi
sine cõtrouersia, & hoc ppter illarũ

R iij   diuulga-

G diuulgationē, & præmissæ, quas pōt
negare, quando proferret syllogif
mū ad illas destruendū, ex quo sunt
mediocris diuulgationis. Iam autē
præhabitus est sermo quid faciendū
sit in duabus speciebus orationis in
talibus præmissis, priusquam cōclu-
sionē cōcludat, hoc est, in mediocri-
bus diuulgatione, deinde post hæc
redibimus ad id, qd expediat facere,
postquàm concluserit ipsam cōclu
sionem, & per hoc expletitur quid
expediat facere respōdentem in dua
bus interrogationibus simul, & dica
mus: quòd prohibere interrogātem

H à cōclusione, & destructio taliū præ
missarū prouenit quatuor modis.
Quorū vnus est, ꝙ respōdēs accēdat
ad præmissam, ex qua sequat cōclusio, & aggrediat, & illam destruat, &
hoc quidē sit, aut quādo ambæ præmissæ syllogismi fuerint falsæ, & qd
de illis attendat in destructione ad
præmissam, in qua est res dicēdi de
omni: in prima quidem figura illa
est maior, in alijs autē est illa, quæ in
potētia est maior, ex quo subordinā
tur primæ figuræ. Si enim fuerit destructio syllogismi, qui cōpositꝰ est
ex duabus præmissis falsis in destru

I ctione minoris nō est causa illationis falsæ, quæ est cōclusio ipsa minor:
qui autē scit instantiā ferre, non est,
vt ait Arist. qui destruit rem, ex qua
sequitur ipsum falsum. vtcunqꝰ con
tigerit, sed est qui destruit rē, ob quā
est falsum, & est illius causa. Notā
autē est, ꝙ hæc destructio est possibilis in duobus locis, quorum vnus
est, quādo ipsum interrogasset inter
rogās de præmissis & conclusionibꝰ
simul, aut qñ præmissæ, quas ille in
terrogat, fuerint de illis, quibus eius
est in hac arte cōtradicere, & sunt, q

K nō sunt maximē diuulgatiōis. Secūdus aūt modus est, ꝙ destruat pmissas, de quibus interrogat nō fm ipsam rem in se, sed fm interrogātem,
& nequeat remouere locum destructionis. gratia exēpli, ꝙ quis interro
garet, an fortitudo sit vtilis, & diceret respōdēt non, quia fortitudo est
causa perditionis ipsius fortis, quan
do autē interrogās nō distingueret,
ꝙ est per se ab eo ꝙ est per accidēs,
nequit soluere hanc instātiā: fortitudo. n. est causa perditionis ipsius
fortis per accidēs, non per se. Tertius
autē modus est, ꝙ iā interrogasset

L interrogans de præmissa vtili ad cōclusionē, sed ꝙ ille eā accepisset mu-
tatā varietate, qua, qñ eo modo sum
pta fuerit, nō sequeret ab ea ipsa cōclusio proposita, & respōdens instā-
ret ei hoc modo, & interrogans re-
quiret illā mutare in formā, qua ex
ea sequeret ipsa conclusio, ipsa autē,
qñ de ea interrogauerat, erat in potētia fm illā formā, prout quæreret
interrogās, ꝙ id, ꝙ non est substantia, nō destruatur substātiæ ipsius de
structione, & partes substātiæ suarū
partiū destructione, prout hinc con
cluderet, ꝙ partes substātiæ sint substātiæ. Et respōdenti esset hic locus

M dubij, qñ nō sequitur hæc cōclusio,
ex eo qd diximus, ꝙ nō substātia nō
destruat substantiam ipsius destructione. Si autē intellexisset hoc perfe
cte, scinet ꝙ hæc cōclusio sequatur,
& hoc, qñ permutasset ꝙ dicit, ꝙ nō
est substātia nō destruit substātiam
ipsius destructione in præmissam,
quæ sit hæc in potētia, & est qd dicit
fm cōuersionē cōtradictorij, qd destruit substātiā ipsius destructione,
est substātia, & perinde cōclu sit pro
positū, scilicet ꝙ partes substātiæ sint
substantiæ.

substātiæ. Quartus aūt modus substātiæ, quæ cogit interroganté, & est
minimus & infimus horū modorū,
est instātia, quæ cogit interrogantē
cū respōdēte ad prolongationē orationis, & reducere ipsam per id, quo
ei instat, adeo ꝙ protrahatur tēporis
mora, & eueniat lassitudo, & cesset
disputatio, & recedāt absque aliqua
re, hoc autē nō esset opus bene respō
dēris: hoc aūt fit, quādo in syllogismi præmissas fuerint multa dubia,
pro quibus dubiis opus esset multarū præmissārū, cū respōdēre quidē
in verificādo illas res quibus obsta-
B ret, cū interrogāte vero in illarū de
structione. Et similiter, qñ interrogās velet cōmonstrare, ꝙ prælige-
da sit virtus bonæ fortunæ & bono
casui, & diceret, nūquid bona fortuna sit interminata opulētia & insta-
bilis. sed fit per accidens & sine arbi-
trio, & multa quæ indebite currūt,
& diceret respōdens, res nō est ita, im
mo bona fortuna est creatoris decretū, atꝗ iudicium, & nulla res est,
quæ ordinate & magis cōueuienter
currat ꝗ; ipsa, quæ est Dei iudicij
meritū atꝗ decretū, & tales, præmis
sæ sunt, ad quarū verificationē opus
C esset multi temporis, & longioris,
ꝗ; opus esset ad verificationem ipsi°
quæsiti. hæc itaꝗ; sunt præcepta, quæ
præcepit respōdenti vt cū interrogāte, priusꝗ conclusionē concludat.
Expedit aūt ꝙ dicatur quid secum
faciat, postꝗ cōcluserit ipsam cōclu-
sionē de redargutione, & increpatio
ne, & traditione debilitans, & vitij
syllogismo, quē cōstruxerat ex præmissis, quas ei admiserat, fit aūt quā
do orationis vitiū & corruptio euenerit ob interrogantem, nō propter
respōdēte. Cōmune namꝗ; opus nō

inueniē maximæ perfectionis, nisi D
sociorū occasione, fit autē illis res cō
munis, quādo ipsorū propositū fuerit eligere verū, & ipsum adipisci, &
solum attingere exerciniū: & expedit
respōdenti ꝙ bonificet respōsionē,
quādo eius propositū fuerit hæc intentio. Sociorū enim debitū est coa
diuuare se mutuo communi opere.
Quando vero illorū propositū fuerit gymnasticæ & agonisticæ victoriæ, non est ibi aliqua res cōmunis,
& vterꝗ; offendit alterum omni eo,
quod ei possibile fit illū vincere de
speciebus orationū sophistarū, & cæ
teris, aut propter litem, quæ ipsum E
cogat ad hoc, aut ob victoriā, quæ ip
sum ad hoc cōducat. non est aūt his
mos disputationis, & aliquādo euenit syllogismo defectus ob cōclusio
nem, quā cōmonstrare intendit, vt
ꝙ nō inueniat interrogās diuulgatas, ex quibus procuret cōmōstrare
hoc quæsitum, nisi diuulgatas falsas.
exēpli gratia, qñ proponimus com-
mōstrare, ꝙ voluptas nō sit bona, &
dicimus, voluptas nō ponit cōmuni
cātes in ea bonos: omne aūt bonum
ponit acquirentū ipsum bonū: hinc
cōcludit, ꝙ voluptas nō sit bona: dū
aūt dicimus, omne bonū ponit ac- F
quirentē ipsum bonū, est falsum, sed
est diuulgatum, conclusio vero est
falsa, qñ positio, quā respondēs procurat sustentare, fuerit vera, & cogit
admittere præmissas falsas, falsum
enim nō cōcludit nisi ex falso. Quā
do aūt hoc ita fuerit, syllogismi cor
ruptio euenit tribus modis, quorū
vnus est ex parte interrogātis, & alter ex parte respōdentis, & tertius ex
parte quæsiti: & ideo interrogans
eloquitur probabilius, ꝙ ei admittitur, oratio aūt in hoc sit vilis. Et

G syllogismo euenit corruptio aut ob
eius formam, aut ob eius materiã.
Corruptio quidé euenies ob ipsam
formã, partitur tribus partibus, qua
rũ vna est, cp eius forma nõ sit peni
tus, sed fiat ex duabus negatiuis, &
secũda cp sit sine quæsito, prout minor sit vniuersalis negatiua in prima figura, & tertia cp cõcludar per
accidés, prout concluderet cõclusio
né verã ex præmissis falsis, aut diuul
garas ex improbabili. Corruptio ve
ro euenit ppter materiã, quatenus
cõponitur ex præmissis, quib° desũt
vna cõditio, aut plures de cõditioni

H bus datis præmissis syllogismi, in illa
arte. Quãdo auté hoc ita fuerit, cor
ruptio hinc ei euenit ex parte verita
tis, aut quãdo eius præmissæ fuerint
nefandæ, & forte cũ hoc erunt falsæ
& essent corruptæ dupliciter, aut cp
cõclusio sit magis diuulgata ñ ipsæ,
aut cp præmissæ magis indigeãt cõ
mõstratione ñ, indigeat conclusio,
aut cp quæsitũ sit de illis, quarũ com
mõstratio possibile sit fieri ex paucis præmissis, & hic fiat ex multis
præmissis. Exẽpli gratia, cp cõmon-
stremus, cp aliqua opinio sit præstãtior aliqua opinione, & illius cõmõ

I stratio contingat fieri ex præmissis
paucis, & præmissis multis. Ex præmissis quidé paucis, vt cp dicat, quæ
dã opinio est vera, & est opinio de
possibili frequẽti, & quædam est falsa, &est opinio de possibili raro, ve
rũ aut est præstãtius falso: sic ergo
aliqua opinio est præstãtior aliqua
alia opinione. Illius auté cõmõstra-
tio p plures præmissas est, vt cp dica
tur quædã entia dicũt præstãtiora
quibusdã in estendo, ex quo ipsorũ
quædam sũt sempiterna esse & necessaria esse, & quædã quæ non sunt

sempiterna: & præstãtia quædã sunt K
sempiterna esse, & quædam nõ sunt
sempiterna esse, & quæ sunt sempiterna esse sunt præstãtiora illis, quæ
nõ sunt penitus, opinio auté de eo,
cp est sempiternũ esse, sit vera, & de
eo, cp nõ est sempiternũ esse, sit falsa, sicq, si ropinio vera & opinio falsa. Vera auté est firmioris veritatis
& permanétioris: & cp est vehemen-
tioris & permanétioris veritatis, est
præstantius, hic ergo iam sit quædam
opinio præstãtior aliqua opinione.
Et iterũ aliquãdo euenit corruptio
ipsi syllogismo, quatenus sumũtur
eius pmissæ sm cp sit causa cõclusio- L
nis, & nõ sunt causa. & hoc euenit in
syllogismo iimpossibilis, & recli, qñ
distinct° est in libro Elécborũ. Et si
militer accidit illi corruptio, quæ di
cit penitio. Et aliquãdo accidit corruptio ex parte varietatis interroga
tionis a premissis, quas a.lmittcret,
vtcp superaddat illis, aér imminuat
ab illis, aut eis erat sni aliñ casũ ab
eo casu, quo eas admiserat. hi itaque
sunt modi corruptionis, qui eueniũt syllogismo sm modũ vniuersalitatis ipsorũ & sm quantitaré. Et
Aristoteli videt cp increpatio eueniat interrogãti quinqz modis. Quo M
rũ vn° est, cp oratio nõ cõcludat pe
nit°, aut ei° pmissæ sint remotæ, vel
falsæ & remotæ simul, exẽpli gratia,
oratio Melissi, si ens gignat, eius est
principiũ, sed non gignit, sic nec est
ei° aliq ptincipiũ, ergo ens est vnũ,
totũ enim hoc cũ forme corruptio
ne, eius premissæ sunt falsæ. Secũdas
est, cp oratio nõ concludat quæsitũ,
sed cõcludat aliud, & ipsius præmissæ sint remotæ, aut falsæ & remotæ,
sicut est oratio, quicquid est præter ens est non ens: & quicquid est
non

A| nõ ens, nulla res est: ergo ens ẽ vnũ,
hæc enim concludit, ꝙ quicquid est
præter ens, nulla res sit, non ꝙ ens sit
vnum. Tertius aũt est, ꝙ sylli constructio compleatur per præmissas,
quas ex seipso addiderit, aut immi-
nuerit, & cum hoc sint nefandæ, aut
falsæ & nefandæ. Quart' est, ꝙ præ
missæ sint minus diuulgatæ ꝗ̃ conclusio, & cum hoc sint nefandæ. Et
quintus est, ꝙ pmissæ, ex quibus con
struitur sylli, sint veræ, & parũ probabiles, imo indigeant longiori tpe
pro ipsarum cõmonstratione, ꝗ̃ sit
tempus cõmonstrationis ipsius quẹ
B| fit, hoc autẽ est qñ huius sylli sint
præmissæ notiores eo. Hi aũt qnq;
modi repulsus eueniũt interroganti, qñ ipse fuerit illorũ causa. Verax
aũt oratio in hac arte, put dicit, est
triũ specierum: quarũ prima & præ
stantissima est, ꝙ sit cõposita ex præ
missis maxime diuulgatis, quas respondens iã admiserit, & eius figura
fit, quæ p se primo concludat propo
situm concludendum: secundus aũt
est, ꝙ sit cõposita ex pmissis medijs
fm diuulgatione & probabilitate,
quas respondens admittat, & cõcludat quæsitũ primũ per se: & tertius
C| est, ꝙ sit cõposita ex præmissis, qua
rum quasdã receperit ab ipso respõ
dente, & aliquas ptulerit ex seipso,
sed illæ quas ex seipso pfert, sint ma
xime laudandæ. Falsas aũt orationes
in hac arte dico nefandas, & eas dici
mus esse quatuor specierum. Quar
prima est, ꝙ oratio cõcludat fm opi
nionem, non ꝙ ita vere sit, prout esset ex duabus affirmatiuis in secũda
figura: prout dicebat Plato, sapiens
est robustus, & fortis est robustus, sa
piens itaq; est fortis. Secunda est ꝙ
concludat, sed non ipsum quæsitũ.

D| Et discrimen harũ duarũ specie-
rum, & illarũ, quæ dinumeratæ sũt,
in increpatione est, quia in illis adie
cta est conditio cũ hoc ꝙ sint nefan
dæ & falsæ simul. Tertia est ꝙ cõclu
dat ipsum quæsitum p se primo, sed
ipsius præmissæ non sint fm conditionem, quã exposcit illa ars, prout
esset cõmonstratio de re agraria p
præmissas, quæ non sint agrariæ, sed
alterius artis. vt qui cõmonstraret ꝙ
vulnera circularia sint difficilis sana
tionis, quia circulus ẽ latissima omnium figurarum rectilinearũ æqua
lis ambitus ei. Quarta est ꝙ conclu-
E| dat, quæsitum per se primo, sed eius
præmissæ sint falsæ scilicet oẽs, aut
quædam ipsarũ. Et hẹc quidem spẽ
nõ est de syllis qui sint corrupti sem
per, & omnimode fm hanc artem,
quia aliqñ res cogeret hic vti pmissis falsis, qñ contigisset, ꝙ ad hanc
rem quæsitã, non essent præmissẹ di
uulgatæ nisi falsæ. Et aliqñ in ipsa
denitione sit sylli, cuius vna præmis
sarum sit falsa, & hoc quidem sit in
syllo impossibilis, prout cõmonstra
tum est. Si aũt hoc ita fuerit, cõside
rationes, quibus considerantur sylli
in topica, & in scientijs sunt trium
specierũ. Prima quidẽ consideratio
F| est an concludat, aut nõ concludat,
& hæc consideratio differt ab alia di
uisione, an concludat vel non cõclu
dat, illa enim est an cõcludat vel nõ
concludat quæsitum p se aut p accidens, hæc aũt, an primo, aut secũdo.
Et notũ est ꝙ in singulis his speciebus verax ẽ aliquo modo dicere, ꝙ
non concludat, sed non concludens
quæsitũ hic est concludere perfecte
concludendo. In qua considerandæ
sunt tres conditiones. C ꝙ concludat
quæsitũ, & ꝙ ipsum concludat prio, ...
&ꝙ

G & ꝙ concludat ipsum p se, & iam dictum est de hoc in libro Priorū analiticorū. Hoc itaꝗ; scrutiniū includit tres spés ipsorum corruptorum. Secunda consideratio est, ꝙ cōsideretur cōclusio, & inspiciamus eam, si fuerit falsa, quia tunc scimus ꝙ in sylłi prꜹmissis necessario est mendacium. Si aūt fuerit vera, iam possibile est sylłi prꜹmissas esse falsas, aut veras, verū enim aliꝙ concluditur ex falso, prout in libro Priorū analiticorū est commonstratum, & tunc expedit nobis inspicere sylłi prꜹmissas, quꜹ si fuerint falsꜹ, destruet syl-

H logismꝰ, si autem fuerint verꜹ, vtendum est illo. Tertia cōsideratio est, an factꜹ sint fm artis conditiones, adeo ꝙ sint in topica topicꜹ, & per ipsum repellantur, quꜹ repellenda sunt, & silr de reliquis, quorū conditionis est, ꝙ adijciantur cōditiones prꜹmissarū illiusartis. Et notū est, ꝙ hꜹc consideratio includit oés species corruptionis, quas narrauimus. Et interdū euenit hic quꜹdam spés vitij syllogismorū, quꜹ reputat corruptio, cū non sit corruptio, & forsitan respondens p illam repelleret interrogantē: hꜹc autē, aut est error,

I aut sophisma, & illa est corruptio, quꜹ petitio principij vocat, hꜹc autem dupłr sit, aut vere, aut diuulgate, & ambꜹ spés petitionis fugiētur in hac arte. In arte vero demōsionis solum est species vera. Et iam elocutam est de petitione vera ipsiusmet quꜹsiti, & eiꝰ oppositi in libro Priorum analiticorum, hic autem dicet de petitione, quꜹ sit secundum opinionem laudandam.

De petitio / e fm opi / onē lau / andam. Petitio vłr sit de ipsomet quꜹsito fm quinꝗ modos. Prima species, & manifestior est, qñ vice subiecti, aut

prꜹdicati quꜹsiti ponit nomē additum E tot, aut vice nominis ponitur oratio gerens vicē nominis, neminem enim possibile é errare in hac specie, neꝗ; decipi, qñ ponit ipsummet quꜹsitum sine permutatione. Secunda aūt est, qñ vice rei particularis ponitur vłe ambiens ipsum, vt ꝙ velit cōmonstrare, ꝙ contrarioꝝ scientia sit vna, & ponat ꝙ oppositorum scientia sit vna. Tertia autē est, ꝙ vice rei, quꜹ cōmonstrari intenditur, ponat illius partiū commonstrationē. Et quarta, ꝙ vice totiꝰ ponat ipsius partes, vt ꝙ velit ꝙ medi- L cinꜹ scia sit scientia sanitatis & ꜹgritudinis, & de per se commonstret, ꝙ sit scia ꜹgritudinis, & de per se ꝙ sit scia sanitatis. Quinta aūt est, ꝙ commonstret rem p ipsam consequens, vt ꝙ velit cōmonstrare, ꝙ diameter sit incommensurabilis collꜹ, & cōmonstret cōuersam. s. ꝙ costa sit incōmensurabilis diametro. Et modi petitionis de opposito quꜹsiti sunt hi idem: ex quo opposita sunt tria, affirmatiua, & negatiua, contraria, & priuatio, & habitꝰ, & hi sunt qoꝗ; modi qui inueniantur singulis his inb'. Species itaꝗ; petitionis de quꜹsiti opposito sunt quindecim. Dña M autē inter petere de opposito ipsius quꜹsiti, & petere de ipsomet quꜹsito est, quia, qñ petitur de ipsomet quꜹsito, apparet nobis error, qñ inspicimus ipsammet conclusionē, quꜹ inuenitur ipsamet in altera duarū prꜹmissarum ipsius sylłi. Quando vero petimus de opposito ipsius ꝗsiti, error nobis apparet in altera duarū prꜹmissarum, ex quibus inferebat, & est illa, quꜹ connexa est cōtradictorio ipsius quꜹsiti. Prima aūt species est vere petitio de quꜹsito, qñ

oratio

A oratio quæ cōmutata est vice nomi
nis, non fuerit definitio, reliquæ autem quatuor sunt petitio frn opinio
nem, & non vere, & tertia est inquisitio, reliquis aūt tribus vtunt sciē
tiæ, immo non constituuntur sciē
tiarum syllogismi sine illis. Hęc qui
dem sunt præcepta, quæ proprie cō-
cernunt respondentem, & iam elo-
cutum est de illis, quæ proprie concernunt interrogantem.

Loci communes pro interrogante, & re
spondente.   Cap. 4.

ESt autem orationē prohi-
bere concludi, quadrupłr.
Nam aut interimendo id
propter quod fit falsum, aut ad
interrogantē instantiā dicendo:
sæpe enim non soluit quidē: qui
eñ interrogat, nō potest longius
producere. Tertiū aūt ad interrogata: accidit enim ex interrogatis quidem non fieri quod vo
lumus, eo ꝙ non bene interroga
ta sint, addito autē aliquo, fieri
conclusionē. Si igitˀ nō amplius
potest producere interrogās, ad
interrogantē erit instāia, si aūt
potest, ad interrogata. Quartū
aūt, pessima est instantiarū quę
est ad tempus: nam quidā talibˀ
instans ad quæ disputare pluris
est tpis, ꝗ præsentis exercitatio
nis: instantiæ igitˀ, vt dictum est
prius, quatuor modis fiunt. Solutio autē est earum quæ dictæ
sunt, prima tm̄: reliquæ aūt pro
hibitiones quædam & impedi-
menta cōclusionū. Inculpatio
vero orationis, & sm̄ ipsam ora
tionē, & qn̄ interrogat nō eadē,

Plerunꝗ enim ꝙ nō bene dispu D
tatur oratio, is, qui interrogat,
est causa, eo ꝙ non concedat ex
quibus probe erat disputare ad
positionē: nam non est in altero
solo bene absoluere cōe opus.

Necessarium igitur qñꝗ ad di
centē, & non ad positionē argumentari, qñ is qui respondet, &
contraria interroganti obseruat
corroborās: proteruientes igitˀ,
altercatorias, & non dialecticas
faciunt exercitationes. Amplius
aūt, quia exercitationis & expe
rimenti gratia, & non doctrinæ
huiusmodi sunt orationes, pspi
cuum qñ non solum verū syllo
gizādum, verū etiā falsum, nec
per vera semper, sed qñꝗ & per
falsa: sæpe enim vero posito, inte
rimere necesse est disputantem,
quare proponēda falsa: qñꝗ au
tem & falso posito, interimendū
per falsa. nihil enim prohibet ali
cui videri quæ non sunt, magis
ꝗ vera: quapropter ex ijs, quæ
illi vident, oratione facta magis
erit suasus ꝗ adiutus. Oportet
aūt eum, qui bene transfert, dia
lectice, & non contentiose trans
ferre. Vt geometrā geometricè,
siue falsum, siue verum sit quod
concludendū est: quales aūt dia
lectici syllˀi, dictum est prius.

Quoniā autē malus particeps,
qui impedit cōe opus, patet ꝙ
& in orationibus: nam cōe quip
piam quod proponit & in illis
est, præterꝗ in concertantibus:
his autē non est eundem vtrisꝗ
finem assequi: nam plures vno
impose

E
B

G impossibile est vincere. Differt autē nihil siue in respondendo, siue id interrogādo fiat: nam & qui cōtentiose interrogat, praue disputat:& qui in responde ndo nō dat quod videt neq́ suscipit, quicquā quod vult interrogans interrogare. Manifestū igitur ex ijs quæ dicta, cp non silr incul pandum & fm seipsam oratio-nem, & interrogantē. Nā nihil prohibet oratione quidem pra-uam esse, interrogantē vero vt

73.Locus.

H possibile est optime cōtra respō dentem disceptare: nam contra proteruos non post sortasse sta-tim sumere quales quisuult, sed quales fieri post faciendi sylli. Quoniam aūt est indetermina-tum qn contraria,& qn ea, quæ sunt in principio sumunt hoies (nam pleruncp per seipsos dicen tes contraria dicunt:& abnuen-tes prius,dant posterius,eo cp in terroganti & cōtraria,& quę in principio,plersicp obediunt)ne-cesse est prauas fieri disputatio-nes: causa aūt est qui respondet

I hæc quidē non dans, illa aūt ta-lia dans: manifestum igitur,qm non silr inculpandum & inter-rogantes,& orationes. Oratio-

Inculpationes orationis quinq́.

nis autē fm scipsas quincp sunt inculpationes. Prima quidem qn ex interrogatis non conclu-ditur neq́ quod propositū est, neq́ oī no quicquā,cùm sint vel falsa, vel inopinabilia, aut oīa, aut plurima,in quibus cōsistere debet conclusio:& neq́ ablatis quibusdā, neq́ additis, neq́ his quidē ablatis, illis vero additis, K sit cōclusio. Secūdo aūt,si ad po sitionē non fiat sylls, & ex tali-bus,& eo modo quo dictum est prius. Tertia vero si additis qui busdam fiat sylls: hæc autē sint deteriora ñs, quæ interrogātur, & min⁹ probabilia cōclusione, etiā si ablatis quibusdā,nā qñq sumunt plura. necessarijs:quare non eo cp hæc sunt,fit sylls. Am-plius,si ex inopinabilioribus,& minus credibilibus cōclusione, aut si ex veris, sed maiore opera indigētibus demōstrari,q̃ pro-

L blema: non oportet aūt ex oīb⁹ problematis syllbs existimare silr probabiles esse,et suasibiles: natura enim statim sunt aliqua quidē faciliora, alia vero diffici liora eorū,que interrogant:qua re,si ex aliquib⁹ vt fieri pōt ma xime probabilibus, coniecturā secerit, disputatū bene est. Ma-nifestū igitur,qm orationis non eadē inculpatio, & ad pblema, & fm se.Nam nihil fm se quidē oratione prohibet esse vitupera

74. Locus Declaratio.

bilem,ad problema aūt laudabi

M lem: & rursum ediuerso fm se quidē laudabilē, ad problema aūt vituperabilem:qn ex pluri-bus est facile cū probabilibus, tum verisconcludere. Erit autē qñq oratio ēt concludens q̃ nō concludens deterior, qn illa qui dem ex absurdis concludit,cùm non sit tale problema:hæc autē indigeat talibus quę sunt proba bilia & vera, & nondum ex as-sumptis sit oratio. Eos aūt, qui

75. Locus Declaratio.

76. Locus Declaratio.

per

per falsa verum concludunt, nõ iustũ est inculpare. Nam falsum quidẽ semper necesse est per falsa syllogizare: verum autem est qñqp per falsa syllogizare, mani festum autem id ex analiticis. Cùm aũt demonstratio sit alicuius dicta õõo: si aliquid est aliud quod ad conclusionẽ nullo modo se habet, nõ erit ex illo sylls: si autẽ appareat, sophisma erit, non denirõ. Est autem philosophema quidem, sylls demõstratiuus: epichirema autem, syllus ¶ dialecticus: sophisma vero, sylls contentiosus: aporema autẽ syllogismus dialecticus contradictionis, Si vero ex vtrisqp quæ videant, aliquid ostendat, non aũt similiter videant nihil prohibet quod ostenditur magis al

77. Locus Declaratio. tero videri. Sed si hoc quidem videatur, illud aũt neutra parte: aut si hoc quidem videat, illud autẽ non videatur: sir quidem fir vtiqp erit, & non: si autẽ magisalterũ, sequetur quod est ma

78. Locus Declaratio. gis. Est aũt quoddam & idem C ad syllogismos peccatũ, quãdo ostendit per longiora quod contingit per breuiora, & quæ orationi assunt. Vt qp est opinio magisaltera q̃ altera: si quis petat ipsum quodqp maxime esse, esse aũt opinabile, ipsum quod vere est: quare quorundã magis esse ipsum: ad quod aũt magis, magis dicitur esse. esse aũt & ipsam opinionem verã: an erit accuratiua, q̃ par sit exigens quædam: petitum est aũt & ipsam opinio

nem verã esse, & ipsum quodqp D maxime esse, ac si ipsa opinio vera certior sit: sed quæ nequitia maior, q̃ quæ facit circa id cui9 est oratio, latere causam: oratio aũt est manifesta vno quidẽ modo, & publicissimo, si sit concludens sic, vt nihil oporteat interrogare: vno aũt & qui maxime dicitur: cũ sumpta quidem sint ex quibus necessariũ est conclusionẽ esse, quæ quidem sint per conclusiones conclusa, etiã si id omittit quod valde probabile est.

Falsa aũt oratio vocatur qua- E drupliciter. Vno quidem modo *79. Locus Declaratio.* qñ apparet concludere quæ nõ concludit: vocatur aũt apparẽs, litigiosus syllus. Alio modo, qñ concludit quidẽ, non tñ ad propositum: quod accidit maxime in ijs quæ ad impose ducunt. Aut ad propositũ quidem concludit, non tñ sm propriam disciplinam: hoc aũt est, si ea, quæ non est medicinalis, videat esse medicinalis, aut geometrica, q̃ non est geometrica, aut dialecti- g ca, quæ nõ est dialectica, siue verũ, siue falsum sit quod accidit. Alio aũt modo, si per falsa non concludit: huius aũt erit qñqp quidem conclusio falsa, qñqp aurem vera: nam falsum quidem semper per falsa concludit, verũ autem possibile est & nõ per vera: vt dictum est prius. Quod autem falsa sit oratio, dicentis peccatum potius est, q̃ orationis: ac ne quidem dicentis semper, sed cũ lateat ipsum quod falsam ora

tionẽ

G tionem dixit aliquam: eo cp ab
ipfo fufcipimus cum plurib⁹ ve
ris quippiam amplius: fi ex ñs
quæ maxime vidētur interimit
aliquid verorum(talis enim exi
ftens, verorū demonftratio eft)
oportet fanè pofitorum aliquid
non effe ofno, quare erit huius
demonftratio. Si autem verum
concludat per falfa, & valde ab-
furda, complurib⁹ deterior erit
quæ falfum fyllogizant:erit aūt
talis, & quæ falfum concludit.
Quare manifeftū cp prima qui-

H dem confideratio orationis ſm
feipfam eft, fi concludit: feciida
autem, vtrum verū an falfum:
tertia vero, ex qualibus quibuf
dam.Nam fi ex falfis quidē, opi
nabilib⁹ autē, rationabilie:fi autem exiftentibus quidem, fed in
opinabilibus, praua : fi vero &
falfa & valde inopinabilia fint:
dilucidum quod praua, aut fim
pliciter,aut ad rem.Id aūt, quod
in principio & cōtraria quonā
pacto pēteretinterrogans, fecun
dum veritatem quidem in ana-

I liticis dictum eft, feciūdum opinionem vero nunc dicendū eft.

? r. Locus.
Decfatio.

Petere autem vidētur id quod
eft in principio quincp modis.
Manifeftifsimo quidē & prio,
fi quis idipfum quod monftrari
oporteat, petat : hoc autem in eo
ipfo quidē non facile latere pōt,
in fynonymis autem, & in qui-
bufcunq nomen & oratio idem
fignificat, magis.Secundo autē,
qñ quod particulariter oporteat demōftrare vt quis petat:

vt qui argumentatur cp cōtra- **K**
riorum una difciplina,omnium
oppofitorum poftulauerit vnā
effe:nam videtur id quod oportebat ſm fe oftendere, cum alñs
petere pluribus. Tertio, fi quis
quid vniuerfaliter eft oftendere
propofitū, particulariter petat.
vt fi de omnibus contrarñs propofitum eft, de aliquibus poftu
let:videtur enim hic quod cum
pluribus oportebat oftendere fe
cundum fe,extra petere.Rurfus,
fi quis diuidēs petat problema:
vt fi oportet oftendere medici- **L**
nam fani & ægri, extra vtruncp
poftulet:aut fi quis eorum, quæ
fequuntur fcinuicem ex necefsi
tate,alterum petat:vt latus incō
mēfurabile eē diametro, fi opor
teat oftēdere cp diameter lateri.
Æqualiter autem & cōtraria pe
tunt ei, quod ex principio eft.
Nam primo quidem fi quis oppofita petat ſm affirmationem
& negationem: Secundo autem
contraria fecundum oppofitionem : vt bonum & malum idē
Tertio vero, fi qs vniuerfaliter **M**
poftulans, particulariter petie-
rit contradictionem. Vt fi quis

?.. Locus.
Declatio.

fumens contrariorum vnam di
fciplinam, fani & ægri alteram
effe petat:aut fi hoc petēs,in vni
uerfali oppofitionem tentet fumere. Rurfum,fi quis petat con
trarium ei, quod ex necefsitate
accidit per ea quæ pofita funt:et
fi quis ea quidē non fumat quæ
oppofita,at alia petat duo,ex q-
bus erit oppofita contradictio,

Differt

Differt autem contraria sumere tantillũ ab eo quod ē in principio: qm huius quidem est peccatum ad cõclusionem (nam ad illam aspicientes, quod in principio est dicimus petere) cõtraria aũt sunt in propositionibus, eo ꝗ ipsæ aliquo modo se habēt adinuicem. Ad gymnasiam autem & exercitationẽ talium orationum primũ quidem conuertere assuescere oportet oͬones. Sic enim & ad id, quod dicitur, copiosius nos habebimus, & in paucia, plures sciem⁹ orationes: nam conuertere est transsumentem conclusionem cum reliquis Iterrogationib⁹ interimere vnũ quippiam eorũ quæ dicta sunt: necesse est enim, si conclusio nõ est, vnam aliquã interimere propositionum, siquidem omnib⁹ positis necesse erat conclusionẽ esse. Ad omnem autem positionem & quod sic, & quod nõ sic argumentum considerandum, & cũm inueneris, solutionẽ statim quærẽdum. Sic enim simul accidet & ad interrogãdum, & ad respondendum exerceri:& si ad nullum aliũ habemus, apud nosipsos sensim cõparanda sunt quæ attinent ad ipsam positionem argumenta: nam id ad cogendum multam copiam præbet,& ad redarguẽdum magnũ habet adiumentũ, quando quispiam promptus est argumentari, & ꝗ sic & ꝗ non sic: nam ad contraria accidit facere obseruationem, & ad cognitionẽ, & ea

(quæ secundum philosophiam est)peritiam posse conspicere,et conspexisse quæ ab vtraꝗ accidunt suppositione, nõ paruum instrumentum: reliquum enim horũ, recte eligere alterũ: oportet autem ad id, quod tale est,eẽ bono ingenio: & hoc est secundum veritatẽ bonum ingeniũ, posse bene eligere verum, & diffugere falsum: quod q nati sunt bene,possunt probe facere:nam qui amant,& qui odiunt, quod profertur facile discernunt optimum. Et ad ea, quæ sæpissime incidunt problemata,scire oportet orationes, & id maxime de primis positionib⁹. Nam in his fastidiunt sæpe qui respondent.

Amplius, terminorum copiosos esse oportet, & probabiliũ, & primorũ se habere prõptos: nam per hæc fiunt syllogismi.

Tentandum autẽ & ea,in quæ sæpissime incidunt disputationes,tenere.Nam quemadmodũ in Geometria ante opus est circa elementa exercitatum esse, & ĩ numeris circa capitales prompte se habere, & multum refert ad hoc, & alium numerum cognoscere multiplicatum similiter quoꝗ & in orationib⁹ promptum esse ad principia, & propositiones memoria scire oportet:nam perinde ac in memoriæ sensorio solum loci positi statim faciunt ipsas res memorare:& hæc faciunt ad ratiocinandum promptiorẽ,eo ꝗ ad determinatas illas inspiciat sm numerum.

Propo-

G Propositionemꝗ tōem magis
ꝗ positionē in memoria poncn
dum. Nam principiorū & sup-
positionū copiosum esse medio-
critur, difficile. Amplius, orationem vnā plures facere allue-
scendū, uelutñ, qui occultissime
abscondunt. Tale aūt erit si quis
quàm plurimū abscedat ab affi-
nitate eorum, de quibus est oratio: erunt aūt potiores orationū
vniuersales maxime, quæ id pa
ti possint, ut qñ non est vna plu
riū disciplina: sic enim & in ñs,

H quæ sunt ad aliquid, & in contrarñs, & coniugaris est. Oportet aūt & reminisci vniuersales
facere orationes, tametsi fuerit
disputans particulariter. Sic eñ
& plures licebit vnam facere: similiter autem et apud Rethores
in enthymematibus. Eundem
aūt ꝗ: maxime fugere, cōtra vni
uersale serre syllogismos. Et sem
per oportet considerare orationes, si in pluribus communibus
disputantur. Nam omnes particulares in vniuersali disputatæ
sunt, & inest in particularibus
ciⁱ, quod est vniuersale, demonstratio, eo ꝗ non est syllogizare
quicquā sine vniuersali. Exercitatio autem facienda, inducti-
uarum quidem ad rudem, syllo
gisticarum autem ad expertū.
Et tentandum accipere ab ñs
quidem, qui in syllogismis triti
sunt, ppōnes, ab ñs vero, qui in
inductionibus, similitudines: in
hoc enim vtriꝗ exercitati sunt.
Omnino autem exercitationis
gratia disceptantibus tentandū K
afferre aut syllīm de aliquo, aut
propositionem, aut solutionem,
aut instantiā, siue recte quis dicat, siue perperam, vel ipse, vel
alter, & ad quippiā vterꝗ. Ex
his enim facultas, exercitatio au
tem facultatis gratia. Et maxime circa ppōnes, & instantias:
est enim, vt simpliciter dicam,
dialecticus, propositiuus, & in-
stantiuus: est autem proponere
quidem, vnum facere quæ sunt
plura. Oportet enim vnum om
nino sumere ad quod est oratio: L
instare autem quod vnum est,
facere plura: nā aut diuidit, aut
interimit: hoc quidē dans, illud
aūt non dans, eorum quæ proposita sunt. Non est autē cum
omni disputandum, neꝗ cōtra
quemlibet exercitādum. Nam
necesse ad aliquos, prauas fieri
orationes: ab eo enim qui oīno
tentat apparere, diffugiendum:
iustum autem omnino tentare
syllo cōcludere, veruntamen nō
pulchrum, eo ꝗ non oportet ad M
uersus quoslibet facile consiste-
re, quandoquidē necesse est par
uiloquium inde emergere: nam
qui exercitati sunt, non possunt
abstinere à disputatione, sine al-
tercatione. Oportet autem &
sactas habere oratiões ad huiusmodi problemata, in quibus cū
paucissimorum copia eas ad ꝗ
plurima vriles habeam⁹, ille ve
ro sunt vniuersales, & ad quæ
in promptu quippiam adinue-
nire difficile est.

Sermo

Sermo de præceptis communibus interrogandi & respondenti. Cap. 4.

R Eliquum nobis est oratione ferre de illis, quæ ambos, s. & interrogantē & respondentē includunt. Et hæc quidem præcepta vtilia sunt vni triū rerum: quarū vna est, ne remittat vis faciendi vehementiorem oratione de vna eadem positione, aliqñ secundum modum interrogationis, & aliqñ fm modum responsionis: secunda aūt est, vt acquiratur vis festinandi circa syłłm artē, aut cū interrogatione, aut cū obuiatione: & tertia est vis, cuius conditionis ē agere has duas operationes, & hæc quidē vis est viri habētis artem dialecticā. Et de illis est, vt vir assuefcat reductionē syllogismorum, de qua elocutū est in 2. Priorū Analiticorum, s. q̇ sumiamus oppositū cōclusionis, & connectamus ei alterā duarū præmissarum syłłm, & concludatur p hoc contradictionū alterius p̄missæ. Et hoc quidem vtile sit respondenti, quia p ipsum cōstitueret syłłm præmissas, quas interrogauerat ipse interrogans: hoc aūt contingit, qñ experit in interrogatione præmissas & conclusionē simul. Et aliquando hoc opus vtile sit interroganti, qñ destrueret positionem fm modum imposs, & per hoc opus q̇s posset proferre de vna eadem re plures syłłos: aliqñ enim caperemus cōtradictorium conclusionis, & aliqñ ipsius cōtrariū, & vtrunq; ipsum cō nectemus ipsi minori, & aliqñ maiori, & constituemus ex hoc quatuor syllogismos. Oportet aūt, qñ sumimus oppositū conclusionis, & ei cōnectimus alterā duarum præmissarum, ǫ cōficietur nobis altera præmissa: quia, qñ sunt præmissæ, est cō

clusio, & qñ aufertur conclusio, auferuntur ambæ præmissæ, aut altera earū, & hoc est notum p id quod dicitur de antecedente & consequente in syłło conditionali. Et de illis est, quia p hoc præuenit quiuis omni positioni cū syłło qui illā destruat, & dum id inuenerit destrueret suarum præmissarū destructionem, qñ enim quis præuenerit singulis quæsitis, & ea considerauerit, aut ipsam fm se, aut cū alio, sit ei vis discernendi elocutionē de illis fm modum interrogationis, aut fm modū respon sionis. Interrogando quidē cognitione syłłi, & respōdendo cognitione obuiationis suarū præmissarum. Et de illis est, ǫ in vna eadē positione quærat syłłm, qui eam construat, & syłłm, qui eam destruat. Deinde ratiocinabit de præmissis duorum syllogismorū, quæ illarum sit falsa, & quæ illarum sit vera, & quæ illarum sit satis vulgata, & quæ sit parum vulgata. Et si fuerit interrogans, iam nouisset syllogismū, qui destrueret hoc positum, & fortasse illū permisceret p̄missis, quæ ipsum cōstruerēt, aut quæ ipsum destruerent cum ipsa interrogatione, & absondet p hanc rem ab ipso respondente. Si aūt fuerit respondens, sciret præmissas, quæ illud destruerent, & caueret eas. Ait Arist. Et hæc quidē vis non est minima, facit enim dialeticū adipisci potestatem ad interrogationem, & ad responsionē, & viro demonstratiuo vtilis est multis modis. Quorū vnus est, quia qñ apud illum fuerint duo syłłi de aliquo posito, quorū vnus illud cōstrueret, & alter ipsum destrueret, non euadit quin illorū duorum syllogismorū alter sit ver*, & alter falsus, aut ambo

G ...sint simul veri, aut sit falsi, sed duobus diuersis modis. Si vn' fuerit mē
dax & alter verax, immittetetur ve-
raci, si aūt fuerint ambo simul vera
ces, aut simul mendaces duobus mo
dis, facile erit ei intelligere modum,
quo vterq; illorum sit verax, & modum, quo sit mendax. Et hic modus
procedendi est viri boni ingenij, &
prællantium potentiarū. Et hi sunt,
quorū mōris est diligere prællantio
rem rem alterius duorum opposito
rum. Hoīes aūt circa hoc sunt triū
specierum, quidam eorum sunt qui
semp præligunt præstantius duoȝ

H oppositorū, & hi quidē sunt sapiētes,
Et quidam sunt, apud quos æquales
sunt res bonæ & malæ, & hi sunt naturaliter dialectici, & ipsoȝ quidam
sunt qui diligunt duorum opposito
rum deterius, & hi sunt nālr sophistæ, & quidā ipsorum sunt, qui amāt
eisesse fm hanc artē syllos Idoneos
interrogationibus vulgarib', de qui
busdifficile est eloqui in cōstractio-
ne aut destructione: & hæc sunt triū
specierum : quatū vna est, ǫ fiat de
his, de quibus vulgus gloriatur con-
siderate, & difficile fiat mutuo de illis interloqui, præter ǫ maiori parti

I ipsius vulgi sit maior inclinatio ad
alterū duorum oppositoȝ, prout est
dicere, an speculatio cū tolerātia sit
præstantior diuitijs cū voluptate: se
cunda aūt spēs est ǫ sit maiori parti
ipsius vulgi maior inclinatio ad alte
rum duorū oppositorū, prout est di
cere, an diuitiæ cum virtutisprima-
tione præligendæ sunt paupertate
cum virtute : tertia species est rerū,
quibus adipisceretur vir quispiā ne
sas apud vulgus de vtrouisduorum
oppositorum respondeat, prout dicimus, cui dignius est credere magi-

stro, an patri: præcepit aūt de talibus K
interrogationibus, ǫ ad illas sint dia
lectico sylli idonei ob difficultatem
syllogismi ad illas. Difficile nāq; est
ostendere mentem de re, de qua vul
gus nullam habeat opinionē, & sit
ad cuius oppositum magis inclinat
vulgus, & hoc magisē id de quo eue
nit controuersia per vtrumuis duorum oppositorū respondens respon
derit, prout dicim', deceat ne paren
tibus an legi credere: Et de illis est, ǫ
reminjscātur definitionum rerum,
quarum habitudo ad artes est habitudo principiorū & subiectionum,

prout est definitio materiæ & formæ L
in scia Naturali, & definitio boni &
mali in scia Morali, & pūcti & lineæ
& supficiei & corpis in Geometria.
Et si expedit ei ǫ sint apud illum de
definitionibus harū rerū, sunt definitiones diuulgatæ. Et de illis est, ǫ
sint apud eū prompta loca prædicta
in prædictis orationibus, & præcipue
loca quæ rem cōstruit aut destruit
simplr, & vt vniuersalius inquā res,
quæ in artib' sunt vt subiectiones &
elēmenta & principia ad reliqua, ex
quib' singulæ artesadipiscunt. Sicut
enim Arithmeticusadipiscit' potesta M
tem mutuo ducēdi numeros, qñ præ
posuerit & sciuerit ducer primos nu
meros, quod notificat in caplo da-
ctus, sic res est in Dialectico : euenit
enim ei interlocutio de quocūq; vo
luerit, qñ fuerint apud eū præmissæ
& regulæ, quarum consuetudinis est
fieri in singulis positis, quod positū
fuerit idoneum curare res vniuersales, quibus vtatur in acquirendo res
vtes proximas rebus interitis particu
laribus: vniuersalib' nanq; maxime
vniuersalitatis non opinaretur aliquam rem, neq; ex illis adipisceret

aliquā

A aliquã rem feſtinanter, immo ſi ex
illis opinio procederet ad ipſum par
ticulare, eſſet frñ quandam ſpeciem
accidentis, & quaſi ad illud procede
ret, non artificialiter, ſed quouis mo
do contigerit, Exempli gratia, quia
non debet ſuſtinere hanc poſitioné,
ſcilicet omnium duarum rerũ diuer
ſarum, vna ipſarũ ineſt rei diſſẽtéti
à prima, ſed ſuſtẽtaret vice illi° hãc,
qñ aũt fuerit vni duorum oppoſito
rum aliqua diſpoſitio, alteri oppoſi
to ineſt oppoſitũ primæ diſpõnis, p
oppoſita enim conuinceret contraria, & ſuas ſpecies, & poteſt ex illis cõ
B ſtituere quæſita particularia, quæ
illis ſuſtinear facile & cito. Et de illis
eſt, quia conſueſcere faciunt ponere
multas orationes vnã orationé aſcẽ
dendo ad vłe, quod illa includeret,
& ponere vnã orationem plures ora
tiones, illã partiẽdo ad particulares,
quæ ei ſubſunt. Qñ enim interroga
remus, iuuaremur ponendo multas
res vnã orationem, & recepiſſemus
per hoc, quod vellemus admitti ab
illo. Quando aũt reſpondiſſemus, iu
uaremur qñ interrogaremur vnam
orationé multas orationes, & ſi inueniremus continere deſtructioné
C illius, quod poſuimus ſuſtentandõ,
non admitteremus illud, ſin autem,
illud admitterem°. Et expedit hic cp
cõſideremus vniuerſaliſſimũ quod
poſſumus, hoc eſt, qñ multas orationes ponimus vnam orationem, hoc
enim opere ſit res vehementis occul
tationis ab ipſo reſpondente. Et hoc
eſt contra diſpoſitionem vniuerſalium, quæ ſint apℓd eũ prompte ad
faciendum ſyllogiſmos. Sunt enim
quædã vniuerſales orationes, de qui
bus difficile ſit reſpondenti intellige
re, quæ concluſio ex illis ſequatur,

Exempli gratia, admittere cp ſciẽtia D
rerum, quæ ſunt maximæ multitudinis, nõ ſit vna, qñ enim hoc admi
ſiſſet, iã admiſiſſet illud in relatiuis,
& cõtrarijs, & in multis reb°. Et ideo
expedit reſpondenti agere cõtra id,
quod ageret interrogans, & aufuge-
ret admitere res vłes: quantũ ei poſ
ſibile fuerit. Et de illisé, cp vtatur cũ
eo qui ſit modicũ exercitatus in hac
arte, aut qui paſſus fuerit defectũ ingenij, ipſa inquiſitione, & cũ nimiũ
exercitatis orationib° vniuerſalib°.
Exercitatus enim vehementius au-
ſcultat has orationes, adeo cp forſan
deducunt illũ ad repellendũ ſenſata, E
prout ſit de oratione Zenonis, quæ
contradicit motui, & oratione Mel-
liſſi, quæ contradicit multitudini, ſicut ſpẽs priuata exercitio magis au-
ſcultat inquiſitioni. Expedit itaque
dialectico ſumere þmiſſas inquiſiti-
uas à dignis inquiſitione, & præmiſ
ſas vniuerſales à viris huius ſpeciei.
Harum aũt rerum exercitium eſt,
cp idoneum ſit nobis operari omnes
actus huius artis perfectiſſime, actus
enim huius artis ſunt ſyllõ, aut ſophi
ſtica litigatio, aut argumentum, aut
contradictio, aut ficta inactio interrogationis, an ſit recta, aut nõ recta, F
& ſi fuerit alterius barum duarũ di
ſpoſitionũ, quæ ſit huius cauſa. & iã
elocuti ſumus de conditionibus, qui
bus fiant hi actus perfectiſſime. Syl-
logiſmus enim eſt operatio interro
gantis ad deſtruẽdum poſitionem.
Et ſophiſtica eſt operatio reſpõden
tis, & ſyłõ repulſus. Contradictio ve
ro eſt actus reſpondentis, qñ procu
rat conſtituere poſitioné, quia alicu
bi reſpondens procurat hoc. Ariſto
teli vero videt, cp illius operatio pri
ma intẽtione ſit ſuſtẽtare poſitioné

G solum, non ipsam cõstituere. Sicq́;, qñ respondens argumentum proferret ad constitutionẽ positionis, interrogantis actus esset contradictio per syllm̄, & contradictio fit de actibus interrogantis, lis aũt & argumẽtum de actibus respondentis. Interrogationem aũt & respõsionem beneficare, iam dictũ est quo hoc fiat, assuescere aũt intenditur ob has operationes, & per has operationes euenit consuetudo, videlicet syllm̄, & argumẽtum, qui inueniuntur per potestatem tradẽdi multas res vnã. Et cõtradictio & litigatio inueniun

H tur in ponendo vnam rem multas, syllogismi enim & argumenti operatio canciñgit cũ inueniendo prẽmissam vlẽm, ambientẽ ipsam quæsitum, hoc autem non fit idoneam nisi fm̄ modum compositionis, & p particulares tradendo vnum. Exempli gratia, qñ proponimus cõmonstrate, q̃ quorumlibet duorum contrariorum scientia sit vna in potentia, fm̄ modum compositionis est in oppositorum scientiam esse vnam, operatio vero litis & cõtradictionis fit in cognoscendo præmissam, quæ veritati repugnat ob eius particula-

I ritatem, adeo q̃ constituat illius destructionem, & hoc est manifestũ, ex quo est repugnans operationi cõstitui per syllm̄. Ait Arist. Non expedit p omnem rem vincere: & iã præmissum est, cur hoc nõ oporteat, &

largit° est huius causam, & dixit. & K non est disputandum cum quouis hoĩe contigerit, necessitas enim conduceret volentẽ contradicere, cuiuis homini contigerit, vt orationes quibus cum illo vteretur sint viles, & earum compositione adueniret malus habit°, & mala dispositio ipsi dialectico. Si autem cõtingeret, q̃ eius controuersia fuerit cum illo, qui initeretur præualere & extorquerẽ, vt sunt sophistæ, iustum est in illum vti quibusuis speciebus orationum, quæ cõtigerint. Potius enim est hoc patefaciendo imbecillitatem suarũ orationum, & illorum versutias, nisi L quia vir dialecticus est, cuius intentio est consuescere exercitium, & debet fugere hanc speciẽ, quantum ei possibile fuerit, & debet esse parata apud eum, qñ cogeretur interloqui hac specie præmissarum, quæ sunt maximæ vniuersalitatis, talibus ens locis superare hanc speciem ob modicam ipsius sensibilitatem in illis, quæ ei subsunt hoc modo, præstantius, quàm superare nominis æqui uocatione, per hanc illam vel aliam regulam sophisticam.

Hæc itaq; est oratio de omnibus rebus, quas cõtinet hic tractatus bre M uiori & manifestiori modo, qui possibilis fuit, & est vltimus tractatuum huius Libri, ad Dei gloriam sempiternam. Amen.

ARISTOTELIS
ELENCHORVM
LIBER PRIMVS,

Cum Auerrois Cordubensis media expositione,
Abramo de Balmes interprete.

SVMMA LIBRI.

De intentione libri, & generibus disputationum: De Locis Sophisticarum in Dictione,
& extra Dictionem redargutionum De Causis deceptionum, captionum sophisticarum: De veris, & falsis redargutionibus: De interrogatione tentatiua, &
quid Inter Contentiosum, Sophisticumq; intersit: Demum de captionibus Nugationis, & Soloecismi, occultationesq; Sophistica
contra moleste respondentes.

B   Quid intendit, & aliquem syllogismum sophisticum esse.   Cap. I.   E

E Sophisticis autê redargutionibus & de ijs que videnf redargutiones (sunt autê captiosæ ratioci nationes, at non redargutiones) dicamus oportet, incipiêtes fm naturã à primis. ɋ igitur hi quidem sylłs, illi aũt, cum non ßnt, videntur, manifestum est. Nam quêadmodum & in alijs id fit p quandam similitudinê, ßc & in orationibus se habet: etenim hi quidem habitũ probe habent, illi vero videnf, ex tribu tumen tes, & cõponentes seipsos, & pul chri: hi quidem ob pulchritudinem, illi aũt videntur seipsos fu cantes. Et in inanimatis quoɋ ßf: nam & illorum hæc quidem argentum, ista vero aurũ reuera sunt, illa non sunt quidem, appa rent autem fm sensum: vt lithar gyrina, & stannea, argentea, & felle tincta, aurea: eodê aũt mo do & sylłs, & redargutio: hæc quidê est, illa vero non est, appa ret aũt propter imperitiam: nß imperiti velut distantes, à longe speculanî. Nam sylłs quidem ex quibusdã est politia, vt colli gamus aliquid aliud ex necessi tate ab ñs, quæ posita sunt p ea, quæ posita sunt. Redargutio au tem sylłs est, cum cõtradictione cõclusionis: illi vero id quidem non faciunt. Videntur autê ob multas causas, quarum vnus lo cus aptissimus, & publicissim⁹ per nomina. Nam, quia fieri nß potest vt res ipsas ferentes dispu temus, sed nominibus pro reb⁹, vtimur signis: & quod accidit ĩ nominibus, ĩn rebus quoɋ arbi

S iij   tramur

G tramur accidere:quemadmodū
ñ,qui calculis supputant, id autē
non est simile:nam nomina quidem finita sunt,& orationū mul
titudo,res vero numero infinitæ
sunt:necesse est igitur plura eandem orationem , & nomen vnū
significare:quemadmodum igif
& illi,qui non sunt prompti calculos sustinere, a scientibus deci-
piuntur, eodem quoq; modo &
in orationibus, qui nominū vir
tutis sunt ignari , psacile captionibus hallucinantur , & ipsi di-
H sputantes,& alios audientes:ob
hanc igitur causam , & eas, quæ
dicēdæ sunt,est syllīs, & redargu
tio apparens,atq; non existens.

Serm· de Intentione libri· Cap· 1.

I Ntentio huius libri est
loqui de sophisticis elen
chis,qui putant esse elen
chi veri, sed sunt paralo
gismi. Nos autem incipiemus specu
latioñ huius,ex principijs notis secundum naturam in hoc genere. Et
dicimus,qp per se notum est,qp syllo
gismorum,quidam est vere syllogif
mus,quidam vero paralogismus, &
putatur de eo qp sit syllogism° absq;
hoc qp sit ita fm veritatem . Id autē,
quod accidit syllogismo ex hoc, simile est ei,quod accidit reliquis reb°
animatis & inanimatis . & hoc,quia
sicut hominum quidam est vere re
ligiosus,& eorū quidam est, qui putatur esse religiosus, ipse autem est
hypocrita : & eorū quidam est vere
pulcher , & eorum quidam est , qui
putatur esse pulcher propter sucum
& ornatum indumenti , vere autem
non est pulcher:ac etiam sicut ex ar-

gento & auro quoddam est argentū K
aut aurum vere , & ex eis quoddam
est, quod putatur esse aurum aut ar
gentū,sic res se habet in syllogismis,
Latet vero ista spēs syllogismi , hoc
est, qui putatur esse syllogismus, &
non est syllogismus, cum,qui impe-
ritusē sermonum , & assimilatur ei,
qui speculatur res à remotis. Isí autē
verificauerunt syllogismum simpli
citer, qp sit oratio,in qua quibusdam
rebus pluribus q̄ vna positis,necesse
sit vt ducatur quid diuersum ab his,
quæ posita sunt. Elenchus autem est
syllogismus, ex quo sequitur conclu
sio, quæ est contradictoria conclu- L
sionis,quam posuerat aduersarius,&
hoc est,quia, quando sequif ex præ
missis,quas concederet aduersarius,
sequeretur ex hoc qp eadē res sit ita,
& non sit ita. Sophisticus autē elenchus est syllogismus,qui putat esse ta
lis denominañōis absq; hoc qp ita sit.
Iam accidit autem talis syllogismus
propter causas , quarum postea me-
minucrim°.Famosissima autem istarum causarum est , qeæ accidit reb°
propter dictiones, & hoc, qaex quo
non est disceptatio nisi p dictiones.
constituerunt dictiones loco rerum,
& simillimum est , quod accidit di- M
ctionibus ei quod accidit rebus,sicut
quod accidit composito ex errore se
cundum numerum, quando consti
tuerint articulum, qui est in digito,loco numeri, & putāt qp id,quod
accidit articulo digiti,sit res quę acci
deret uumero. Accidit autem istud
rebus cum dictionibus, quia impossibile est, qp dictiones attribuantur
æquales rebus,& numerentur ad earum numerationē,ex quo res sunt
quasi infinitæ, dictiones autem sunt
finitæ. Si autem impositæ essent dictiones

Actiones significātes, res difficilis est, locutio autem de eis, aut reminiscen tia eorū vel impossibilis: & ideo co actus fuit impositor, ꝗ imponeret vnam dictionem significātem mul tas res:& sicut cōputatori, apud quē non est industria, quę vocatur proie ctio numerorum, impossibile est ꝗ constet ei conuenienter error inter rogationum numeralium, sic ille, apud quem non est notitia natura rum dictionum,dignus est errare, si loqueretur de aliqua re, aut audiret eam etiam, & propter hanc causam & propter alias causas etiam accidit, ꝗ syllogism⁹, & sophisticus eléchus sit res inuenta naturaliter.

De generibus disputationum. Cap. 2.

QVoniam autem quibus dam magis operę preciū est videri esse sapientes, ꝗ esse & non videri (est enim so phistice,apparens sapientia, non existens autem : & Sophista pe cuniarū aucupator ab apparēte sapientia, & non existente:)ma nifestum profecto est, quoniam necessarium est illis & sapientis

opus videri facere magis, quàm facere, & nō videri. Est autem (vt vnum ad vnum dicamus)in vnoquoqꝫ opus sapientis, non mentiri quidē ipsum de quibus nouit, mentientem autem mani festare posse. Hæc autem sunt, hoc quidem in eo ꝗ potest dare orationem, illud autem in eo ꝗ sumere. Necesse est igitur illos, qui volunt sophistice agere, di ctarū orationū genus quærere. Operę ꝓnim precium est eis: nā

huiusmodi potestas faciet vide ri sapientes,cuius sunt desideriū habentes. Quod autem tale ora tionum genus est,&quod talem appetunt potestatē illi, quos vo camus sophistas, manifestū est. Quot autem sunt species sophi sticarum orationum, & ex quot numero potestas ea constat, & quot partes contingit esse nego cꝯ, & de alꝭs, quæ suffragantur ad hanc artem, nunc dicamus.

Sunt igitur ad disputandū, ora tionum genera quatuor: doctri nales,dialecticæ,tentatiuæ,con tentiosæ.Et doctrinales quidem sunt, quæ ex proprꝭs principꝭs cuiusꝗ disciplinæ, & non ex ꝭs, quæ videntur respondenti colli gunt:nam oportet credere eum, qui dicit.Dialecticæ autem, quę ex probabilibus collectiuæ sunt contradictionum.Tentatiuæ ve ro,quæ ex ꝭs colligunt, quæ vi dentur respondenti, & quæ ne cessarium est eum scire qui simu lat se habere scientiam, quomo do determinandum est in alꝭs. Porro contentiosæ, quæ sunt ex ꝭs,quæ apparent probabilia, ap parentes syllogisticę.De demon stratiuis autem in Analiticis di ctum est: de dialecticis vero, & tentatiuis, & in alꝭs: de alterca torꝭs autem & contentiosis nūc dicendum.

Sermo de generibus disputationum.
Cap. 2.

ET ex quo quamplures homines etiam volūt denominari p scien tiam & exaltari & gloriari gloria

S iiij   magna

G magna sine labore & fastidio, aut absq; hoc q sint digni, ideo, qn sue-rint ex his, quibus possibile est addi scere scientiā, fuit hoc causa, q cōsti tueretur hoc genus sermonis multis hominibus, & obstentent se eo, & pu tentesse sapientes absq; q ita sint in veritate, & ideo nuncupantur noie scientiae corruptae: & est, quod intē-dimus noie falsae & sophistariae fm idioma graecorū. Manifestum autē est, q solertia istorū est, q puter de eis q ipsi faciāt opus sapientū, absq; q faciant, sicut sunt opera eoų. Veri sapientis aūt opus est, q, qū loquit,

H dicat verum, & qñ audiuerit verbū ab alio, ab eo discernat falsum a ve-ro, & concedat ipsum, & istae duę cō ditiones sunt, quae inueniuntur sa-pienti: quarū vna est inquantum lo quit, & altera inquantum audit ne-cessariū. Et procurauerunt sophiste inquisitione istius generis locutio-nis, quia p istam scientiā possunt vi deri, q sint sapiētes absq; q ita sint, nisi fm suum apperitū. Quòd autē hoc genus verborū sit res, quae inue nitur, est p se notum. Id aūt, de quo perscrutatur de eo, est, quotuplex sit iste sermo sophisticus, & quot reb'

I proueniat hic habitus, & vt quot sint partes istius artis, & de illis reb', quib' est illa ars, & hoc est, quod in tenderat perscrutari hic. Dicimus aūt, q genera orationum artificia-lium, quae possunt sermone doceri, sint quatuor genera, quarū vna est oratio demonstratiua, secunda est oratio topica, tertia est oratio retho rica, quarta e oratio sophistica. Ista aūt oratio, qñ vtens ea, assimilat sa-pientibus, appropriat hoc nomine, qñ aūt assimilatur topicis, vocat li-

est illa, quae sit ex principijs primis K proprijs cuiq; doctrinae, quae fiunt inter doctorē, & discipulum, cuius semitae est q recipiat, quod lagit ei doctor, nisi cogitet id, quo destruat sermo doctoris, sicut faciunt sophi-stae. Topica aūt oratio est, quae con-geritur ex principijs famosis proba bilibus apud oēs aut plures collecti uae contradictionum. Oratio aūt re thorica est, quae sit ex principijs co-gitatis, quae sunt fm initium cogita-tionis. Oratio aūt litigiosa est, quae putat q sit topica ex principijs pro-babilibus absq; q sint hmōi secun-dum veritatē. De oratione vero de- L monstratiua iā dictum est in libro Poste. sicq; de topica dictū est in li-bro Topicorū, & de rethorica in li-bro Rethoricoų. Illa aūt, de qua sit sermo, quae oratio litigiosa est, voca tur sophistica: loquemur aūt primo de intentionibus istius orationis.

Fines Sophistae, & loci sophistici in
Dictione. Cap. J.

PRimum igitur sumēdum est quot coniectant qui in orationibus decertant, & coaltercātur. sunt aūt hę quinq; numero: redarguuo, falsum, in- M opinabile, solœcismus, & quin-tum, quod est facere nugari eū, qui condisputat: hoc aūt est fre-quenter cogere idem dicere, aut quod non est, sed quod apparet quodq; esse horum. Nam maxi-me voluūt apparere redarguere: fm autem, falsum aliquid mon-strare: tertiū vero, ad hoc quod est inopinabile ducere: quartū, solœcismo vti facere: hoc aūt est facere fm locutionē barbarisare

ex

A ex oratione respondentem. Vltimum autem, idem frequenter
dicere. Modi aũtē redarguendi
sunt duo: nã aliÿ quidẽ sunt propter dictionem, aliÿ vero extra
dictionem. Sunt autem ea quidem, quæ propter dictionem faciunt phantasiam, sex numero:
hæc quidem sunt, æquiuocatio,
amphibolia, cõpositio, diuisio,
accētus, & figura dictiōis. Huius autē fides, & ea quæ est per
inductionem,& syllogismus:&
si qua sumatur alia, & quod toti

B dem modis, si eisdẽ nominibus,
& eisdem orationibus, nõ idem
significamus. Sunt autem propter æquiuocationem huiusmo
di orationes, vt qã discunt scien
tes: nam ea, quæ memoriæ pro-
dita sunt, discunt grammatici.
Discere enim æquiuocũ est ad
intelligere eum, qui vtitur disciplina : & ad accipere disciplinã.
Ea rursus, qã mala bona sunt:
mala autem expediunt. Duplex
enim expediens est,& necessarium, quod accidit plerunque in

C malis(est enim quoddam malũ,
necessarũ)& bona cumque expe
dientia dicimus esse. Amplius
autem, eundem sedere, & stare,
& ægrotare, & sanũ esse: nã qui
surgebat stat, & qui sanabatur,
sanus est surgebat autē sedens,et
sanabatur ægrotans: ægrotantē
enim quãlibet facere, aut pati
nõ vnũ significat, sed quandoqɔ
quidẽ qui nunc ægrotat, aut sedet, quandoque autē qui ægro-
tabat prius: verumtamen sana-

batur quidem ægrotans, cũm D
ægrotans: sanus est autem non
cũm ægrotans: sed ægrotans nõ
nunc, sed prius. Propter autem
amphiboliam sunt orationes ta
les : velle capere me pugnantes.
Et putasne qã quis cognoscit,
id cognoscit? nam & cognoscen
tem significare hac oratione. Et
putas qã quis videt, id videt?
videt autem columnam : quare
columna videt. Et putas ɔ tu di
cis esse, id tu dicis esse? dicis autē
lapidem esse : quare tu lapis, di- E
cis esse? Et putas est silentia dicere? duplex enim est & id, silentia
dicere : hoc quidem eos, qui dicunt silere, illud autem ea, quæ
dicuntur. Sunt autem tres modi
sm æquiuocationem, & amphi
boliam: vnus quidem, quando
nomen, vel oratio plura significat principaliter : vt aquila, vel
canis. Alius autem, quando soli-
ti sumª sic dicere. Tertius vero,
quando compositum plura si- F
gnificat, separatum vero simpli
citer, vt scire literasnam vtrunque fortasse vnum quidẽ significat,& scire,& literæ ambo aũt
plura, aut literas ipsas scientiam
habere, aut literarũ alium. Amphibolia igitur, & æquiuocatio
ppter hos modos sunt. Propter
cõpositionem verò huiusmodi
sunt: vt possibile est sedentē ambulare, & nõ scribentem scribere : non enim idem significat, si
diuidens quis dicit , & compo-
nens, quod possibile est sedētem
ambulare, & nõ scribētem scribere:

De locis in dictione, & primo de æquiuocatione.

De loco ab Amphibolia.

G bere:& hoc identidem,.fi quis
componat non fcribentem fcri-
bere,fignificabit profe.ſtm,quod
habet poteftatem, vt non fcri-
bens fcribat:fi quis autem non n
componat, quoniam habet poteftatem quando non fcribit, vt
fcribat. Et difcit nunc literas,fi
quis didicit quas fcit. Amplius,
quòd vnum folum poteft ferre,
plura poteft ferre. Propter vero
diuifionem quod quinque funt
duo, & tria, paria, & imparia.
Et qd maius,æquale:tantũdem
H enim eft maius & adhuc ampli-
us:nã eadem oratio diuifa, & cõ
pofita non idem femper videbi
tur fignificare. Vt ego pofui te
feruum exiftentem liberum. Et
hoc,quinquaginta virũ, cětum
heros liquit Achilles. Propter
accětum aũt in ñs,quæ funt ñne
fcriptura,nõ facile dialecůicis facere orationě: in fcripturis auté
& poematibꝰ magis. Vt & Poe-
ram defendũt nõnulli aduerfus
redarguentes quafi hic abfurde
locutũ. Nec geniere aeria ceffa-
bit turtur ab vlmo, ꝙ pentemi-
meri vfus fit,& turture fœmini-
no.Soluunt enim id accentu:di-
centes ꝙ aeria accětum finalem
longum habet, & nõ ad turtur,
fed ad vlmo, vt epithetũ debet
referri, & id de Nifo, & Eurialo
cũ Rutulos vinꝋ, fomnoque
fepultos intellexiffent:

> Cætera per terras, omneis
> animali fomno
> Laxabant curas, & corda ob-
> lita laborum.

(marg.) Cũ poeta dicit, Homerũ intelligit,cuius hic Ariflo. carmina citat,verum ꝙ ea noftris accětibus non accōmodari queunt,interpres ꝓ illis Vergilij,qui lau noru eft Homerꝰ, carmina pofuit.

Talia igitur ꝓꝓ accětũ funt: K
Quæ aũt ꝓ.ꝓ figuram dictionis
funt,accidunt, quando nõ idem
vt idem interpretatur,vt mafcu
linũ, fœmininum: vel fœmininum,mafculinũ: vel quod inter
hæc eft,alterum horum: vel rur
fus quale,quãtñ: vel quantum,
quale:vel faciens,patiens:vel di-
fpofitum,facere:& alia,ceu diui-
fum eft prius. Nam eft aliquid,
qd non eft eorum quæ funt face
re, vt eorum quæ funt facere,ali
quid dictione fignificare,vt valere. Similiter figura dictionis L
dicitur ei , quod eft fecare, vel
ædificare, quamuis illud quidě
quale quid, & affectum quodã
modo fignificet, hæc vero facere aliquid: eodem aũt modo &
in cæteris.propter igitur dictio-
ně redargutiones ex his exiftũt.

Dicamus itaꝗ, ꝙ intětũ huius M
generis locutionis eft vna qñ
que intětionum:aut ad redarguen-
dũ loquětě, aut ad inferedũ falfum,
& ré quæ eft falfa fm famofum : aut
ad largiědũ ei dubiũ,qd inopinabile dicunt:aut ad ponendũ ipfum fm
modũ , quo ferat in locutioně falfũ
intellectũ ab eo quě folœcifmũ ap-
pellăt:aut ad ponendũ ipfum nugá
& exceffum ex rebus,ex quibus fe-
quitur falfitas intellecti ab eo fm
imaginatione:ficque iftæ funt quia
que intentiones,quas intendunt fo-
phiftæ. Famofiffima aũt iftarum
quinque

A quinque intentionũ & maxime in-
tẽta apud eos est redargutio: rursus
sequitur ei falsum in loquẽté: præterea largitio dubij, seu inopinabile:
deinde est occultatio sermonis, &
ferre ipsum ad falsum.i.ipse solloecis
mus, vlterius est illatio ad nugam &
locutio sm excessum. Redargutio-
nũ autẽ & fallaciarũ quædã est propter dictiones ab extra, & quædam
est propter res. Illa aũt, ꝗ est ꝓpter
dictiones est sex ſpecierum. Quarũ vna est æquiuocatio dictionis separatæ, secũda aũt æquiuocatio cõpositionis, seu amphibologia. Ter-
B tia autẽ est, ꝗ est sm cõpositionem.
Quarta, quæ est ꝓpter diuisionem.
Quinta aũt est æquiuocatio figuræ
dictionũ. Sexta aũt pp accẽtum. Ista
aũt diuisio notificatur per syllm &
inductionẽ. Exempla itaque æquiuocationis nominis separati est sermo dicẽtis, addiscens est sciens, quia
addiscens scit, qui aũt scit est sciens,
sicque addiscens est sciens. Modus
aũt fallaciæ huius est, quia dictio sciet, dicií pro tempore futuro & pro
tempore præsenti, verificaí autẽ de
sciente pro præsenti, de addiscẽti aute pro futuro: sicque etiã est sermo
C dicẽtis, aliquod malũ expedit, expediẽs aũt est bonũ, sicque quoddã
malũ est bonũ. Fallacia autẽ huius
est, quia nomen expedientis, qñ dicimus aliquod malũ expedit, significat id, quod significat nomẽ necessa-
rii, qñ aũt dicimus, & expediẽs est bonũ, significat id, ꝗ significat eligen-
dã, & res cõueniens. Exemplum aũt
æquiuocationis compositionis est
quarũdã specierũ, & hoc, quia iam
fit ꝑ prius & posterius. sicut qui dicit, nobilis est sciens, qñ intendit per
hoc, ꝗ sciens sit nobilis, & putaí prio-

ritas nobilis, & posterioritas sciẽtis, D
quia ꝓdicatũ isti° sermonis est sciẽs,
& nobilis est subiectũ, eã aũt fit æq-
uocatio cõpositionis seu amphibologiæ ꝓpter reditũ signi iter res plures
ꝗ vna, sicut est dictũ ũ dicẽtis, ꝗ scit
hõ, est hõ, homo aũt scit lapidẽ, lapis
itaque scit. Accidit aũt illa fallacia,
quia dictio scit, accidit de sciẽte & de
scito, et sicut est sermo dicẽtis, ꝗ dicit
hõ ꝗ sit, ita est, si aũt hõ dixerit sili-
cẽ, est igitur hõ silex. Causa aũt huius est, quia dictio est, aliquãdo redit ad hominẽ, & aliquãdo redit ad
sermonẽ. Iã aũt fit æquiuocatio pp
habitudinẽ, ac si diceres, gaudeo ver- E
beratione Socratis, quia serí ꝗ Socrates sit verberãs, aut verberatus. Et
aliquando fit per ablationẽ & defectũ. exẽpli gratia, vt sermo dicentis,
qui nõ ambulabit, poterit ambulare, & qui nõ scribet poterit scribere,
& hoc est verũ: quãdo aũt auferrur
dictio, poterit, & dicií, qui nõ ambulabit ambulabit, & ꝗ nõ scribet scribet, putareí ꝗ qui non ambulat, sit
ambulãs, & ignarus scripturæ sit scribens: putaí aũt ꝗ hoc sit in capitulo
diuisionis & compositionis, & hoc,
quia defectus est positio cõpositi diuisi. Exemplũ vero locorũ, quib° fit F
æquiuocatio pp diuisionẽ dictionis
cõpositæ, est, sicut quãdo diceres, Socrates est sciens medicinã, Socrates
itaque est sciens, & hoc, quia iã verificaí de Socrate ꝗ sit sciens medicinam, & non verificatur de eo ꝗ sit
sciẽs simpliciter, hoc autem ita fuit,
quia nõ sequií, ꝗ, quãdo verificaí
sermo compositus de aliqua re, ꝗ
eius partes verificení diuisæ de ista
re. Exemplũ vero loci, qui est ex diuisione, est, quãdo res, quæ prædicantur diuisĩ de partib° rei verificãtur,
& de

G & de tota re secundum sui totalitaté verificantur, quando autem compo nútur sibi inuicem falsificantur. Putaret autem sophista, φ, quando verificantur diuisae, sequatur, φ verificentur compositae. Illud autem est conttarium primi loci. Exemplum autem eorum, quae verificantur de partibus rei diuisae, & non verificantur de toto coniuncta, est sermo dicentis, ipsorum quinque est par, & ipsorum quinque est impar, quinq; itaque sunt par & impar simul: hoc autem est falsum, quia paritas & imparitas vtraque earum verificatur

H de parte ipsorum quinque sine parte, de qua verificatur altera, quando autem praedicatur de toto esset falsum. Exemplum autem praedicatorum, quae verificantur diuisa de tota re, & non verificantur de ea coniuncta, est, sicut sermo dicentis, tu es seruus, & tu es meus: ergo tu es seruus meus: hoc autem est eorú, quae iam falsificantur. Locus autem, qui est propter accentum, est sicut si variaretur substantia dictionis, & variaretur sensus illius, aut variaretur ex productione ad correptionem, aut ex grauitate in tenuitatem, aut

I ex continuatione in pausam, aut lateret eius substantia, vel permutaretur eius dictio: hoc autem possibile est in scriptura sine prolatione. Exépla autem istorum sunt, quae dicuntur in idiomate arabico. Locus vero, qui est ex figura dictionum, est sicut si fiat modus dictionis masculinus moda dictionis foemininus, aut modus dictionis passiuus modus dictionis actiuus, & putaretur quod masculinum sit foemininum, & foemininum masculinú, & passiuum: actiuum: sicut est dictum araborum

K passiuum calumniatur, loco calumniantis, & pulsatú loco pulsantis. Hi auté sunt elenchi, qui fiunt propter dictiones. Iam auté apparet φ sint sex per viá diuisionis, & hoc, quia dictio fallit quádo non coequatur rei, quádo aút non coequat rei, manifestú est, φ significat ré plusq; vnam, quia nó est impossibile φ significat hác ré & ré additá ei vltra hác ré, & ré subtractá ab ea, quádo aút hoc ita fuerit, iá significat ré plusq; vnam, aut per eius additioné ad eá vltra ré, aut per subtractá ab ea, qñ auté hoc ita fuerit, nó euadit eius significatio rei plusq; vnius: aut φ accipiatur di-

L uisa, aut φ accipiatur coniuncta alij. Rursus, quando fuerit ex parte, qua est diuisa, nó euadit ex reliqua triá diuisionú: aut φ sit ei propter eius primum modú impositú, & hoc est nomé aequiuocú: aut sit hoc propter additioné aut subtractioné eius literarum, aut variationé ordinis earú: & illa est fallacia, quae accidit propter substantiá dictionú, & grauitatem & tenuitatem, & caeteras res, de quibus protrahitur vsus idiomarú: quádo autem hoc accidit ei, est, quia ipsa annectat alteri, nó quia hoc accidat ipsi met cópositioni, licet accidat

M ei ex varietate illarú á diuisione in cópositionem, qui est locus diuisionis, aut ex cópositione in diuisioné, qui est locus cópositionis: quádo auté per se notú fuerit, φ nó sit hic diuisio cósequens dictioné, qua significat plusq; ré vná, ex parte qua est fallés per se, nó ex parte qua est fallens per accidés, sicut est fallacia, quae accidit ex ea cú permutatione, hoc est, permutatione dictionis loco dictionis, est manifestum, φ loca fallentia ex dictionibus sint ista sex.

De locis

De locis redargutionū sophisticarum extra dictionem.   Cap. 4.

EArum vero, quæ extra dictionē sunt captionū, species sunt septē. Vnā quidē propter accidens: secūda autem propter id, quod simpliciter, vel non simpliciter, sed aliquo modo, aut vbi, aut quando, aut aliquid dicit: tertia autē pp redargutionis ignorātiā: quarta vero propter cōsequens: quinta autē propter id, qd est in principio sumere: sexta propter id qd non est causa, vt cām ponere: septima vero propter plures interrogationes vnā facere. Propter igitur accidens captiones sunt, qn similiter quodcūq; existimabit rei & accidenti inesse: nam, quia multa eidē accidunt, non est necesse omnibus prædicatis & ei de quo prædicantur, illa omnia inesse nā omnia sic erūt eadem, quemadmodū sophistæ dicunt: vt si Coriscus est alter ab homine, ipse est alter à se, est enim homo: aut si à Socrate alter, Socrates autē homo, ab hominē alterū dicunt esse cōfessum, eo q; accidit (a quo dixit alterū esse) hūc esse hominē. Propter id autem, q; hoc quidem simpliciter, illud autē aliquo modo, & nō præcipue, quādo quod in parte dicit, vt simpliciter dictū sumitur: vt si nō ens est opinabile, quod nō ens est:nō.n.est idē esse quiduis, & esse simpliciter. Aut rursum, quoniam q; est nō est, si eorum quæ sunt quippiam nō est, vt si

non est homo:nam nō idē est nō esse quiduis, & nō esse simpliciter: apparet aūt, ab quòd perquā propinquum est dictione, & parū differat eē quiduis, ab eo qd est esse, & nō esse quiduis ab eo quod est non esse. Similiter autē pp id, quod est aliquo modo, & simpliciter: vt si Indus, cū sit totus niger, albus est dentibus, albus igitur & nō albus est. Aut si ambo aliquo modo, quod simul contraria inerunt: tale autē in quibusdam quidē, cuilibet facile est cōsiderare. Vt si sumens Aethiopem nigrum esse, dētibus dicat q; albus: si ergo ibi albus, q; niger, & nō niger, putabit disputasse syllogistice, cūm perfecerit interrogationē. In quibusdam vero latet frequenter, in quibuscunq; cùm aliquo modo dicat, simpliciter videtur sequi: & in quibuscūq; nō facile est considerare, vtrum eorum præcipue sit assignandum. Fit aūt tale in quibuscunq; similiter sunt opposita: nā vident vt ambo, aut neutrum dandū esse simpliciter prædicari: vt si dimidium quidē album. dimidiū vero nigrū, vtrū album, an nigrum? Quæ autem sunt propter id, quod non determinat quid est syllogismus, aut quid redargutio, fiunt propter omissionē orationis. Nā redargutio est contradictio vnius & eiusdē, nō nominia, sed rei, & nō minis nō synonymi, sed eiusdē ex ñs, quæ data sunt ex necessitate, non connumerato eo quod

Redargutio quid.

etat

G erat in principio, secundũ idem. & ad idem, & similiter, & in eodẽ tempore. Hoc autem modo fieri potest, vt quis falsum dicat de aliquo: quidam autẽ omittentes aliquid eorũ, quæ dicta sunt, apparent redarguere: vt quod idem dupliī & nõ duplum: nam duo vnius quidem dupla, tria autem nõ dupla. Aut si eiusdem idem dupliī, & nõ duplũ, sed nõ ſm idem: nã ſm longitudinem dupliī, ſm latitudinem non duplũ. Aut si eiusdem, & ſm idem, H & similiter, sed nõ simul: quare est apparens redargutio. Trahat autẽ aliquis hanc & in eas, quę sunt ꝓp dictionẽ. Quæ autẽ propter id, quod in principio erat sumuntur, fiunt quidem sic & tot modis, quot modis cõtingit quod in principio est petere: videntur autem redarguere, eo qd nõ possit quis inspicere idem, et diuersum. Quę vero propter cõsequens est redargutio, ideo est qp putent cõuerti consequentiã: nam, si cũm hoc est ex necessitaI te, illud sit: & cũm illud est, putant & alterum esse ex necessitate: vnde & quę ob opinionem ex sensu sunt, deceptiones fiunt: nam sæpe esse mel, sed suspicati sunt, eo quod sequitur flauus color mel. Et quia accidit terram, pluuia madidã fieri, etiam si sit madida, opinantur pluisse: id autem non necessarium est. In rethoricis quidẽ quæ ſm signum fiunt demõstrationes, ex consequentibus sunt: nam uolentes

ostendere quõd aduiter, quod K. consequens est, accipiunt, quõd comptus, aut quod videtur no ctu errabũdus: pluribus autem hæc quidem insunt, prædicatũ tamen non inest. Similiter autẽ & in ratiocinatiuis: vt est Melissi oratio, quod infinitũ est vniuersum: sumens aũt vniuersum ingeniī (nam ex nihilo nihil fieri) quod aũt factum est ex pricipio fieri: si igitur nõ factum est, principium non habet. vniuersum, quare infinitum: non necef se est autem hoc accidere, non L enim si omne quod factum est, principium habet, etiam quicquid principium habet, factum est: quemadmodum neque si febriens calidus, etiã calidum necesse est febrire. Quæ vero propter nõ causã, vt causam: cũm af sumitur qp nõ causa est, tãquam propter illud fiat redargutio: ac cidit autem tale, ad impossibile syllogismus: necessarium enim est in his aliquid interimere ex ña, quæ posita sint: si ergo enumeretur in necessarijs interroga M tionibus ad id, ad qd'accidit im possibile, videbitur propter id sæpe fieri redargutio, vt qp non est anima, & vita idem: nam si generatio corruptioni est cõtrarium, & alicui corruptioni erit quædã generatio cõtrariũ: mors aũt corruptio quędã, & contrariũ vitæ, quare vita generatio, & viuere generari: hoc aũt impossibile: non ergo idem anima & vita, Nequaquam collectum est

A est, nam accidit (tametsi quispiã nõ idem dicat vitã & animam) imposibile: sed solũ cõtrarium vitã quidẽ morti, cum sit corruptio, corruptioni autẽ generationem. Incollectiles igitur simpliciter nõ sunt huiusmodi orationes, sed ad propositũ incollectiles: & latet qlerumqꝫ nõ minus ipsos interrogãtes quod tale est. Propter igitur consequens, & ꝓꝓ non causam orationes huiusmodi sunt. Quæ aũt propter id, *(marg. Plures interrogationes vt vna.)* quod est duas interrogationes vnam facere, quando latet plures esse, & perinde ac vna sit, assignatur responsio vna. In aliquibus autẽ facile est videre ꝙ plures, et quòd nõ danda vna respõsio: vt vtrum terra mare est an cœlum? in aliquibus vero min9, & quasi vna sit, aut cõfitetur (eo ꝙ nequeunt respondere ad interrogatũ) aut redargui videntur: vt putas hic & hic est homo? quare, cũ aliquis percusserit hũc & hunc, percutiet hominem & non homines. Aut rursum quorum hæc sunt quidem bona, illa **C** aũt non bona: omnia hæc bona, an nõ bona? nam vtrsuis dixerit, est quidẽ vt aut redargutionẽ, aut falsum apparens videat facere: nam dicere eorum, quæ nõ sunt bona aliquid esse bonũ, aut eorũ, quæ bona sunt non bonũ, falsum. Qñꝗ autem assumptis quibusdam, redarguio ẽt fiet vera: vt si quis cõcedat similiter & vnũ & plura dici albo, & nuda, & cæca: nam, si cæcũ est ꝙ

D non habet visum, natum ñ habere, & cæca erunt quæ non habent visum, nata autẽ habere: quando igitur hoc quidem habet visum, illud autẽ nõ habet, ambo erunt vel videntia, vel cæca: quod ẽ impossibile.

Sermo de fallacijs ex rebus. Cap. 4.

Loca aũt fallentia sunt septẽ loca, quorũ Vnus est, ꝙ currat id, ꝙ ẽ accidẽs, cursu eius ꝙ ẽ per se. Secundus aũt est acceptio connexi, vt absoluti, & a ĩm quid vt simplr, quãdo acciperetur id, cuius semitæ ẽ ꝙ **E** accipiatur connexum solum, ac si esset verũ simpliciter, hoc est, id quod est connexum attributo. i. alicui attributo, aut quo ad tempus, aut quo ad locũ, aut quo ad aliam speciẽ connexionum. Tertius autẽ est, qui accidit ex pauca notitia conditionum elenchi, & illatione oppositi eius, de cuius notitia & esse gloriatur aduersarius. Quartus autem est locus consequẽtis. Quint9 est prologus ad quæsitũ, seu petitio principij. Sextus est acceptio nõ causæ, vt causæ. Septim9 est, acceptio interrogationũ pluriũ, ac si esset interrogatio vna. Elenchi itaqꝫ, qui fiunt ex eo ꝙ est per acci- **F** dẽs, sunt, qñ cõtigerit ꝙ prædicetur aliqua res de re aliqua per se, & contigerit alteri illarũ duarum rerũ, aliqua dispositio per accidẽs, quia putaretur ꝙ id, quod est per accidens, inueniatur alteri illarũ duarum rerũ per se. exempli gratia, sermo dicentis, Socrates demõstratus est nõ homo, & Socrates demõstratus est hõ, sicqꝫ hõ non est homo, & hoc, quia prædicatio humanitatis de Socrate est per se: accidit aũt huic ex parte, qua est singularis, ꝙ fuerit nõ hõ, quod est

G est species & vse: & putatur propter hoc, ꝙ sequatur ex illo, ꝙ hõ sit non hõ. exēplum huius etiã est, Socrates est nõ Plato: Plato aũt est homo, ergo Socrates est non homo. fallacia autem, quæ accidit ex acceptione cõnexi absolute, i. fm quid, simpliciter eũ, sicut si diceret quispiam, si quod est nõ ens, esset opinabile, opinabile aũt est ens, id itaque quod est non ens, est ens. Aut diceremus, si quod est ens est opinabile, opinabile autē est non ens, id itaque, quod est ens, est non ens. Hoc autē verificaretur, qñ cõnectitur, non qñ absoluit, &

H hoc, quia quod nõ est ens extra cogitationem, est itaq; ens fm cogitatione, non simpliciter. Sic etiã quod est ens fm cogitatione, esset nõ ens extra cogitationem, non simpliciter, hoc est, ꝙ verificetur res de illo simpliciter, & sequat ex eo ꝙ verificetur nõ simpliciter, accidit autem fallacia in hoc loco, qñ accidit ꝙ sit paucea & latens differētia inter absolutũ & connexũ: quanto aõrdīa fuerit magis latēs, magis erit fallacia per illam, & difficilius constabit modus fallaciæ in ea, quãto vero euidētior fuerit, minus erit fallacia, & facilius

I constabit. Hoc autē variabitur fm materias, & in quibusdam locis põt esse, ꝙ cadat fallacia, cuius solutio nõ sit facilis, in aliquibus aũt locis accidit fallacia, cuius solutio sit facilis. Exēpli gratia, sermo dicētis, æthiops est niger, & æthiops est albus fm dentes, æthiops itaque est albus & niger simul. Possibile enl esset quod accideret talibus fallacia in hoc, ex quo est latens varietas inter nigredinem æthiopis & albedinem eius dentiũ, & ideo possibile est, ꝙ homo admittat, ꝙ æthiops sit niger, & admittat

quod sit albus ꝑꝑ albedinē eius den K tiũ: hic autē nõ est valde latens, ideo iam facilis est eius solutio pluribus hominibus. In aliquibus vero locis nõ cadit per hoc fallacia propter cogitatione varietatis inter illa, sicut est sermo dicentis, æthiops est hõ niger, homo aũt est albus, quia non accidit ex hoc, quõd homo niger sit albus, ex quo albus, & niger sunt duæ species hominis notæ: differentia autē inter eos est nota valde, & manifesta omnibus, & ideo possibile est vni, ꝙ admittat ꝙ homo æthiops sit niger, & ꝙ homo sit albus, & possibi L le est ꝙ admittat, ꝙ æthiops sit niger, & albus fm eius dentes. Locus vero est, quo accidit fallacia propter ignorantiã vnius conditionũ elenchi. Hoc itaque accidit ex priuatione notitiæ conditionum syllogismi cõcludentis elenchum: testimoniũ autē est notitia conditionum cõtradictorij, & hoc, quia cõtradictoriũ nõ est ꝙ cõtradicit fm dictionē solũ, sed fm rē, hoc est, ꝙ ipsa eadē res sit in enunciatione affirmatiua, quæ ipsamet est res in enũtiatione negatiua, quæ opponit illi omnibus modis. Fit autē hoc, qñ res prædicata in illis fuerit vna, aut subiectum vnũ, M aut reliquæ cõditiones eædem, quæ largiuntur in vna duarum enuntiationum oppositarum, sint ipsæmet, quæ largiuntur in altera, ex tēpore, & loco, & modo, & cæteris, quæ dicta sunt in lib. Perihermenias. Iste autē locus est fallens, quia quidam hoíes visi sunt sibi, ꝙ, qñ cõtradixerit enunciationi, ꝗ argumētatur est aduersarius, quod dimittant eã absque ꝙ contradicant ei fm conditiones, quæ terminatæ sunt in eo, quod præmissum est, sicut poneret sup-
ponens

A ponens ꝙ hoc sit duplum huius, & declarator declararet, ꝙ non sit du-
plū, dicere aūt nostrū de eo, ꝙ non sit duplum verificatur de eo modo alio à modo, quo verificaretur de eo, ꝙ sit duplū, & agens hoc opinaretur, ꝙ iā dimisisset, sicut verificaret, ꝙ linea sit dupla lineæ ex parte longitudinis, & non dupla ex parte latitudinis, postꝗ; linea est longitudo, cui nõ est latitudo. Fallacia aūt, quæ sit, accidit propter prolongū ad quæsitū primum seu petitionem principij. Accidit itaque tot modis, quot possibile est, ꝙ accipiatur oppositū

B rei cū interrogatione, ac si esset nõ suppositū. Intendo aūt per oppositū illorum, cuius intēditur destructio, & accidit in hoc elenchus, & hoc ꝗ annecteretur ipsimet rei, sicut declaratū est de syllogismis, qui cõponūt ex oppositis. Ille autem est duarum specierum, prologus ad oppositum quæsiti, & ille est cuius meminit Arist. ꝙ sit ille, quo vt plurimū accidit elenchus, & prologos ad ipsummet quæsitū. Iam aūt dictū est in libro Priorum de modis, quibus possibile est ꝙ accidat hoc accidens vere. De modis aūt, quibus putatur, ꝙ iam ac-

C cidat hoc, & non accidat, dictum est in lib. Topicorum. Causa vero loci, quo accidit fallacia elenchi propter cõsequens, est putare cõuersam affirmatiuæ vniuersalis esse vtem. exempli gťa, ꝗ apud aliquem hoiem fuerit, ꝙ ois prægnātis venter sit tumēs, & oriať in eius mente ꝙ omnis tumens venter sit prægnãs. Ex hoc aūt loco multoriens accidit fallacia sensui, adeo ꝙ putať de felle. v. g. ꝙ sit mel ꝓpter trinitatem, quæ sentitur in vtrisꝗ, & putatur de terra humectať, ꝙ pluerit in eã, quia iã notatū fuerat,

ꝙ terra, in quã pluerat, sit humecta: D
hoc aūt nõ est verū. Et ideo dicim', ꝙ nõ cõcludit syllʒ ex duabus affirmatiuis in secūda figura. Syllʒ autē signi, qui fit in Rhetorica, iam fit ex duabus affirmatiuis in figura secunda, ꝗ tales syllogismi iam fiunt in Rhetorica ex rebus, quæ consequuntur duabus extremitatibus. sicut ꝗ intendit Rhetor declarare, ꝙ iste sit adulter, & acceperit consequens adulterū, gratia exempli, qui est fucus aut error incestus nocturni, & diceret iste fucať, & adulter fucatur, ergo iste est adulter: hoc autem nõ est E
verū: fucus enim inuenitur adultero, & nõ adultero: sicꝗ; etiam & error incessus nocturni. Et ex hoc loco errauit Melissus, ꝗ dixit, ꝙ totū nõ habet principium, & hoc, quia inuenit verum, ꝙ oē generabile habet principiū, opinatus est, ꝙ quicquid habet principium sit generabile, & ex quo opinatus est illud, verificatū est ei contrarium eius cõtradictorij; quod est, ꝙ quicquid nõ est generabile, nõ habet principium, mondus aūt nõ est generabilis, ergo illud nõ habet principium, & ꝙ ipsum etiam sit infinitum, & nõ ꝗ omne generabile habet principiū, sequitur ꝙ F
omne habens principiū sit generabile, sicut ꝙ si omnis febricitans sit calidus corpore, nõ sequitur, ꝙ omnis calid' corpore sit febricitans. Locus aūt, quo accidit elenchus fallens ex acceptione eius, quod non est causa: conclusionis, ꝙ sit causa, sit, quando in syllogismo accipitur præmissa cū præmissis, ex quibus sequitur cõclusio falsa: alter autē putaret, ꝙ conclusio sequeretur ex illa præmissa, hoc autem accidit in syllogismo ducēte ad impossibile, hoc est, syllogismo-

G contradictionis,quia auferret parté præmiſſarum poſitarũ in eo, inquã tũ inferret falſum , accidit aũt valde in eo ꝗ ingrediaſ præmiſſa, quam ſophiſta intéderet deſtrũere cũ ſumma præmiſſarũ falſarum, ex quibus accidit ipſum falſum, Qñ aũt accide rit, putaſ ꝗ acciderit ex illa præmiſ ſa, in cuius deſtructione errauerũt, ipſum aũt falſum ſequitur nõ ex illa præmiſſa, ſed ex alia præmiſſarũ falſarũ,quas poſuerat. Exépli gratia, diceret quiſpiam, ꝗ anima, & vita nõ ſint vna res, quia ſi eſſet vna res, omnes ſpecies generationis eſſent cõ

H trariæ omuibus ſpeciebus corruptionis, & ſingulis ſpeciebus corruptionis eſſent ſingulæ ſpecies generationis,quæ easappropriarét,quæ eſſent eis cõtrariæ, mors autem eſt corruptio quædam,ſicque vita eſt genera tio quædam,qñ aũté vita erit generatio,vita eſt ei, quod fuit & perfectum eſt, generatio autẽ eſt eius qã generatur.Illud itaque,quod generatã fuit,hoc aũt eſt diuerſum impoſſe, ergo aĩa & vita non ſunt vna res, qñ hoc falſum ſequitur ex hoc ſermone,licet nulla ſuarum præmiſ ſarũ ſupponat,ꝗ aĩa & ɴita ſint vna

I res:& ideo nõ dicimus,ꝗ nõ ſit illaquus ſimpliciter,ſed dicimus, ꝗ nõ ſit illaquus in comparatione ad id, quod intenderat cõcludere.In eſſen tia aũt iſtius exempli eſt fallacia quę dam , ſed non curamus de ea hic , & ideo hoc exemplũ faciũt errare multos.Fallacia autem, quę accidit in eo ex loco cõſequentis, & ex acceptione eius, ꝗ non eſt cauſa concluſionis, ac ſi ſit cauſa ſic.Fallacia vero, quæ accidit ex acceptione duarũ interrogationũ in vna interrogatione,accidit ex parte,qua ſerret duo re

ſpõſa diuerſa,quibus reſpõderet vni kᵒ co reſpõſo. Accidit aũt hæc fallacia, qñ accipit loco vnius prædicati in enuntiatione plusꝗ vnũ prædicatũ, & loco vnius ſubiecti in enuntiatione plusꝗ vnum ſubiectũ. Exemplum itaꝗ eius,quo accipiuntur loco vniꝰ prædicati duo ᵱdicata eſt ſermo dicétis, terra eſt ex aliquare & aquas iſte.ɴ. eſt duæ enuntiationes & duæ interrogationes, nõ vna. Exemplũ aũt acceptionis duorum ſubiectorũ eſt ſermo dicentis, hic & hic eſt hõ, hic.ɴ. ſunt duæ enuntiationes, non vna enũtiatio. Quidam aũt hoſum

K eſt , qui qñ interrogatus fuerit talibus interrogationibus pluribus,ac ſi eſſent vna interrogatio,forte cogitabit multiplicitaté,quæ eſt in interrogatione,& ſtabit,& penſabit. Forſitan autẽ reſpondebit vnico reſpõſo, & ꝓueniet ei elenchus & falſum , ſicut ſi dicerem,hic & hic eſt hõ. Ille

L itaꝗꝗ percuſſerit hunc & hũc, per cuſſit itaꝗ vnam hoſem non duos hoſes.Plurimũ aũt ꝗ accidit fallacia fm hũc locũ eſt,qñ cõtigerit ꝗ prædicata rerũ , de quibus interrogatur interrogatio,ſint contraria, ſicut in aggregato quarundam rerum ſit bonum, & earum ſi aliquid , quod

M nõ ſit bonũ, & interrogareſ de oĩbꝰ ipſis vna interrogatione, an ſit bonũ, vel nõ bonũ:quæcunꝗ aũt duarũ reſpõſionũ reſpõdereſ eſſet fallacia,niſi diuideret aliquã rẽ in eas, & ſerret reſpõſum de eis fm numerũ interrogationũ,quæ ſunt in eis,ſicut ſi interrogareſ á fruitio ſẽſibiliũ & fruitio intelligibiliũ ſit bona, an nõ bona:qa ſi diceret bona, erraretur, quia fruitiones ſenſatæ nõ ſunt bonæ. Si aũt diceret malæ , erraretur, quia fruitiones intellectiuæ ſunt bonæ,

A oē, & laudabiles. Qñ aūt illarū pluriū rerū iudiciū fuerit voū iudiciū,
iste locus nō sit falsigraphus, & hoc,
qñ iudiciū totius ex illis fuerit idē,
cp iu.liciū vniº, qa tūc interrogatio
de oībºest, sicut interrogatio de vna
earū, sicut dicerēt an hoc & hoc sit
cæcū, postcp cæcitas sit priuatio vi
sus, vidēs aūt non differt a vidētē, ex
parte qūa est vidēs, & in tali loco sit
ex vna eadē enuntiatione respōsum
enuntiationū pluriū: qñ aūt vnū eo
rū fuerit cæcū, & alterū vidēs, impos
sibile est, cp respōsum sit vnum.

B *Omnes sophisticas redargutiones in igno-*
rantiam redargutionis resoluatur
iri.   Cap.   j.

Vt igiē sic diuidēdū apparentes syllſos, & redargutiones: aut oēs reducēdū
ad redargutionis ignorātiā, ñs,
qui hanc principiū faciunt: fieri
enim pōt, vt omnes resoluamus
dictos modos ad redargutionis
definitionē. Primū quidē si in-
collectibiles fuerint, oportet enim
ex ñs, quæ posita sunt, accidere
conclusionē, &, vt ira dicam, ex
necessitate, atcp nō apparere. De
C inde & sm partes definitionis:
nā earū, quæ sunt in dictione, hę
quidē sunt pp duplex, vt æquiuocatio, & oratio, & similis figu
ra: cōsuetū. n. id oīa, vt & illud
quippiā significare. Cōpositio
aūt, & diuisio, & accentus, eo cp
nō eadē est oratio. aut nomē qd
differensoportebat aūt & id esse, quemadmodū & rē eandē, si
debebat redargutio, vel syllſus
esse: vt si tunica, nō vestis syllo-
gizetur, sed tunica: nam verum

est & illud, sed nō syllogizatum D
est: sed adhuc interrogatione indiget, cp idem significat ad eum
qui quærit propter quid. Quæ
vero sm accidens, definito syllo
gismo manifesta fiunt: nā eandē
definitionem oportet syllogismi
& redargutionis fieri, attamē et
& adiungere cōtradictionē: nā
redargutio syllſus est contradictionis: si igiē nō est syllſus acci-
dētia, nō fit redargutio: nō enim
si cū hæc sint, necesse est illud esse, id aūt est album esse propter
syllogismū: necp si triāgulus duo E
bus rectis tres angulos habet
æquales & accidit ei figurā esse,
vel primū, vel principium, cp figura, vel primū, vel principiū
tale est: nā nō quatenus figura,
vel primū, vel principium, sed
quatenus triangulus demōstratio similiter & in aliīs. Quare, si
redargutio syllſus quidā, nō erit
quæ sm accidēs redargutio. Ve
rū propter hoc & artifices et om
nino sciētes ab insciīs redarguū- F
tur: nā sm accidens syllogismos
faciunt cōtra sapientes: qui vero nō possunt diuidere, aut inter
rogati concedunt, aut cum non
dant, arbitrantur dedisse. Quæ
vero propter id cp aliquo modo, & simpliciter, quoniam non
de eodem affirmatio & negatio
est: nā aliquo modo albi, aliquo
modo nō albūē & simpl. eiter albi, simpliciter non albū, negatio
est: si igitur cū datur aliquo modo esse albū, quis vt simpliciter
dictū accipit, non facit redargu-

G tionem : apparet autem propter
ignorantiam ipsius, quid est redargutio. Manifestissimæ autē
ofum quæ prius dictæ sunt pro
pter redargutionis definitionē,
quare & sic nuncupatæ sunt: nā
propter rationis omissionē phā
tasia fit, & diuisis hoc pacto, cōmune in oibus his ponendū est
orationis omissio. Quæ vero,p-
pter id quod sumitur, quod erat
iñ principio, & non causa vt cau
sa ponitur, manifestæ sunt per
definitionem: nam oportet con-
H clusionē accidere, eo quod hæc
sunt, quòd nō erat iñ non caŭsis:
& rursum non connumerato eo
quod erat in principio, quod nō
habent ex quæ sunt propter pe-
titionē eius quod in principio.
Quæ vero propter consequens
particula sunt accidentis: nam
consequens accidit : differt autē
ab accidenti, quoniam accidens
quidem est in vno solo sumere,
vt idem esse flauum, & mel, & al
bum, & cygnum : quod autem
propter consequens, semper iñ
I pluribus: nam quæ vni & eidē
sunt eadem, & sibi inuicem po-
stulātur esse eadem : propter qd
fit ea quæ propter cōse quens re
dargutio: est autem nō omnino
verum, vt si sit album ſm accidens: nam & nix & cygnus albo idē:aut rursum in Melissi ora
tione idem esse accipit factū esse, & principiū habere, aut æqua
lia fieri, & eandem magnitudi-
nem accipere. Quoniam enim
principium habet quod factum

est, & quod habet principiū, fa- K
ctum esse postulat, tanquā ambo eadē sint, eo cp principū habent factū esse & finitū. Similiter aūt & in ñs,quæ æqualia facta sunt, si eandem magnitudi-
nem, & vnā sumentia æqualia
fiunt:& quæ æqualia facta sunt,
eandem & vnā magnitudi nem
sumunt: quare consequens sumit. cp igit propter accidens redargutio, in ignorātia redargutionis est:manifestū, & cp ea, quę
est, est pp cōsequens: inspiciēdū
aūt est id & alias. Quæ vero pro L
pter id, quod est plures interrogationē vt vnā facere. in eo sunt
cp nō enucleamus, siue nō diuidimus propositionis orationē
nam propositio vnū de vno est
nā idē terminus vni⁹ solius rei,
& simplr rei: vt hoĩs: similr aſiã
& in aliĩs. Si igit vna propositio
est, quæ vnū de vno postulat, &
simplr erit propositio talis, inter
rogatio. Atqui quoniam sy ls ex
propositionibus est, redargutio
aūt syllōgismus, & redargutio
erit ex ppositionibus:si igit pro M
positio vnū de vno, manifestū
quoniā & hæc in redargutionis
ignorātia: nā apparet esse propo
sitio, quę nō est propositio. Si ita
que dedit respōsionē vt ad vnā
interrogationem, erit redargutio, si autem non dederit, sed apparet, apparēs redargutio. Quare, omnes loci cadūt in redargutionis ignorantiā: qui quidem
dicti sunt propter dictionem,
quia est apparens contradictio,
      quod

A quod erat proprium redargutionis, alij au tem propter syllogismi terminum .

Sermo de reductione omnium specierum
fallaciarum ad fallaciam elenchi .
Cap.   I.

ISta aŭt loca, quae narrauimus, licet numerus suorum modorŭ sit
iste, cuius meminimus, omnia tamē
reducuntur ad paucam notitiam
elenchi, hoc est, latentiam alicuius
rei conditionŭ elenchi, & hoc, quia
ex quo elenchus verus est syllogismus inferens contradictorium con-
B clusionis, quod notŭ est in ea, manifestŭ est, ꝙ omniŭ istorŭ locorum
fallacia apparet ex parte syllogismi
simplr, & ex partibus eius definitionis, & definitione cŏtradictorij . ex
definitione quidem syllogismi, quia
iam dictum est de eo, ꝙ sit sermo, in
quo, quãdo positae fuerit res plures
ꝗ, vna, sequitur illis aliquid aliud,
quãdo aŭt hoc ita nŏ fuerit, manifestum est, ꝙ quando cŏsequentia est,
nŏ est necessaria, sed est ex eis de qui
bus putatur ꝙ sint necessariae, absꝗ
ꝙ ita sit ipse itaꝗ non est verus elen
chus. Ex partibus aŭt eius definitio-
C nis est, quia iam res, quae ponuntur
in eo, sunt duae praemissae & tres termini, quae conueniunt in vno termi
no, qui vocatur medius, sicque quãdo terminus medius non fuerit vn°
in eis, aut altera extremitatŭ nŏ fuerit in conclusione, est manifestŭ ꝙ
nou est syllogismus vere: sic etiam,
quando altera extremitatum fuerit
accepta ꝙm aliquam conditionem,
quae non fuerit accepta in conclusio
ne: quãdo autem hoc ita fuerit, omnes fallaciae, quae fuerint propter
aequiuocationem nominis dictio-

num simplicium, & aequiuocationē D
cŏpositionis, & figura dictionŭ, reducunt ad esse terminŭ mediŭ non
vnum, in syllm aŭt ad esse vnam extremitatum in praemissis aliam ab
ea, quae est in conclusione. Ille aurē,
qui fit ex diuisione & cŏpositione,
reducit in acceptionem praemissarŭ
ꝙm modŭ alium a modo, quo accipiuntur in conclusione, & nŏ fiunt
vnŭ numero, neꝗ in syllogismo, ne
que in conclusione. Fallacia autem,
quae sit ex eo, quod est per accidens,
reducitur ad latentiam alicuius cŏ-
ditionum syllogismi demonstratiui: & hoc, quia eius conditionis est, E
ꝙ eius praemissae sint necessariae &
vniuersales. Id aŭt, quod est per accidens, non est necessarium, neque
vniuersale. sed particulare, quia quã
do inuenit aliqua res alba per accidens, non sequit, ꝙ quicquid sit huius rei, sit albŭ, neꝗ; ꝙm modŭ, quo
fuit, neꝗ; quãdo fuit, & vniuersaliter quãdo connectett aliqua res cŭ
aliqua re, nŏ sequitur ꝙ illa res sit cŏ
nexa illi rei. exempli gratia, quia ex
quo connectit ipŭ esse trianguli, ꝙ
sit figura, & ꝙ sit habens lineas, & ꝙ
sit habens angulos aequales, duobus
rectis, nŏ sequitur, ꝙ quando inue- F
nitur figura, ꝙ sit habens lineas rectas, & ꝙ ei° anguli sint aequales duo
bus rectis: sic quãdo obseruaueris ꝙ
praemissae sint per se, & qd sint praemissae quae sunt in syllogismo simpli
citer solŭ secundum rem, quae veniunt in termino medio secŭdŭ rē,
nŏ secundum dictionem, est manifestum, quod non accidit obserua-
tori neꝗ cognoscēti in illo istud hic
modus fallaciae, hoc est, ꝙ sit ꝑꝑ dictionem, aut propter id, quod est se-
cundŭ accidens; & ideo iam possi-

G bile fuit, φ sciens aliquã rem fallat eum, qui nescit syllogismũ: sicut sciens elẽchũ distinguens ista loca, quę narrauimus, dignior est, φ non errerit quàm sciens ea non distinguens ipsa, neque sentiens eorũ distinctionem in istas partes. Fallacia aũt, quæ accidit propter acceptionem rei cõnexæ vt absolute, ideſt fm quid vt simpliciter, reducitur ad paucã notitiam conditionum contradictorij, quia quod est album fm partem, nõ est eius contradictoriũ quod nõ est albũ simpliciter, sed putatur tale φ sit cõtradictoriũ propter paucã no-

H titiam elenchi, & propter affinitatẽ differẽtiæ, quæ est inter ea: plurimũ autem, quod aduenit ex latentia cõditionũ cõtradictorij, est φ appropriatur nomine elenchi, & est φ accipiatur destruens oppositum cõclusionis, id aũt, quod nõ est oppositũ, & locus absoluti & connexi seu simpliciter, & fm quid ex ista parte est pars iſtius loci, sed ex parte qua accidit ex eo φ præmiſſa sit accepta fm aliquem modũ, qui nõ est modus, quo accipitur in conclusione, est locus separatus per se. Et fallacia, quæ ingreditur hanc partẽ, quæ reducit

I in latentiam elenchi, est, φ termini accepti in præmissis sint ipsimet, qui accepti sunt in conclusione. Fallacia autem, quæ est propter petitionem principij, & propter acceptionẽ non causæ conclusionis vt causæ, manifestam est, φ accidit ex latentia eius, quod est acceptum in definitione syllogismi. Petitio quidẽ principij accidit, quando latuerit, φ consequens sit alia res à conclusione, & hoc, quia consequens in petitione est ipsamet præmiſſa: & sic etiam acceptio vt causæ eius, quod non est causa, sit ti-

K li, quem latuerit, φ cõsequens ex syllogismo sit necessario. Locus vero consequentis reducit ad eũ qui est fm accidens, & aliquo modo igredi tur sub eo, sed differentia inter ea est, quia hic est putare de vno φ sint plura. Eſẽpli gratia, quia ex quo accidit citrinitati demõstratæ φ sit mel, putatur φ omne citrinum sit mel, hicaũt est putare de pluribus, φ fiat vnũ, & hoc, quia ex quo accidit scribenti, φ sit albus, putauerunt φ scribens sit albus, & ex hoc loco, hoc est, loco consequentis, putauit Melissus, φ omne habẽs principium habeat generationem, quia ipse puta-

L uit, φ id, quod accidit illi, quod est generabile, accidit omni habenti principiũ, hoc est, φ sit generabile. Causa aũt fallaciæ, quæ accidit propter acceptionẽ pluriũ interrogationũ, vt vnã interrogationem, est latẽtia illius, quod dictum est in definitione cõtradictionis: ex quo cõnenit φ prædicatũ in illis præmiſſis sit vnũ, & subiectum vnũ, & φ vni affirmationi nõ sit nisi vna negatio, nec vni negationi nisi vna affirmatio, quia quando fuerit vnũ, contradictio sit vera, quãdo aũt putatur de

M eo φ sit vnũ, & nõ est vnú, eius elenchus est falsigraphus. Omnes itaque isti modi reducũtur ad paucitatem notitiæ elenchi: hic aũt est syllogismus verus fm figurã cõcludens cõtradictoriũ rei, cuius destructio intenditur: sicqȝ, quãdo latebit aliqua res ex conditionibus syllogismi veri fm figuram, aut ex conditionibus contradictorij, accidont ista loca falsẽtia. Sicqȝ iam declaratũ est ex hoc, φ ista. 13. loca dictionalia & septem descripta reducuntur ad latẽnã definitionis elenchi veri, aut partiũ eius

definitio-

A definitionis, hoc est ad latētiā definitionis syllogismi, aut latētiā definitionis cōtradictorij, & q̃ quędam eorum sunt, quę reducunt ad latentiā definitionis cōtradictorij, & quę dā reducūtur ad latētiam definitionis syllogismi, & quędā eorū reducunt ad ambas res simul. Loca autē fallentia ex dictionibus cōueniunt, quia ipsa faciunt putare illū, qui nō est syllogismus, q̃ sit syllogismus.

Causa deceptionum, captionum sophisticarum. Cap. 6.

Deceptio autem fit in ħs quidem, quę propter ęquiuocationē, & orationem, eo q̃ nō pōt quis diuidere id, q̃ multipliciter dicitur: nā quędam non est promptum diuidere, vt vnū, & ens, et idem. In ħs aūt, quę sunt propter compositionē, & diuisionē, eo quod nihil putatur differre cōposita & diuisa oratio, ceu euenit in plurimis. Similiter aūt & in ħs quę sunt propter accentū: non enim aliud videtur significare intensa, & remissa oratio in aliquo, aut nō in pluribus. Earum vero, quę sunt propter figuram ob similitudinē dictionis: difficile est enim diuidere, quę similiter, & quę aliter dicuntur: nam ferme qui hoc pōt facere in procinctu est, vt videat verū: maxime aūt sciet innuere, q̃ omne, q̃ de aliquo prędicat, arbitramur idipsum aliquid esse, & vt vnū intelligimus: nā vnum, & substantiam maxime videtur se qui id, quod est aliquid, & ens. Quare in ħs, quę sunt propter

dictionē, hic locus ponēdus: primū quidem magis deceptio aggignitur in ħs, qui cum alħs considerāt, quàm qui per seipsos: nā ea, quę cum alio est, cōsideratio per orationē est, quę aūt per seipsos, non minus per ipsam rem. Deinde & per seipsos decipi accidit, quādo in oratione facit cōsiderationē: præterea deceptio quidem ex similitudine, similitudo autē ex dictione. In ħs aūt, quę sunt propter accidens, eo q̃ non potest dñiudicare idem et diuersum, & vnum & multa: ne que quibus prędicatorū omnia hæc & rei accidunt. Similiter autem & in ħs quę propter consequens sunt: pars enim quędam accidentis, est consequens. Amplius & in multis apparet, & postulatur hoc pacto, si hoc ab illo non separatur, nec ab altero separatur alterū. In ħs verò quę sunt propter omissionem orationis, & in ħs quę sunt propter id q̃ aliquo modo & simpliciter, eo q̃ propter parum deceptio est. nā quasi nihil cōsignificet quid aut aliquo modo, aut simpliciter, aut alicubi, aut nunc, vniuersaliter concedimus. Similiter autem & in ħs, quę quod in principio est sumunt, & in nō causis, & quęcunq̃ plures interrogationes vt vnam faciunt: in omnibus enim his est deceptio, ob id quod propter parum: nā nō exacte discernimus, neque propositionis, neq̃ syllogismi terminū, propter prędictam causam.

T iiij Sermo

G Sermo de rebus, quibus elenchi sunt decepriui, & de elenchorum speciebus secundum illas. Cap. 6.

CAuſa aũt fallaciæ, quæ fit propter æquiuocationẽ dictionũ, eſt difficultas ſeparationis rerum multarũ, de quibus dicitꝰ dictio vna, & ſignanter per dictiones diſperatas quod multiplicat eſſe rerũ, in quas cadũt, & difficilis fit earum cognitio & ſeparatio, ſicut eſt ſeparatio rerũ in quas cadit nomen vnius & entis. Cauſa aũt fallaciæ, quæ accidit propter diuiſionẽ dictionis, & eius compoſitionẽ, eſt pauca perceptio diuer-

H ſitaris, quæ accidit ſignificato dictionis, quãdo aliquãdo diuiditur, & deinde cõponitur nonnunꝗ, & ſic etiã ipſi dictioni, quæ aduenit propter æquiuocationẽ figuræ, & diuerſitatem diſpoſitionis ſuarũ literarũ, & punctorũ ſm ſuas ſignificationes. Ille aũt, apud quẽ eſt poteſtas cognoſcendi fallacias, quæ fiunt propter dictionẽ, proximus eſt, ꝗ non erret in rebus niſi pauco errore, & hoc, quando feſtinat, & diſtinguit rem, de qua verificatur attributum, aut falſificat, quia putaret omnes illas res, quas ſignificaret iſta dictio, ac ſi

I eſſent ſenſatæ apud eũ, & demõſtratæ, & feſtinaret, & determinaret ſm diſpoſitionẽ, qua cõueniret eis hoc attributũ, determinatione cõuenienti. exempli gratia, quando audiuerit quis, ꝗ res ſit ens vnum, determinauit ꝗ illa res ſit ſingulæ ſubſtantiæ demõſtratũ, quia res & ens dicuntur de ſubſtantia demonſtrata vna ſm numerum, & ideo quod apparet nobis primo ꝗ fallacia accidat nobis eſt propter dictiones, licet appareat etiã caſus erroris propter res fallentes, quæ numeratæ ſunt: & hoc, quia

cauſa erroris, qui fit propter cõtrouerſiã aduerſarij, & auditũ eius, eſt fallacia illorũ locorum dictionaliũ. Cauſa aũt erroris, qui fit circa id, qđ cõſiderat hõ in ſe, ſunt illa deſcripta, licet accidat iam apud cõſiderationẽ fallacia propter dictiones: & hoc, quãdo aliquis homo valde meditatur, ꝗ diſputat ſecũ ipſe, ſicut faceret cũ illo cũ quo litigat, & imaginatur dictiones cũ rebus, & vniuerſaliter cauſa fallaciæ in iſtis locis ſunt præmiſſæ cũ pauca perceptione differẽtiæ, quæ fit inter quid ſit diuiſum, & quid ſit idẽ. Sicque cauſa fallaciæ di-

L ctionũ eſt difficultas diſtinctionum inter eas & inter res, & acceptio eius ꝗ eſt diuiſum, ac ſi eſſet idem. Et hæc eadẽ eſt cauſa fallaciæ eius, ꝗ eſt ſm accidẽs, & ꝗ ille homo nõ diſtinguerit id, quod cõſequitur vllum prædicatorum eſſentialium à rebus, quæ ſunt per accidens. Et hæc eadem cauſa accidit fallacia loci conſequentis, quia hic locus, ſicut diximus, ingreditur illã, quæ eſt accidentis, & eſt pars illius. Cauſa autẽ fallaciæ, quæ accidit propter abſolutum & connexũ, ſeu ſimpliciter & ſm quid, eſt, ꝗ putetur ꝗ diuerſum ſit idem: hoc aũt

M accidit propter paucitatẽ dſiæ, quæ fuerit inter ea. Sic etiã fallacia eius, cuius cauſa eſt petitio principii, & ea, cuius cauſa eſt acceptio eius quod nõ eſt cauſa vt cauſa. Cauſa aũt eius, quæ eſt acceptio pluriũ interrogationũ, ac ſi eſſet vna, eſt paucitas perceptionis differẽtiæ, quæ eſt inter ea ſm ſe. Acceptio aũt eius, qđ non eſt cauſa, eſt propter paucitatem dſiæ inter illud & inter id, ꝗ eſt cauſa vere. Cauſa aũt petitionis prſicipij eſt paucitas dſiæ, quæ eſt ibi inter formam ſyllogiſmi, quo poſitũ eſt ipſa quæ-

ſitum,

A. ...ctorum, & inter verum syllm, ex quo eius forma, est forma sylli. Quando aut hoc ita fuerit, causa fallaciæ illorum locorum reducitur vsr in duas res, quaru vna est, q̃ putetur de eo, qui non est sylls, q̃ sit sylls propter paucam dfiam, quæ est inter eos, & q̃ putetur de eo, quod non est contradictoru, q̃ sit contradictoriam pp paucitaté dfiæ, quæ est inter ea: hoc autem accidit, qñ non perficiuntur definitiones cuiusq; eorum perfecti, neq; subtiliter discernunt, hoc B. est sylls elenchus, quia, si declararet nobis ex quot causis sint sylli sophistici fallentes, hoc est, elenchi sophistici, neq; de omni elencho, qui putatur q̃ sit elenchus, esset contradictio, neq; elenchus. Elenchi autem vsres non proportionati, sunt qui nõ proportionantur alicui arti artium demonstrativaru, & sunt elenchi, de quibus putaret q̃ sint elenchi, ille q non fuerit exercitatus in illis artib, sicut elenchus artium demonstrativarum sit elenchus verus non proportionatus, qñ nõ proportionato vtitur ars Topicæ: fallentur auté in hoc demonstratiue qui nesciunt, q̃ hoc genus sit proprium artis Topicæ, hoc est, eo vti nõ proportionato: & hoc, quia hæc ars vtitur falso, qñ fuerit famosum, & eo magis ex non proportionato. Sic etiam vnr elenchis falsis vniuersalibus, sicut artes demõstrativæ vtuntur elenchis proprijs. Dfia etiam inter hanc arté vti elenchis vniuersalibus, & inter arté elenchi topicá vti eis est, quia ars tentatiua vtitur hoc ad augendam intellectioné & disciplinam, istius auté intentio est fallere. Sic hæc ars est quodammodo pars artis topicæ, & sicut elenchus, qui sit in redargutionibus

demõstrationis ex præmissis veris nõ **D** proportionatis, é sophisticus, sic elenchi, qui fiunt in arte topicæ ex simissis, de quibus putatur, q̃ sint famosæ, & non sunt famosæ, sunt sophistici, licet sint veri. Elenchi ergo sophistici sunt duo, quorum vnus est, qui putat q̃ sit verus, & est falsus, secundus est, qui putatur, q̃ sit illius artis, & non est ita, siue fuerit falsus, siue fuerit verus. Postq̃ autem fuerit hoc declaratum, redeamus & dicam', q̃ omnes sylli sophistici inferuntur ex istis locis, si hæc loca fuerint oés res fallentes, aut quidã eorum inferuntur ex his, si ista, quorum memini, nõ sue **E** rint oés res fallentes: Iam aut apparet q̃ istæ sint oés res fallentes, ex eo quod iam declaratum est, q̃ omnes elenchi & contradictiones fallentes sint elenchoru & contradictionu, de quibus putatur, q̃ sint veri elenchi, & non sunt veri, quia deficit eis aliqua parua res ex definitionibus elenchorum veroru. Quando aut res ita fuerit, sequitur q̃ numerus specieru elenchoru non verorum sit numerus specierum defectus ingredientia eléchos veros, & sequit, q̃ numerus defectus ingredientis fm eorum partes, hoc est fm partes elenchorum ve **F** rorum, sit fm numeru patriu illoru. Ex quo iam declaratum est, q̃ elenchus verus est sylls concludens contradictoriu rei, quæ nota fuerit fm esse, & declaratu est, q̃ iste elenchus est verus, qñ fuerint in eo tres conditiones, quaru vna est, q̃ sit verus fm figuram, & secunda q̃ sit verus fm præmissas, & tertia q̃ cõtradictoriu inferentis sit vere contradictorium rei notæ p ipsum, hoc est conclusionis, cuius destructio intenditur. Manifestu itaq; est, q̃ sequit q̃ loca fallentia

G lentia elenchi ex reb°, quæ sunt præt
loca dictionū, reducunt in hęc tria,
& hoc, qñ videres demſonem notā,
in qua nō ſit latentia, sed putaſde eo
quod nō est contradictoriū ꝙ ſit cō
tradictorium. Arist. aūt meminit ꝙ
nō accidant ab illo ex locis fallenti-
bus, niſi duo loca, quoꝶ vnus est latentia conditionū, de quib° meminimus in capło contradictorij, & secūdus est acceptio duarū interrogatio
num, vt vnius interrogationis. In illo
vero, qui est ꝓp extimationē putare
de eo, qui non est syllß, ꝙ ſit syllß, iam
meminit de eo oī ꝙ non accidūt

H niſi duo loca solū, quorum vnus est
syllß, qui vocaſ petitio principij, secū
dus aūt est acceptio eius, quod non
est cauſa, ac ſi esset cauſa. In apparen
tia vero, quæ ſit ꝓp acceptionē partium syllß, quæ sunt ꝓmissæ, hoc est,
ꝙ putes de eo quod non est verū ꝙ
ſit verū, ipse meminit, ꝙ ſint tria lo
ca, quoꝶ vnus est locus eius, quod
est ſm accidens: secundus aūt est locus absolutionis, & cōnexionis, seu
ſimplſ & ſm quid: tertius aūt est locus consequentiæ, & illa est euersio.
Sicꝗ non inueniuntur deceptiui ex
istis tribus partibus sermonis elen-

I chi, quæ ꝓmissæ sunt, ni ſi isti. Hæc
itaꝗ loca sunt septē necessario, ſicut
meminit Arist. & impoſe est, ꝙ ad-
datur eis, neꝗ subtrahaſ a beis. Dici
mus aūt esse istas res deceptiuas con
tentas in istis partibus, ex quibus in-
ferſ, ꝙ elenchus est res manifesta.

Ex quibus locis captiones falſi. Cap. 7.

Vnde ſint syllogiſmi ſophistici.

Q Voniam autē habemus
propter quæcunꝗ fiunt
apparentes syllogis-
mi, habem° & propter quæcūꝗ
fiunt sophistici syllß, & redargu

tiones . dico aūt sophisticam redargutionem, & syllßm, non solū
apparentem syllßm, aut redargutionem nō existentem quidem,
sed & existentem quidem, at ap
parenter accommodatā rei. Sūt
autem illæ, quæ non ſm rem redarguunt, & quæ monstrātigno
rantes, quod quidē erat propriū
tentatiuę. Est aūt tentatiua, pars
dialecticæ: illa aūt potest syllogi
zare falsum propter ignorantiā
eius, qui dat orationem . Sophisticæ aūt redargutiones, tametſi
colligant contradictionē, non fa
ciunt manifestū, ſi ignorat: nam
& scientē impediunt hisce orationibus. Quòd aūt illas habeamus hac via, manifestū est: nam
propter quæcūꝗ apparet audiē
tib° vt interrogata syllogizare,
propter hęc & respōdenti vtiꝗ
videatur: quare erunt syllß, falſi
per hæc aut omnia, aut aliqua:
nā quod non interrogatus arbi-
tratur dediſſe, & interrogatus
quoꝗ ponet. Verū in quibusdā
ſimul accidit & interrogare qd
deest, & apparere falsum: vt in
ñs, quæ sunt ſm dictionem, & so
loecismum. Si ergo syllß contradictionis propter apparentē re-
dargutionē sunt, manifestum est
ꝙ propter tot erunt & falsorum
syllß, propter quot & apparens
redargutio: appares aūt propter
particulas veri: nā cū quodcūꝗ
deluerit, apparebit redargutio,
vt quod propter non accidens:
propter orationē, quæ ad impos
ſibile: & ꝗ duas interrogationes

A vt vnam facit propter, ppōnem:
& pro eo quod per se, quod propter accidēs, & huius particula,
quod propter consequens. Amplius, nō in re, sed in oratione ac
cidere: deinde pro vñ contradictione, & fm idem, & ad idē, &
sitr, propter id, quod in aliquo,
vel propter vnumquodqp horñ
peccat. Amplius, propter id, qd
est non cōnumerato eo quod in
principio, quod in principio sumere. Quare habemus fm quot
fiūt captiosæ ratiocinationes:nā

B fm plura non erunt, fm autē ea,
quæ dicta sunt, erunt oēs. Est au
tē sophistica redargutio nō simpliciter redargutio, sed ad aliquem, & syts similiter. Nam, si
nō sumat id quidē quod est pro
pter æquiuocum vnū significare, et quod propter similitudinis
figurā solum hoc quidem, & in
alñs sitr, neqp syllogismi, neqp re
dargutiones erunt, neqp simptr,
neqp ad eum, qui interrogatur:si
autem sumāt, ad eum, qui interrogatur erūt, simpliciter autem

C non erunt:non enim vnū signifi
catum sumpserunt, sed apparēs,
& apud illum quidem.

*Sermo de sufficientia locorum elen-
chorum. Cap. 7.*

Qvòd vero non sint ex istis par-
ribus nisi illæ, quarū meminit
Arist. est res indigens consi
deratione, & parat qp relinquere ser
monem de illa, & eiº dimissio sit dimissio ad perficiendum illā non ex
nobis ipsis: hoc est, qui venturi era-
mus post ipsum, qa hic est locus per

scrutationis & speculationis. Nos au D
tem inuenimus Abumazar Alpha-
rabium in suo libro, qp iā addiderit
istis locis octauum locū, qui est locus permutationis & translationis,
hoc est, qp loco rei accipiatur eius simile, aut cōsequens ipsum, aut ei an
nexum. Dicamus autē, an possibile
sit, qp latuerit Arist. hic locus, aur nō
latuerit. Si latuerit eum, nunquid la
tuerint eū cū hoc alia loca, vel qualiter sit huius dispō, via autem, vt cō
stet hoc, est hoc modo, quo Aristo.
incepit declarare numerū locorum
deceptiuoṛ. Et dicimus nos, qp nega
tiua, quæ putant de eo quod non est E
contradictoriū, qp sit cōtradictoriū,
sunt plura q̄ ista, quæ narrauit hic
Arist. Hoc itaqp declaratū est in lib.
Peri hermenias, sicut qp accipiat con
trarium loco contradictorij in materia possibili, aut accipiant contraria loco affirmatiuę & negatiuæ, aut
alia ab his, quæ dicunt in hoc libro.
Sic etiā declaratū est in libro Prioṛ,
qp syts sit corruptæ formæ pluribus
ex causis præter duas causas, quarum
meminit hic, sicut qp sint ex duabus
affirmatiuis, aut ex duabus particula
ribus, & aliæ spés syllogismorum nō
concludentium. Et sic ostenditur, qp F
accidit nobis, qp verificemus præmis
sas falsas pp alias res, sicut sunt testi-
monia & res, q̄ sunt ab extra. Ac etiā
accidit nobis istud pp inductionē,
& exemplū, sed hęc numerata sunt
in alijs artibus, & non numerant in
arte Sophistica, hoc est, quia ille largitus est inductionē propriā topicę,
quæ facit acquirere veritatē topicā,
& exemplum proprium rethoricę,
quod facit acquirere verificationem
oratoriā. Et sic verificatio, quę sit ex
testimonijs, & rebus, q̄ sunt ab extra,
largie

G largitur propria arti Topicæ, & arti
Rethoricæ fm conditiones, quæ ibi
dicuntur : totum aūt hoc est ex illis,
quę requirit speculatio. Dicimus au
tem, ꝗ appareat ex Arist. in toto hoc,
ex quo ipse est, qui facit nos acquire
re oīa ista loca, ꝗ ipse non sit sibi visus, ꝗ loca deceptiua attributa huic
arti, sint omnia loca, ex quibus accidit nobis deceptio, qualitercunqꝫ cō
tigerit, nisi duabus conditionibus:
quarū vna est, ꝗ eorum deceptio sit
essentialis, hoc est, ꝗ deceptio de eis
accidit valde nobis naturaliter, sicut
suppositiones, quæ fm suam naturā

H sequuntur ex deceptione sensuum,
qm acquiruntur hæc loca ex inductione cadente in speculatione specu
lantis res existentes, sicut est dispō re
liquorum ordinū istarum artiū: secunda aūt cōditio est, ꝗ locus faciat
acquirere falsum semp aut vtplurimum : qn autem hoc ita fuerit, non
numerat in reb', quæ putant de eo,
quod non est contradictoriū, ꝗ sit
contradictoriū, nisi illa duo loca solum, quia ipsa sunt causa deceptiōis
cadentis naturaliter fm totū, aut fm
plurimum in hac parte elenchi : reli
qua vero loca decipiūt vt in paucio-

I ribus. Id aūt, cuius actio fuerit vt in
paucioribus, nō oportet ꝗ numeret
pars artis, qn hæc ars fuit ars efficiēs
deceptionē, & hoc, quia sicut ars intendens actionē venenorum nō po
nit aliquā rem suæ artis, quæ sit venenū vt in paucioribus, sed quod fue
rit venenū vtplurimum, aut necessa
rio, sic est res in rebus, quæ ponūtur
in hac arte gradu elementorū. Loca
itaqꝫ, quæ convenit numerare parte
huius artis, sunt, quæ valde parū per
cipimus, earū faciunt acquirere falsum aut semper, aut vtplurimū : &

propter hanc rem dixerunt. Antiqui
demonstratores, ꝗ præmissæ falsæ,
quæ sunt semp, aut vtplurimū, sunt
propriæ huic arti, sicut veræ vt plurimum sunt propriæ Topicæ, & veræ semper sunt propriæ demonstrationi, verę aūt & falsæ æqualiter sunt
propriæ Rethoricę. Quando autem
hoc ita fuerit, iam inquiruntloca de
ceptiua, quæ continet hæc ars, hoc e,
ars Sophistica, & non inveniunt talis dispositionis nisi hæc septē solū,
& hoc. quia reliquarū rerum, ex quibus apparet corruptio formæ syllogismi vltra duas causas, quarum ng
minimus in hoc libro, putatur ꝗ nō
sit nostra modica sensatio de illis, ꝗ
plurimum, qui nos non invenimus
aliquos speculatores, qui errarūt pro
pter vsum duarū negatiuarū in fi
guris cathegoricis, neqꝫ p duas parti
culares, nisi parū, & sic putat ꝗ sint
reliqua loca deceptiua cōtradictorij
præter ea, quorum meminimꝰ hic
solum. Res vero, quæ decipiūt ꝑ
præmissas, verisimile est, ꝗ sint veræ,
quia quæ numeratæ sunt, ipsę etiam
supr, quarū nostra perceptio vtpluri
mum fuit pauca, & earū actio fm fal
sitatem fuit semper & vtplurimum.
Id vero, quod efficit deceptionē vt
in paucioribus est propriū artis Rethoricæ, & talis est dispō exempli: &
ideo non convenit ꝗ numeret eius
deceptio pars istius artis, sicut nō nu
merat deceptio inductionis. Sed iā
dubitat in hoc sermone, & diceret,
ex quo iam nos invenimus Arist. ꝗ
vsus fuerit locus consequentis in hoc
libro, & vsus fuerit syllo signi in Re
thorica, quo nō modo est dispositio
huiusmodi? Dicimꝰ, ꝗ ipse vsus fue
rit locis cōsequentis hic ex parte qua
ipsum est deceptiuū in ipsis præmissis,
& pau-

Æ paucitas perceptionis earū est vt plurimum, & eius actio deceptionis etiam est vt plurimum. Sed, qn accipiuntur ex parte qua componit ex eis secunda figura solū, est narratio Rethoricorū, quia non vtit fm illū ipsis conuertibilibus, quæ sunt in secunda figura, & ideo non numerat hic ex speciebus locorū quæ decipiūt fm formam sylli dum vtitur duabus affirmatiuis in secūda figura: & hāc ob causam Arist. non numerat hic locū permutationis, quia ille est locus poeticus, & fallacia proueniēs ex eo est per accidens, nō per se. Intēta vero hic sunt deceptiua per se, locus aūt pmutationis accidit essentiæ exēpli. Postq aūt declaratum est istud, redeamus ad id, in quo fuimus de expositione negatiuaq rerū huius libri.

De veris, & falsis redargutionibus. Cap. 8.

Vae redargutiones innumerabiles.

PRopter quæcunq autē redarguunt, qui redargutionibus vtunt, non oportet tentare sumere, sine omniū quæ sunt scientia id aūt non vnius artis, nā infinitæ fortasse sunt sciæ: quare manifestū, qm & demonstrationes, redargutiones quidē sunt, & veræ: nam quæcunq est demonstrare, est & redarguere eum, qui ponet cōtradictionem veri: vt si commēsurabilem diametrū posuerit, redarguet quis demōstratione, qp incommēsurabilis, quare eorum oportebit esse sciū: nam aliæ quidē sequuntur propter ea q in geometria sunt principia, & eorū conclusiones: aliæ aūt propter ea quæ sunt in medicinaliq deniq propter illa, quæ

sunt aliarū disciplinarum. Sed et falsæ redargutiones sic infinitæ erunt. Nam fm vnūquamq artem est falsus syllus vt fm geometriam geometricus, & fm medicinam medicinalis: dico autem fm artem, fm illius principia.

Manifestum est igitur, qp non omnium redargutionum, sed earum, quæ sunt fm dialecticam, sumendi sunt loci. Nam q communes sunt ad omnem artem et potentiam, & eam quidem, quæ est fm vnamquamq disciplinā redargutionem: scientis est considerare siue cùm non est, apparet: siue cùm est, & quare est, eā autem, quæ ex cōibus est, & sub nulla arte cadēs, dialecticorum. nam, si habemus ex quibus probabiles syllogismi in quolibet, habebimus ex quibus redargutiones: redargutio nanq est syllus cōtradictionis, quare aut vnius, aut duo syllogismi contradictionis, redargutio est. Habemus igitur propter quæcunq oēs huius modi sunt: si autē hæc habemus, & solutiones habemus: nam illarum instantiæ, solutiones sunt. Habemus aūt propter quæcūq & apparentes fiunt, apparentes autem non cuilibet, sed talibus: infinita enim sunt, si quis consideret illa, fm quæcunq apparēt quibuslibet. Quare manifestū est, qm dialectici est posse sumere pp quæcūq fit per cōia, vel quæ est redargutio, vel q appāret redargutio, vel dialectica, vel apparēs dialectica, vel tētatiua:

sermo

¶ Sermo de Elenchorum solutione, & quo-
modo Arist. scripserit de ea in hoc
libro.   Cap. 8.

Q Vando aūt declaratum fuerit
iftud iam declararū erit quot
modis fiāt res deceptiuę vni
uerfales, & ꝙ fint ex ipfis, nō ex alijs,
& ꝙ fit nobis feftinanter notitia in
oī elencho, cadente in omnī arte artium demonftratiuarū: hoc aūt nō
eft res, quæ fit in potentia illarū negatiuarū hic traditarū, neq; cōuenit
iactari de cognitione huius feftiman-
ter, fed poffibile eft cognofcere illud
in fingulis artibus illi, qui cōtineret
H notitiā rerum inuentax in illa arte,
& Ideo vf ꝙ elenchi prouenientes in
fingulis artibus fint infiniti, ficut ꝙ fi
ta earum funt infinita, & ꝙ numerus elenchorū in eis eft, ficut numerus quæfitorū, & eorum folutio eft
illorū, & hoc, quia foluit elenchum,
vt qui concludit ꝙ latus quadrati fit
cōicabile diametro, eft ille, qui declarat demonftratione, ꝙ fit incōicabi-
le, quia ifti elēchi (ficut diximꝰ) funt
ex rebus effentialibus, res autē effen-
tiales, quæ prouen iunt in artes vtplu
rimum hutus funt propter particulares: folutio autem earum eft eius,
I qui continet notitiam talis quæfiti.
Sicꝗ notitia iftarum particulariū,
hoc eft propriarum in fingulis artibus, nō eft vnius artis, immo pluriū
artiū. Sicꝗ notitia folutionis elēcho
rum propria habenti artem Geome
triæ eft Geometræ, & Medicinæ eft
Medici: & hinc eft ꝙ apparet de iftis
elenchis, ꝙ funt infiniti. Elenchorū
aūt vniuerfaliū notitia eft artis vni-
uerfalis, fed quia iftius artis gradus
non eft, ꝙ exponat formā artis So-
phifticę, eius notitia & folutio eft ar
tis docentis, & vfus, ꝗ eft ars Topicæ,

& ideo vf, ꝙ id, quod dictum eft de
hoc in hoc libro, eft ex parte qua eft
pars artis Topicæ. Sicꝗ iā declaratū
eft, ꝙ non eft iftius artis folutio de-
ceptiuorū particularium, neq; vni-
uerfaltum, nifi ex parte qua eft pars
artis Topicæ. Sed Arift. inquantum
fpeculatus eft hanc artē ex parte, qua
eft pars artis Topicæ, largitus eft modos, quibus foluuntur illi deceptiui,
& pofuit eos partem huius libri.

Orationes ad nomen, & ad intellectum
non bene diduci.   Cap. 9.

N On eft aūt differētia ora
tionum quam quidā di-
cunt effe, has quidem ad
nomen, illas vero ad intellectū.
Inconueniens enim eft opinari
alias quidē effe ad nomē orationes, diuerfas vero ad intellectū,
& nō eafdem. Quid enim eft nō
ad intellectū, nifi qn nō vtimur
nomine (qui putat interrogare)
eo, ad quod is, qui interrogatus
dedit? idem aūt id eft & ad nomen. Et ad intellectū autem, qā
ad quod dedit intelligens. Si autem aliquis (plura fignificāte no
mine) vnum putet fignificare, &
interrogans, & interrogatus (vt
forte ens & vnum plura fignificat, fed & refpondens & interro
gans Zeno, vnū putans effe inter
rogauit, & eft oratio quod vnū,
omnia) hæc ad nomen eft, aut ad
intellectum interrogantis difpu
tata. Si vero aliquis multa putet
fignificare, manifeftū ꝙ oratio
illa nō eft ad intellectum. Primū
igitur circa huiufmodi orationes,
eft ad nomen, & ad intellectum,
quæcūꝗ;

A quæcunq́ plura ſignificant: deinde circa quamlibet eſt, nã non
in oratione eſt ad intellectum eſ
ſe, ſed in eo quod reſpondens ſe
hɇt aliquo modo ad ea, quæ dan
tur: deinde ad nomen contingit
omnes eas eſſe: nam eſſe ad nomen, hoc in loco, eſt eſſe non ad
intellectum: nam, ſi omnes erũt
quædã aliæ, quæ neq́ ad nomê,
neq́ ad intellectum: illi vero dicunt oɇs, & diuidunt vel ad nomen, vel ad intellectum eſſe oɇs,
alias aũt non. Attamen quicũq́

B ſunt ſyllogiſmi propter id, quod
multipliciter: horũ aliqui ſunt
ſm nomen: nam abſurde dicaɬ
ſm nomen eſſe oɇs, qui ſunt ꝑꝑ
dictionɇ:ſed ſunt quædã captiones,nõ in eo cṕ reſpõdens ad eas
ſe habeat aliquo modo,ſed quia
talem interrrgationɇ oratio ipſa
habeat,quæ plura ſignificet. Et
oĩno inconueniens eſt de redargutione diſſerere,& nõ prius de
ſyllꝯ: nã redargutio ſyllogiſmus
eſt, quare oportet & de ſyllogiſmo prius, cɓ de falſa redargutio-

C ne: nam talis redargutio, apparens ſyllꝰ contradictionis. Qua
re aut ĩ ſyllogiſmo erit cauſa,aut
in contradictione(nam adiunge
re oportet contradictionɇ) quan
docɓ autem in vtrocɓ erit apparens redargutio: eſt autɇ de eo,
quod eſt ſilentia dicere,in cõtradictione non in ſyllogiſmo. De
eo autem,quod eſt,quod non ha
bet aliquis,dare, in vtriſcɓ:de eo
vero,quod ɇ, cṕ Homeri poema
eſt figura,per circulum,in ſyllꝯ:

quæ autem in neutro eſt, verꝰ D
eſt ſyllogiſmus. Verũ vnde ſermo prouenit reuertamur: verũ
quɇ in diſciplinis ſunt orationes
ad intellectum ſint, an non? & ſi
cui videɬ plura ſignificare trian
gulus,& dedit non vt eam figuram de'qua cõcludebat, qm̃ duo
recti, vtrum ad intellectũ illius
diſputauit hic,an non?amplius,
ſi plura quidɇ ſignificat nomen,
ille autem non intelligit,necɓ pu
tat quomodo is non ad intellectum diſputat? aut quomodo E
oportet interrogare eum,qui nõ
dat diuiſionem? ſiue interroget
aliqs ſi eſt ſilentia dicere,an nõ?
an eſt quidã vt non,an eſt vt ſic?
ſi autɇ dat aliquis nullo modo,
ille autem diſputat, vtrum non
ad intellectum diſputat, quamuis oratio videatur earum eſſe,
quæ ad nomen ſunt?Non igitur
eſt genus aliquod orationum ad
intellectum, ſed illæ quidem ad
nomen ſunt: & huiuſmodi,non
omnes,nõ cṕ redargutiones, ſed
necɓ apparentes redargutiones:
nam ſunt & non propter dictio- F
nem apparentes redargutiones,
vt quæ propter accidens, & reli
quæ. Si autɇ poſtulet diuidendum,cṕ dico quidem ſilentia di-
cere:hæc autem ſic,illa vero non
ſic, id profecto primum, abſurdum poſtulare: nam qũcɓ nõ vi
detur interrogatũ multipliciter
ſe habere, atqui impoſsibile eſt
diuidere,qui non putat.Deinde
docere, quid aliud erit?maniſe-
ſtum enim facietquonã pacto ſe
habet

G habet ei, q̃ui neꝗ cōsiderat, neꝗ
scit, neꝗ opinatur ꝙ aliter dicitur, quia & in nō duplicibus q̃d
ꝑhibet hoc facere: vt putas q̃ua-
les funt vnitates binariis, ⁊ qua-
ternariis? funt aūt hi binariũ qui
dem inexistentes, illi aūt nō sic:
& putas contrariorũ vna est disciplina, an non? funt aūt cōtraria hæc quidem nota, illa autem
ignota: quare videtur ignorare,
qui hoc postulat, ꝙ aliud est docere q̃ disputare: & ꝙ oportet
quidem docentem non interro-
H gare, sed eum manifesta facere,
illum autem interrogare.

Sermo de Elenchis, quorum aliqui funt
in dictione, & alii extra di-
ctionem.   Cap. 9.

Manifestum aūt est, ꝙ sermo di
uidicur in duas partes, quia aliquid eius est, quod significat fm signum loquentis, & illa est significatio, quæ appropriat loquenté, & aliquid eius est, quod significat fm mo
dum nominis, & illa est significatio,
qæ appropriat audientem: fallacia
aūt est proueniens ꝑꝑ significatione
I ipsius auditi, non ꝑꝑ significatione
figni, ficut quidam hoies putauerũt
hoc, per quod iu finuatur Plato. Ipse
enim errauit, quia putauit, ꝙ dictio
diuidaꞇ in istas duas partes, in quantum ipfa est dictio, adeo ꝙ eius ē aliquid, quod significat, ficut figañ loquentis, & eiᵘ est aliquid, quod figni
ficat, ficut nomen æquiuocum apud
audienté, quia in vna eadé dictione
aliqñ reperitur, ꝙ eiᵘ fignificatio fit
fm fignum loquétis apud audienꞇ,
& aliqñ fit eius significatio fm auditum nois, non fin figñ loquentis.

Quando aũt quispiam interrogaret ⁊
respondenté de aliqua propositione
fm nomen æquiuocũ, intelligeret
hic respondens vnā intensioné ex in
tentionibus, quibus fignificaret, of-
fendet aūt eum interrogans pro alia
intentione præter istam intentioné
& decipiet eum. Eius itaꝗ fignifica-
no fm auditum apud interrogantē,
erit aliud ab eius significatione fm
fignũ respōdentis & eius æstimatio-
nem: qñ vero neꝗ respondens neꝗ
interrogans intenderit de nole vnũ
fignificatum, illius fignificatio cum
figno loquentis est eius fignificatio
apud audienté, fiue nomen æquiuo L'
cum fignificet plura, fiue vnum, qñ
vero neꝗ interrogans, neꝗ respondens intelligeret ex eo, nifi vnum fi-
gnificatũ, eius fignificatio fm figni-
ficatũ quod est in alia erit eius fignificatio fm auditum. Iam aūt accidit
nomini ꝙ dicaꞇ de pluribus rebus,
& fint duæ fignificationes eius vna,
hoc est, eiᵘ fignificatio ex parte qua
auditur, & eius fignificatio ex parté
qua proferunt ꝑ ipfum intentioné,
quæ est in anima, & hoc, qñ interro
gans & respondens ex illa dictione
intelligunt oés intétiones, quibus di
citur hoc nomen, ficut interrogabat M
Zeno, putans ꝙ ens fit vnum fm qd
est plura apud ipfum fm senfum. In
terrogans autē intelligit ex dictione
entis, id quod intelligit Zeno, & ex
intentione vnius id, quod intelligit
Zeno, & respondet, ꝙ ens fit vnum,
quia fignificatio audin est eadē fi-
gnificationi eius, quod est in figno
fignificationisloquentis. Propterea,
fi diuideremus dictiones, dicerem⁹,
ꝙ quædam earum fit fm nomen, &
quædam fm fignum, quod est figni
ficatum, ficut decernit diuifio essentialis

A tialis rei, adeo ꝙ nō ſit aliqd vlteri'. Sicꝗ, iā diuiſun' ratione ex dictiōe audita, quia rū dictiōis ſit fm qd eſt in aīa: qn āut ablata fuerit eius ſigni ficatio, ꝗ eſt ei fm ſignū, tunc nō de nominat dictio, ꝙ ſit deceptiua, neꝗ, ꝙ ſit nō deceptiua, quia ambæ iſtæ denominationes cōſequent ex parte qua ſignificāt id, qd eſt in aīa: ſicꝗ, nūa diuiſio in id, qd eſt in ſigno & ī id, qd eſt fm auditū, ſiſis ē diuiſioni ex diuiſionib' io id, qd eſt ſignāns, & in id, qd eſt auditū, nō ſignāns to tum. Dictio aūt ex pte, qua audiē nō hēt ingreſſum in ſophiſticā, neꝗ, in

B priuatione ſophiſtice, ſiciſteꝗ falſum ex diuiſione dictionū illa diuiſione, & ſequit ꝙ fallacia ex pte audi ti ad eā, ꝗ eſt ex pte interrogatiōis differāt: ſicꝗ, fallacia fun ſe totā diui dictin tes ex pte nōis æquiuoci ſolū, aut ex parte dictionū auditarū, ſiue dictio fuerit nomē æquiuocum, aut aliud ab eo, qn ſpēs fallaciaꝝ dictio num ſunt multæ. Et hoc, qa illi viſi ſunt ſibi, ꝙ fallacia in ſyllo ſit ꝓpter æquiuocatione in cōpoſitione, & ſit in reb' ſeparatis, ꝗ ſunt partes ſylli.

C Et ꝓ æquiuocationē nominis ſim plicis viſum eſt ſibi, ꝙ fallacia æqui uocationis ſit ꝓ dictiōe auditā, & ideo ꝗ intenderit fallaciā, & poſue rit eam ꝓ æquiuocatione nominis auditi, ſicut fecerat Plato, eſt in vlti mo erroris, quia apparet ꝙ ſint hic multa deceptiua abſꝗ, noīe æquoco ſimplici, & ex ipſiſmet reb' ī ſe abſꝗ, ꝙ ſit ibi fallacia propter dictionem.

Plato aūt male fecit in diſciplina, qn viſus eſt ꝙ docere elenchus, & ſal lacias præcedat, quid ſit ſylli' verus, & quid ſit cōtradictorium verum, qn elenchus deceptiuus eſt ſylli', de quo putatur, ꝙ ſit ſylli' & nō eſt ſylli', aut

Qd opor-
teat ꝓnoſ-
ſe ſyllum̄,
& cōtradi
ctoriū pri
uſꝗ, addi-
ſcat elen-
chus.

est contradictorium, quod putatur, D ꝙ ſit contradictorium, & non eſt cō tradictorium. Deceptorij aūt ſunt ꝓ errorem ſylli, aut ꝓ errorem cō tradictorij, aut propter ambas res ſi mul: ſic qn neſciret aliquis, quid ſit ſylli' verus, & contradictorium verꝝ, impoſſe eſt ꝙ conſtet ei fallacia taliū locorū, licet fuerit fallacia cadens in eis ꝓ dictiones tm̄, ſicut dicunt hic de exemplo fallaciæ cadentis ꝓ di ctionem in cōtradictorio ſermonis dicentis, tacens loquitur, loquens au tem nō tacet, tacens itaꝗ, nō tacet. Illæ itaꝗ, duæ non ſunt contradicto riæ, quia tacens in actu nō erit tacēs E in futurum. Exemplum aūt fallaciæ ꝓ dictionem fm formam ſylli eſt ſermo dicentis, ꝙ poema metricum ſit figura fm hanc diſpoſitōnem, quia ambæ præmiſſæ acceptæ in hoc ſyllo ſunt veræ, ſed nō conueniunt in vno termino niſi fm dictionem tantum. Illi aūt, qui neſciret ꝙ in ſyllo con ueniant ambæ præmiſſæ in vno ter mino fm rem non fm dictionē, non conſtaret modus fallaciæ ꝓ dictio nem huius ſermonis. Exemplū aūt illius, in quem cadit fallacia ambob' modis ſimul, hoc eſt, fm cōtradicto rium & fm ſyllm, eſt ſermo dicentis, F homo dat rem datam, res aūt data eſt, quam non habet homo, ſicꝗ, hō dat rem, quam non habet: & anne ctit huic, ꝙ vitioſum ſit dare quod non habet, & ex hoc infertur ꝙ hō det quod vitioſum ſit dare. Ille aūt, qui receperit hunc ſyllm, iam ſalle retur ꝓ dictiones duob' locis: quo rum vnus eſt, ꝙ acceperit id qd non verificatur de datione, ꝙ ſit contra dictorium eius, quod verificatur de datione: ſecundus aūt eſt, ꝙ ipſe pu tauerit ꝙ non habēs acceptum prꝫ

G dicatum in ꝗmissa minori sit idē nō habēt subiectū in maiori: res aūt nō est ita, ꝗa id, quod dederit aliꝗs hō, habuit illud, anteꝗ dederit ipsum, & nō hēt ipsum, postꝗ dederit ipsum. Sic ergo, qui non cognoscit syllin, neqꝪ contradictoriū non recipit vti-litatē notitiæ æquiuocationis noīs. Sic ergo oportet eum, qui scrutaꝶ sci-re hanc artē, aut addiscere eā, ꝗ sciat quid sit syllꝰ, & quid sit contradicto-rium, siue accidat fallacia ꝓꝓ dictio-nem, sicut visus est Plato, aut ꝓꝓ am-bas res simul, sicut declaratū est priꝰ.

H Oportet aūt eum, qui dixit, ꝗ falla-cia accidat ꝓꝓ nomen auditum, non ꝓꝓ intellectum, vt ꝗ fallacia Geome-trix, qñ fallerent ꝗ triangulus æqui-laterus non sit triangulus, sit ꝓꝓ no-men æquiuocum auditum, non ꝓꝓ intellectum. Manifestum aūt est, ꝗ fallacia accidit fm rem, ꞇ cuius signo est intellectum, & si acciperemus, ꝗ triangulus sit nomen æquiuocū, ꝗa nō est moris doctoris dictio audita. Præterea, si nomē significaret plura, rīdens aūt non intelligeret significa-tionē huius noīs, neqꝪ quot inten-tiones significat, ipse qñ rīderet, nō respōderet, ꝗ sit intellectus alicuius rei, sed recipere & dictionē, quam nō sciret, qd significat: & impoꝶe est ēt huic respōdenti, ꝗ diuidat intentio-nes, quas significat hæc dictio, & in-telligat interrogās, ꝗ sit intentio ista rum inuentionū, quā intenderat, exē pli gīa, quia, qñ aliquis interrogat tacentē, tacens loquiꝶ boc aūt erit ve rum de tacente in futuro, falꝶ it aūt de eo tpe sui silentij, quia si non intel ligeret respōdens istas duas res, & re spōderet, ꝗ esset loquēs simpꝶr, de-ciperet Si aūt responderet ꝗ non lo quereꝶ, illa fallacia non esset ex eo, ꝗ

I id, quod ꞇ in signo loquētis de hoc, K differat ab intellectu audientis, quia audiens non intelligit ex eo rem cō-pletā. Dictiones ergo sunt duorū ge nerū, genus quidē significās sicut est in mente interrogātis, & est, de quo sit veritas ꝓꝓ ipsum, & genus signifi cans fm intellꝷm audientis, & ex illo sit fallacia semꝓ. Nec ēt oēs deceptí-ui sunt ꝓꝓ dictiones, ꝗm iā declara-tum est, ꝗ hic sint deceptiui ex ipsis rebus, sicut est fallacia eius, quod est fm accīs, & cœtera loca, quæ narrauí mus. NeqꝪ vsus diuisionis ꝓferuat re spondentē ab errore cū interrogātē in oībus locis deceptiuis, sicut opina L bat Plato in oībus istis rebus, quia, si aliquiꝷ hō reciperet, ꝗ rīdentis sit di uidere res, quas significat nomen æq uocum, intelligeret interrogans ex rebus, quas intēderat ex illis, adeo ꝗ nō erraret noīe æquiuoco: sicꝗꝪ qd dicet de loco, quē non putauerat re-spondēs, ꝗ sit dictio æquiuoca: neqꝪ intelligeretur ex eo aliqua significa-tio, ꝗa si faceret eū intelligere qd si-gnificat dictio, rediret discipulus nō rīdens: sicꝗꝪ ēt si diuideret ei interro-gās illas res, redderet doctor nō in-terrogās, ac ēt si permitteret respon-denti in tali loco, hoc ꞇ, in loco quo M non intelligit significationē noīs æq uoci, ꝗ dicat interrogāti, ꝗ ipse nō intellexerit significationē noīs æqui uoci, donec ostēderit ei ipse interro gans. quo mō sit impoꝶe ꝗ interro-get eū de nō fallaciæ, quam facit ipse interrogās, ex pauca cōprehēsione re spondentis conditionū sylꝶ, sicut si ꝗs interrogaret an vnitates, ꝗ sunt ꝶ nūero binario, differāt ab vnitatibꝰ, ꝗ sunt ꞇ quaternario: si aūt diceret ꝗ differāt, diceret, quaternarij itaqꝪ dif ferūt à seipsis, ꝗa cōponunꝶ ex vnita ribus,

A ribus, q̃ sunt in binario: si aūt diceret
q̃ nō differāt, diceret, quaternarius
itaq̃ cōuenit binario, & ē ei ęqualis.
Causa. n. fallaciæ huius ē ignorātia,
q̃ similis, ex quib' componit syllł,
oporteat q̃ cōiciat in vno termino
fm rem, non fm dictionem: hoc aūt
nō constabit p notitiam fm semitā
diuisionis si aūt pmissum fuerit ei,
q̃ intelligat illud ex noīe æquiuoco
fm locū, quo ignorat q̃d significet,
posse esset q̃ faciat ipsum intelligere
interrogator locum, quo errauit, &
pmissa est ei fallacia, quia ipse nescit
conditiones syllł: & ideo putatur de
B interrogatore, q̃ oporteat, q̃ ipse nō
sit docens, & de respōdente putatur,
q̃ iam oporteat q̃ ipse non sit discipulus, quia interrogator perscrutat
id, quod sciet, docens aūt iam sciuit.
Et vlł connexio sermonis falsū vłis
non est demonstratoris, sed solutio
connexionis tentatiui, sed ars tentatiua vłis est pars artis Topicę: bęc au
tem ars, quatenus est ars, non euidēs,
non est rndentis ad ipsam, q̃ interro
get quid intendat, neq̃ interrogātis
q̃ sciat. Sic ergo illa diuisio, non iuuat solutionem sermonum decepti-
uorum, nisi apud doctores & disci-
C pulos solum, & si iuuaret nō esset in
omni subiecto, quia subiecta fallaciæ sunt multa.

De interrogatione tentatiua: & quid
inter Contentiosum, Sophisticumq̃
intersit.   Cap. 10.

A Mplius affirmare, vel negare, qui postulat, id non
monstrātis est, sed experi
mentū sumētis: nā tentatiua, dia
lectica quædā est, quapropter de
oībus inspicit, & explorat non
sciētē, s̃ ignorātē, atq̃ simulātē.

Qui igit fm rem cōsiderat eōia, D
dialecticus est: q̃ āt id apparēter
facit, sophisticus. Et syllł cōten
tiosus, & sophisticus, vnus qdē
est apparēs syllł, circa ea de qb'
dialectica tentatiua est, quāuis
vera sit conclusio: nā eius, quod
est pp quid, hallucinatorius est:
& quæcunq̃, cū non sint, fm eu
iusq̃ disciplinā captiosæ ratiocinationes videntur esse fm artē.
Nā pseudographiæ nō contētio
sæ (fm enim ea, q̃ sub arte sunt,
captiosæ sunt rōcinationes) neq̃
si aliqua ē pseudographia circa E
verū, vt Hippocratis quadratu
ra quæ p lunulas, sed vt Brysso
quadrauit circulum: & tametsi
quadrarei circulus, quia tñ non
fm rē, ideo sophisticus, quare &
qui de his qdē apparēs syllł, cō
tentiosa est orō, nā apparens est
fm rem, quare fallax & iniusta.
Quēadmodū enim ea (quæ I cer
tamine est) iniuria, quandā spe
ciem hēt, & est quędā iniusta pu
gna, sic in cōtradictione, iniusta
pugna cōtentiosa est: nā & illic F
qui oīno vincere volunt, oīa ten
tant: & hic qui contentiosi sunt.
Qui igit victoriæ ipsius grā, ta
les sunt, cōtentiosi hoīes, & litiū
amatores vident esse; qui autem
gloriæ grā, q̃ in diuitiis ē, sophistici sunt: nā sophistice est (vt di
ximus) pecuniarū quædā aucu-
patiua ab apparēte sapiētia: qua
propter demōnem apparētem
appetunt. Et in eisdem orationibus quidē sunt litiū amatores
& sophistæ, sed non pp eadem:

[marginal note beside E:] Idē. l. Po-ste. l. c. 67

'G & oratio quidē eadē erit ſophiſtica & contentioſa, ſed non ꝑp
idē:ſed quatenꝰ quidē eſt ob victoriā apparētē, cōtentioſa:qua-
tenꝰ vero eſt ob ſapientiū, ſophi-
ſtica:nā ſophiſtice eſt quædā apparēs ſapiētia, nō autē exiſtens.

Contentioſa vero eſt quodam
modo ſic ſe habēs ad dialecticā,
vt pſeudographa ad geometri-
cam:nā ex eiſdē cōtentioſa, diſſe
rendi mō, capitoſe decipit, vt &
pſeudographa, geometrice: ſed
hæc quidē non contētioſa, quia
H ex principiſhs et cōcluſionibus, ꝙ
ſunt ſub arte pſeudographiā fa-
cit:ꝙ autē ex ꝯs eſt, ꝙ ſunt ſub dia
lectica, circa alia quidē cōtentio
ſam eſſe, manifeſtum eſt:vt qua-
dratura quidē quę ꝑ lunulas, nō
cōtentioſa:Bryſſonis autē cōten
tioſa, & illā quidē nō eſt trāsfer-
re niſi ad geometriā ſolum, eo ꝙ
ex ꝑprijs ſit principiſhs: hanc autē
ad plures quicūꝗ neſciūt quid
eſt poſt in vnoquoꝗ, & quid im
potētiā accōmodabiť, aut vt An
tiphon quadrauit. vel ſi quis nō
I dicat melius eē poſt cœnā deam
bulare per Zenonis rationē, non
medicinalis:cōis enim eſt. Si ergo oīno ſimiliter ſe habeat contentioſa ad dialecticam, vt pſeudographa ad geometriam, non
ex illis vtriſꝗ erit contentioſa.

Sermo de modis interrogandi interro-
gantis, & reſpondendi reſpon-
dentis. Cap. 10.

Qvidam autē ſylls elenchus eſt
deceptorius, & litigioſus, & qui
dam eſt falſigraphus, litigio

ſusautē eſt ſylls, qui putaťꝙ ſit ſyllus K
topicus, abſꝗ ꝙ ſit ita fm veritatem,
eſt ille, quo aſſimilať habens ipſum
arti·Topicę, & quærit ꝑ ipſum finē
habētis topicā, quę eſt victoria. Falſi
graphus aūt ſylls eſt, quo aſſimilať
habens ipſum demſratori, & putať ꝙ
ſit ſapiēs, abſꝗ ꝙ ita ſit. Huius autē
ſyllfi ſunt quędam ſpēs, quia quidam
eorū eſt ex rebꝰ falſis proprijs ſingu
lis generibus, & eſt ille, cuius folutio
eſt habentis illam artē, ſicut fecerat
quidā ex antiquioribus geometris,
qui dē Hippocrates, ex quo fecerat
quadratum æquale figuræ lunari, &
putauit ꝙ iā feciſſet quadratū æqua· L
le circulo: putauerat enim ꝙ circulus diuideret in figuras lunares, adeo
ꝙ conſumereť. Iſta itaꝗ fallacia eſt
ꝓpria arti Geometriæ, & eius ſoŀo
eſt Geometrarū: quia qñ factū fuiſ-
ſet quadratū in circulo, deinde diui
dereť ille arcus cōtinens duas lineas
fm duo media, & illæ protraheretť,
& fieret hoc continuo, donec iā deſi
neret hoc opus, ita vt cōtinuarent la
tera figuræ rectilineæ, ꝗ ſunt intra
circulū ad peryferiā circuli, iā inueniret figura duarū linearū æqualis
circulo: hic autē eſt intentus principiorum, quibus vtiť Geometra, quæ M
ſunt, ꝙ diuiſio ꝓcedat in infinitū, &
ꝙ non continuet linea recta lineæ
circulari. Iſte itaꝗ ſylls eſt falſigraphus, ex eo ꝙ aſſimilať demſfaciuo,
& eſt litigioſus ex parte qua eius prę
miſſæ ſunt falſæ vlꝰs: & ideo eſt artis
Topicæ folutio talium ſyllꝏ. Sicꝗ
ſecundum hoc ſylls litigioſus eſt ſyl
logiſmꝰ falſus, cuius habitudo ad artem Topicæ eſt, ſicut habitudo ſyllfi
qui ſupponit deſcriptiones, & figuras falſas in arte Geometriæ, ſed differentia inter eos eſt, ꝗa nō eſt artis

Topicæ

A Topicæ subiectu terminatu vse, sicut est id, de quo est Prima Philosophia, neq; proprium sicut sunt de eo
artes Demostratiuæ particulares : ia
aut putatur, ꝙ sit spes sylłk veri, sed
ex quo fit in artibus demonstratiuis,
ac si esset proprius illius generis, attribuit arti Sophist cæ, & hoc, quia
no est conditionis demstonu, ꝙ præmissæ sint veræ solu, sed ꝙ sint pro-
portionatæ, & illæ sunt propriæ isti⁹
generis:& hoc, sicut illę quib⁹ Brysso
quadrauit circulum, quia ex quo se-
cerat figura rectarum linearum am
bientē circulum,& minorē omni fi-

B gura rectaru lineara ambientiu circulum, dixit ꝙ ista figura ē æqualis
circulo:quia qñ fuerint duæ res, quę
ambæ sunt minores vna eadē re, &
maiores vna eadē re, illæ sunt æquales, puta (enim ꝙ iste sit demonstratiuus, & non est demonstratiuus, sed
euidēs est, ꝙ sit deceptorius: sic ergo
non continet scia aliqua spes sylłoru
falsigraphoru, nisi constiterit nobis
syłłs topicus verus, & syłłus demonstratiuus verus, & ille est, cuius præmissæ cu hoc ꝙ sunt veræ, sunt pro-
portionatæ. Ars aut demonstratiua,
ex quo est sufficiens ad constantiam

C vnius duoru contradictorioꝝ, quod
est veru, & ad destructionē alterius
cotradictorij, quod est falsum, no po
nit eius pmissas ex parte interrogationis, qnia respondens ia recipit qd
non est veru. Ars aut Topicæ, ex quo
visa est coustituere vtrunq; duoru
contradictorioru, & destruere illud,
eius pmissæ accipiuntur fm interrogationē : & non est ejus intentio declarare aliqua rerum, nisi qo vtetur
ad declarationem primorum principiorum, illi qui negaret ea, sicut
declaratum est in arte Topicæ.

Orationes dialecticorum, tentatiuorumq; D non esse ad determinatum ge-nus. Cap. II.

NVnc aut non est dialecticus circa genus aliquod
determinatu, neq; demo
stratiuus vllius, neq; talis qualis
vsis : na neq; oia sunt in vno aliquo genere : neq; si sint, post est
sub eisdē principńs esse, ea ꝗ sut.

Quare & nulla ars earum, ꝗ ali
quam natura monstrant, inter-
rogatiua est:na non posc est vtrā
uis partiu dare. sylłs enim no fit
ex vtrisq; dialectica aut interro- E
gatiua est (si aut mostraret, quid
illud, nisi & omnia?) verutamen
prima, peculiariaq; principia no
interrogat: na si no daret, non ia
haberet ex quib⁹ amplius dispu
taret ad instantiu. Talis aut est
tentatiua:nam tentatiua non talis est, qualis est geometria, sed
qualē vnicq; haberet no sciens ali
quis: fieri enim pot vt periculu
sumat, & is qui nescit rem, de eo
qui nescit: siquidē & dat non ex
quibus scit, neq; ex proprińs, sed
ex cosequentibus: quæ oia talia F
sunt quæ sciente quidē nihil pro
hibet nescire arte, nesciente aut
necesse est ignorare: quare mani
festu, qm nulli⁹ determinati ten
tatiua disciplina est, eo ꝙ de omnibus est:nam oes artes vtuntur
quibusda coibus. Ideoq; oes illi
terati quodā modo vtuntur dia
lectica, & tentatiua. Ni omnes
vsq; ad aliquid conantur dñudi
care eos, qui pronunciant: hæc
aut sunt coia: nam illa nihil mi-

G nus fciunt ipfi, quãuis videãtur
longe extra dicere. Redarguũt
igitur oẽs: nam fine arte quidẽ
eo participãt, cuius artificialiter
eft dialectica:& arte fyllogiftica,
tentatiuus,dialecticus.Qñ autẽ
funt multa quidẽ hæc,& de omnibus, non talia autẽ vt natura
quædã fint,& genus,fed vt nega
tiones,alia aũt non talia, fed pro
pria funt:ex illis de oĩbus experi
mentum pofsibile eft fumere, &
artẽ effe quandã,& non talẽ effe
quales fi demonftrant,eo cp con
H tentiofus non eft oĩno fic fe habens,vt pfeudographus: nã non
erit captiofus ex determinati cu
iufpiã generis principĩs, fed cir
ca oẽ genᵒ erit is,qui cõtẽtiofus.
Epilogus. Loci igif fophifticarũ redargu-
tionũ hi funt, & qⁱ dialectici eft
cõfiderare de his, & res eas poffe
facere,nõ difficile videre:nã quæ
circa,ppõnes eft difciplina, oẽm
habet hanc fpeculationem.& de
redargutionibus quidem apparentibus dictum eft.

Sermo de generibus fyllogifmorum,
quibus vtitur ars tentatiua
Topica. Cap. 11.

I ARsaũt tentatiua topica vtitur
ex generibus fyllogifmorum
elenchorũ genere, qd eft ex præmif
fis vlibus falfis,quæ non funt ppriæ
alicui generũ,ex quo nõ eft eis fubie
ctum propriũ,quia illa eft parsartis
Topicæ:& non eft ars tentatiua To
pica, neque in fumma artis Topicæ
apud eũ, qui gloriatur de arte Geo
metriæ, & cæteris artibus demonftra
tiuis,quia in arte tentatiua topica,&
ipfimet topica,ex quo nõ ẽ eis fubm

ppriũ,& fuæ præmiffæ fuerũt famo K
fæ ex cõis notitiæ omnibᵘ,pofsibile eft
cp conueniat vulgus,& illæ,qui non
habet tentatiuã artis topicæ, cũ illo
qui habet notitiam iftius artis diuer
fimode ab arte Geometriæ: hoc eft,
quia non inuenitur vnus qui conue
niat Geometriæ in eius arte,fed fi cõ
ueniant homines huius arts,eft pau
ca conuenientia. Ex quo aũt ars ten
tatiua topica facit elenchum vfem
falfigraphum ex parte,qua nõ habet
fubiectum terminatum, & hęc ars,
hoc eft fophiftica, eft huius difpofi-
tionis,quia non habet genus ppriũ,
manifeftum eft,cp notitia elenchoᵗ L
falfigraphorum conuenit cum arte
Topicæ,& arte litigiofa. Et declaratum eft ex hoc,cp elẽchus,qui eft vi-
rorum huius artis,non eft qui redar
guit & decipit fallacia propria in fin
gulis generibus generum fcientiarũ
demonftratiuarum, ficut præmiffũ
eft. Propterea cp arte Topicã oporteat cognofcere fpecies elenchorum
falfigraphorum vfium ad cauendũ
eos, ficut oportet fingulos habentes
artes fingulas artiũ propriarum, cp
cognofcant fpecies falfigraphorum,
qui funt in illa arte, & in toto hoc
oportet, cp conueniant iftæ duæ ar- M
tes,hoc eft Topica & Sophiftica.Sed
quot modis & locis fiat elenchus fal
figraphus, iam declaratum eft : fed
ex quo intentio iftius artis non eft
elenchus falfigraphus folum, fed re
liquæ intentiones, quæ dictæ funt,
quarum intentionum vna, quæ eft
fecunda ad intẽtionem, quæ eft elen
chus, eft inductio loquentis ad falfum, aut eius inductio in dubium,
& ambiguum, iam conuenit quõd
loquamur de rebus, quibus operaſ
hæc ars hoc opus.

Loci

Loci sophistici interrogationum ad falsum, aut inopinabile. Cap. 11.

1. Locus DE aliquo est falsum quippiam ostédere, & oróne ad inopinabile ducere. Hoc aūt fuit sm propositum sophisticæ intétionis, primū quidem ex eo q̃ interrogat quodã modo, & p interrogationé accidit maxime:nã id,ad nullū determinatū interrogare propositū, venatiuum é illorū:temere nãq̃ dicétes peccãt magis:temere aūt dicūt,qñ nihil habét propositū.

2. Locus B Et id, interrogare multa (quãuis id determinatū sit ad quod disputãt)& id,ea q̃ vident, dicere se postulare,facit quãdam idoneitaté,ut ad inopinabile ducat,

3. Locus aut falsum. Et si interrogatus affirmet, aut neget illorū aliquid, ducere ad ea ad q̃ promptus est argumétari:pōt tñ nūc minus nocere p hæc q̃ prius, nã repetūt aliquid ad id qd in principio. Ele-

4. Locus mentū aūt deueniédi ad falsum, aliqd,aut inopinabile, nullã statim interrogare positioné, sed af-C firmare ob id se interrogare, qd discere velit: nã locū argumentationis,consideratio facit. Ad fal-

5. Locus sum aūt ostendendū proprius locus sophisticus é ducere ad talia, ad q̃ abūdat orationibus:est aūt

6. Locus bene,& non bene id facere, quemadmodū dictū est prius. Rursū vt ad inopinabilia ducat, cōside rare ex quo genere est qui disputat,deíde interrogare quod pluribus illi dicunt inopinabile:est enim singulis q̃busq̃ aliqd tale.

Elementū aūt horū sumere sin D gulorūq̃ quorsūq̃ positiones in *7. Locus* ppōnibus.Solutio vero & horū competens fertur,ostédere q̃ nō pp orationem accidit inopinabile : semper aūt id quoq̃ vult qui contendit. Amplius aūt ex vo-*8. Locus* luntatibus & manifestis opinionibus : nam non eadem uolunt, & dicunt:sed dicunt quidem decoratissimas orationes:volūt ãt ea,quæ vident prodesse:vt bene mori magis q̃ voluptuose viuere dicunt oportere:& egere iuste magis q̃ diuitiis affluere praue: E volunt aūt contraria . Eum igitur,q̃ dicit sm volūtates, ad has manifestas opiniones ducendū: eū vero,qui dicit sm has, ad absconsas : vtrouis enim modo necessariū est inopinabilia dicere: vnã aut manifestū,aut immanifestas opiniones dicūt cōtraria.

Plurimus aūt est locus faciédi *9. Locus* sopinabilia dicere, quéadmodū Callicles in Gorgia script⁹ est,di cens:& veteres aūt oés arbitrati sunt accidere pp id quod sm na F turam & sm legé contraria:con traria enim esse naturam & legé dicunt:& iustitiam sm legé quidem esse bonum , sm autem naturam non bonum :oportet igit ad eum quidem,qui dicit secundum naturam,sm legem obuiare, ad eum vero , qui sm legem, ad naturam ducere: nam vtroq̃ modo dicere contingit inopina bilia:erit autem secundum natu ram quidem ipsis verum:secundum aūt legé quod multitudini

V   iiij   videt̃

G vide̅t:quare manifeſtū q̃ & illi,
q̃uādmodū & qui nūc, aut redarguere,aut inopinabilia dicere reſpōdente̅,conabant́ efficere.
[10.Locus.] Quędā aūt interrogationū habent vtrincq inopinabile̅ reſpon
fione̅:vt vtrū ſapie̅tib⁹, an patri
oportear obedire : & expedie̅tia
facere,an iuſta:& an iniuriā pati
[11.Locus.] eligibilius q̃ nocere. Oportet
aūt ducere ad ea, q̃ multitudini,
et ſapie̅tib⁹ ſunt co̅traria,nā ſi di
cat aliq̃s vt ñ qui circa oͬones,
H ad ea quæ multitudini : ſi aūt vt
multi ad ea q̃ ñs qui in oͬone.
Dicūt e̅nim hi quide̅ ex neceſsi-
tate beatū iuſtū eē , multitudini
aūt inopinabile eſt rege̅, inſelice̅
[12.Locus.] eſſe. Eſt aūt ad ea, q̃ ſic ſunt,in-
opinabilia ducere, ide̅ ei quod e̅
ad eā quæ eſt ſm naturā, & ſm
lege̅ contrarietate̅,ducere:nā lex
opinio multitudinis,ſapie̅tes au
rem ſm naturā,& veritatem dicunt:& inopinabilia quidem ex
his oportet quærere locis.
Sermo de locu ſophiſticis interrogantium
I *ad falſum,aut inopinabile.* Cap. 12.

I Nitium locorū, quo p̃r interrogās
ferre ſermone̅ ad falſum,eſt q̃ nō
ponat ei⁹ interrogationes loquenti
ſm poſitione̅ terminatā, efficit aute̅
ei⁹ deſtructione̅,qñ inſert ex ei⁹ poſitione abſurdū,ſicut efficit interrogans & ñdeus ĩ topica, ſed ponit ei⁹
interrogationes nō ſm poſitionem
terminatā, ſed qua iterecūq; contige
rit ſm aliū locū ab eo, que̅ inte̅dit re
ſponde̅s co̅ſtituere, qa,qñ res fuerit
talis diſpoͤis,p̃t interrogās amplia
re eſſe p̃miſſarū,ad quarū poſitione̅
ſequit́ inco̅uenie̅s aliquod, qa p̃miſ

ſæ,q̃ efficiūt hoc, nō ſunt in habitu- K
dine ad poſitione̅ terminatā : bęc aūt
eſt res p̃ ſe nota , qa, qñ perſcrutaret́
inferre falſum ſm terminatā poſitio
nem,difficilis eſſet ei inue̅tio p̃miſſa
rum, q̃ ducerent in ſermone̅ falſum
ſm iſtā poſitione̅,& impoſſ́ eſſet trāſ
latio in alias p̃miſſas,quia co̅tradice̅s
illis p̃miſſis nō poſſet recipere inter
eas,& inter illā poſitione̅ habitudinem aliquā,& ideo,qñ interrogator
interrogaret ñdente̅ de talib⁹ p̃miſ
ſis,qualitercūq; co̅rigent, ex quibus
ſequeret́ falſum , & ñdens reciperet
eas , ſtatim inferret́ ei falſum: ſi aūt
renueret recipere eas,ſicut ſi interro L
garet eū ad affirmatiuā , & ipſe reci
peret negatiuā,aut eco̅tra:ſic poſſe eſ
ſet,q̃ trāſferret ſecum in interrogatione,donec conſtaret ei qd inferret
abſurdū,ex eo q̃ recepit,ſed reſpo̅
dens ſm illā diſpoͤne̅ eſt manifeſte̅
excuſationis, quia haberet dicere,q̃
hoc falſum nō ſequat́ ex eo qd tu in
terrogaueras , ſed ſit res q̃ ceciderit
ex replicatione ſermonis. Sed nō ab
ſoluitur p̃ hoc,quin ipſe iā receperit
falſum,aut id ex quo ſequit́ falſum,
qa locus,cuius mori eſt, qd ſerat in
falſum,eſt, quo non ſit interrogatio,
aut ñſio ſm terminatā poſitione̅. M
Sicq̃, qñ non cogitaret ñdens falla
ciam illius loci, neque caueret ab ea,
p̃ficeret ei p̃cellus ad inconuenie̅s,
licet difficile ſit conſtituere interro-
gante̅ in plurimū eius,quod interro
gauerat ipſum. Iam aūt facilis ſit co̅
uenientia interrogantis & ñdentis,
qñ difficile fuerit ei, q̃ ex tali ñ eius
interrogatione̅ ſm extractionem
ĩterrogationis diſcipuli à magiſtro,
& ille cū hoc abſcondit victoriā, &
p̃æualetudine̅,ſicut dictū eſt ĩ libro
Topic. ſed hoc eſſet vale quibuſdā
locis

A locis sine alijs, sicut tibi dictum est. Igit cósecutio locutionis ad euidentiá falsi, ut cósequit hunc locum & cautela ab eo est perceptio eius, hoc est, illius loci.

Locus aut secúdus est, ut aduertiam' res incóueniétes quæ sunt in singulis generibus generú sciétiarú, & numeretmus eas, aut sint própiæ illi: & quádo loqueref cú aliquo eorú, qui sunt viri illius artis, oportet, ut se quæf ei ille res inconuenientes, quæ sunt suæ artis: & sic et oportet, quando ille numeruret, ut est incóueniés apud singulas géres, aut pluribus: &

B inuenicin' viá huius ad incóueniés fm cótrouersiá. Totius aut huius radix est ut aduertiam' incóueuiens, ut appropriat illi genti, cui est loqués, aut homines illius artis, cui' est ille loqués. Cótradictio aut, seu solutio, quæ cóuenit his locis, est, ut euidés sit falsum, ut est in eis primo, ut est, ut respódés ad cótrouersiá sciat, ut id, ut sequif ex falso, nó sequaf ex eo, ut receperat. Possibile aut esset, ut sh-ceret hoc, quádo interrogás accepisset id, ut nó est causa cóclusionis, ac si esset causa: quádo aut possibilis es-set acceptio, vt causæ illius, ut nó est

C causa, possibile esset ei contradicere, sed postea erit respódétis aduertere ad hpe incóueniens, an sit ex incon-ueniétib' fm orationé de eis, aut ex incóueniétib' fm nám, quia valde recipiúf bona fm orationé cú bonis fm nám fm vulgus, & valde dicif có-uenientiusq; dicif fm singulos mo-dos cóueniétiis: eorú vero ar res pul-lulátex reb' vilibus, quæ non sunt cóuenientiores, sicut multi dicút, ut mors cú bona dispositióe sit me-lior quá vita cum mala, aut ut hó sit cú iustitia egenus, eligibilius est q̃.

ut sit diues cú iniquitate. Illi aútcú D hoc præligút contrariú huius, quia præligunt sibi vtile: & ideo præli-gút vitá cú malo, & diuitias cú ini-quitate: sicq; oportet nos, quádo in-tulissem' incóueniens, ut est fm ora-tioné, ut recipiamus, ut sit bonú fm nám, si aút intulissem' illud incon-ueniés fm nám, reciperemus hoc, ut sit bonú fm cóiecturá, & orationé. Iá aút inuenire hic locus latus mul tæ latitudinis magnæ vtilitatis ad obijciédú in hoc genus sermonis, ut est, ut bona fm legé vtplurimú op-ponáf bonis fm nám: sicq; cóuenit illi, qui vituperat recipiéte bonum E fm legé, ut recipiat hoc, ut sit bonú apud nám, & qui destruit recipienté bonum fm nám, ut recipiat hoc in-quátú est bonú fm legé, quia pluri-mú opponunf prædicta bona cú bo nis fm legé, & deficit vnumquodq; eorú á bonitate alterius, sed bona té cuædú nám sunt bona pp suá verita té, quæ aút sunt fm legé, sunt bona, quia eorú vsus est apud multitudi-né, hoc est, famosus. Sicq; iam decla ratú est, ut sicut istorú est, ut cótradi cant rebus incóuenientibus, quas in ferret interrogás ex illis locis, sic in terrogatorú est, ut caueát rñdérem F á locis, de quib' meminit siue ad elé chú, siue cócessioné incóueniétis. Id aút sit ex separatis interrogationi-b', quibus cótingit ut inferat inter-rogás respódéti ipsum incóueniens ad vtrúq; deorú cótradictoriorú: ló ca aút, quibus efficiúf hæc, sunt quæ ducút loquenté in dubiú & ábiguú. Et illa est tertia intétio intétionú so phisticorú, sicut est sermo dicentis, cui cóueniétlm est credere sapienti-b', aut patribus, & si diceref patrib', diuersum itaq; eius ut decerneret sa-

pientia,

G piẽtia, esset opportunũ, & si diceret,
ꝗ sapiẽtibus, rebellare itaꝗ; patribus
esset opportunũ, & sic an præeligibi
lior sit iustitia, aut vtilitas, sicut si
fiat quid, an eligibilius sit ꝗ deprede
mus, aut ꝗ dimittamus diuitias, aut
dispositio sit econtrario:& vniuersa
liter ista species litigij cõsequit omnes res, quibus opponũt opiniones
sapiẽtũ opinionibꝰ vulgi & multitu
dinis, quia sapiẽtibus apparet, ꝗ re-
ges faciẽtes sint iusti, vulgo aũt apparet ꝗ sauentes sint sortes vincẽtes.
Iam aũt possibile est, ꝗ cõtrarietas
istius generis reducat ad cõtrarieta-
H tẽ, quę est inter bonũ fm nãm, & bo
nũ fm legẽ: quia ꝗ est apud sapientes & apud nãm est bonum, quia est
verũ:id aũt, ꝗ est apud legẽ & apud
plures, est bonũ, quia est famosum,
& plẽs cõueniũt in illo. Ex his itaꝗ;
locis, & eis similibꝰ cõuenit quærere
de istarum præmissarum inopina-
bilium, quas vocaut Aristoteles de-
ficientes concessione.

De captionibus negationis, et solœ-
cismi.   Cap.   13.

D E eo quidẽ, ꝗ est facere
nugari, quidnã dicimus
nugari, iã mõstrauimꝰ:
I omnes aũt tales orationes id vo
lũt efficere, si nihil referat nomẽ
& orationẽ dicere:duplũ aũt, &
duplũ dimidñ idẽ est:si igit duplũ est dimidñ, duplũ, erit dimidñ dimidñ duplũ: & rursum si
pro duplo, duplũ dimidñ ponatur, ter erit dictũ dimidñ dimidñ dimidñ duplũ. Et puras est
cõcupiscẽtia delectationis? hæc
aũt ē appetitus delectationis:est
igit cõcupiscẽtia appetitus dele
ctationis delectationis. Sunt au

K tẽ omnes huiusmodi orationũ
in ñs, quæ sunt ad aliquid, quæ-
cũꝗ nõ solũ genera, sed & ipsa
ad aliquid diciitur, & ad idẽ &
vnũ assignãtur:vt appetitus, ali
cuius appetitus:et cõcupiscẽtia,
alicuius cõcupiscennia, & duplũ
alicuius duplũ, & duplũ, dimidñ, & in quibuscũꝗ quę, cũ sub
stãtia non sint, ad aliquid omnino eorũ sunt, quorũ sunt habitus, aut affectus, aut aliquid huiusmodi, in ore ipsorum de illis
prædicatorũ declaratur:vt im-
L par est numerus mediũ habens:
est aũt numerus, impar:est igit
numerus, numerus medium ha
bẽs. Et si simũ cauitas naris est,
ē aũt naris sima:erit ergo naris
naris caua. Apparẽt at facere nõ
facientes qñꝗ, eo ꝗ non interro
gãt si significet aliquid per se dictũ duplũ, an nihil:& si aliquid
significat, vrũ idẽ an diuersum:
sed cõclusionẽ dicunt statim, &
apparet ꝓꝑ nomẽ idẽ, esse idẽ, et
significare, Solœcismꝰ aũt quale
quid est, dictũ est prius:est aũt
M & hoc facere, & nõ facientẽ videri, & facientẽ nõ videri:quem
admodũ Leuinus dixit, si Venus
masculinũ est, nã qui dicit almã,
solœcismũ quidẽ facit fm illum.
non apparet aũt alñs:qui aũt al-
mũ:apparet aũt, sed nõ facit solœcismũ. Manifestũ igitur, quoniã et ars quædã hoc põt facere,
eo ꝗ multæ orationes nõ colligẽtes, solœcismũ videt colligere,
vt & in redargutionibus. Sunt
aũt oẽs pene apparẽtes solœcismi

A mi pp hoc, & qñ casus neqz masculinũ, neqz fœminiũ significat, sed neutrũ: nã hic quidẽ masculinum significat, hæc aũt fœmininũ, hoc vero neutrũ vult significare: sepe autem significat & illa vtraqz, vt quid est hoc? Calliope, lignum, Coriscus. Masculini igif & fœminini differunt casus omnes, neutri hi quidẽ, illi autẽ nõ: cũ daf igif hoc, sæpe colligũt quasi dictum sit hunc: sist aũt & aliũ casum pro alio ponunt. Captiosa aũt ratiocinatio fit eo qp

B hoc cõmune sit pluriũ casuum: nã hoc significat qñqz hic, qñqz autẽ hunc: oportet autẽ viciffim significare, cũ est quidẽ hic: cũ esse autẽ, hunc: vt est Coriscus: esse Coriscum: & in fœmininis nominibus sist, nã in omnibus sist est, & esse facient diffcrẽtiã. Et quodammodo in his similis est solœcismus ãs redargutionibus, quæ pp id qp nõ similia, aut pp figurã, sist dicunt: nã quéadmodũ illic in rebus, sic hic in nominibus accidit solœcismũ face

C re: nã hõ, & albũ, & res, & nomẽ est: manifestũ igif, quoniã solœcismũ tẽtãdũ est ex dictis casib⁹ colligere. Species igif sunt hæ cõ tẽtiosarũ orationũ, & partes specierũ, & modi, qui dictũ sunt.

Sermo de Parere uagari, & Solæcismo.   Cap.   13.

Vnde autẽ possibile sit habentibus istã artẽ, qp reducaf loquẽs in elenchũ, aut in superfluũ, & nugationẽ, & destruat illud pp hoc, qp est quarta intẽtio, hoc accidit illis, apud

quos non est differẽtia neqz diuersitas, siue ferat hcs ex parte, quia significef ipsa separata fm hoc nomẽ cũ parte ei⁹ qp significat hoc nomẽ, aut fm semitã cõsequẽtix, aut fm semitã cõplexi, adeo qp proueniat illud cõplexũ fm formã orationis cõpositx: hoc aũr valde accidit relatiuis & defiuitionibus rerũ, quar ũ cõsistentia est in aliquo subiecto, et accipitur hoc subiectũ pars sux definitionis, & accidit ex hoc, aut qp paralogizet, & faciat ipsum sequi cõfessionẽ orationis falsx, aut nugetur suis verbis. exẽpli gratia, de relatiuis, qp dicam⁹ de duplo, qp sit dimidij duplũ, quia

E duplũ est dimidij duplũ, & dimidij duplñ est duplũ: duplũ itaqz est duplũ. Sic aũt dicaf qp duplũ nõ sit dimidij duplũ, aut dicamus qp duplũ sit duplũ: hoc aũt est nugatio, quia res nõ enuntiatõr de se. & sicut dicimus, qp voluptas est cõcupiscẽtia rei delectabilis, & cõcupiscẽtia rei delectabilis est voluptas, sic voluptas est voluptas: hoc aũt accidit, quia ambo ista sunt relatiõcs, quia duplũ est duplũ alicuius rei, & voluptas est voluptas alicuius rei, & sic etiã accideret in similibus rebus, quarũ esse est fm habitudinem. Res aũt, quæ in-

F ducunt loquẽté ad nugatiouem & superfluum suis verbis, nõ sunt relationes, sed sunt habentiũ qualitates: & hoc, quia substantiæ istorũ aliqñ accipiunf cũ definito, & aliquando cũ definitione. Et accidit ex hoc qp bis explicef vna res. exẽpli fa, quia si diceref nasus aquilinus nõ erit curuus, dicere aquilinus nasus erit nasus curuus, si aũt reciperef qp nasus aquilinus erit nasus curuus: nasus itaqz erit nasus, hoc aũt est nugatio: & sicut aut impar nõ est numer⁹ qui

non

G nō diuiditur in duas partes æquales, aut numerus impar est qui diuidit in duo media:numer? itaque est numerus, & hoc est nugatio . Aduenit vero nomini simplici tale absq; ꝙ accipiat cōplexū , sicut est sermo dicētis,an hoc nō significet duplū rei, si aūt significat, aut significat rē quę nō est duplū,aut significat duplū. si aūt significat duplū, ipsum itaq; duplū est duplū,hoc aūt est nugatio:si aūt significaret nō duplū, ipsum itaque nō esset duplū. Inductio aūt loquētis, vt dicat verba, quæ putēt esse carētia significatiōe . absq; ꝙ ita sit,

H est plurimū in hoc loco. Sed minimū est ex dictionibus cōmuniū formarū ad masculinū, & fœmininū, & neutrum : & hoc forte significat apud eos masculinū, & fœmininū, & ista est intētio quinta intentionū fallaciæ. Cōuenit aūt, ꝙ aduertiam? hic loca, quibus accidit eis tale, quia putat,ꝙ hoc sit commune omnibus idiomatibus, ꝙ illud vocat apud nos inter arabes haya : proijciemus aūt id, ꝙ est vere sic, ꝙ est sermo carens sensu:quidā aūt eorū est sic secundum existimationē, & de locis illius conuenit perscrutari hic. Sicq; iam declarata

I sunt ex hoc sermone genera secundum singulas quinq; intētiones deceptiuas, & species illorum generum.

De occultatione sophistica, & contra moleste respondentes.   Cap. 14.

D Iffert aūt nō parū si ordinēt quodā modo ea quæ ad interrogationē sunt, vt lateat quemadmodū in dialecticis:deinceps igif ex ijs,quæ dicta sunt,hæc primū dicēda . Est aūt ad redarguendū, vnū quidē prolixitas:nam difficile simul

multa cōspicere. Ad prolixitatē K vero quæ adducunt elementis, vtēdū. Vnū quidē festinatio, nā tardiores minus præuidēt . amplius aūt ira & cōtētio:nā cōturbati minus possunt obseruare oēs. Elemēta aūt iræ. Manifestū quoꝙ eum facere qui vultiuste agere, & circa omnia impudētē esse. Amplius,permutatim inter rogatiōes ponere, siue ad idem plures habeat aliquis orationes, siue ꝙ sic,et ꝙ nō sic:simul enim accidit aut ad plura, aut ad contraria facere obseruationē. Om- L nino aūt omnia,quæ ad occultā dū dicta sunt prius, vtilia ēt ad cōtētiosas orationes:nā occultatio latēdi grā est, latere aūt deceptionis . Ad eos aūt, qui renuūt quæcūꝙ opinant esse ad oratio nē, ex negatione interrogandū, ceu contrariū velit,aut etiam ex æquo interrogationē facere : nā cū dubiū est,ꝙ vult sumere,minus insolescūt. Et quādo in partibus dederit quispiam singula inducēti, vniuersale sæpe nō interrogādū est, sed vt dato vtendū M nō quisꝗ putāt & ipsi dedisse, & audiētibus quoꝗ apparet ꝓpter inductionis memoriā, veluti perinde atꝗ nō interrogauerit vane. Et inquib? nō nomine significat vniuersale, similitudine ratiōne vtendū est ad id ꝙ expedit: nā latet similitudō plerunꝗ. Et ad sumēdū propositionē.contrariū oportet cōparādo interrogare:vt si debeat sumere quēadmodum oportet per oīa patri obedire, vtrum

per

A per oĩa oporteat obedire parentibus, an per omnia nõ obedire?
& ſæpe id, vtrũ multa cõceden-
dũ, an pauca? magis enim ſi neceſſe, videbunt eẽ multa: appoſi
tis enim iuxta ſe cõtrarijs, mino
ra & maiora apparent, & peio-
ra & meliora hominibus. Valde
aũt et ſæpe facit videri redargui,
maxime ſophiſtica calumnia in
terrogantiũ, cũ nihil colligentes
nõ interrogationẽ faciũt id qđ
eſt vltimũ, ſed cõcludẽter dicũt
veluti colligentes, nõ igit hoc &
B hoc. Sophiſticũ aũt eſt & cũ ponit inopinabile, cp apparet poſtulare reſpõdere, propoſito eo
cp videt ex principio, & interro
gatione taliũ ſic facere vtrũ tibi
videt: nã neceſſe eſt ſi ſit interro
gatio ex quibus ſyllĩs, aut redargutionẽ, aut inopinabile fieri, cũ
dat qdẽ redargutionẽ, cũ aũt nõ
dat, necp dare videt, fatet inopinabile: cũ vero nõ dat, videri ſt
fatet, redargutiõis ſiſt. Ampli⁹,
quẽadmodũ in rhetoricis, & re-
dargutiõib⁹ ſiſt cõtrarietates cõ
C ſiderãdũ, aut ad eas, quæ ab eodem ſunt dictæ, aut ad eos, quos
confitet bene dicere, aut agere.
Amplius, ad eos, qui vidẽtur tales, aut ad ſimiles, aut ad pluri-
mos, aut ad oẽs. Quemadmodũ
aũt reſpondentes ſæpe cũ redar-
guuntt faciunt duplex, ſi debeat
accidere redargutio, & interro-
gãtib⁹ vtẽdũ qñcp illo, cõtra in-
ſtãtes: ſi ſic quidẽ accidat, ſic aũt
non, qñ ſi ſumpſerit, vt facit
Cleophõ in Mãdrobulo: oportet

D et abſiſtẽtes ab ofe, reliqua argu
mẽtorũ diuidere, & reſpõdenti
(ſi præſenſerit) prius inſtare, &
prædicere. Argumẽtãdõ aũt qñ
cp & ad aliud ab eo cp dictũ eſt,
illud ſumẽtib⁹: ſi nõ ad id quod
propoſitũ eſt habeat aliquis argumẽtari: cp Lycophrõ fecit dũ
propoſitũ eſſet, ex arte lyrã cõ-
mẽdare. Ad eos aũt, qui exigunt
ad aliquid argumentari, poſtq̃
videt oportere aſſignare cauſã,
dictis aũt quibuſdam obſeruabi
lius cp vniuerſaliter accidit in re
E dargutionibus, vt dicat cõtradi
ctionẽ, vt cp affirmauit negare,
aut cp negauit affirmare: ſed non
cp cõtrarioũ eſt eadem diſcipli
na, vel nõ eadẽ: nõ oportet autẽ
cõcluſionẽ vt propoſitionẽ interrogare, quædã autem necp in
terrogãdũ eſt, ſed vt cõceſſis vtẽ
dũ. Ex qb⁹ igit interrogationes,
& qũo interrogandũ in cõcerta
torĩs exercitationib⁹, dictũ eſt.

Sermo de locis Latendi. Cap. 14.
R Eliquæ aũt ſunt nobis ad per
ſectionem iſtius ſcientiæ, quę
ſunt tres res: quarũ vna eſt, cp dicamus, quomodo cõuenit ei, q̃ intẽdit
hoc op⁹ in hac fallacia, cp reſpõdeat
interrogãri, qñ nõ eſt diffeẽtia inter actionẽ iſtorũ locorũ, qñ benefi-
catũ erit eorũ opus, aut nõ benefica
rũ erit, ſiue erit tentatiuũ, aut ſophi-
ſticũ. Secũda aũt eſt, quo modo con
ueniat etiã beneficare reſpõſum ei,
qui aptus ſit ea vere iſta deceptiua.
Tertia vero eſt, quo modo conueniat narrare vnũquẽq; illorũ. 13. lo
corũ. Primo aũt dicimus, cp fallacia
excellẽtior eſt, qñ intẽdit prolõga-
tio

G tio verborū cū opere illorū locorū, quia id fallaciæ, ꝗ fuerit in eis, est latētius apud iudicē. Secūdo aūt, ꝗ interroget festināter, non tarde, quia, qñ festinat sermo, fallacia quæ est in eo, est latētior, & dignior ꝗ nō constet. Tertio aūt, ꝗ irascat respōdens, quia qñ irascit, peruertit eius intellectus, & nō intelligit aliquā rē. Ira autē promouet ipsum ut plurimū, ut exclamet & vociferet summe, & ad pauca ipsius intellectionē. Quædā aūt illorum sunt ꝗ interroget de præmissis, qb' intēdit fallacia ꝑ mutato ordine loci earū in syllo permi-

H xtarsi præmillis famosis, ex quibus sequit cōtradictoriū eius, ꝗ inqui-rit inferre ꝓcedētibus in hoc opere, quæ laterēt illos & reciperent eas, & hoc, quia, si præmissæ quibus inqui-rit decipere, fuerint absurdæ, nō lau-dabiles sunt in veritate & fallitate in ipsarū ꝓmissione ꝫ famosis, si autē nō fuerit absurdæ, iā itaꝙ recipit, ex quo inquirit recipere absurdā solū, qñ fuerit separatum, postꝙ difficile fuerit, ꝗ reciperet. Exēplū aūt hui' ex eius operatione est illius, qui intē-dit ut venenis permiscendo eis ali-mēta ad cælādū: & iterū quia latebit

I respōdentē, de quo inquirat cōclu-sionē, fieret perplexus in notitia ei', ꝗ recipit ex eis & ꝗ nō reciperetur. Et quædā illorū sunt ꝗ interroget de cōtradictorio rei, quā inquirit re-cipere, quia respōdite nō recipiente istud, cauillaret ei, iā itaꝙ reciperet rē, quā intēderat recipere. Et quædā illorū sunt, ꝗ interroget manifestū vtriusꝙ extremi cōtradictorij, ac si nō curaret ad ꝗ illorum respōdeat, qñ si per hoc lateret respondētē ꝗ duorū cōtradictoriorū intēderit re-cipere, forsitā recipet ei' intētū, qñ

K nesciret illud. Quædā aūt illorū cūt, in qb', qñ fit inductio nō diminit aliꝙ eē enūciationis Ɪ particularib' rei vꝫs, ꝗ quæreret verificare fꝫ viā interrogationis, immo io omnibus particularib' fꝫ ꝗ eē prædicati est res manifesta eis, & fꝫ ꝗ illa est ex his, quæ nō referūt ad interrogatio-nē estendi illud prædicatū particula-rib' isti' rei, qua suꝑrīm cōfirmare istud ꝫdicatū sin suā vꝫitatē, nō fꝫ inductionē: qñ aūt duxerit summā illorū particulariū, ac si iam recepis-set ea respōdēs, sequ' verificatio vꝫi-tatis, ꝗ est eē istius ꝫdicati toti huic su-

L biecto, absꝙ ꝗ interroget cōseꝙtē vꝫitatē ꝓpter eē ꝫdicati in particularib' subiecti, qm qñ fecerit hoc, fortasse difficile erit ipsi respōdēri hoc, neꝗ recipet vtilitatē de inductione eius, ꝗ dimiserat: qñ aūt fuerit huic vꝫi nomē, & timeret qñ exponeret eius nomē, ꝗ nō recipet eē vꝫitatis, cōue-niret ꝗ trāsferret enūciatio a parti-cularitate in simile, ꝗ est i eis, nō iꝙ nomē rei vꝫis cōioctis particularias vsus aūt exēplorū cōsimiliū Ɪ vꝫ de-cipit multos, qa trāsfert enūciationē à qbusdā in aliquas alias res. Quædā aūt illorū sunt, qb' interrogat id, de quo putat, ꝗ sit extremū cōtrario-

M rū inter ꝗ nō est mediū: res aūt non est ita, qñ fortasse iterim erret respō-dēs absurdū illorū ꝓ laudabile, & hoc qa apparet absurditas absurdi il-lorū fꝫ plurimum apud id, ꝗ ponit fꝫ modū alteri' cōtrarij, & sic ēt ipsa & laudabilis laudatio apparet ma-gis. Sicut si interrogaret, cōuēiat ne credere patrib' de oīb' r.b', aut repu-gnare eis oīb' reb'? qa, qñ diceret ꝗ nō repugnem' eis in oīb' reb', opor-tet eū ex hoc ꝗ respōdeat ꝗ creda-m' patrib' in oīb' reb', & sic ēt si in-terroga-

A rerrogaret, an prohibita sit multitu
do vini, aut ei' paucitas, & ipse respõ
deret ꝙ multitudo sit ꝓhibita, legitē
tur ꝙ paucũ nõ sit prohibitũ, Pluri,
moũ aũt ꝙ accidit fallacia in interrogatione, & putat, ꝙ iã annexa sit interrogatio, & ordinata, qñ interrogaret de reb', inter quas & cõclusio
nē nõ est cõnexio: qñ aũt tu recepis
ses, cõduceret cõclusionē, ac si iã sequ
ret ex illis reb', & putaret ꝙ iã ꝑfe-
cta esset hæc res, & ꝙ iã remota esset
& absuerit cõtrouersia, qñ hoc non
posset soluere illud, & suã cõtrouer-
siã, nisi cognosceret nãm syllm paucę
B passibilitatis ex sua turbatione, &
sua vociferatione, & exclamatione
eius, ꝙ ipse cõposuisset syllm absꝗ
ꝙ cõposuissereũ. Industria vero is-
lis est difficilis in hoc loco, nisi sapiē
tibus: qñ multitudo hominũ nescit
nãm sylli: ex industrijs aũt seu cau-
telis interrogãtiũ est, ꝙ, qñ interro-
gãt præmissam falsam ad tētandum
respõdētē, eã reciperēt & ad ducēdũ
ipsũ in absurdũ, aut reciperēt ꝓmissam, aut oranone cõpositã ex præmissis, sicut est dispositio, qua possibile est ꝙ tentet aliquis, & sequat ex
illo elenchus, & fortasse iuuaret eos
C actio ꝓcessus, ꝗb' vtunt in Rhetorica cũ audiētibus: hoc est, recipere
rē fm modũ, quo putet, ꝙ ipsi iã re-
cepissent ex illis ipsũ ꝗsitũ, et decli-
narēt illã & ducerēt ipsũ ad elēchũ,
sicut si reciperēt rē simplr, & decli-
narēt ipsam, & ponerēt ipsam cũ cõ-
ditione quadã. Et ex Industrijs respõ
dētis est, ꝙ, qñ cogeret ipsũ elēch',
aut esset ꝓpe hoc, putet ꝙ sit Interrogãs, & ꝙ nõ sit respõdēs: hoc aũt
vade faciũt ipsm hofesnãst in cõtro
uersia, qua stēdit victoria. Ex industrijs aũt interrogantis est, ꝙ, qñ in-

terrogat plures ꝓmissas, & rñdēs reci D
peret ꝗsdã & nõ reciperet aliꝗs, & ex
illis ꝗs nõ reciper. sed reт ipse elēch',
si reciperet eas, tũc ferret oēs illas præ
missas subitõ, & faceret succedere eis
cõclonē, qñ rñdēs euaderet impedit', quoniã magis accidit ꝙ obliui-
scareorũ, ꝗ recipat, ꝗꝗ ꝗ nõ recipiat,
Et ex industrijs illorũ est, ꝙ ꝓmisce
ant fm cõsuetudinē id, ꝙ inferret elē
chũ cũ eo, quo nõ ꝯdigeret ad illatio
nē elēchi: sicꝗ ꝓmissæ falsæ falleret
respõdentē. Sed qñ respõdēs ꝑcipet,
ꝙ nõ parũ hui' ꝑceptionis haberet,
ꝗterrogãtis esset soluere illud, & di-
stigueret inter id, quo nõ indigeret E
ad illatonē cõclonis, & iter id, quo
indigeret ad hoc, & difficile cõstitue
ret ei' excusationē ad hoc, sicut si ac
ciper res cõsequētr illã ꝓmissam, &
res antecedētes ad eã, & annexas ei.
Interrogãtis a ũt industriæ est, ꝙ, qñ
lassaret ab inferēdo ei falsum, ꝙ in-
tēderet inferre, ꝓcedat ad destruendũ ei' cõtradictoriũ, & trãsferat ver
ba ad illud, si ab initio rei intēdisset
construere aliꝗ rē sensatã, aut ꝓcedat ad cõstruēdũ ei' cõtradictoriũ,
si intēdisset destruere posinonē affir
matiuã. Et ex industria eorũ est, ꝙ
ipsi fortasse relinquãt interrogatio F
nē ꝓmissarũ, & ducãt syllm cũ cõclo
ne, ac si ēt rei, ꝗ iã recepisset rñdēs,
qñ tũc mēs rñdētis eēt magis stēta,
qñ tũc cõuētrei, ꝙ speculr sũmã
ꝓmissaꝝ sylli, & ei' formã, & reduce
ret l mēte d illo plusꝗ rē vnã ex his,
ꝗ opj speculari, & forsitã eēt Impedit'
aut abscõderet ei aduersari' ibi ꝑē
falsã cũ ꝑte ꝟa, & reciper illã. Sic ita
ꝗ iã declaratũ ē et hoc, quot sit loca d
ceptiua inustia ꝗnꝗ, Itēnões, & ꝗr
ꝓuiat ꝙ ꝗterroget interrogãs, & ille
st' duc. t. presilti' li. Solutionē Arisf
Arisf

ARISTOTELIS ELENCHORVM LIBER SECVNDVS,

Cū Auerrois. media expositione.

SVMMA LIBRI.

De vtilitate sophisticarum orationum, & apparatu ad eas diluendas. De solutione sex vitiorum locorum extra dictionē, Nugationis, & Solœcismi. De oratione facili, difficili & acuta. Epilogus postremo Cklo præcedentium, & duorū præsentium librorum.

De vtilitate cognoscendi sophisticas orationes, & apparatu ad eas diluendas. Cap. I.

E respōsione aūt, & quomodo oportet soluere, & qd, & ad quā vtilitatē orationes huiusmodi prosunt, post hæc dicēdū. Vtiles ergo sunt ad philosophiā ppter duo. Primū quidē, quia eæ, quæ vt plurimū ppter dictionē fiūt, melius se habere faciunt ad id, quotupliciter quodqs dicif, & ea quæ siff, & quæ aliter in rebus accidūt, & in nominibus. Secundū aūt ad eas, quæ per seipsum inquisitiones fiū tnā qui ab alio facile captiose fallif, & id nō sentit, & ipse quoqs à se id patif persæpe. Tertiū vero, & reliquū adhuc, ad gloriam, eo qp circa omnia exercitatus esse videbif, & in nullo se inexperte habere: nā fi is, qui in orationibus est cō socius, orationes vituperat, cū nihil habeat qp determinet de vi riositate earū, dat suspitionem qp videri velit insolescere, non quia verū sit, sed ppter imperitiā. Respōdētibus aūt, quomodo obsistēdū sit aduersum huiusmodi orationes, manifestū: si quidē recte dicimus prius ex quibus sunt captiosæ ratiocinationes, & si (quæ inquirēdæ sunt) superabīt dātias sufficiēter diuisimus. Nō est aūt idē sumentē oratione videre, & soluere vitiositatē, & interrogāti posse occurrere celeriter. Nā qp scimus, sæpe trāspositū ignoramus: Amplius aūt quemadmodū in alijs, id qp citius & tardius, ex exercitatione fit magis, sic & in orationibus se habet: quare si manifestū quidē sit nobis, immediato aūt simus, priuamur opportunitatibus frequenter. Accidit aūt, qp sicut in linearū descriptionibus: nā et illic soluentes quandoqp componere verum non possumus, sic & in redargutionibus: nam scientes propter quid orationē accidit connectere, soluere tamē orationem impotes sumus.

Sermo de praeceptis contradictionis. Cap. I.

Væ aūt relinquunt sunt duæ res, quarū vna est, quomodo respōdeat respōdens, secunda autem est, quomodo cōtradicat illis. 15 locis, & vtraqs illarū rerū iuuat sapientes per se: & ideo sermo de istis duabus rebus est, ac si esset præter istam artem, sed artis Topicæ, aut (sicut dixit Abumazar Alpharabius) est artis mediæ inter Topicam & Sophisticam.

A ſtică. Secūdæ aūt vltimæ ptes iuuāt
ſapiētes p accidēs, qa sūt ꝓpriæ huic
arti, & eorū vtilitas ex eis ē ex parte,
q̄ ſit cautio ab eis ſolū, qm̄ q nouerit
cōmunitates, cōueniētiꝰ eſt ꝙ nō cadat in eas: iuuarēt vero eos per ſe in
vſu orationis tētatiuæ vſꝰ, ſicut præ-
miſſum eſt. Primū aūt ꝓceptorū m̄
dētis eſt, ꝙ, qn̄ interrogās interrogaret ꝓmiſſam æquocā fm nomē, conueniat ꝙ diuidat hoc nomē in oīa ſignificata, de qbꝰ dicit, & notificet ꝙ
illorū ſignificatorū ſit verū a nō vero: & ideo ſeq̄ꝭ ꝙ ſit ei poteſtas diui-
dēdi nomē æquoci. Iā aūt diximus
B regulas, qbꝰ ſit hoc poſſibile in lib.
Topicorū. Secūdū aūt eſt, ꝙ aduertat res I ſe, et tūc r̄ndeat: et ideo oportet ꝙ ſit ei poteſtas cognoſcēdi rē, qñ
meditaret illā cū ſeipſo, qm̄ plures
hōes decepti ſunt, qm̄ ſpeculati ſunt
cū ſeipſis, & nō decipiūt, qm̄ ſpeculāt
illa cū alijs, & hoc ꝓpp bonā medita-
tionē eꝰ I ſe: plurimū aūt ꝙ accidit,
hoc ē ꝙ ꝓpp bonitatē. Tertiū aſit ꝓce-
ptū eſt, ꝙ nō ꝓlōget ſermonē cū interrogāte, ſed ſolers ſit ad incidēdū
ipſum cito, abſꝗ ꝙ negligat eius r̄-
ſtionē: qm̄, qñ neglexerit illud, & ꝓ-
lōgauerit elog ſi cū illo, ex eo ꝙ pa-
C rū cōſtiterit ei abſurditas & fallacia,
quæ fuerit in eius ſermone, accidit
ei, qñ ipſe interpellauerit interrogātē ꝙ putaret vulgus, ꝙ eius interpel-
latio nō fuerit, ꝓptetea, quia ipſe intēderit declarare, ꝙ id, ꝙ ingſiuerat
cōfirmare, ſit falſum, ſed ꝓp eiꝰ debi-
litatē. Sic itaꝗ (ſicut puto) cōuenit
intelligere iſtū locū, & nō adueniat
hæc diſpoſitio r̄ndēti: hoc eſt, ꝙ feſti-
net rōnē aſtēdēdū quid fallaciæ
in eo fuerit fm ſciētiā locorū fallen-
tiū, quæ ſunt in hoc libro, & fm ſciētiā ꝓceptorū, quæ appropriant r̄ndē-

ti, & fm regulas, ꝙ tradītæ ſūt hic D
ad cōtradictionē locorū ſophiſtico-
rū, abſꝗ ꝙ cū hoc exercitatus fuerit
in illorū vſu plurimū, adeo ꝙ pueue-
rit ei habitus, quo poſſit cito agere,
qm̄ ſicut feſtinatio & moraſ ſingulis arubꝰ puenit pp habitū ꝓueniē-
tē ex vſu, nō pp ſciētiā partiū illius
artis ſolū, ſic eſt diſpoſitio o pauonis
iſtarū regularū. exēpli gratia, qm̄ de
cus actionis ſcripturæ, & eius adapta-
tio nō puenit ex notitia literarū, ſed
puenit ex vſu pfecto formationis literarū, Sicunt aūt in arte Topicæ iſ-
difficilis eſt interrogāti cōtradictio
& deſtructio, ſic accidit in elenchis E
ſophiſticis: hoc aūt accidit, qñ ſequitur ex ꝓmiſſis falſis, quas poſuerat tē-
tator, cōcluſio vera, & putaret ꝙ ſequaſ ex eis alia concluſio, ꝙ eſt falſa,
qm̄, qñ ſermo ſophiſticꝰ fuerit talis
diſpoſitionis, difficile eſſet r̄ndēti ad
cōtradicēdū ei fm veritatem, & notificare falſum ꝓmiſſarū, quas poſuerat litigator pp duas res: quarū vna
eſt, quia, ſi inuēdiſſet cōtradicere illi
cōcluſioni falſæ p notificationē falſi-
illarū ꝓmiſſarū, hæc eſſet cōtradictio
ſophiſtica aut litigioſa, qm̄ illa concluſio nō ſequiſ ex illis ꝓmiſſis: ſecū-
da aūt eſt, quia nō putaſ de eo ꝙ ipſo F
intēdat p hoc deſtructionē cōcluſionis veræ, & ꝙ ipſe ſit viſus ſibi ꝙ nō
fiat ex ꝓmiſſis falſis niſi cōcluſio falſa. Et ideo oportet r̄ndēre in hac re,
ꝙ nō ampliet ſermonē in contradictione ſyllñ ad notificandū falſitatē,
ꝙ eſt in ſuis ꝓmiſſis pp æquiuocationē nominis, aut pp lñtigiū, aut aliaſ
res fallētes, & nō putaſ ꝙ ipſe alleuiet
per hoc, immo r̄ndebit, qñ dixerit
ei, ꝙ iſta cōcluſio nō ſit cōclo vera,
ꝗ; concluſeras ex hoc ſyllo, ſed eſt ſimilis ei, aut nō ſeq̄ſ ex illo omnico.

Cap.   2.

PRimũ igiť, quemadmodũ
syllogizare dicimus, opi‑
nabiliter qñ⟨que⟩ magis q̃
vere, eligere oportere: ſic et ſolué
dũ qñ⟨que⟩ magis opinabiliter q̃
ad veritatẽ: nã omnino aduerſus
cõtentioſos eſt reluctandũ, non
vt ad eos, qui redarguũt, ſed qui
redarguere apparent: nõ enim
dicimus eos ſyllogizare: quare
vt nõ videant, emendandi ſunt:
nã ſi redargutio eſt cõtradictio
H nõ æquiuoca, ex quibuſdã, nihil
opus eſt diuidere ad amphibo‑
la, & æquiuocationẽ: nõ enim fa
cit ſyllogiſmũ: ſed nullius alteri⁹
gratia diuidẽdũ eſt, niſi quia cõ
cluſio videť redargutioni ſimi‑
lis. Nõ ergo redargui, ſed videri
redargui cauendũ eſt, eo q̃ in‑
terrogat amphibola, & quæ p̃p
æquiuocationẽ ſunt, & quæcun
que aliæ huiuſmodi cauillatio‑
nes quæ & verã redargutionem
adumbrant, & redarguentẽ atq̃
nõ redarguentẽ incertum red‑
I dunt: nã (quia licet in fine cũ con
aluſum fuerit dicere ſe, nõ id ip‑
ſum q̃ affirmauit negare, ſed æq
uoce, aut amphibolice, quamuis
q̃ maxime cõtingit in idem ſe‑
rat) incertũ, ſi redargutus eſt: in‑
certũ enim, ſi vera nunc dicit: ſi
vero diuidens interrogaſſet æq‑
uocũ, aut amphibolũ, non incer
ta eſſet redargutio, qm requirũt
(nunc quidem minus, prius aũt
magis) contentioſi, ſic vel nõ rñ‑
dere eum qui interrogať, fieri po

teſt. Nunc autẽ, quia nõ bene in‑
te rrogant inquirẽtes, neceſſe eſt
vt reſpondeat aliquid is, qui in‑
terrogatus eſt, emendans vitiũ
interrogationis: quia diuiſo ſuf‑
ficienter, vel ſic, vel non, neceſſe
eſt dicere reſpondentem. Si autẽ
aliquis putet ſin æquiuocationẽ
redargutionẽ eſſe, quodam mo‑
do non erit rñdentem effugere
quin redarguať: nam in ijs, quæ
oculis ſubiecta ſunt, neceſſariũ
q̃ affirmauit negare nomen, &
q̃ negauit affirmare. Enimuero
vt diluunt quidã, nihil prodeſt: L
nã nõ Coriſcum aiunt eſſe muſi
cũ, & non muſicũ, ſed huuc Co‑
riſcũ muſicũ, & hunc Coriſcum
nõ muſicum, cadã nãq̃ erit oŕa
Coriſcum, ei, quæ eſt huuc Cori
ſcũ muſicum eſſe, vel non muſi‑
cũ: q̃ ſimul affirmant, & negãt.
ſed fortaſſe nõ idem ſignificant:
nã ne illic nomẽ, quare in aliquo
differt. Si autem hoc quidẽ ſim‑
pliciter dicendo Coriſcum aſſi‑
gnet, illi autem addat aliquẽ, aut
hunc, abſurdum eſt. nihil enim
magis q̃ alterũ: vtrobibet enim M
nihil differt. Nõ ſic igitur, ſed qa
incertus quidem eſt qui nõ de‑
terminauit ambiguitatẽ, vtrum
redargutus eſt vel nõ redargu‑
tus, datum autem eſt in oratio‑
nibus diuidere: manifeſtum, q̃
non determinando dare interro
gationem, & quidem ſimplici‑
ter, peccatum eſt: qñ & ſi nõ ip‑
ſe, tamen oratio redargutæ ſimi
lis eſt. Accidit autem ſæpe vidẽ
tes amphiboliam torpeſcere di‑
uidere,

A uidere, eo cp crebra talia propo-
nantur, ne ad omne videantur
molesti esse: deinde non putanti
bus propter id fieri orationem
sæpe profecto occurrit inopinabile: quapropter quia datū est,
diuidere haud cūctandum. quē
ādmodū dictum est prius. Si au
tem duas interrogationes non
vnam facit quisquam interroga
tionem, non pp æquiuocationē.
vel amphiboliam fiet capriosa
collectio, non ne redargutio an
non ? quid enim differt interro-
B gare, si Callias & Themistocles
musici sint, q̃ si ambobus vnū
nomen esset existētibꝰ diuersis:
nā si plura significat q̃ vnū, plu
ra interrogauit: si igif nō rectū
est ad duas interrogationes vnā
responsionē censere sumere sim
pliciter, manifestū qm nulli eorū, q̃ æquiuoca sunt, cōuenit re
spōdere simpliciter, nec si de om
nibꝰ quidē verū sit,veluti cēsent
quidā: nihil enī differt hoc, q̃ si
interrogasset, Corisc⁹ & Callias
vtrū domi sint, an non sint do-
C mici?siue adsint ambo, siue nō ad-
sint:vtrinqꝛ enī plures ppositio-
nes.Nō enim si verū ē dicere, in
terrogatio pp id vna:possibile ē
enim ad decies millenas interro
gatas q̃stiones,oēs sic vel nō, ve
rū est dicere:tamen non est rn-
dendum vna responsione, interimitur enim disputatio:id aūt
simile ac si idē nomen imponaf
diuersis. Si igitur nō oportet ad
duas interrogationes vnā rnsio-
nem dare, manifestū qm nec in

æquiuocis sic vel nō, dicendum: D
neqꝛ enim qui dixit rñdet, tametsi
dixit : sed id admittunt quodā
modo in disputationibus, eo cp
lateat cp accidit.Quemadmodū
igitur diximꝰ, cp redargutiones
quædam videntur esse cū non
sunt,eodem quoqꝛ modo & solu
tiones quædam vident esse,quæ
non sunt, quas dicimus q̃que
operæprecium magis afferre, q̃
veras in cōtentiosis orationibꝰ,
& in ea(quæ ad duplex est)occur
sione . Respondendū autē in ñs,
quæ vident,esto,dicendo: nā & E
sic minime fiet redargutio.Si ve
ro aliquid quod inopinabile sit
cogaf dicere:hic maxime adden
dū videri:sic enim neqꝛ redargu
tio,neqꝛ inopinabile videbif fieri . Quia aūt quo pacto petif qd
est in principio,manifestū putāt
omnino(si sint ppinquæ)interi
mēdū, & nō cōcedēda esse vlla,
perinde ac si quod in principio
est petat . Et qñ aliquid tale po-
stulauerit quispiam, cp necessa- F
riū quidē est accidere ex positio
ne, sit aūt falsum vel inopinabile,idē dicēdū:nā quæ ex necessitate accidūt ,eiusdē vidētur esse
positionis.Amplius,qñ vniuersale nō nomine sumitur,sed simi
litudine:dicēdū cp nō sic datum
est , neqꝛ vt proposuit,sumit : nā
pp id sit sæpe redargutio:cū autem prohibetur his, ad id quod
nō bene ostensum est redeūdū,
obsistendum autem sm dictam
determinationem . In ñs igitur,
quæ proprie dicuntur·nomini-

-bus, necesse est rñdere, vel sistir, vel diuidēdo. Quæ aũt subintelligēres, pponimus, vt quæcunq́ nõ plane, sed truncatim interrogant, pp id accidit redargutio. vt putasne quicqd est Atheniensiũ sic, sist aũt & in aliis? at qui homo est animaliũ, sic. possessio igit animaliũ, hõ. Nã hominem animaliũ esse dicimus, quia animal est: & Lysandrũ Lacedæmonioru, quia Lacedæmonius est. Manifestũ igit, qm in quibꝰ obscurũ est, q̇ pponitur, nõ simpliciter concedēdũ. Qñ vero duobꝰ existentibus, cũ hoc quidē est, ex necessitate alterũ esse videt: cũ vero alterũ est, hoc nõ ex necessitate: interrogato vtroque, oportet q̇ minus est dare. Nam difficilius est colligere de pluribus. Si aũt argumētet q̇ huic quidē est cõtrariũ, illi aũt non est: si oĩa vera sit, contrariũ esse est dicēdũ, at nomiē alterius positũ nõ esse. Qm aũt quædã quidē eorũ quæ dicunt plures eum qui non cõcedit falsum dicere aiũt, q̇dã autē nõ: vt quæcunq́ ambigũt, (verũ enim corruptibilis, vel immortalis sit anima animaliũ, nõ exploratũ est multis,) in quibus igit incertũ est vtro modo soleat dici q̇ pponit vtrũ in his, q̇ sunt vt sententiæ: vocant enim sententias, & veras opiniones, & totas negationes, vt diameter incommēsurabilis est. Amplíꝰ, de quo verũ dubitat, transferens quispiã nomina maxime latebit in illis: nã, quia incertũ est vtro modo

se habet verũ nõ videbit sophistice agere: pp id autē q̇ dubiũ, nõ videbit falsum dicere. nã metaphora faciet orationē sine redargutione videri. Amplius, quascunq́ interrogationũ persenserit aliquis, præinstãdũ est, & prædicendum: nam sic maxime interrogantem prohibebit.

De fallacia quæ fit per æquiuocationem, & de inutili cautela ab illa, & de eo, quod facit redargutione, & de cautela respondentis. Cap. 2.

IAm aũt si possibile est rñdēti, q̇ recipiat p̃missas æquiuocas sm nomina, adeo q̇ cõcludat ei interrogator cõclusionē falsam, & dicat ei, q̇ per illas p̃missas, quas receperat, in rēderit sic, nõ significatũ tale: res autē quã paralogizauerit, nunc est quã receperat solum. Fuit aũt hoc opus, quia nõ est notũ, neq; manifestũ, q̇ ille receperit significatũ falsum, q̇ est vnũ eorum, que significat hæc dictio æquiuoca pp eius intentionē pp suã receptionē dictionis æquiuoce: forte autē hoc esset ei vtilius propter fallaciam, qm si diuideret id, q̇ significat nomem æquiuocũ, aut dictio litigiosa, adhuc errasset, & reciperet vnũ eorũ, ac si esset verũ, ipsã autē est falsum, & nõ est ei coueniés, q̇ respõdeat ad hoc, si ergo ille rñdētiũ, qui fecit hoc opus, respondisset per nomina æquiuoca, & dictiones litigiosas, quæ sunt in eis, aut nõ fecerit hoc opus, q̇ fuerat ei possibile. Sed ex quo ille, q̇ nesciuerit hoc q̇ diximus, id putat, q̇ qñ recipiat nome æquiuocũ, q̇ iã receperit oĩa significata, de qbꝰ dicit illud nomē: si autē nõ seqret hoc, impediret ipsum à

diui-

A diuisione, qua illata fuerat cōclo: visus aūt est, ꝗ iā redarguerit ipsum,
& indiget cū hoc expositione, ꝗ nō
redarguat ipsum. Et ideo id, ꝗ cōuenit ei, hoc est rūdēu, qū sophista interrogauerit nomine æquiuoco, aut
dictione litigiosa, diuidit plura significata, qbª significat hæc dictio,
& rūdeat p̄singula eorū, sic, aut nō.
Qū autem argumētatus fuerit interrogās, & putauerit, ꝗ iā fiat elēchus
ꝓp hanc dictionē æquiuocā, quę est
in eo, aut ꝓp litigiū, abnuit eam esse
ęquuocā. Industria eripiēs ipsum est,
ꝗ imponat nomina huic significa-
B to, ꝗ putat rūdens, ꝗ sit falsum, & ꝗ
illud sit non significarū verū, ꝗ de-
scripserat hæc dictio. Ex his aūt quæ
apparuerunt qbusdam hominibus
est, ꝗ industria ad hoc, est connectere dictionē hoc, cū nomine. Ista aūt
industria nō eripit ipsum à fallacia,
qa dictio hoc, si demōstraret id, ꝗ
est in anima de hoc significato, iam
illa demōstratio esset æquoca, quia
oīa illa significata, ꝗ significaret illa
dictio, sunt p̄sentialiter in imagina-
tione. nisi dictio hoc annecteret alicui demōstrato sensato: qū aūt hoc
ita fuerit, illud nō indigeret dictio-
C ne, & appellatione nominis p demōstratione. Et sic, qū interrogatio fuerit simplr̄, ipsa aūt verificarē fm diuisionē, nō cōuenit, ꝗ rūderet p sic,
aut nō, donec cōpleretᵉ elenchus, ꝗ
intelligeret ex eo iterrogās, ꝗ ille recepisset illud simplr̄, & tūc euaderet
ab elenchō, qū diceret, qū ego dixi
sic, intēderē illud significarū connexum, uū absoluū, quia ꝗ cōsequiꝰ
hoc, qū cōsequitur ex nomine æquiuoco p sic, aut nō, absꝗ, ꝗ diuidātur
significata, qbª diciꝫ æquocū, illud
idē cōseqꝗ huc, & oīa lota qbª diui-

D dic:, & postꝗ receperit ipsū sine diuisione, nō accidit ei elēchᵘ, sed putaretur, ꝗ iā accidisset ei. Sicꝗ; ex quo ipse nouerit per se, qū distinxerit rūn-
dēs litigiū, & receperit ex illis, ꝗ receperit, siue redarguaꝫ, siue nō, ū riꝫ-
disset de absoluto per sermonē con-
fusum: ille decipereꝫ, qm̄ ipse cōducit se ad dubiū de eo, an redarguaꝫ,
aut nō redarguaꝫ vere. Plurimū autē, ꝗ accidit hoc rūdenti est, qa ipse
eēt impeditus ex diuisione ꝓp multitudinē significatorū, quæ cōtineret
ille sermo absolutᵘ. Et ex eo, qdᵈ accidit ei cū hoc de difficultate interro-
E gātis, & pauca eiª aduertētia ad diuisionē, ꝗ; fecerat, facile eēt rūdere ad
illā rūsionē consulā: qū aūt interrogās cōfunderet ei elēchū, & rūdens
inciperet disīguere ipsum, & notificaret ei, ꝗ nō sequaꝫ ex hoc id, qdᵈ
putauerat, ꝗ sequaꝫ, nō cōueniret se
cū in hoc interrogās, qū nesciret, ꝗ
fallacia ingrederēꝫ ex hoc loco, quē
notificasset rūdēs, & nō cōcordaret
secū in eo, ꝗ locᵘ iste sit deceptorie.
Sicꝗ; accideret rūdēti dubiū, an redarguereꝫ, aut non redarguereꝫ: &
ideo eᵗ nō cōuenit, ꝗ sic impeditᵘ p
diuisionem in locis, ꝗ ingrediꝫ dece-
F ptio ꝓp latētiā diuisionis, & sicut nō
opꝫ, ꝗ rūdeat duabus interrogationibus vnica rūsione, sic nō cōuenit,
ꝗ rūdeat vni fm nomē vnica rūsione, qa non est diffetētia, siue rūdeat
pluribus interrogationibᵘ vnica rūsione, siue illæ interrogationes significēt vnica dictione, aut pluribus dictionibus, qū fm nomē æquiuocū
sīut plures interrogationes vnica dictione. Et ideo qui nō rūdet duabus
interrogationibus, aut pluribus vnica rūsione, & cōsueuerit illud, nō accidit ei fallacia p nomē æquocū fm.

G vnam rñsionem, qñ omnia significa
ta, de quibus dicit illa enunciatio eq
uoca, esset vera, quia nõ constaret sibi rñdens, φ rñdeat ex duabus rñ
sionibus, aut plurib' vnica rñsione,
qñ omnes couenirent in sic, aut nõ.
Sicque onº incubit ei, φ, qñ interro
garet de mille, aut duabus millibus
interrogationib', non rñdeat eis, do
nec aduertat in eis: et si coueniant in
sic, aut nõ, rñderet eis vnica rñsione:
si autem nõ coueniant, distingueret
hæc res, & manifestũ esset, φ nõ in-
cuberet rñdenti. Et ideo nõ oportet
rñdentem, φ rñdeat nomini æqui-
H uoco vnica rñsione, etiã si oẽs enuntiationes habetes significata, q am-
plecteret nomẽ æquiuocũ, esset veræ. Coueniens.n. esset rñdere ad id,
de quo interrogatur. Ipsum aut nõ
interrogat nisi de vnica re, quia nõ
est latens apud interrogãtẽ, qñ inter
rogat de nomine æquoco nisi vnũ
significatũ. Si autẽ esset latens apud
interrogãtẽ omnia significata, quę
cõtineret nomẽ æquiuocũ, iã incu-
beret onus ipsi rñdenti, φ rñderet
vnica rñsione pluribus interrogatio
nibus. Qñ autem famosum est, φ
nõ sit hic redargutio, & φ iã non sit
I hic cõtradictorium, putat autem, φ
sit hic cõtradictorium, & oportet, φ
rñdeatur fm hanc imaginationem,
sicq, qñ reciperet rñdens quicquid
reciperet interrogans, ac si imagina
ret illud cogitatione, interest eius
qñ redarguerit ipsum, φ rñdeat per
id, φ receperit, & dicat, φ verũ est, φ
recepi illas pmissas, qa extimabam,
φ essent de genere coniecturataru
verarũ, nũc aut iã apparet, φ sint de
genere coniecturataru falsarum. Et
qñ rñdens secerit istud, nõ perficere
tur redargutio in ipsum, & nõ cõclu

deret suus aduersarius aliqnã rẽ ab- K
surdam: & ideo oportet in plurimo
huius, qñ receperit pmissas carentes
laudatione, tunc recipere eas fm mo
dũ æstimationis, quia rũc nõ posset
interrogans redarguere ipsum, qñ
fuisset eius receptio fm modum ex-
timationis. Si autem ibi fuerit, qñ
interrogãs interrogauerit ex parte
petitionis principij, & fuerit hoc ma
nifestũ notũ rñdẽti, iã couenit festinare, & notificare ei, φ hoc, φ suppo
suerat, sit eius õsitũ, licet hoc latuerit ipsum, adeo φ cõcluserit ipsum
met õsitũ. Interest itaq, eius, φ di- L
cat ei, recepi quidẽ hoc, extimabam
enim φ non esset ipsum õsitũ, nunc
aũt iã apparet, φ sit ipsum õsitũ, tu
aũt nõ cõposueras syllogismũ, neq,
feceras aliquã rẽ, & vidisti, φ ego er
rauerã, & receperã istud: quid autẽ
est, φ recipias vtilitatẽ per illud? ex
quo iã apparet, φ tu non cõposueris
syllm, neq, feceris aliquã rẽ. Si autẽ
petens principiũ vsus fuerit loco su-
biesti õsiti suis particularibus fm se
mitam inductionis, sed nõ acceperit
vniuersale istius subiecti ex parte,
qoa siguisicat ipsũ suũ nomẽ, adeo,
φ dicat, gratia exẽpli, φ omne animal mãdẽdo, moueat eius mãdibu- M
la inferiorẽ, quia hõ & symia & con
simile reliquorũ animaliũ mouet
eius mandibulã inferiorẽ, est tunc
rñdentis, φ recipiat ab eo hoc, deinde inferat, φ omne aÏal mouet eius
mãdibulã inferiorem, qñ diceret si
nõ iotẽdebã, qñ recipi, φ enunciatio
eius, φ simile est homini & symiæ
fm hoc, sit enunciatio animalis, qñ
si hoc ita esset, iã recipissem ipsummet õsitũ, sed intẽderã talẽ speciem
similitudinis, & nõ talẽ speciem. Secundũ nomina aũt, quæ dicunt alicubi

A cubi fm veritatem, & alibi fm trāsla
tioné, iā accidit fallacia:& hoc, qm
veritas significationis nominisin lo
co veritaté,& ablatio æquocationis
ab eo, aſſimilaſ eius veritati in loco
interrogationis,& ablationi æquocationis ab eo. v.g. qnia diceret quiſ
piā,ꝗ eſt alicuius rei eſt habit° eius,
qm ꝗ eſt Socratis,eſt eius habit°,hō
aūt eſt animalis,hō itaꝗ,eſſet habi-
tusanimalis. Et ideo oportet rñden
tem in tali loco,ꝗ nō rñdeat ꝑ hanc
enūtiationé abſolutā,donec diuidat
orationé dicétis, ꝗ id,ꝗ eſt alicuius
rei ſit eius habitus. Et nō recipiunt
B vtilitaté petétes principiū per oppoſitū ꝗſiti,neꝗ per ſummā interrogā
tusde contradictorijs, & oppoſitis,
quorū pars vera nō fuerit ꝑ ſe nota,
aut nota fm cōditioné,& obtmiſerāt
in interrogatione acceptioné huius
cōditiouis:qm,qñ ignorātia oppoſi
torū fuerit equaliter,nō reciperet et rñ
dens hoc cōtradictoriū,ꝗ tulerat interrogans,ꝗ recipiaſ ab eo,qñ non
putaret veritaté eius magis,ꝗ ſui op
poſiti. Et taliter etiā accidit,qñ non
eſſet vnū duorū oppoſitorū famo-
ſe veritatis,neꝗ laudatā ſine ei° cō-
tralictorio,ſed vtrūꝗ duorū extre-
C morū fuerit fm famoſitatem,& fm
laudationé æquale,ſicut eſt dictum
noſtrum,an anima ſit mortalis,aut
immortalis,qm homines qui dicūt,
ꝗ anima ſit mortalis,ſunt æquales
fm famoſitaté illis,qui dicant,ꝗ ip
ſa ſit immortalis,& ideo non ꝓualet
imaginationi audiétis alterū iſtorū
duorū cōtradictoriorū fm famoſita
té,& reciperet illud. Qñ aūt cōtigiſ
ſet,ꝗ vnū duorū cōtradictoriorum
ſit notæ veritatis per ſe,aut notæ lau
dationis ſine eius cōtradictorio,ag-
greganſ in illo dæ illæ diſpoſitio-

ces ſimul,qm iā recipit vtilitaté ipſe D
interrogās per petitionem principij
in talibus. Et hoc,quia in parte vera
ꝑꝑ ei° famoſitaté in laudatione: aut
ꝑꝑ ipſam eſſe veram notæ veritatis
fm ſe,deciperet interrogans,& reciperet illā,qñ permutaſſet petés prin
cipiū nomen vnius duarū partiū ꝗ-
ſitō cū interrogatione,aut vnum no
mé duarū partiū eius oppoſiti : hoc
eſt,ꝑdicati aut ſubiecti,cū alio nomi
ne,& nō tulerit ipſummet quæſitū,
aut ei° oppoſitū , ſi petitio ptincipij
fuerit fm ei° oppoſitū.Sed qñ erraſ-
ſet rñdens in talibus,& recepiſſet ea,
eiusintereſſet dicere interrogāri, tu E
non fecilli elenchum , neque com-
poſuiſti ſyllogiſmum , licet recepi-
hoc à te, ſicut præceſſit.

De recta ſolutione loci.   Cap. j.

QVoniam aūt recta ſolu-
tio eſt manifeſtatio falſi
ſyllogiſmi,ob quamcū-
que interrogationé accidat falſum, (falſus aūt ſyllʳ dicié dupli
citer : nā, aut ſi collectū eſt falſū,
aut ſi cū nō eſt ſyllogiſm°,vide-
tur eſſe ſyllogiſmus.)erit,& quæ
nunc dicta eſt ſolutio,& apparé F
tis ſyllogiſmi,ob ꝙ videt eſſe,in
terrogationum correctio,quare
cōtingit orationes ſyllogizātes
quidé interimere,apparétes aūt
diuidētem ſoluere.Rurſum aūt,
qm ſyllogizantiū orationū, hæ
quidem veram, illæ autem falſam habét cōcluſionem,eas qui
dé , quæ fm concluſionem ſunt
falſæ, duobus modis contingit
ſoluere : nā , & eo ꝗ interimitur
aliquid eorum,quæ interrogata
X iuj ſunt,

G ſunt, & eo ꝙ oſtēditur cōcluſio, non ſic ſe habere. Eas vero, quæ ſecundū propoſitiones, eo quòd interimitur quiddam ſolū, nam concluſio vera eſt. Quare volēribus ſoluere orationē, primū quidem inſpiciēdū ſi ſyllogizat, an nō ſyllogizat: deinde, vtrū vera ſit cōcluſio, an nō uera, quaten⁹ vel diuidētes, uel interimētes ſoluamus: & iterū interimētes hoc modo, vel illo, quēadmodū dictū ē prius. Differt aūt plurimū, & interrogātē, & nō, ſoluere ora-

H tionē: nam præuidere quidē difficile eſt: per otium autē tēporis videre facile: earū igitur, quæ ꝓpter æquiuocationē, & amphiboliam redargutionem, aliæ quidē habent aliquam interrogationē plura ſignificantem, aliæ aūt cōcluſionem multipliciter dictam, vt in ea quidem, ꝗ eſt ſilentia dicere, cōcluſio eſt duplex, in ea vero, quæ eſt non conſcire ſcientē, vna interrogationū amphibola eſt. Et duplex ꝗdē ꝗꝗ eſt ens, quādoꝗ non eſt ens, & quādoꝗ

I ſignificat duplex, hoc quidē ens, illud vero non ens. Quibuſcūꝗ igitur in fine eſt multiplex, niſi prius ſumpſerit contradictionē, nō ſit redargutio, vt in eo quod eſt cæcū videre: nā ſine contradictione nō ſit redargutio. Quibuſcūꝗ vero in interrogationibꝰ nō neceſſe eſt ꝓnegare, ꝙ duplex eſt, nam nō adhoc, ſed ꝓpter hoc ſit oratio. In principio igitur ad duplex, & nomē, & orationē ſic reſpondēdū, ꝙ eſt vtſic, aſtantē

K vt nō, vt de eo, ꝙ eſt ſilētia dicere, ꝙ eſt ut ſic, eſt aūt vt nō, & ꝗ expediunt, agendum: ſunt aūt ꝗ ſic, ſunt aūt quæ nō: nā expediētia dicuntur multipliciter. Si autem lateat, in fine addēdo interrogationi corrigendum, eſt nè ſilētia dicere? nō tamen eo qui ſilēt. Et in ijs autē, quæ ſe habēt ꝗdē multipliciter in ꝓpoſitionibꝰ, ſiꝉr nō putas cōſciunt, ꝙ ſciunt: ſic. ſed nō ſic ſciētes, nō eni eſt idem, ꝙ nō eſt conſcire, atꝗ ſic quidem non eſſe ſcientes. Et

L omnino obluctandū eſt, tametſi ſimpliciter colligaī, ꝙ nō rē quā dixit negauit, ſed nomen, quare id nō eſt redargutio. Manifeſtū autē, & eas, quæ ſunt ꝓꝓ compoſitionē, & diuiſionē, quomodo ſoluēdū: nā, ſi diuiſa, & compoſita oratio aliud ſignificat, cū concluditur, cōtrariū dicēdū. Sunt autem huiuſmodi omnes orationes ſecundum compoſitionē, & diuiſionem. Putasnè quo vidiſti tu hunc percuſſum, illo percuſſus eſt hic? & quo percuſſus eſt, illo tu vidiſti? Habet quidē ali-

M quid ēt dubiarū quæſtionū, quamuis ſit ꝓꝓ compoſitionem: nā non eſt duplex, ob id quod eſt ſecundum diuiſionem: non enim eadem oratio fit diuiſa, & cōpoſita: ſiquidē ora, & ora ſm accentū plata ſignificant aliud, ſed in ſcriptis ꝗdm idem nomē, cū ex eiſdem elementis ſcriptū ſit, & ſimiliter: & illic autē iam ſigna faciunt, ꝓtata nō eadē, quare nō duplex ꝙ ꝓꝓ diuiſionem eſt

mani-

De compoſitione, & diuiſione,

manifeſtũ aũt, qm̄ nõ oẽs redar
gutiones pp duplex, ſicut quidã
dicũt. Diuidendũ igiſ, & qui re
ſpondet, non idẽ eſt enim dicere
videre oculis, percuſſum:& dice
re oculis pcuſſum videre. Et Eu
thydemi oratio. Putasne vidiſti
tu nũc exiſtẽtes in Pyrẽo naues,
cùm in Sicilia ſis? Et rurſus, pu
tasne malũ ſutorẽ bonũ eſſe? ſit
aũt quis bonus ſutor malus:qua
re ſutor malus. Putasne, quorũ
ſciæ bonæ, bonas eẽ diſciplinas,
mali aũt bona diſciplina, igiſ bo
na diſciplina malũ: attamen &
malũ, & diſciplina malũ, quare
mala diſciplina malum. Putaſne
verũ dicere nũc, qm̄ tu faci⁹ es?
faci⁹ es ergo nũc. An aliud ſigni
ficat diuiſum? verũ enim dicere
nũc, q̧ tu factus es, ſed nõ nũc tu
factus es. Putasne, vt pot es, & q̧
potes, ſic & ipſa facies? nõ cytha
rizãs aũt habes poteſtatẽ cytha
rizandi, cytharizabis igitur nõ
cytharizãs. An non huius hẽt
poteſtatẽ, vt nõ cytharizans cy
tharizetr? ſed cũm nõ facit hoc,
vt faciat. Soluunt aũt q̧dã id, &
aliter:nam ſi dedit, vt põt ſacere,
nõ dicunt accidere non cythari
zantẽ cytharizare: nõ enim om
nino, vt põt facere datũ eſt face
re, nõ idẽ aũt eſſe, vt põt, & om
nino, vt põt ſacere. Sed manife
ſtum, qm̄ nõ bene ſoluunt: nam
orationũ omniũ, quæ pp idem,
eadẽ ſolutio: eadẽ aũt nõ accom
modabiſ ad oẽs, nec oĩno ad in
terrogatas, ſed eſt ad interrogan
tem, & non ad orationem.

Propter accentũ aũt orationes
nõ ſunt, neq̧ in ĩjs, q̧ ſcribuntur,
neq̧ in ĩjs, q̧ dicunt, præterq̧: ſi
q̧ paucæ fiunt. vt hic, putasne eſt
quod habitas, domus? ſic. nun
quid, ne eſt quod habitas, nega
tio ei⁹ eſt quod habitas? ſic, dice
bas aũt, ne eſſe quod habitas do
mum, negas igiſ te habitare do
mum. Quo aũt ſoluendũ eſt, pa
lam : nõ enim idẽ ſignificat gra
uiter, & acute prolatũ. Maniſe
ſtum aũt, & in ĩjs, q̧ fiunt pp id
quod vt eadẽ dicunſ ea, q̧ nõ ſũt
eadẽ, quo pacto obſiſtendum, eo
q̧ habemus genera p̄dicamento
rum:nã hic quidẽ dedit interro
gatus nõ eſſe aliqd eorũ, q̧ quid
eſt ſignificãt:ille vero oñdit qui
dem eſſe aliquid eorũ, quæ ſunt
ad aliquid vel quãtitatis. videnſ
aũt quid ẽ ſignificare pp dictio
nem, vt ſi hac oratione. Putasne
cõtingit idẽ ſimul ſacere, & fie
riʔnõ, at vero videre:ſimul & vi
deri idẽ, & ſm idem contingit.
Putasne eſt aliquid eorũ, q̧ ſunt
pati, ſacere? non. nõne igiſ ſecaſ,
vritur, operaſ ſiſr dicunſ, & oſa
quidẽ pati ſignificãt? rurſum au
tem currere, videre ſiſr ſibi jnui
cem dicunſ, veruntũ videre, ope
rari aliquid eſt, quare & pati ali
quid, ſimul ẽt, & ſacere. Si autẽ
aliqs illic dans cõtingere ſimul
idem ſacere, & pati, videre, & vi
deri dicat poſt, nõdũ redarg, uſ
eſt, ſi non dicat videre ſacere ali
gd, & videri pati: indiget. n. hac
interrogatione, ſed ab audiente
opinaſ datũ eſſe, cũ & ſecare ſa
ceſe

G cere aliquid , & fecari fieri aliqd
dedit,& quçcunqɜ alia fiſr dicun
tur : nã reliquum ipſe addit qui
audit,veluti fiſr dictñ, illud aũt
dicitur quidem non fiſr, videtur
aũt propter dictionem. Idem au
tem accidit hic quod in æquiuo
cationibus: putat enim in æqui
uocis inſcius orationũ, quani di
xit negare rem, nõ nomẽ:ideoȶ
adhuc indiget interrogatione, ſi
ad vnũ aſpiciens dicat æquiuo
cum : ſic enim dante, erit redar
gutio. Similes aũt,& hæ oratio
nes illis,ſi quod quis habens, po
ſtea non habet, amiſit:nam vnũ
ſolũ amittens calculũ, non habe
bit decẽ calculos . Ad quod non
hẽt quidẽ, prius habens,amiſit?
quantũ aũt habet vel quot, non
neceſſe eſt tot amittere. Interro
gans igiſ quod habet, colligit in
eo quot:nã decẽ,aliquot: ſi igiſ
dixiſſet à principio,ſi quot quis
nõ habet prius habens, putasne
amiſit tot? nullus vtiȶ dediſſet,
ſed aut tot ,'aut horuni aliquid.
Et qñ dabit aliquis, quod non
hẽt,nõ enim habet vnũ ſolũ cal
culum. An nõ dedit quod nõ ha
buit,ſed vt nõ habuit?nam ſolũ,
non quod ſignificat, neȶ quale,
neȶ quantũ, ſed, vt ſe habet ad
aliquid,ut quod nõ cũ alio. Quẽ
admodũ ſi dicat, putasne quod
nõ aliquis habet dabit ? non an
nuente aũt, interroget ſi dabit
quis aliqd cito, qui nõ hẽt cito?
aſtruentem aũt colligat ȹ dabit
quis qñ nõ hẽt , & manifeſtum,
qñ nõ ſyllogizauit: nã cito non

eſt quod dar e , ſed hoc mõ dare,
quo aũt mõ nõ hẽt , dabit aliȹ,
vt quod delectabiſr hẽt , mœſte
dabit. Similes aũt, & hmõi ora
tiones . Putasne quã non habet,
manu percutiet quis? aut quem
nõ hẽt , oculo videbit ? nõ enim
hẽt vnũ ſolũ oculũ. Soluunt au
tem quidã dicẽtes , & quod hẽt
vnũ ſolũ oculũ , & aliud quidli
bet qui plura habet: quidã autẽ,
& vt quod hẽt accepit, dedit.n.
vnũ ſolũ hic calculũ, & hic hẽt
(dicunt) vnũ ſolũ ab hoc calcu
lum : accepit enim ab hoc, ergo
vnũ ſolũ habet hic calculũ , alñ
aũt ſtatim interrogationẽ interi
mentes, quia cõtingit ȹ nõ acce
pit habere, vt vinũ accipientem
ſuaue, ſi corrumpaſ in acceptio
ne,habere acre . Sed quod dictũ
eſt prius, hi oẽs nõ ad orationẽ,
ſed ad hominẽ ſoluunt:nã , ſi eẽt
hęc ſolutio, dantẽ oppoſitũ non
poſsibile eſſet ſoluere, queadmo
dum,& in alñs, vt ſi eſt quidem
quod eſt,eſt ẽt quod non eſt ſolu
tio, ſi ſimpſr det dici, concludit:
ſi aũt non cõcludit, non erit ſolu
tio,in prędictis aũt(oſbus datis)
non dicimus fieri ſyllogiſmum.

Amplius autem , & hæ ſunt ex
hmõi orationibus. Putasne qũ
ſcriptũ eſt, ſcripſit quis ? ſcriptũ
eſt aũt nunc, ȹ tu ſedes, falſa ora
tio:erat aũt vera cũ ſcribebatur:
igitur ſimul ſcribebatur falſa, &
vera. Nã falſam, vel verã oratio
nem,vel opinionẽ eſſe,nõ ȹ, ſed
tale ſignificacenã eadem rõ,& in
opinione . Et putas quod diſcit
diſcẽs,

A diſcēs, hoc eſt quod diſcit? diſcit āt aliquis q̄ eſt tarde, celeriter. Nō igiꝑ quod diſcit, ſed vt diſcit dixit. Et putas q̄ ambulat ali-quis, peſſundat ambulat aūt totam diē. An non quod ambulat, ſed qñ ambulat dixit. nec cū ſcyphum qs bibat, quod bibit, ſed ex quo? Et putas quod qs ſciuit inueniēs, vel diſcēs ſciuit? quorū aūt hoc quidē inuenit, illud aūt didicit, ambo hæc neutrū. An hæc quidē oē, quod aūt non oē? Et q̄ eſt quis tertius homo ā ſe, & ab vnoquoqˣ. Nam homo, & oē cōe, non hoc aliquid, ſed quale quid, vel ad aliqd, vel aliquod modo, vel hmōi aliquid ſignificat. Similiter autem, & in hoc, Coriſcus & Coriſcus muſicus, vtrū idem an alterū? Nam hoc quidē hoc aliquid, illud aūt quale quid ſignificat, quare non eſt idē exponere. Exponere autem non facit tertium hominē, ſed idipſum quid eſt concedere: nō enim erit hoc aliquid eſſe id, quod Callias, & id quod hō eſt, neqˣ ſi quis expoſitū nō id quidem, quod hoc aliquid eē dicat, ſed idē quod quale, nihil refert: nã, erit ā multis vnū quiddā, vt hō manifeſtū ergo, q̄ non dandum hoc aliquid eſſe quid quod cōiter prædicatur de omnibus, ſed aut quantum, aut quale, aut ad aliquid, aut aliquid talium ſignificare. Oîno aūt in quę propter dictionē ſunt orationibus, ſemper per oppoſitum erit ſolutio, q̄ propter quod eſt oratio,

Modˢ vñs aliuedl in dictione.

ut ſi ꝑpter cōpoſitionē oratio, ſolutio diuidēdo: ſi aūt propter diuiſionē, componēdo. Rurſum, ſi propter accentū acutum, grauis, erit ſolutio: ſi vero ꝑpter grauem, acutˢ. Si aūt propter ęquiuocationē eſt, oportet oppoſitū nomen dicendo, ſoluere: vt ſi animatum accidit dicere, negando non eſſe, manifeſtū quod eſt inanimatū: ſi vero inanimatū dixit, hic aūt animatū colligat, idicendum quod eſt inanimatum. Silˀ aūt, & in amphibolia. Si aūt ſm ſimilitudinē dictionis, oppoſitum erit ſolutio: putasne quod nō haberi, dabit aliquis? An nō quod nō habet, ſed vt nō habet? vt vnū ſolū calculum, putasne quod ſcit diſcens, vel inueniens ſcit? attamen non quæ ſcit: & ſi quod ambulat peſſundat, nō tñ quando. Silˀ autem, & in aliꝭs.

De Contradictione, idſt recta ſolutione & non ſophiſtica. Cap. ı.

Conuenit aūt reſpōdentū in omnibus interrogationibus, q̄ prę aſſumat, & reſpōdeat ad ſermonem falſum, & non licet cū eiˢ reſpōſione ad eum, ex qua parte acciderit ei falſum, q̄ hæc eſt contradictio recta. Ex quo falſum accidit ſyllˀo, aut ex parte eius præmiſſarū: hoc eſt, q̄ ambæ ſint falſæ, aut altera eat ſi ſit falſa, aut ex parte eius cōpoſitionis & formæ, aut ex ambabˢ ipſis ſimul. Sicꝗ; recta cōtradictio contingit reſpondenti, q̄ diuideret ſermonem ſophiſticum ad veranqˣ; iſtarū partiom, & ſpeculatus ſuerit, in qua earum acciderit mendacium, & ſi mendacium fuerit in ambabus, cognouerit illud.

H ı.

G Hæc aūt spēs syllī sophistici, cui possibile est cōtradicere in ambab' rebus, est facilior: hoc est, q̄ corrupta fuerit fm formā, & m̄ām, & si fuerit in altera earū, ei cognoscet illā, siue fuerit fm formā notius, q̄ nō cōcludat, siue fm p̄missas, & ablato eo, q̄ posuerat interrogans. Ambabus aūt istis speciebus syllī post est contradicere fm vnum modum. Qñ aūt hoc ita fuerit, iā conuenit ei, qui intēdit contradicere sermonibus syllogisticis, q̄ primo speculet̄ an iste sermo sit syllī verus, aut putet̄, q̄ sit syllī, & nō sit syllī: & hoc p̄ speculationē ei'

H formæ, & eius p̄missarū: & si nō declararet̄ ei hoc de illis, speculet̄ conclusio, an sit vera, aut falsa: & si fuerit falsa, diuidat ipsum syllīm in eius materiā, & suā formam, & speculet̄ falsum ex eis: postq̄ iā declaratū fuit, q̄ falsa cōdusio sit sine dubio ex falsitate syllī, aut p̄p eius formā, aut p̄p ei' materiam. Dīia aūt magna est inter declarationē facilitatis mendacij in p̄missis syllī in hora interrogatiōis de eis, & fter eius declarationē in cōclusione: & hoc, quia eius declaratio in cōclōne est facilis, qñ non est aliqua interrogatio, q̄ cogat nos ad repentinā responsionē: declaratio aūt

I rei cū meditatione est facilior ei' declaratione subitanea. In redargutionibus aūt, quæ accidunt p̄p æquiuocationē nois, & p̄p litigiū in quibusdā accidit error, aut fallacia p̄p nomen æquiuocū, acceptū iu p̄missis, & in quibusdā accidit p̄p nomen æquiuocū acceptū in cōclusione: & eorū hoc, qñ non intelligit, q̄ significat plura. exēpli gratia, qñ qui receperit, q̄ tacēs sit loquens, loquēs aūt nō est tacēs, & putauit, q̄ iā secuta sit ei redarguio, q̄ est, q̄ tacens non sit

tacens. Causa itaq̄ ei' redargutionis in hoc nō est eius ignorātia in æquiuocatione, q̄ est in p̄missa dicente, q̄ tacēs loquat̄: & hoc, quia, qñ intellexerit ex ea significatū verum, & recī piet ipsum, q̄ est, quia tacēs hēt potentiā ad locutionē: neq̄ et causa ei' redargutionis est eius ignorātia, quæ est cōclusionis, quod est, quia tacens non est tacens, qñ si proueniret fm æquiuocationē, quæ est in cōclōne, auferret̄, & diceret̄, q̄ iā verificatur, q̄ sit nō tacens, ex parte qua hēt potentiā, q̄ nō taceat, & q̄ postea loquat̄. Qui aūt interrogauerit, & dixerit, nūquid, q̄d sciet hō, nesciuit illud? & qui nō sciuit, nō hēt scīam de aliqua re illius? sicq̄, ergo nō habet scīam de aliqua re illius, quod sciuit, p̄fecta est t̄ndenti ista redargutio, qñ receperit ab eo istas præmissas. Accidit aūt ei redargutio p̄p æquiuocatione, quæ est in cōpositione præmissæ dicētis, q̄ illud, q̄d sciet hō, nō sciuit, & hoc, quia hāc p̄missam reciperet, qui nō existimaret, q̄ intelPm p̄ dictionē sciuit, aliqñ redit ad sciens, & aliqñ redit ad scitum. Sicq̄ causa redargutionis hic, est æquiuocatio, q̄ est in præmissa, non æquiuocatio, q̄ sit in conclusione, hoc autem est secundum oppositū primæ positionis.

Redargutio aūt in istis interrogationibus est p̄p multiplicitate, quam significat nomen æquiuocum, aut dictu litigiosa. Annectit aūt secum redarguio, qñ ex ipsomet sermone sequi̇ eius contradictoriū. Hoc autē nō accidit in syllō ducēte ad impossē in ōctis interrogationibus: & hoc, quia quidā syllī ducēs ad impossē ē, cuius falsum sequēs ab eo est cōtradictoriū eius, q̄d suppositū fuerat in eo, sicut sequeret̄ ex nostra suppositione,

rfohe,q̃ cęcus videat, & q̃ cęcū nõ
fit cęcū. Quidã aũt eſt,cuius falſum
eſt contradictorium præmiſſæ cer-
tæ,ſed illa nõ fuerit poſita pars ſyllñ,
ſicut q̃ ſequaſ ex dicto noſtro, q̃ cę
cus imagineſ, q̃ ipſe imaginetur, &
hoc eſt falſum,ſed per ipſum nõ auferretur,quod ſuppoſueramus.

Cõtradictio aũt,quæ eſt p̃p redar
gutiones, q̃ fiunt p̃p ęquiuocationē
noīs,aut in p̃miſſis,ſicut dixim°,aut
in cõcſſone, fit, qñ præponat rñdens
cū interrogatione, & diuidat nomē
ęquiuocū in eius modos,& notificet
norū ex eo ab ignoto,qñ aũt appella

B uerit ipſum noīe, & reſpõdeat p̃ cõdi
tionē,quæ eſt in illo,fiet p̃miſſa vera
ſm modū replicationis,ſicut ſi interrogaret ipſe interrogãs nunquid tacens loquiſ,& diceret verū eſt, q̃ lo-
quiſ:ſicq̃; rñdebit ei ad intercapien-
dum ipſum,& dicet, immo hora ei°
ſilenñ):ſicq̃; et ſi reſponderet, q̃ ille
nõ loquatur,caperet hoc, & diceret,
immo loqueſ in futurū. Et ſic ēt, qñ
interrogaret,& diceret,nunqd quic
quid ſcit aliqd non ignorat illud, &
diceret ſic eſt:ille aũt rñderet, & ſub
deret,& diceret,immo ex ea pte qua
ſciuerat ipſum : qñ aũt fecerit hoc,

C non perficereſ fallacia famoſa, qua
vſi ſunt antiqui, qñ recipiebãt & di-
xerãt, nũquid qui ſciuit aliquã rē ſi
nõ ignoret eã oīno:tu aũt ſcis, q̃ oīs
binarius ſit numer° par, nõ ſciebas
aũt iſtū binariū , quē abſconderant
à te,anteq̃ eū demonſtraſſent : ſicq̃;
ergo tu ſcires aliquã rem, & ignora-
res eã ſimul. Dicimus aũt, q̃ ſoluaſ
ex parte qua ſcit, quia non ſequitur
illa fallacia, quoniã ille diceret ſciui
illud ſcientia vniuerſali, ſed non par
ticulari.Sicq̃; ergo illud,quod ſciui,
non eſt illud quod ignoraui.

Ille aũt qui ſciuerit, q̃ fallacia fiat
ex litigio,qd eſt p̃p diuiſionē , & p̃p
cõpoſitionē,iã ſciuerit ēt quo modo
fit cõcſſo iſtius fallaciæ,qñ diceret,q̃
qñ diuidit,ſignificat tale, & qñ cõpo
niſ ſignificat tale:duæ aũt rõnes ſunt
diuerſæ,& nõ oportet, qñ diuidiſ, &
cõponiſ,q̃ ſignificet vnã rem . Et iã
aliqñ non eſt impoſe, q̃ aggregeuſ
in quadã dictione litigiū,& deceptio
p̃p translationē à diuiſione ad cõpo
tionē,& p̃p id,qd accidit ipſimet cõ-
poſitionie x equiuocatione,ſicut eſt

D ſermo diceris, nunquid ſcias, q̃ iſte
pcutiat,& ſi dixerit ſic, dices an, & p̃
hoc pcutiat,& dixerit ſic,dices:ſicq̃;
ergo ſcis,q̃ iſte pcutiat,& p̃ hoc per
ciaſ:ſicq̃; ergo id, qd ſcis, q̃ eo percu
tiat,per hoc itaq̃; percutit, & qd ſcis,
q̃ eo pcutiaſ eſt tua ſcīa,ſicq̃; ergo p̃
tuã ſcientiã pcutit. Hunc aũt ſermo
uem ingreſſa eſt fallacia duob° modis,quorũ vnus eſt,qñ id,qd verificaſ diuiſum, non verificaſ compoſi

E tum:& hoc,quia eius ſcīa, q̃ per hoc
percutiat,eſt verū,& ipſum ēt percu
tere p̃ hoc eſt verū,qñ eius dictom,
q̃ ſcit,q̃ per hoc percutiat, ſert inſi
nuationem inſtrumenti &ſcientiæ.

Scīa aũt, q̃ ſit p̃p permutatio-
nēm à diuiſione in cõpoſitionē, & è
cõtra,nõ eſt ſpeciei fallaciæ , q̃ ſit p̃p
æquiuocationē ſicut putauerūt qdã
hoīes,q̃ quælibet fallacia dictionalis
ſit p̃ æquiuocationē: & hoc,quia ac
cidat diuerſitas intellecti p̃ æquiuo
cationē noīs noīe exiſtenti vno eo-
dem:hic aũt variaſ intelſm p̃ acceptionē noīs aliqñ diuiſi, & aliqñ cõ-
poſiti, ſicut variatur intelſm vnius
eiuſdē dictionis, qñ coniungiſ ei ſi-
gnum ol,quod eſt o,aut ſignū i, aut
a, & variaſ vnum nõmen ſcriptū ex
eiſdē literis cū varietate punctorum

ſupra

G. supra ipsum. Iam aūt declaratū est, cp non quicquid soluit ex fallacijs dictionalibus est pp equiuocationem nominis ex exēplis, quibus vsi sunt quidam hoīes fm fallaciam, & tulerunt ad hoc sermones famosos hominibus sui tpis ex capitulo fallacię, quæ est ex æquiuocatione compositionis, i amphibologiæ, & quæ ē capituli cōpositionis & diuisionis. exēpli gīa, sermo dicētis, ego video oculo, quē vides, qsii intellīm huius dictionis variatur qñ constructio qni est dictiōis vides, aliqñ redit ad oculum, & aliqñ ad loquentem: manife

H stum aūt est, cp non sit bic varietas intellecti pp æquiuocationē nois, & sifr ēt est sermo dicentis, nūquid sauisti naues Siciliæ, nunc præ sui nobilitate habent tres temones, ipsum nūc, aliqñ redit ad naues, & aliqñ ad sclam: exempli gīa, nunquid Socrates sit nobilis Philosophus, & corrigiarius vilis. sicq, ergo ipse est nobilis vilis, hæc aūt fallacia est capituli vsus cōpositi fm vsum diuisi fm significationē, & hmōi ēt est sermo dicentis, nunquid nobilis doctor, cui est doctrina boni, sit bonus in se, doctoris aūt vilis sit doctrina bona:

I sicq, doctor vilis est bonus, bęc aūt fallacia sit nobis vtentibus cōposito fm vsum diuisi: & hoc, quia compositū huius exempli est verū, diuisum aūt est falsum. Famosorū aūt exemplorū istius caplī apud santiquos est sermo dicētis, nūquid sciueris, cp id, quod post est mihi cp faciā, faciā illud, & post mihi est, qñ nō percutiā flagello, cp percutiā eo, sicq, qñ ego nō percutiā flagello, cp percutiā flagello: & bęc fallacia est capituli vsus diuisi fm vsum cōpositi, qñ verificabitur de illo tpe, quo non percutiet,

percutiam flagello, qñ possibile est mihi pcutere flagello, & si verificaret de diuiso, ego percutiā flagello, absq, cp cōiungat cum eo dictio possibile: sicq, ista fallacia est, cp nō percipiat varietas dictionis percutit, qñ coniungitur ipsi post, & percussioni simplr. Hæc aūt contradictio non est sicut quidā hoīes putauerūt: ego aūt puto, cp ipse insinuet Platonem, qīu nō cuiusq; quod possibile est fieri, erit hora eius possibilitatis hora actionis, qīu, si hoc ita fuerit, possibile fuisset, cp ego pcutiā qñ percussi, qñ bęc contradictio est appropriata buic loco ex parte eius māz, hoc est dictio polis qua vtit m eo, & contradictio essentialis est rebus, ę sunt vnius speciei, hoc auti est contradictio cū ipsamet interrogatione, non, cōtradictio ad hoc ē fallacia. Fallacia aūt, quæ accidit ex accētū in elencho, nō sit nisi ex minimo eius, siue fuerit in scriptis, aut in ipsa dictibe. Verbi gīa, de dictione ē sermo dicētis, nōne domus est, ę nō quiescit, nō quiescit aūt est negatio quiescendi, sicq, ergo domus est negatio. Illius aūt qui accidit pp depressionem vocis, & ei° tenuitatē cōtradictio est facilis, & hoc, qñ notificaret, cp significatio huius dictionis, qñ eleuat non sit eius significatio, qñ deprimit & attenuat. Iu ea vero, cuius figura dictionū est vna, & illa est in distinctis prædicamētis, cōtradictio elēcbi sit, ex quo nouerit in quibus singulorū ędicamentorū sit vnaquæq; earum, qñ genera ędicamentoę fuerint nobis nota, elenchus aūt accidit in hoc, sicut est sermo dictus, ne us talis vidilti in vnā eandem rem, ę ageret, & pateret simul, qñ aūt diceret non, dicet modo iā post est cuidā homini,

Marginal notes (right):

K.

Dīia inter oppōnē diuisam de posī, & ępōnē simplr, i. de inē esse.

L.

De fallacia accētus & eius notione.

M.

De fallacia figuræ dictionis, & eius notione.

A ꝙ videat & videat, qñ viderer seipsum, ꝙ videat aūt, & videat est, sicut
ꝙ pcuniat & percuniat, & vīr agat &
patiatur simul: qñ aūt aliquis hō videt seipsum, iam poīe est, ꝙ inueniat
vna eadē res, quæ agat, & patiatur simul. Hanc aūt rem nō inueni: istud
est absurdū, & inopinabile. Et huius
contradictio est propinqua cōtradi-
ctioni elenchi, cuius causa est æquiuocatio noīs, qñ noueris figurā ipsius, videbit, ꝙ sit figura ipsius, v̄ illud itaq; signat passionē, non actionem: & hoc, quia id sī īe ē æquiuoco
ex parte cōuenietix in cōstructione
B dictionis, sicut fallacia, ꝙ sit ex acceptione pluriū interrogationū, ac si
essent vna ex parte variantis videt ad
vī fm dictionem, hoc est fm literas,
ex quibus componunt, & qñ interrogaret de pluribꝰ interrogationibꝰ
vnica interrogatiōe: ex quo aūt hęc
consimilitudo, ꝗ est inter sermones
deceptorios, iā inuenit pluribus modis fallaciarū dicꞇionaliū, ꝙ sit similitudo fallaciarū, quæ caderent pp
æquiuocationē noīs, sed non sunt ex
illis. & iō opinatus est ille, qui putauerat, ꝙ oīs fallacia sit pp æquiuocationē noīs. exēpli gīa, si quis interro
C gauerit, & dixerit, nunquid ille, qui
habebat decē aureos, & proiecit vnū
aureū ex eis, iā ipse non habet vnum
aureū: & qñ diceret sic, diceret nunquid ille, ꝗ hēt nouē aureos, habeat
vnū aureū: sicꝗ, ergo qui habet vnū
aureū non hēt vnū aureū. Hæc autē
fallacia nō est pp æquiuocationem
noīs, sit aūt, ꝗa ille acceperat simplr
quod verificat cōnexum: & hoc, ꝗa
verificat de eo, qui proiecit aureum
vnū ex decem aureis', ꝙ non habeat
vnū aureum, non ꝙ non habeat aureum simplr, & de illo, qui hēt decē

aureos verificat, ꝙ habeat decem au D
reos, non vnū aureū simplr: sicꝗ, ergo cā istius fallaciæ est, ꝙ id, qd̄ veri
ficat cum alio, putat ꝙ verificet, qñ
acciperet separatū: sicꝗ; illa est capituli elenchi, qui sit pp diuisionē, &
compositionē, aut absoluti cōuexi, i.
simplr, & fm quid. Et taliter euā est,
ꝙ interrogaret quispiā interrogás,
& diceret, oīiquid quod dedit hō nō
habet: & qñ responderet sic, interro
garetur, nunquid quod habet hō, est
quod dat, qñ aūt admiserit illā, illud
itaq; quod hēt, est id, quod non hēt.
Sicꝗ, qñ acceperit quod habet, & qd̄ E
non habet simplr appellat iste elenchus, & sī̄e est hoc sermoni diceris,
nunquid poīe sit, ꝙ quidā porrigat
sine manu, & videat sine oculo, qñ
aūt dixerit ei ꝙ sic: sicꝗ, ergo trunchus sine manu porriget, & cęcutiēs
sine oculo videt, sicꝗ, ergo videt sine oculo. Et impoīe est, ꝙ videat sine oculo, hoc aūt verificat connexū
non absolutū, & hoc, quia cęcutiens
videt sine vno oculo, nō sine duobus
oculis, & sic ē trunchus porriget ma-
num vnā, nō ambas manꝰ. Quidā
aūt hoīes contradicūt huic fallaciæ,
quia putauerint eā esse pp æquiuoca
tionem noīs, & dixerunt ad primū
exemplū, qñ dicebatur cęcutiens nō
videt, immo dicat, ꝙ ille non videat
nō sicut diceret de cęco, ꝙ ipse nō vi
deat, sed fm dispositionē diminutā.
Quidam aūt eorum dixerūt ad fm
exemplū, ꝙ id, quod dat, sit ac sī nō
esset, & qd̄ acceperit est, ac sī esset:
sicꝗ, ergo id, quod nō habet df mul
ti saruā, & eo magis id, quod habet.
Quidam aūt eorū dixit in cōtradictione huius, ꝙ iā det hō, quod non
hēt, & hoc ille qui dediīet vinū bonum, & qñ dederit ipsum preutabit

in

G in acetu, sicꝗ; iš dedit, quod nō hēt
& est ac li opinat' lit, ꝙ tales decepio
rij lint capituli ęquiuocationis nois.
res aūt nō ešt ita, ꝗ̄ licet recepisset
hoc, ꝙ lit cōtradictio, ipsa itaꝗ; ē con
tradictio partiū fm mām, cuius hic
elenchus est pars: & ideo q sciuerit
nām huius loci, & contradixerit ei
fm eius nām, impose est, ꝗ arguas
ipsum. Et huius generis elenchi ē ser
mo dicētis, vidistin hanc scripturā,
nunquid verū lit dictū tuū, ꝙ lit scri
ptura hois, & verū est, ꝙ tu nō scrip-
seris ipsam, & tu es hō, sicꝗ; ergo est
scriptura bois & non scripsit eā hō,

H huius aūt cōtradictio est, ꝙ dicatur
scripsit eam hō alius a te, non hō sim
pliciter. Et huius generis, hoc est, ex
dictionib', est sermo dicētis, vidistin
quod addiscit hō est id qd addiscit,
ipse aūt addiscit graue & leue: sicꝗ;
hō est grauis & leuis. Modi aūt contradictionis sunt ꝙ dicat, ꝙ dictio ē,
ꝙ verificat de scia, non de homine.
Et huius summae est sermo dicentis
id quo hō ambulat, ipse calcat ipm,
hō aūt ambulat die, ipse itaꝗ; calcat
diē. Modus aūt contradictionis eius
est, ꝙ dicat, ꝙ iter quo ambulat ipse
calcat sed non calcat ips, quo ambu-

I lat, oppositio aūt est pp ęquiuocatio
nem cōtructionis seu amphibolo-
giā, ꝗ̄ eius significatio loci non est
sua signatio tpis. Aliud ēt exemplū
est, qd est sermo dicentis, iste hō est
hō particularis aut vīs, li aūt sit par
ticularis est in te demratus, qui es tu,
quia vos duo eltis particulares, sed
nō es tu, li aūt est vīs eltis genus, de
monstratus aūt nō est genus, sicꝗ; es
set genus & nō esset genus. Sicꝗ; mo
dus huius cōtradictionis est, ꝙ dicat,
ꝙ demōstratus sit, res tertia, ꝗ non ē
homo vīs & particularis, & ꝙ hō sit

vīs in habitudine ad singulares ho
minis, & est particularis in habitudi
ne ad aliquē hominē demonstratū,
demōstratus vero est, quod non est
vīe neꝗ; particulare. Et vlt cōuenit
ei, qui cōtradixerit istis elenchis, qui
sunt ex dictionibus, ꝙ eius contradi
ctio fiat p oppositū loci, ex quo interrogās cōcluserit elenchum, & si
fallacia fuerit pp diuisionē cōpositi,
oppugnabit eum per cōpositionē.
Et si esset pp eleuationē, cōtradice-
ret ei p vocis tenuitatem, contrariū
aūt econtrario. Istę aūt sunt omnes
contradictiones, quibus contradixi-
mus elenchis dictionalibus.   L

De diluendis argutijs accidentis. Cap. 4.

AD illas vero, quę pp acci
dens, vna quidē solutio ē
ad oēs: nā, quia indetermi
natū est ꝗ̄ dicendū de re, cūm
quippiā accidēti inest, & in qui
busdā quidē vr, & dicunt, in ali
quibus aūt non dicūt necessariū
esse: dicendū igit, conformantes
silr ad oēs quod non est necessariū: habere aūt oportet quo resel
lat dicēdo id, perinde est vt. Sūt
aūt oēs himōi orationes pp acci- M
dens: putasne id scis, quod debeo
re iterrogare? Age cognoscisne   Capriones
venientē, aut coopertū? Statua   accidentis
ne tuū opus est? An tu⁹ canis pa
ter? Sunt ne paucis pauca, pau
ca? manifestū enim est in oibus
his, ꝗ̄ non necesse est, quod de
accidente dr, & de re verū esset
solis enim ꝗs, quę fm substantiā
sunt indifferētia, & ꝗ vnū sunt,
oīa vident eadē inesse: bono aūt
nō idē est bonū esse, & venturū
esse

esse interrogare, neqȝ venienti,
aut cooperio, & venientē esse, et
Coriscū, q̃re nō si cognosco Co
riscū, ignoro autē venientē, eun
dem cognosco: & ignoro, neqȝ si
hoc est meū, est autē opus, meū
est opꝰ, sed possessio, vel res, vel
aliud quippiā; eodē autē modo,

Dilutio antiquorum insufficiens.

& in alijs. Soluunt autem quidā
interimentes interrogationē: dicūt enim contingere eandē rem
cognoscere, & ignorare, sed non
ſm idem: venientem igitur non
noscentes, Coriscum aūt noscen
tes, eundē quidem cognoscere,
& ignorare dicunt, sed non ſm
idē. Attamē primū quidē, queadmodum iam diximus, oportet earū, quæ ꝓp idem sunt orationum eandem esse solutionē:
id autem non erit si quis non in
cognoscere, sed in ꝗ est esse, aut
aliquo modo se habere ipsum ꝗ
approbant, sumat, (vt si hic est
pater, est aūt tuus,) nā tametsi in
quibusdam id verū est, & cūtin
git idem cognoscere, & ignorare, tamē hic nihil cōmune habet

Insufficiens solutio.

ꝗ dictum est. Nihil autē ꝓhibet
eandē orationem plures vitiosi-
tates habere, sed nō omnis pecca
ti manifestatio, solutio est. Nam
possibile est ostēdere quēpiam,
ꝗ falsum quidem syllogizauit,
ꝓpter ꝗ aut non ostendere, (vt
Zenonis orationē ꝗ non est mo
ueri,) quare, & si quis coneꝛ colligere, vt ad impossibile, peccat:
& si millies syllogizet: nō enim
est hæc solutio, nam erat solutio
manifestatio syllogismi falsi, ꝓꝑ

qd' falsumsi igiꝛ nō syllogizauit,
quāuis aut verū, aut falsum co-
net colligere, illius manifestario,
solutio est. Fortasse aūt, & id in
qbusdam nihil prohibet accide
re, verū in his, nec hoc videbiꝛ;
nā & Coriscū q, Corisc⁹, cogno
scit, & venietē, qd' veniens. Cōtingere aūt idem cognoscere, &
non, vt ꝗ albū qdē cognoscere,
ꝗ aūt musicum, nō cognoscere
sic enim idē cognoscit & nō co
gnoscit, sed nō ſm idem, venien
tē aūt & Coriscum, & ꝗ veniēs,
& quod Coriscus, cognoscit. Similiter autem peccant, & qui so
luunt, quoniā omnis numerus
paucus, vt ijs quos diximus: vt
pote qui cū nō cōclusum est, id
omittētes, verū cōclusum esse di
cūt, omnia enim esse, & multū,
& paucū dicētes, peccant. Qui
dā aūt, & duplici soluunt syllogismos, vt qn̄ tuꝰ est pater, aut
filius, aut seruus. Attamen mani
festū, qn̄ si eo quod multipliciter dicitur, apparet redargutio,
oportet nomen vel orationem
proprie esse plurium: hunc autē
esse huius filiū, nemo dicit proprie, si dominus est filij, sed ꝓꝑ
accidēs cōpositio est, (putasne
est hoc tuū: sic. est aūt hoc filius:
tuus igitur filius,) qa accidit esse
et tuū, & filiū, sed nō tuum filiū.
Et esse aliquid malorum bonū,
nā prudēria est disciplina malorū. Hoc aūt horum esse non dici
tur multipliciter, sed possessioꝛ
quidem fortasse multipliciter:
nā, & hominem animaliū dici-

ᵗᵍ mus esse, sed nõ possessionē, & si
quid ad mala dicitur, vt aliquo-
rũ: ꝑꝑ id maloriã est, sed nõ hoc
malorum: propter id igitur qã
aliquo modo, etiam simplr apparet, quahꝙ contingit fortasse
bonũ esse aliquid malorum dupliciter, non tamen in oratione
hac, sed magis, si quod mãcipiũ,
sit bonũ mali: fortasse aũt neꝙ
sic, nõ enim si bonũ est, et huius,
bonũ huius simul: verum neꝙ
hominē dicere animaliũ esse, di
cit multipliciter: nõ. n. si aliquid
significamus auferentes, id dicit
multipliciter: nam & dimidiũ
dicentes versus da mihi, Ilida significamus: vt, iram pande dea.

De fallacia accidentis, falsaque responsione ad illam. Cap. 4.

Contradictiones vero, quæ fiunt rebⁱ sophisticis, sunt, quia
contradictio cuiusꝗ, ꝗ est frn accidens, est vna eadē cõtradictio in se,
ꝗ é ex essentia ciⁱ, ꝗ est frn accidés,
hoc est, ꝗ sciat ꝗ hoc uõ sit illis sem
per, neꝗ omnibus, qñ ꝗ est frn accidés inuenit rei auctã minori tem
pore, aut in pauciori subiecto, aut in
pauco vtriusꝗ. Cõtradictio aũt pro
pria istius loci est, qñ dicitur, ꝗ hoc
sit res, ꝗ accidit, & nõ sit necessario,
hoc aũt est manifestũ, qñ aduerte-
mus ad elēchos, qui sunt frn accidés,
sicut est corũ dictũ, tu talis ignoras,
ꝗ intēdo te interrogare, qñ aũt in-
terrogauero te ipsum, tu noueris illud, ergo tu ignoraueris & noueris
illud simul: & sicut est dictũ nostrũ,
tu talis cognoscis Socratē, & nõ cognoscis ꝗ ipse ingrediat domũ, &
hic ingrediens est Socrates, itaꝗ tu

cognoscis ingrediēs, & nõ cognoscis ipsum simul: & sicut est dictũm
nostrũ, hic est pater, & est tuus, ergo
est pater tuus. Aliud exēplũ est ex famosis, & est, ꝗ omnis numerus est
multus, qa numerⁱ est multitudo ꝗ-
dã, & omnis numerus, ꝗ est pauciot
alio, é paucⁱ, sicꝗ omnis numerus é
multⁱ & paucus simul. Oēs isti elenchi soluunt, qñ dicit, ꝗ hæc dispositio acciderit, & ꝗ non sit necessaria,
& ꝗ acciderit huic Socrati, ꝗ inter-
rogaueris de eo, & ignoras ipsum ex
parte qua interrogasti de eo, sed nõ
ignoras ipsũ ex pte qua é Socrates,
neꝗ eé interrogatũ de eo est semp,
neꝗ necessariũ, & sic accidit Socrati si ingrediat domũ, ꝗ ego cogno-
scã ipsum ꝗ sit Socrates, & ignorem
de eo dispositionē, ꝗ accidit ei: sicꝗ
est ipsum ingredi domũ, & sic et est
rñsio latētis ꝗ sciamus & nesciamꝰ
ipsum. Quidã vir aũt (ꝑ quē puto in
nuere Platonē) é ꝗ cõtradixit his elē-
chis ex eo, ꝗ dixit, ꝗ nõ sit impossibile ꝗ sciã vnã rē ex quadã parte, &
ignorē ex aliã pte. Sed hãc cõtradi-
ctionē impedit breuitas pluribⁱ modis, quorũ vnⁱ est, qa impossibile est
ꝗ fiat cõtradictionis cuiⁱꝗ, ꝗ é frn
accidés, sicut é sermo dicēs ptedés,
hic é tuⁱ, & hic é pater, ergo é tuⁱ pater, & nõ é tuⁱ, qñ cõtradictio huiⁱ
é, ꝗ dixit, ꝗ accidit tibi, ꝗ ille, ꝗ é
tuⁱ, sit pf, & nõ é ex pte, ꝗ é tuⁱ, cõtra
dictio aũt op, ꝗ sit vⁱis & continés
totã falsitatē inuctã in ꝑmissa falsa, & hoc, quia iã inueniũt in vna eadē ꝑmissa diuersi modi falsitatis, &
oportet vt cõtradictio sit contradictio, ꝗ diuidat oēs modos, ꝗ sunt cõclusionis falsæ. Præterea ꝗ cõtradicit
syllo ducēti ad impossibile litigioso,
qñ sciuerit ꝗclonē, ꝗ putauit arguēs
quod

A ꝙ ſit impoſſibilis, eſſe poſſibilem, de
ſtruxit, ꝙ illa ſit ars ſyllogiſmi elenchi, qñ elenchus, quem intenderat,
nõ perficit, & hoc, quia quilibet, qui
cõpoſuerit ſyllogiſmũ ad declaran-
dũ per ipſum aliquã rem ducendo
ad impoſſibile, & cõcluſerit conclu
ſionem poſſibilē nõ impoſſibilē, nõ
declararet aliquam rem, licet cõpo-
ſuiſſet mille ſyllos hui⁹ diſpoſitiõis,
ſed qñ nõ declararet hõ ex ſyllo falſo, niſi hanc menſurã, nõ declararet
rē à falſo, ꝙ eſt in ea, neꝗ accidens
eius, neꝗ cõſtruendo, neꝗ deſtruen
do. Fortaſſe aũt ipſum ponere cõclu
B ſionē poſſibilē facit putare, ꝙ ipſe re
ceperit illas ꝑmiſſas veras, qñ iam
eſtimat, ꝙ illod, ex cuius poſitione
nõ ſequit ſaltum, ipſum ē verũ, ſed
nõ eſt via ad deſtruédũ ꝑmiſſas falſas per ſyllogiſmos docentes ad impoſſibile, qui oppugnãt, hoc eſt, qui
cõcludunt cõtradictoriũ eius, ꝙ poſitũ eſt, niſi recipiendo, ꝙ concluſio
ſit falſa. Exẽpli gratia, quia qui contradixit ſermoni Zenonis in deſtru
étione motus, q dicit, ꝙ ſi motus eēt
ens, oportet, ꝙ mobile tranſiret ante
cõplementũ per ſtus eius mediũ, &
ante illud mediũ, mediũ illius eñã, et
C ex quo media, ꝙ ſunt in vno ꝓceſſu
ſunt infinita, ſeꝗtur, ꝙ mobilia tran
ſirent itinera infinita tẽpore infinita, hoc aũt eſt repugnans impoſſibile: ſeꝗ, ergo motⁱ nõ eſt ens. Si aũt
diceret cõtradicẽs, ꝙ iſtud cõſequẽs
nõ ſit impoſſibile omnibus modis,
eⁱ aũt impoſſibilitas eſt, ſi poſuiſſe
mus, ꝙ tranſiret eo tẽporibus finitis,
nõ aũt impoſſibile ſi poneremus,
ꝙ trãſiret eo tẽporib⁹ infinitis, qñ di
ſpoſitio tẽporis, & progreſſus ē vna
ſm id, ꝙ ſequitur ex hoc. Iſte itaque
contradixit huic ſyllogiſmo ſecũdũ

hunc modum, ſicut iam deſtruxerit D
ſyllogiſmũ, qui conatus eſt deſtruere motũ, tamē nõ accidit per declarationē falſi, ꝙ eſt in eius ꝑmiſſis, Ille vero cõtradixit huic elencho ſo-
phiſtico ex eo, ꝙ dixit, ꝙ mobile nõ
tranſit ante cõplemẽtũ ſpatij ſpatia
multa, ſed trãſit vnicũ ſpatiũ vnico
tẽpore: oportuiſſet aũt, ꝙ tranſiret
multa ſpatia, ſi vnus motus eēt cõ-
poſitus ex pluribus motib⁹ in actu,
& ſic vnũ ſpatiũ ex ſpatijs, iã itaque
cõtradixiſſet falſo ꝑmiſſarũ: & ideo
diceremus, ꝙ illa cõtradictio ſit ſm
orationem, hæc aũt ſm ipſammet
rem. Præterea, quia hæc cõtradictio E
iã debilitaſ etiam ſm artem Topicẽ,
quoniam non eſt famoſum, ꝙ dicatur, quòd vna eadem res ſit aliquo
modo vera, & aliquo modo falſa,
aut nota ſm qd, & ignota ſm quid.
Sed cõtradictio famoſa in talibus ra
b⁹ eſt, quòd dicatur, ꝙ notum ſit id,
quod nõ eſt ignoratum, qm ſi Socrates eſſet qui ingreſſus fuit domũ,
an ille de quo fuit interrogatum,
oportuit, ꝙ Socrates ſit ingreſſus do
mũ neceſſario, quatenus Socrates ꝑ
ſeuerauerit eſſe, & ſic quatenus ꝑſe
uerauerit ille, de quo eſt interrogatũ, & ſit vous Socrates, qui eſt, & in F
greſſus eſt domũ, aut de quo eſt interrogatio: ſicꝗ, ergo, ꝙ notũ eſt de
Socrate apud vulg⁹ ē Socratē, qñ no
tⁱ eſt ꝑ ſe, & ignotus eſt ꝑ accidēs: qa
qui nouerit, ꝙ hic ſit alb⁹, & ignora
uerit, ꝙ ipſe ſit muſicus, iã cognouiſ
ſet aliꝗ rē, & ignoraſſet rē aliã. De
cõtradictione aũt elẽchi, quo ſeꝗ,
ꝙ numer⁹ ſit mult⁹, & pauc⁹ ſimul,
qñ receperit falſum, ꝙ eſt in eo dici
mus, ꝙ iã poſſibile eſt, ꝙ ſit mult⁹ in
cõparatione, ad ꝙ eſt vltra ipſum. in
fra ipſum, & pauc⁹ ĩ cõparatione, ad

G qd' est vltra ipsum. Iā itaq; contigit
ei talis breuitas, qualē diximus, sed
ei° cōtradictio perfecta est, q dicaf
ei, q nō omnis numerus sit multus,
quoniam binarius est numerus, &
non est multus.

Quidam hominū aūt est, qui vi
sus est etiam sibi, q contradicamus
elencho famoso, in quo dicaf, q hic
sit pater, & est tuus, sicque est pater
tuus, & nō est pater tuus, est quidem
seruus tuus, pp æquiuocationē, quæ
est dictionis tuus, qm significat pos
sessionē, & significat nō possessionē:
& sicut est sermo dicētis, ille est ser
H uus, & est tuus, sicq; est seruus tuus.
Et nō sicut putāt q dā, qa nemo pu
taret de dictione tuus, qn cōiūxerit
eā ad filiū, aut ad patrē, q illa pdicef
dr possessione, & ideo nō est hic ista
fallacia, nisi qa accidit huic, qui est
tuus, q sit ita: sicq; etiā est dispositio
serui, qa nemo cōiungeret ei dictio
nē tuus, & putaret res q nō sit posses
sessio: sicq; nō est deceptio hui°, ni si
qa est ei per accidens, & est q accide
ret ei, q est filius tuus, q sit seruus. Et
ex hoc est, q omnis scientia est bo
na, & q dā scientiæ malorū sunt ma
læ, q dā ergo scientiæ sunt itaq; quid
I bonū, & non bonū, qm iā putaf, q
fallacia huius prouenerit pp æqui
uocationē, quæ est genitiui, qm qua
tenus attribuim° genitiuū malis, &
ad æquiuocationē, q est, ac si dixeri
mus, q hō sit aialis, nemo intellige
ret ex hoc attributo, nisi vnā rē solū,
sed fallacia accūs huic est ppter eas,
qa potauerat, q id, q acciderit ma
lo, sit malū simplr, & non est ita. Id
aūt est malū ex parte q accidit ei, q
sit notitia mali, non quód illud sit
malum, immo est notitia.

De vera ra
sponsione
Quando aūt supposita fuerit res

vera simplr, ex parte quaest in vno K
pdicamēto ipsorū prædicamētorū,
aut substātiæ, aut quātitatis, aut qua
litatis, aut relationis, nō accidit ei, q
putaf de eo, q iā secutū sit ab eo suū
cōtradictoriū, sicut putaf, q sequaf
hoc ex aliquibus rebus. Res autē, ex
quarū positione putaf, q accidat cō
tradictoriū illius rei, q posita fuerat,
sunt q inueniuf cōpositæ ex diuer
sis pdicamētis, & vniuersaliter ex ge
neribus diuersis: verumtamē, qn ac
ciperef res, ex parte qua est cōposita
cū aliquo genere, & sequitur ab illa
eius contradictoriū, ex parte qua est
simplex, iā nō seq eius cōtradictio L
riū fm veritatē, sed putaf, q sit cōtra
dictoriū: & ideo sit hæc cōtradictio,
qn apparet hæc res, q cōponif secū,
adeo, q putaref, q ex eius positione
sequaf eius ablatio, & ex ei affirma
tione sequif eius negatio. Et omnes,
fallaciæ, q cōstruunf fm hunc locū
qn cōsiderant, apparet, q hæc sit ea
rū causa, sicut qn dicif vidistin ami
cē nōne est impossibile, q sit ens ex
nō ente: qn itaq; dixerit, q sic dicere
tur ei, nōne hic equus est ens ex nō
ente equo: sicq; ergo est ens ex non
ente, & ex ēte simul: & hoc, quia ens
in primo sermone accipif simplex, M
& in secūdo cōplexū, & cōclusit cōn
tradictoriū simplex. Et nō ē impos
sibile enti simplici, q sit nō ens cōpo
situ: hoc est, q ens simplr sit nō ens
equo°. Et sic ē fallacia, qua dicif, non
quid q hō iuret verū, est bonū, & q
iuret falsum, est turpe. Sicq; ergo q
iuret ē bonū & turpe simul: & hoc,
quia iuramētū nō accipif in duob°
sermonib° simplex, sed accipif com
plexū cū attributione rerū cōtraria
rū, & putaf, q sit cōtrariū, & si acci
peref, q iuref simplex Latēs in duo
bus

A bus locis, esset falsum, cp puret de eo, cp accadat ex eius positione eius ab latio. Et huius generis est, qñ dicit, vidistin sanitate? nõne e bona, mali aũt est mala? sicq; e bona, & mala simul. Et sicut, qñ dicit, nõne diuitie eius, qui vtit opib' sunt bonæ? malorũ aũt sunt malæ? sicq; diuitiæ sunt bonæ & malæ simul. Et alij elenchi, quib' vtit Arist. in hoc cap. ofs ingrediunt hoc genus. Et huius causa est hæc eadé cã, & mod' eorũ cõtradictionis est ilte idé modus: hoc est, cp consideremus dispõné pmissarũ in se, & dispõné earũ cũ conclone, & cognoscamus dispõné, qua differũt, postq ipolt est, cp sequat ex aliqua re ei' cõtradictoriũ, & nõ putaretur hoc de ea, qñ acciperet simplex, sed qñ accipet cõplexa, sicut diximus.

De solutione sex vltimarum locorum extra dictionem. Cap. 5.

EAs vero q sunt pp id, cp pcipue, illud aũt, vel qua, vel vbi, vel aliquo modo, vel ad aliquid dicit, & nõ simpliciter soluedũ est, cõsiderãdo cõclusioné ad cõtradictioné, si contingit horũ aliquid passas esse. Nã cõtraria, & opposita, & affirmatione, & negationé simplt q dé impossibile inesse eidé, qua aũt vtrũq, vel ad aliquid, vel aliquo modo, vel hoc qdé qua, illũ aũt simplt nihil prohibet, quare si hoc qdé simplt, illud aũt qua, nõdum est redargutio. Hoc aũt in cõclusione cõsiderãdũ, ad cõtradictioné. Sunt autem huiusmodi orationes omnes id habentes: putasne cõtingit cp nõ est efferat tamé nõ est aliqd id, cp non est. Similiter aũt, et cp est nõ erit nã, nõ erit aliquid cũ sunt. Nunquid contingit eundé simul bene iurare, & peierare? Nunquid possibile est simul eidé, suadere et dissuadere? An necp esse quid, & esse idécp aũt nõ est, nõ sstest quid, etiã est simplt. Necp si bene iurat id quidem, & qua, neces se est & bene iurare: nã qui iurat se peieraturũ, bene iurat peierãs hoc solũ, at non bene iurat. Necp qui dissuadet, suadet, sed sm qd suadet. Similis aũt ratio est, & de eo, cp est mentiri eundem simul, & verũ dicere, sed propter id, quo non est facile inspicere, vtrũ quis assignet simplt veracem esse, vel médacé, disficile apparet. Prohibet aũt eundé nihil simplt quidem esse mendacem, qua aũt veracem, vel alicuius eé veracem autem non, silt aũt, & in ad aliquid, & vbi, & qñ: omnes enim huiusmodi orationes pp id accidunt. Putasne sanitas, vel diuitiæ bonum? attamé insipienti, & non recte vtenti nõ bonum: ergo bonum, & non bonum. Est ne sanum esse, vel potestatem habere in ciuitate bonũ? verumtamé est qñq non bonũ: idem igitur eidem bonum, et nõ bonũ. An nihil prohibet cp simpliciter est bonum, huic nõ esse bonum: aut huic quidem bonũ, at non nunc, vel non hoc in loco bonum. Putasne, quod nõ vult sapiés, malum? amittere autem non vult bonum, malum igitur bonum. Non enim idem est di-

[marginal note: Captiones inexplicabiles quæ & vane proniciæ.]

G cere malum est bonū, & amittere bonū. Similiter autē, & quæ
de fure est oratio, nō enim si ma
lū est fur, etiā capere est malū, er
go vult malū, sed potius bonū:
nā capere bonū est. Et ægritudo
malū est, sed nō amittere ægritu
dinē mali. Putasne iustū iniu-
sto, & .ꝗ iuste eo ꝗ iniuste magis eli gēdū est ? sed mori iniuste
magis est eligendum. Putasne
iustū est sua habere quenꝗ́quę
aūt aliquis adiuidicabit ſm opi
nionem suā & si sit falsa, sua sunt
H ex lege, idem igitur iustū & iniu
stum. Et verum oportet iudica-
re eū, qui iusta dicit, an qui iniu
starat vero eum, qui iniuriā passus est, iustū est abunde dicere, ꝗ
passus est, ãa asit erāt iniusta. Nō
enim etsi pati aliquid iniuste eli
gēdū, id ꝗ est iniuste eligibilius,
ꝗ ꝗ iuste, sed simplr quidem ꝗ
iustehoc aūt nihil prohibet si in
iuste, an iuste & habere sua quē
ꝗ iustum, aliena aūt non iustū.
Iudicium vero hoc iustum esse
nihil prohibet, vt ꝗ sit ſm opi
I nionem iudicantis : non enim si
iustum est hoc modo vel huic,
& simplr iustum est. Similiter
autē, & quæ iniusta sunt, nihil
prohibet dicere ea iustū esse : nō
enim si dicere iustū est, necesse
est iusta esse, sicut nec si est vtile
dicere vtilia : similiter aūt & in
iniustis, quare non si quæ dicun
tur iniusta, qui dicit iniusta con
vincitur : dicit enim quæ dicere
est iusta, simpliciter autem & ꝗ
pati iniusta. Lis autem, quæ ꝓꝓ

definitionem fiunt redargutio- **K**
nes, quemadmodū dictum est
prius, obsistendum considerantibus conclusionem ad contradi
ctionem, vt si idem, & ſm idem,
& ad idem, & similiter, & in eodem tempore. Si vero in principio interroget, non confitendū,
(quoniam impossibile est idem
esse & duplum, & nō duplum,)
sed dicendum, nō sic vt sorte sit
redarguere cōfitentem. Sunt au
tē omnes hæ orationes propter
hoc. Putas qui nouit, ꝗꝗ quod
quamꝗ cognouit rem : & qui **L**
ignorat similiter? cognoscens au
tem quis Coriscū ꝗ Coriscus,
ignorabit ꝗ musicus, quare idē
cognoscit, & ignorat. Putasné
quadricubitū tricubito maius'
fieri enim pōt ex tricubito quadricubitū ſm lōgitudinem : ma
ius aūt minore maius, idem igitur eodem ſm idē maius, & minus. Illa vero, quæ fiunt propter
id, quod petunt, atque sumunt
ꝗ in principio, si interrogāti q-
dem manifestum sit, nō dandū,
neque si probabile sit dicentem **M**
esse veracem : si autem lateant,
ignorantiam ob vitiositatem ea
lium orationū ad interrogantē
retorquendū, tāquam nō redar
guēt ē: nā, redargutio sine eo est,
ꝗ in principio : deinde datum
est, non vt eo vteretur, sed vt ad
illud colligeret cōtrarium, vt in
nō semotis redargutionibus. Et
eas, quæ propter consequēs sunt
coniectātes, in ipsa oratione mō
strādū est aūt duplex sequentiū
con-

A cōſequentia, aut enim vt particulare ſequitur vniuerſale, vt hominem animal, (poſtulant enim ſi hoc cum illo, & illud eſſe cum hoc,) aut ſm oppoſitiones: nā ſi huic eſt illud cōſequēs, & oppoſito oppoſitum: pp ꝗ, & Meliſſi oratio:nā, ſi genitū ē, habet principium:ingenitū poſtulat nō habere principium, quare ſi ingenitū eſt cœlum, & infinitum, id autem non eſt, è conuerſo enim cōſequentia. Quæcunꝙ autem pp id, quod addicur aliquid colligunt, conſiderandū ſi (eo ſublato) accidit nihil minus impoſſibile:deinde id manifeſtādū, et dicendū ꝙ dedit non tanquā videretur, ſed vt ad orationē, quo vero vſus eſt, nihil ad orationē. Ad eas autem, quæ plures interrogationes vnā faciunt, ſtatim in principio determinandū eſt. Nā interrogatio vna eſt, ad quā vna rñſio eſt, quare neque plura de vno, neꝙ vnū de pluribus, ſed vnū de vno affirmandū vel negādū. Sicut aũt in æquiuocis qñ ꝙ quidem ambobus, qñꝙ neutri ineſt, quare cum nō ſimplex eſt interrogatio, ſimplʳ rñdentibus nihil accidit pati, ſimiliter et in his, qñ igitur plura vni, vel vnū pluribus ineſt, vel nō ineſt, ſimplʳ dātī, & hoc peccato peccanti nihil contrarium accidit. Qñꝙ autem huic quidem ineſt, illi autem non, aut plura de pluribus, & eſt, vt inſint ambobus, eſt autem, vt nō inſint rurſum, quare id cauendum. Vt in his

orationinus, ſi hōcquidē eſt bonū, illud aũt malum, ꝙ verū eſt dicere, qm̄ hęc bonū, & malum: & rurſum, neque bonum, neꝙ malū, nō enim ineſt vtriꝙ vtriꝙ, quare idem bonū & malū, & neꝙ bonū, neꝙ malū. Et ſi vnūquodꝙ ipſum ſibi idem eſt, & alñs diuerſum, qm̄ nō alñs eadē ſed ſibi, & diuerſa eiſdē, ipſa ſibimet diuerſa & eadē. Amplius, ſi bonū quidē malū ſit, malū auē bonū, duo vtiꝙ fient. Et duorū & inæqualium vtriꝙ ipſum ſibi eſſe æquale, quare æqualia, et inæqualia ipſa ſibi. Incidunt autem hæ orationes, & in alias ſolutiones, nā ambo, & omnia, plura ſignificant, nō igitur idem pͤter nomen accidit affirmare, & negare:id aſt non erat redargutio, ſed manifeſtum, qm̄ ſi non vna interrogatio plures fiāt, ſed vnum de vno affirmet, aut neget, id non erit impoſſibile.

Sermo de Cautela ad ſecundum quid, & ſimpliciter, ſeu ad ſecundum accidens, & neceſſariū. Cap. 5.

COnuenit autem rñdenti, ꝙ aduertat ſermonem redarguentis, qui accidit propter omiſſionem conditionis ipſius cōtradictorij. Et primo quidē, an iſte ſermo inferat cōtradictoriam poſitionis, necne? & ſi nō inferat aduertēdū, an medius terminus accipiatur in duabus præmiſſis ſecundum vnam diſpoſitionē, aut ſm duas diſpoſitiones diuerſas, & an extremitas maior & minor ſint eædem in concluſione ſecundum vnā diſpoſitionē, aut differant

De cautela ad duas interrogationes ſimul poſitas.

De cautela ad vnam interrogationem de vno aggregato, aut de pluribus.

G ſin aliquã diſpoſitionem : quia, qñ obſeruarenſiltæ res, non fierét elenchus ex hoc capitulo, & qñ interrogaremus de aliqua re bis, an ſit ita, aut non ſit ita, non reciperetur illud ſimpl'r, ſed diceret, eſt ita ex tali parte, & non eſt ita ex tali parte. ſicut ſi interrogaret, an binarius ſit duplus, aut non duplus, & diceret ɋ ſit duplus talis, aut nõ duplus talis. Et fallacix, ɋ ſunt huius capituli, ſunt ; ſicut ſermones dicentis, nonne qui addiſcit rẽ nõ ignorat eã ? & qui ignorat

H rẽ neſcit eã? & ſi rñderet ſic, tũc diceretur, tu ſcis Socratem , ɋ ſit Socrates, & neſcis, ɋ ſit muſicus, tu itaɋ cognoſcis ipſum , & ignoras eũ ſimul.

Et plurimũ cõuenit cauere in interrogationibus, qñ cõiungerentur duæ interrogationes iu vnã interrogationé, ɋ non rñdeatur ad eas ſm duas diſpoſitiones oppoſitas, qñ eſt in illis rebus, de quibus interrogaremus, ac ſi eſſet vna res: ſicut ſi interrogaret de duobus hominibus, quorũ vn' eſſet iuſtus, & alter iniuſtus, & diceret ɋ ſpiã, ɋ ſunt iuſtus & iniquus, ɋ ſi hoc etiã verificat de aggre-

I gato eotũ: qñ, qñ reſpõſio eſſet ira, tũc eſt ſophiſtarũ locus pluriũ fallaciarũ: & hoc, ɋa ipſi diceret, ſi vtriɋ eſſet iuſtus & iniquus, ipſemet iuſt' eſſet iniquus, & iniqu' iuſtus, aut iniquus nõ iniquus, & iuſt' nõ iuſtus.

Et non euaderemus ab hac fallacia, ſi ferrem' dictioné aggregati ſi eſſet vniuerſitas, & dictioné duorũ, ſi duo, & ideo nõ cõuenit, ɋ ſit rñſio in talib' rebus p oppoſita, licet eſſet vera, ɋa aperiret litigãtibus ianuam magnã, licet manifeſtũ ſit, ɋ nõ accidat talis rñſio ſm veritatẽ, quia ɋ verificatur de aggregato, non verificatur de vnoquoque eorum.

Dilutiones negationis, et ſolœciſmi. Cap. 6.

Locus negationis.

IN illis autẽ, ɋ deducunt ad idem frequenter dicere, manifeſtũ ɋ non dandũ eorũ ɋ ad aliquid dicunt, ſignificare aliquid ſeparatas p ſe pdicationes, vt duplum, ſine eo ɋ eſt dimidõ quid ineſſe apparet: nã & decem in deficientibus vno ad decẽ, & facere in nõ facere, & omnino in negatione affirmatio, nõ tamẽ ſi quis dicat hoc nõ eſſe albũ, dicit ide album eſſe : duplum autem neɋ ſignificat aliquid ſortaſſe, quemadmodũ, neɋ ɋ in dimidio, ɋ ſi forte ſignificat, attamẽ non idẽ, & coniunctũ, neɋ ſciẽtia in ſpecie, vt ſi eſt medicina ſciẽtia, ipſum ɋ commune, illud autem erat ſcientia ſcibilis. In hs aũt, quæ per ſe oſtendunt prædicaris, id dicẽdũ, ɋ nõ idem eſt ſeorſum, & in oratione ɋ oſtenditur: nã cauum communiter quidẽ idẽ ſignificat in ſimo, & curuo, additũ aũt, nihil prohibet hoc quidẽ naſo, illud aũt cruri ſignificare, & nihil differt dicere, naſus ſimus, & naſus cauus. Amplius, non danda eſt dictio ſecũdum rectum, falſum enim eſt, nam nõ eſt ſimum naſus cauus, ſed naſi hoc vt paſſio, quare nihil eſt abſonum, ſi naſus ſimus, eſt naſus habẽs cauitatẽ naſi. De ſolœciſmis aũt pp qd apparẽt accidere, diximᵘ prius, quo modo autem ſoluendũ, in ipſis orationibus erit manifeſtum. Omnes eaſ huiuſmodi volũt cõſtruere.

Locus ſolœciſmi.

Putas quod dicis quippiã vere esse, & est illud vere: dicis autem quippiã lapidē esse, est igit quippiam lapidē. An dicere lapidem non est dicere quod, sed quē, nõ hoc, sed hunc: si igitur dicat aliquis, putas quem vere dicis est istũ: nõ vī Romane loqui. quēadmodũ neqs si dicat, putas quã dicis esse, est iste: lignum autem dicere iste, vel quæcũqs neqs masculinum, neqs fœmininũ significant, nihil refert: quare & non sit solœcismus, si quod dicis esse, est istud: lignum autē dicis esse, est igitur lignum istud: lapis aũt & iste, masculini habent declinationem. Quod si quis dicat, putasne iste, illa est: deīde rursum, qd aũt nõne iste est Coriscus? ita dicat. est igit illa, non collegit solœcismũ, si Coriscus etiã nõ significet idem quod illa: non dat aũt qui respondet, sed oportet hoc præinterrogare, si autē neqs est, neqs dat, non colligit, neqs in eo quod est esse aliquid, neqs ad eũ qui interrogatus est. Similiter igit oportet, & illic lapidē significare iste, si aũt neqs est, neqs datur, non dicenda conclusio: appa ret aũt eo qd dissimilis casus nominis, similis appareat. Putasne verum est dicere, qm ista est id, quod esse ais eã: esse aũt ais aspidem, est igitur ista aspidem. An nõ necesse est, si non ista, aspidē significat, sed aspis, aspidē autē istam, neqs si quē dicis esse istũ est iste: dicis aũt istum, esse Cleonem: est igitur iste Cleonem, nõ

enim est iste Cleonē, dictũ est enim, qm quē dico istum esse, est iste non istũ, neqs enim Romane dicī, quo pacto interrogatio dicta. Putas, istud scis: istud aũt est lapis, scis igit lapis. An non idē significat istud in eo, quod est putas istud scis, & in hoc, istud aũt lapis: sed in primo quidem hũc, in posteriore aũt hic. Putasne cuius scientiã habes, scis illud: scientiam aũt habes lapidis, scis igit lapidis. An huius quidem lapidis, dicis, hunc aũt lapidenī datum est aũt cuius scientiã habes illud scis, nõ illius, sed illud, quare non lapidis, sed lapidem. Quõd igit hmõi orationes non colligunt solœcismum, sed apparent, & propter quid apparent, & quõ est obsistendũ illis, est manifestum ex ñs quē dicta sunt.

Sermo de Nugatione, & eius Solutione & Cautela ab ea. Cap. 6.

Vando aũt intertogans interrogaret de loco, qui conducit respõdentem in nugationē est, sicut diximus, fm duo loca, quorum vous est in notificatioue rerũ, quæ sunt relationis, & secũdus est in definitione rerũ, in quaų definitionibus accipiunt sua substantia: cõuenit itaqs, respondenti, qñ interrogat de reb' relatiuis, & coegerit ipsum in terrogãs in nugationē, qs declaret, qs impole sit, qs hoc notificet substãtiam vnius earum, nisi qñ acciperet in ea substantia alterius, qñ notificaretur ex parte qua sunt relatiua, non ex parte qua sunt in alio pdicamento: exempli gratia, quia non scirent duplum, inquantom est duplũ, nisi

per

G per scientiã medij. Iam aũt, ꝗ notificet p suã substantiã nõ esse ex parte
qua est relationis, sed ex parte qua é
quãtitatis, sicut ꝗ sciret, ꝗ duplũ sit
binarius aur quaternarius, sed ꝗ sciret, ꝗ duplũ sit binarius vel quaternarius, nõ sciret relationẽ: & sic qui
sciret scienõã ex parte qua é alicuius
artis artiũ, ac si diceres sciam medicinæ, ipse quidẽ sciret ex parte qua est
capituli qualitatis, nõ capituli relationis: & si sciret ipm in caplo relationis, nõ sciret ipsum nisi p rem, ad
quã est, & ꝗ declaret vsr, ꝗ nõ accidat ex nugatione, inquantũ notifica-

H retur contradictoriũ nugationis: &
hoc, quia qui definiuit denarium,
ꝗ sit numerus qui componit ex vnitate, & vnitate, donec cõsumeret vnitates ꝗ sunt in eo, iã nugaret, & non
cõduceret falsum mendaciũ: & sic
definitiones affirmatiuæ nugant in
eé negatiuæ: & nõ prueniret ex hoc
Ipose: & hoc, quia negatio dicti nostri facere, est nõ facere, & illud é negatio sui pdicamẽti. Et qui riiderit
de re an sit alba, ꝗ non sit alba, iã nu-
gauit: sed nemo visus est sibi ꝗ tulerit impose, qñ autem coegerit respõdentem interrogationis ex definitio-

I nibus accidentiũ, quæ sunt in sua definitione in nugationẽ, sicut si interrogaretur quid est nasus aquilinus,
esset dria inter id, quod interrogauerit de eo, & inter id, quod responderet, & respõderet ꝗ sit nasus, in quo
non inuenitur cauitas, quæ est in reliquis naribus hominũ. Conuenit
itaꝗ, ꝗ declaremus ei, ꝗ eius interrogatio est, ꝗ cogeret ipsum I nuga-
tionem: & hoc, quia si interrogaret
quid est aquilinitas naris, esset rñsio,
ꝗ sit naris, & hoc est sua dria, ex quo
significaret ipsum nomen, postquã

hæc sui semita definitionẽ cũm nominibus, hoc est, ꝗ intelligat definí-
tio distincte, qd dederat intelligere
nomen cõfusum. Et dr̃, ꝗ, si interrogaret quid é naris aquilina, si respõderet, ꝗ sit naris curua, nõ esset dria
inter id, quod interrogaret de eo, &
inter quod responsum esset, & esset
fin gradũ eius qui permutauerit nomẽ noĩe, & ideo indiguisset distinguere dictionẽ curuitatis, quæ inuenitur in reliquis naribus hominum,
qñ eius est curuitas, quæ est cruriũ,
cui est nomẽ impositũ in idiomate
Arabico, qñ in hac interrogatione
non relinqueret aliqua res propria ei, L
nisi id, quod significat curuitas, propterea, quia cũ hoc, ꝗ sit res necessaria fin istam interrogationẽ, nõ est
hic nugatio, postꝗ esset ei dubiũ significatũ istius curuitatis quid sit, &
postꝗ fuit varium fin mẽbra, in quibus est: & non est ei impossibile. Impossibile aũt esset si intelligeret hic
curuitas, quæ est in cruribus.

De solutio-
ne.

  Sermones aũt latentes sunt, quorum intellectũ est impose, & illa est
vna rerũ, in quas ferret sophista: ex
quo aũt locus qui attribuit suis idiomatibus nõ est cõis, nobis & illis fuit M
ét, quod dixit in quibusdam illorũ
locorum propriũ suis idiomatibus,
aut non obe nobis & illis. Nobis aũt
conuenit, ꝗ consideremus hoc gen'
in idiomate Arabum, & si inuenit,
consideremus, an habeat locum, ex
quo procedant istæ res nec ne, & an
sit solertiẽ in sua cõtradictione. Abumazar aũt visus est sibi, ꝗ hoc gen'
eloquij est, quod appellatur Arabice
haya, & ꝗ iã accidat ex defectu orationis, sicut nugatio accidit ex super-
fluo orationis. Conuenit autem, ꝗ
perscrutet torñ hoc, & sciamus quid

      sit

sit haya fm veritatem, & quid sit fm estimatioē, & ex quibus locis proueniat talis dispō in idiomate Arabum, aut in idiomatibus singularū nationum, si esset hic talis fallacia cōmunis omnibus nationibus.

De oratione facili, difficili, & acuta. Cap. 7.

OPortet autē intelligere, qm omniū orationū aliæ quidē sunt faciles cōspici, aliæ aūt difficiliores, ppter id, qd & in aliquo subdole decipiūt audientē, cùm frequenter eædē illis existant: nā eandem orationem oportet vocare, q propter idem sit, eadem aūt oratio, alijs quidē propter dictionem, alijs aūt propter accidens, alijs vero propter aliud videbitur esse: quia vnum quodqz translatiuum nō sit est manifestum. Quemadmodū igitur in ñs, quæ sunt propter æquiuocationē, qui modus vt esse in eptisimus, captiosarū ratiocinationū: hæc quidē & quibuslibet sunt manifesta, (nam & orationes pene ridiculosæ sunt oēs propter dictionē: Vt vir ferebat currū I scalas, vbi venit seruᵘ, apud Cercanit Et Boreas purusne? nō certe. perdit enim par perem, & ementē. Et vtra boum ante pariet? neutra: sed retro ambæ. Putasne est Euarchus? nō certe, sed Apollonides: eodem aūt modo, & aliarū sere q plurimæ.)illa autem & peritisimos videntur latere. signum autem horum, qm contendunt sepe de nominibus, vt vtrū idem significent de om-

Boreas, purus dr, q sit scopa, & deuerri culū aeris, nubes purgans, coelumqz serenans.

nibus ens & vnū, an aliud: alijs enim videtur significare ens & vnū: alij aūt Zenonis orationē, & Parmenidis soluūt, eo q multipliciter dicāt vnū dici, & ens. Similiter aūt et propter accidēs, & aliorum singulum quodqz. aliæ quidē orationes erunt faciles videri, aliæ vero difficiliores. & sumere in quo genere, & vtrū redargutio, an non redargutio, non facile similiter in oibus est.

Est aūt acuta oratio, quæ dubitare facit maxime, mordet enim hæc maxime: dubitatio aūt est duplex, hæc quidē in syllogizantibus, quā eligat quis interrogationū, illa aūt in cōtentiose sultinentibus, qūo dicat quis proposiril. Quapropter in ñs, quæ syllogizant, acutiores orationes inquirere magis faciūt: est aūt ea, quæ syllogizat quidē, oratio acutissima, si ex qñ maxime apparētibus, qñ maxime probabile interimit: nam, cùm vna oratio sit transposita contradictione, oēs similiter habebit syllōs: semper enim ex probabilibus similiter pbabile interimet, aut cōstruet: quapropter dubitare necessariū est. Maximeigr talis acuta, quæ ex æquo conclusionē facit interrogationibus: secunda aūt, quæ ex omnibus similibus: hæc enim sit faciet dubitare, quæ interrogationum interimenda est, id aūtem difficile est: nam interimendum quidē, quid aūt interimendum, dubium. Contentiosarū autem acutissima, quæ primun statim.

G ſtatim dubia eſt vtrum ſyllogizat, an nõ, vel vtrum propter fal
ſum, an diuiſionẽ ſolutio: ſeciida
aũt aliarum, quæ maniſeſta qui
dem cp pp diuiſionem, vel inter
emptionẽ eſt:non tñ eſt explora
ta, per cuius interrogationũ in-
teremptionẽ, vel diuiſionem, ſol
uenda eſt, ſ. vtrum propter concluſionem, an propter aliquã interrogationũ id eſt. Quandocp
igitur non ſyllogizans oratio ſa
cilis eſt, ſi ſint valde inopinabilia, vel ſalſa quæ ſumuntur:qñcp
H aũt non digna deſpici: nam, qñ
deeſt aliqua talium interrogatio
num, de qua oratio, & propter
quã eſt:& qui nõ ſumit illam,&
colligit: inepta eſt ratiocinatio,
qñ aũt eorum, quæ extrinſecus
non deſpicienda vllo modo: ſed
oratio quidẽ iuſta, interrogans
autem non probe interrogauit.
Et eſt ſane ſoluendũ qñcp quidẽ
ad orationẽ, qñcp aũt ad interro
gantẽ,& interrogationem, qñcp
vero ad neutrũ horum: ſiſr & in
I terrogãdum & ſyllogizandum
eſt,& ad poſitionẽ,& ad reſpon
dentem, & ad tempus: quando
ſuerit pluris ẽmporis egens ſolutio, ǫ̃ præſentis tẽporis, (quo
diſputatur,)ad ſolutionem.

*Sermo de diuiſione ſophiſmatum per Solu
bile, & Inſolubile.   Cap. 7.*

S Ermonum aũt ſophiſticorũ qui
dam eſt, cuius notitia eſt difficilis, & qnidã eſt, cuius notitia eſt facilis, difficilis aũt eſt pp difficultatem
ipſiuſmet loci: & hoc, quia quidam
eorum eſt vehementis fallaciæ, qñ

in eo eſt reliquũ vnius ſpeciei ex ſpe K
ciebus rerũ ſophiſtarũ, ſicut, cp ſit ſo
phiſticus propter id, quod eſt ſecun
dum accidens, & pp æquiuocationẽ
nominis, & alias ſpecies locorum ſo
phiſticorum. Sermo autem ſophiſti
cus vehementis fallaciæ eſt ille, quo
non conſtaret nobis ſcito, cp falſum
ſit in eo, ſed venerit propter formã
ſyllogiſini, aut ex ambobus ſimjl,
deinde poſt hæc cum difficultate id,
de quo ſcimus, cp falſum eſt in eo, eſt
propter premiſſas eius, & non ſcitur
ex qua præmiſſa, neq; ſcitur in qua
præmiſſa ſit accidens.

Sermo aũt difficilis ſolutionis ex L
iſtis eſt, cuius præmiſſe ſunt famoſio
res concluſione: qñ ſermo, qui talis
ſuerit, multotiũs deſtruit famoſa, &
pluries eſt, de quibus latet ipſa diſpo
ſitio, quando fuerit interrogatio de
duobus extremis cõtradictorij, quorum neutrum eſt famoſius altero,
quoniam difficile erit nobis, quod
duorum extremorum reciperetur.

Sermo aũt facilis ſolutionis eſt,
qui ſit ex rebus non famoſis, aut ab-
ſurdis,& eſt ſermo qui non reciperẽ
tur à reſpondente.

Quando autem interrogaret re- M
ſpondens de præmiſſis famoſis, non
conuenit cp vilipendat interrogantem, licet non ordinauerit ei illas,
neq; cognoſcatur ſermo clare, & cogeretur quòd largiatur cõtradictio-
nem aliquando ſecundum orationem, & aliquando ſecundum profe-
rentem, cum notificet ei, quòd non
inueniatur interrogatio, quoniam
interrogatio aliquando ſit ſecundũ
ipſummet interrogantem, & aliquando ſit ſecundum reſpondentẽ,
& aliquando ſit ſecundum tempus
proprium.

*De quadã vñ caute-
la chd čia*

                    Epilogus

Liber

A   *Epilogus octo præcedentium, & duorum*
præsentium librorum.   Cap. 8.

EX quot igitur, & ex quibus
fiũt hæ, q̃ difputãt captiofæ
rõcinationes, & quomodo
ofsēdemua, falfum & inopinabi
lia dicere faciem⁹, amplius autē
ex quib⁹ accidit fyllꝰ, & qũo interrogandũ, & quis ordo interrogationũ, infuper aũt ad quid
funt vtiles hmõi oẽs orationes,
& de refpõfione fimplʳ omni, &
quomodo foluendũ eft oõones,
& fyllꝰa, dicta fint de oỹbꝰ à no-

B   bis hæc: reliquũ aũt eft de eo, q̃
à principio erat ꝓpofitũ, ad me-
moriã reuocãtes, quippiã de ea
re fub breuitate dicere, & finem
imponere dictis. Præmifim⁹ igi
tur, inueniēdi facultatē quandã
ratiocinatiuã de ꝓpofito ex hĩs, q̃
funt cꝰ probabilifsima : id enim
opus eft dialecticæ fm fe & ten-
tatiuæ. Quia aũt præinftruit cꝰs
ab ea ꝓꝓ fophifticæ vicinitatē,
vt non folũ experimentũ pofsit
fumere dialectico more, fed etiã

C   quaft fcientifico: ꝓꝓ id nõ folum
dictũ negotĩ officiũ pofuimus
orationē poffe fumere, fed et vt
orationē fuftinẽtes tuemur pofitionē pquàm probabilifsima
ftʳi modo: cãm aũt diximꝰ huiꝰ,
qa & ꝓꝓ id Socrates interrogabat, fed nõ refpõdebat: cũfitebaĩ
enim fe nõ fcire. Manifeftũ autē
eft in prioribꝰ ex quot, & ad q̃ĩ
id erit, & vnde idonei erimus ho
rum: adhuc aũt qũo interrogan
da, vel ordinãda q̃õ oĩa, & de re-
fponfionibꝰ, & folutionibꝰ quæ

In lib. To-
picoꝝ pri
ſeruit in
octauo.

funt ad fyllꝰbs: patefactũ eft aũt,   D
& de alĩs quæcũcꝗ huiufce difcĩ
plinæ funt orationes: ꝓter hꝗeau
tem, & de capriofis ratiocinatio-
nibus ꝓtractauimus quẽadmodum diximꝰ iã prius : cꝗ igiĩ na-
cta funt finẽ fufficieter ea, q̃ pro-
pofuimus, manifeftũ. Operꝝpre
cium aũt eft nos nõ latere quidnã accidit circa hoc negociũ : nã
corũ, quꝗ inueniunĩ omniũ, quꝗ
q̃dē ab alĩs fumpta funt prius,
elaborata paulatim incrementũ
fumũt ab illis, q̃ poftmodũ acci-

E   piũt : q̃ aũt ab initio cõperiunĩ,
paruum in primis fumere folent
incrementũ, attamẽ vtilius mul
to, eo (quod poftea ab alĩs fit) ac
cremẽto: maximũ enim fortaffe
principiũ omnium, vt dr̃, quare
& difficillimũ : quãto enim pote
ftate validifsimũ, tãto mole minimũ, difficillimũ eft videri : eo
aũt comperto, facile eft adĩcere,
coaptarecꝗ reliquũ. Quod & cir
ca rhetoricas oõnes accidit, pene aũt, & circa alias artes oẽs: nã
qui principia inuenere, oĩno ad

F   exiguũ quid ꝓduxerũt : qui aũt
nũc celebriores habeni, vẽdican
tes à multis, velut ex fucceffione
particulatim colligẽtes, fic auxe
runt. Tifias quidẽ poft priores,
Thrafymachus vero poft Tifiũ.

Theodorus autẽ poft hunc, &
multi multas coadunauere ꝑtes,
quapropter nihil mirũ, fi in am-
plum q̃dē creuerit ars. Huiusãt
negotĩ nõ hoc quidẽ erat explo
ratũ, illud aũt nõ erat, uerũ nihil
ipfius prorfus erat: nã corũ, qui
circa

G circa litigiofas oꝛones erãt mer-
cenarñ, ſiõs quidẽ doctrina, Gor
giæ negoꝛio: oraꝛiones enim hi
qdẽ rhetoricas, illi aũt interroga
ꝛiuas docebãt edifcere, in quas ſe
pius incidere folebãt alternarim
vtroꝛũꝗ adinuicẽ oꝛones: quapropter velox qdẽ, vtpote quæ
fine arte erat doctrina difcẽtib⁹
ab illis: nõ enim artẽ, fed quæ ab
arte funt dãtea, arbitrati funt loqui erudite, perinde, ac ſi ꝗs di-
fciplinã dicat ſe tradere, vt non
dolẽat pedes: deinde futoriã qdẽ
nũ doceat, neꝗ vnde pofsint cõ
parari talia, det aũt ꝗ plurima
genera omnimodoꝛũ calceoꝛũ,
hic, pꝛfecto profuit ad vfum, artẽ
aũt nõ tradidit. Et de rhetoricis
qdẽ erãt multa, & antiqua dicta:
de ſylñs aũt oſno nihil habuim⁹
prius aliud quicquã quod dice-
rem², ꝗ mora pꝗuirẽtes, multo
ꝛꝑe infudauerimus. Si aũt vꞃ ex
cõfiderationib⁹ noftris (vt ex ñs
ꝗ ſunt ex principio) hæc habere
difciplina fufficienter fupra alia
negocia, ꝗ ex tradiꝛione inducta
funt, reliquiã erit omniũ veftrũ,
vel eoꝛũ ꝗ audierunt hoc opus,
omiſſa qdẽ artis, venia dignari:
inuẽꝛa aũt, multa profequi gꝛa.

Sermo, in quo epilogat dicta, & explicat
finem intentum in hoc libro. Cap. 8.

POftꝗ aũtẽ iã attigim⁹ hac antin-
gentia ad fermonẽ iftius artis, iã
declaraꝛũ eft nobis, vnde ſint fermo
nes deceptorij addifcentiũ, & quoꝛ⁹
fit fuus numerus, & qũo reducantur
quidã eoꝛ in elenchã ſm fyllñ, &
qũo cõueniat ꝗ interroget, qui con
tradiceret cõpofitioni fermonũ, qui ñ
funt huius generis, & quot funt inꝛẽ
tionesintẽtæ in hoc genere rerũ, &
qũo ſit cõtradictio rñfio in eis, hoc
aũt eft totũ id qd fuit noftrũ defide-
riũ fcire in hac arte, & cõftare nobis
oẽs eius partes. Quod aũt reliquũ eft
nobis eft, ꝗ dicam⁹ cãꝛo quæ tulerit
nos ad loquendũ de hoc ſm modũ
reminifcãꝛiæ, & hoc ꝗa opꝛaũ eft no
bis, ꝗ ſint nobis regulæ ex quib⁹ poſ
fum⁹ facere ſyllos ex pꝛmiſſis famofis ſm modũ interrogationis & teá-
tationis: & funt ſylñ, quibus vꞇꞇ ars
Topicæ, & regulæ, quib⁹ poſſum⁹ ca
uere ab his, qui cõftruerẽt nobista-
les ſyllos, & fuerũt hic ſylñ falfigraphi, qui putãt eſſe huius fpeciei, &
nõ funt ipfius: vidimus ꝗ fcia rñfio-
nis pꝛficiꝛ nobis in arte Topicæ per
fciam illius fpeciei ſylloꝛ, qui appel
lãt falfigraphi, & ꝑ notiñã fuæ con
tradictionis, & pꝛcuꝛi fumus eã ré
in arte Topicæ ꝑ fpeculationẽ huius
artis. Et ꝓp hoc qd diximᵁ, rñfio artis ẽ difficilior interrogatione, & iõ
Socraꝛes gloriabaꝛ, ꝗ bene interrogaret, & nõ ꝗ bene rñderet, & iõ ap-
paruit nobis. ꝗ nõ fufficiat fcia huiᵁ
artis, ꝗ addifcamᵁ res fallẽtes, & qũo
interrogemᵁ de eis folũ, fed qũo re-
fponderemᵁ ad eas & qũo cõtradice
remus eis: fed iã attigimᵁ finẽ defide
raꝛũ, qñ locuꝛi fumᵁ de inꝛẽꝛionib⁹
huius generis fermonũ, hoc eft fermonũ falfigraphorũ, & locis ex quibus cõftruiꝛ hoc genus fermonis, &
qũo interrogemᵁ de eis, donec ſit eiᵁ
actio perfectior, & quomodo refpõ
deremus & cõtradiceremus ex illis,
& hæc eft res noꝛa per fe.

Cõuenit aũt ꝗ nõ ignoremᵁ qd
acciderit nobis in hac arte: qñ ex ar
tib⁹ ꝗdã ſũt, quaꝛ pꝛincipia dicta ſũꝛ
Inquiriꝛ

De cõpa-
tione huiᵁ
artis ad a-
lias partes
logiæ.

A Inquisitiõ aũt posterius ad cõplementum illox principiox: & ex eis sunt, de quorũ principijs nõ est dicta aliqua res, & qñ inchoasset speculatio de istis, difficile esset, q̃ speculanti ea ferret in hpc rem multã de partibus huius artis, sed si cõduxerit, certe tulisset de hoc tẽ minimã, licæt fuerit parua fm mensurã, quasi esset vehementior, q̃ hæc magna res, qua posterius ferret pfectionẽ artis, quã iam pfecisset prius ex suis principijs: hoc aũt fuit ita, ya sermo de principio ẽ difficilis, sed sermo de eo, qd est post principiũ, est facilis: & iõ sermo de

B principio, licet fuerit paucus fm mẽsurã, fuit magn⁹ fm potestatẽ, sermo aũt de eo, qd est post principiũ, licet sit causã, est paruus fm potestatẽ. Et hoc idẽ accidit nobis ĩ illa arte in cõparatione reliquarũ artiũ sermocinaliũ fm genⁱ⁵, qa nõ inuenitⁱ io hac arte aliqua res, q̃ ponat ad ipm fm gradũ principij. Iã aũt inuenimⁱ⁹ aliquã rem, q̃ ponit fm gradũ partis, sicut accidit in arte Rhetoricæ, cuius sermonẽ absoluerũt vetustiores viri, adeo q̃ inuẽtæ sunt oẽs eius ptes iã perfectæ, sed fm materias, qñ locuti sunt de hoc, pter q̃ loquanⁱ de rebⁱ⁹,

C q̃ ponunⁱ de ea fm gradũ principiorum: & illæ sunt res cões quibⁱ⁹q̃ artibus, sicut est sermo de syllo simplⁱ, & de cõsimilibus rerũ cõium: sed in hac arte nõ inuenimⁱ⁹ aliquã rem, q̃ currat cursu principij, & sic et cursu partis. Inuenimⁱ⁹ aũt io ea plures res, q̃ currerent cursu singulariũ, q̃ sunt in arte apud habẽtes hanc artẽ, & sicut illæ, apud quẽ nõ esset scia artis, nisi causæ cuiusdã numeri de suis singularibⁱ⁹, q̃ faceret hæc ars. Sicq̃ nõ est apud eũ scia artis. exẽpli gfa ille, apud quẽ non esset de arte caligaria,

D nisi singulares calcei terminati sicq̃; nõ est apud illũ de specieb⁹ calcerũ aliqua res, pter q̃ glorietⁱ plusq̃ qui spcesserit eũ, qia q̃ fuerit in disciplina huiⁱ⁹ artis, absq̃ q̃ habeat de illa, nisi sermones determinati numeri, hoc ẽ sermones sophisticos, ẽ in gradu eius, qui intẽderat addiscere calceos, qñ daret alicui honūũ calceos ex suo, aut diceret eis, q̃ primo cõueniat facere calceos, absq̃ q̃ sciat eos ex qua re fiãt, neq̃ quo mõ: & nõ est pfectionis artis, q̃ dicat à pluribus hoĩbⁱ⁹, sed miraculũ esset, q̃ pficeretⁱ ars ab vno solũ, qñ aũt fuerit pfectio

E arũ pluribⁱ⁹ hoĩbⁱ⁹, res valde laudabilis, mirabilius esset eã artẽ fm se totam vnius, & extrahere ex principio ad finẽ. Propterea iã oportet oĩnẽ, cui cõstaret iste sermo nr, q̃ referat nobis magnã laudẽ, & ingentes gfas pp id, qd inuenimⁱ⁹ de ista arte, & pfectiusⁱ ipm ex suis principijs, & eiⁱ⁹ partibⁱ⁹. Si aũt esset quibusdã suis partibus defectⁱ⁹, esset nobis indulgendũ, & nos essemⁱ⁹ excusandi, pp res quas diximⁱ⁹. Hoc itaq̃ est vltimũ, quo cõplenit istũ sermonẽ hic vir, & hunc suũ librũ. Iã aũt trãstulimus de eo, quantũ puenit in nostrã intelligen

F tiam, fm quod intellm est nobis hac hora, sicq̃ redibimⁱ⁹ & ampliabimⁱ⁹ speculationẽ de eo: si creator plongauerit vitã nostrã, & parabit nobis causas eiⁱ, quia hic liber est valde latens, aut pp trãslationẽ, aut qa Arist. intẽderit istud, & nõ fuenerit alicui exponentiũ expõ neq̃ fm dictionẽ, neq̃ fm rem, nisi qd est in libro philosophiæ Abocali Abencini aliquod huius, liber aũt est nobis in vltimo mõdo sanitatis, cũ hoc q̃ hõ est psundæ oronis, sicq̃; ille, cui constauerit hic meus Liber, & appareret q̃ defecerit

io

G in verbis meis aliqua res, q̃ sit suorū verborū alio modo q̃ intenderit ordinate, excusaret nos : quia qui gloriaret intelligere ei° verba, absq; q̃ ƥcedat ei alius ab eo, ipse.n. sile ē ei, qui inceperit artē, & talis est cā eius qd posuimus in hoc fm modū cogitationis,& imaginationis. Iā aūt declararū est tibi hoc,qn̄ cōstiterit tibi forma suorū verboꝝ. Ego aūt spero q̃ nō defecerit nobis aliqua res ex generibus sermonū, quas posuerat in hoc libro, neq; ex eius intēcionibus vꞯibus, licet sine dubio iā defecerint ab eo plures res particulares,sicꝗ; est

H ex parte,qua sit sermo de eis, & disciplinæ earum, sed visi sum° nobis q̃ hoc, qd cōtigerit nobis in hac hora, ē valde bonū,& quasi esset sicut principiū, vt cōstaret eius sermo pꝛfectꝛ ei, qui successerit nobis, & nobis ipfis, si erit nobis sociū, & prolōgauerit Deus vitā nostrā. Tu aūt vide qualis fit dispō eius, qui succedit post hunc virū in intellectione eius, qd iā pfectum est & cōpletū, q̃ putet de vllo q̃ addat ei,aut ƥficiat rem,q̃ defecꝑfit ei. Etiā non licuit hoc Auicēna, & dixit, q̃ hodie sūt mille & tot centena annorū,quib° nemo inuēt° est,

K qui adderet aliquid in hānc ārtēm, Ac ētiā intendimus nos ipsi ad hoc tpe quod ƥraximus in has res,& inquisiuimus oēs sermones, & nō inuenimus aliquod verbū exiens ab eis neq; subtractū ab eis, nisi qd poneretur fm gradum attributi,aut fm gradum simplicis vꞯa. Nunc aūt iā pote est tibi q̃ cōstet ex nꞯo sermone ƥcedenti hunc librū vera constantia, q̃ hic nō sint nisi illa,q̃ narrauim°,hoc est q̃ oporteat numerari partē huius artis. Et q̃ locus qui putatur q̃ Abumazar acceperit illī,qui est locus ƥmutationis,sit res, quæ non latuerat **L** Arist.& q̃ illius dispō sit altero duorum modorū, aut q̃ nō sit falsigraphus p se, & vt plurimum, quia locus ƥmutationis est p se, sicut notificauit nobis Aristo. siue fuerit rhetoricus,aut poeticus, aut sit numerat° in falsigraphis, qui sunt fm accidens, si nō fuerit necessariū, q̃ numerentin partibus istius artis ea, q̃ adderentur caꝓo absolutorū & connexorū, & caꝓo acceptionis illius, qd non est ea,ac si esset causa Et in toto hoc est speculatio, & hoc sit amplificatio & explicatio, & putet q̃ non sit ex ipso caꝓo,aut sint in illo ambæ res,

Librorum Elenchorum cum Auerrois media expositione finis.